La hija
del sepulturero

Joyce Carol Oates ha sido galardonada con el Premio Nacional del Libro y el *Premio Pen/ Malamud for Excellence in Short Fiction*. Ha escrito algunas de las novelas más imperecederas de nuestro tiempo, entre las que se encuentran los bestsellers *Qué fue de los Mulvaneys*, *Blonde. Una novela sobre Marilyn Monroe*, que fue nominada al Premio Nacional del Libro, y *Niágara*, que ganó el premio literario francés Prix Femina en 2005. Actualmente ocupa la cátedra de la *Roger S. Berlind Distinguished Professor in Humanities* en la Universidad de Princeton y desde 1978 es miembro de la Academia Estadounidense de las Artes y las Letras. En 2003 recibió el Premio *Common Wealth of Distinguished Service for Literature* y el Premio *Kenyon Review Award for Literary Achievement*.

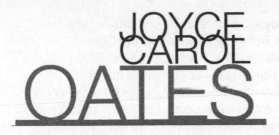

JOYCE CAROL OATES

La hija
del sepulturero

Traducción de José Luis López Muñoz

punto de lectura

Título original: *The Gravedigger's Daughter*
© 2007, The Ontario Review, Inc.
© De la traducción: José Luis López Muñoz
© De esta edición:
2009, Santillana Ediciones Generales, S.L.
Torrelaguna, 60. 28043 Madrid (España)
Teléfono 91 744 90 60
www.puntodelectura.com

ISBN: 978-84-663-2323-9
Depósito legal: B-40.693-2009
Impreso en España – Printed in Spain

Diseño de portada: María Pérez-Aguilera
Imágenes de portada: Getty Images / Corbis

Primera edición: septiembre 2009
Segunda edición: octubre 2009

Impreso por Litografía Rosés, S.A.

para mi abuela Blanche Morgenstern,
la «hija del sepulturero»
IN MEMORIAM

y para David Ebershoff,
por un camino tortuoso

I

EN EL VALLE DEL CHAUTAUQUA

Prólogo

«En la vida animal a los débiles se los elimina pronto.»
Lleva diez años muerto. Diez años enterrado con la cabeza destrozada. Diez años sin que nadie lo llore. Cualquiera pensaría que su hija, esposa ya y madre, se habría librado de él a estas alturas. ¡Como si no lo hubiera intentado, maldita sea! Lo detestaba. Sus ojos de color queroseno, su rostro de una tonalidad como de tomate hervido. Rebecca se mordía los labios hasta dejárselos en carne viva de puro odio. Donde era más vulnerable, en el trabajo. Le oía incluso en la cadena de montaje de Niagara Fiber Tubing, donde el ruido la adormecía hasta hacerla caer en trance. Le oía mientras le castañeteaban los dientes por las vibraciones de la cinta transportadora. Le oía mientras la boca le sabía a boñiga seca de vaca. ¡Hasta qué punto lo detestaba! Se agachaba incluso si se le ocurría que podía ser una trampa, una broma de mal gusto, uno de sus estúpidos colegas que le gritaba al oído. Como si se tratara de los dedos de algún tipo palpándole los pechos a través del mono o metiéndole la mano en la entrepierna y ella paralizada, incapaz de apartar su atención de los trozos de tubería sobre la cinta de caucho avanzando a saltos y siempre más deprisa de lo que se quiere. Las condenadas gafas protectoras empañadas y haciéndole daño en la cara. Con los ojos cerrados y respirando por la boca el nauseabundo aire polvoriento, aunque sabía de sobra que no debía hacerlo. Un instante de vergüenza, que abrasa el alma, qué más da vivir o morir, que se apoderaba de ella a veces en momentos de agotamiento o de pesar y entonces buscaba a tientas el objeto sobre la correa que en aquel instante carecía de nombre, de identidad, de propósito, arriesgándose a que la troqueladora le enganchara la mano y le aplastase la mitad de los dedos antes de

que ella, agitando la cabeza, pudiera librarse de su padre, que le hablaba calmosamente, sabiendo que se le oiría por encima del traqueteo de la máquina. «Por lo tanto, Rebecca, has de ocultar tus debilidades.» El rostro de Jacob tan pegado al suyo como si fuesen conspiradores. No lo eran, no tenían nada en común. No se parecían ni por lo más remoto. Rebecca detestaba el olor agrio de su boca. La cara que era un tomate hervido y estallado. Había visto explotar aquel rostro, convertido en sangre, cartílago, cerebro. Se había limpiado los restos de los antebrazos desnudos. ¡Se había limpiado aquella cara de la suya, maldita sea! Se había sacado fragmentos de entre el pelo. Diez años atrás. Diez años y casi cuatro meses. Pero Rebecca no olvidaría nunca aquel día. Rebecca no era de su padre. Nunca había sido suya. Tampoco era de su madre. No se advertía parecido alguno entre ellas. Rebecca era ya una mujer de veintitrés años, algo que la asombraba: haber vivido tanto tiempo. Haber sobrevivido a su padre y a su madre. Ya no era una niña aterrorizada. Era la esposa de alguien que era un hombre de verdad y no un cobarde llorica y asesino; un hombre que le había dado un hijo: un hijo que él, su padre muerto, no vería nunca. Qué placer le proporcionaba aquello: que su padre no viera nunca a su nieto. Que no pudiera verter palabras venenosas en los oídos del niño. Pero, de todos modos, se acercaba a Rebecca. Sabía cuáles eran sus puntos débiles. Cuándo estaba agotada, cuándo el alma se le reducía al tamaño de una pasa. En aquel lugar estruendoso donde sus palabras habían adquirido un ritmo de máquina poderosa y una autoridad que la golpeaba una y otra vez hasta lograr una aturdida sumisión.

«En la vida animal a los débiles se los elimina pronto. Has de ocultar tus debilidades. No nos queda otro remedio.»

CHAUTAUQUA FALLS, NUEVA YORK

1

Una tarde de septiembre de 1959, una joven trabajadora regresaba a casa por el camino de sirga del canal de barcazas del lago Erie, al este de una pequeña población, Chautauqua Falls, cuando empezó a notar que un hombre tocado con un panamá la seguía a una distancia como de diez metros.

¡Un sombrero panamá! Y extraña ropa de colores claros, de una clase poco vista en la zona.

La joven se llamaba Rebecca Tignor. Estaba casada y terriblemente orgullosa del apellido de su esposo.

«Tignor.»

Muy enamorada y muy infantil en su vanidad, aunque no fuese ya una jovencita, sino esposa, y madre por añadidura. Aún repetía «Tignor» una docena de veces al día.

Y que ya empezaba a pensar, mientras caminaba más deprisa: *Será mejor que no me siga, a Tignor no le gustaría.*

Para desanimar al individuo del panamá y para que renunciara a alcanzarla e intentase hablar con ella como los hombres hacían a veces, no a menudo pero sí a veces, Rebecca hundió en el camino los tacones de los zapatos que se ponía para trabajar, de la manera más desgarbada posible. De todos modos ya estaba nerviosa, irritable como un caballo atormentado por las moscas.

Casi se había destrozado la mano con una troqueladora. ¡Tan trastornada estaba, maldita sea!

Y ahora aquello otro. ¡Aquel tipo! Le mandó una mirada de indignación por encima del hombro, todo menos darle ánimos.

¿Alguien que conocía?

No parecía de la zona.

En Chautauqua Falls los hombres la seguían a veces. Al menos, con los ojos. Rebecca trataba casi siempre de no darse por enterada. Había vivido con hermanos, conocía a los «hombres». No era una niñita tímida y asustadiza. Era una mujer fuerte, sólida. Si quería, estaba convencida de que podía cuidar de sí misma.

Pero hoy, por alguna razón, tenía una sensación distinta. Uno de esos días calurosos y pálidos, de color sepia. Uno de esos días que hacen que tengas ganas de llorar, Dios sabe por qué.

Aunque Rebecca Tignor no lloraba. Nunca.

Y el camino de sirga estaba desierto. Si gritaba pidiendo ayuda...

Aquel tramo Rebecca lo conocía como la palma de la mano. Un paseo hasta su casa de cuarenta minutos, algo menos de tres kilómetros. Cinco días a la semana recorría el camino de sirga hasta Chautauqua Falls y esos mismos cinco días regresaba a casa por el mismo camino. Todo lo deprisa que se lo permitía el condenado calzado que usaba para trabajar.

Algunas veces una barcaza la adelantaba por el canal. Eso animaba un poco las cosas. Intercambio de saludos, bromas con los tipos que iban a bordo. Había llegado a conocer a unos cuantos.

Pero ahora el canal estaba vacío, en ambas direcciones.

¡Sí que estaba nerviosa, maldita sea! Le sudaba la nuca. Y dentro de la ropa, las axilas inundadas. Y el corazón latiéndole de una manera que dolía, como si tuviera algo cortante entre las costillas.

—Tignor. Dónde demonios estás.

No lo culpaba en realidad. Aunque sí, demonios, claro que lo culpaba.

Tignor la había llevado a vivir allí. A finales del verano de 1956. Lo primero que Rebecca leyó en el periódico de Chautauqua Falls era tan horrible que no se lo podía creer. Un individuo de la localidad había asesinado a su mujer: le había dado una paliza, luego la arrojó al canal en algún sitio en aquel mismo tramo desierto, y le tiró piedras hasta que se ahogó. ¡Piedras! Había necesitado quizá diez minutos, le dijo el culpable a la policía. No había alardeado de lo que había hecho, pero tampoco se avergonzaba.

La muy zorra trataba de dejarme, dijo.

Quería llevarse a mi hijo.

Una historia tan horrible que Rebecca querría no haberla leído. Lo peor era que todos los hombres que se enteraban, Tignor incluido, movían la cabeza y dejaban escapar una risita.

Rebecca le preguntó a Tignor qué demonios significaba: ¿por qué se reía?

«Con su pan se lo coma.»

Eso era lo que había dicho Tignor.

La teoría de Rebecca era que todas las mujeres del valle del Chautauqua conocían aquella historia o alguna similar. Qué hacer si un hombre te tira al canal. (Podía ser el río, también. El mismo problema.) De manera que cuando empezó a trabajar en Chautauqua Falls y a utilizar el camino de sirga, a Rebecca se le ocurrió una manera de salvarse cuando llegara la ocasión, si es que llegaba.

Sus imágenes eran tan luminosas y vívidas que muy pronto llegó a pensar que ya le había sucedido, o casi. Alguien (sin rostro, ni nombre, un individuo más grande que ella) la empujaba a unas aguas de aspecto turbio y Rebecca tenía que luchar para salvarse. *De inmediato sácate el zapato izquierdo con la punta del derecho y luego el otro, ¡deprisa! Y a continuación...* Sólo disponía de pocos segundos, los pesados zapatos del trabajo la hundirían como piedras de molino. Librada de ellos tendría por lo menos una posibilidad, arrancándose la chaqueta, sacándosela antes de que se empapara por completo. Los condenados pantalones del trabajo sería difícil quitárselos, con bragueta, y botones, y las perneras muy apretadas en los muslos, y además, maldición, tendría que nadar al mismo tiempo, en dirección opuesta a donde estaba su asesino...

¡Dios santo! Rebecca empezaba a asustarse. El tipo que venía detrás, el tipo con el panamá, probablemente sólo era una coincidencia. No la estaba *siguiendo,* sólo estaba *detrás de ella.*

No de manera deliberada sino sólo por casualidad.

Sin embargo el muy cabrón tenía que saber que Rebecca había notado su presencia, que la estaba asustando. Un hombre que seguía a una mujer en un lugar solitario como aquél.

¡Maldita sea, cómo detestaba que la siguieran! Le molestaba incluso cualquier hombre que no le quitara los ojos de encima.

Su madre la había asustado muchísimo, años atrás. *¡No querrás que te suceda nada, Rebecca! Una chica sola, los hombres la siguen. Incluso muchachos que conoces, no te fíes de ellos.*

Incluso su hermano mayor, Herschel, a su madre le preocupaba que pudiera hacerle algo. ¡Pobre mamá!

A Rebecca no le había sucedido nada, pese a que su madre se preocupara tanto.

Al menos, nada que ella recordase.

Su madre se había equivocado acerca de tantas cosas...

Rebecca sonrió al pensar en su antigua vida cuando era una adolescente en Milburn. Todavía soltera. Virgen. Nunca pensaba ya en ello; todo había quedado atrás. Niles Tignor la había rescatado. Niles Tignor se había convertido en su héroe. Se la llevó de Milburn en su coche, se fugaron a Niagara Falls. Sus amigas la envidiaron. Todas las chicas de Milburn adoraban desde lejos a Niles Tignor. Que luego había llevado a Rebecca, su esposa, a vivir en el campo hacia el este y un poco al norte de Chautauqua Falls. Four Corners era como se llamaba el sitio.

Su hijo, que también se llamaba Niles Tignor, había nacido allí. Niley cumpliría tres años a finales de noviembre.

A Rebecca le llenaba de orgullo ser la señora Tignor y también ser madre. Quería gritarle al hombre del panamá *¡No tiene derecho a seguirme! Sé defenderme.*

Era cierto. Rebecca llevaba un trozo bien afilado de metal en el bolsillo de la chaqueta. A escondidas, lo tocaba llena de nerviosismo.

Aunque sea lo último que haga, LO VOY A DEJAR MARCADO.

En Milburn, en la escuela, había tenido que pelear a veces. Era la hija del sepulturero local y los otros chicos la hostigaban. Trató de no hacerles caso lo mejor que supo. Ése había sido el consejo de su madre. *Pero no debes descender a su nivel, Rebecca.* Lo había hecho, sin embargo. Peleas con frenético agitar de brazos y con puntapiés, había tenido que defenderse. Y un día el maldito cabrón del director la había expulsado.

Por supuesto nunca había atacado a nadie. Nunca había hecho daño a ninguno de sus compañeros, ni siquiera a los que se lo merecían. Pero no le cabía la menor duda de que si estaba suficientemente desesperada, defendiendo su vida, podría hacer daño a otra persona, de verdad.

¡Ah! La punta del trozo de acero era tan afilada como la de una piqueta para partir hielo. Tendría que clavárselo a fondo en el pecho o en la garganta a aquel hombre...

¿Piensas que no lo haría, imbécil? Ya lo creo que sí.

Rebecca se preguntó si el hombre del panamá, desconocido para ella, podría ser alguien a quien Tignor conocía. Alguien que conocía a Tignor.

Su marido trabajaba en el negocio de la cerveza. Con frecuencia estaba de viaje durante días, incluso semanas. De ordinario parecía irle bien, aunque en ocasiones se quejaba de que andaba mal de dinero en efectivo. Describía la fabricación, comercialización y entrega de las distintas clases de cerveza a los minoristas por todo el Estado de Nueva York como un trabajo en el que la *competencia era feroz*. Tignor hablaba con tanta pasión que te hacía pensar en una ferocidad traducida en gargantas cortadas chorreando sangre. Y también te hacía creer que la *competencia feroz* era una cosa buena.

Había rivalidades en el negocio de la cerveza. Había sindicatos, había huelgas y despidos y conflictos laborales y piquetes. El negocio empleaba a hombres como Niles Tignor, que sabían manejarse en situaciones difíciles. Tignor le había dicho a Rebecca que tenía enemigos que nunca se atreverían a ir directamente contra él: «Pero tratándose de una mujer, ya sería distinto».

El hombre del panamá, quería creer Rebecca, no parecía realmente alguien que estuviera en el negocio de la cerveza. Su sombrero de paja más bien deportivo, gafas de sol y pantalones de color crema parecían más apropiados para la orilla del lago en verano que para la zona industrial de Chautauqua Falls en otoño. Camisa blanca de manga larga, probablemente algodón de primera calidad o incluso lino. Y corbata de lazo. ¡Corbata de lazo! Nadie llevaba corbata de lazo en Chautauqua Falls, y desde luego ningún conocido de Tignor.

Era como ver a Bing Crosby por la calle, o a aquel otro asombroso bailarín tan ágil: Fred Astaire. El hombre del panamá era de ese tipo. Una persona que no daba la sensación de que pudiera sudar, una persona que podía sonreír si veía algo hermoso, un individuo no del todo real.

No parecía un hombre que siguiera a una mujer hasta un sitio desierto para abordarla.

(¿No lo era?)

A Rebecca le hubiera gustado que el anochecer no estuviese tan próximo. A plena luz del día no se hubiera sentido tan intranquila.

Ahora en septiembre, cada día que pasaba llegaba antes el crepúsculo. Uno se daba cuenta de cómo se acortaban los días cuando pasaba la Fiesta del Trabajo. El tiempo parecía acelerarse. De la maleza a la orilla del canal las sombras se alzaban de manera más visible, y el agua oscura, con brillo de reptil, era como ciertos pensamientos que uno trata de rechazar, sin conseguirlo, en los momentos de debilidad. En el cielo se amontonaban nubes semejantes a una sustancia fibrosa que se hubiese apretado para después soltarla. Había una extraña y estremecida vitalidad malevolente en todo ello. A través de la masa de nubes, el sol se presentaba como un feroz ojo enloquecido, que, al brillar, daba nitidez a cada uno de los tallos de hierba junto al camino. Lo veías todo con demasiada claridad, te sentías deslumbrado. Y luego el sol desaparecía. Lo que había sido nítido se volvía confuso, difuminado.

Masas de nubes de tormenta procedentes del lago Ontario. Mucha humedad, mosquitos que picaban. Al sentirlos zumbar junto a su cabeza, Rebecca lanzaba breves exclamaciones de repugnancia y alarma y trataba de apartarlos.

En Niagara Tubing el calor había sido tan sofocante como en pleno verano, con unos agobiantes cuarenta y tres grados centígrados. Las ventanas, opacas a causa de la suciedad, sólo estaban ligeramente abiertas en ángulo y la mitad de los ventiladores rotos o moviéndose con tal lentitud que no servían para nada.

Su trabajo en Niagara Tubing era algo provisional. Rebecca podría soportarlo unos cuantos meses más...

Por la mañana entraba a las 8.58. Y salía a las 5.02. Ocho horas. Cinco días a la semana. Había que usar gafas y guantes de seguridad. A veces, también un delantal protector, pesadísimo, que daba mucho calor. Y zapatos especiales con punteras reforzadas. El capataz los inspeccionaba a veces. Los de las mujeres.

Rebecca había trabajado antes de camarera en un hotel. Tenía que llevar uniforme y no le gustaba nada.

Por aquellas ocho horas Rebecca ganaba 16 dólares con 80 centavos. Y a eso había que restarle los impuestos.

—Es por Niley. Lo hago por Niley.

No llevaba reloj, nunca se lo ponía para ir a Niagara Tubing. El polvo, muy fino, se metía entre los engranajes de la maquinaria y lo estropeaba. Pero sabía que no faltaba mucho para las seis. Recogería a Niley en casa de su vecina muy poco después de las seis. Ningún malnacido que la siguiera por el camino de sirga se lo iba a impedir.

Se preparó para correr. Si de repente. En el caso de que el otro, el que venía tras ella. Sabía de un sitio donde esconderse un poco más adelante, al otro lado del terraplén del canal, invisible desde el camino, una alcantarilla maloliente, hecha con láminas onduladas de metal, un túnel de unos tres metros de profundidad, metro y medio de diámetro, podía agacharse y atravesarlo y salir a un campo, a no ser que fuese un pantano, el hombre del panamá no vería de inmediato dónde se había ido y, si lo descubría, quizá no quisiera seguirla...

Ya incluso mientras pensaba en aquella posibilidad de escape, la desechó: la alcantarilla desembocaba en un pantano maloliente, un desagüe al aire libre de aguas residuales; si corría por allí, tropezaría, se caería...

El camino de sirga era un sitio ideal para seguir la pista a una víctima, supuso Rebecca. No se veía nada más allá de los terraplenes. El horizonte quedaba anormalmente limitado. Si se quería ver el cielo había que mirar hacia lo alto. Había que levantar la cabeza, torcer el cuello. Por su cuenta, los ojos no encontraban el cielo de manera natural.

Rebecca sintió la injusticia de que aquel hombre la hubiera seguido hasta allí. A un lugar donde siempre se sentía aliviada, contenta de haber salido de la fábrica. Siempre admiraba el paisaje, aunque estaba descuidado, era un desierto. Siempre pensaba en su hijo, que la esperaba impaciente.

Pero sabía lo que tenía que hacer: no flaquear. No tenía que dejar traslucir su miedo.

Se volvería y se enfrentaría con su perseguidor, el hombre con el panamá. Se volvería, las manos en las caderas y, al estilo de Tignor, lo miraría fijamente hasta apabullarlo.

Articuló las palabras que le diría: «¡Usted! ¿Es que me está siguiendo?».

O, con el corazón acelerado por el odio: «Maldita sea, ¿quién es usted para seguirme?».

No era una joven tímida, ni tampoco débil. Ni por su cuerpo, ni por sus instintos. No era una mujer muy femenina. No había nada suave, resignado, enternecedor en ella; Rebecca se creía más bien fuerte, nervuda. Su rostro era llamativo, grandes ojos hundidos y muy oscuros, con cejas igualmente oscuras y densas como las de un hombre, y algo de la postura de un varón al enfrentarse con otras personas. En esencia, despreciaba lo femenino. La excepción era su apego a Tignor. No quería ser Tignor; tan sólo que Tignor la quisiera. Tignor, de todos modos, no era un hombre corriente, a juicio de Rebecca. Por lo demás despreciaba la debilidad en la mujer, en lo más hondo de su alma. Se avergonzaba y se enfurecía. Porque se trataba de la debilidad antigua de las mujeres, la debilidad de Anna Schwart, su madre. La debilidad de una raza vencida.

En la fábrica, de ordinario, los hombres la dejaban en paz. Sabían que estaba casada. Y advertían que no daba señal alguna de apreciar su interés. Nunca los miraba a los ojos. Si tenían alguna idea acerca de ella, Rebecca no les prestaba atención.

Una semana antes, sin embargo, había tenido que enfrentarse a un imbécil con una sonrisita de suficiencia que siempre pasaba por detrás, cerca de ella, mientras estaba en la cadena de montaje, un individuo que la miraba de arriba abajo para avergonzarla; Rebecca le había dicho que la dejara tranquila, maldita sea, se quejaría al capataz, pero a mitad de la cascada de palabras había tragado saliva de repente, se había atragantado y el cretino, con su aire de superioridad, se había limitado a sonreír. «Mmm, ¡muñeca! ¡Cómo me gustas!»

No se iría de la fábrica en cualquier caso. Ni muchísimo menos.

Llevaba desde marzo trabajando en Niagara Tubing. Cadena de montaje, trabajo no especializado. De todos modos las fábricas pagaban más que la mayoría de los restantes trabajos para mujeres: camareras, mujeres de la limpieza, vendedoras. No tenías necesidad de sonreír a los clientes, de ser «simpática». El trabajo era provisional, le había dicho a su amiga Rita, que también trabajaba en la cadena de montaje de Niagara Tubing, y Rita se había reído diciendo, claro, Niagara Tubing también era trabajo provisional para ella. «Casi siete años.»

Aquel horizonte tan reducido te ponía nerviosa porque no se podía preparar una vía de escape. ¿Por la maleza? Había brezo, rosas silvestres, matas de ortigas. ¿En los árboles? ¿A un sitio invisible desde el camino de sirga, donde cualquier cosa podía suceder?

El puente en Poor Farm Road estaba todavía a kilómetro y medio. ¿Cuántos minutos? No era capaz de calcularlo: ¿veinte? Y correr estaba descartado. Se preguntó qué sucedería durante aquellos veinte minutos.

La superficie del canal se ondulaba como la piel de un gran animal adormilado cuya cabeza no se llegaba a ver. Sólo su longitud, que se extendía hasta el horizonte.

Aunque por delante, en realidad, no había horizonte. El canal se desvanecía en una neblina imprecisa a lo lejos. Como vías de tren en donde los ojos te engañan y te hacen creer que se estrechan, que se encogen sobre sí mismas y desaparecen como si se escaparan del tiempo presente a un futuro que no se puede ver.

Oculta tus debilidades. No puedes seguir siendo una niña para siempre.

Difícil que nadie la viera como una niña. Era una mujer casada y madre por añadidura. Y trabajaba en Niagara Fiber Tubing de Chautauqua Falls, Nueva York.

No era una menor que dependiera de la caridad de las personas mayores. No estaba bajo tutela judicial, ni vivía en Milburn. Ya no era la hija del sepulturero, tan digna de piedad.

Eran tiempos de bonanza para la industria de posguerra en los Estados Unidos. Eso era lo que se decía. Eso era lo que parecía. En Chautauqua Falls, como en otras ciudades y pueblos del norte del Estado de Nueva York, donde la ciudad más poblada y más próspera era Buffalo, las fábricas trabajaban a pleno rendimiento. Durante todo el día el cielo del valle del Chautauqua estaba manchado por dos clases de nubes: las naturales, que eran horizontales, y las columnas del humo de las fábricas, que eran verticales. Las tonalidades siempre iguales, por alzarse de chimeneas idénticas. Siempre se reconocía el humo, como de polvo de acero y olor a caucho, que brotaba de Niagara Fiber Tubing.

En el trabajo Rebecca llevaba el pelo, largo y espeso, recogido en trenzas sujetas alrededor de la cabeza y cubiertas con un pañuelo. Sin embargo cuando se lo soltaba y cepillaba olía de todos modos a la fábrica. Su cabello, que había tenido un hermoso color negro resplandeciente, pelo de gitana lo llamaba Tignor, se estaba volviendo seco y quebradizo y se corroía como el hierro. ¡Tan sólo veintitrés años y ya se tropezaba con cabellos grises! Y le habían aparecido callos en los dedos, y las uñas habían perdido color, pese a que llevaba guantes de trabajo en la fábrica. Las pesadas gafas protectoras le dejaban una huella blanca en el rostro y depresiones a los lados de la nariz.

Si era una mujer casada, ¿por qué le sucedía una cosa así?

Hubo un momento en que Tignor estaba loco por ella. Rebecca no quería aceptar que aquel tiempo hubiera pasado.

No le había gustado que se quedara embarazada. Vientre muy hinchado y tirante como un tambor. Venas de color azul pálido visibles en su cuerpo y la sensación de que podrían estallar. Pies y tobillos hinchados. Se quedaba sin aliento. El calor de su piel era un extraño calor sexual, una fiebre que repelía a un hombre.

Era alta, medía un metro setenta, y pesaba unos cincuenta y dos kilos. Embarazada de Niley había llegado a los sesenta y tres. Fuerte como un caballo, había dicho de ella Tignor.

El hombre que venía tras ella tendría la sensación de que era una mujer dura, pensó Rebecca. La clase de mujer que se defiende.

Se preguntó si la conocería de algo. Y en ese caso quizá supiera que vivía sola con su hijo. Que vivía en una vieja granja aislada en medio del campo. Pero si sabía todo eso quizá supiera también que los días laborables una vecina cuidaba de su hijo; y que si Rebecca se retrasaba, si Rebecca no se presentaba a por Niley, la señora Meltzer se imaginaría que le había sucedido algo.

Pero ¿cuánto tiempo pasaría antes de que llamara a la policía?

No era probable que los Meltzer llamaran a la policía si podían evitarlo. Como tampoco lo haría Tignor. Lo que harían sería salir a buscarla. Y sólo si no la encontraban, decidirían qué hacer a continuación.

¿Cuánto tiempo se necesitaría? Horas, quizá.

Si hubiera traído de casa el cuchillo del pan. Por la mañana. El camino de sirga era un lugar desierto. Si Tignor supiera que su mujer caminaba por la orilla del canal como una cualquiera. A veces había vagabundos en la cochera del ferrocarril. Pescadores en el puente sobre el canal. Solitarios.

Si el canal no fuese tan hermoso, Rebecca no se sentiría atraída. Por la mañana lo normal era que el cielo estuviese despejado y la superficie del canal pareciese transparente. Cuando el cielo estaba pesado y cargado de nubes, la superficie del canal se hacía opaca. Como si se pudiera caminar por encima.

Rebecca no sabía cuál era exactamente su profundidad. Pero era hondo. Más de la altura de un hombre. ¿Seis metros? Sin esperanza de salvarse vadeándolo. Las orillas eran abruptas y, empapado, habría que salir sin más apoyo que la fuerza de tus brazos; y si alguien te daba patadas, estabas perdido.

¡Pero Rebecca nadaba bien! Aunque desde el nacimiento de su hijo no había vuelto a nadar. Temía descubrir que su cuerpo había perdido su capacidad de adolescente para flotar. Su juventud. Se hundiría ignominiosamente como una piedra.

Temía la prueba a la que uno se enfrenta cuando el agua le cubre la cabeza y ha de esforzarse, con los brazos y los pies, por mantenerse a flote.

Se volvió de pronto y vio al hombre del panamá, aproximadamente a la misma distancia tras ella. Al menos no trataba de alcanzarla. Aunque sí parecía, desde luego, que la estaba siguiendo. Y que la vigilaba.

—¡Usted! Más le vale dejarme en paz.

La voz de Rebecca sonó cortante, demasiado aguda. En absoluto como su propia voz.

Se volvió y caminó más deprisa. ¿Había *sonreído* de verdad? *¿Le había sonreído a ella?*

Una sonrisa puede ser provocadora. Una sonrisa como la de su difunto padre. Falso entusiasmo. Falsa ternura.

Cabrón. No tiene derecho...

Rebecca recordaba ahora: lo había visto el día anterior. En aquel momento apenas había reparado en él. Salía de la fábrica al terminar su turno, las cinco de la tarde, con otros muchos trabajadores. Aunque hubiera reparado en el hombre del panamá, no tenía ningún motivo para pensar que se interesara por ella.

Hoy, el hecho de que la siguiera quizá fuese casual. No podía saber su nombre, ¿o sí?

La cabeza le trabajaba deprisa, con desesperación. Cabía que el desconocido hubiera elegido al azar una mujer a la que seguir. Se había situado en los alrededores de la fábrica como un cazador a la espera de su presa, atento a cualquier posibilidad. O lo que era igualmente verosímil: esperaba a otra persona pero no había aparecido o, si lo había hecho, no le había resultado práctico seguirla en aquel momento.

El corazón le latía desbocado. Pero estaba asustada.

Mi marido lo matará...

No quería pensar que aquel hombre pudiera conocer a Tignor. Que tuviera una cuenta pendiente con Tignor. «Uno de esos tipos que creen que me conocen.»

Nunca se sabía, con Tignor, lo que significaba semejante observación. Que tenía verdaderos enemigos, o que había personas, no identificadas, poco razonables, que creían ser enemigos suyos.

«Uno de esos tipos, les gustaría cortarme las pelotas.»

Tignor se reía cuando decía cosas así. Era un hombre que tenía buena opinión de sí mismo y que reía con facilidad y aplomo.

Inútil que Rebecca preguntase qué quería decir. Tignor nunca contestaba directamente a una pregunta y, sobre todo, si se la hacía una mujer.

¡No hay derecho! ¡No tiene derecho a seguirme! Cabrón.

Con la mano en el bolsillo acariciaba el trozo de acero.

Tenía la impresión de que aquel hombre, el desconocido, había hecho un gesto como de quitarse el sombrero.

¿De verdad había sonreído?

Las dudas la paralizaron, de repente. Porque no había hecho ningún gesto amenazador, ni la había llamado como podría hacer otro hombre, para ponerla nerviosa. No había hecho ningún intento de alcanzarla. Quizá se estuviera inventando el peligro. Pensaba en su hijito que la esperaba y en los inmensos deseos que sentía de estar con él para consolarlo y consolarse ella. Sobre la hilera de árboles un sol semejante a un ojo enloquecido apareció brevemente entre las nubes amontonadas y pensó, con el ansia con que una mujer que se ahoga podría tratar de alcanzar algo que la saque del agua: *Su ropa.*

Pantalones de una extraña tela de color crema. Una camisa blanca, de manga larga, y una corbata de lazo.

Le pareció que el aspecto del hombre del panamá era delicado, indeciso, que tenía un algo esperanzador, en absoluto el aspecto reconcentrado, cruel, de un hombre que quiere humillar sexualmente o hacer daño a una mujer.

Quizá viva por aquí. Sólo está volviendo a casa, como yo.

El camino de sirga era un sitio público. Cabía que estuviera utilizando el mismo atajo que Rebecca. Sólo que ella no lo había visto nunca. En paralelo con el canal discurría Stuyvesant Road, que estaba asfaltada, y a menos de un kilómetro, Poor Farm Road, que era de grava y cruzaba el canal sobre un puente de madera con un único carril. En la unión de las carreteras había un poblado mínimo, llamado Four Corners: un almacén, con un gran anuncio de Sealtest en el escaparate, que también albergaba la oficina de Correos, la gasolinera y el taller mecánico de Meltzer, un granero en funcionamiento, una vieja iglesia de piedra y un cementerio. El marido de Rebecca había alquilado allí una granja destartalada, para su segundo embarazo.

Habían perdido a su primer hijo. Aborto espontáneo.

«El modo que tiene la naturaleza de corregir un error», le había dicho a Rebecca el médico, para sugerir, quizá, que no había sido una mala cosa...

«Mala suerte.»

Rebecca estaba pensando que se debería haber quitado la chaqueta nada más salir del trabajo. Ahora ya era demasiado tarde. No podía hacer ningún movimiento como aquél, quitarse una prenda con aquel malnacido tras ella vigilándola. Lo interpretaría como una señal. Seguro. Sentía cómo el otro le miraba el culo, las caderas, las piernas mientras Rebecca caminaba deprisa y adivinaba además que tenía muchas ganas de echar a correr pero que no se atrevía.

Era como un perro: dale la espalda, empieza a correr y se te echa encima.

El miedo huele. Los depredadores lo notan.

Cuando vio a aquel hombre el día anterior no llevaba sombrero. Estaba al otro lado de la calle, delante de la puerta de la fábrica, recostado en una pared debajo de un toldo. En aquella manzana, muy breve, había un café, un zapatero remendón, una carnicería y una tienda pequeña de ultramarinos. El individuo del panamá estaba sin hacer nada entre el café y el zapatero remendón. Había mucha gente alrededor, era un momento del día con mucha gente en la calle. Rebecca no le hubiera prestado la menor atención, si bien ahora no le quedaba otro remedio que hacerlo.

Recordar hacia atrás es lo fácil. Si se pudiera recordar hacia adelante, sería posible salvarse...

Siempre había atascos a las cinco de la tarde, cuando los obreros salían de las fábricas. Niagara Tubing, Empire Paper Products, Arcadia Canning Goods, Chautauqua Sheet Metal. Una manzana más allá, Union Carbide Steel, la empresa más importante de la ciudad. Cientos de hombres y de mujeres del turno de día salían en tropel a la calle, como si los sacaran del infierno.

Como si los persiguiera el demonio era una expresión adecuada.

Siempre que salía de Niagara Tubing, Rebecca buscaba a Tignor en la calle. Cuando su marido llevaba una temporada fuera, Rebecca vivía en un estado que podría definirse como «a la espera de Tignor» y, de manera involuntaria, sin saber lo que hacía, buscaba su figura alta y robusta en cualquier sitio público. Tenía la esperanza de verlo, pero también lo temía, porque nunca sabía qué emociones sentiría ella ni tampoco era capaz de adivinar los sentimientos de Tignor. Desde el mes de marzo había vuelto a entrar dos veces en su vida de aquella manera: aparentando no darle ninguna importancia, estacionó su coche, un Pontiac verde plata de 1959, junto a la acera, esperándola como si su ausencia, dejarlos solos a ella y a su hijo —días, semanas, lo más reciente cinco semanas seguidas— no fuera más que algo que Rebecca se hubiera inventado. Tignor la llamaba:

—Eh, nena: aquí.

Le hacía señas para que se acercara. Y ella obedecía.

Dos veces. Era vergonzoso, pero era así. Ver a Tignor sonriéndole, llamándola con gestos, bastaba para que se apresurase. Cualquiera pensaría al verlos que se trataba de un marido que recogía a su mujer después del trabajo, como tantas esposas recogían a sus maridos.

—Vamos, muñeca, cálmate. La gente nos está mirando.

O podía decir:

—Dame un beso, nena. Te he echado de menos.

Pero Tignor no había aparecido. Ni ayer ni hoy.

Vagamente Rebecca esperaba una llamada telefónica suya el domingo. O al menos eso se decía. Según las últimas noticias que había tenido, Tignor estaba en Port au Roche, en la frontera canadiense del lago Champlain, donde era propietario o copropietario de un hotel, o una taberna; quizás un puerto deportivo. Rebecca no había visto nunca Port au Roche, pero tenía entendido que era una ciudad turística, mucho más hermosa que Chautauqua Falls en aquella época del año, y siempre unos cuantos grados menos calurosa. No era razonable reprocharle a un hombre que prefiriese el lago Champlain a Chautauqua Falls.

Rita le había dado un codazo no para que reparase en Tignor sino en otra persona.

—Mira ese personaje. ¿Quién es?

Un desconocido, entre los treinta y los cuarenta, apoyado en la pared bajo el toldo, al otro lado de la calle. No llevaba entonces los pantalones de color crema pero iba bien vestido, de una manera extravagante. Chaqueta deportiva a rayas, pantalones beis. Cabellos rubios tirando a grises que parecían ondulados, y gafas de sol que le daban un aire de actor de cine.

Pese a las ocho horas en la cadena de montaje Rita aún sentía, o quería dar la sensación de que aún sentía, un ávido aunque burlón interés sexual por un desconocido atractivo.

—¿No lo has visto nunca?

—No.

Rebecca no había hecho más que mirarlo de pasada. No le interesaba nadie, fuera quien fuese.

Si no es Tignor, nadie.

Aquella tarde había salido sola de la fábrica. No quería buscar a Tignor en la calle porque sabía que no iba a estar allí, pero había mirado de todos modos, una rápida ojeada alrededor, descubriendo fantasmales figuras masculinas. Casi fue alivio lo que sintió al no verlo.

Porque había llegado a odiarlo, tanto le había desgarrado el corazón.

También su orgullo. Consciente de que debería dejar a Tignor, coger al niño y marcharse, sencillamente. Pero le faltaba la fortaleza.

¡Amor! La debilidad suprema. Y ahora el hijo que ya era, para siempre, el vínculo entre ellos.

Se había quitado la maldita pañoleta, guardándosela en el bolsillo. Unas gotas de sudor cayéndole por la nuca como un insecto reptando. Se alejó deprisa. Los gases de la fábrica la enfermaban.

Una manzana más allá se hallaban las cocheras del ferrocarril Buffalo & Chautauqua por las que atajaba para llegar al canal. Se sabía el camino tan bien que apenas necesitaba ya alzar los ojos. No se dio cuenta de que llevaba un hombre detrás hasta que estuvo en medio de las cocheras y entonces fue por pura casualidad.

Fuera de lugar, con su ropa ciudadana. Y el panamá en la cabeza. Avanzando con mucho cuidado por las vías, entre furgones que olían a ganado y a abonos químicos.

¡Quién es! ¡Y por qué está aquí!

Pocas veces, pero algunas, de todos modos, se veía a un hombre o a varios bien trajeados en las cocheras del ferrocarril o por las calles cercanas a las fábricas. Rebecca nunca sabía quiénes eran excepto que se trataba de mandamases, que habían llegado en automóviles último modelo, que de ordinario inspeccionaban algo o conversaban animadamente entre sí, y que no se quedarían mucho tiempo al aire libre.

Aunque el del sombrero panamá parecía distinto. No daba la sensación de saber dónde iba exactamente. Cruzaba la zona llena de malas hierbas como si le hicieran daño los zapatos.

Rebecca caminaba delante y sabía dónde iba. Entre malas hierbas con manchas de aceite, bloques de cemento rotos como trozos irregulares de hielo. Con pies tan firmes como una cabra montés.

En Niagara Tubing todos los días eran como el primero: difíciles, estruendosos, sofocantes. Aire inmóvil que apestaba a fibras quemadas. Llegabas a acostumbrarte al ruido insensibilizándote contra él, como quien tiene una extremidad paralizada. Soledad, cero. Privacidad, cero, excepto en el lavabo, y allí no te podías quedar mucho rato, los olores eran aún más intolerables. Rebecca llevaba muchos días fichando, desde el primero de marzo, y semana tras semana ahorraba todo lo que podía, unos pocos dólares, un puñado de monedas, guardadas en un escondite secreto de la casa, para ella y el niño si alguna vez llegaba a presentarse una emergencia.

Si lo malo llega a ser insoportable, era la expresión. Una mujer casada ahorra en secreto, no en un banco, sino en algún lugar de su casa, para la hora de la verdad, *si lo malo llega a ser insoportable.*

Rebecca saltó por encima de una zanja de desagüe. Pasó a través de una valla de tela metálica que estaba rasgada. Siempre en aquel punto, al acercarse al canal y a las afueras del pueblo, empezaba a sentirse mejor. El camino de sirga estaba de ordinario desierto, el aire sería más fresco. El olor del canal y el de las hojas, olor a tierra y a podrido. Rebecca era una campesina, había crecido recorriendo los campos, los bosques, los caminos rurales de Milburn, ciento cincuenta kilómetros hacia el este, y siempre se había sentido jubilosa en aquellos momentos. Llegaba a casa de la señora Meltzer y allí estaba Niley esperándola, gritando *¡Mamá!* y corriendo hacia ella con una mirada tal de amor dolorido que Rebecca apenas era capaz de soportarlo.

Fue en aquel momento, por casualidad, cuando lo vio: cómo el hombre de aspecto peculiar, con su panamá, parecía dirigirse en la misma dirección que ella. Rebecca no tenía motivo alguno para pensar que la estuviera siguiendo, o incluso que hubiera advertido su presencia. Pero fue en aquel momento cuando lo vio.

Lo vio y decidió no hacer caso.

Cruzó otra zanja que emitía un olor nauseabundo, como a azufre. Cerca, en las cocheras del ferrocarril, estaban desenganchando vagones de mercancías: el ruido llegaba como cortantes golpes de cimitarra. Rebecca pensaba, de esa manera que no llega a ser del todo pensar, sin deliberación ni finalidad, que el tipo del panamá, vestido como estaba, no tardaría mucho en darse la vuelta. No era una persona para caminar por allí, por aquellas sendas utilizadas sobre todo por muchachos y marginados.

A Tignor tampoco le gustaría que Rebecca frecuentara sitios como aquél. Como no le hubiera gustado a su madre años atrás. Pero Tignor no lo sabía, igual que Anna Schwart no había sabido todo lo que hacía Rebecca.

Más tarde recordaría cómo había entendido a medias, en aquel momento, que era arriesgado seguir caminando por allí, aunque lo había hecho de todos modos. Una vez que descendiera el terraplén y empezase su recorrido por el camino de sirga, probablemente se quedaría sola; y si el hombre del panamá de verdad la estaba siguiendo, preferiría no estar sola. De manera que tenía la posibilidad de elegir: podía darse la vuelta bruscamente y correr hacia una próxima calle lateral donde había niños jugando; o podía seguir por el camino de sirga.

No se volvió. Siguió adelante.

Sin pensar siquiera: *No es necesario que tenga miedo de un hombre así; no es un hombre que deba asustarme.*

Si bien, dada su capacidad de inventiva y su astucia, porque no en vano era, después de todo, la hija del sepulturero, cogió de un barril de trozos de metal una tira de acero de unos veinte centímetros de largo y dos y medio de ancho, y se la guardó en el bolsillo derecho de su chaqueta de color caqui. Tan deprisa que tuvo el convencimiento de que el hombre del panamá no la había visto hacerlo.

El trozo de acero era cortante, desde luego. Aunque le faltaba el mango, se parecía a un punzón para romper hielo.

Si tenía que usarlo, Rebecca se cortaría la mano. Pero sonrió al pensar: *Al menos le haré daño. Si me toca lo lamentará.*

Ahora el cielo se había oscurecido, casi anochecía. Un crepúsculo sombrío, malhumorado. No había ya belleza alguna en el canal. Sólo quedaba en el horizonte un sol apenas visible, como una llama entre cenizas humeantes.

Faltaba medio kilómetro para Poor Farm Road: Rebecca veía ya el puente de tablas. El corazón le golpeaba el pecho con fuerza. Se moría por llegar al puente, por trepar terraplén arriba y llegar a la carretera y ponerse a salvo. Correría por el centro de la carretera hasta la casa de los Meltzer, a algo más de medio kilómetro...

Entonces el hombre del panamá tomó la iniciativa.

Rebecca oyó tras ella, inesperadamente próximo, un ruido como de cristales rotos: pasos sobre hojas secas. Al instante se dejó llevar por el pánico. No miró para atrás, sino que corrió a ciegas terraplén arriba. Se agarró a los brezos, a los cardos, a las hierbas altas para que la ayudaran a subir. Se moría de miedo, estaba aterrada. En un fogonazo le llegaron recuerdos de cuando había tratado de subirse a vallas, a tejados, como hacían sus hermanos con tanta facilidad y a ella le resultaba imposible. Oyó hablar al hombre tras ella, la estaba llamando, Rebecca empezó a caer, la pendiente era demasiado pronunciada. Se le torció un tobillo, cayó pesadamente. El dolor fue terrible, espantoso. Había reducido en parte la caída con el borde carnoso de la mano derecha.

Pero ahora estaba en el suelo, indefensa. En aquel instante se le oscureció la vista, como si hubiera un eclipse de sol. Por supuesto era una mujer, y aquel hombre la buscaba como mujer. Se abalanzaría de inmediato sobre ella.

—¡Señorita, espere! ¡Discúlpeme! ¡Por favor! No voy a hacerle daño.

Rebecca estaba en cuclillas, jadeando. El hombre del panamá se le acercó, con expresión dolorida. De manera cautelosa, como uno se acerca a un perro que gruñe.

—¡No! ¡No se acerque más! ¡Váyase!

Rebecca intentó buscar el trozo de acero que llevaba en el bolsillo. La mano le sangraba y estaba insensible. No pudo meterla en el bolsillo.

El hombre del panamá, al ver la expresión en el rostro de Rebecca, se detuvo en seco. Preocupado, se quitó las gafas de sol, para mirarla. Había una cosa extraña en su fisonomía que Rebecca recordaría mucho tiempo: sus extraños ojos que miraban fijamente y parecían desnudos. Ojos de asombro, de cálculo, de ansia. Daban la sensación de no tener pestañas. Algo en el ojo derecho hacía que pareciese dañado, como un filamento quemado en una bombilla. Las córneas de los dos ojos eran amarillentas, del color del marfil viejo. Era un viejo joven, con un comportamiento juvenil y un rostro arrugado, vagamente bien parecido, pero con un algo borroso, sin solidez. Rebecca vio que un hombre así no podía ser un peligro a no ser que tuviese un arma. Y, si así fuera, ya la habría sacado para entonces.

Una sensación de alivio la inundó, ¡qué tonta había sido al equivocarse tanto con aquel desconocido!

—Por favor, perdóneme —decía el otro, torpemente—. No pretendía asustarla. Nada más lejos de mi intención, se lo aseguro. ¿Se ha hecho daño, querida?

¡Querida! Rebecca advirtió un componente de desprecio.

—No. No me he hecho daño.

—Pero ¿me permite ayudarla? Creo que se ha torcido el tobillo.

Se ofreció a darle la mano para que se pusiera en pie, pero Rebecca le indicó con un gesto que no se acercara.

—No necesito su ayuda. Váyase.

Se había puesto en pie, tambaleante. El corazón todavía desbocado. Se le había subido la sangre a la cabeza y estaba furiosa con aquel hombre por haberla asustado, por haberla humillado. Pero todavía más furiosa consigo misma. Si alguien que la conociera la viese encogerse de aquella manera... Le desagradaba muchísimo la forma en que el desconocido la miraba con sus extraños ojos sin pestañas.

El otro dijo de repente, aunque casi con nostalgia:

—Eres Hazel, ¿no es eso? ¿Hazel Jones?

Rebecca se quedó mirándolo, sin saber qué era lo que había oído.

—Eres Hazel, ¿verdad que sí?

—¿Hazel? ¿Quién?

—Hazel Jones.

—No.

—¡Pero es que te pareces tanto! Tienes que ser Hazel...

—Ya le he dicho que no. Quienquiera que sea esa persona, no soy yo.

El hombre del panamá había sonreído, con timidez. Estaba al menos tan nervioso como Rebecca, y sudoroso. La corbata de lazo a cuadros se le había torcido, y llevaba empapada la camisa de manga larga, mostrando el relieve, nada favorecedor, de la camiseta que llevaba debajo. Y aquellos dientes tan perfectos tenían que ser postizos.

—Querida mía, te pareces mucho a ella, a Hazel Jones. No me puedo creer que haya dos jóvenes, muy atractivas las dos, que se parezcan tanto y que vivan en la misma zona...

Rebecca había vuelto cojeando al camino de sirga. Probó a poner todo su peso sobre el tobillo dañado, calculando si podía andar con él, o correr. Tenía la cara colorada de vergüenza. Se sacudió la ropa, que había recogido tierra y abrojos. ¡Qué enfadada estaba! Y el hombre del panamá la seguía mirando, convencido de que era alguien que no era.

Vio que se había quitado el sombrero y que le daba vueltas, nervioso, entre las manos. El cabello, que parecía ondulado, de color rubio gris, daba la sensación de ser el pelo de un maniquí, moldeado, apenas perturbado por el sombrero.

—Me tengo que ir ya, perdone. No me siga más.

—Pero... ¡espera! Hazel...

Ahora el desconocido parecía hacerle un reproche sutil. Como si él supiera, y ella también, que Rebecca lo estaba engañando y no pudiera entender el porqué. Resultaba evidente que se trataba de una persona bienintencionada, de un caballero, poco acostumbrado a que se le tratara con grosería, y sin saber por qué. Diciendo, cortésmente, con su aire de exasperante tenacidad:

—Tus ojos son iguales que los de Hazel y el pelo se te ha vuelto un poco más oscuro, creo yo. Y tu manera de andar es un poco más brusca, aunque de eso —añadió precipitadamente— tengo yo la culpa por haberte asustado. Es sólo que no se me ocurría ninguna manera de abordarte, querida. Te vi ayer por la calle, quiero decir que creí que eras tú a quien había visto, Hazel Jones, después de tantos años, y ahora, hoy..., no me quedaba otro remedio que seguirte.

Rebecca se lo quedó mirando, mientras reflexionaba. Le parecía que aquel hombre tan serio decía la verdad: la verdad tal como él la veía. Estaba equivocado, pero no parecía trastornado. Hablaba con relativa calma y su razonamiento, dadas las circunstancias, era lógico.

Cree que soy ella y que estoy mintiendo.

Rebecca se echó a reír, ¡era una cosa tan inesperada! Tan extraña.

Deseó poder contárselo a Tignor cuando la llamara. Podrían haberse reído juntos. Excepto que Tignor tendía a ser celoso, y a un hombre así no se le cuenta que te ha seguido otro varón, dispuesto a creer que eres una persona muy querida por él.

—Lo siento, perdone. No soy ella, eso es todo.

—Pero...

Se le estaba acercando, despacio. Aunque le había dicho, le había advertido, que mantuviera las distancias. Daba la sensación de no saber lo que hacía, y Rebecca tampoco era del todo consciente. Parecía inofensivo. Apenas más alto que Rebecca, con zapatos marrones de diseño clásico cubiertos de polvo. También las vueltas de los pantalones de color crema estaban manchadas. A Rebecca le llegaba un agradable olor a colonia o a loción para después del afeitado. Del mismo modo que un joven viejo, también era un débil fuerte. Un hombre con el que te equivocas si lo juzgas débil, porque de hecho es fuerte. Su voluntad era la de una joven víbora cabeza de cobre enroscada sobre sí misma. Se podría pensar que está paralizada por el miedo, temerosa de que la maten, pero no es cierto; espera sencillamente su oportunidad, preparándose para el ataque. Mucho tiempo atrás Jacob Schwart, padre de Rebecca, el sepulturero de Milburn, había sido un hombre débil fuerte, aunque sólo su familia estaba al tanto de su terrible fortaleza, de su voluntad de reptil, bajo un exterior en apariencia sumiso. Rebecca sentía una doblez similar aquí, en aquel hombre. Se disculpaba, pero no era humilde. Ni una pizca de humildad en el alma. Tenía, era obvio, muy buena opinión de sí mismo. Conocía a Hazel Jones, había seguido a Hazel Jones, no renunciaría a Hazel Jones, al menos no con facilidad.

Tignor se haría una opinión errónea de un hombre así, porque Tignor era afablemente categórico en sus opiniones, y nunca las revisaba. Pero aquel individuo era una persona con dinero y con educación. Casi con toda seguridad, miembro de una familia acomodada. Tenía aspecto de soltero, pero al mismo tiempo de alguien bien atendido. Su ropa era de buena calidad aunque ahora estuviese un tanto arrugada, descuidada.

En la mano derecha lucía un sello de oro con una piedra negra.

—No me explico por qué reniegas de mí, Hazel. Qué es lo que he hecho para que te hayas alejado tanto de mí. Soy el hijo del doctor Hendricks..., tienes que reconocerme.

Hablaba con tono medio nostálgico, de quien desea congraciarse.

Rebecca rió, no conocía a nadie llamado Hendricks. Dijo, sin embargo, como para darle pie:

—¿*Hijo* del doctor Hendricks?

—Mi padre falleció en noviembre pasado. Tenía ochenta y cuatro años.

—Lo siento mucho. Pero...

—Soy Byron. Tienes que acordarte de Byron.

—Mucho me temo que no. Ya se lo he dicho.

—¡No tenías más de doce o trece años! Una chica tan joven. Yo acababa de terminar mis estudios de medicina. Me veías como una persona adulta. Nos separaba el abismo de una generación. Ahora el abismo no es tan hondo, ¿verdad que no? Tienes que haberte preguntado qué había sido de nosotros, Hazel. Soy médico en la actualidad, siguiendo el ejemplo de mi padre. Pero en Port Oriskany, no en el Valle. Dos veces al año regreso a Chautauqua Falls para ver a algunos parientes, ocuparme de propiedades familiares, y para cuidar de la tumba de mi padre.

Rebecca guardó silencio. ¡A buenas horas iba ella a responder a una cosa así!

Rápidamente Byron Hendricks continuó:

—Si consideras que se te maltrató, Hazel... Tú y tu madre...

—¡Ya le he dicho que no! Ni siquiera soy de Chautauqua Falls. Mi marido me trajo a vivir aquí. Estoy casada.

Rebecca habló con calor, impaciente. Le hubiera gustado llevar el anillo de casada para metérselo a aquel hombre por los ojos. Pero nunca se lo ponía para ir a Niagara Tubing.

Byron Hendricks suspiró.

—¡Casada! —no había considerado aquella posibilidad, al parecer—. Hay algo para ti, Hazel —dijo—. Durante su larga y a veces difícil vida mi padre nunca se olvidó de ti. Me doy cuenta de que es demasiado tarde para tu pobre madre, pero... ¿Aceptarás mi tarjeta, al menos, querida? Por si alguna vez quisieras ponerte en contacto conmigo.

Le entregó una tarjeta profesional. Las letras negras, cuidadosamente impresas, le parecieron a Rebecca una reprimenda de algún tipo.

Dr. Byron Hendricks
Medicina general y familiar
Edificio Wigner, local 414
1630 Owego Avenue
Port Oriskany, Nueva York
Teléfono 693-4661

—¿Por qué demonios tendría que acudir a usted? —dijo Rebecca, furiosa.

Luego se echó a reír, rompió la tarjeta en trozos pequeños y los arrojó al camino de sirga. El otro se la quedó mirando, consternado. Le temblaron las pestañas de sus ojos de miope.

Rebecca se dio la vuelta y echó andar, alejándose. Quizás fuera una equivocación: dar la espalda a aquel individuo. La estaba llamando:

—¡Siento mucho haberte ofendido! Debes de tener muy buenas razones, querida, para tratarme con tanta grosería. No juzgo a los demás, Hazel. Soy un hombre de ciencia y de razón. No te juzgo a ti. Esa nueva manera tan dura de comportarte, esa... aspereza. Pero no te juzgo.

Rebecca no dijo nada. No iba a volverse a mirar.

¡Maldita sea, cómo la había asustado! Aún estaba temblando.

La seguía de nuevo, a poca distancia. Persistente.

—Creo que lo entiendo, Hazel. Se te hizo daño, o te dijeron que te lo habían hecho. De manera que quieres hacer daño, a tu vez. Como te he dicho, querida, hay algo para ti. Mi padre no te olvidó en su testamento.

Rebecca quería taparse los oídos con las manos. ¡No, no!

—¿Me llamarás algún día, Hazel? ¿A Port Oriskany? O... ¿vendrás a verme? Dime que estamos perdonados. Y acepta de mí lo que el doctor Hendricks te ha dejado, el legado que te corresponde.

Pero Rebecca estaba ya subiendo por el terraplén a la carretera. Un caminito estrecho y empinado que conocía bien. Aunque sin forzar el tobillo, porque no tenía intención de caerse. Detrás quedaba Byron Hendricks, mirándola. Estaría sujetando su ridículo panamá con las dos manos, en actitud suplicante. Y sin embargo Rebecca había sentido la fuerza de voluntad de aquel hombre, se estremecía al pensar en ello. Tuvo necesidad de pasar tan cerca de él que hubiera podido extender un brazo y sujetarla. La manera en que se le había acercado por detrás, cuando sólo el crujir de las hojas secas le había advertido de su presencia, lo recordaría durante mucho tiempo.

En su testamento.

Legado.

Era una mentira, tenía que serlo. Un truco. No creía una sola palabra. Rebecca casi deseaba que Hendricks hubiese tratado de tocarla. Le hubiera gustado apuñalarlo con aquel trozo de acero, o haberlo intentado al menos.

2

—¡Mamaíta!

El niño corrió hacia ella tan pronto como entró en la cocina de los Meltzer, y le abrazó las piernas. Su veloz cuerpecillo estaba lleno de una energía casi eléctrica, lleno de entusiasmo. Sus ojos eran los de un animalito salvaje, brillantes y encendidos. Rebecca se agachó para abrazarlo, riéndose. Y, sin embargo, también temblaba. Su llanto le llegaba al corazón: se sentía muy culpable por estar lejos de él.

—Niley, ¿no pensarías que mamaíta no iba a volver, verdad que no? Siempre vuelvo.

El alivio que le producía la reaparición de su madre era absurdo, hiriente. Quería castigarla, pensó Rebecca. Y por la ausencia de Tignor; también quería castigarla por eso. Era así con frecuencia. ¡Cómo sentía ella la injusticia! ¡Que la castigaran doblemente tanto el hijo como el padre!

—Niley, sabes que mamaíta tiene que trabajar, ¿no es cierto?

Niley agitó la cabeza, testarudo. No.

Rebecca lo besó. Su rostro enfebrecido.

Y a continuación le quedaba soportar que Edna Meltzer le explicara cómo Niley había estado inquieto todo el día, cómo pedía escuchar la radio y cómo después había empezado a ir sin descanso de ventana en ventana tan pronto como el sol descendió por detrás de las copas de los árboles, esperando a su mamaíta.

—No le gusta que los días se acorten, se da cuenta de que se hace de noche más deprisa. Este invierno no sé cómo lo llevará —la señora Meltzer fruncía el ceño, inquieta. Entre Rebecca y ella había un ambiente de muda tensión, como el zumbido de un teléfono—. Ese niño saldría a la carretera si no lo vigilara cada minuto —rió—. Si lo dejara, trotaría por la orilla del canal para reunirse contigo como un cachorrito locamente enamorado.

¡Cachorrito locamente enamorado! Rebecca detestaba aquel lenguaje tan florido.

Escondió la cara en el tibio cuello del niño y lo estrechó con fuerza contra su pecho. A ella le latía el corazón tras el alivio sentido al ver que no le había sucedido nada en el camino de sirga y que nadie lo sabría nunca.

Le preguntó a Niley si había sido bueno o si se había portado mal. Le dijo que si había sido malo la Gran Araña lo atraparía. El niño rió a gritos mientras le hacía cosquillas para que no le apretase las piernas con tanta fuerza.

—Estás de buen humor esta noche, Rebecca —observó Edna Meltzer.

La señora Meltzer era una mujer robusta, sólida, de pechos péndulos y rostro de budín demasiado dulce. Sus modales eran benévolos, maternales, aunque siempre sutilmente acusadores.

¿No tendría que estar de buen humor? Vivo.

—He salido de ese agujero infernal hasta mañana. Ésa es la razón.

Rebecca olía decididamente a sudor femenino, su piel pegajosa y pálida, febril. Los ojos inyectados en sangre. Le asustaba que la señora Meltzer la examinase tan de cerca. Quizá se preguntaba si Rebecca había estado bebiendo. ¿Una copa apresurada con los compañeros de trabajo en lugar de venir directamente a casa? Porque parecía nerviosa, trastornada. Su risa era más bien desaforada.

—¡Vaya! ¿Qué te ha pasado, corazón, te has caído?

Antes de que Rebecca se pudiera apartar, Edna Meltzer le había cogido la mano derecha y la había alzado hacia la luz. El borde carnoso de la mano había quedado en carne viva por la tierra, y la sangre brotaba ahora en lentas gotas que brillaban como joyas. Había también cortes más finos en los dedos, que apenas habían sangrado, causados por el afilado trozo de acero que Rebecca empuñaba en el bolsillo.

Rebecca liberó la mano del escrutinio de la mujer de más edad. Murmuró que no era nada, que no sabía cómo se lo había hecho; no, no; no se había caído. Se hubiera limpiado la mano en el mono, pero Edna se lo impidió.

—Más vale que te lo laves, corazón. No querrás pillar..., cómo es..., *el títanos*.

Niley gritó para saber qué era el *títanos*. Edna Meltzer le explicó que era algo muy malo que te sucedía si te cortabas en el campo y no te lavabas la herida muy bien con un buen jabón muy fuerte.

Rebecca se lavó las manos en el fregadero ante la insistencia de la señora Meltzer. Estaba roja de indignación porque detestaba que le dijeran lo que tenía que hacer. ¡Y delante de Niley! Tener que lavarse las malditas manos como una niña pequeña con una pastilla de jabón gris y granuloso, 20 Mule Team era la marca, un jabón para jornaleros, útil si se quería eliminar la suciedad incrustada en la piel, la peor clase de suciedad y mugre. Edna Meltzer estaba casada con Howie Meltzer, propietario de la gasolinera Esso.

El padre de Rebecca había utilizado un jabón igual de áspero para limpiarse la tierra del cementerio. Excepto, por supuesto, que no es posible quitarse por completo la tierra de las tumbas.

Muy emocionado, Niley estaba gritando «¡Títanos! ¡Títanos!» y empujaba a Rebecca, deseoso de lavarse también las manos. Tenía una edad en la que las palabras nuevas lo emocionaban como si fuesen pájaros de alegre plumaje que le volasen sobre la cabeza.

Los cristales de la ventana sobre el fregadero se habían oscurecido. En ellos Rebecca veía a la señora Meltzer observándola. A Tignor le desagradaban los Meltzer sin otro motivo que su actitud amistosa con su mujer durante sus ausencias. Rebecca no estaba segura de sentir afecto por Edna Meltzer, una mujer de la edad que habría tenido su madre si no hubiera muerto joven, o si lo que le sucedía era que más bien la detestaba. ¡Siempre tan recta, tan maternal! Siempre diciéndole a Rebecca, la joven madre sin experiencia, lo que tenía que hacer.

La señora Meltzer había tenido cinco hijos. Cinco bebés salidos de aquel compacto cuerpo tan carnoso. La simple idea mareaba a Rebecca. Todos los hijos de los Meltzer eran mayores y se habían marchado de casa. Rebecca se preguntaba cómo Edna Meltzer podía soportarlo: tener hijos, quererlos con tanta ternura y ferocidad, aguantar tanto por ellos, y luego perderlos por el simple paso del tiempo. Era como mirar al sol para quedarte después ciego; y es que Rebecca no entendía que pudiera llegar un tiempo en el que Niley creciese y acabara por separarse de ella. Aquel niñito que la adoraba y que se pegaba a su cuerpo.

—¡Mamaíta! ¡Te quiero!

—Mamaíta también te quiere, cariño. ¡Pero no grites tanto!

—Ha estado así todo el día, Rebecca. No ha querido tumbarse y echar la siesta. Apenas ha comido. Estábamos en el jardín, y no quería más que oír la radio en la barandilla del porche, subiendo el volumen para oírla mejor —la señora Meltzer movió la cabeza, riéndose.

El niño creía que determinados locutores de radio podían ser su padre, dado que sus voces sonaban como la voz de Tignor. Rebecca había tratado de explicarle que aquello no era cierto, pero Niley se aferraba a sus propias ideas.

—Lo siento —dijo Rebecca, avergonzada. Estaba confusa y no sabía qué decir.

—Bah, no tiene importancia —respondió presurosa la señora Meltzer—. Ya se sabe cómo son los niños, esas cosas en las que dicen que «creen», aunque en realidad no es así. Igual que nosotros, los mayores.

Mientras se preparaba para llevarse a Niley a casa, Rebecca se oyó preguntando a la señora Meltzer, como por azar, si había oído alguna vez el nombre de una persona llamada Hazel Jones.

—¿Alguien que vive por los alrededores? ¿Es eso?

—Vive en Chautauqua Falls, según creo.

¿Pero era cierto? Lo que el hombre del panamá había dicho, posiblemente, era que, de niña, Hazel Jones había vivido en Chautauqua Falls.

—¿Por qué lo preguntas? ¿Quién es?

—Oh, alguien me preguntó si me llamaba yo así.

Pero también aquello era falso. El hijo del doctor Hendricks había preguntado si Rebecca era Hazel Jones. Había una diferencia importante.

—¿Te preguntó si te llamabas así? ¿Por qué haría nadie semejante pregunta?

Edna Meltzer arrugó su cara ancha y más bien gruesa y se echó a reír.

Era la respuesta a cualquier cosa que, según las normas locales, se salía de lo ordinario: una risa desdeñosa.

Niley abandonó corriendo la casa y no evitó el golpe de la puerta con red metálica. Rebecca lo habría seguido si la señora Meltzer no le hubiese tocado el brazo, para hablar con ella en voz baja. La mujer más joven sintió una punzada de repugnancia por aquel contacto, y por la forzada intimidad entre las dos.

—¿Se espera que Tignor vuelva pronto a casa, Rebecca? Ha pasado ya bastante tiempo fuera.

Rebecca sintió que el rostro le latía con fuerza por el calor.

—¿Bastante tiempo?

Pero la señora Meltzer insistió:

—Me parece que sí, desde luego. Semanas. Y el niño...

Rebecca dijo, con su manera despreocupada, llena de vida, para cortar por lo sano semejante intimidad:

—Mi marido es un hombre de negocios, Edna. Viaja, pasa mucho tiempo en la carretera. Tiene *propiedades*.

Rebecca empujó la puerta mosquitera a ciegas, y dejó que se cerrara sola. Niley corría por la hierba, agitando los brazos y lanzando chillidos de entusiasmo infantil. ¡Qué sano estaba el niño, tan parecido a un animalito a gusto con su cuerpo! A Rebecca le molestaba que aquella mujer hablara con ella, la madre del niño, utilizando semejante tono. Dentro de la cocina la señora Meltzer estaba diciendo con su voz paciente, insistente, exasperante:

—Niley no se cansa de preguntar por «papaíto», y no sé qué decirle.

—Es cierto, Edna —dijo Rebecca con frialdad—. Usted no lo sabe. Buenas noches.

De nuevo en su casa, la pequeña granja de dos pisos que Tignor alquilaba para ellos al fondo de un camino de tierra que salía de Poor Farm Road, Rebecca escribió con letra de imprenta la nueva palabra para Niley: T É T A N O S.

Antes de cambiarse la ropa sudada y de quitarse del cuerpo y del pelo enmarañado la suciedad de Niagara Tubing, miró la palabra en su diccionario. Era un viejo y gastado Webster, de los tiempos en que vivía en Milburn e iba al instituto de allí; lo había ganado en un concurso de ortografía, patrocinado por un periódico local. A Niley le fascinaba el ex libris:

CAMPEONA DE ORTOGRAFÍA DEL TERCER DISTRITO DE MILBURN
1946
REBECCA ESHTER SCHWART

Porque en aquel lugar y en aquella época había sido la hija de sus padres, y llevaba el apellido que su padre había adoptado en el Nuevo Mundo: Schwart.

(Rebecca no había querido corregir la falta de ortografía en «Esther». No había querido profanar la bonita letra de imprenta del ex libris.)

Desde que Niley cumplió los dos años, Rebecca empezó a mirar palabras en el diccionario para deletreárselas. A ella no la habían animado a deletrear, a leer, ni siquiera a pensar hasta que fue mucho mayor, pero no se proponía imitar a sus padres a la hora de criar a su hijo. En primer lugar, Rebecca escribía con cuidado en letra de imprenta la palabra en una cartulina. Luego Niley trataba de imitar lo que ella había hecho, para lo que sujetaba un lápiz de color con sus rechonchos dedos de niño, y lo movía por el papel con una concentración a toda prueba. A Rebecca le admiraba la profunda vergüenza del niño cuando su palabra laboriosamente trabajada no conseguía parecerse a la de su mamá; como también se avergonzaba lo indecible de otros percances que le sucedían: tirar la comida, hacerse pis en la cama. Unas veces rompía a llorar y otras se enfurecía, entre patadas y gemidos. Con sus puños de bebé golpeaba a su mamaíta. Y también se golpeaba la cara.

En casos así Rebecca lo abrazaba. Se lo apretaba mucho contra el pecho.

Lo amaba con pasión, como amaba a su padre. Pero temía por él, porque estaba desarrollando algo de su genio. Deseaba aprender, sin embargo, con avidez, y en eso se diferenciaba de Tignor. En los últimos meses Niley la había asombrado al ver lo mucho que lo fascinaban las letras del alfabeto y la manera en que se enlazaban para formar «palabras», que tenían como finalidad representar «cosas».

Rebecca apenas se había educado. Nunca terminó la enseñanza secundaria, su vida había quedado interrumpida. A veces sentía el desfallecimiento de la vergüenza al pensar en todo lo que no sabía, en todo lo que no estaba en su mano aprender y en cómo ni siquiera era capaz de medir su falta de conocimientos porque la amplitud misma de su ignorancia desbordaba su capacidad de imaginar. Se veía hundida en una ciénaga, con arenas movedizas hasta los tobillos, hasta las rodillas.

Este país es un estercolero. ¡Ignorancia! ¡Estupidez! ¡Crueldad! ¡Confusión! Y locura por encima de todo, ten la seguridad.

Rebecca se estremeció al recordar. La voz de su padre. La frivolidad regocijada de su amargura.

—¿Mamaíta? Mira.

Niley había dibujado, con terrible lentitud, T É T A N O S en un papel. Alzó la vista, los ojos entrecerrados, lleno de ansiedad. No se parecía a su padre y, desde luego, nada al padre de Rebecca. Tenía cabellos delicados, de color castaño claro; también la piel era muy blanca, propensa a los sarpullidos; sus facciones más bien pequeñas, muy juntas. Y los ojos como los de Rebecca, hundidos y apasionados.

Quedarse sin espacio en la hoja de papel podía, sin embargo, desencadenar un berrinche. Rápidamente Rebecca le quitaba el papel y le proporcionaba otro.

—De acuerdo, tesoro. Vamos a hacer los dos «tétanos» de nuevo.

Niley empuñó con avidez el lápiz rojo. Esta vez lo haría mejor.

Rebecca se juró que no cometería equivocaciones con su hijo en aquella etapa de su vida. Tan joven, antes de empezar la escuela. Cuando un niño está casi exclusivamente a merced de sus padres. Ésa era la razón de que Rebecca buscara palabras en el diccionario. Y tenía también libros de texto de secundaria. Para que las cosas estuvieran bien. Para que estuvieran bien las cosas posibles, entre tantas otras imposibles.

3

Una voz, áspera y apremiante, junto al oído de Rebecca:

—¡Dios bendito, ten cuidado!

Salió de su ensoñación. Rió nerviosa. Su mano derecha, abultada por el guante protector, se estaba acercando peligrosamente a la troqueladora.

Dio las gracias a quien fuese que le había hecho la advertencia. Se ruborizó de vergüenza e indignación. Llevaba así la mayor parte de la mañana; la cabeza se le iba, perdía la concentración. Corría riesgos, como si fuese una novata y no supiera aún los peligros de aquel trabajo.

Máquinas ruidosas. Aire viciado. Calor que sabía a goma chamuscada. Sudor dentro de la ropa de trabajo. Y, mezclado con el ruido, un nuevo sonido apremiante que no lograba descifrar: ¿era esperanzador, atrayente, burlón? HAZEL JONES HAZEL JONES HAZEL JONES.

El capataz se acercó. No para hablar con Rebecca sino para dejarse ver: para hacer notar su presencia. Hijo de puta, lo veía.

Nadie sabía mucho de ella en Niagara Falls. Ni siquiera Rita, que era su amiga. Sabían quizá que estaba casada, y algunas personas con quién: el nombre Niles Tignor era conocido en ciertos sectores de Chautauqua Falls. En realidad todo lo que sabían de Rebecca era que hacía vida aparte. Terca por naturaleza, tenía cierta dignidad obstinada. No toleraba sandeces por parte de nadie.

Incluso cuando estaba cansada hasta el límite de su resistencia. Cuando apenas era capaz de sostenerse y necesitaba usar el servicio para rociarse la cara con agua tibia. No sólo se mareaban las pocas mujeres que trabajaban en Niagara Tubing: también les pasaba a los varones. A veteranos de muchos años en la cinta transportadora.

Durante la primera semana en la sala de montaje, a Rebecca le producía náuseas el olor, la rapidez del ritmo, el ruido. Ruido ruido ruido. Con tantos decibelios, el ruido no es sólo sonido, sino algo físico, visceral, como una corriente eléctrica que atraviesa el cuerpo. Asusta, corta la respiración, cada vez con más fuerza. El corazón se acelera para mantener el paso. El cerebro echa a correr, pero sin ir a ningún sitio. No es posible pensar de manera coherente. Los pensamientos se derraman como las cuentas de una sarta rota...

Estaba aterrada, podría haberse vuelto loca. El cerebro se le iba a desintegrar. Había que gritar para hacerse oír, había que gritarle a alguien al oído y la gente te gritaba al oído, a pocos centímetros de distancia. Era una vida salvaje, acelerada, primitiva. No había personalidades allí, ni sutilezas espirituales. Supondría la destrucción del alma delicada de un niño como Niley. En las máquinas, el lugar más horrible de la fábrica, había una extraña vida primitiva que imitaba la cadencia de la vida natural. Y el corazón y el cerebro de los seres vivos quedaban dominados por aquella pseudovida. Las máquinas tenían su ritmo, su compás. Sus ruidos se superponían a los ruidos de otras máquinas y suprimían todo sonido natural. Y aquel ruido abrumaba. Había caos en su interior, pese a la repetición mecánica, un pseudoorden, un ritmo, la imitación de un latido normal. Y algunas de las máquinas, las más complicadas, imitaban un tipo rudimentario de pensamiento humano.

Rebecca se había dicho que no podría soportarlo.

Para luego, con más calma, decirse que no tenía elección.

Tignor le había prometido que no necesitaría trabajar cuando fuera su esposa. Era un hombre orgulloso que se ofendía fácilmente. No le parecía bien que su mujer trabajara en una fábrica, pero no le pasaba dinero suficiente, de manera que no tenía elección.

Desde el verano Rebecca se había ido acoplando mejor. Pero, Dios del cielo, nunca se acostumbraría del todo.

Era sólo un trabajo temporal, por supuesto. Hasta que...

¡La había mirado con tanta seguridad! HAZEL JONES.

Parecía conocerla. No a Rebecca con su ropa de faena, tiesa de suciedad, sino a otra persona, debajo.

Había visto en su corazón. HAZEL JONES HAZEL ¿ERES HAZEL JONES? ERES HAZEL JONES ¿ERES HAZEL JONES? En las largas horas de trabajo HAZEL JONES HAZEL JONES, un sonido arrullador, atractivo como una voz que susurrase en el oído de Rebecca, aunque por la tarde HAZEL JONES HAZEL JONES se convertía en un ruido burlón.

—No. No lo soy. Y déjeme en paz, maldita sea.

El otro se quitaba las gafas. Gafas de sol muy tradicionales. De modo que pudo verle los ojos. Lo sincero que era y cómo le suplicaba. El iris dañado de uno de ellos, como algo quemado. Posiblemente no veía con él. Sonriendo a Rebecca, esperanzado.

—Como si yo fuese alguien especial. «Hazel Jones.»

No tenía ningún deseo de pensar en Hazel Jones. Menos todavía en el hombre del panamá. Le hubiese gustado gritarle en la cara. Aún veía su consternación cuando rompió la tarjeta. Aquel gesto, había hecho lo correcto.

Pero por qué: ¿por qué lo detestaba?

Tenía que admitirlo, era un hombre civilizado. Un caballero. Un hombre que había recibido una buena educación, que tenía dinero. Como nadie que Rebecca conociera o que hubiese conocido. Y un hombre así le había dirigido una súplica como aquélla.

Una persona de buen corazón, con deseos de hacer bien las cosas.

—¿Era sólo porque soy «Hazel Jones» o, tal vez, se trataba de *mí*?

Se acordó de ti. En su testamento.

Legado.

—¿Ve? No soy ella. La que usted piensa que soy.

Tienes que acordarte de mí, el hijo del doctor Hendricks.

—Ya le he dicho que no.

Maldita sea, le había dicho *no*, había sido sincera desde el primer momento. Pero él seguía, dale que dale, como un niño de tres años insistiendo en que era lo que no era.

Había seguido hablándole como si hubiera oído *sí* cuando Rebecca decía *no*. Como si estuviera mirando dentro de su alma, como si la conociera de una manera que ella misma no se conocía.

—Oiga, ya se lo he dicho. No soy *ella*.

Tan cansada. A última hora de la tarde se está más expuesto a los accidentes. Incluso entre los más veteranos. Uno se descuida por la fatiga. ¡LO PRIMERO ES LA SEGURIDAD! Carteles a los que nadie miraba ya, tan familiares. 10 RECORDATORIOS PARA LA SEGURIDAD. Uno de ellos era: NUNCA APARTES LOS OJOS DE TU TRABAJO.

Cuando, dentro de las gafas protectoras, la visión de Rebecca empezaba a vacilar, y veía las cosas como si estuvieran bajo el agua, era como si saltara la alarma: se dormía de pie. Pero era tan... arrullador. Como cuando a Niley se le cerraban los ojos. Un motivo de asombro, comprobar cómo los seres humanos se dormían igual que los animales. Qué es la *persona* en *personalidad* y dónde va cuando te duermes. Tignor, el padre de Niley, dormía muy profundamente, y a veces su respiración tenía extrañas oleadas erráticas que a Rebecca le hacían temer que pudiera dejar de respirar, que su gran corazón dejara de bombear la sangre y entonces, ¿qué pasaría? Se había casado con ella en una ceremonia civil en Niagara Falls. Rebecca tenía diecisiete años por entonces. En algún lugar, perdido entre las cosas de Tignor, estaba el certificado de matrimonio.

—Lo soy. Soy la señora de Niles Tignor. La boda fue de verdad.

Rebecca dio un respingo y alzó la cabeza. ¿Dónde había estado?...

Metió los dedos dentro de las gafas para secarse los ojos. Pero antes tuvo que quitarse los guantes de seguridad. ¡Tan incómodo! Quería llorar de frustración... *Se te hizo daño, o te dijeron que te lo habían hecho. No juzgo.* La estaba observando desde la puerta, hablaba de ella con uno de los jefes. Lo vio con el rabillo del ojo; no miraría directamente para que no supieran que estaba al tanto de su conversación. Llevaba prendas de color crema y el panamá. Otros trabajadores lo mirarían burlona-

52

mente. Sin duda era uno de los propietarios. Inversores. No uno de los gerentes, no vestía para trabajar en un despacho. Y sin embargo también era médico...

¡Por qué habría roto Rebecca su tarjeta! ¡Qué mezquina, a semejanza de su padre, el sepulturero! Se avergonzaba al pensar en la consternación del hombre del panamá, en lo dolido que estaba.

Y, sin embargo: había dicho que no juzgaba.

—*Despierta*. Mujer, será mejor que te *despiertes*.

De nuevo Rebecca casi se había dormido. Casi dejó que la máquina le destrozara la mano, la izquierda esta vez.

Sonrió, al pensar, de la manera más absurda, que no echaría tanto de menos los dedos de la mano izquierda. Era diestra.

Supo entonces que el hombre del panamá no estaba en la fábrica. Debía de haber visto —cuando se mira por el rabillo del ojo las imágenes no son precisas— al jefe de planta. Un hombre más o menos de la misma edad y altura que llevaba una camisa blanca de manga corta la mayor parte de los días. Nada de corbata de lazo y mucho menos sombrero panamá.

Al salir del trabajo casi volvió a verlo. En la acera de enfrente, bajo el toldo del zapatero remendón. Rápidamente se dio la vuelta y se alejó sin mirar atrás.

—No está ahí. No está Tignor, y él tampoco.

No la vio nadie: se aseguró antes.

Buscó los trozos de la tarjeta de Hendricks que había roto. En el camino de sirga encontró unos cuantos pedacitos de papel. Sin ninguna seguridad de que fueran lo que quería. Si tenían algo impreso, se había borrado, estaba perdido.

—Mejor. No quiero saberlo.

Esta vez, enfadada consigo misma, hizo una bolita con los trozos y la tiró al canal, donde cabeceó y flotó en el agua oscura como un bicho acuático.

Pasó el domingo y Tignor no llamó por teléfono.

Para distraer a su hijo, intranquilo, empezó a contarle la historia del hombre en el camino de sirga. El hombre del sombrero panamá.

—Niley, ese hombre, ese hombre extraño, me siguió por el camino de sirga y ¿sabes qué me dijo?

La voz de mamaíta era luminosa, vibrante. Si fueras a pintarla con lápices de colores sería un llamativo amarillo soleado con un toque de rojo.

Niley escuchaba con avidez, con la duda de si debería sonreír: si era una historia alegre o una historia que le haría preocuparse.

—Mamaíta, ¿qué hombre?

—Nada más que un hombre. Nadie que conozcamos: un desconocido. Pero...

—«Deconocido»...

—«Desconocido». Quiero decir alguien a quien no conocemos. ¿Te das cuenta?

Niley buscó, ansioso, por la habitación. (El chiribitil que era su dormitorio, de techo inclinado, que daba a la alcoba de su madre.) Parpadeaba muy deprisa, mirando hacia la ventana. Era de noche, y la única ventana reflejaba sólo el borroso interior submarino de la habitación.

—No está aquí ahora, Niley. No tengas miedo. Se ha marchado. Te hablo de un hombre simpático y amable, creo yo. Una persona amable. Quiere ser mi amigo. Nuestro amigo. Tenía un mensaje especial para mí.

Pero Niley seguía inquieto, mirando a su alrededor. Para retener su atención mamaíta tuvo que agarrarlo por los hombros y mantenerlo quieto.

Una anguilita que se retorcía, eso era Niley. Rebecca quería zarandearlo. Quería estrecharlo con toda el alma contra su pecho y protegerlo.

—¿Mamaíta? *¿Dónde?*

—En el camino del canal, tesoro. Cuando volvía a casa del trabajo, cuando regresaba para recogerte en casa de la señora Meltzer.

—¿Hoy, mamaíta?

—Hoy no, Niley. El otro día.

Era más tarde que de costumbre y el niño no se había acostado aún. Las diez de la noche y Rebecca sólo había conseguido ponerle el pijama convirtiéndolo en un juego. Tirándole de la ropa, quitándole los zapatos, con él tumbado en actitud pasiva y sin resistirse del todo. Había sido un día difícil, Edna Meltzer se había quejado. En la delicada unión de huesos en la frente del niño, su madre vio un nervio que latía.

Lo besó. Continuó con su historia. La dominaba el cansancio.

El niño de tres años estaba demasiado irritable para meterlo en la bañera, y mamaíta tuvo que luchar a brazo partido para lavarlo con una toallita húmeda y no muy bien. También estaba demasiado irritable para leerle nada. Sólo la radio lo consolaba, la maldita radio que a Rebecca le hubiera gustado tirar por la ventana.

—Un hombre, un hombre muy agradable. Un hombre con un sombrero panamá...

—¿Qué, mamaíta? ¿Un sombrero banana?

Niley rió incrédulo. También Rebecca se echó a reír.

Por qué demonios había empezado a contar aquella historia era algo que no conseguía entender. ¿Para impresionar a un niño de tres años? De la caja de lápices seleccionó uno negro para dibujar un monigote y en la ridícula cabeza redonda del monigote Rebecca dibujó un sombrero banana. La banana era demasiado grande para la cabeza del monigote, y vertical. Niley rió, nervioso, movió las piernas y se retorció, complacido. Se apoderó de los lápices para dibujar su monigote con un sombrero banana inclinado.

—Para papaíto. Sombrero banana.

—Papaíto no usa sombrero, corazón.

—¿Por qué no? ¿Por qué no usa sombrero?

—Bueno, podemos conseguirle un sombrero a tu papá. Un sombrero banana. Podemos hacer un sombrero banana para papaíto...

Rieron juntos, planeando el sombrero banana para Tignor. Rebecca cedió al capricho infantil, pensando que sería inofensivo. ¡Las cosas que imagina este niño! La señora Meltzer movía la cabeza, y no podía saber si le parecía divertido o la asustaba. Rebecca sonrió y también movió la cabeza. Le preocupaba que Niley no se desarrollase como otros niños. Su cerebro parecía funcionar como una cinta transportadora que avanzase a saltos. Sus periodos de atención eran intensos pero breves. No se podía esperar que siguiera de cabo a rabo una línea de pensamiento o de discurso. No tenía paciencia para relatos que durasen más de unos pocos segundos. A no ser que le impusieras tu voluntad, como Rebecca hacía en ocasiones, exasperada. De lo contrario el niño te llevaba de aquí para allá, errante, con continuos tropiezos. Una fuerte nevada de pensamientos rotos, de fragmentos de palabras mal oídas. En ocasiones así, Rebecca sentía que se iba a ahogar en el cerebro enfebrecido del niño, que era una diminuta figura adulta, atrapada en el cerebro de un niño.

Había querido ser madre con toda su alma. Y ahora lo era.

Había querido ser a toda costa la esposa de Niles Tignor. Y lo había conseguido.

Aquellos hechos irrefutables eran los que estaba tratando de explicar al hombre del panamá que se la había quedado mirando con su sonrisita dolorida, con sus ojos de miope: casi se podía ver el fino cañamazo de la miopía sobre ellos, como espuma sobre agua. Los cabellos de color gris rubio tan curiosamente ondulados. Las arrugas de sonreír, surcos profundos en el rostro, que era el de un viejo joven, un rostro apagado y sin embargo extrañamente juvenil, con esperanza. Se podía ver que era un hombre cortés, un caballero. Convencido de que la joven de aspecto descuidado con ropa de trabajo le estaba mintiendo, pero suplicándole de todos modos.

Un hombre de ciencia y de razón.
Al menos, aceptarás mi tarjeta.
Si alguna vez quisieras...

En la guía telefónica del Greater Chautauqua Valley Rebecca buscó los *Jones*. Había once, todos varones, o con iniciales que podían ser de ambos sexos. Ni una sola mujer reconocible como tal. Ni un solo *H. Jones* en la lista.

Aquello no le sorprendió. Porque, sin duda, Byron Hendricks debía de haber consultado la guía muchas veces. Probablemente debía de haber llamado por teléfono a algunos de aquellos Jones cuando buscaba a Hazel Jones.

—¡Cretina! ¿Cómo he podido hacer una cosa tan estúpida?

Una noche Rebecca despertó al darse cuenta —algo que la golpeó como un puñetazo en el vientre— de que era una madre descuidada, una mala madre: había guardado el arma improvisada, el trozo de acero de más de quince centímetros, en el cajón de un buró, donde Niley, que siempre estaba hurgando en las cosas de su madre, podía encontrarlo.

Rebecca lo sacó y lo examinó. El aspecto del acero era desagradable, pero no estaba muy afilado, en conjunto. Tendría que haber apuñalado con desesperación para defenderse.

De todos modos, se había equivocado en lo relativo al hombre del panamá, que no se proponía hacerle daño, que tan sólo la había confundido con otra persona. Por qué se había alterado tanto era algo que no entendía. Ella, Rebecca, era mezquina y primitiva en sus sospechas.

De todos modos no tiró el trozo de acero, sino que lo envolvió en un viejo suéter suyo hecho jirones que puso en lo alto de un armario, en un estante donde ni Niley ni Tignor lo encontrarían nunca.

Dos noches después llamó su marido.

—¿Sí? ¿Quién es?

—¿Quién crees tú, nena?

Tenía ese poder: dejarla indefensa.

Se hundió en una silla de la cocina, sin fuerzas de repente. De algún modo, Niley lo supo. Corrió desde la otra habitación, llorando:

—¿Papaíto? ¿Papaíto?

Niley se lanzó sobre el regazo de su madre, acalorado, semejante a una anguila, temblando de emoción. El amor por su padre era tan ardiente e incondicional como el de un perrillo por su dueño. De todos modos, había aprendido a no apoderarse del teléfono, como hubiese querido; sabía que sólo hablaría con papaíto cuando papaíto estuviera dispuesto a hablar con él, pero no antes.

Rebecca recordaría después que no había tenido premonición alguna de que Tignor fuese a llamarla aquella noche. Desde que se enamoró de él se había vuelto supersticiosa, era una debilidad del amor, suponía ella, incluso una mente escéptica llega a depender de los augurios, de los presagios. Pero no esperaba oír la voz de Tignor al otro extremo de la línea, no estaba preparada.

Y él le estaba diciendo que volvería, que regresaría con ella y con el niño para el fin de semana.

Tignor nunca decía vuelvo *a casa*. Tan sólo vuelvo *contigo y con el niño*.

Rebecca le preguntó que dónde estaba, ¿todavía en Port au Roche? Pero Tignor no se dignó responder. Nunca contestaba a preguntas que se le hacían sin rodeos. Y su voz telefónica era de efusividad forzada, tan jovial e impersonal como la de un locutor de radio.

Sólo de cerca era Tignor capaz de intimidad. Sólo cuando podía tocar, acariciar, estrechar. Sólo cuando hacían el amor tenía Rebecca la seguridad de que Tignor estaba con ella.

Con su cuerpo, al menos.

Ahora le estaba diciendo que había tenido algún problema. Pero ya estaba *superado*.

—¿Problema? ¿Qué clase de...?

Pero Tignor no iba a contestarle, Rebecca lo sabía. Se trataba de algún tipo de dificultad en los negocios, rivalidad con otra fábrica de cerveza, quizá. Ella no había oído nada sobre problemas, de manera que lo mejor sería adaptarse al tono de Tignor. *Superados*.

Mientras Tignor estaba fuera, Rebecca tenía un mapa de carreteras del Estado de Nueva York extendido en el suelo, para mostrarle a Niley dónde se hallaba su papá, o dónde creía su mamá que se hallaba. Rebecca temía que el niño adivinara que no siempre lo sabía. Que podía faltarle información. Porque el territorio de su padre era muy amplio, desde Chautauqua Falls, donde ellos vivían, hasta el extremo occidental, por todo el ancho del Estado hasta el valle del Hudson, por el norte hasta los montes Adirondack y por el este hasta el lago Champlain donde una ciudad como Port au Roche no era en el mapa más que un punto del tamaño de una simiente de amapola, más pequeña incluso que Chautauqua Falls.

¿Qué le estaba diciendo Tignor ahora? ¿Algo para hacerle reír?

Rebecca entendió: *Tengo que reírme.*

Era importante. Al principio de su relación con Niles Tignor sabía reírle los chistes y hasta hacerlos ella. Nadie quiere a una chica triste, por el amor del cielo.

Y en los sitios que Tignor frecuentaba había numerosas chicas y mujeres compitiendo unas con otras por reírle los chistes. Siempre las había habido, antes de que Rebecca conociera a Tignor, y siempre las habría, aunque fuera su marido. Rebecca lo entendía. *Soy una de ésas. Mi deber con él es estar alegre.*

—¡Niley, compórtate! Sé bueno.

Pero Tignor hablaba con alguien al otro extremo de la línea. Con la mano sobre el auricular, Rebecca no entendía sus palabras. ¿Estaba discutiendo? ¿O sencillamente explicando algo?

Qué postura tan incómoda la suya: en la silla de la cocina, Niley que se le retorcía sobre el regazo, el corazón latiéndole con tanta fuerza que le dolía, el pelo enmarañado, húmedo por habérselo lavado, colgándole por la espalda y mojándole la ropa.

Se preguntó qué pensaría el hombre del panamá si la viera así. Reconocería al menos que era madre y esposa. No la confundiría con...

Tignor pidió hablar con Niley. Rebecca le pasó el teléfono.

—¡Papaíto! ¡Hola, papaíto!

La carita aplastada de Niley se llenó de alegría. Un niño tan alegre de repente te hacía entender que había una angustia, un dolor previo. Rebecca se marchó tambaleante, dejando al niño con el teléfono. Estaba aturdida, exhausta. Fue dando traspiés hasta la habitación vecina y se dejó caer en el sofá. Un sofá con muelles rotos y cubierto con una manta que no estaba limpia. Un rugido en los oídos como el de Niagara Tubing. Como las cataratas por debajo de las esclusas en Milburn, que había contemplado durante tanto tiempo, enfermizamente fascinada, de jovencita.

Por qué no podía acusar a Tignor de desatenderla. Por qué no podía decirle que lo amaba incluso así, que lo perdonaba.

No se le exigía que pidiera perdón a su mujer. Rebecca era consciente de que no lo haría nunca. Pero ¡si aceptara al menos su perdón!

Me has llamado sólo tres veces. Me has enviado sesenta y cinco malditos dólares sin un mensaje, ni siquiera un remitente en el sobre. Vete a la mierda.

Y tenía que aceptar la manera en que Niley parloteaba con Tignor. *Quiere a su papá más que a su mamá. Siempre ha sido así.*

Rebecca volvió a la cocina. Recuperaría el teléfono.

—¡Niley! Dile a tu papá que necesito hablar con él antes de que...

Pero cuando el niño pasó el auricular a su madre, Tignor debía de haber colgado ya porque se había interrumpido la comunicación.

No era la música. No era la música lo que le ponía los nervios de punta. Eran las voces de los locutores. Las voces de la radio. Anuncios. ¡Los anuncios fulgurantes y chabacanos, divertidos a rabiar, lanzados a toda prisa! Y Niley acuclillado cerca, escuchando con intensa concentración. La cabecita inclinada, atenta, en una postura que no era en absoluto infantil. ¡Trataba de reconocer la voz de su papá en la radio! Rebecca sentía una punzada de dolor, y de indignación, ante el hecho de que su hijo se engañara tan a conciencia y prescindiera de ella por completo.

—Niley, apaga eso.

Pero el niño no oía. Niley no quería oír a su mamá.

—Niley, he dicho que apagues ese maldito aparato.

Y así conseguía quizá que Niley bajara el volumen de la radio, a regañadientes. Pero sin apagarla. De manera que Rebecca seguía oyendo las voces, semejantes al veloz parloteo de sus pensamientos.

Se lo había dicho: no, no, no. No era la voz de su papá.

Tignor no estaba en la radio. ¡No!

Ninguna. Ninguna de las voces de la radio.

(¿Se creía lo que le decía su mamá? ¿La escuchaba siquiera?)

(¿Y por qué tendría que creer a Rebecca? Esta vez era tan incapaz como él de saber si su papá volvería de verdad con ellos.)

Aunque también Rebecca encontraba a menudo consuelo en la radio. En la música de la radio.

Oyendo a medias mientras dormía. Sonriendo mientras un sueño de incomparable belleza la envolvía. Allí estaba Niley, que no era ya un niñito de flacas extremidades, siempre con la preocupación de que no crecía como era debido, que no se educaba bien, sino un muchacho quizás de quince, de dieciséis años; un muchacho que no era ya un niño indefenso ni tampoco un adulto prepotente; un adolescente de rostro borroso pero bien parecido y cuya postura era excelente; que tocaba, sentado al piano, para un público tan numeroso que Rebecca no lograba ver dónde terminaba.

Lo hará. Será así. Ésa es la promesa.

Su madre había hecho la promesa, parecía pensar Rebecca. Las dos habían escuchado juntas, en secreto, la música de la radio. ¡Cómo se habría enfadado su padre si lo hubiera sabido! Pero nunca lo supo.

Lo había sospechado, por supuesto. Pero nunca lo supo a ciencia cierta.

De joven Anna Schwart había tocado el piano. Muchos años antes, en el *viejo mundo*. Antes de la *travesía*.

En el sueño, a Rebecca la embargaba la alegría. Y le hacía saber lo sencilla que es la felicidad. Como alisar una tela arrugada, humedeciéndola y planchándola, con cuidado. Así de sencillo.

Eres madre, Rebecca. Sabes lo que hay que hacer.

La música preferida de Niley no era la de piano, sin embargo. Le gustaba la música country, melancólica y quejumbrosa. Melodías pop llenas de vida que daban ganas de bailar. Por muy triste que se sintiera, Rebecca tenía que reír al ver a su hijo de tres años bailando rock sobre sus breves piernecitas de niño, que daban la sensación de ser sólo carne sin huesos dentro. Inspirado, Niley agitaba los brazos como aspas de molino. Chillaba, trinaba. Rebecca dejaba de lado lo que estuviera haciendo, sin importarle lo que fuera, y bailaba con él, sus manitas regordetas enganchadas en las de su madre. El desenfreno se apoderaba de ella, de tanto como lo quería. A Tignor no le había gustado Rebecca durante su embarazo, de manera que a tomar por saco: allí estaba el resultado del embarazo y el niño era de Rebecca.

Dando bandazos y golpeándose por toda la casa, tropezando con los muebles, derribando una silla, haciéndose cardenales en las piernas como una pareja de borrachos dominada por ataques de risa.

—Es a mamaíta a quien más quieres, ¿no es cierto? Claro que sí.

La música se detenía, sin embargo. De manera abrupta, la música se paraba.

Voces de locutores, tan rasposas. ¡Cielos! Llegabas a detestar algunas de aquellas voces como llegas a detestar a la gente que ves demasiado a menudo, en la escuela o en el trabajo. Siempre las mismas voces (masculinas). Y la expresión de Niley cambiaba, porque ahora escuchaba para oír: ¿la voz de su papá?

Rebecca había tratado de explicárselo. A veces no se fiaba de sí misma, se limitaba a irse.

Tienes que ver el humor, chica. Aléjate.

No toques al niño. Esa rabia terrible que hay en ti, deja que siga dentro de ti.

Lo que más la asustaba era que pudiera hacer daño a Niley. Zarandear una y otra vez al obstinado mocoso hasta que le castañetearan los dientes y pusiera los ojos en blanco. Porque así la castigaban a ella de pequeña. Quería recordar que había sido su padre quien la castigaba, pero en realidad habían sido los dos, su madre y su padre. Quería recordar que el castigo había sido merecido, necesario y justo, pero no estaba completamente segura de que hubiera sido así.

Tignor quizá regresara el domingo.

Rebecca no sabía por qué lo creía. Sólo una corazonada.

Aunque existía la posibilidad de que Tignor se presentara delante de la fábrica el viernes por la tarde o quizá el lunes. Su Pontiac 1959, de color verde plata, con el motor al ralentí, junto a la acera.

Eh, pequeña: aquí.

Rebecca casi oía su voz. Sonreía como sonreiría cuando la oyera.

Qué tal, noctámbulos. Esto es WBEN Radio Wonderful, de Buffalo, con Zack Zacharias retransmitiendo lo mejor del jazz a altas horas de la madrugada.

Niley se dormía casi todas las noches escuchando aquel programa. Rebecca, sin embargo, no podía entrar en su habitación para apagar la radio porque se despertaba con mucha facilidad; no podía entrar en su cuarto ni siquiera para apagar la luz. Si el niño se despertaba a esas horas era muy probable que se asustara, y al final Rebecca tenía que quedarse con él.

Por la noche Niley permitía al menos que se bajara el volumen de la radio. Se quedaba en la cama sin hacer ruido a pocos centímetros de la radio y se consolaba con ella.

Gracias a cerrar la puerta entre sus habitaciones, Rebecca no seguía despierta a causa de la luz.

—Cuando vuelva papaíto, todo eso se acabará.

Junto a la cama de Niley había una lámpara con forma de conejito de cristal blanco, procedente de una tienda de muebles de Chautauqua Falls. El conejito tenía orejas tiesas, naricilla rosada y una pantallita de color melocotón, hecha con algún tejido aterciopelado. Rebecca admiraba la lámpara, y el tibio brillo pálido sobre el rostro dormido del niño le resultaba consolador. La bombilla era sólo de sesenta vatios. Nadie querría una luz más intensa en la habitación de un niño.

¿Se habría parado su madre a mirarla cuando dormía?, se preguntó Rebecca. ¡Había pasado tanto tiempo! Sonrió al pensar, sí, quizás.

El peligro de la maternidad. Revives tu primer yo a través de los ojos de tu madre.

En el umbral, viendo dormir a Niley. Largos minutos embelesados que podrían ser horas. El corazón latiéndole con fuerza por la felicidad, la certeza. Una madre sabe sólo que el niño *es*. Una madre sabe sólo que su hijo *es* porque ella, la madre, lo ha hecho así.

Por supuesto también está el padre. Pero no siempre.

Niles, hijo. Rebecca confiaba en que recibiera parte de la fortaleza de su padre. A ella le parecía un niño de anhelos, de impulsos. Tenía un muelle muy comprimido en su interior, como el muelle de un juguete que va haciendo ruido, trastornado. Excepto cuando dormía: Niley, entonces, estaba bien. Su alma, comprimida al límite, se tranquilizaba.

Un brillo de saliva en la boca del niño, semejante a un pensamiento descarriado. Deseó llevárselo con un beso. Pero mejor no.

Un mechón de pelo húmedo pegado a la frente. Deseó peinárselo hacia atrás, pero mejor no.

El hijo secreto de Hazel Jones.

La radio de la ventana, con el volumen bajo, transmitía música de jazz. La radio, como la lámpara, lanzaba una suave luz consoladora. Rebecca se estaba acostumbrando y le resultaba mucho menos molesta. La voz del locutor no se parecía en nada a las que se oían durante el día. ¿Era negro Zack Zacharias? Una voz dulcemente modulada, una voz en cierto modo cantarina, más bien juguetona, bromista. Una voz íntima en el oído.

Y la música. A Rebecca empezaba a gustarle la música.

El jazz «cool», temperamental, seductor. Rebecca reconocía la música de piano, por supuesto, pero apenas reconocía los demás instrumentos. ¿Clarinete, saxofón? Le parecía muy mal saber tan poco.

Una mujer ignorante, una obrera. Esposa, madre. Ni siquiera había terminado la secundaria. ¡Qué vergüenza!

Sólo una vez había oído música clásica en la radio de su padre. Sólo una vez, en compañía de su madre. Su padre no lo había sabido porque se lo hubiera prohibido. *Esa radio es mía. Las noticias son mías. Soy el padre, todos los datos son míos. Todo conocimiento sobre el mundo que queda fuera de esta casa de dolor me pertenecen y os los oculto, hijos míos.*

Tignor no había preguntado mucho sobre los padres de Rebecca. Sabía muy poco y quizá no había querido saber más.

Herschel, el hermano de Rebecca, solía decir: «Caray, ni siquiera es el apellido de mi padre. "Schwart" ni siquiera es nuestro apellido, joder».

Era todo un chiste para Herschel. Y procedía a enseñar sus grandes dientes húmedos de asno rebuznador.

Rebecca preguntó cómo se llamaban, en ese caso. ¿Cuál era su apellido si no era «Schwart»?

Herschel se encogió de hombros. ¿Quién demonios lo sabía, a quién demonios le importaba?

Gilipolleces del viejo mundo, dijo Herschel. A nadie le importa eso un carajo en los Estados Unidos de América, a mí desde luego nada.

Rebecca le rogó que le dijera el auténtico, si su apellido no era Schwart, pero Herschel se marchó, no sin hacer antes un gesto obsceno.

Si Jacob Schwart hubiera vivido, tendría ahora sesenta y tres años.

¡Sesenta y tres! Viejo, pero no viejo de verdad.

Aunque en su alma Jacob ya era un anciano incluso entonces. Rebecca sólo recordaba a su padre como viejo, como gastado.

Perturbador, pensar cosas así. Infrecuente en ella, en su nueva vida, pensar cosas así.

Hazel Jones no tenía pensamientos como aquéllos.

—Mamááá...

Niley gimió en sueños, de repente. Como si se hubiera dado cuenta de la presencia de Rebecca a su lado.

El rostro infantil, tan terso, estaba arrugado, feo. ¡Parecía un anciano! La piel había adquirido la palidez de la cera. Le temblaban los párpados, y se le contraía la frente. Como si un sueño de tamaño equivocado, todo esquinas puntiagudas, se le hubiera metido a la fuerza en el cerebro.

—Niley.

A Rebecca le atenazó la duda, al ver a su hijo atrapado en un sueño. Su impulso era rescatarlo al instante. Pero no, mejor no. Mamá no podía estar salvándolo siempre. Tenía que aprender a salvarse solo.

El sueño se desvanecía ya, terminaría por pasar. Niley se tranquilizaría al cabo de un minuto. Era el hijo de una nueva era, nacido en 1956. Nadie llamaría a Niles Tignor, hijo, «de la posguerra» (porque todo era «de la posguerra»), sino «de la post-posguerra». Nada del pasado podía importarle mucho. Para la generación de Niley la Segunda Guerra Mundial sería como la Guerra Europea para la de Rebecca. Gilipolleces del viejo mundo, con palabras de Herschel.

Para él, que no había conocido a la familia de su madre, nada de los Schwart tendría importancia.

Aquella línea de sucesión se había extinguido, aquel viejo, podrido linaje europeo se había quebrado.

El sueño de Niley parecía haberse esfumado. Dormía ya como antes, respirando húmedamente por la boca. La lámpara con forma de conejito brillaba en la mesilla de noche. La radio de la repisa de la ventana emitía un sonido uniforme, tranquilizador, de música de jazz para piano. Rebecca sonrió y retrocedió. También ella dormiría ahora. Niley no tendría problemas, no hacía falta que lo despertase. No lo besaría, como deseaba. Aunque el niño sabría de todos modos (Rebecca estaba segura) que su madre lo quería, que su madre estaba siempre cerca, vigilante, protegiéndolo. Lo sabría siempre, a lo largo de la vida.

—No tengo Dios que me sirva de testigo. Pero lo juro.

Tres días después sería domingo. Rebecca contó con los dedos. Sonrió al pensar en que el padre de Niley volvería entonces con ellos. ¡Tenía una corazonada!

4

Gitanilla. Judía...

La voz de Tignor era un suave gemido indefenso, un gemido cuesta abajo, delicioso de oír. Su cuerpo musculoso se estremecía de deseo como si lo atravesara una corriente eléctrica.

Rebecca sonrió al recordarlo. Pero la sangre le latía con fuerza en el rostro y se lo encendía. ¡No era gitana, ni por lo más remoto, ni tampoco judía!

Y la sangre le latía con fuerza y calor entre las piernas, donde estaba tan sola.

«Maldita sea.» Tenía problemas para dormir. En la cama de Tignor y suya. Todo aquel día, todos aquellos días desde el encuentro en el camino de sirga junto al canal: cielo santo, tenía los nervios tan tensos como alambres.

Por fin iba a cambiar el tiempo. El viento del gran lago, oscuro y ondulado, a sesenta kilómetros hacia el norte, parecía empujar los cristales de las ventanas de la vieja casa de labranza. Cuando amaneciera, el viento se habría llevado la tibieza del veranillo de San Martín y el aire sería más cortante, más frío, húmedo. Un anticipo del invierno futuro. Invierno en el valle del Chautauqua, en las estribaciones de las montañas...

Pero no. Rebecca no iba a pensar en eso. Nada sobre *el futuro* más allá de los próximos tres o cuatro días.

Como sus padres habían dejado de pensar en *el futuro* de manera gradual.

Se habían vuelto muy parecidos a los animales, al final. Sin futuro era eso lo que te sucedía.

¡Con lo necesitada que estaba de dormir! Al cabo de muy pocas horas tendría que levantarse, regresar a Niagara

Fiber Tubing. No le bastaba con el sueño que sólo era una fina espuma pálida que le bañaba el cerebro dolorido y que tan poco la alimentaba; necesitaba el sueño denso, mucho más profundo, el sueño que reduce el ritmo cardiaco como en la proximidad de la muerte, el sueño que te priva de toda conciencia de tiempo y lugar, de quién eres y de lo que has sido.

«Tignor. ¡Te necesito! Te quiero dentro de mí. Quiero que me...»

La había instado a que le dijera sus palabras especiales: *Fóllame, fóllame. Hazme daño.*

Cuanto más dubitativa se mostraba, cuanto más nerviosa, más avergonzada, más le gustaba a Tignor. Se veía cómo el placer de aquel hombre aumentaba inconmensurablemente, una jarra alta en la que se vertía la cerveza, más y más y más, hasta que, llena de espuma, se desbordaba.

Había sido su único amante. Niles Tignor. Lo que hacía con ella, lo que le había enseñado a hacerle. Qué doloroso resultaba estar tumbada en aquella cama y no pensar en él, no pensar en aquellas cosas, sus latidos acelerados por el deseo.

Inútil, aquel deseo. Porque incluso aunque se tocara, no era Tignor.

Antes de Tignor no había dormido nunca en una cama tan grande. No le parecía que mereciera una cama tan grande. (Aunque no era en realidad más que una cama ordinaria, suponía Rebecca. Comprada de segunda mano en Chautauqua Falls. Con un armazón de bronce ligeramente deslustrado y un colchón nuevo, duro, rígido, que se había manchado muy pronto con el sudor salado de Tignor.)

Se dio la vuelta para tumbarse de espaldas. En la habitación vecina, apenas audible, la maldita radio seguía sonando. Rebecca no oía la música, pero sentía el ritmo. Separó los brazos del cuerpo porque tenía húmedas las axilas. Su pelo, tan denso como las crines de un caballo, se había secado por fin y estaba extendido en abanico alrededor de su cabeza sobre la almohada a la manera en que Tignor, el rostro contraído por un placer intenso, sensual, se lo arreglaba a veces con sus torpes manos.

¿Es esto lo que quieres, gitanilla, eh? ¿Es esto?

Tignor tenía otras mujeres, Rebecca lo sabía. Sabía, desde antes de casarse, qué clase de hombre era. En el hotel donde trabajaba se contaban historias de Niles Tignor. Por todo el valle del Chautauqua y más allá. Entendía que no era razonable para las mujeres de Tignor esperar que un hombre como él fuese fiel de la manera en que lo son los hombres corrientes. ¿No le había dicho Tignor, poco después de casados, no con crueldad, sino con tono de sincera sorpresa por el hecho de que tuviera celos: «Caramba, chica, también a ellas les gusto»?

Rebecca rió recordándolo. Los nudillos apretados contra la boca.

Pero era divertido. Había que tener sentido del humor para apreciar a Niles Tignor. Y él esperaba que se le hiciera reír.

Ahora estaba tumbada de espaldas. A veces eso funcionaba. Los músculos empezaban a temblarle. Su estúpida mano que se acercaba demasiado a la maldita troqueladora... La había retirado justo a tiempo.

En algún otro universo podría haber sucedido. La mano destrozada como carne picada. Separada del brazo. Se lo tenía merecido, estúpida hija de puta, por no fijarse en lo que estaba haciendo.

¡Qué cara pondría Tignor! Rebecca tuvo que reírse al imaginarlo.

Le había parecido fatal su vientre desmesurado. Lo miraba fascinado y no podía dejar de tocarlo.

La manera en que el viento soplaba en los tejos. Un sonido como de voces burlándose. Su casa era la vieja granja Wertenbacher, como todavía la llamaban por los alrededores. Aunque ahora, al cabo de tres años, Rebecca habría esperado tener ya casa propia.

Tignor los quería. A Niley y a ella. En el fondo de su corazón no era infiel.

En el fondo de su corazón, Jacob Schwart, su padre, también quería a Rebecca. Los quería a todos. No tenía intención de hacerles daño, sólo se había propuesto borrar la historia.

Eres uno de ellos. Nacida aquí.

¿Era eso cierto? Se abrazó, sonriendo. Hundiéndose por fin en el sueño como en un pozo tan profundo que no tenía fondo.

MILBURN, NUEVA YORK

1

Noviembre de 1936. La familia Schwart llegó en autobús a aquel pueblo en el norte del Estado de Nueva York. Daban la sensación de llegar de la nada, con maletas repletas, maletines, bolsas de viaje. Estaban ojerosos, desaliñados y sin peinar. Eran, a todas luces, extranjeros. «Inmigrantes.» De los Schwart se dijo que daban la sensación de estar huyendo del Führer (en 1936, en sitios como Milburn, Nueva York, aún era posible pensar en Adolf Hitler —con su bigote, su pose militar y su dureza en la mirada— como en un personaje cómico, no muy distinto de Charlie Chaplin) sin pararse a comer, ni a respirar, ni a lavarse.

¡El olor que despedían!, comentaría el conductor del autobús, poniendo los ojos en blanco.

A nadie le extrañó que Jacob Schwart, el cabeza de familia, encontrase trabajo como encargado del cementerio en el municipio de Milburn, un cementerio no confesional en el irregular límite del pueblo. Jacob y su familia —esposa, dos hijos varones e hija de muy corta edad— vivirían en la casita de piedra, erosionada por los elementos, situada dentro del cementerio y junto a sus puertas. Aquel «chalé» no pagaba alquiler, lo que hacía atractivo aquel puesto para un hombre que buscaba desesperadamente un sitio donde vivir.

El señor Schwart se deshizo en manifestaciones de agradecimiento ante las autoridades municipales que lo contrataron aunque no poseía experiencia alguna como encargado de un cementerio, ni tampoco como sepulturero.

Era un trabajador competente, insistía Jacob Schwart. Con las manos y con la cabeza.

—No arrepentirán, señores. Aseguro a ustedes.

Cuando se instalaron en la casita de piedra del cementerio, llena de telarañas, que había sido limpiada muy someramente a raíz de que se marcharan los anteriores inquilinos, y que olía intensamente a algo así como lejía, Rebecca, la hija pequeña de los Schwart, era un bebé enfermizo de unos cinco meses, bien envuelta en el sucio chal de su mamá. Durante buena parte del viaje en autobús desde el sur del Estado de Nueva York, el chal había servido a modo de segundo pañal para la intranquila niñita.

Era tan pequeña, recordaba más tarde su hermano Herschel, que parecía una cosa sin pelo, como un lechoncillo, y olía igual, además. «Papá apenas se molestaba en mirarte, imagino que pensaba que te ibas a morir.»

¿Había sido entonces Rebecca Esther Schwart? Carecía de nombre y de identidad, tan joven. De aquellos primeros días, semanas, meses y finalmente años en Milburn, apenas recordaba nada. Porque la familia Schwart tenía pocos recuerdos.

Estaba mamá, que la había criado, y que a veces la rechazaba con un gruñido, como si se le hiciera daño con tocarla.

Estaba papá, que se llamaba Jacob Schwart. Imposible predecir su comportamiento. Al igual que el cielo, papá cambiaba todo el tiempo. Como la fea cocina de carbón donde se preparaban las comidas, papá producía unas veces sólo ascuas y otras lanzaba llamaradas. Nadie quería poner el dedo sobre la cocina de carbón para probarla cuando había fuego dentro.

Otras veces no había fuego en la cocina de carbón. Estaba fría, muerta.

Jacob Schwart agradeció profusamente que unos desconocidos lo contrataran en una pequeña comunidad rural. Sin embargo, después de reflexionar en la casita de piedra, se expresó de manera diferente.

—Como a perro quieren tratarme, ¡eh, «Jaicob»! Ése soy yo. Por extranjero, por no rico, ¡porque no soy uno de ellos! Un día verán quién es perro y quién es hombre.

Ya de muy de pequeña, Rebecca empezaría a intuir que su padre, aquella presencia poderosa que se inclinaba sobre su cuna, que a veces la tocaba con dedos maravillados e incluso llegaba a cogerla en brazos, había sido atrozmente herido en el alma; y tendría que soportar la deformidad de aquella herida, como una columna vertebral retorcida, durante el resto de su vida. Rebecca parecía entender, incluso cuando se resistía a un saber tan terrible, que ella, el último vástago de la familia, la *pequeñina,* no había sido deseada por Jacob Schwart y era un signo exterior de su herida.

Rebecca no sabía por qué, un niño no pregunta por qué.

Recordaría el terror de su madre que llegó dando traspiés hasta la cuna y le puso una mano húmeda sobre la boca para que no se la oyera llorar. Para que papá, exhausto después del trabajo, no despertase de su sueño en la habitación vecina.

—¡No! ¡Por favor! Nos matará a las dos.

2

De manera que Jacob Schwart dormía. Se agitaba y gemía durante el sueño como un animal herido. Después de diez, de doce horas de trabajo en el cementerio en aquellos primeros tiempos, caía en la cama con la ropa de trabajo, apestando a sudor, sin quitarse siquiera las pesadas botas salpicadas de barro.

Las botas las había encontrado en el cobertizo. Propiedad, suponía Jacob, del anterior encargado del cementerio de Milburn.

Demasiado grandes para sus pies. Jacob había metido trapos para rellenar el espacio sobrante.

En aquellas botas sus pies le parecían algo así como pezuñas. Pesados, bestiales. Soñaba con caer al agua, al océano, con aquellas botas, y ser incapaz de desatárselas, de nadar y de salvarse.

3

La historia no existe. Todo lo que existe son los individuos y de ésos sólo momentos singulares, tan separados unos de otros como vértebras aplastadas. Aquellas palabras las había escrito él con letra de imprenta, sujetando torpemente un lápiz con sus dedos entumecidos. ¡Se le ocurrían tantos pensamientos! En el cementerio las ideas le invadían la cabeza como abejorros que era incapaz de controlar.

Escribía con torpeza aquellos pensamientos. Se preguntaba si eran suyos. Los miraba fijamente, los sopesaba, luego arrugaba el papel con la mano y lo tiraba a la cocina de carbón.

4

Se le veía desde lejos: Schwart, el sepulturero.

Con apariencia de gnomo. Un tanto encorvado, la cabeza baja.

En el cementerio entre las lápidas. Hablando consigo mismo entre muecas mientras empuñaba una guadaña, una hoz o un rastrillo; mientras empujaba la oxidada segadora manual en feroces e idénticas franjas a través de los densos garranchuelos; mientras cavaba una fosa y se llevaba el exceso de tierra en una carretilla que hacía eses; mientras descansaba para secarse la frente y beber de un frasco que llevaba en el bolsillo del mono. Echaba la cabeza hacia atrás, cerraba los ojos y tragaba como un perro sediento.

Los colegiales se agachaban a veces detrás de la valla del cementerio, que era de algo menos de un metro de altura, hecha de piedras sin labrar y pegotes de cemento, muy descuidada. Brezos, ortigas y zumaques crecían silvestres a lo largo del muro. En la entrada principal del cementerio había una puerta de hierro forjado que era preciso arrastrar, con muchas dificultades, para cerrarla, una senda de grava muy deteriorada y la casita de piedra del encargado; detrás quedaban varios cobertizos y edificios anexos. Las lápidas más antiguas llegaban prácticamente a la parte de atrás de la casita. Hasta la zona con hierba donde la mujer del encargado tendía la colada de unas cuerdas colgadas entre dos postes desgastados por la intemperie. Si los colegiales no podían acercarse lo suficiente para burlarse del señor Schwart, o para tirarle castañas o piedras, a veces se conformaban con la señora Schwart, que lanzaba un agudo gritito de alarma, dolor, pena, miedo, dejaba sobre la hierba lo que estuviera haciendo y corría asustada para meterse por la puerta de atrás de la casucha de una manera que resultaba muy divertida.

Había quien señalaba que hostigar al encargado del cementerio era una costumbre anterior a la llegada de Jacob Schwart. A su predecesor se le había molestado de manera similar, y también al predecesor del predecesor. En Milburn, como en otros pueblos de la época, hostigar a los sepultureros y perpetrar actos de vandalismo en los cementerios no eran acontecimientos inusuales.

Algunos de los escolares que acosaban a Jacob Schwart no pasaban de los diez o los once años. Con el tiempo llegaron a ser mayores. Y algunos ya no eran escolares, sino jóvenes que habían cumplido los veinte. No de inmediato, en los años treinta, sino más adelante. Sus gritos, obstinados y caprichosos, tenían tan poco sentido en apariencia como los roncos graznidos de los cuervos en los altos robles de detrás del cementerio.

¡Sepulturero! ¡Teutón! ¡Nazi! ¡Judío!

5

—¿Anna?

Jacob había tenido un presentimiento. Era a comienzos del invierno de 1936; sólo habían vivido allí unas pocas semanas. Mientras retiraba los restos de una nevada en el cementerio, Jacob hizo una pausa como para oír...

No se trataba de escolares que se burlasen. No aquel día. Aquel día estaba solo, el cementerio vacío de visitantes.

¡Corre, corre! El alma se le cayó a los pies.

Estaba confundido. Pensaba, por alguna razón, que Anna iba a dar a luz ahora, que la niña estaba atascada en aquel momento dentro del cuerpo distendido de su mujer, que Anna gritaba, se retorcía sobre el sucio colchón empapado en sangre...

Incluso aunque sabía que estaba en otro sitio. En un cementerio cubierto de nieve, entre cruces.

En un lugar del que sólo podía decir que era rural y que tenía una feroz belleza desolada ahora que casi todas las hojas habían desaparecido de los árboles. Mientras en el cielo por encima de su cabeza se amontonaban las nubes repletas de lluvia.

—¡Anna!

No estaba en la cocina, ni en el dormitorio. En ninguna de las cuatro reducidas habitaciones de la casita de piedra. La encontró en la leñera, a la que se entraba desde la cocina; en un rincón oscuro del abarrotado espacio, en cuclillas sobre el suelo de tierra: ¿podía ser su mujer aquella persona?

En la leñera había un fuerte olor a queroseno. Lo bastante para producirle náuseas a cualquiera, pero allí estaba Anna, acurrucada, con una manta sobre los hombros, el pelo enmarañado y los pechos sueltos y flácidos dentro de lo que parecía ser un mugriento camisón. Y la niñita en el regazo, oculta en parte por la sucia manta, boquiabierta, los ojos medias lunas acuosas en la cara de muñeca, inmóvil como si estuviera en coma. Y él, el marido y el padre, él, Jacob Schwart, temblaba sobre las dos sin atreverse a preguntar qué era lo que pasaba, por qué demonios estaba Anna allí, de qué se escondía esta vez, había sucedido algo, había llamado alguien a la puerta de la casita, qué le había hecho a su hija, *¿la había asfixiado?*

Porque estaba asustado, pero también furioso. No podía creer que su mujer se derrumbase así, después de todo lo que habían soportado.

—¡Anna! Explícate.

Poco a poco su mujer tomó conciencia de la presencia de Jacob. Se había dormido o había caído en uno de sus trances. Se le podían chasquear los dedos delante de la cara y en esas ocasiones, por pura testarudez, apenas oía.

Movió los ojos. En aquel lugar llamado Milburn, entre las cruces, los ángeles de piedra y *los otros* que la miraban fijamente desde la calle, Anna se había vuelto tan furtiva como un gato asilvestrado.

—Anna. Te he dicho...

Su mujer se pasó la lengua por los labios pero no habló. Encorvada debajo de la sucia manta como si pudiera esconderse de él.

Tendría que arrancarle la manta, dejarla al descubierto.

¡Ridícula mujer!

—Pásame a la pequeñina, entonces. ¿Quieres que la estrangule?

Era una broma, por supuesto. Una broma colérica, de la clase que Anna provocaba con su comportamiento.

No era Jacob Schwart quien hablaba, sino..., ¿quién? El hombre del cementerio. El sepulturero. Un gnomo con ropa de trabajo y botas rellenas de trapos que le sonreía, apretando los puños. No el hombre que sentía adoración por ella, que le había suplicado que se casara con él y le había prometido protegerla para siempre.

No era el padre de la pequeña, sin duda. Agachado sobre ellas dos, jadeando como un toro sin aliento.

Pese a todo, sin decir una sola palabra, Anna le ofreció a la niña.

6

En los Estados Unidos. Rodeados de cruces.

Jacob había cruzado el Atlántico con su familia para llegar allí: a un cementerio con cruces de piedra.

—¡Menudo chiste! Chiste para Schwart.

Se rió, con auténtico regocijo en la risa. Rascándose las
axilas, la tripa, la entrepierna, porque Dios es un bromista. Hasta dolerle todo de reírse, resoplando sobre la pala con un regocijo incontenible hasta que las lágrimas le corrieron por las hirsutas
mejillas y cayeron sobre el metal oxidado.

—¡Jacob se frota los ojos, esto es un sueño! ¡Me lo he
hecho encima, ése es mi sueño! *Estados Unidos.* Todas las mañanas el mismo sueño, ¿eh? Jacob, un fantasma que vaga por
este lugar, ocupándose de los cristianos muertos.

Hablaba solo, no había nadie más. Imposible hablar
con Anna. Ni con sus hijos. Veía en sus ojos cómo lo temían.
Veía en los ojos de *aquellos otros* cómo lo compadecían.

Pero allí estaba la *pequeña.* No había querido encari-
ñarse con ella, convencido de que se iba a morir. Pero ni la in-
fección bronquial ni el sarampión acabaron con su hija.

—Rebecca.

Estaba empezando a decir el nombre, despacio. Durante mucho tiempo no se había atrevido.

Un día, ¡Rebecca era lo bastante mayor para caminar
sin ayuda! Lo bastante mayor para jugar al escondite con su padre. Primero dentro de la casa y luego fuera, en el cementerio.

¡Oh, oh! ¿Dónde se esconde la pequeñina?

Detrás de aquella cruz, ¿no es eso? Jacob no la verá.

A Rebecca se le escapaban risitas y chillaba emocionada,
asomando por detrás. Y papá de todos modos seguía sin verla.

Ojos entrecerrados y llenos de arrugas porque Jacob había perdido las malditas gafas en algún sitio. Arrebatadas y partidas en dos.

El búho de Minerva sólo remonta el vuelo al atardecer.

Aquello era de Hegel: el gran sacerdote de la filosofía admitiendo el fracaso de la razón humana.

¡Ah! ¡Los ojos de papá pasaban por encima de la *pequeñina* sin verla!

Un juego de lo más entretenido. ¡Divertidísimo!

Jacob no era un hombre grande, pero se había hecho fuerte gracias a su astucia. Un hombre bajo y robusto pero, para vergüenza suya, con manos y pies de mujer. Usaba, sin embargo, las botas del anterior encargado, hábilmente rellenas de trapos.

A los funcionarios de Milburn se les había presentado con tal cortesía, para tratarse de un simple obrero, que habían quedado impresionados, ¿no?

—Caballeros, estoy capacitado. Para un trabajo así. No soy un hombre grande, pero soy fuerte, se lo aseguro. Y soy —¿cuáles eran las palabras? ¡Jacob las conocía!— una persona fiel. No *cejo*.

En el juego de No Ver la *pequeña* se escapaba de la casa o lo seguía hasta el cementerio. ¡Deliciosísimo! Escondiéndose de él se convertía en invisible, al asomarse para verlo era invisible, al esconderse detrás de una cruz, temblando como un animalito, los ojos de Jacob pasaban por encima como si no fuera más que una de aquellas diminutas mariposas blancas que flotaban sobre la hierba...

—Nadie. No hay nadie ahí. ¿O hay alguien? ¿Veo un fantasmita? ¡No! Nadie.

A aquella hora tan temprana papá no había empezado a beber aún. No se impacientaba con ella. Le guiñaba un ojo y hacía un ruido de besos sonoros con los labios, incluso mientras (ah, la pequeña lo veía, era como si la luz perdiera intensidad) se olvidaba de ella.

Sus pantalones de trabajar estaban remetidos en las botas de goma, la camisa de franela muy suelta dentro de la cintura sin correa. La camisa arremangada, los pelos hirsutos de los antebrazos brillantes como metal. Llevaba el gorro de paño gris. La camisa desabrochada en el cuello. Movía la mandíbula, sonreía y hacía muecas mientras balanceaba la guadaña, vuelto de espaldas a ella.

—Fantasmita, vuelve a casa, ¿eh? Vete ya.

El maravilloso juego del escondite había terminado, ¿o no? ¿Acaso se podía decir que el juego había terminado? Porque de repente papá no la veía, igual que si se hubiera quedado ciego. Como los ojos, semejantes a bombillas, de los ángeles de piedra del cementerio que le hacían sentirse tan rara cuando se acercaba a ellos. Porque si papá no la veía, no era su *pequeñina;* no era *Rebecca,* carecía de nombre.

Como las cruces diminutas, algunas tumbadas sobre la hierba como lápidas, tan erosionadas y desgastadas que ya no era posible ver los nombres. Tumbas de bebés y niños pequeños, eso eran.

—¡Papá!

Rebecca quería dejar ya de ser invisible. Detrás de una estela bajita, inclinada por encima de un montículo de hierba, temblaba, inmóvil.

¿Podía montar en la carretilla? ¿La empujaría él? ¡No daría patadas ni chillaría ni se comportaría tontamente, lo prometía! Si en la carretilla había hierba segada en lugar de brezos o tierra de sepulturas, la empujaría. La extraña carretilla vieja, que daba bandazos y saltos como un caballo borracho.

Su voz lastimera se alzó débilmente.

—¿Papá?

Parecía no oírla. Estaba absorto en su trabajo. Perdido para ella. Su corazón infantil se encogió, dolido y avergonzado.

Tenía celos de sus hermanos. Herschel y August ayudaban a su padre en el cementerio porque eran chicos. Herschel se estaba haciendo tan alto como su padre, pero Gus seguía siendo un niño pequeño, larguirucho, el pelo afeitado casi al cero y la cabeza, con bultos, pequeña y absurda como la cabeza calva de una muñeca.

En la escuela a Gus lo habían devuelto a casa porque tenía piojos. Lloraba porque le habían llamado *¡Bicho, bicho!*

y algunos de los chavales le habían tirado piedras. Fue mamá quien le afeitó la cabeza, porque papá no quería acercarse.

¿Quién era ella? ¿Rebecca? Mamá decía que era un nombre precioso porque lo había llevado su bisabuela, que vivió, hacía muchos años, al otro lado del océano. Pero Rebecca no estaba segura de que le gustase el nombre. Como tampoco le gustaba lo que era: *chica*.

Había dos clases: *chico, chica*.

Sus hermanos eran *chicos*. De manera que le tocaba a ella ser *chica*.

Tenía su lógica y Rebecca lo entendía. Pero de todos modos sentía la injusticia.

Porque sus hermanos podían jugar en el pantano, entre los altos tallos de la serpentaria, si querían. Pero ella no. (¿Le había picado una abeja, y había llorado mucho? ¿O la había asustado mamá, pellizcándola en un brazo para hacerle ver lo que era una picadura de abeja?)

Todas las mañanas mamá le cepillaba el pelo, que era pelo de chica, y se lo trenzaba para hacer que le doliera el cuero cabelludo. Y la reñía si no se estaba quieta. O si se hacía rotos en la ropa o se ensuciaba. O si gritaba mucho.

¡Rebecca! Eres una *chica*, no un *chico* como tus hermanos.

Casi oía la voz de mamá. Excepto que estaba en el cementerio, detrás de papá, preguntando si podía ayudar. ¿Podía ayudarle?

—¿Papá?

¡Sí, claro que podía ayudar a papá! Arrancar malas hierbas de poco tamaño, arrastrar hasta la carretilla ramas rotas de árboles y otros restos después de las tormentas. No se arañaría con los malditos brezos como papá los llamaba ni tropezaría y se haría daño. (Tenía las piernas cubiertas de moratones. Los codos con costras.) Estaba ansiosa de ayudar a papá, de lograr que la viera de nuevo e hiciese el ruido seductor de los besos sonoros que le dedicaba exclusivamente a *ella*.

Aquel resplandor en los ojos de papá, eso era lo que anhelaba ver. Aquel destello de amor por ella, aunque durase poco.

Corrió y tropezó.

Rápida, la voz de papá:

—¡Condenada! ¿No te he dicho que *no*?

No sonreía. Su rostro estaba tan cerrado como un puño. Empujaba la carretilla por la hierba espesa como si esperase romperla. De espaldas a ella, la camisa de franela empapada en sudor. Con un terror repentino de impotencia infantil lo vio alejarse de ella como olvidado de su hija. Aquello era ya no ver. Aquello era la muerte.

Papá gritó algo a sus hermanos que trabajaban algo más allá. Sus palabras eran poco más que gruñidos con un punto de irritación, y sin afecto en ellas, pero Rebecca anhelaba que le hablase a ella de aquel modo, como a su ayudante, no como a una simple chica a la que se mandaba volver a casa.

De regreso con mamá, a la casa que apestaba a queroseno y a olores de comida.

Profundamente herida. Tantísimas veces. Hasta que a la larga se decía que lo odiaba. Mucho antes de su muerte y de las terribles circunstancias de su muerte había llegado a odiarlo. Hacía mucho tiempo que había olvidado cómo en otro tiempo lo adoraba, cuando ella era una niñita y él, a veces, parecía quererla.

El juego de No Ver.

7

Herschel gruñó: «¿Prometes que no se lo dirás?».

¡Sí, claro que lo prometió!

Porque si se lo contaba, le advirtió Herschel, lo que haría sería meterle el atizador por el culito, «y al rojo vivo, además».

Rebecca dejó escapar una risita y se estremeció. Herschel, su hermano mayor, siempre la asustaba así. No, claro que *no*. *Nunca lo contaría.*

Fue Herschel quien le explicó cómo había nacido.

Nacer era algo que Rebecca había hecho ella sola, pero no lo recordaba, ¡había pasado tanto tiempo!

Sus padres no se lo hubieran contado nunca. ¡Ni por lo más remoto!

Tan poco probable que hablaran de una cosa tan secreta como que se quitaran la ropa para exponer sus cuerpos desnudos a las miradas de sus hijos.

De manera que fue Herschel. Explicándole cómo ella, una cosita que se retorcía, había venido al mundo en un barco procedente de Europa, cómo había nacido en el *puerto de Nueva York*.

En el barco, ¿te das cuenta? Sobre el agua.

La única de la maldita familia, dijo Herschel, que había nacido a este lado del océano y no necesitaba visado ni ningún condenado documento.

Rebecca, asombrada, escuchaba con avidez. Nadie, en todo el mundo, le contaba cosas así, como hacía Herschel, su hermano mayor.

Pero daba miedo lo que Herschel pudiera decir. Las palabras salían de su boca como murciélagos. Porque en el cementerio de Milburn, entre las cruces, los funerales, los allegados y las tumbas adornadas con macetas, en el pueblo de Milburn, donde los chicos le gritaban *¡Sepulturero! ¡Teutón!*, Herschel se estaba convirtiendo en un muchacho bronco y malhablado. La infancia le había durado poco. Sus ojos pequeños y sin pestañas producían la desconcertante impresión de estar en lados opuestos, como los de un pez. El rostro era angular, de frente huesuda y con las grandes mandíbulas de un depredador. La piel, de mala calidad, moteada, con lunares y espinillas que le provocaban sarpullidos cuando estaba preocupado o furioso, cosa que le sucedía a menudo. Al igual que su padre, tenía una boca carnosa, de labios con aspecto de gusanos, y cuya expresión natural era desdeñosa. Dientes grandes, cuadrados y descoloridos. A los doce años Herschel ya era tan alto como Jacob Schwart, un hombre de estatura media, un metro setenta, más o menos, aunque de hombros caídos y cabeza inclinada, lo que le hacía parecer más bajo. A fuerza de trabajar con su padre en el cementerio, Herschel estaba desarrollando un cuello de toro y una espalda y unos hombros repletos de músculos; poco a poco se iba pareciendo cada vez más a Jacob Schwart, pero un Jacob Schwart difuminado, distorsionado, más basto: un enano que alcanzara tamaño de hombre adulto. Herschel había decepcionado amargamente a su padre con sus malos resultados en los estudios, ya que «se había quedado atrás» no una sino dos veces.

Tan pronto como llegaron a Milburn, Jacob Schwart prohibió a su familia hablar en alemán, porque durante aquellos años se odiaba a los alemanes en los Estados Unidos, y se sospechaba que había espías alemanes en todas partes. Su lengua materna, por añadidura, se le había hecho odiosa: «Un idioma de bestias». De manera que a Herschel, que había aprendido alemán de pequeño, se le prohibió hablarlo, aunque apenas sabía el «nuevo». El resultado era, con frecuencia, un tartamudeo explosivo. Y a menudo parecía que trataba de no reírse. Hablar, ¿era algo parecido a un chiste? ¿Era eso? Había que saber los sonidos correctos para hablar, cómo mover la boca, maldita sea, tenían que ser los sonidos que otras personas conocían, pero ¿cómo los *sabían* esas personas? La relación entre un sonido que salía de una boca (un sitio donde la maldita lengua siempre estorbaba) y lo que se suponía que quería decir le sacaba de quicio. ¡Y las palabras impresas! ¡Libros! ¡La jodida escuela! ¿Que unos desconocidos, unos adultos, *le* hablaran, y se diera por hecho que él tenía que poner el culo en el asiento de un pupitre donde no le cabían las malditas piernas, porque era la jodida ley del Estado de Nueva York, y estuviera obligado a mirarlos a la estúpida cara? ¿Con los niños aquellos, la mitad de su tamaño? ¿Que lo miraban asustados como si Herschel fuera un fenómeno de feria? ¿Y alguna maestra que era una zorra vieja sin tetas? ¡Qué demonios! En el instituto de Milburn donde Herschel cursaba en apariencia el séptimo grado, con mucho el chico más grande de su clase, recibía cursos de «educación especial» y, según las leyes del Estado, se le permitiría dejar los estudios a los dieciséis años. ¡Qué alivio para sus profesores y compañeros de clase! Como no era capaz de hablar ningún idioma de manera coherente, tampoco sabía leer en absoluto. Los esfuerzos de su padre para enseñarle la aritmética más simple quedaron en nada. Los materiales impresos provocaban su desdén y, más allá del desdén, si no se le quitaban enseguida de delante de los ojos, furia. Los libros de texto de su hermano Gus e incluso las cartillas y libros de lectura de su hermana aparecían rotos y mutilados, arrojados al suelo. En el periódico de Port Oriskany que Jacob Schwart llevaba a casa de vez en cuando, sólo las historietas despertaban el interés de Herschel y algunas de ellas —«Terry y los piratas», «Dick Tracy»— le causaban problemas. Herschel siempre había sentido afecto por su hermana, *la peque,* como la llamaban en casa y, sin embargo, la hostigaba con frecuencia: una luz perversa aparecía en sus ojos amarillentos y entonces Rebecca casi tenía la certeza de que iba a hacerle llorar. Herschel le tiraba de las trenzas que su mamá le había hecho con tanto cuidado, sonreía y le hacía cosquillas de manera violenta en las axilas, en el vientre o entre las piernas para hacerle chillar y dar patadas. ¡Ya llega!, le avisaba Herschel. ¡La *boa contritor*! Se trataba de una serpiente gigantesca que te envolvía por completo, pero que tenía además la posibilidad de hacerte cosquillas.

Incluso cuando mamá estaba en la habitación mirando a Herschel, el hermano mayor se comportaba así. Incluso cuando mamá corría hacia él gritando *Schwein! Flegel!* y lo abofeteaba y le daba golpes en la cabeza seguía comportándose así. Los golpes que le propinaba su madre le hacían reír, incluso los golpes de su padre. Rebecca temía a su enorme hermano mayor que, por otra parte, la fascinaba, como la fascinaban aquellos labios de donde brotaban, como gotitas de saliva, las palabras más asombrosas.

Como aquel día, cuando Herschel le contó a Rebecca la historia de su nacimiento.

¡Había nacido! Era todavía tan pequeña que su cerebro no comprendía que no siempre había *estado* allí.

Sí, un monito de cara colorada que se retorcía, dijo Herschel cariñosamente. La cosita más fea jamás vista, como si la hubieran despellejado. Ni pelo, tampoco.

Porque, vaya, tardó muchísimo, once malditas horas, todo el mundo marchándose del puto barco salvo ellos, la cabecita salió al revés y los brazos se le enredaron. De manera que llevó tiempo. Y hubo muchísima sangre.

Pero *nació.* Toda viscosa y colorada, de dentro de su mamá. Lo que llaman *'gina.* El agujero de mamá, por así decirlo. Un agujero peludo, Herschel no había visto nunca nada parecido. ¡Asqueroso! Como una gran boca abierta y ensangrentada. Después los había visto, los pelos, entre las piernas de mamá y subiendo por el vientre como las patillas de un hombre, en el dormitorio por accidente, al abrir la condenada puerta y allí estaba su mamá tratando de esconderse, cambiándose de camisón o intentando lavarse. ¿Lo has visto alguna vez? Pelos espesos como los de una ardilla.

Eh, dijo Herschel, chasqueando los dedos ante el rostro inexpresivo de Rebecca.

¡Qué! ¿Crees que miento o algo parecido, joder? ¿Por qué me miras así?

Rebecca trató de sonreír. Sentía un zumbido como de miles de mosquitos en los oídos.

¿Estás pidiendo la *boa contritor,* bonita, es eso?

No la *boa contritor,* no. ¡Eso no, por favor!

A Herschel le gustaba ver asustada a su hermana, eso le calmaba un poco. Diciendo que quizá pensaba que se lo estaba inventando, pero no era así. ¿Cómo crees que naciste, eh? ¿Que eres alguien especial? ¿Cómo crees que nace todo el mundo? Por el agujero de su mamá. No el del culo, no; no como una cagada, esto es otra cosa, hay otro agujero que empieza pequeño y luego se hace mayor, las chicas y las mujeres lo tienen, tú también tienes uno, ¿quieres que te lo enseñe?

Rebecca negó con la cabeza. ¡No, no!

Tú eres muy pequeña, de manera que tienes uno, pero pequeño de verdad, del tamaño de un guisante, pero seguro que lo tienes ahí, entre las piernas, con el que haces pipí y donde te voy a dar un pellizco, ¿ves?, por no creer a tu hermano Herschel.

Muy deprisa Rebecca dijo que sí, que le creía. Claro que sí.

Herschel se rascó el pecho, frunciendo el ceño. Trataba de recordar. El camarote de mierda que ocupaban en el barco. Del tamaño de una caseta de perro. Sin claraboyas. Con literas. Un maldito revoltijo de trapos, cucarachas aplastadas, vomitonas de Gus que se mareaba y peste a mierda por todas partes. Luego, la sangre de mamá. Líquido saliendo de ella, allí tumbada en la litera. Por fin estaban en el puerto de Nueva York y todo el mundo loco por salir del apestoso buque, todos menos ellos, tenían que quedarse, porque *la niña* quería nacer. Padre dijo que no se contaba con que nacieras hasta un mes después, como si pudiera discutirlo. Estábamos todos hambrientos, por el amor de Dios. Mamá deliraba una barbaridad, como si no fuese ella, sino un animal salvaje. Gritaba, se le rompió un músculo o algo en el cuello, por eso no habla ahora. Y ya sabes que tampoco está bien de la cabeza.

No sé qué vieja iba a ayudar a mamá para que nacieras, pero todo el mundo tenía que desembarcar, de manera que se marchó del buque, ¿te das cuenta? Así que sólo estaba papá. El pobre no sabía dónde tenía la cabeza. Loco de preocupación todo el tiempo. ¿Y si no nos dejan bajar a tierra?, decía. ¿En los Estados Unidos? ¿Si nos devuelven a los malditos nazis que nos van a matar como a cochinos? ¿Te das cuenta? Esos nazis iban a ir a por papá al sitio donde trabajaba, y tuvo que marcharse. Salir zumbando de donde vivíamos. No siempre hemos vivido como animales, ¿sabes?, no era como esto... Maldita sea, no lo recuerdo demasiado bien, era muy pequeño y estaba asustado todo el tiempo. Nos decían que había submarinos nazis, con torpedos, tratando de hundirnos, por eso íbamos en zigzag y tardamos tanto en cruzar el océano. Tu pobre padre todo el tiempo repasaba la faltriquera que llevaba alrededor de la cintura comprobando los papeles, los visados. Maldita sea, había que tener todos aquellos visados con toda clase de sellos y demás, porque no éramos ciudadanos de los Estados Unidos, los muy hijos de puta no te dejan entrar a poco que puedan. ¡Los muy cabrones seguro que no nos querían, al ver cómo apestábamos! Como si fuésemos peores que cerdos porque no hablábamos bien. A papá lo único que le preocupaba en el barco era que nos robaran los papeles. Todo el mundo robaba lo que podía, ¿sabes? Allí fue donde aprendí a mangar. Si corres, los viejos no corren detrás. Si eres lo bastante pequeño, te puedes esconder como una rata. Una rata es más pequeña que yo, aprendí de ellas. Papá va por ahí diciendo que las ratas le comieron las entrañas durante la travesía. Es un chiste, hay que apreciar el sentido del humor del viejo. «Las ratas me comieron las tripas en el océano Atlántico», le oí que le decía a una vieja aquí, en el cementerio: estaba poniendo flores en una tumba y papá se puso a hablar con ella, eso que nos dice que no hagamos nunca, hablar con *esos otros* de los que no te puedes fiar, pero él hablaba y se reía con esa risa suya que es como un ladrido de perro y la vieja lo miró como si estuviera asustada. De manera que pensé que estaba borracho, que no estaba en su sano juicio.

En el barco teníamos que comer lo que nos daban. Comida echada a perder, con gorgojos dentro, con cucarachas. Los sacabas, los aplastabas con el pie y seguías comiendo, no quedaba otro remedio. Era aquello o morir de hambre. Teníamos las tripas echadas a perder cuando desembarcamos y todo el mundo cagaba cosas sanguinolentas como pus, pero papá era el peor por las úlceras que los cabrones de los nazis le provocaron muchos años antes, dijo. Las tripas de papá no son normales, ¿sabes? Míralo, no ha sido siempre como ahora.

Rebecca quiso saber cómo era su padre antes.

Una expresión imprecisa apareció en el rostro de Herschel, como un pensamiento de tamaño equivocado para su cráneo. Se rascó la entrepierna.

Joder, no sé. No estaba tan nervioso, supongo. Más contento, imagino. Antes de que empezaran los problemas. Antes de que yo creciera mucho, me llevaba en brazos, ¿sabes? Como hace contigo. Me llamaba *Leeb,* algo así. ¡Hasta me besaba! Sí, te lo juro. Y la música que les gustaba a mamá y a él, gente que cantaba muy fuerte en la radio, «ópera». Cantaban en casa. Papá cantaba algo y mamá estaba en otra habitación y le contestaba cantando y los dos se reían, o algo parecido.

Rebecca lo intentó, pero no consiguió imaginarse a sus padres cantando.

¡Tampoco se imaginaba a su padre besando a Herschel!

Eran diferentes entonces, date cuenta. Más jóvenes. Tener que abandonar el lugar donde vivíamos los agotó mucho, ¿sabes? Estaban asustados, como si alguien los siguiera. La policía quizá. Los nazis. Viajamos en trenes, muy ruidosos. Abarrotados de verdad. Y el condenado barco, pensarías que el océano Atlántico sería algo agradable de mirar, pero no lo es, el viento sopla todo el tiempo, y el frío es espantoso y la gente te empuja y te tose en la cara. Yo era pequeño entonces, no como ahora, de manera que a nadie le importaba un comino un chaval aunque me pisaran, ¡los muy hijos de puta! La travesía, eso los agotó. Tenerte a ti casi mató a mamá, y también a él. Tú no tuviste la culpa, cariño, no te sientas culpable. Son los nazis. «Tropas de asalto.» Mamá tenía un pelo suave y delicado y era bonita. Hablaban otro idioma, ¿sabes? Joder, yo también lo hablaba. Era «alemán», mejor de lo que hablo el de ahora, maldita sea, «inglés». ¡No me preguntes por qué tienen que ser tan diferentes porque no lo sé! Para molestar a la gente. Ya he olvidado casi todo del otro y del inglés tampoco sé un carajo. A papá le ha pasado lo mismo. Sabía hablar bien de verdad. Era profesor, dicen. ¡No se reirían poco! ¡Imagínate a papá dando clases!

Herschel lanzó una risotada. A Rebecca se le escapó una risita. Era divertido, ver a papá delante de una clase, con la vieja ropa de trabajo y el gorro de paño, un pedazo de tiza en la mano, parpadeando y bizqueando.

No. No era posible imaginárselo.

Herschel tenía nueve años en la época de la travesía del Atlántico y no lo olvidaría en toda su puta vida, excepto que tampoco lo recordaba. No con claridad. Algún tipo de niebla se le había metido en el cerebro y allí seguía desde entonces. Porque cuando Rebecca le preguntó cuánto tiempo se necesitaba para cruzar el océano, cuántos días, Herschel empezó a contar despacio con los dedos y luego renunció diciendo que había sido muchísimo tiempo, maldita sea, y que la gente se murió a montones y los tiraron por la borda como basura para que se los comieran los tiburones, siempre tenías miedo de morirte, aquella enfermedad «disinteria», en el vientre, eso era todo lo que sabía. Muchísimo tiempo.

¿Diez días?, preguntó Rebecca. ¿Veinte?

No; no fueron días, sino semanas, joder, resopló Herschel.

Rebecca era sólo una niñita pero necesitaba saber: números, hechos. Lo que era *real* y lo que era únicamente *inventado*.

Pregúntale a papá, dijo Herschel, montando en cólera de repente. Herschel se enfadaba si le hacías una pregunta que no sabía contestar, como se había enfadado una vez con su maestra en la escuela, de manera que la buena mujer tuvo que salir de clase en busca de ayuda. Aquella mirada con telarañas en los ojos de su hermano y su manera de enseñar los dientes amarillos como un perro. Diciendo, pregúntale a papá si te hace feliz saber todas esas tonterías.

Inclinándose sobre ella, su mano se disparó, dándole con el canto, ¡zas!, en un lado de la cara; de manera que cuando Rebecca quiso darse cuenta ya se había caído de lado como una muñeca de trapo, demasiado sorprendida para llorar, y Herschel se marchaba de la habitación pisando fuerte.

Pregúntale a papá. Pero Rebecca sabía que no le iba a preguntar nada a su padre, ninguno de ellos se atrevía a interrogar a papá sobre cualquier cosa que pudiera *desencadenarlo*.

8

¡Schwart! Un apellido judío, ¿verdad? ¿O estamos hablan-do de hebreo?

No. Alemán. Su familia y él eran protestantes alemanes. Su fe cristiana provenía de una secta protestante fundada por un contemporáneo de Martín Lutero en el siglo XVI.

Una secta muy pequeña con muy pocos seguidores en los Estados Unidos.

9

Trágate el orgullo como una flema, Jacob.

En aquel lugar misterioso y para él siempre cambiante de los Estados Unidos, un lugar semejante a un sueño que no fuera suyo: Milburn, Nueva York.

En las orillas de un canal con un nombre bien extraño: Erie.

Musical a su manera —«Irii»—, las dos sílabas igualmente acentuadas.

Y estaba el río Chautauqua a medio kilómetro al norte del cementerio, más allá de los límites del pueblo: un nombre indio, «Chataakua». Por muchas veces que pronunciara la palabra no conseguía dominarla, la lengua se le volvía espesa y torpe dentro de la boca.

La región en la que vivían su familia y él, el lugar donde había encontrado refugio temporal, era el valle del Chautauqua. En las estribaciones de las montañas Chautauqua.

Un hermoso paisaje, tierras de cultivo, bosques, espacios abiertos. Si querías verlo de esa manera, pese a tener la espalda destrozada, los ojos manchados por la tierra del cementerio y un corazón de gnomo que latía miserablemente.

Y allí estaban los Estados Unidos. No murmurabas ni te tragabas aquellas palabras, sino que las decías con rotundidad y aire orgulloso. No decías *América* porque ésa era una palabra que sólo usaban los inmigrantes. Las palabras eran *los Estados Unidos*.

Como también aprendería con el tiempo a decir *Aliados*. Las Fuerzas Aliadas. Las Fuerzas Aliadas que un día «liberarían» Europa de las Potencias del Eje.

Fascistas. Aquella palabra tan fea, Jacob Schwart no tenía ninguna dificultad para pronunciarla, aunque nunca la diría en público.

Ni tampoco *nazi* o *nazis*. Palabras que también conocía bien, pero que nunca saldrían de su boca.

Trágate el orgullo. La persona agradecida es feliz. Eres un hombre feliz.

Lo era. Porque en Milburn lo conocían: el encargado del cementerio, el sepulturero. El camposanto ocupaba varias hectáreas de terreno accidentado y pedregoso. Según los criterios de América del Norte era un cementerio antiguo, ya que las fechas de las primeras sepulturas se remontaban a 1791.

Aquéllos eran los muertos más tranquilos. Casi se los podía envidiar.

Hombre prudente, Jacob Schwart no investigó la suerte de su predecesor ni nadie le ofreció información sobre «Liam McEnnis». (¿Un nombre irlandés? Correspondencia variada había seguido llegando a nombre de McEnnis meses después de que los Schwart se instalaran en la casita de piedra. Cosas sin valor como folletos publicitarios, si bien Jacob tuvo buen cuidado de escribir con letra de imprenta AUSENTE en cada uno de ellos para introducirlos después en el buzón junto a la carretera para que el cartero los recogiera.) No era una persona inquisitiva, ni estaba interesado en investigar los asuntos de los demás. Haría su trabajo, se ganaría el respeto y el sueldo que le pagaban los funcionarios de Milburn que lo habían contratado y que insistían en llamarlo, a su manera torpe, campechana y típicamente americana, «Jaicob».

Como un perro que hubieran contratado. O uno de sus antiguos esclavos negros.

Por su lado, Jacob Schwart tenía buen cuidado de dirigirse a ellos con el máximo respeto. Había sido profesor y sabía la importancia de no herir la susceptibilidad de funcionarios como aquéllos. Siempre los llamaba «señores» o «caballeros». Con su inglés lento, torpe, muy cortés, bien afeitado por aquel entonces, con ropa razonablemente limpia. Estrujaba el gorro de paño con las dos manos y tenía buen cuidado de alzar los ojos, no tímidos, sino orgullosos, desbordantes de resentimiento, pero dubitativos, hasta los suyos.

Para darles las gracias por su amabilidad. Por contratarlo y proporcionarle un «chalé» en el que vivir dentro de los terrenos del cementerio.

Muy agradecido. ¡Muchas gracias, señores!

(¡Chalé! Extraña palabra para aquella fría y húmeda casucha de piedra. Cuatro estrechas habitaciones con suelo de tablas, paredes de piedra sin tallar y una cocina de carbón cuyos humos llenaban el interior de la casa y les secaban tanto los orificios nasales que sangraban. Y estaba la niña pequeña, su hija Rebecca, y se le rompía el corazón al verla toser y escupir la comida, mientras le limpiaba la sangre de la nariz.)

Esta época de locura en Europa. Les doy las gracias en nombre de mi esposa y también de mis hijos.

Era un hombre hundido. Un hombre a quien las ratas se le habían comido las entrañas. Pero también era testarudo. Artero.

Al ver cómo *aquellos otros* le sonreían compasivos, con cierta repugnancia. No querrían estrecharle la mano, por supuesto. Pensaba, sin embargo, que estaban bien dispuestos hacia él. Se lo repetiría a Anna: esas personas están bien dispuestas hacia nosotros, no nos desprecian. Ven que somos buenas personas, honradas y trabajadoras y no lo que llaman «escoria» en este país.

Porque una vez que decidieran que eras *escoria* no vacilarían en despedirte.

«Con una patada en el culo», una expresión muy gráfica.

Sus papeles estaban en orden. Los visados que le había emitido, después de muchos retrasos, sufrimientos y del pago de sobornos a individuos clave, el cónsul estadounidense en Marsella. Documentos sellados por la Inmigración de los Estados Unidos en Ellis Island.

Lo que Jacob no les diría a *aquellos otros:* cómo en Múnich había sido profesor de Matemáticas en un colegio para niños así como entrenador popular de fútbol y cómo, cuando lo expulsaron del claustro, pasó a ser ayudante de tipógrafo para un impresor especializado en textos científicos. Se encomiaba su competencia en la lectura de pruebas, así como su paciencia y su exactitud. No le pagaban tanto como podrían haberlo hecho en otras circunstancias, pero era un sueldo decente y él y su familia eran propietarios de su casa, y los muebles, suyos, lo que incluía un piano para su mujer; y bien situada, cerca de los padres y familiares de Anna. No les dijo a *aquellos otros,* a los que ya en 1936 consideraba sus adversarios, que era un hombre educado, porque se daba cuenta de que ninguno de ellos tenía estudios que fueran más allá de la enseñanza secundaria; se daba cuenta de que su título universitario, al igual que su inteligencia, lo convertirían aún más a sus ojos en un monstruo de feria y, además, los haría desconfiados.

De todos modos Jacob Schwart no tenía un nivel de estudios todo lo alto que hubiera deseado y su ambición para el futuro pasó a ser que sus hijos llegaran más lejos. No estaba dispuesto a que siguieran siendo los retoños del sepulturero de Milburn durante mucho tiempo: su estancia allí sería temporal.

Un año, quizá dos. Se humillaría, ahorraría dinero. Sus hijos aprenderían inglés y lo hablarían como verdaderos estadounidenses: deprisa, incluso de manera descuidada, sin necesidad de ser precisos. En aquel país existía la educación pública, estudiarían para ser... ¿ingenieros?, ¿médicos?, ¿hombres de negocios? Tal vez, un día, Schwart e Hijos, impresores. Excelentes impresores. Los textos científicos y matemáticos más difíciles. No en Milburn, por supuesto, sino en una ciudad americana importante y próspera: ¿Chicago? ¿San Francisco?

Sonrió; era raro que Jacob Schwart se permitiera el lujo de una sonrisa cuando pensaba cosas así. En cuanto a Rebecca Esther, la pequeña, estaba menos interesado en pensar con claridad. Crecerá, se casará con uno de *los otros*. Con el tiempo la perdería. Pero no Herschel ni August, sus hijos varones.

Por la noche, en su cama llena de bultos. Entre los olores. Diciéndole a Anna:

—Es cuestión de que un día vaya detrás de otro, ¿no es cierto? Cumple con tu deber. Nunca desfallezcas. Nunca delante de nuestros hijos, nunca. Hemos de hacerlo todos. Ahorraré centavos, dólares. Nos iremos de este horrible sitio antes de que pase un año, lo prometo.

A su lado, vuelta hacia la pared en cuyas grietas hacían sus nidos las arañas, la mujer que era la esposa de Jacob Schwart no llegó a responder.

10

Y lo mismo que con su padre sucedía con su madre. Se vivía en el temor de que *estallara*.

Como decía Herschel era peor que papá, hasta cierto punto. Porque papá se paraba en seco y te daba un mamporro si decías algo equivocado, pero la pobre mamá se estremecía y temblaba como si se estuviera meando encima y luego se echaba a llorar. De manera que te sentías fatal. Y querías salir corriendo de allí y no parar de correr.

—¿Por qué quieres saber eso? ¿Quién te ha preguntado? ¿Alguien te ha estado preguntando? ¿En la escuela, por ejemplo? ¿Alguien que nos espía?

Igual que una cerilla arrojada sobre queroseno, así era como mamá estallaba, angustiada y tartamudeando si le hacías la pregunta más inocente. Si decías unas palabras que no entendía o incluso que no había oído con claridad (mamá estaba siempre tarareando y hablando y riendo para sus adentros en la cocina, fingía no enterarse cuando entrabas, ni siquiera volvía la cabeza, como una sorda) o si se le preguntaba algo que no sabía contestar. Se le torcía la boca. Su cuerpo, blando y caído, empezaba a temblar. Sus ojos, que a Rebecca le parecían hermosos, se inundaban de lágrimas al instante. Su voz se hacía ronca y resquebrajada como tallos de maíz cuando sopla el viento entre ellos. Durante el resto de su vida hablaría su nuevo idioma con la confianza de una lisiada abriéndose camino sobre una superficie de hielo traicionero que se agrieta de continuo. Parecía incapaz de imitar los sonidos que sus hijos aprendían sin dificultad y que incluso su marido reproducía con su particular manera brusca.

—Anna, tienes que intentarlo. No «da» sino «de». No «ta» sino «ti». ¡Dilo!

La pobre Anna hablaba en susurros, encogida por la vergüenza.

(Y Rebecca también se avergonzaba. En secreto. Nunca se reía abiertamente de mamá como sus hermanos.)

Había tiendas en Milburn, la de comestibles, por ejemplo, y la farmacia, incluso Woolworth's, donde Anna Schwart no se atrevía a hablar y entregaba en silencio listas escritas con letra de imprenta por Jacob Schwart (al principio, porque después era Rebecca quien preparaba las listas) de manera que no se produjeran malentendidos. (De todos modos, los malentendidos se producían.) Todo el mundo se reía de ella, decía Anna. Sin esperar siquiera a que volviera la espalda o a que dejara de oírlos. La llamaban «señora Schwarz», «señora Schwartz», «señora Schwarzz», hasta «señora Warts*». ¡Los oía!

Los chicos, Herschel en particular, se avergonzaban de su mamá. Ya era bastante malo ser los hijos del sepulturero, pero es que además eran los hijos de la mujer del sepulturero. ¡Joder!

(Mamá no lo puede evitar, los nervios, le dijo Gus a Herschel, y su hermano mayor respondió que lo sabía, claro que sí, coño, pero eso no mejoraba las cosas, ¿verdad que no? Ninguno de los dos estaba bien de la cabeza, pero, por lo menos, papá podía salir adelante solo, hablaba inglés de manera que se le entendía y además papá tenía, cómo se llamaba, tenía que concedérselo, el viejo tenía *dignidad*.)

Una vez, cuando Rebecca era una niñita demasiado pequeña para ir al colegio, estaba en la cocina con mamá cuando una visita llamó a la puerta.

¡Una visita! Una mujer de mediana edad con caderas y muslos demasiado marcados, rostro colorado como si se lo hubiera frotado con un trapo y la cabeza cubierta con un pañuelo de algodón.

Era la mujer de un granjero que vivía a unos diez kilómetros. Había oído hablar de los Schwart, que eran de Munich. También ella era de Munich, nacida allí ¡en 1902! Había venido al cementerio para ocuparse de la tumba de su papá y le traía

_____
* Verrugas. (N. del T.)

a Anna Schwart una *kuchen* de manzana que había hecho por la mañana...

Y allí estaba mamá, temblando en la puerta como una mujer que se despierta de una pesadilla nocturna. Poniéndose enferma, el rostro tan descolorido como si perdiera sangre a raudales. Parpadeaba muy deprisa, los ojos inundados de lágrimas. Dijo entre tartamudeos que estaba ocupada, que estaba muy ocupada. Rebecca oyó que la visita se dirigía a mamá en una extraña lengua muy áspera, pero de manera cordial, como si fuesen hermanas, y las palabras le salían demasiado deprisa de la boca para Rebecca: oyó *Sie? Haben? Nachbarschaf?* Pero mamá le dio a la mujer con la puerta en las narices. Luego se fue dando traspiés hasta el dormitorio de atrás y cerró también aquella puerta.

Durante el resto de la tarde permaneció escondida en el dormitorio. Rebecca, asustada, sin poder entrar, oía el crujir de los muelles del somier. También oía a su mamá hablar, pelearse con alguien en aquel idioma prohibido.

—¿Mamá? —Rebecca se tapó la boca con la mano para evitar que se la oyera.

Deseaba desesperadamente estar con Anna, quería abrazarla, porque a veces mamá lo aceptaba; a veces mamá tarareaba y cantaba junto a la camita de Rebecca; a veces cuando le hacía las trenzas le soplaba en los oídos, o en los mechoncitos de la nuca para hacerle cosquillas, sólo un poquito; no como Herschel, que era tan bruto cuando hacía cosquillas. Anhelaba incluso respirar el olor a sudor de mamá que se mezclaba con el de las grasas de cocinar y la peste del queroseno.

Sólo después del crepúsculo reapareció Anna, la cara lavada y el pelo en trenzas muy apretadas y recogidas alrededor de la cabeza de una manera que hacía pensar a Rebecca en las crías de serpiente que a veces era posible ver entrelazadas en la hierba cuando hacía frío, heladas y moviéndose muy despacio. Mamá se había cerrado el cuello del vestido, antes desabrochado. Sus ojos vagamente enrojecidos parpadearon varias veces al mirar a Rebecca. Con un ronco susurro le dijo que no se lo contara a papá. Que no le contara que una persona se había presentado aquel día en su casa.

—Me asesinaría si lo supiera. Pero no la he dejado entrar. No estaba dispuesta a dejarla entrar. ¿Le he dicho una palabra? No, señor. Claro que no. Nunca lo haría. ¡Jamás!

Por la ventana veían movimientos en un rincón lejano del cementerio. Un funeral, un funeral muy concurrido con muchos participantes, y papá estaría ocupado hasta mucho después de que se marchara el último.

—¡Eh! Alguien nos ha dejado una tarta, por lo que parece.

Era Herschel, de vuelta de la escuela. Entró dando bandazos en la cocina con un molde de horno, cubierto con papel encerado. Era la *kuchen* de manzana, que la mujer del granjero había dejado en los escalones de delante de la casa.

Anna, sintiéndose muy culpable, dobló los brazos sobre sus pechos y fue incapaz de decir nada. Un rubor tan feroz como una hemorragia se le subió a la cara.

Rebecca se tapó la boca con la mano y no dijo nada.

—Papá va a decir que se trata de algún hijo de puta que quiere pillarnos —rió Herschel, partiendo un buen trozo de la tarta y masticándolo con mucho ruido—. Pero el viejo no está aquí todavía, ¿verdad que no?

11

—Tendremos que aguantarnos, por ahora.

Eso había dicho Jacob. Muchas veces. Mientras pasaban primero los meses y luego los años.

Pero con frecuencia estaban enfermos. August, que era pequeño para su edad, tenso, ratonil, que parpadeaba como si tuviera algún problema en los ojos. (¿Y era cierto aquello? Demasiado lejos de un oculista para llevarlo a su consulta, en Chautauqua Falls, la ciudad más cercana.) Rebecca enfermaba a menudo con problemas respiratorios. Y también Anna.

La familia Schwart, en la casucha del sepulturero.

Jacob notaba cada vez más la tierra abruptamente inclinada del sitio donde vivían. Por supuesto lo había notado desde el principio, pero había preferido no verlo.

El cementerio se empinaba progresivamente. Porque el río quedaba a su espalda y aquello era un valle. En la carretera y en la entrada principal, donde se había construido la casa, el terreno era más llano. *La muerte se filtra hacia abajo.*

Cuando solicitó el puesto, había preguntado sobre el agua del pozo, dubitativo, porque no deseaba ofender a los funcionarios del municipio. Era evidente que le estaban haciendo un favor, ¿no es cierto? Sólo por hablar con él, por soportar su lento y terrible inglés chapurreado, ¿no?

Con sus cordiales sonrisas le habían asegurado que el pozo era una fuente subterránea «pura», en modo alguno afectada por las filtraciones de las tumbas.

Sí, con toda seguridad. El agua había sido analizada por los técnicos comarcales.

Todos los pozos de la comarca de Chautauqua se analizaban «a intervalos regulares». ¡Por supuesto!

Jacob Schwart había escuchado y había hecho gestos de asentimiento.

—Sí, caballeros. Muchas gracias. Sólo me preocupa...

No había insistido. Por entonces estaba aturdido por la fatiga. Y ¡tantas cosas en las que pensar!: alojar a su familia, alimentarla. ¡Estaba desesperado! La voluntad incoercible de existir —sobre la que Schopenhauer escribió con tanta elocuencia—, de sobrevivir, de perseverar. La hijita que le partía el corazón con su asombrosa belleza en miniatura y que sin embargo lo exasperaba, inquieta toda la noche, llorando con la fuerza de un fuelle, vomitando la leche de su mamá como si fuese veneno. Llorando hasta que en un sueño tan denso como goma se vio tapándole con la mano la boquita húmeda.

Anna hablaba con preocupación del «agua de las tumbas»: estaba segura de que había peligro. Jacob trató de convencerla de que no era así, de que no tuviera temores ridículos. Le contó lo que le habían dicho los funcionarios del municipio: el agua de su pozo había sido analizada recientemente, era agua pura de manantial.

—Y no viviremos aquí mucho tiempo.

Aunque más adelante le diría a su mujer sin rodeos:

—Tendremos que aguantarnos, por ahora.

¿Olía en el cementerio? ¿Un olor —después de la lluvia— de algo horriblemente dulce, de algo mohoso? ¿Un olor a rancio, un olor a carne agusanada, un olor a putrefacción?

No cuando el viento soplaba del norte. Y el viento siempre soplaba del norte, al parecer. En aquellas estribaciones de las montañas Chautauqua al sur del lago Ontario.

Lo que se olía en el cementerio de Milburn era la tierra, la hierba. Hierba segada que se pudría en montones de abono vegetal. En verano, un acre aroma a calor del sol. Materia orgánica en descomposición que producía un olor casi agradable para el olfato, pensaba Jacob Schwart.

Con el tiempo llegaría a ser el olor inconfundible del sepulturero. Un olor que impregnaba su piel curtida y que se le quedaba en el pelo desgreñado. Y lo mismo sucedía con toda su ropa, por lo que, pasado un breve periodo de tiempo, ni siquiera el jabón más potente del mercado conseguía limpiarla del todo.

Jacob lo sabía, por supuesto: sus hijos tenían que soportar en la escuela pullas de personas ignorantes. Herschel había crecido lo suficiente para arreglárselas por su cuenta, pero August era un niño medroso, cohibido y frágil, otra desilusión para su papá. Y estaba la pequeña Rebecca, tan vulnerable.

¡Hija de sepulturero!

A ella le dijo solemnemente, como si tuviera edad para entender tales palabras, que «la humanidad teme a la muerte, ésa es la verdad. De manera que hacen chistes sobre el tema. Ven en mí a un servidor de la muerte. En ti, a la hija de uno como yo. Pero no nos conocen, Rebecca. Ni a ti, ni a mí. ¡Ocúltales tu debilidad y un día se lo devolveremos con creces! A nuestros enemigos que se burlan de nosotros».

Todas las acciones humanas aspiran al bien.

Así había argumentado Hegel, siguiendo a Aristóteles. En tiempo de Hegel (que murió en 1831) había sido posible creer que se daba el «progreso» en la historia de la humanidad; la historia misma progresa de lo abstracto a lo concreto, que se realiza así en el tiempo. Hegel también había creído que la naturaleza es resultado de la necesidad y está determinada; mientras que los seres humanos conocen la libertad.

Jacob había leído además a Schopenhauer. Por supuesto. En el círculo de Jacob todos habían leído a Schopenhauer. Pero él no había sucumbido al pesimismo del filósofo. *El mundo es mi idea. El individuo es confusión. La vida es lucha incesante, conflicto. Todo es voluntad: el ciego frenesí de los insectos para copular antes de que la primera helada los mate.* Había leído a Ludwig Feuerbach, por quien sentía especial predilección: le emocionaba descubrir la salvaje crítica que de la religión hacía el filósofo, denunciándola por no ser más que una creación de la mente humana, la proyección de los valores supremos de la humanidad en forma de Dios. ¡Por supuesto! ¡Tenía que ser así! Los dioses paganos de la antigüedad, el colérico Yahvé de los judíos, Jesucristo en la cruz, tan triste y martirizado, y triunfante en la resurrección.

«Era todo una estratagema. Un sueño.» Eso fue lo que se dijo Jacob a los veinte años. Tanta ceguera, superstición, los viejos ritos del sacrificio con un barniz «civilizado»: todo eso son cosas del pasado, moribundas o extintas en el siglo XX.

Leyó a Karl Marx y se convirtió en socialista ferviente.

Ante sus amigos se definía como agnóstico, librepensador y alemán.

... *¡Alemán!* Qué chiste tan sangrante, al mirar hacia atrás.

Hegel, el tejedor de fantasías, había acertado en una cosa: el búho de Minerva sólo remonta el vuelo al atardecer. Porque, invariablemente, la filosofía llega demasiado tarde. La intelección llega demasiado tarde. Cuando la mente humana aprehende lo que sucede, ya está en manos de las bestias y se convierte en historia.

Piezas rotas, como vértebras.

¡Ah! Te oiría hablar toda la vida, ¡sabes tanto!

Muy al comienzo de su historia de amor la joven Anna se lo había dicho a Jacob, que le hablaba con pasión de sus creencias socialistas; quedó deslumbrada, aunque ligeramente escandalizada, al verlo tan seguro. ¿Nada de religión? ¿Ni de Dios? ¿En absoluto? Su formación religiosa había sido muy similar a la de Jacob, sus familias muy parecidas, orgullosas de su «asimilación» a la cultura alemana de clase media. Cuando estaba con él, Anna creía lo que él creía y aprendió a imitar algunas de sus expresiones. *El futuro. La humanidad. Protagonistas de nuestro destino.*

Ahora hablaban muy pocas veces. Existía entre ellos un silencio pesado, palpable. Torpes piedras y rocas de silencio. Como criaturas submarinas desprovistas de ojos se movían en una íntima proximidad y eran muy conscientes cada uno de la presencia del otro y a veces hablaban y a veces se tocaban, pero entre los dos sólo había ausencia de vida. Anna conocía a Jacob como no lo conocía ningún otro ser vivo: era un hombre roto, un cobarde. Había sido castrado. Las ratas también le habían devorado la conciencia. Había tenido que luchar para salvarse y salvar a su familia, había traicionado a varios de sus parientes que confiaron en él, y también a los de Anna; y aún podría haber hecho cosas peores si la oportunidad se hubiese presentado. Anna no lo acusaba porque había sido su cómplice, además de la madre de sus hijos. Anna nunca preguntó cómo había conseguido las exorbitantes sumas de dinero necesarias para escapar de Munich, huir a través de Francia y obtener pasajes en el barco de Marsella. Por entonces estaba embarazada de su tercer hijo y tenía ya a Herschel y a August. Había llegado a creer que nada le importaba excepto sus hijos, evitar que murieran.

—Viviremos por ellos, ¿no es cierto? No miraremos atrás.

Jacob hizo aquellas promesas como puede hacerlas un varón, aunque había sido emasculado, no tenía sexo. Las ratas también le habían devorado el sexo. Donde habían estado sus genitales ahora había algo inútil, una fruta ablandada por la putrefacción. Patético, cómico. Con aquel bulto de carne conseguía orinar, a veces con dificultad. ¡Bueno, ya estaba bien!

—*Dije*. Tendremos que aguantarnos, *por ahora*.

De la misma manera que Anna no hablaba de su miedo al agua contaminada, ni siquiera después de las lluvias torrenciales, cuando el agua del pozo estaba tan turbia que los niños se atragantaban y la escupían, tampoco hablaba de su futuro. No preguntaba nada a su marido. Cuánto dinero había ahorrado, por ejemplo. Cuándo sería posible marcharse de Milburn.

Y ¿a cuánto ascendía el sueldo de encargado del cementerio?

Si Anna se hubiera atrevido a preguntar, Jacob le habría dicho que no era asunto suyo. Era esposa, madre. Era mujer. Jacob le daba dinero todas las semanas: billetes de uno, de cinco, de diez dólares para hacer la compra. Contaba monedas en la mesa de la cocina, fruncido el ceño y sudando bajo el halo de la bombilla sin pantalla que colgaba del techo.

Sí: Jacob Schwart tenía una cuenta de ahorro. Detrás de la majestuosa fachada neoclásica del First Bank de Chautauqua en Main Street. No sería una exageración decir que Jacob pensaba en su cuenta en el banco, en la suma exacta de sus ahorros, casi constantemente; incluso cuando no pensaba en ello de manera consciente, seguía rondándole la cabeza.

Mi dinero. El mío.

La cartilla de tapas negras a nombre de *Jacob Schwart* estaba tan bien escondida, envuelta en lona impermeabilizada en una estantería del cobertizo donde se guardaba la cortadora de césped, que nadie excepto *Jacob Schwart* tenía la menor posibilidad de encontrarla.

Todas las semanas —desde el primer talón como pago de su salario— Jacob había procurado —ah, ¡de qué manera!— ahorrar algo, aunque sólo fueran unos centavos. Porque un hombre tiene que ahorrar. Sin embargo, en octubre de 1940 sólo había acumulado doscientos dieciséis dólares y setenta y cinco centavos. Al cabo de cuatro años. Si bien con aquella cantidad obtenía unos intereses del tres por ciento, unos cuantos centavos, dólares.

No hacía falta ser un genio matemático para saber que *¡los centavos se acumulan!*

Pronto pediría a los concejales de Milburn un aumento de sueldo.

Lo había hecho muy cortésmente durante su segundo año como encargado del cementerio. Y con mucha humildad. La respuesta había sido fría, cautelosa.

¡Bueno, Jacob! Quizá el año que viene.

Depende del presupuesto. Impuestos comarcales, ¿se da cuenta?

Cortésmente les había señalado que disfrutaban del trabajo gratuito de su hijo mayor que le ayudaba ya muchas horas a la semana. También de su hijo menor, a veces.

Le señalaron que vivía en el chalé del encargado sin pagar alquiler. Ni impuestos sobre la propiedad inmobiliaria.

No como el resto de nosotros, los ciudadanos, Jacob. *Nosotros* pagamos impuestos.

Se rieron. Eran hombres simpáticos, joviales. *Aquellos otros* que lo miraban como a un perro que se alza sobre las patas traseras.

¿Hacía un trabajo satisfactorio como encargado? Sí, su trabajo era satisfactorio. Pero el mantenimiento del cementerio era un trabajo no especializado y, de hecho, tendría usted que tener conocimientos específicos para ser funcionario. Porque no puede pertenecer a ningún sindicato. Ni recibir una pensión, ni tener seguros como otros empleados del municipio.

Y al final tenías miedo de que pareciera que te quejabas. Tenías miedo de que se te conociera en Milburn, Nueva York, como *Schwart el que se queja.*

Schwart el teutón, le llamaban a sus espaldas. Lo sabía. *Schwart el judío.*

(Porque ¿no tenía Schwart una nariz judía? Nadie en Milburn había visto nunca un judío de verdad excepto ahora: la revista *Life,* por ejemplo, *Collier's,* reproducían historietas y caricaturas nazis antisemitas, junto con divertidas fotografías de ineptos civiles británicos adiestrándose para la defensa de su patria.)

Maldita sea, juró que les daría una lección. *Aquellos otros* que lo insultaban a él y a su familia. *Aquellos otros* cuya lealtad secreta era con Hitler. También él tenía sus secretos y ahorraba dinero para escapar. Se había escapado de Hitler y se escaparía de Milburn, Nueva York. Ahorrando cuidadosamente sus centavos porque si bien Jacob Schwart no era judío (no lo era), poseía la antigua astucia judía, la capacidad para escurrirse de entre las garras del adversario para prosperar y para vengarse. Con el tiempo.

12

El día en que Gus volvió corriendo de la escuela a casa con los mocos colgando, sin dejar de lloriquear, y le preguntó a mamá qué era un judío, qué era un maldito judío, porque los desgraciados de Post Road se burlaban de él, y Hank Diggles le había tirado panochas y todo el mundo se reía como si lo aborrecieran, cuando él creía que algunos de ellos eran amigos suyos. Y mamá estuvo a punto de desmayarse, con el aspecto de alguien que se ahoga: se cubrió el pelo con un pañuelo y corrió en busca de papá en el cementerio, tartamudeando y jadeante por falta de aire, y fue la primera vez que Jacob recordaba haberla visto, a su mujer, tan lejos de la casa, en las profundidades del cementerio, donde él utilizaba una guadaña contra las hierbas altas y las rosas silvestres que infestaban una ladera, y le escandalizó lo asustada que parecía, lo desarreglada, con su informe bata casera y, de hecho, con las medias enrolladas a la altura de los tobillos, las piernas de un blanco cegador y cubiertas de pelos rubios tirando a castaños, piernas más bien gruesas, y el rostro hinchado ya, abotargado, mientras que en otro tiempo había sido una muchacha bonita y esbelta que sonreía tímidamente mientras adoraba a su marido, el profesor, y ella tocaba a Chopin, Beethoven, Mendelssohn, ¡cielos, cómo la había querido!, y ahora convertida en aquella mujer torpe que tartamudeaba en un inglés chapurreado, por lo que a él le costaba trabajo adivinar qué demonios le estaba diciendo: pensó que serían los malditos críos escondidos detrás de la valla que tiraban mazorcas a la ropa tendida o a ella, y después oyó, fue y oyó *judío judío judío* y entonces la sujetó por los hombros y la zarandeó mientras le decía que cerrase la boca y se volviera a casa; y aquella noche cuando vio a Gus, que tenía por entonces diez años, y estudiaba quinto grado en el instituto, Jacob Schwart le abofeteó con la mano abierta diciendo las palabras que Gus recordaría durante muchos años, al igual que su hermana Rebecca que estaba muy cerca:

—No lo digas nunca.

13

Fue uno de los actos asombrosos de su vida en los Estados Unidos.

En la fría y húmeda primavera de 1940 le compró una radio a un comerciante de Milburn. ¡Él, Jacob Schwart! Su arrebato le asustó. Su absurda confianza en la integridad de un desconocido. Porque la radio era de segunda mano y le llegó sin garantía. Con aquel gesto irresponsable estaba contraviniendo los principios de sana desconfianza en *aquellos otros* que se proponía inculcar a sus hijos para protegerlos contra el desastre.

«¡Qué he hecho! ¡Qué...!»

Como un adulterio cometido irreflexivamente, eso había sido. O un acto de violencia.

Él, *¡él!*, que era sin duda todo menos un hombre violento, que era una persona civilizada, exiliado de su verdadera vida.

Sin embargo llevaba semanas pensando en aquella compra.

La aceleración de las noticias en Europa era tal que no soportaba permanecer en la ignorancia. La prensa local resultaba inadecuada. Nada podía satisfacer a Jacob excepto una radio con la que oír las noticias de día y de noche y procedentes del mayor número posible de fuentes.

En un estado de agitación apenas controlada se había presentado ante el cajero del First Bank de Chautauqua. Con timidez pero con decisión había empujado su libreta por debajo de la ventanilla. El cajero, un individuo cuya única importancia era sostener en su mano la libreta de Jacob Schwart, torció el gesto ante las cifras escritas a tinta como si se dispusiera a mirar con dureza a su propietario —la figura como de gnomo en actitud servil con la manchada ropa de trabajo y el gorro de paño, «Jacob Schwart»— para informarle de que no existía semejante cuenta de ahorros, que estaba totalmente equivocado. En cambio, como si se tratara de una transacción de todos los días, el cajero contó maquinalmente los billetes, no una sino dos veces, y eran billetes tersos completamente nuevos, lo que complació a Jacob Schwart de manera absurda. Al empujar tanto el dinero como la libreta por debajo de la ventanilla, el cajero casi pareció guiñar un ojo a su cliente. *¡Sé lo que va usted a hacer con ese dinero, Jacob Schwart!*

Después, durante días, Jacob padecería retortijones y diarrea, acosado por el sentimiento de culpa. O lleno de júbilo, y por ello más acosado por la culpa. ¡Una radio! ¡En la casucha del sepulturero! Una Motorola, *del mejor fabricante de radios del mundo.* El mueble era de madera, el dial se iluminaba cálidamente en cuanto se encendía la radio. Era un milagro cómo, al girar el mando, se sentía al instante la vida vibrante del maravilloso instrumento dentro del mueble, como el rasguear de una guitarra.

Por supuesto, Jacob había comprado la radio sin decírselo a Anna. Ya no se molestaba en contarle a su mujer gran parte de las cosas que hacía. De manera oscura, estaban resentidos el uno con el otro. Sus pétreos silencios duraban horas. Un día, una noche. ¿Quién había herido a quién? ¿Quién había empezado? Como criaturas submarinas ciegas y mudas vivían juntos en su cueva en sombras con sólo una conciencia mínima del otro. Jacob había aprendido a dar a conocer sus deseos mediante gruñidos, señales con el dedo, muecas, encogimientos de hombros, bruscas inclinaciones del cuerpo sobre la silla, miradas en dirección a Anna. Era su mujer, su criada. Lo suyo era obedecer. Jacob controlaba la economía familiar, todas las transacciones con el mundo exterior eran suyas. Desde que prohibió a su asustada esposa hablar el idioma materno incluso cuando estaban solos en su dormitorio, incluso en su cama a oscuras, Anna se hallaba en desventaja, y había llegado a sentirse ofendida por tener que hablar inglés en todo momento.

Además le escandalizó profundamente la vehemencia de su marido al comprar la radio, que interpretó no sólo como un acto desacostumbrado de despilfarro sino también de infidelidad matrimonial. *Está loco. Esto es el comienzo.* Dado que tenían tan poco dinero, y los niños necesitaban ropa e ir al dentista. Y el precio del carbón y de los alimentos... Anna estaba escandalizada y asustada y no podía hablar de ello sin tartamudear.

Jacob la interrumpió:

—La radio es de segunda mano, Anna. Una ganga. Y una *Motorola.*

Se burlaba de ella, tuvo la seguridad. Porque Anna Schwart no tenía ni idea de lo que era o significaba la palabra *Motorola,* algo que le resultaba tan ajeno como los nombres de las lunas de Júpiter.

Aquella primera noche, Jacob estaba emocionado, se sentía magnánimo: invitó a su familia al cuarto de estar para escuchar aquel objeto, que era como una caja grande, instalado junto a su butaca. Anna salió de la habitación, pero los chicos y Rebecca quedaron embelesados. Fue, sin embargo, un error de cálculo, Jacob llegó a darse cuenta, porque la noticia de aquella noche fue que buques de guerra alemanes habían atacado y hundido en el Mar del Norte el destructor británico *Glowworm,* si bien los supervivientes habían sido rescatados de una muerte cierta por la tripulación de uno de los barcos alemanes... Jacob cambió al instante de opinión sobre la conveniencia de que sus hijos escucharan la radio, y les mandó salir del cuarto de estar.

¡Barcos alemanes! ¡Salvando a marineros británicos! Qué significaba aquello...

«No. No era previsible. Desagradable. No para los oídos de gente joven.»

Eran las noticias, quería decir. Imprevisibles y por tanto desagradables.

Diecinueve años después, al escuchar cómo la radio de la habitación de Niley murmuraba y tarareaba a lo largo de la noche, Rebecca se acordaría de la de su padre, que había llegado a convertirse en una parte tan importante de su hogar. Algo así como un dios malévolo que reclamaba atención, que ejercía una influencia irresistible y, sin embargo, inabordable, incognoscible. Porque de la misma manera que nadie, excepto papá, se atrevía a sentarse en la butaca (un sillón de cuero antiguo delicadamente agrietado con un escabel y un respaldo sólido, casi recto, debido a la dolorida columna vertebral de su progenitor) tampoco nadie, excepto él, estaba autorizado a encender, o incluso a tocar, la radio.

—¿Me oís? Nadie.

Hablaba en serio. Le temblaba la voz.

Su advertencia era, sobre todo, para Herschel y August. Comprendía que Anna desdeñase tocar la radio. En cuanto a Rebecca sabía que nunca iba a desobedecerle.

Papá tenía celos del condenado aparato, como si fuera (tal fue la burlona observación de Herschel) una novia suya. No te quedaba más remedio que preguntarte qué hacía el viejo algunas noches con ella, ¿eh?

Durante el día, cuando papá trabajaba en el cementerio, la radio quedaba sin protección en el cuarto de estar. Más de una vez Jacob aparecía de repente en la casa, y entraba a paso de lobo en el cuarto de estar para examinar los tubos de la parte de atrás de la radio: si estaban calientes, o incluso tibios, se armaba la gorda para alguien, de ordinario Herschel.

La razón de restricciones tan extremas era que *la electricidad no crece en los árboles*.

Y como papá decía repetidamente, y con gran seriedad, «Las noticias de guerra no son para los oídos de los jóvenes».

A espaldas de su padre, Herschel farfullaba, indignado:

—A tomar por culo las «noticias de guerra». Como si no hubiera otras cosas en una radio, música y chistes, por ejemplo, el viejo cabrón no se moriría por dejárnoslos oír.

Herschel era lo bastante mayor para saber qué era una radio, tenía amigos en el pueblo cuyas familias eran propietarias de una radio, y cómo todo el mundo la escuchaba todo el tiempo, ¡y no sólo las jodidas noticias de guerra!

Pero noche tras noche papá cerraba contra ellos la puerta de la sala de estar.

Cuanto más bebía durante la cena, con más decisión les daba con la puerta en las narices.

Algunas noches el deseo de oír la radio era tan poderoso que los dos hermanos de Rebecca gemían al otro lado de la puerta.

—¿No podemos oír también, papá?

—No hablaremos ni nada parecido...

—¡Claro! ¡No hablaremos!

Herschel poseía la audacia suficiente para golpear la puerta con sus nudillos siempre en carne viva, aunque no con demasiada fuerza. Crecía tan deprisa que las muñecas se le salían de las mangas, y el cuello de la camisa era demasiado estrecho para abrocharse el botón por encima de la nuez. Pronto brotarían, en la mitad inferior de su cara, pelos parecidos a alambres que se vería obligado a afeitarse antes de ir al colegio, porque de lo contrario el profesor lo devolvía a su casa.

Desde el otro lado de la puerta los tres (Herschel, August y Rebecca) oían la voz de un locutor que se alzaba y descendía como las olas, pero no distinguían las palabras, porque papá mantenía el volumen muy bajo. ¿Qué decía la voz? ¿En qué consistía la importancia de las «noticias»? Rebecca era demasiado pequeña para entender el significado de la guerra («Pelear con armas de fuego, caramba, con bombas y también con aviones», dijo Herschel) pero mamá explicó a la niña que todo aquello sucedía muy lejos, en Europa, a miles de kilómetros de distancia. Herschel y August hablaban con aire enterado de «nazis» y de «Hitler», pero también decían que estaban muy lejos. Nadie quería que la guerra viniera a los Estados Unidos. De todos modos quedaba entre medias el océano Atlántico. La guerra no vendría nunca a un sitio como Milburn con una sola esclusa en el canal de las barcazas.

—Ni siquiera los jodidos nazis —decía Herschel, despreciativo— se molestarían por un sitio así.

La mamá de Rebecca despreciaba la radio por ser lo que llamaba un *juguete* que su padre no se podía permitir pero que se había comprado de todos modos. ¡Se la había comprado! Nunca se lo perdonaría.

Pasó un mes tras otro de aquel año de 1940. Y de 1941. ¿Qué pasaba con las *noticias de guerra*? Papá decía que era terrible y que se volvía más terrible con el paso del tiempo. Pero que los Estados Unidos se quedaban al margen como malditos cobardes poco dispuestos a sufrir. Cualquiera pensaría que si Polonia, Francia, Bélgica y Rusia les tenían sin cuidado, al menos Gran Bretaña sí les importaría...

Mamá estaba nerviosa y empezaba a tararear alzando la voz. A veces decía entre dientes, con su voz ronca, cascada: «Las noticias de guerra no son para los oídos de los jóvenes».

Rebecca se sentía perpleja: ¿papá quería que la guerra viniese a Milburn? ¿Era eso lo que quería?

Había noches en las que, a mitad de la cena, papá se distraía y se sabía que estaba pensando en las *noticias de guerra* en la habitación de al lado. De manera gradual dejaba de comer, apartaba el plato y tomaba a sorbos lo que estuviera bebiendo, como si se tratara de una medicina. Unas veces era cerveza, otras sidra fermentada (comprada en el lagar de Milburn junto al río, a más de un kilómetro de distancia, con un olor muy intenso cuando el viento venía de allí), y otras whisky. A papá las ratas le habían comido el estómago, era lo que le gustaba decir. En aquel maldito barco en el que se embarcaron en Marsella. Había perdido las entrañas y la juventud, decía papá. Se suponía que era una broma, Rebecca lo sabía. ¡Pero le parecía tan triste de todos modos! De manera inconsciente la mirada de Jacob se volvía hacia ella, sin verla exactamente, sino más bien a la *pequeña,* a la no deseada; el bebé nacido después de once horas de parto en un sucio camarote de un sucio buque anclado en el puerto de Nueva York del que ya habían huido los otros pasajeros. Rebecca era demasiado joven para saber una cosa así, pero lo sabía. Cuando papá lanzaba uno de sus chistes, lo acompañaba con una risita peculiar. Herschel se hacía eco de aquella risa y a veces August, aunque no siempre. Pero mamá nunca. Rebecca no recordaba que su madre se riera con ninguno de los chistes ni de las frases ingeniosas de su padre, nunca.

Lo peor era cuando papá volvía a casa de mal humor, cojeando y maldiciendo —demasiado cansado para lavarse después de trabajar diez, doce horas en el cementerio— y en aquellos casos ni siquiera la promesa de las *noticias de guerra* conseguía darle ánimos. En la cena masticaba la comida como si le entristeciera o le estuviese poniendo enfermo. Pasaba a beber cada vez más del líquido que tenía en el vaso. Con un tenedor retiraba de su plato trozos grasientos de carne y los dejaba caer sobre el hule que cubría la mesa y finalmente daba un empujón al plato con un suspiro de repugnancia.

—¡Vaya! Alguien debe de pensar que esto es una familia de cerdos para darnos de comer semejante porquería.

En la mesa donde cenaban, la mamá de Rebecca se ponía rígida. Su rostro arrebolado, juvenil, atrapado dentro de su otra cara, de más edad y más cansada, no daba señal alguna de sentirse herido, ni siquiera de haber oído lo que papá acababa de decir. Los chicos se reían, pero no Rebecca, que sentía la punzada de dolor en el corazón de su mamá como si fuese el suyo.

Padre gruñía que ya estaba harto. Apartaba la silla de la mesa, se apoderaba de la botella para llevársela con él al cuarto de estar, y procedía a darle a su familia con la puerta en las narices. Al desaparecer él, se producía un incómodo silencio avergonzado. Incluso Herschel, las orejas enrojecidas, miraba fijamente al plato y se mordía el labio inferior. En el cuarto de estar se oía la voz de un desconocido, ahogada, burlona, provocadora. Mamá se alzaba deprisa de la mesa y empezaba a tararear y continuaba tarareando, con la ferocidad de un enjambre, arrojando con estrépito en el fregadero cacerolas y cubiertos mientras lavaba los platos con agua previamente calentada en el fogón. Todas las noches, ahora que ya era una chica mayor y no una niña pequeña, Rebecca secaba la vajilla para ayudar a mamá. Eran momentos felices para Rebecca. Sin que mamá diera la menor señal de notarlo, y menos aún de que lo considerase molesto, Rebecca podía pegarse a sus piernas, que despedían una tibieza extraordinaria. A través de unos párpados casi cerrados miraba hacia arriba, para ver a mamá que también la miraba. ¿Era un juego? ¿El juego de No Ver, pero con su mamá?

La cena terminaba bruscamente. Los chicos salían de casa. Padre se retiraba al cuarto de estar. Sólo Rebecca y mamá seguían en la cocina, recogiendo. De cuando en cuando mamá murmuraba de manera casi inaudible algunas palabras en aquel extraño idioma sibilante que había utilizado en la puerta principal la mujer del granjero, palabras pronunciadas demasiado deprisa para que Rebecca pudiera atraparlas, palabras que sabía no estaban destinadas a sus oídos.

Una vez secado y guardado el último plato, mamá decía, sin sonreír a Rebecca, hablando de repente con voz cortante, como una mujer que despierta del sueño:

—Se quería que nacieras, Rebecca. Dios te quería. Y yo te quería. No creas nunca lo que dice ese hombre.

14

Nunca lo digas.

Y habría otras cosas *que nunca había que decir*. Que, con el tiempo, se desvanecieron en el olvido.

Marea era una de ellas.

Marea: un sonido como música, misterioso.

Cuando Rebecca tenía cinco años, en el verano de 1941.

Más adelante, el recuerdo de *Marea* quedaría anulado por la emoción de su padre en la época de «Pearl Harbor».

Marea, Pearl Harbor, según la Guerra Mundial (porque era así como sonaba Segunda Guerra Mundial en los oídos de Rebecca). Por entonces era aún demasiado pequeña para ir al colegio.

Una noche después de la cena, en lugar de irse al cuarto de estar, papá se quedó en la cocina. Mamá y él tenían una sorpresa para sus hijos.

A Herschel y a August se les preguntó: ¿os gustaría tener un hermano?

A Rebecca: ¿te gustaría tener dos hermanas?

Fue papá quien habló así, con un algo de misterio. Pero mamá estaba a su lado, muy nerviosa. Aturdida y juvenil y brillándole los ojos.

Mientras los hijos miraban fijamente, papá sacó fotografías de un sobre para extenderlas con cuidado sobre el hule de la mesa de la cocina. Era una cálida noche de junio, el cementerio estaba lleno del ruido de los insectos y, dentro de la cocina, había dos o tres mariposillas nocturnas que se arrojaban contra la bombilla sin pantalla que colgaba del techo. En su agitación, papá golpeó la bombilla con la cabeza, de manera que el círculo de luz se movió, columpiándose por encima de la mesa; fue mamá quien alzó el brazo para detener el balanceo.

Sus primos. De Kaufbeuren, una ciudad de Alemania, al otro lado del océano.

Y éstos: su tío Leon y su tía Dora, que era la hermana menor de su madre.

Los chicos miraron fijamente. Rebecca también. *Vuestros primos. Vuestro tío, vuestra tía.* Nunca habían oído palabras semejantes en boca de su padre.

—Herschel se acordará de ellos, ¿no es cierto? Tío Leon, tía Dora. De Elzbieta, la prima pequeña, quizá no. No era más que un bebé entonces.

Herschel —el ceño fruncido— se agachó sobre la mesa para mirar a los desconocidos de las fotografías, que alzaban hacia él ojos en miniatura junto al pulgar extendido de papá. Respiraba roncamente por la nariz.

—¿Por qué tendría que recordarlos?

—Porque los viste. De niño en Munich.

—¿Meunik? ¿Qué demonios es eso?

Padre habló deprisa, como si le dolieran las palabras.

—Donde vivíamos. Donde naciste. En aquel otro lugar antes de éste.

—No —dijo Herschel, moviendo la cabeza con tanta vehemencia que le tembló la carne de la boca   . No es cierto. Yo no.

Su madre tocó el brazo de Jacob. Y dijo, sin alzar la voz:

—Quizá no lo recuerde, era muy pequeño. Y ha pasado tanto desde...

—Sí que se acuerda —dijo papá con brusquedad.

—¡Que no, joder! Nací en los condenados Estados Unidos.

Mamá dijo:

—Herschel.

Era un momento peligroso. A papá le temblaban las manos. Empujó una de las fotografías hacia Herschel, para que la mirase. Rebecca vio que estaban dobladas y con arrugas como si fueran antiguas y hubieran recorrido una larga distancia. Cuando Herschel cogió la fotografía para ponerla a la luz, bizqueando mientras examinaba a la pareja, Rebecca tuvo miedo de que fuese a rasgarla por la mitad, porque era muy propio de su hermano mayor hacer de repente cosas descabelladas.

Pero Herschel se limitó a gruñir y a encogerse de hombros. Tal vez sí, tal vez no.

Aquello aplacó a papá que le quitó la foto y la alisó sobre la mesa como si fuese algo precioso.

Eran cinco las fotografías, todas arrugadas y un tanto desvaídas.

—Tus nuevas hermanas, ¿ves, Rebecca? —estaba diciendo mamá.

Rebecca preguntó cómo se llamaban.

Anna pronunció los nombres de los niños de la fotografía como si fuesen muy especiales:

—Elzbieta, Freyda, Joel.

Rebecca los repitió con su voz infantil llena de seriedad:

—Elz-bie-ta. Frey-da. Jo-el.

Elzbieta era la mayor, dijo mamá. Doce o trece. Freyda, la menor, de la edad de Rebecca. Y Joel entre las dos.

Rebecca había visto imágenes de personas en periódicos y en revistas, pero no había visto nunca fotografías que uno pudiera sostener en la mano. Los Schwart no disponían de una máquina de fotos, porque se trataba de un lujo y no podían permitirse ninguno, como explicaba papá. A Rebecca le pareció extraño y maravilloso que un retrato pudiera ser de alguien que tú conocías, cuyo nombre sabías. ¡Y de gente menuda! ¡Una niñita de la edad de Rebecca!

Mamá dijo que eran sus sobrinitas y su sobrino. Los hijos de su hermana Dora.

Era tan raro oír a Anna Schwart hablar de *sobrinas, sobrino*. ¡*Hermana*!

Aquellos desconocidos tan atractivos no se llamaban Schwart, sino Morgenstern. El apellido *Morgenstern* era totalmente nuevo y melodioso.

En las fotografías los niños Morgenstern sonreían, inseguros. Casi se podía pensar que te miraban, dado que los podían ver tan de cerca. Elzbieta fruncía el ceño al tiempo que sonreía. O quizá no estuviera sonriendo en absoluto. Ni Joel, con los ojos casi cerrados, como si lo deslumbrase una luz. La pequeña, Freyda, era una niña guapísima, aunque no se le veía la cara apenas porque tenía la cabeza inclinada. Sonreía tímidamente, como para suplicar *¡No me mires, por favor!*

En aquel instante Rebecca comprendió que Freyda era su hermana.

En aquel instante Rebecca se percató de que Freyda tenía los mismos ojos oscuros, en sombra, que ella. Y con la excepción del sedoso flequillo de Freyda y de que la frente de Rebecca estaba descubierta, sus trenzas eran idénticas. En una de las fotos —la preferida de Rebecca porque en ella se veía mejor a Freyda—, la niñita parecía estar tirándose de la trenza sobre el hombro izquierdo de la misma manera que Rebecca se tiraba de la suya cuando estaba nerviosa.

—Freyda puede dormir en mi cama.

—Muy bien, Rebecca —dijo mamá, apretándole el brazo, complacida—, Freyda puede dormir en tu cama.

Papá estaba diciendo que los Morgenstern «harían la travesía» junto con otros novecientos pasajeros en un buque llamado *Marea,* a mediados de julio, un barco que zarpaba de Lisboa en dirección a Nueva York. Luego viajarían hacia el norte del Estado, para llegar a Milburn, y quedarse con los Schwart hasta que se «instalaran» en el país.

A Rebecca le emocionó oír aquello: ¿sus primos iban a cruzar el océano como lo había hecho la familia de Rebecca antes de que ella viniera al mundo? Una extraña historia, muy breve, se le vino a la cabeza como le sucedía a menudo con historias parecidas, semejantes a sueños, tan veloces como un parpadeo y que se desvanecían antes de que se diera cuenta: la historia consistía en que otra niñita nacería entonces. Como había nacido Rebecca. De manera que cuando los Morgenstern llegaran a vivir con ellos, ¿sería posible que hubiera un nuevo bebé?

A Rebecca le pareció que sí, que habría otra recién nacida en la casa. Pero también supo que no tenía que contárselo a nadie, ni siquiera a mamá, porque estaba empezando a entender que algunas cosas que creía ser verdad sólo eran sueños dentro de su cabeza.

Herschel dijo, malhumorado, que no habría sitio suficiente para todos si venían aquellas personas, ¿es que no se daban cuenta?

—Ya es bastante malo vivir como cerdos.

Gus dijo enseguida que su primo Joel podía dormir con él en su cama.

Y rápidamente mamá dijo que ¡seguro que habría sitio!

Papá no parecía tan seguro como mamá, más preocupado, cargado de hombros y frotándose los ojos con los nudillos de una manera suya peculiar que le hacía parecer muy cansado, y envejecido, diciendo que sí, la casa era pequeña, pero que su cuñado y él podrían ampliarla, quizá. Convertir la leñera en otra habitación. Leon era carpintero, podrían trabajar juntos. Antes de que llegaran los Morgenstern los chicos y él empezarían. Retirar la basura, nivelar el suelo de tierra y colocar el entarimado. Conseguir algunas láminas de cartón alquitranado para el aislamiento.

—¡Cartón alquitranado! —resopló Herschel—. Del vertedero, ¿no es eso?

A kilómetro y medio, en Quarry Road, se hallaba el vertedero municipal de Milburn. Herschel y Gus lo exploraban a menudo, como hacían otros niños del vecindario. A veces arrastraban cosas hasta casa, objetos útiles como alfombras, sillas, pantallas desechadas. Se creía que también Jacob Schwart exploraba el vertedero, aunque nunca a horas en las que pudiera ser descubierto.

El vertedero era uno de los sitios a los que Rebecca tenía prohibido ir bajo ningún pretexto. Ni con sus hermanos, ni, en especial, sola.

Mamá estaba diciendo muy deprisa, con su voz cálida, que podía arreglar todas las habitaciones para que quedasen más bonitas. Nunca había llegado a hacer todo lo que se había propuesto porque estaba muy cansada cuando se mudaron. Ahora podía instalar cortinas. Las cosería ella misma. Hablaba de una manera que hacía que sus hijos se sintieran incómodos, porque nunca la habían oído hablar así. Mamá sonreía con una sonrisa nerviosa y exagerada, mostrando el hueco que tenía entre los dientes, y se peinaba el pelo con las dos manos como si se le hubieran metido dentro las mariposas nocturnas.

—Sí, ya veréis. Hay sitio —repitió mamá.

Herschel se encogió de hombros dentro de la camisa a la que le faltaban la mitad de los botones, y dijo que la casa era demasiado pequeña para que vivieran, ¿cuántas personas?, ¿diez?

—Diez personas, joder, como en un corral, ya estamos bastante mal ahora, caramba. La maldita estufa sólo sirve para esta habitación y el agua del pozo sabe a meados de rata y Gus y yo siempre nos estamos tropezando en nuestra condenada habitación, ¿cómo demonios vais a encajar a un nuevo «hermano» dentro? Joder.

Sin aviso previo, tan veloz como el ataque de una víbora cabeza de cobre, la mano de papá salió disparada y golpeó a Herschel en un lado de la cabeza. Su hijo mayor retrocedió diciendo a gritos que le había roto el condenado tímpano.

—Eso no es todo lo que te voy a romper como no cierres la boca y la mantengas cerrada.

—Por favor —dijo mamá, suplicante.

Gus, que estaba todavía encorvado sobre la mesa, inmóvil, temeroso de mirar a su padre, dijo otra vez que Joel podía dormir con él, que por él no había inconveniente.

Herschel dijo a gritos:

—¡Quién demonios va a dormir con *él,* que se mea en la cama todas las noches! Ya es bastante desgracia dormir en la misma habitación como cerdos.

Pero Herschel se estaba riendo ya. Frotándose la oreja izquierda, donde papá le había golpeado, para mostrar así que no le dolía mucho.

—Joder, me tiene sin cuidado, no me voy a quedar en un estercolero como éste. Si hay una guerra, ¿sabéis lo que os digo? Que me voy a alistar. Gente que conozco lo va a hacer y yo me alistaré también. Voy a pilotar un avión y a tirar bombas como..., en ese sitio..., como en el bombardeo de Londres. Eso es lo que voy a hacer.

Rebecca trató de no oír aquellas voces destempladas. Estaba contemplando a Freyda, su hermana Freyda que (¡casi era posible creérselo!) la estaba mirando a ella. Ya se conocían. A partir de aquel momento compartirían secretos. Rebecca se atrevió a alzar la foto hacia la luz para, de algún modo, mirar dentro. ¡Ah, quería verle los pies a Freyda, ver qué clase de zapatos llevaba! Le parecía saber que calzaba zapatos más bonitos que los suyos. *Kaufbeuren,* pensaba Rebecca, *en Alemania, al otro lado del mar.*

A Rebecca le pareció que sí, que podía ver un poquito más de la fotografía. Sus primos estaban al aire libre, detrás de una casa en algún sitio. Había árboles al fondo. Sobre la hierba se veía algo que debía de ser un perro con manchas blancas en la cara, un perrito de hocico puntiagudo, el rabo extendido.

Rebecca susurró: «Freyda».

Era cierto, el pelo de Freyda estaba peinado con una raya muy bien hecha en el centro, y trenzado como el de Rebecca. Con dos gruesas coletas, a la manera que mamá trenzaba el pelo de su hija, que tenía tendencia a enredarse, decía mamá, como diminutos nidos de arañas. Mamá le tensaba mucho el pelo al trenzarlo y hacía que le dolieran las sienes, mamá decía que era la única manera de domar un pelo caprichoso.

La única manera de domar niñitas caprichosas.

—Freyda— se peinarían y se trenzarían el pelo la una a la otra, ¡lo prometían!

Ya era hora de que los más pequeños se fueran a la cama. Herschel salió de la casa pisando fuerte sin decir una palabra más, pero Gus y Rebecca querían quedarse, hacer más preguntas sobre sus primos de *Kaufbeuren, en Alemania.*

Papá dijo que no. Estaba devolviendo las fotografías a un sobre que Rebecca no había visto antes, de papel de seda de color azul.

Todavía revoloteaban las mariposas nocturnas alrededor de la bombilla sin pantalla. Había más ahora, diminutas alas blancas en movimiento. Gus estaba diciendo que nunca había sabido que tuvieran primos. ¡Que nunca le habían dicho que hubiera nadie más en la familia, maldita sea!

15

Aquellas semanas de verano en las que nunca estuvo sola Rebecca las recordaría siempre. Cuando jugaba lo hacía siempre con Freyda, su nueva hermana. Las dos niñas no se cansaban nunca de charlar y de cuchichear. ¡Ahora Rebecca no estaba nunca sola! Ya no necesitaba pegarse tanto a su madre, darle con los codos en las rodillas hasta que mamá la apartaba, quejándose de que hacía demasiado calor para aquellas tonterías.

Herschel siempre le estaba haciendo regalos a su hermanita, cosas que encontraba en el vertedero y que traía a casa para ella; le había dado dos muñecas a las que Rebecca llamaba Maggie y Minnie, y ahora Maggie era la muñeca de Freyda y Minnie la de Rebecca, y las cuatro jugaban juntas por los alrededores de la casa, entre las malvarrosas. Maggie era la más bonita de las dos muñecas, de manera que Rebecca se la dio a Freyda porque también ella era la más bonita de las hermanas y, más extraordinario aún, porque era de *Kaufbeuren en Alemania al otro lado del océano*. Maggie era una muñeca con pelo castaño de plástico con ondulaciones y ojos azules muy abiertos, pero Minnie no era más que un bebé de goma, desnudo, completamente calvo, y con una cara chata desgastada y muy sucia. Herschel eligió darle Minnie a Rebecca tirando la muñeca muy alto en el aire al tiempo que hacía un ruido como de gemidos con la boca, y a continuación el regalo aterrizó con un ruido sordo a los pies de la pequeña, dándole tal susto que casi se orinó encima. De manera que cuando Minnie se portaba mal, se la podía castigar tirándola al suelo y apenas le importaba, pero nadie querría tirar al suelo a Maggie, nunca, porque se podría romper, de manera que Maggie era la que se portaba mejor y sin duda la más lista por ser la mayor. Y Maggie leía palabras, un poco. Los periódicos y las revistas atrasadas de papá Maggie las leía, mientras que Minnie no era más que un bebé y ni siquiera sabía hablar. Sobre tales cuestiones Rebecca y Freyda cuchicheaban interminablemente entre las malvarrosas silvestres a las horas más calurosas del mediodía, de manera que un día mamá acabó por salir de la casa para echarles una ojeada, asombrada, las manos en las caderas.

Para preguntar a Rebecca qué demonios estaba haciendo en aquel lugar tan caliente y lleno de polvo y ¿con quién estaba hablando? Su voz ronca y cascada y con síntomas de alarma, y Rebecca se dio la vuelta, ruborizada y hosca, negándose a alzar la vista de las muñecas como si nadie le hubiera dirigido la palabra.

—¡Vete! ¡Vete! Ni Freyda ni yo te necesitamos.

Pero el lunes era el día de la colada y las dos niñas estaban deseosas de ayudar.

Porque Anna Schwart no abandonaba la casita de piedra a menudo, y aquélla era una ocasión especial. Se ataba un pañuelo precipitadamente alrededor de la cabeza para ocultar en parte el rostro. Incluso en días muy calurosos se ponía una de las chaquetas de Herschel sobre el vestido informe que usaba en casa. De manera que si alguien estaba espiándola (desde el cementerio, o desde detrás de la valla medio derruida) no la viera con claridad. Jacob Schwart había tratado de avergonzar a su mujer para que renunciase a un comportamiento tan excéntrico, porque quienes visitaban el cementerio sin duda reparaban en ella, movían la cabeza y se reían de la esposa loca del sepulturero, pero Anna Schwart no le hacía el menor caso, porque ¿qué sabía Jacob Schwart pese a lo mucho que escuchaba la radio y leía los periódicos? No sabía nada de sus vecinos de Milburn. *Ella,* en cambio, sí que estaba al tanto.

La colada, de todos modos, había que hacerla en la vieja lavadora del cobertizo, y la ropa empapada había que prensarla en el escurridor de mano, y luego colocarla en el cesto de mimbre, y el cesto había que llevarlo hasta el patio de atrás, donde brillaba el sol y soplaba el aire. Y Rebecca ayudaba a llevar el cesto. Y Rebecca y Freyda iban pasando a mamá las cosas del cesto para colgarlas en la vieja cuerda de tender, atada entre dos postes, donde ondeaban y restallaban en los días de viento. Rebecca hacía reír a Freyda metiéndose una camiseta por la cabeza cuando mamá estaba de espaldas o dejando caer unos calzoncillos en la hierba de manera accidental pero aposta como si se hubieran escurrido por su cuenta de las manos de Rebecca, pero Freyda le quitó la camiseta y recogió los calzoncillos para dárselos a mamá porque Freyda era una buena chica, Freyda era una chica seria que, a menudo, se llevaba el índice a los labios y hacía *chisst,* cuando Rebecca gritaba demasiado o hacía el tonto.

En la cama de Rebecca se acurrucaban y se abrazaban y en ocasiones se hacían cosquillas. Rebecca se pasaba los brazos desnudos y cálidos de Freyda por los costados, sobre sus costillas, para estar muy juntas de manera que Rebecca pudiera dormir sin oír durante la noche las voces de la radio de papá.

Ah, el delicioso éxtasis de un sueño: Rebecca y Freyda, su nueva hermana, irían juntas al colegio con pichis iguales y relucientes zapatos de charol por Quarry Road, y a lo largo de Milburn Post Road, y harían de la mano, como hermanas, la caminata de dos kilómetros hasta el instituto de Milburn. Y no tendrían miedo porque serían dos. Excepto que mamá había estado diciendo que aquel año era aún demasiado pronto, que aún no dejaría ir a Rebecca. «Quiero a mi niñita segura conmigo todo el tiempo que pueda.» Papá dijo que Rebecca tendría que ir al colegio, empezar en primer grado, por qué no este mismo año, dado que ya conocía el abecedario y los números y casi sabía leer, pero mamá insistió «No. Todavía no. Un año más. Si vienen a preguntarnos diremos que es demasiado pequeña, que no está bien de salud, que tose y llora todo el tiempo».

Pero Rebecca pensó: *Ahora tendré a Freyda conmigo. Y a Elzbieta.*

Las tres hermanas irían juntas al colegio.

Rebecca sintió un estremecimiento de triunfo, su madre no se lo podría impedir ya.

Qué extraño era que en aquellas semanas de julio de 1941 hubiera tanto entusiasmo en la casita de piedra, algo parecido al zumbar de las abejas en las polvorientas flores de las serpentarias junto a las que no se debía jugar porque te podían picar, y una extraña sensación soterrada como la de correr cada vez más deprisa cuesta abajo hasta que te expones a caerte y sin embargo el apellido *Morgenstern* raras veces se mencionaba y entonces sólo en susurros. En *Morgenstern* estaban incluidos los adultos, además de los niños, pero Rebecca no pensaba nunca en los padres de sus primos. *Freyda* era el único nombre que le interesaba. Era como si los otros, incluso Elzbieta y Joel, no existieran. Sobre todo no existían los adultos.

O, si aquellos otros Morgenstern existían, no eran más que desconocidos en fotografías, un hombre y una mujer, en un marco vacío de todo color, que ya empezaban a desaparecer como fantasmas.

16

Y así esperaron, en la casita de piedra del sepulturero, muy cerca de la puerta principal del cementerio de Milburn.

Y esperaron con paciencia al principio y luego con creciente inquietud y ansiedad durante la segunda mitad de julio, hasta adentrarse en el terrible calor húmedo de comienzos de agosto en el valle del Chautauqua.

Y los Morgenstern que eran familia de Anna Schwart no llegaron. El tío, la tía, los primos no llegaron. Aunque la casa había sido preparada, aunque se había dejado libre la leñera y se habían puesto cortinas en las ventanas, los Morgenstern no aparecieron. Y hubo un día, una hora, en la que al fin quedó claro que no vendrían, y Jacob Schwart fue en coche a Milburn para hacer llamadas telefónicas y asegurarse de que aquello era cierto.

—Pregúntale a Dios por qué: por qué suceden cosas así. No me lo preguntes a mí.

Era la voz de su padre, que se le clavaba en el corazón con su indignación y su vergüenza.

Rebecca se sintió desfallecer, aturdida como si las tablas del suelo se hundieran bajo sus pies descalzos, al oír aquellos acentos en la voz de su padre. Y sin embargo había también un júbilo curioso. Algo así como alivio porque había sucedido lo peor, lo que él había previsto desde el primer momento. Jacob tenía razón y Anna se había equivocado por albergar esperanzas.

—¡Devueltos! A novecientos refugiados los obligan a volver, para que se mueran.

Por encima del estruendo en sus oídos y del corazón saliéndose del pecho, Rebecca oía a sus padres en la cocina. Las palabras de su padre que eran cortantes y muy claras y las de su madre que no eran palabras sino sonidos, gemidos de dolor.

¡La impresión de oír llorar a su madre! Feos sonidos ahogados como de un animal que sufre.

Rebecca se atrevió a abrir ligeramente la puerta. Vio sólo la espalda de su padre, a poco más de un metro de distancia. Llevaba una camisa empapada en sudor. El pelo se le estaba volviendo gris y le crecía en desorden por encima del cuello de la camisa, aunque tan escaso en lo alto de la cabeza que el cuero cabelludo se mostraba a través como un pálido y resplandeciente cuarto menguante. Ahora hablaba con voz casi tranquila aunque permanecía el júbilo subterráneo, el espantoso refocilarse. Porque ya no tenía esperanza, ya no volvería a tenerla. La esperanza de las últimas semanas había sido desgarradora para Jacob Schwart, que ansiaba lo peor, que lo peor se hiciera realidad y con ello se acabara su vida. Rebecca sólo era una niña de cinco años y, sin embargo, lo sabía.

—¿Por qué no matarlos en el barco, quemar el buque? ¿En el puerto de Nueva York, para que lo viera todo el mundo? «Tal es el destino de los judíos.» Sería misericordia para estos cristianos, ¿eh? Roosevelt, hipócrita, malnacido, ojalá su alma se pudra en el infierno, mejor matarlos aquí que devolverlos para que mueran como ganado.

Desesperada, Rebecca quería correr hasta donde estaba su madre, pero no podía porque Jacob Schwart le cerraba el paso.

Sin darse cuenta, Rebecca buscó los dedos de Freyda. Desde la noche en que su padre extendió las fotografías sobre la mesa de la cocina no se había separado de ella. ¡No era posible ver a una de las hermanas sin la otra! Rebecca y Freyda eran igual de altas, tenían el pelo trenzado de la misma manera y ojos idénticos con sombras muy oscuras, muy hundidos en las órbitas, vigilantes y alertas. Ahora, sin embargo, al buscar los dedos de Freyda sólo encontró aire.

Ya no se podía volver para ver a Freyda apretando los labios con el dedo índice *¡Chissst, Rebecca!* porque Freyda misma era aire.

Empujó la puerta para abrirla, y entró en la cocina. Estaba descalza y temblaba. Vio cómo su padre se volvía hacia ella con una mirada de fastidio, el rostro enrojecido, ojos furiosos que no encerraban el menor amor por ella en aquel instante, ni siquiera reconocimiento. Rebecca tartamudeó preguntando qué pasaba. ¿Dónde estaba Freyda? ¿Es que Freyda no venía?

Su padre le dijo que se fuera, que saliera de la cocina.

Rebecca gimoteó ¿mamá?, ¿mamá?, pero su madre no le hizo el menor caso, se volvió hacia el fregadero, sollozando. Anna se cubrió la cara con sus manos desgastadas y lloró sin ruido, su cuerpo blando y caído estremeciéndose como por efecto de la risa. Rebecca corrió hasta su madre para tirarle del brazo pero papá intervino, sujetando a la niña con fuerza.

—He dicho que no.

Rebecca se lo quedó mirando y vio cómo la odiaba.

Siempre se preguntaría qué veía en ella Jacob Schwart: qué había en ella, una niña de cinco años, que su padre despreciaba tanto.

Tendrían que pasar años para que pensara *Se odia a sí mismo en mí*. Y aún más para concluir *Es la vida lo que detesta, en todos sus hijos.*

Salió corriendo de la casa. Tropezando, descalza. El cementerio era un lugar prohibido, no se le permitía deambular por el cementerio entre las filas de lápidas que señalaban la última morada de los difuntos en la tierra y que eran propiedad de otros, *aquellos otros* que ayudaban a pagar el sueldo de Jacob Schwart; Rebecca lo sabía, se le había dicho innumerables veces que *aquellos otros* no querían ver a un niño deambulando sin rumbo por un cementerio que les pertenecía. También a sus hermanos se les prohibía entrar en el cementerio excepto como ayudantes de su padre.

Rebecca corrió, cegada por las lágrimas. En el hombro, en el sitio donde su padre la había agarrado sentía un dolor lacerante.

«Freyda», susurró, pero era inútil, lo sabía perfectamente, estaba sola y seguiría estando sola, no tenía ninguna hermana.

El cementerio estaba vacío, no había visitantes. Viento racheado y aire que sabía a húmedo, y la corteza con estrías blancas de los abedules que brillaba con un resplandor anormal.

En los árboles más altos, los cuervos se llamaban con voz ronca unos a otros. Como allí no se oía la voz de Jacob Schwart ni se veía sollozar a su mujer, de espaldas y hundida por la derrota, era como si nada hubiera sucedido.

Los gritos de los pasajeros en llamas del *Marea*: ésos sí los oía. En su recuerdo parecería, sí, que al *Marea* lo habían prendido fuego, que ella misma había visto el fuego, había visto cómo quemaban viva a su hermana Freyda.

Pasó horas escondida en el cementerio, asustada.

Nadie la llamaría. Nadie la echaría de menos.

El día anterior había habido un funeral, una procesión de coches y de personas que llevaban a hombros el féretro hasta una tumba escrupulosamente preparada por Jacob Schwart. Rebecca había contemplado desde lejos el cortejo fúnebre, había contado veintinueve de *aquellos otros,* algunos de los cuales se quedaron junto a la tumba como si les costara marcharse; cuando finalmente desaparecieron, se presentó Jacob Schwart vestido de negro y silencioso como un pájaro carroñero para llenar la sepultura, cubrir el féretro con tierra húmeda que se desmenuzaba, hasta que sólo quedó tierra, la curva de la tierra, y una lápida muy bien terminada en la que se habían tallado letras, números. Y flores en macetas, colocadas con cuidado en torno a la tumba rectangular.

Rebecca se acercó a aquella sepultura, que estaba a bastante distancia de la casita de piedra. Iba descalza y cojeaba. Se había cortado el pie izquierdo con una piedra. En los veranos era una niña muy morena de aspecto indio, con aire furtivo y a menudo sucia; el pelo, trenzado muy tirante, empezaba a escapársele a mechones. No tenía nada de extraño que a una niña así se le prohibiera deambular por el cementerio, donde los visitantes podían desconcertarse y sentirse molestos al verla.

Sólo cuando vio que su padre se marchaba con la camioneta decidió salir de su escondite y regresar a casa, a estar con su madre. A mamá le llevaría un hermoso ramillete de flores de color azul pálido, arrancadas de una de las plantas en macetas.

17

Hubo, a partir de aquel momento, en la casita de piedra del cementerio, palabras *que no se decían,* como *primos, Morgenstern, buque, Marea.* Desde luego nadie se atrevería a decir *Kaufbeuren, tía Dora, Freyda, Alemania.* Al menos, no si mamá podía oírlas o, en su confuso nerviosismo, imaginar que las había oído. Ni tampoco que las oyera papá, porque empezaría a echar espumarajos por la boca.

Rebecca les preguntó a sus hermanos qué había sucedido. ¿Qué les había pasado a sus primos? ¿Era cierto que habían prendido fuego al *Marea?* Pero Herschel se encogió de hombros e hizo muecas diciendo que cómo iba él a saberlo, joder, nunca pensó que nadie fuese a venir a Milburn de todos modos, no desde tan lejos al otro lado del océano, con los submarinos ahora, y las bombas. Además era seguro que iba a haber problemas con los malditos visados, como papá temía que pasara.

—Sucede que aquí no hay sitio para todo el mundo. Está toda esa gente miserable que vive peor que nosotros, un millón quizá. Como esta maldita casa, ¡cualquiera se da cuenta de que no es lo bastante grande para nadie más! Cualquiera se da cuenta. La Emigración de los Estados Unidos, también.

Rebecca preguntó qué era aquello: la Emigración de los Estados Unidos.

—La policía, parecido. Soldados. Tienen que proteger los Estados Unidos para que no se llene de refugiados, una cosa así. Gente que trata de escapar de Hitler, no se lo puedes echar en cara. Pero a los de aquí tampoco puedes culparlos por que traten de impedirles entrar. Por qué nos dejaron pasar a nosotros —dijo Herschel sonriendo, rascándose el mono a la altura de la entrepierna—, que me ahorquen si lo sé. Pero lo que voy a hacer es alistarme como piloto de la Marina en cuanto pueda. Espero que entremos muy pronto en guerra.

Desde finales del verano de 1941 hasta bien entrado el otoño, mamá guardó cama. Podía dormir, o estar tumbada y despierta con los ojos cerrados, o tumbada y despierta con los ojos abiertos pero desenfocados, cubiertos por una fina capa de algo parecido a una mucosidad que, al secarse, se le pegaba a las pestañas. Si Rebecca susurraba *¿Mamá?*, de ordinario no conseguía que le respondiera. Tal vez un estremecimiento en los párpados de Anna, como si le hubiera pasado demasiado cerca una mosca.

Casi siempre la puerta del dormitorio estaba cerrada para la familia, aunque, por supuesto, papá podía entrar en cualquier momento (porque no podía haber ninguna habitación de la casita de piedra de la que se pudiera excluir a Jacob Schwart) y en determinados momentos Rebecca también entraba, titubeante, para llevarle comida a su madre y retirar platos y vasos sucios para lavarlos, tarea, en el fregadero, para la que Rebecca se tenía que subir a una silla. El dormitorio era una habitación pequeña, sólo lo bastante grande para una cama de matrimonio y una cómoda. No se ventilaba, olía mal y era tan húmeda como una cueva. Mamá se negaba a que se abriera la ventana, ni siquiera una rendija. Al igual que saboreaba la muerte en el agua del pozo ahora también la olía en el aire húmedo, con un toque verdoso, del cementerio. Una persiana de enrollar, agrietada y descolorida, estaba bajada sobre la ventana a todas horas del día y de la noche para que nadie pudiera mirar dentro.

Porque *aquellos otros* estaban muy pendientes de los Schwart en su casita de piedra en el cementerio. Todo Milburn, Nueva York, se daba cuenta con toda claridad. Desde que el *Marea* había sido devuelto a Europa en el puerto de Nueva York, sin duda lo sabía todo el mundo, y lanzaban sus risas crueles, groseras, como hienas. Tenías que imaginarte cómo se reían hablando de «la señora Schwarz», de la «señora Warts», de «la mujer del sepulturero», que había dejado de aparecer por el pueblo y, según se creía, estaba aquejada de alguna enfermedad consuntiva como tuberculosis, tumor cerebral o cáncer de útero.

Cuando Jacob Schwart no había bebido ni una gota entraba en la habitación matrimonial en un silencio escrupuloso y se desvestía sin decir una sola palabra; debía de dormir en silencio junto al inerte cuerpo rollizo y sudoroso de su esposa; muy de madrugada, antes del amanecer, se levantaba, se vestía y se marchaba. No se llamó a ningún médico, porque Anna Schwart habría gritado y luchado como un gato asilvestrado, lleno de terror, si un desconocido hubiese tratado de entrar en su refugio, ni tampoco Jacob Schwart pareció considerar que estuviera lo bastante enferma como para necesitar cuidados médicos. La sobriedad se había convertido para él en algo tan instintivo que ni siquiera necesitaba recurrir a los lugares comunes que había aprendido a imitar entre un número infinito de fórmulas disponibles en aquel nuevo idioma todavía torpe e improvisado: *El dinero no crece en los árboles, ni desees ni malgastes.*

Cuando papá empinaba el codo, se volvía ruidoso y agresivo y tropezaba con las cosas. Rebecca lo oía desde su cama, donde permanecía a oscuras con los ojos abiertos, esperando que sucediera lo que de hecho tardó ocho años en suceder. Algunas veces cuando papá estaba borracho se volvía jovial y hablaba interminablemente consigo mismo. Maldecía y reía. Sin que jamás se produjera ninguna respuesta audible por parte de Anna Schwart. Cuando Jacob se dejaba caer pesadamente sobre la cama, se oía el crujido de los muelles del somier como si estuvieran a punto de romperse, y luego a menudo se oía una tos espasmódica, una sucesión de toses para expulsar flemas. Probablemente papá no se molestaba en desvestirse, ni siquiera se quitaba las botas de trabajo, manchadas de barro, porque los malditos cordones estaban demasiado llenos de nudos.

Después de su muerte habría que cortar aquellas botas deformes para sacárselas de los pies, como si, semejantes a pezuñas, se hubieran fundido con la carne de su propietario.

Ya no se preparaban comidas en la casita de piedra, tan sólo se producían episodios aislados, a menudo voracísimos, de consumo de alimentos. Con frecuencia la comida se devoraba sacándola de la pesada sartén de hierro que permanecía más o menos continuamente sobre el fogón, tan cubierta y encostrada de grasa que ni siquiera era necesario limpiarla. Había además harina de avena, en una olla en el fogón que tampoco se limpiaba nunca. Siempre había pan, mendrugos y cortezas de pan, y galletitas saladas Ritz, que se comían a puñados; latas de conservas: guisantes, maíz, remolacha, *chucrut,* judías verdes y alubias cocinadas que se comían directamente de la lata con una cuchara. En una granja vecina se compraban huevos que se preparaban nadando en grasa en la sartén; y había leche, embotellada, que se conservaba en la nevera pegada a la barra de hielo que se deshacía lentamente, porque Jacob Schwart creía que los niños necesitaban leche («Para que no se os doblen y rompan los huesos como me ha sucedido a mí»). Cuando estaba sereno, tampoco le parecía mal la leche, que bebía directamente de la botella como podría beber cerveza, con avidez, a grandes tragos, sin que pareciera saborearla ni incluso saber lo que bebía, la cabeza echada hacia atrás y los pies separados en una postura clásica de bebedor. Había empezado a mascar tabaco, de manera que, a menudo, después de que él hubiera bebido, la leche sabía a saliva con un dejo a tabaco.

Rebecca bebía aquella leche aunque le producía náuseas. La mayor parte de los días tenía tanta hambre que no le quedaba otro remedio.

Con el tiempo Anna Schwart abandonó su lecho de enferma y retomó, hasta cierto punto, sus obligaciones de ama de casa y madre. Con el tiempo, a raíz de la catástrofe de Pearl Harbor el 7 de diciembre de 1941, y de la tan largamente esperada declaración de guerra de los Estados Unidos contra las potencias del Eje, Jacob Schwart recuperó parte de su rencorosa energía.

—En la vida animal a los débiles se los elimina pronto. Por lo tanto, Rebecca, has de ocultar tus debilidades.

Sí, papá.

—Cuando *esos otros* pregunten de dónde eres, quién es tu gente, tienes que decirles «los Estados Unidos. He nacido aquí».

Sí, papá.

—¿Por qué este mundo es un estercolero, eh? ¡Pregúntaselo al que tira los dados! No hay nadie que sea algo más que un simple dado. No más que una sombra que cruza la faz del abismo —se llevó la mano, llena de cicatrices y costras, al oído a modo de trompetilla en un gesto exagerado y se echó a reír—. ¿No lo oyes? ¿Eh? ¿No oyes el aleteo? «El búho de Minerva sólo remonta el vuelo al atardecer.»

Rebecca sonrió con gesto sombrío, sí, papá. Sí.

Se preguntaba si habría algún búho por los alrededores. En los árboles más altos había a veces lechuzas por la noche: un inquietante grito agudo de notas que descendían muy deprisa y que denotaba la presencia de una lechuza. Pero no tenía ni idea de qué era «Minerva».

También le producía náuseas el aliento de su padre, que apestaba a alcohol y a algo frío y húmedo con un dulzor de putrefacción. La ropa, tiesa por el barro seco, el cuerpo sin lavar. El pelo grasiento, el bigote descuidado. Pero Rebecca no podía salir corriendo. No se atrevía. Porque, de sus hijos, ella, la *pequeñina,* la no deseada, se estaba convirtiendo en la favorita de Jacob Schwart. Sus hijos varones lo habían decepcionado y a menudo no quería ni verlos. Herschel era hosco y haragán y no ocultaba su resentimiento por tener que trabajar con su padre en el cementerio sin cobrar nada; Gus se estaba convirtiendo en un chico delgaducho con brazos y piernas de araña y una perpetua tendencia a mirar de reojo, como si temiera un golpe que podía llegarle de cualquier sitio. (Cuando su madre dejó de salir del dormitorio Gus dejó de hablar de ella y, semanas después, cuando reapareció, siempre apartaba los ojos, como si la visión misma del rostro de facciones infantiles de Anna Schwart, ahora avejentado y demacrado, le resultase penoso, le diera vergüenza.)

De manera que durante aquellas veladas papá se dirigía a ella, la *pequeñina,* cogiéndola de las manos y acercándosela, entre risas y bromas y susurrándole cosas extrañas y descabelladas que no entendía, ¿cómo resistirse, salir corriendo? ¡Imposible!

Y luego estaba mamá, que parecía no cambiar nunca. Durante el resto de la infancia de Rebecca pareció no cambiar nunca.

Aunque a partir de su misteriosa y prolongada enfermedad se mostraba aún más retraída con su familia. A sus hijos varones, chicos larguiruchos y torpes, apenas parecía verlos, y ellos, por su parte, eran incapaces de olvidar su presencia, y se avergonzaban de ella a la manera de los adolescentes para quienes la identidad sexual es predominante. Porque el cuerpo de Anna Schwart era rollizo, y presionaba contra la tela de su bata, con los pechos muy generosos y caídos, de pezones bien marcados; el estómago abotagado, las piernas con varices y los tobillos hinchados, ¿cómo podían sus hijos apartar los ojos? Contra toda lógica, el rostro seguía siendo relativamente juvenil, la piel arrebolada como con fiebre. Aunque Anna era enfermizamente tímida y tenía un miedo cerval a que la espiaran, parecía —para consternación de sus hijos— no darse cuenta de su aspecto cuando colgaba la colada en el tendedero y el aire le marcaba la espalda, las nalgas y las caderas a través de su ropa mal abrochada. Entre paroxismos de vergüenza veían cómo su madre salía siempre cuando los cortejos fúnebres pasaban, terriblemente despacio, junto a la casita de piedra. Herschel se quejaba de que las tetas de su madre eran como ubres de vaca por lo mucho que colgaban, ¿por qué no se ponía un sostén como hacían otras mujeres, por qué no se arreglaba como era debido? Y Gus protestaba, porque su madre no podía evitarlo, los nervios, Herschel debería saberlo. Y Herschel decía: «¡Joder, claro que lo sé! Lo sé pero eso no ayuda nada».

Rebecca no era tan consciente del aspecto de su madre. Porque Anna Schwart la fascinaba, la alarmaba y la preocupaba hasta tal punto que apenas sabía qué aspecto presentaba a ojos de los demás. Rebecca sentía la distancia entre las dos, incluso en las reducidas habitaciones del chalé de piedra. Cómo, incluso a las horas de las comidas, incluso cuando les servía a la mesa, la cara húmeda y encendida de su madre estaba vacía, preocupada; los ojos perdidos y soñadores como si, dentro de su cabeza, oyera voces que nadie más oía, de un interés infinitamente superior a las voces vulgares, pendencieras de su familia. En momentos así Rebecca sentía el dolor del abandono y de los celos. Casi detestaba a su madre por abandonarla a los demás. ¡A su padre, a sus hermanos! Cuando era a su madre a quien ella quería.

Porque Rebecca no tenía ya una hermana. Incluso en sueños se había quedado sin Freyda. Con lógica infantil culpaba a Anna Schwart de aquella pérdida. ¿Qué derecho tenía a hablar de *mis sobrinitas, mi sobrino, vuestro primito*? ¿Qué derecho a mostrarles las fotografías y ahora a alejarse, distante y ajena?

A Rebecca le molestaba en especial que su madre hablara sola. ¿Por qué no hablaba con *ella,* en lugar de con aquellas otras personas? No eran más que figuras fantasmales, que hacían sonreír a Anna Schwart como no lo conseguía su familia viva. En las habitaciones de atrás Rebecca oía a su madre murmurar, reír con tristeza, suspirar. Al dejar caer una brazada de leña en el fogón, al sacar ruidosamente agua con la bomba de mano en el fregadero, al pasar una y otra vez el cepillo mecánico sobre las alfombras raídas, Anna Schwart hablaba sola con voz alegre e ininterrumpida, como agua que cayera sobre roca. *Está hablando con los muertos* llegó a darse cuenta Rebecca. *Está hablando con la familia que dejó atrás en Alemania.*

Un día de invierno, cuando los varones volvieron a casa, descubrieron que Anna había retirado las cortinas de todas las ventanas. Las mismas cortinas que cosiera con tanto entusiasmo en el mes de julio. En la cocina, cortinas con volantes de color narciso, en el cuarto de estar visillos como de gasa de color rosa pálido y en las demás ventanas, cortinas con estampado de flores.

¿Por qué? Porque había llegado el momento, respondió Anna.

Al preguntarle qué demonios significaba aquello, afirmó, imperturbable, que había llegado el momento de retirar las cortinas porque iba a usarlas como trapos y un trapo no debería estar polvoriento porque un trapo se utiliza para quitar el polvo.

¡Las cortinas habían ido a parar a la bolsa de trapos del armario, hinchada con el botín de Anna! Jacob les dijo bromeando a sus hijos que un día acabaría él en la bolsa de trapos de su madre, sus huesos mondos y lirondos.

Herschel y Gus rieron incómodos. Rebecca se mordió la uña del pulgar hasta hacerse sangre, al ver cómo su madre miraba sonriendo al suelo, sin decir nada.

Excepto que después se animó a decir, con una risa despectiva, ¿para qué querría nadie huesos viejos, mondos y lirondos, en una bolsa de trapos? Ella, no.

Con mucha calma papá dijo: «Me desprecias, ¿no es eso?».

Con mucha calma papá prosiguió: «Verás lo que vamos a hacer, mamá. Compraré un arma. Una escopeta. Podrás volarle la cabeza a Jacob Schwart, mamá. Rociar con su cerebro toda tu preciosa pared».

Pero la madre de Rebecca se había ausentado, indiferente.

Aquellas horas de soledad, incluso después de haber empezado a ir al colegio. Cuando seguía a mamá como un cachorrillo. Con la esperanza de que mamá dijera: «Ayúdame con esto, Rebecca». O «¡Rebecca, ven aquí!». Y Rebecca habría acudido, encantada, corriendo.

Aquellos años. Rebecca recordaría cómo habían trabajado juntas, a menudo en silencio. Desde la época en que era una niñita hasta los trece años, cuando murió Anna Schwart.

Murió diría Rebecca. Porque no quería decir *La mataron.*

Porque no quería decir *Fue asesinada.*

Y, sin embargo, durante todos aquellos años (mientras preparaban comidas, recogían y lavaban los platos, hacían la colada, limpiaban el polvo y barrían y sacudían las alfombras) nunca hablaron de cosas serias. Nunca de cosas esenciales.

La madre de Rebecca sólo se animaba, sólo se le entrecortaba la voz cuando advertía a su hija de los peligros a los que estaba expuesta.

¡No te alejes de la carretera! ¡No te acerques a personas que no conoces! E incluso aunque las conozcas, ¡no te subas a ningún coche ni a ningún camión! ¡Y apártate del canal! Hay gente que va allí a pescar y hombres que pasan en barcos por el canal.

¿Entiendes lo que te estoy diciendo? Tú no quieres que te suceda nada, Rebecca. Te echarán la culpa si te pasa algo.

Eres *chica,* ¿sabes?

Ten cuidado en ese colegio, a las chicas les pasan cosas en la escuela. Muchísimas cosas. Cosas desagradables. Si hay chicos que, por ejemplo, te llaman desde un sótano, o desde dentro de algo, o escondidos en una zanja, aléjate de ellos lo más deprisa que puedas, porque eres *chica.*

Anna se exaltaba muchísimo cuando hablaba durante tanto tiempo. Nunca, en otros momentos, hablaba tanto. Y también advertía a su hija para que no cometiera el error de seguir a sus hermanos, que eran chicos: se marcharían y la dejarían, por ser *chica.*

Rebecca llegó a entender que ser *chica* era como una herida.

¡La escuela! Fue el gran acontecimiento del comienzo de la vida de Rebecca.

Su madre se había opuesto con toda el alma a que fuese. Había tratado de que siguiera en casa hasta el último día. Porque Rebecca tenía que recorrer sola casi un kilómetro de Quarry Road antes de reunirse con otros niños; y, de todos modos, Anna desconfiaba de aquellos otros niños porque vivían en una casucha venida a menos cerca del basurero municipal.

Pero tampoco manifestaba interés por lo que hacía Rebecca en la escuela, aparte de aquellos peligros teóricos. Era como si, una vez que los peligros no habían llegado a materializarse, Anna sintiera tanto desdén por la escuela como sentía por Milburn y sus vecinos. Por supuesto, no visitaba la escuela como hacían otros padres. (Tampoco Jacob Schwart aparecía por la escuela.) Ninguno de los dos hacía algo más que echar una ojeada a las calificaciones de Rebecca. Tuvieron que pasar años para que Rebecca se diera cuenta de que su madre no leía en inglés y de que, en consecuencia, despreciaba cualquier material impreso: era capaz de tirar a la basura los libros de texto de Rebecca junto con los viejos periódicos y revistas de su marido, tan poco sentido tenían para ella. Sólo se detenía, de vez en cuando, para mirar fotografías. En una ocasión Rebecca la vio en la cocina repasando un reportaje fotográfico en *Life* de hombres, mujeres y niños caídos, ensangrentados, medio desnudos, desperdigados entre los escombros de alguna ciudad remota. Cuando Rebecca se acercó más para leer los pies de las fotos, su madre apartó bruscamente la revista y abofeteó a Rebecca con ella.

—No. No es para los ojos de una chica. *Malo.*

Y en una ocasión la vi, a ella que había manifestado un terror sin límites a las serpientes, matar una con una azada. Estábamos colgando ropa en el tendedero y una víbora cabeza de cobre salió de debajo de la casa, y llegó por la hierba hasta unos treinta centímetros de mis pies y mamá no dijo nada, pero fue a por la azada que estaba apoyada en la pared de la casa y la golpeó una y otra vez desesperadamente hasta que la víbora estuvo muerta, llena de sangre y destrozada.

En la escuela de enseñanza primaria de Milburn, la profesora de primer grado era la señorita Lutter, que se identificó como cristiana el primer día de clase. La señorita Lutter era una mujer delgada con el pelo de color polvoriento y con unos dientes que le asomaban entre labios siempre muy fruncidos cuando sonreía. A Rebecca y a los otros niños les dijo que tenían almas que eran «llamitas» dentro del cuerpo, en la zona del corazón; aquellas llamitas nunca se apagaban, a diferencia del fuego ordinario.

Rebecca, que no había oído nunca nada parecido, supo al instante que tenía que ser así.

Porque: el fogón que quemaba carbón y la estufa que consumía leña en casa de los Schwart era todo lo que impedía que la casa se helara durante los intensos fríos del invierno, de manera que las llamas en el interior de una persona también impedían que se helara. Rebecca casi podía ver las llamas dentro de su padre y de su madre, detrás de los ojos; sabía, sin embargo, que no debía hablar de aquel asunto con ellos. Porque cualquier autoridad ajena a la familia los haría enfurecer.

Cualquier creencia de *aquellos otros* transmitida a sus hijos los enfadaría.

Y también hay un fuego en mí.

Aquella revelación hizo tan feliz a Rebecca que hubiera querido tener a su hermana Freyda para compartirla con ella.

18

—Rebecca Esther Schwart.

¿Quizá le estaba tomando el pelo aquel señor? ¿Su nombre? O ¿quién era ella?

Porque sintió el impacto, allí, entre desconocidos. ¡Qué áspera le había sonado la última sílaba roma de *Schwart,* como la parte plana de una pala empuñada como arma!

—«Rebecca», ¿estás aquí?

La señorita Lutter le dio un codazo. Rebecca despertó de su trance, se puso en pie, se abrió camino hasta el pasillo y subió al escenario iluminado. El estruendo de la sangre en los oídos se mezcló con los aplausos del público, ¡tan fuertes! Como un crepitar de llamas. Filas de desconocidos, *aquellos otros* que papá desdeñaría y que, sin embargo, le sonreían con el mismo vigor con que aplaudían, como si en aquellos fugaces segundos de sus vidas la chica Schwart, de cabellos oscuros y aspecto de gitana, la hija del sepulturero, no fuese una figura digna de compasión.

—¿«Rebecca»? Enhorabuena.

Estaba demasiado asustada para murmurar *Gracias.* No veía con claridad la cara del funcionario que le dirigía la palabra, gafas relucientes, corbata a rayas. Le habían dicho su nombre y quién era pero, por supuesto, lo había olvidado. Desesperada alzó la mano para recoger lo que fuera que aquel señor le estaba entregando —un libro voluminoso, un diccionario— y se produjeron unas risas ahogadas en el público cuando, como no esperaba que fuese tan pesado, a Rebecca casi se le cayó. El hombre de las gafas relucientes se echó a reír y cogió el libro a tiempo —¡Cuidado, señorita!— para volvérselo a entregar de manera más segura y, en aquel instante, Rebecca vio que la miraba con curiosidad, como si se la estuviera aprendiendo: *la chi-*

ca Schwart la hija del sepulturero pobre niña enviada a la escuela con el aspecto de una salvaje.

Envuelta en una bruma de vergüenza y de confusión, Rebecca descendió del escenario a trompicones y regresó a su fila y a su asiento, donde la señorita Lutter le sonrió, al tiempo que llamaban al siguiente alumno.

Era abril de 1946. Rebecca tenía diez años y había ganado el concurso de ortografía de las escuelas municipales de Milburn. Había acudido en representación de su escuela primaria, que era la del tercer distrito. Durante semanas estuvo aprendiendo listas de palabras. Palabras como *despilfarrador, precipitante, precipitado, epíteto, difteria, expurgar, cotidiano, lapidario, lacrimatorio, estacionario, estarcido, inexcusable, incoado, abyecto, estrado, adusto, errar, hostigar, impío, cenagal, profecía, profetizar, renunciar, resucitar, genealogía, meteorológico, sacrílego, jactancioso, gnómico, tosquedad, fortuito, contingencia, autarquía, temperado, elongación.* Como otros alumnos que habían memorizado la ortografía de aquellas palabras, Rebecca tenía sólo una idea muy remota de lo que significaban. Eran sonidos misteriosos, sílabas que podrían encontrarse tanto en una lengua extranjera como en el idioma llamado inglés. Era un juego, aprender a deletrear. Aunque te ponía nerviosa, y te hacía sudar por la noche. La señorita Lutter había insistido en que Rebecca compitiera con alumnos de más edad de los primeros años de secundaria y, por el miedo a fallar y a decepcionar a su profesora, Rebecca se había aprendido las palabras y había vencido a los otros niños y ahora la señorita Lutter estaba orgullosa de ella y le estrechaba una mano helada; y el estruendo en sus oídos empezaba a reducirse.

Aunque recordaría *cómo los buscaba entre el público al fondo del auditorio del instituto pese a saber que no iban a asistir, por supuesto. Ni su madre, Anna Schwart, ni su padre, Jacob Schwart. Nunca habrían acudido a aquel lugar público para ver a su hija premiada.* Y cómo, después de la ceremonia, pasó como un animalillo furtivo por el vestíbulo del instituto, donde se celebraba una «recepción» para los ganadores del concurso de ortografía, sus familiares y profesores y otras personas mayores. Rebecca se sentía torpe y llena de timidez entre ellos, una niña sola, sin familia. Le dolía la cara de pena y de vergüenza. Aunque sabía hasta qué punto sus padres despreciarían aquel lugar y a aquellas personas.

Aquellos otros en los que nunca debes confiar, nuestros enemigos.

—¿Rebecca?.

Alguien la llamaba, pero, entre la confusión de voces y risas, no había por qué esperar que Rebecca oyese. Iba camino de una puerta lateral con la indicación SALIDA.

—¿Rebecca Schwart? Por favor, ven aquí.

Alguien la sujetó. Estaba rodeada de personas mayores. Una mujer con una cabeza que era como un casco de bronce y ojos penetrantes. Y el señor de las gafas relucientes y la corbata a rayas, director del instituto de Milburn, que sujetó a Rebecca con decisión por el codo y la llevó hasta un grupo de alumnos y personas mayores al que se iba a fotografiar para el *Semanario de Milburn* y para la *Gaceta del Valle del Chautauqua*. A Rebecca, la más joven y la más menuda de los ganadores del concurso de ortografía, se la colocó delante y en el centro. Se le dijo que sonriera y sonrió. Fogonazos de las cámaras. Rebecca mantuvo la sonrisa sorprendida con los ojos casi cerrados y de nuevo se dispararon las cámaras, al tiempo que escuchaba a medias una conversación murmurada a una distancia que no quedaba del todo fuera del alcance de sus oídos.

Esa chica Schwart, ¿dónde están sus padres?

—No han venido.

—Dios del cielo, ¿por qué no?

—No han venido, sencillamente.

Y luego se dejó a Rebecca en libertad y pudo de nuevo dirigirse hacia la salida. Desde algún lugar a sus espaldas oyó la voz de la señorita Lutter:

—Rebecca, ¿no necesitas que alguien te lleve a casa? —pero la niña no se volvió.

No tenía intención de enseñarles el diccionario. A nadie de la familia. Le había hablado a su padre del concurso de ortografía y de la ceremonia de entrega de los premios, pero Jacob había escuchado apenas y su madre nada en absoluto. Y ahora escondería el diccionario debajo de su cama sabiendo que si lo mostraba lo despreciarían.

Y existía el peligro de que uno de ellos lo utilizara como combustible para la estufa.

Mucho tiempo atrás Jacob Schwart había tenido la esperanza de que sus hijos fuesen buenos estudiantes, pero ni Herschel ni Gus habían respondido y él se había desentendido de su educación y se mostraba despectivo con los libros de texto de Rebecca cuando de vez en cuando los hojeaba para decir que eran cuentos de hadas, basura. Los periódicos y revistas que traía a casa se los leía con frecuencia de cabo a rabo, con un fervor malsano, para a continuación desecharlos también como basura. Desde el final de la guerra Jacob había dejado de oír la radio después de cenar, pero tampoco quería que la oyeran los restantes miembros de la familia. «Las palabras son mentiras.» Repetía a menudo aquel dictamen, acompañándolo de una mueca jocosa. Si estaba mascando tabaco, escupía.

Desde el fin de la guerra muchas cosas eran un chiste para él. Pero no siempre se sabía qué era un chiste y qué una cosa seria. Qué lo hacía reír con tanta fuerza que la risa se transformaba en espasmos de tos que lo dejaban sin aliento y qué *lo sacaba de quicio.*

Sacudía la primera página del periódico, el rostro contraído por la irrisión y la cólera. Golpeaba el periódico con el puño, aplastándolo sobre el hule que cubría la mesa de la cocina. Jacob Schwart detestaba en especial al gobernador del Estado de Nueva York, un hombrecillo acicalado de cabellos y bigote negros, y su boca se agitaba en una furia sin palabras cuando veía una fotografía suya. Por qué, exactamente, no lo sabía nadie de la familia. Jacob Schwart detestaba a los republicanos, sí; pero también a Roosevelt, y Roosevelt era demócrata, ¿no es eso? Rebecca trataba de aprenderse aquellos nombres. Algo que significaba tanto para papá también debía de tener algún valor para ella.

Los otros. Nuestros enemigos. Somos inmundicias para ellos, algo que hay que quitarse de los zapatos.

—¿Qué demonios es esto? ¿*Tú?*

Fue un verdadero sobresalto, papá tirando el *Semanario de Milburn* sobre la mesa, aplastándolo con el puño y encarándose con su hija.

Estaba indignado, se sentía insultado. Pocas veces lo había visto Rebecca tan fuera de sí. Porque allí estaba *Rebecca Esther Schwart del tercer distrito de Milburn,* en una fotografía de grupo en la primera página del periódico. *Ganadores del Concurso de Ortografía. Ceremonia de la Entrega de Premios en el Instituto de Milburn.* Papá arrastró a Rebecca hasta la mesa, para que se viera, entre el grupo de sonrientes desconocidos. La niña había olvidado el momento, no podía haber previsto que nada real pudiera ser consecuencia de los fogonazos y del jocoso y divertido *¡Sonrían, por favor!* ¡Y ahora su padre exigía saber qué era aquello! ¡Qué significaba! Diciendo, mientras se limpiaba la boca:

—Nunca he sabido nada de esto, ¿verdad que no? Por todos los condenados del infierno, ¡no me gusta que una hija mía actúe a mis espaldas!

Rebecca explicó tartamudeando que se lo había dicho, que había tratado de decírselo, pero papá siguió despotricando. Era una persona cuya cólera se alimentaba a sí misma, extasiada. Alzó el periódico hacia la luz, en diferentes ángulos, para ver la primera página comprometedora con mayor claridad. Para finalmente volverse hacia Rebecca, incrédulo:

—¡Claro que eres tú! Por todos los demonios del infierno. A mis espaldas, una hija mía.

—Te... te lo dije, papá. El concurso de ortografía.

—¿Ortografía? ¿Qué?

—Concurso de ortografía. Deletrear palabras. En la escuela.

—«Palabras.» Te voy a decir yo palabras: sandeces. Todas las palabras que han sido pronunciadas desde siempre por la humanidad son sandeces.

Herschel y Gus, atraídos por el alboroto, examinaron la fotografía y el artículo escandalosos de la primera página, asombrados. Gus dijo que era una buena noticia, ¿verdad que sí?

Papá exigió, farfullando por la indignación:

—¡Enseña ese condenado «premio»! ¡Quiero ver ese condenado «premio»! ¡Deprisa!

Rebecca corrió a sacar el diccionario del sitio donde lo había escondido. Debajo de su cama. ¡Qué vergüenza! Sabía que aquello le iba a traer problemas, ¿por qué había escondido el diccionario *debajo de la cama*?

Como si a Jacob Schwart se le pudiera ocultar algo. Como si algún secreto pudiera no salir a la luz, como ropa interior o ropa de cama sucias, llegado el momento.

A Rebecca le ardía la cara y las lágrimas hacían que le escocieran los ojos. (¿Dónde estaba mamá? ¿Por qué no estaba mamá allí, para interceder? ¿Se escondía en el dormitorio para huir de los gritos de papá?)

Rebecca llevó el diccionario Webster a Jacob Schwart, porque le obedecía aunque lo temiera y lo aborreciese. Pese a saber de antemano, con la resignación de un niño ante el destino, de un animal condenado que ofrece su cuello al depredador, que papá arrojaría el diccionario a la estufa con una maldición.

Rebecca casi recordaba que era eso lo que había hecho. Arrojar el diccionario a la estufa y echarse a reír.

Aunque en realidad no fue así. Recogió el pesado volumen de manos de su hija y lo puso sobre la mesa, de repente más tranquilo, como intimidado. ¡Un libro tan grueso y a todas luces caro!

Jacob Schwart debió de calcular rápidamente lo que podía costar un libro de aquel tamaño: ¿cinco, seis dólares?

Letras doradas en el lomo y en la cubierta. Las guardas con vetas como de mármol. Casi dos mil páginas.

Con una floritura abrió el libro y vio el ex libris:

CAMPEONA DE ORTOGRAFÍA DEL TERCER DISTRITO DE MILBURN
*** 1946 ***
REBECCA ESHTER SCHWART

Jacob advirtió al instante la falta de ortografía, rió con aspereza y sintió que había triunfado.

—¿No lo ves? Te están insultando: «Eshter». Nos están insultando. No es un accidente. Es una cosa calculada. Deletrear mal el nombre del niño para insultar a quien se lo puso.

Papá le mostró el ex libris a Herschel, que lo examinó, incapaz de leerlo. Contrariado, le dio un golpe al diccionario como se golpea a una serpiente con un palo, al tiempo que decía:

Dios. Aparta de mí esa cosa, joder, que soy *lérgico*.

Aquello provocó que papá riera de buena gana: sentía debilidad por el humor vulgar de su hijo mayor.

Gus protestó.

—Maldita sea, Herschel, alguien en esta familia ha conseguido algo por una vez, y yo creo que está pero que muy bien.

A Gus le hubiera apetecido decir algo más, pero papá y Herschel lo ridiculizaron.

Papá cerró el diccionario. Ahora era el momento, Rebecca lo sabía, en el que se iba a inclinar hacia adelante con un gruñido, abrir la portezuela de la estufa y tirar dentro el diccionario.

En lugar de eso, dijo, como dando vueltas al asunto:

—Maldita sea, no me gusta que ningún hijo de Jacob Schwart se ande con secretos a mis espaldas como una comadreja. En este pueblo de mala muerte todo el mundo nos vigila, de eso podéis estar seguros. La maldita fotografía en el periódico para que la vea todo el mundo. La próxima vez...

—¡No iré, papá! No lo volveré a hacer —dijo Rebecca con desesperación.

Enseguida vio con alivio que su padre parecía estar perdiendo interés en el tema, como le sucedía con frecuencia cuando nadie le llevaba la contraria. De repente se aburría y apartó el diccionario con un gesto brusco.

—Llévate de aquí esa maldita cosa y que no lo vuelva yo a ver.

Rebecca se apoderó del pesado volumen. Papá y sus hermanos tuvieron que reírse de ella: estaba tan desesperada y tan torpe que casi se le cayó encima.

Se apresuró a volver a su cama. Lo escondería otra vez debajo.

Mientras escuchaba a su espalda cómo Jacob Schwart arengaba a sus hijos:

—¿Qué son las palabras? Las palabras son sandeces y mentiras, ¡nada más que mentiras! Ya aprenderéis.

A continuación la risa insolente de Herschel.

—Anda, papá, dinos algo que no sea una sandez, tú que eres el jodido *geeniioo*, ¿no es eso?

19

Un luminoso día de verano. Las persianas de la sala de estar se habían cerrado. Rebecca recordaría aquella mañana tratando de calcular cuántos años tenía ella, cuántos su madre, cuántos meses faltaban para la muerte de Anna Schwart. Pero no podía, como si el brillo del cielo la deslumbrase incluso en el recuerdo.

Era verano, estaba segura: una época sin clases. Había vagabundeado por una zona boscosa muy amplia detrás del cementerio, por el camino de sirga a lo largo del canal viendo las barcazas, saludando a los pilotos que le devolvían el saludo, algo que tenía prohibido hacer. También había estado en el vertedero municipal. Sola, no con sus amigas.

Porque ahora Rebecca tenía amigas. En su mayor parte eran chicas que, como ella, vivían en las afueras de Milburn. Quarry Road, Milburn Post Road, Canal Road. Chicas que vivían en viejas granjas venidas a menos, chabolas hechas con cartón alquitranado, remolques colocados sobre bloques de cemento en medio de patios llenos de malas hierbas y basuras desperdigadas. Las chicas así no se burlaban de Rebecca Schwart por ser la hija del sepulturero. Porque los padres de aquellas chicas, si es que los tenían, no eran muy diferentes de Jacob Schwart.

Sus hermanos, en el caso de que los tuvieran, no eran muy distintos de Herschel y Gus.

Y sus madres...

—¿Cómo es tu mamá? —le preguntaban a Rebecca sus amigas—. ¿Está enferma? ¿Le pasa algo? ¿No le gustamos?

Rebecca se encogía de hombros. Su expresión hosca y nada comunicativa quería decir *No es asunto vuestro, caramba.*

Ninguna de las amigas de Rebecca había entrevisto siquiera a Anna Schwart, aunque sus madres quizás la recordaran de años atrás, en el centro de Milburn. Pero la mujer del sepulturero ya no iba nunca al pueblo, ni llegaba más allá de los alrededores de la casita de piedra. Y, por supuesto, Rebecca no podía llevar a casa a ninguna de sus amigas.

Aquel día había un funeral en el cementerio. Rebecca se detuvo a contemplar la lenta procesión de vehículos desde detrás de uno de los cobertizos porque no quería que la viesen. Su recio pelo oscuro le caía por la espalda como una crin, y su piel era áspera y muy morena por el sol. Llevaba unos pantalones cortos de color caqui y una camisa de manga corta, muy sucia y llena de abrojos. Con la excepción del pelo, se la podría haber confundido con un chico desgarbado de piernas largas.

¡El coche fúnebre! Majestuoso, de brillos oscuros, con ventanillas de cristales tintados. Rebecca sintió que el corazón empezaba a latirle de una manera extraña. *Ahí está la muerte, ahí dentro.* Siete automóviles seguían al coche fúnebre, y los neumáticos crujían sobre la avenida de grava. Rebecca vislumbró rostros dentro de aquellos coches, mujeres con sombrero y velo, hombres que miraban todo el tiempo al frente. De vez en cuando las facciones de alguien más joven. A Rebecca le asustaba en especial ser vista por gente de su edad que quizá la conociera.

Un funeral en el cementerio de Milburn significaba que el día anterior Jacob Schwart había abierto una fosa. La mayoría de las tumbas más recientes estaban en terreno en cuesta en la parte de atrás del cementerio, donde crecían robles y olmos altos, cuyas raíces se entrecruzaban en el suelo rocoso. Abrir sepulturas era un trabajo arduo. Porque Jacob Schwart tenía que cavar las tumbas con una pala: como no contaba con la ayuda de herramientas mecánicas se trataba de un trabajo agotador.

Rebecca se protegió los ojos del sol para ver a su padre al fondo del cementerio. Jacob Schwart era más gnomo que hombre. Semejante a una criatura salida de la tierra, ligeramente inclinado hacia adelante, llevaba la espalda encorvada y la cabeza colocada en un ángulo extraño, por lo que siempre parecía mirar el mundo con desconfianza, desde un lugar aparte. Se había desgarrado un ligamento de la rodilla y ahora cojeaba y llevaba un hombro más alto que otro. Nunca se quitaba la ropa de trabajo, ni la gorra de paño. Sabía perfectamente cuál era su sitio entre el personal de pompas fúnebres y los allegados del difunto, a quienes llamaba *señor, señora,* y con quienes se mostraba infaliblemente respetuoso. Herschel hablaba de haber visto a su padre en Main Street, en dirección al First Bank de Chautauqua, y del espectáculo que era el viejo con su ropa y sus botas de sepulturero, caminando —la cabeza baja— sin ver cómo la gente lo miraba, y sin importarle un pimiento chocar con alguien que no se apartara con la suficiente rapidez.

Herschel avisó a Rebecca para que si pasaba por el pueblo y veía a su padre, no permitiera que él la viese a ella:

—Se pondría hecho una fiera. Como si nosotros, sus hijos, estuviéramos espiándolo, entiendes, cuando va al banco. Como si a alguien le importase un rábano lo que el muy cabrón esté haciendo, porque se cree que nadie lo sabe.

Tantos millones de muertos echados a paletadas en hoyos, nada más que carne.

Pregunta por qué: pregúntale a Dios por qué se permiten tales cosas.

Al mirar a su padre cuando Jacob no se daba cuenta, Rebecca se estremecía a veces como si lo viera con los ojos de otro.

—¿Mamá...?

El interior de la casita de piedra era sombrío, húmedo y telarañoso hasta en un día como aquel de sol espléndido. En la cocina los platos estaban en remojo en el fregadero, en el fogón seguía la sartén utilizada para el desayuno. Dominaba el olor a grasa. Desde su enfermedad, la madre de Rebecca descuidaba las faenas domésticas o se había vuelto indiferente. Desde el *Marea,* pensó Rebecca.

Las persianas estaban bajadas en todas las ventanas al mediodía.

Del cuarto de estar llegaba un sonido extraño: rápido y fogoso, como de cristales rotos. Con la puerta cerrada.

Ahora que su padre ya no escuchaba las noticias todas las noches después de la cena, la radio se encendía muy pocas veces. Jacob no lo permitía cuando estaba en casa. *La electrici-*

dad, gruñía, *no crece en los árboles, ni desees ni malgastes.* Rebecca oyó ahora la radio.

—¿Mamá? ¿Puedo... entrar?

No obtuvo respuesta. Rebecca empujó la puerta con precaución.

Su madre estaba dentro, junto a la *Motorola* de segunda mano, como para calentarse. Había acercado un taburete para no sentarse en el sillón de su marido. Rebecca vio brillar el dial de la radio con un intenso color naranja que parecía vibrar como si fuese algo vivo. Del altavoz cubierto por un entramado contra el polvo salía un sonido hermosísimo, rápido, pero reproducido con gran precisión, y Rebecca escuchó asombrada. ¿Era aquello un piano? ¿Música para piano?

La madre de Rebecca miró en su dirección como para asegurarse de que no era Jacob Schwart, de que no corría peligro. Le temblaban los párpados. Su concentración era total y no quería que se la distrajera. Se llevó un índice a los labios para indicar *¡No hables! ¡No te muevas!* De manera qué Rebecca se quedó muy quieta, sentada a los pies de su madre y escuchando.

Más allá de la *Motorola,* más allá del cuarto de estar apenas iluminado y con olor a moho de la vieja casita de piedra del cementerio no había nada.

Cuando se produjo una interrupción en la música, la más breve de las pausas entre los movimientos de la sonata, la madre de Rebecca le susurró:

—Es Artur Schnabel. Y toca a Beethoven. La llaman la «Appassionata».

Rebecca escuchó con avidez, sin tener ni idea del significado de la mayoría de las palabras de su madre. Había oído el nombre de Beethoven, eso era todo. Vio que la cara de su madre, suavemente avejentada, brillaba con lágrimas que no eran lágrimas de dolor, ni de pena, ni de humillación. Y los ojos de su madre eran ojos hermosos, oscuros, relucientes, con una sorprendente intensidad que hacía que uno se sintiera incómodo si los veía de cerca.

—De joven, en Alemania, tocaba esta «Appassionata». No tocaba como Schnabel, pero lo intentaba —Anna buscó a tientas la mano de Rebecca, apretándosela como no lo había hecho desde hacía años.

El piano volvió a sonar. Madre e hija escucharon juntas. Rebecca se aferró a la mano de Anna como si estuviera en peligro de caer desde una gran altura.

Tanta belleza, y la intimidad que suponía compartir tanta belleza, fue algo que Rebecca atesoraría durante toda su vida.

20

—¡Papá! Sal lo más deprisa que puedas.

Herschel llegó a toda velocidad y jadeando a la puerta de la cocina. Era un chico alto, pesado y caballuno, de mandíbulas sin afeitar y voz tan áspera como un rebuzno. Se echaba el aliento en los nudillos porque hacía mucho frío en aquel día de otoño.

Era la mañana de Halloween de 1948. Rebecca tenía doce años y estaba en séptimo grado.

Había amanecido muy poco antes. Por la noche había helado y después había caído encima un polvo ligero de nieve. Ahora el cielo estaba gris y en penumbra y al este, más allá de las montañas Chautauqua, el sol era un ojo con el párpado caído que brillaba débilmente.

Rebecca ayudaba a su madre a preparar el desayuno. Gus no había salido aún del dormitorio. Jacob, con mono, sacaba agua con la bomba en el fregadero, al tiempo que tosía y escupía ruidosamente de una manera muy suya que enfermaba a Rebecca. Jacob miró con dureza a Herschel y preguntó:

—¿Qué me cuentas? ¿Qué es lo que pasa?

—Será mejor que salgas, papá.

Herschel hablaba con una seriedad nada habitual en él. De ordinario había que estar atento, a la espera de un guiño, de que apretara mucho los ojos o torciera la boca de la manera tan cómica que tenía de hacerlo, para ver si daba alguna señal de que bromeaba, pero aquel día su seriedad era total, sin mirar siquiera a Rebecca.

Jacob Schwart examinó a su hijo mayor, vio algo en la cara del muchacho —cólera, dolor, desconcierto y temblorosa agitación animal— que no había visto nunca. Lanzó una maldición y se apoderó del atizador junto al fogón de hierro fundido.

Herschel rió con dureza mientras exclamaba:

—Es demasiado tarde para el condenado atizador, papá.

Jacob siguió a Herschel fuera de la casa, cojeando. Rebecca hubiera ido detrás, pero su padre se volvió como por instinto para advertirle:

—Quédate ahí dentro, chica.

Para entonces Gus había salido a trompicones del dormitorio, con el pelo de punta y desarreglado; a los diecinueve años su estatura era ya casi la de Herschel, un metro ochenta y pico, pero con quince kilos menos, flaco como una cerilla, tímido y reservado.

Anna Schwart, ante el fogón, sin mirar a nadie, retiró la pesada sartén del fuego y la dejó a un lado.

—¡Hijos de puta!

Herschel iba delante. Jacob lo seguía muy de cerca, tambaleándose como un borracho, los ojos fuera de las órbitas. La noche anterior a Halloween se conocía como la «noche del diablo». En el valle del Chautauqua parecía ser una vieja tradición, en cierto modo respetada. Algunos desconocidos llegaban furtivamente, a oscuras, y cometían «travesuras» o «diabluras». Y había que tomárselo como una broma.

El cementerio de Milburn había sido desde antiguo uno de los objetivos de las burlas de la noche del diablo antes de que Jacob Schwart se convirtiera en encargado. Eso era lo que le dirían, en lo que insistirían.

—Creen que no sé quién ha hecho esto, pero, joder, sí que lo sé. Lo tengo bien claro, ¿sabes?

Herschel hablaba indignado, la voz temblorosa, y Jacob Schwart apenas escuchaba a su hijo. La noche anterior había arrastrado las dos hojas de la puerta de hierro de la entrada principal para cerrarla y las había asegurado con una cadena, por supuesto que sabía lo que era la noche del diablo, se habían producido daños en el cementerio en años precedentes; Jacob había tratado de velar para proteger la propiedad, pero (estaba agotado y había bebido) se quedó dormido hacia medianoche; de todos modos, no disponía de un arma de fuego. Hombres, muchachos y chicos hasta de doce años disponían de rifles y escopetas, pero Jacob Schwart seguía inerme. Le daban horror las armas de fuego, no era cazador. Una parte de su ser le había advertido desde hacía mucho tiempo en contra de aquel paso irrevocable. *¡Necesitas un arma! Llegará un día en que sea demasiado tarde.* Una parte de su ser no quería ni matar ni que lo mataran pero, al fin y a la postre, sus enemigos no le daban la posibilidad de elegir.

La puerta cerrada no había bastado para disuadir a los vándalos, que se habían limitado a trepar por la tapia del cementerio. Se veía dónde habían derribado un trozo de la cerca, a unos cien metros más o menos de la carretera.

No había manera de dejarlos fuera. Jóvenes maleantes. Quizá sus rostros le resultasen familiares. Sus nombres. Eran residentes de Milburn. Algunos, posiblemente, vecinos de Quarry Road. *Aquellos otros* que despreciaban a los Schwart. Que los miraban por encima del hombro. Herschel parecía saber quiénes eran, o sospecharlo. Jacob Schwart caminó a trompicones detrás de su hijo, limpiándose los ojos. Un conato de sonrisa, aturdida, espectral, se le paseaba por los labios.

No hay manera de tener a raya a tus enemigos si estás desarmado. No volvería a cometer aquella equivocación.

Había tiestos y recipientes de loza rotos entre las tumbas. Calabazas estrelladas que daban un aire de jolgorio frenético, las simientes esparcidas y la pulpa jugosa con aspecto de cráneos reventados. Los cuervos ya habían estado dándose un festín con aquellos cerebros esparcidos.

—¡Fuera, condenados! ¡Hijos de puta!

Herschel dio palmadas para espantar a los cuervos. Su padre apenas pareció reparar en ellos.

¡Cuervos! ¡Qué le importaban a él los cuervos! Inocentes criaturas irracionales.

Varios abedules jóvenes habían sido cruelmente torcidos hasta tocar el suelo y tenían el tronco tan dañado que no se recuperarían. Algunas de las lápidas más antiguas y más frágiles, que se remontaban a 1791, habían sido pateadas y se habían agrietado. Los cuatro neumáticos de la camioneta Ford del en-

162

cargado, de 1939, estaban rajadas, de manera que el vehículo descansaba sobre las llantas como una criatura vencida y desdentada. Y en los costados de la camioneta había manchas de alquitrán, feas marcas con la estridencia de gritos burlones.

Y también en los cobertizos del encargado y en la puerta principal de su casita de piedra, de manera que las odiosas marcas fuesen bien visibles desde la avenida de grava y no pasaran inadvertidas para cualquier visitante del cementerio.

Gus había salido de la casa, seguido de Rebecca, que se abrazaba el pecho para combatir el frío. Al principio estaba demasiado desconcertada para sentir miedo. Sin embargo, ¡qué extraño era!: su padre en silencio, mientras que Herschel maldecía: *¡Cabrones! ¡Hijos de puta!* Su padre, Jacob Schwart, tan extrañamente silencioso, limitándose a parpadear y a mirar las brillantes manchas de alquitrán.

—¿Papá? ¿Qué significa eso?

Jacob no le hizo el menor caso. Rebecca sacó la mano para tocar el alquitrán en el sitio donde lo habían extendido por el lateral de un cobertizo; el alquitrán estaba frío, endurecido. No recordaba cómo se llamaban aquellos signos, algo feo, una palabra que empezaba con *e,* pero sabía lo que significaban: ¿Alemania? ¿Los nazis? ¿Las potencias del Eje que habían sido derrotadas en la guerra?

Pero la guerra había terminado hacía ya mucho tiempo, ¿no era así?

Rebecca calculó: estudiaba cuarto grado cuando empezó a oírse la sirena de los bomberos de Milburn y las clases de la escuela primaria quedaron suspendidas para el resto del día. Ahora estaba en séptimo grado. Tres años: los alemanes se habían rendido a los Aliados en mayo de 1945. A Rebecca le pareció que había pasado mucho tiempo, porque entonces todavía era una niña pequeña.

Ahora ya no era una niña. La ira y la indignación hacían que el corazón le latiera con fuerza dentro del pecho.

Herschel y Gus hablaban con vehemencia. Su padre seguía mirando con ojos desorbitados. No era normal que Jacob Schwart permaneciera tan silencioso, sus hijos lo notaban y estaban intranquilos. Había salido de casa muy deprisa sin la chaqueta ni el gorro de paño. Parecía desconcertado, más viejo de lo que Rebecca lo había visto nunca. Como una de las personas sin hogar, indigentes los llamaban, que se reunían en la estación de autobuses de Milburn y que, cuando el tiempo era bueno, se situaban por los alrededores del puente del canal. A la luz violenta de la mañana, el rostro de Jacob parecía maltrecho, deforme. Tenía ojeras de cansancio y la nariz hinchada y con venillas rotas, semejantes a diminutas telarañas. Movía la boca inútilmente, como si no pudiera masticar lo que le habían echado dentro, como si fuera incapaz de tragarlo o de escupirlo. Herschel volvía a decir que estaba más que seguro de quiénes eran los mamones que habían hecho aquello y Gus, nervioso e indignado, se mostraba de acuerdo.

Rebecca se limpió los ojos, humedecidos por el frío. Por el Este el cielo empezaba a iluminarse, había grietas y fisuras en las nubes sobre sus cabezas. Veía ya los feos signos —«esvásticas» recordó que se llamaban— a través de los ojos de su padre. ¿Cómo quitarlos, negro alquitrán, peor que cualquier pintura al endurecerse? ¿Cómo limpiarlos, restregarlos para hacer que desaparecieran, tratándose de *alquitrán*? ¡Y lo mucho que se disgustaría mamá! Ah, si pudieran, de algún modo, esconder las marcas para que su madre no las viera...

Pero la madre de Rebecca lo sabría. De hecho lo sabía ya. El instinto de Anna Schwart era temer, sospechar lo peor; estaría encogida detrás de la ventana, mirando. No sólo las esvásticas, sino los abedules, que rompía el corazón verlos. Y los tiestos rotos, y las calabazas estalladas, y las lápidas agrietadas que no se podrían reemplazar.

—¿Por qué nos detestan?

Rebecca habló en voz alta, aunque no lo bastante como para que la oyeran sus hermanos o su padre.

Pero, al parecer, de todos modos, su padre la oyó. Se volvió hacia ella y se acercó cojeando.

—¡Tú! Maldita sea, ¡qué te había dicho! Vuelve dentro con tu condenada *mamá*.

Jacob Schwart se había enfurecido de repente. Se abalanzó sobre Rebecca a gran velocidad, pese a la rodilla mala. Agarró a su hija por el brazo y la arrastró hacia la casa. Maldiciéndola y haciéndole daño, de manera que Rebecca gritó quejándose, y sus dos hermanos protestaron: «Eh, papá...», aunque manteniendo las distancias y sin atreverse a tocarlo.

—Dentro, *he dicho*. Y si le cuentas algo de esto a tu condenada *mamá* te romperé la crisma.

Sus dedos dejarían cardenales en la carne de Rebecca que seguirían siendo visibles después durante días. Semejantes a esvásticas, aquellos feos cardenales de color morado tirando a naranja.

Y la furia con la que había pronunciado la palabra *mamá*. Aquella breve sílaba repetida sonaba como una maldición en boca de Jacob Schwart.

Es él quien nos aborrece.
Pero ¿por qué?

Aquel día. Halloween, 1948. Su madre le había pedido que se quedara en casa y no fuese al instituto, pero no, Rebecca insistió en ir a clase como de costumbre.

Tenía doce años y estaba en séptimo grado. No se le ocultaba que en el instituto algunos de sus compañeros estarían al tanto de la profanación del cementerio, sabrían de las esvásticas. Se esforzaba por rechazar la idea de que algunos de ellos, en compañía de sus hermanos mayores, hubieran participado en los actos de vandalismo.

Se le ocurrieron algunos apellidos: Diggles, LaMont, Meunzer, Kreznick. Chicos ruidosos, burlones, alumnos del instituto o jóvenes que habían dejado de estudiar, como los hermanos de Rebecca.

En Milburn, entre sus compañeros de instituto, Halloween era siempre un verdadero acontecimiento. Se ponían caretas y trajes (comprados en el Woolworth's de «todo a cinco y diez centavos», donde, en el escaparate, había un gran despliegue de brujas, demonios, esqueletos y lámparas hechas con calabazas de plástico) e iban casa por casa, ya de noche, repitiendo *¡Dulce o treta!* Había algo emocionante en todo ello, pensaba Rebecca. Ocultarse detrás de una careta, llevar un disfraz. Desde primer grado había suplicado que se le permitiera salir la noche de Halloween, pero Jacob Schwart no estaba dispuesto a permitirlo, por supuesto. Sus hijos no, y mucho menos aún su hija. Halloween era una costumbre pagana, decía, degradante y peligrosa. ¡Casi lo mismo que mendigar! ¿Y qué sucedería si, decía papá con una sonrisa taimada, alguna persona, harta de que los chavales se presentaran en su puerta a molestar, decidiera poner veneno para ratas en los dulces que les daba?

Rebecca se había reído.

—Pero, papá, ¿por qué iba a hacer nadie una cosa tan mezquina?

Y Jacob había respondido, torciendo la cabeza hacia ella, como si se dispusiera a comunicar un poco de sabiduría a una niñita ingenua:

—Porque en el mundo existe la mezquindad. Y nosotros estamos en el mundo.

En Milburn habían pasado cosas durante la noche del diablo, Rebecca lo vio de camino al instituto. Papel higiénico colgando de las ramas de los árboles, calabazas destripadas en los escalones de la entrada de las casas, buzones de correos abollados, ventanas enjabonadas y enceradas. (Las ventanas con espuma de jabón eran fáciles de limpiar, pero las enceradas requerían un trabajo de precisión con cuchillas de afeitar. Los chicos del instituto hablaban de encerar las ventanas de vecinos que les caían mal, o de cualquiera que no les regalara algo que les gustase mucho. A veces, por puras ganas de fastidiar, enceraban escaparates en Main Street porque las grandes extensiones de cristal eran un objetivo muy apetitoso.) Rebecca se puso nerviosa al ver las gamberradas de la noche del diablo a la implacable luz del día. En el instituto, los alumnos señalaban y se reían: muchas ventanas del piso bajo estaban enceradas, se habían estrellado huevos y tomates contra las paredes de cemento, además de hacer añicos más calabazas en los escalones. Parecían cuerpos rotos, destruidos con rabia jubilosa. Servía para que te dieras cuenta, pensó Rebecca, de lo fácil que era hacer gamberradas todo el tiempo, noche tras noche, si no había nadie que les pusiera coto.

—¡Mirad! ¡Mirad aquí! —alguien señalaba más daños causados a los edificios, una grieta irregular en el grueso cristal de una de las puertas que daban a la calle y que había sido torpemente disimulada con cinta adhesiva por el conserje del instituto.

Pero Rebecca no vio en Milburn manchas de alquitrán en ningún sitio. Ni esvásticas.

Por qué, se preguntó Rebecca. ¿Por qué sólo había esvásticas en el cementerio, sólo en casa de su familia?

No se lo preguntaría a nadie. Ni siquiera a sus amigas íntimas. Nadie le diría nada sobre las esvásticas aun en el caso de que supiera algo.

En clase de Inglés, maldita sea, la señora Krause, que siempre trataba de caerles bien a sus alumnos de séptimo grado, tuvo la idea de que leyeran en voz alta un relato breve sobre Halloween y sobre fantasmas: una versión abreviada de *La leyenda de Sleepy Hollow*, de un autor antiguo, ya muerto, que se llamaba Washington Irving. Era muy del estilo de la señora Krause, a quien le brillaban las encías cuando sonreía, hacerles leer una prosa anticuada que nadie era capaz de seguir; malditas palabras altisonantes que nadie sabía pronunciar y mucho menos entender. (Rebecca se preguntó si la señora Krause las comprendía.) Fila tras fila, alumno tras alumno leyeron a trompicones unos pocos párrafos de la densa y lenta *Leyenda de Sleepy Hollow;* todos balbucientes y hoscos, sobre todo los chicos, que leían especialmente mal, hasta que la profesora, harta, interrumpió el suplicio para pedir a Rebecca que siguiera.

—Y el resto de la clase que no se mueva y escuche.

A Rebecca le ardía la cara. Se retorció en el asiento, angustiada.

Quería decirle a la señora Krause que le dolía la garganta, que no podía leer. ¡De verdad que no!

Todo el mundo la miraba. Hasta sus amigas, las chicas que ella creía que eran sus amigas, dejaban traslucir su desaprobación.

—¿Rebecca? Haz el favor de empezar.

¡Qué pesadilla! Porque Rebecca, una de las mejores alumnas de la clase, siempre se sentía incómoda cuando los distintos profesores la elegían para cualquier cosa. Y la historia era muy lenta, tortuosa, con frases demasiado largas, con palabras que parecían gruñidos: *espectro, cavilación, embelesado, supersticioso, supernumerario.* Cuando Rebecca pronunciaba mal una palabra, y la señora Krause la corregía con muchos remilgos, los demás reían. Cuando Rebecca pronunciaba nombres tan tontos como *Ichabod Crane, Brom Bones, Baltus Van Tassel, Hans Van Rippe,* también se reían. De los treinta alumnos de la clase, quizá cinco o seis trataban de entender la historia, escuchando en silencio; los demás estaban impacientes, con ganas de juerga. El chico sentado detrás de Rebecca le movió el pupitre, unido al suyo. Un trozo de algo la golpeó entre los omóplatos. *¡Sepulturero! ¡Sepulturero judío!*

—¿Rebecca? Sigue, por favor.

Pero Rebecca había dejado de leer y había perdido su sitio en la página. La señora Krause se molestó y empezaba a sentirse decepcionada.

Rebecca sabía que no debía preguntar qué era un judío. Su padre les había prohibido preguntar.

No recordaba por qué. Había tenido que ver con Gus.

No lo soy, pensó Rebecca. *No soy eso.*

Envuelta en una niebla de vergüenza y sufrimiento avanzó a trompicones por el relato. Mientras, volvía a ver la escena matutina: el cementerio profanado, las calabazas aplastadas y los ruidosos cuervos de amplias alas revoloteando alarmados cuando Herschel daba palmadas y les gritaba. Vio de nuevo las feas marcas que tanto habían asustado a su padre.

Sintió sus dedos apretándole el brazo. Estaba segura de que tenía cardenales, pero no quería verlos.

Había sido un buen detalle por parte de sus hermanos protestar cuando su padre la agarró de aquella manera. Dentro de casa, cuando Jacob la trataba mal, o hacía un gesto amenazador, lo normal era que mamá murmurase o dejara escapar un gritito de aviso; no se trataba de palabras exactamente, porque Anna Schwart y su marido pocas veces hablaban entre ellos en presencia de sus hijos, sino de un sonido, de una mano alzada, de un gesto para disuadirlo.

Un gesto que significaba *Te veo, te estoy mirando*.

Un gesto que significaba *Voy a proteger a mi hija*.

¡Cómo detestaba Rebecca al viejo Ichabod Crane, estúpido y feo, que le recordaba a Jacob Schwart! Le gustaba que el apuesto y valiente Brom Bones arrojara a Ichabod la cabeza en forma de calabaza, obligándolo a abandonar Sleepy Hollow para siempre. Era incluso posible que Ichabod se ahogara en el arroyo... Le estaría bien empleado, pensó Rebecca, por ser tan pomposo y tan raro.

Cuando terminó de leer *La leyenda de Sleepy Hollow,* Rebecca estaba aturdida y exhausta como si hubiera caminado a gatas durante horas. Aborrecía a la señora Krause, nunca en la vida volvería a sonreírle. Tenía la voz ronca y apagada como la del fantasma de Ichabod Crane, «a lo lejos, entonando, entre las tranquilas soledades de Sleepy Hollow, la melancólica melodía de un salmo».

—¡No somos nazis! ¿Es que creen que somos nazis? *No lo somos*. Llegamos a este país hace doce años. La guerra terminó. La perdieron los alemanes. No tenemos nada que ver con los nazis. *Somos norteamericanos como ustedes*.

Una y otra vez se contaría y sería causa de risas en Milburn lo frenético que estaba Jacob Schwart aquella mañana de Halloween. Cómo, cojeando de manera ostensible, subió por la carretera hasta la gasolinera Esso, desde donde hizo llamadas telefónicas a la oficina del sheriff de Chautauqua County y al ayuntamiento de Milburn para informar de los daños producidos en el cementerio la noche del diablo, así como su insistencia en que las «autoridades fueran a investigar».

Más tarde, cuando Jacob Schwart regresó a casa, hizo caso omiso de las súplicas de su mujer para que no se quedara fuera; esperó en cambio en el portón de la entrada, paseando por la carretera pese a la llovizna helada que caía, hasta que por fin, a eso del mediodía, dos ayudantes del sheriff se presentaron en un coche patrulla. Eran personas que conocían a Jacob Schwart o que tenían información sobre él; su actitud era confianzuda, desconcertada.

—Señor Schwart, ¿quiere explicarnos en qué consiste su problema?

—¡Ya lo ven! ¡Si no son ciegos, tienen que verlo!

No sólo habían cortado los neumáticos de la camioneta de Jacob Schwart, también el motor estaba averiado. ¡Su situación era desesperada, necesitaba que se le proporcionara otra de inmediato! Se trataba de un vehículo propiedad del municipio, no suyo, y el municipio tenía que reemplazarlo enseguida. Él no tenía dinero para comprar una camioneta.

El vehículo era responsabilidad del municipio, le dijeron los policías. La oficina del sheriff no tenía ninguna relación con la municipalidad.

Jacob Schwart les dijo que sus hijos y él podían arreglar la mayoría de los desperfectos causados, pero ¡cómo quitar el alquitrán! ¡Cómo quitar el alquitrán!

—Los delincuentes que lo han hecho son los que tienen que quitarlo. Hay que detenerlos y hacer que lo quiten. Los encontrarán ustedes, ¿no es cierto? ¿Los detendrán, verdad? Destrucción de propiedad, ¿eh? Es un delito grave, ¿verdad que sí?

Los ayudantes del sheriff escucharon a Jacob Schwart con expresión neutra. Se mostraron corteses, pero quedó claro que no les interesaban mucho sus quejas. Cumplieron con la formalidad de examinar los daños, incluidas las esvásticas, pero sólo dijeron que se trataba de Halloween, sólo de críos dando guerra, nada personal.

—Compréndalo, señor Schwart, los cementerios son siempre un objetivo en la noche del diablo. Por todas partes en el valle. Malditos críos. Y está empeorando. Menos mal que no provocan incendios como en otros sitios. No es nada personal, señor Schwart. Nada contra usted ni contra su familia.

El de más edad hablaba con un tono monótono y nasal, arrastrando las palabras, y tomaba notas con desgana y un cabo de lapicero. Su colega, mientras movía con el pie una de las lápidas rotas, dejó escapar una sonrisita de suficiencia y reprimió un bostezo.

A través de la sangre que se le acumulaba delante de los ojos Jacob Schwart vio de repente cómo se burlaban de él.

Lo vio como se ve el sol cuando se muestra entre las nubes, y sus manos maltrechas se estremecieron con el deseo de empuñar un atizador, una pala, una azada.

No tenía ningún arma. Los policías llevaban revólver, dentro de su funda, en la cadera. Eran campesinos de rostro astuto y tosco. Bestias nazis de las tropas de asalto. De la misma progenie que había rendido homenaje a Hitler, que había desfilado y había deseado morir por Hitler. Compraría una escopeta de dos cañones de calibre 12 para protegerse contra ellos. Pero no la tenía aún. Sólo sus maltrechas manos vacías, que no servían de nada contra animales con armas de fuego.

En Milburn se extendería por todas partes la noticia de cómo Jacob Schwart había empezado a despotricar, lleno de agitación. Con su ridículo acento, tan marcado que resultaba prácticamente ininteligible.

—¿Son ustedes familia de esos «críos», eh? ¿Los conocen bien, no es eso?

Porque de repente entendió con claridad por qué los ayudantes del sheriff se habían desplazado hasta allí. No para ayudar a Jacob Schwart sino para reírse de sus sufrimientos. Para burlarse de un hombre delante de su familia.

—Claro. Aquí son todos familia. En este pueblo de mala muerte se protegen unos a otros. A alguien como yo no lo ayudarán nunca. No detendrán a ninguno de los delincuentes. En años anteriores tampoco los han detenido. Éste es el peor, pero no los detendrán. Soy ciudadano americano, pero a mí y a mi familia nos desprecian ustedes como si no fuésemos mejores que animales. «Vida indigna de ser vivida», ¿eh? ¿Es eso lo que piensan al ver a Jacob Schwart? Admiraban a Goebbels, ¿no es cierto? Y sin embargo Goebbels también era cojo. Goebbels se mató y mató a su familia, ¿verdad que sí? Díganme qué motivo tienen para admirar a ese nazi. Márchense entonces, salgan de aquí y váyanse al infierno, malditas sus almas de nazis, no tengo necesidad de ustedes.

En su vehemencia, Jacob Schwart se equivocaba al hablar. Sus hijos, que, desde uno de los cobertizos, escuchaban sus desvaríos sin ser vistos, se estremecieron avergonzados.

¡Qué arrebato! Algo así como un enano salido de sus casillas, gesticulando y echando espumarajos por la boca sin que se le pudiera entender la mitad de lo que decía. Los policías bromearon después sobre la suerte que habían tenido por ir armados: aquel pobre cabrón de Schwart parecía una de las calabazas estalladas de Halloween.

Una cuarta parte de sangre iroquesa.

De algún modo Herschel Schwart había adquirido aquella extraña reputación. En el valle del Chautauqua, entre quienes lo conocían sin conocer a su familia.

Dejó el instituto a los dieciséis años. Lo expulsaron temporalmente por pelearse y durante las dos semanas del castigo cumplió los dieciséis y no volvió nunca. ¡Qué alivio el suyo, joder! Le habían hecho repetir varios cursos, era el alumno más corpulento de su clase y le hacían sentirse avergonzado y con instintos asesinos. Consiguió trabajo de inmediato en la serrería de Milburn. Tenía amigos que trabajaban allí, ninguno de ellos con la secundaria terminada, pero ganaban buenos sueldos.

Seguía viviendo en casa. Todavía ayudaba al viejo en el cementerio en algunas ocasiones. Jacob Schwart le daba pena. Cada vez que se peleaba con su padre hacía planes para irse, pero en octubre de 1948, ya con veintiún años, no se había marchado aún. Era inercia lo que le ataba a la casita de piedra. Era su madre lo que le retenía. Devoraba las comidas que preparaba Anna siempre con hambre, y apreciaba que lo cuidara en silencio y sin hacerle reproches. No hubiera dicho: *La quiero, no podría dejarla con mi padre.*

No hubiera dicho: *También a mi hermana. No podría dejarlas a las dos con él.*

En cuanto a su hermano Gus, sabía que podía cuidarse solo. Gus era un buen chico. También había dejado el instituto al cumplir dieciséis, a petición de su padre, para que lo ayudara en el maldito cementerio como un simple peón, a tiempo completo. Pero Herschel era demasiado listo para eso.

Cómo era posible que, siendo el primogénito de unos inmigrantes nacidos en Alemania, hubiera adquirido en la zona la reputación de tener sangre iroquesa era algo que el mismo Herschel no sabría explicar. Desde luego, no había dicho nunca que lo fuera. Aunque tampoco lo había negado. El pelo desgreñado, que era lacio y sin brillo, los ojos, también de un negro vidrioso y sin brillo, su mal genio y manera excéntrica de hablar sugerían unos antecedentes exóticos de algún tipo, tal vez incognoscibles. Un joven más astuto hubiera sonreído al pensar: *Mejor iroqués que teutón.*

A los dieciocho años, su rostro, caballuno y angular, presentaba una intrincada red de cicatrices alrededor de la boca, los ojos y las orejas, consecuencia de peleas a puñetazos. A la edad de veinte lo había herido otro joven que empuñaba el casco de una botella de cerveza, quedándole en la frente la marca de doce puntos torpemente ejecutados. (Reservado y testarudo, Herschel no dijo a los ayudantes del sheriff quién lo había atacado. A su debido tiempo se vengó del agresor.) Había tenido caries desde pequeño y le faltaban varios dientes delante y detrás. Cuando sonreía se tenía la sensación de que hacía un guiño con la boca. Le habían roto la nariz y se la habían aplastado a la altura del caballete. Aunque asustaba a la mayoría de las chicas de Milburn, era una figura atractiva para determinadas mujeres de más edad, divorciadas o separadas, que apreciaban lo que Herschel Schwart tenía de especial. Les gustaba su cara. Les gustaba su natural bondadoso, pese a su carácter explosivo y comportamiento imprevisible. Sus carcajadas estentóreas semejantes a rebuznos, su cuerpo nervudo y enérgico, que despedía calor como el de un caballo. Su pene tenaz que seguía siendo una maravilla incluso cuando su propietario estaba más borracho que una cuba o en estado comatoso. Eran mujeres que, fascinadas, dejaban deslizar las yemas de los dedos sobre su piel —pecho, espalda, costados, vientre, muslos, piernas—, más basta que cuero, cubierta de pelos hirsutos y marcada por pecas y espinillas del tamaño de perdigones.

Mujeres afables de apetitos toscos que tomaban el pelo a su joven amante interesándose por *¿qué parte suya era la iroquesa?*

No constituía ningún secreto que Herschel Schwart estaba fichado por la policía de Chautauqua County. Más de una vez lo había arrestado algún agente. Siempre se hallaba con otros jóvenes en el momento de la detención y siempre en estado más o menos avanzado de embriaguez. Las autoridades no lo consideraban peligroso y nunca lo habían tenido en la cárcel más de tres noches seguidas. Simple camorrista, a sus delitos, públicos y bulliciosos, les faltaba la sutileza de la astucia o de la premeditación. No se le podía calificar de cruel, ni de malintencionado ni de misógino; tampoco se trataba de alguien que fuese a entrar en las casas para robar o atracar. De hecho Herschel se mostraba descuidado con el dinero y tendía a ser generoso cuando bebía. Esto último hacía que se le admirase y se le considerase totalmente distinto de su padre, Jacob Schwart, el sepulturero del que se decía *que, con sus artes de judío, le sacaría a cualquiera hasta el último centavo si se le daba la oportunidad.*

Y, sin embargo, durante años se contaría por Milburn cómo, en Halloween, en la noche que siguió al vandalismo en el cementerio de Milburn, Herschel Schwart, que actuaba solo, sorprendió y atacó a varios jóvenes. Al primero de ellos, Hank Diggles, alguien lo sacó a la fuerza de su furgoneta en el aparcamiento mal iluminado del bar de la Mott Street y, aunque no podía decir que hubiera visto a Herschel Schwart, sí que lo había tocado y olido antes de perder el conocimiento debido a los puñetazos de su agresor. No existían testigos de la paliza a Diggles, ni tampoco de la agresión todavía más sangrienta a Ernie LaMont en el vestíbulo de su edificio de apartamentos, junto a Main Street, unos veinte minutos después de la paliza a Diggles. Pero sí los había del ataque a Jeb Meunzer en el exterior del hogar de su familia en Port Road: a eso de medianoche Herschel se presentó en el porche delantero, mucho después de que el último de los niños con disfraz de Halloween hubiera vuelto a su casa, aporreó la puerta y pidió ver a Jeb, y cuando éste apareció Herschel lo sujetó de inmediato y lo arrastró fuera, lo tiró al suelo y empezó a pegarle y a darle patadas, sin otra explicación que *¿Quién es un nazi? Cabrón, ¿quién es un jodido nazi?* La madre de Jeb y su hermana de doce años presenciaron la paliza desde el porche y gritaron pidiendo a Herschel que no siguiera. Lo conocían, por supuesto, había ido al instituto con Jeb y de manera intermitente los dos muchachos habían sido amigos, aunque no todo el tiempo. La señora Meunzer y la hermana de Jeb describieron lo «loco» que estaba Herschel, asustándolas mucho al apuñalar a Jeb con lo que parecía un cuchillo de limpiar pescado, al tiempo que maldecía sin parar *¿Quién es un nazi ahora? Cabrón, ¿quién es un jodido nazi?* Aunque Jeb era tan grande como Herschel y con reputación de camorrista como él, dio la sensación de verse superado por Herschel, de ser incapaz de defenderse. También él estaba asustado y suplicó a su agresor que no lo matara mientras con las dos rodillas Herschel lo sujetaba contra el suelo y, con la navaja, toscamente, le tallaba en la frente el signo

que lo dejaría marcado para el resto de su vida.

Se contaría cómo Herschel Schwart limpió a continuación con calma la navaja ensangrentada en los pantalones de su víctima, se puso en pie y saludó, insolente, a las atónitas señora Meunzer e hija y después se volvió para perderse, a la carrera, en la oscuridad. Se contaría que en una curva de Post Road, lo esperaba un coche o una furgoneta con el motor en marcha y las luces apagadas; que Herschel se subió al vehículo y que solo, o con la ayuda de un cómplice, se alejó para siempre del valle del Chautauqua.

21

—Mi hijo —insistía Jacob Schwart con gran convicción— ¡es un buen chico! Como todos los muchachos de ustedes, los chicos de Milburn. No le haría daño a nadie, ¡nunca!

Y a continuación:

—Mi hijo, Herschel, no sé dónde ha ido. Es buen chico siempre, trabaja duro para traer un sueldo a su madre y a su padre. Regresará para dar explicaciones, estoy seguro.

Tales fueron las afirmaciones de Jacob Schwart cuando los policías de Chautauqua County vinieron a interrogarlo sobre Herschel. ¡Qué categórico se mostró el pobre hombre en su ignorancia! Aunque adoptara una postura temerosa, apretase la gorra de paño con las dos manos y hablara deprisa, en su inglés con fuerte acento alemán. Habrían hecho falta personas de mayor sutileza que unos policías sin imaginación para captar la maliciosa burla del sepulturero, de manera que los ayudantes del sheriff dirían después de Jacob Schwart «Ese pobre desgraciado no está bien de la cabeza, ¿verdad que no?».

Ante tus enemigos, aconsejaba el padre de Rebecca, es tan prudente ocultar tu inteligencia como esconder tus debilidades.

Se había extendido una orden judicial en la que se acusaba a Herschel de tres delitos de «agresión calificada con intención de cometer asesinato». De sus tres víctimas, dos habían sido hospitalizadas. La mutilación en forma de esvástica en la frente de Jeb Meunzer era grave. En la zona de Milburn nunca se había atacado a nadie con tanta violencia. Se enviaron comunicados por todo el Estado de Nueva York y hasta la frontera canadiense con la descripción de Herschel Schwart, un «peligroso fugitivo» de veintiún años de edad.

Los policías no perdieron mucho tiempo interrogando a Anna Schwart. La pobre mujer, muy nerviosa, retrocedió ante ellos, temblorosa y bizqueando, como una criatura nocturna aterrada ante la luz del día. En su turbación pareció pensar que era el mismo Herschel quien había resultado herido y estaba hospitalizado. Le temblaba la voz y era casi inaudible y hablaba el inglés con un acento tal que los ayudantes del sheriff apenas la entendían.

¡No! No sabía...

... Ignoraba dónde se había ido su hijo Herschel.

(¿Estaba herido? ¿Su hijo? ¿Qué habían hecho con él? ¿Adónde se lo habían llevado? ¡Quería verlo!)

Los policías intercambiaron miradas de compasión y de impaciencia. Era inútil interrogar a aquella mujer de pocas luces y nacida en el extranjero que no sólo parecía no saber nada sobre los instintos asesinos de su hijo sino que además parecía tener miedo de su marido el sepulturero.

Los policías interrogaron a August, o «Gus», el hermano pequeño de Herschel, que también afirmó no saber nada.

—¿Quizá ayudaste a tu hermano, eh?

Pero Gus agitó la cabeza socarronamente:

—Ayudarlo, ¿cómo?

Y estaba Rebecca, la hermana de doce años.

También ella aseguró no saber nada sobre lo que su hermano mayor pudiera haber hecho, ni por qué había huido. Negó con la cabeza, muda, al preguntarle los policías.

A los doce años Rebecca aún llevaba el pelo en dos gruesas trenzas que le llegaban hasta los hombros, tal como su madre insistía en que lo hiciera. Se peinaba el pelo castaño oscuro con raya en medio, no muy recta, y su cabeza despedía un olor perceptible porque no se la lavaba con frecuencia. Ninguno de los Schwart se bañaba a menudo porque el agua tenía que calentarse en grandes barreños sobre el fogón, una tarea tediosa que llevaba mucho tiempo.

En presencia de adultos con autoridad la expresión de Rebecca tenía tendencia a ser hosca.

—¿Rebecca? ¿Es así como te llamas? ¿Hay alguien de tu familia que esté en contacto con tu hermano, Rebecca?

El policía hablaba con dureza. Rebecca, sin alzar los ojos, respondió *no* con la cabeza.

—¿Has visto *tú* a tu hermano?

Rebecca volvió a negar con la cabeza.

—Si tu hermano vuelve, o te enteras de dónde se esconde, o de que alguien está en contacto con él, proporcionándole dinero, por ejemplo, estás obligada a informarnos de inmediato, o se te podrá acusar como encubridora de los delitos de los que se le acusa, ¿entiendes?

Testarudamente, Rebecca siguió mirando al suelo. Al gastado linóleo del suelo de la cocina.

Era verdad, no sabía nada de Herschel. Suponía que sí, que su hermano era la persona a quien buscaba la policía. Casi estaba orgullosa de lo que Herschel había hecho castigando a los enemigos de su familia. ¡Tallando una esvástica en la mezquina frente de Jeb Meunzer!

Pera además estaba asustada. Porque quizá acabaran por detener a Herschel y le hicieran daño. Se sabía que los fugitivos *que se resistían a la autoridad* estaban expuestos a terribles palizas a manos de sus perseguidores, e incluso a la muerte en ocasiones. Y si a Herschel lo mandaban a la cárcel del Estado...

Jacob Schwart intervino:

—Señores agentes, ¡mi hija no sabe nada! Es una chica callada, no demasiado lista. Ya lo ven. No deben asustarla, señores. Se lo ruego.

Rebecca sintió una punzada de resentimiento, al ver que su padre no decía la verdad. Y la calumniaba.

No demasiado lista. ¿Era aquello verdad?

Los policías se prepararon para marcharse. Estaban descontentos con los Schwart, y prometieron regresar. Con su sonrisa astuta y falsamente servil, Jacob Schwart los acompañó hasta la puerta. Y volvió a decirles que su hijo mayor era un muchacho temeroso de Dios, que no alzaría la mano ni siquiera contra un ser irracional merecedor de castigo. Como tampoco abandonaría a su familia puesto que era un hijo que conocía sus obligaciones.

—Inocente mientras no se le pruebe culpable; ¿no es eso lo que dice la ley?

Mientras veía alejarse a los policías en su coche patrulla verde y blanco, el padre de Rebecca reía con entusiasmo poco común.

—Gestapo. Son animales, pero estúpidos y los puedes manejar a tu antojo como bueyes. ¡Veremos lo que sucede!

Gus rió. Rebecca forzó una sonrisa. Anna Schwart se había escondido en una habitación trasera para llorar. Casi se podría pensar, al ver a Jacob Schwart pavonearse por su cocina, después de meterse en la boca un trozo de tabaco de mascar, que había sucedido algo estimulante, que *aquellos otros* le habían traído buenas noticias sobre Herschel y no una orden de detención.

En los días que siguieron quedó claro que Jacob Schwart se enorgullecía de lo que Herschel había hecho, o que casi todo el mundo creía que había hecho. Su tradicional frugalidad no le impidió adquirir varios periódicos que publicaban artículos sobre las agresiones. Su favorito era uno en la primera página del *Milburn Weekly* con un titular muy destacado:

TRES BRUTALES AGRESIONES EN HALLOWEEN
ATRIBUIDAS A UN SOSPECHOSO DE 21 AÑOS
Un joven de la zona al que se considera un peligroso fugitivo

¡En todos nosotros existe una llama que nunca morirá, Rebecca!

Esa llama la enciende Jesucristo y Su amor la alimenta.

¡Con qué intensidad quería creer Rebecca en aquellas palabras de su antigua profesora la señorita Lutter! Pero era muy difícil. Como tratar de alzarse —cuando era una niñita que imitaba a sus hermanos—, utilizando sólo los brazos, hasta el tejado de cartón alquitranado del cobertizo para las herramientas. Herschel y Gus se habían reído de su hermanita que se esforzaba por imitarlos con brazos demasiado débiles en aquel momento, con piernas demasiado flacas, desprovistas de músculos. Mientras los otros dos gateaban hasta el techo con habilidad de felinos, Rebecca había caído al suelo, impotente.

A veces uno de sus hermanos se asomaba para tenderle una mano y alzarla hasta el tejado. Pero otras veces no.

En todos nosotros hay una llama. ¡Créelo, Rebecca!

Jacob Schwart se reían de *aquellos otros* por ser cristianos. En sus labios, la palabra *crissstiano* era un cómico sonido sibilante.

El padre de Rebecca decía que Jesucristo había sido un mesías judío trastornado, incapaz de salvarse él ni de salvar a nadie de la tumba y que sólo Dios sabía el porqué de tanto alboroto en torno a su figura dos mil años después de su muerte.

También aquello era una broma. Jacob Schwart sonreía siempre cuando la palabra *Dios* se le salía de la boca como una lengua burlona. Podía decir, por ejemplo: «Dios nos arrincona. Dios nos aplasta con sus enormes botas, para borrarnos del mapa. Pero hay una manera de escapar. Recordad, hijos míos: siempre hay un escape. Si te haces lo bastante pequeño, como un gusano».

Reía, casi con júbilo. Brillándole los dientes cariados.

De manera que aquello se convirtió en el secreto que Rebecca ocultaba a su familia: su deseo de creer en Jesucristo, el amigo de la señorita Lutter, y enemigo de Jacob Schwart.

La señorita Lutter le había dado a Rebecca tarjetas de la Biblia para que las escondiera en sus libros de texto y se las llevara a casa. «Nuestro secreto, Rebecca.»

Las tarjetas eran ligeramente más grandes que naipes. Ofrecían escenas de la Biblia a todo color y reproducidas con tanta precisión que casi, pensaba Rebecca, podía creerse que fueran fotografías. Estaban los Reyes Magos de Oriente (Mateo 2, 1) con sus amplios mantos. Estaba Jesucristo visto de perfil, con una túnica todavía más amplia, sorprendentemente llena de colorido (Mateo 6, 28). Estaba la crucifixión (Juan 19, 26), y también la ascensión (Hechos 1, 10): Jesucristo, su rostro barbado apenas visible, con una túnica blanca como la nieve en este caso, flotando por encima de sus discípulos en oración. (Rebecca se preguntó: ¿de dónde salían las túnicas de Jesucristo? ¿Había tiendas en aquel país remoto, como en Milburn? No se podía comprar una prenda así en ninguna tienda de Milburn, pero se podía comprar la tela y coserla uno mismo. Pero ¿quién cosía las túnicas de Jesús, y cómo las lavaban? ¿Y quién se las planchaba? Una de las tareas domésticas de Rebecca era planchar para su madre cosas lisas que no se arrugaban fácilmente.) La escena de la Biblia preferida de Rebecca era la resurrección de la hija de Jairo (Marcos 5, 41), porque la hija de Jairo tenía doce años y la habrían dado por muerta si no fuera porque Jesús se acercó a su padre y dijo «¿A qué ese alboroto y ese llanto? La niña no ha muerto, duerme». Y así fue, Jesús tomó a la niña de la mano, la despertó, ella se levantó y quedó curada.

La señorita Lutter no se había hecho cargo de que los Schwart no tenían una Biblia y Rebecca nunca había querido que lo supiera. Había muchas cosas de las que la hija del sepulturero se avergonzaba. Pero, por otra parte, tampoco quería poner a sus padres en evidencia. Ahora, en séptimo grado, ya no era alumna de la señorita Lutter y apenas la veía. Recordaba, sin embargo, sus palabras. «Sólo tienes que creer en Jesucristo, el Hijo de Dios, y Él entrará en tu corazón y te amará y te protegerá para siempre.»

De manera que lo intentó, ¡trató de creer! Pero no pudo, no del todo. ¡Aunque casi lo consiguió! Todos los días, desde la desaparición de Herschel, dado el trastorno de la vida familiar y la antipatía generalizada con que se veía ahora a los Schwart, Rebecca quería creer de manera especial.

Cuando estaba sola y nadie la veía. Si no había nadie que la mirase despectivamente, que la maldijera. Que le diera empujones en el pasillo de séptimo grado o en las escaleras del instituto. Cuando regresaba deprisa a casa después de las clases, atajando por callejones, terrenos baldíos, campos. Rebecca se estaba convirtiendo en un gato asilvestrado, furtivo y desconfiado. Ahora tenía piernas fuertes, podía correr mucho si la perseguían. Una chica no muy lista, se podía pensar. Hija de una familia pobre, con ropa dispareja, feas trenzas que se le columpiaban detrás de la cabeza. Había una colina por encima del terraplén del ferrocarril, inmediatamente antes de Quarry Road, donde, mientras la bajaba, patinando y deslizándose sobre grava suelta, Rebecca sentía que el corazón le golpeaba contra las costillas porque se le permitía saber que *Si mereces caer y hacerte daño, te sucederá ahora.*

Rebecca había aprendido recientemente a negociar de aquella manera. A ofrecerse como víctima. Se trataba de que se la castigara a ella en lugar de a otros miembros de su familia. Rebecca quería creer que Dios actuaría de manera justa.

A veces se caía y se hacía cortes en las rodillas. Pero la mayor parte de las veces no le pasaba nada. Incluso cuando tomó conciencia de una figura, semejante a una aparición con una blanca túnica flotante y un tocado blanco, que se le acercaba, no perdió el equilibrio, porque su cuerpo se había vuelto ágil y astuto.

Columnas de bruma, de niebla, se alzaban de las profundas zanjas de desagüe a ambos lados de Quarry Road, que era una carretera comarcal sin asfaltar a las afueras de Milburn. Allí había un frío olor descarnado a piedra y a barro.

A Rebecca se le permitió hablar, pero no movió los labios ni emitió sonido alguno.

¿Regresaría Herschel?

Jesús respondió en voz baja, llena de amabilidad: «Con el tiempo tu hermano regresará».

¿Lo detendría la policía? ¿Le harían daño? ¿Iría a la cárcel?

«No sucederá nada que no tenga que suceder, Rebecca», dijo Jesús.

¡Rebecca! Jesús sabía cómo se llamaba.

Tenía muchísimo miedo, le dijo Rebecca a Jesús. Le temblaron los labios, porque había estado a punto de hablar en voz alta.

Jesús dijo con un suave tono de reproche: «*¿Por qué* te inquietas tanto, Rebecca? Me tienes a tu lado».

Pero Rebecca necesitaba saber: ¿le sucedería algo a su familia? ¿Le sucedería algo terrible a... su madre?

Era la primera vez que Rebecca hablaba a Jesús de su madre.

Era la primera vez (calculó rápidamente, sabía que Jesús tenía que estar pensando lo mismo) que aludía, de manera indirecta, a su padre.

Jesús respondió, con una leve irritación en la voz: «No sucederá nada que no tenga que suceder, hija mía».

¡Pero aquello no era ningún consuelo! Rebecca se volvió desconcertada y vio que Jesús la miraba fijamente. Aquel hombre no se parecía nada al Jesús de las estampas bíblicas. No vestía una blanca túnica flotante, ni mucho menos. Iba destocado, con pelo revuelto y grasiento que empezaba a grisear. Llevaba varios días sin afeitarse y tenía el rostro surcado por profundas arrugas. De hecho Jesús se parecía a los hombres de ojos vidriosos, a los que se llamaba marginados o vagabundos, que rondaban por la cochera del ferrocarril y por los peores bares de South Main Street. Aquellos hombres desastradamente vestidos sobre los que su madre le había hecho repetidas advertencias: no te acerques, evítalos.

Aquel Jesús también se parecía a Jacob Schwart. Y le sonreía malhumoradamente burlón: *Si me crees no cabe duda de que eres una estúpida.*

Y luego surgió un coche traqueteando por Quarry Road y la aparición se desvaneció.

22

No sucederá nada que no tenga que suceder.

Tales habían sido las palabras del burlón Jesús margi-
nado. Rebecca las oyó, zahirientes, durante aquel largo invierno y la heladora primavera de 1949, el último año de su vida en
la vieja casa de piedra del cementerio.

En Milburn se diría que para los Schwart el fin había llegado poco después de que Herschel se entregara a sus actividades de-
lictivas y desapareciera, convertido en fugitivo de la justicia, pero de
hecho pasaron ocho meses. Fue una época de estancamiento y confusión: como cuando uno está encerrado en la parálisis del sueño,
incluso mientras la pesadilla se rompe, se desintegra. Rebecca supo
únicamente que los episodios de furia y desesperación de su padre,
de ansiedad y depresión, provocados por el alcohol, se alterna-
ban de manera cada vez más frecuente y no era posible predecirlos.

A Jacob Schwart cada vez le molestaba más lo que hacía
su hijo menor. El nombre mismo del muchacho lo llenaba de
desprecio:

—«Gus». ¿Qué es ese «gus»: «gas»? ¿Quién se llama «gas»?

Jacob se reía, aquello le parecía muy divertido. Incluso
cuando no había estado bebiendo, atormentaba al muchacho:

—Si nuestros enemigos nazis tenían que llevarse a uno
de mis hijos, ¿por qué no a *ti*? ¿Eh?

O:

—Dios es un bromista, no hay duda: se lleva a mi primogénito y te deja a *ti*.

Cosa extraña, Jacob Schwart hablaba inglés con un
acento alemán cada vez más marcado, como si sólo hubiera vivido en el valle del Chautauqua unas cuantas semanas en lugar
de más de diez años.

Gus murmuraba, en conversación con Rebecca:

—¿Por qué *me* detesta? A Herschel nunca conseguí exasperarlo de esa manera.

A diferencia de su hermano mayor, Gus no parecía capaz de enfrentarse con su padre. Y Jacob Schwart era una persona que, al no encontrar oposición, se volvía aún más despreciativo, más cruel. Rebecca había visto cómo, en el instituto, si trataba de hacer caso omiso de las pullas de sus compañeros, los ataques se intensificaban. No se puede aplacar a un matón. No hay que confiar en que un matón se canse de su crueldad y busque otra víctima. Sólo si Rebecca se defendía sus atormentadores la dejaban en paz enseguida.

Al menos por una temporada.

El pobre Gus no tenía trabajo fuera del cementerio. Ningún interés vital fuera de la casita de piedra. Su padre se negaba a que buscase un empleo, como había hecho Herschel, y ganara un sueldo por su cuenta. Y Gus tampoco tenía la fortaleza necesaria para marcharse de casa, porque su madre contaba con él. A los diecinueve años se había convertido en el ayudante (sin paga) de Jacob Schwart. «¡Ven aquí fuera! ¡Mueve el culo! Te estoy *esperando*.» Hasta en las cuestiones más insignificantes tenía que obedecer a su padre; Rebecca pensaba que era tan cobarde como un soldado adolescente, a quien aterra desobedecer a su superior militar. Había querido a Gus cuando los dos eran pequeños, pero ahora se apartaba de él con repugnancia. Poco a poco su hermano se había convertido en un animal cautivo, aplastada su hombría. Perdía muy deprisa el pelo, que era fino, de color castaño, de tanto rascarse el cuero cabelludo. La frente se le estaba llenando de tantas arrugas como la de un anciano. Padecía misteriosos sarpullidos, y siempre se rascaba utilizando las uñas. Rebecca se encogía de horror al ver cómo se hundía el índice en el canal del oído para rascarse salvajemente, tal vez con la esperanza de sacarse el cerebro a golpes de uña.

Desde la desaparición de Herschel, Jacob perseguía a Gus con mayor intensidad. Pero había empezado mucho antes, cuando insistió en que dejara de estudiar a los dieciséis años.

Jacob había dicho, con toda naturalidad: «Hijo mío, no eres listo. Estudiar no le sirve para nada a uno como tú. En aquel terrible viaje por mar, padeciste disentería y fiebre. Una vez que el cerebro empieza a derretirse como cera, la inteligencia no se recupera. En ese instituto estás rodeado por nuestros enemigos. Campesinos groseros y toscos que se ríen de ti y que por intermedio tuyo se ríen de tu familia. ¡De tu madre! ¡No se puede tolerar, hijo!». Cuando su padre se exaltaba hasta alcanzar una cima de indignación moral, no era posible razonar con él.

Era cierto, y Gus tenía que reconocerlo. Sus notas eran malas, tenía pocos amigos, la mayoría de sus compañeros lo evitaban. ¡Y sin embargo nunca había causado problemas, nunca había hecho daño a nadie! Era la enfermedad de la piel lo que le daba un aspecto enfurecido. Eran sus ojos pequeños y muy juntos que miraban el mundo con tanta desconfianza.

De manera que Gus obedeció a su padre y dejó de estudiar. Ahora no tenía vida alguna fuera del cementerio, más allá de los dominios de Jacob Schwart. A Rebecca le preocupaba que un día su padre insistiera en que también ella dejara de estudiar. Tan intenso era el rechazo del sepulturero hacia el mundo del saber, de los libros, de las *palabras*. Y Anna estaría de acuerdo. *Eres una chica, no quieres que te suceda nada.*

(El desconcierto de Rebecca era grande: ¿se la castigaría por ser chica, o por ser la hija del sepulturero?)

Un día a finales de marzo, cuando Gus ayudaba a su padre a retirar del cementerio restos de los destrozos provocados por una tormenta, Jacob Schwart se impacientó con su hijo, que trabajaba sin prestar atención y de manera desmañada; Jacob lo maldijo, y fingió con la pala que se disponía a golpearlo. Jacob, por supuesto, sólo estaba bromeando. Pero el encogimiento de Gus, la mirada de terror abyecto en su rostro, enfureció al sepulturero, que perdió los estribos y golpeó a Gus en la espalda con la parte plana de la pala. «¡Estúpido! ¡Asno!» El golpe no había sido fuerte, Jacob Schwart insistió después, pero Gus, por pura mala voluntad, cayó al suelo, se golpeó la cabeza con una lápida y se hizo un corte. A poca distancia, en una de las tumbas, un grupo de visitantes los miraba. Uno de ellos alzó la voz para preguntar si algo iba mal, qué era lo que sucedía, pero Jacob Schwart no le hizo el menor caso y siguió maldiciendo a su hijo caído y ordenándole que se levantara: «Es una vergüenza que te comportes así. ¡Fingir que estás herido como si fueras un bebé!». Cuando Gus se puso en pie con dificultad, limpiándose la sangre de la cara, Jacob rugió contra él. «¡Mírate! ¡Condenado bebé! ¡Vete! ¡Vete con tu mamá, a mamar de sus tetas! ¡Vamos!»

Gus se volvió hacia su padre, los ojos desorbitados. Ya no había en su cara una expresión de terror abyecto. Con el corte en la frente sangrándole aún, Gus miró al hombre de más edad con expresión de odio. Le temblaban las manos, que sostenían un rastrillo de metal de dientes muy separados.

—¡Atrévete! ¡Anda! *¡Tú!* ¡No te atreverás, vete a mamar de las tetas de tu madre! —así despotricaba Jacob Schwart mientras su hijo avanzaba hacia él empuñando el rastrillo.

Al mismo tiempo, el visitante que les había dirigido la palabra se acercaba cautelosamente, hablando con tono reposado, tratando de evitar nuevas violencias. En la tumba cercana dos mujeres se abrazaban, lloriqueando alarmadas.

—¡Inténtalo! ¡Trata de golpear a tu padre! ¡No eres más que un bebé tullido, no eres capaz de hacerlo!

Gus sostuvo unos instantes el rastrillo en las manos temblorosas y luego, bruscamente, lo dejó caer. Ni había hablado, ni hablaría después. Mientras Jacob Schwart seguía despotricando, se dio la vuelta y se alejó, con pasos inseguros, la sangre goteándole sobre la nieve, decidido a no caer, como si fuese un hombre que recorriera la cubierta de un barco que cabecea.

Cuando entró en la casa, Anna Schwart lo aguardaba, temblando de emoción.

—*¿Tu padre? ¿Tu padre* te ha hecho eso?

—No, mamá. Me he caído. Me lo he hecho yo.

Anna trató torpemente de abrazar a su hijo que, esta vez, no iba a dejarse abrazar ni detener.

Anna le suplicó, angustiada.

—¡Te quiere, August! No es más que su manera de ser, necesita herir. Hacer daño a los que ama. Los nazis...

—A tomar por culo los nazis. El nazi es él. Que le den por culo.

Anna empapó una toalla en agua fría para apretar con ella la frente ensangrentada de Gus. Pero su hijo no estaba de humor para aceptar sus cuidados, no parecía sentir dolor en absoluto, la sangre sólo le irritaba. «Coño, mamá, déjame en paz. Estoy perfectamente.» Con sorprendente brusquedad apartó a su madre. En su dormitorio, vació los cajones de la cómoda encima de la cama, sacó unas cuantas prendas del armario y lo reunió todo formando un montón. Preparó un tosco fardo con una manta de franela, y guardó dentro sus exiguas posesiones. Su angustiada madre no podía creer lo que estaba viendo; ¿su hijo herido, el único hijo que le quedaba, tan eufórico? ¿Sonriendo, riendo para sus adentros? August, que raras veces sonreía desde aquella mañana terrible de las esvásticas.

En el suelo de la cocina, en la entrada y en el dormitorio, las manchas de sangre brillaban —tras la huida de August Schwart— como monedas exóticas que Rebecca descubriría al regresar del instituto a aquella silenciosa, desconsolada casa de piedra.

Tampoco ha dicho adiós, igual que el otro. Se ha ido sin verme ni decir adiós.

23

Sus dos hijos varones se habían marchado. Llevado por la indignación, Jacob llegaría a pensar que lo habían abandonado: «Mis planes para ellos. ¡Traidores!».

Con el tiempo, y muchas cavilaciones, mientras bebía hasta entrada la noche mirando su borroso reflejo en una ventana, Jacob llegó a entender que sus hijos le habían sido arrebatados.

Era una conspiración. Un plan. Porque odiaban a Jacob Schwart. Sus enemigos.

Deambulando por el cementerio, entre los árboles que goteaban con el deshielo.

Leyó en voz alta: «Yo soy la Resurrección y la Vida». Era una afirmación categórica, no cabía duda; una notable declaración de poder y consuelo. Palabras talladas en una lápida de 1928, gastada por el paso del tiempo.

La voz de Jacob era juguetona pero ronca. La nicotina le había abrasado el interior de la boca. Estaba pensando en cómo, cuando Herschel iba todavía al instituto, años atrás, estuvo trabajando allí con su hijo y leyó aquellas mismas palabras en voz alta a Herschel, y su hijo se rascó la cabeza preguntando qué demonios era aquello: «Resurresión». Y Jacob le explicó que un Mesías había venido para salvar a los cristianos, sólo a los cristianos; y que también significaba que los cristianos esperaban resucitar con sus cuerpos cuando Jesucristo volviera a la tierra.

Herschel hizo un ruido como de burla, perplejo.

—¿Qué cuerpos, joder? ¿Los cuerpos muertos que están en las tumbas, papá?

Sí; de eso se trataba. Cuerpos muertos en sus tumbas.

Herschel emitió su risa entrecortada semejante a un rebuzno. Como si fuese una broma. Jacob Schwart tuvo que sonreír: su hijo primogénito, el analfabeto, tenía una mirada tan perspicaz sobre la trágica farsa de las vanas ilusiones humanas como el gran pesimista alemán Arthur Schopenhauer. ¡De verdad!

—¡Coño, papá! ¿Tendrían un aspecto bien desagradable, eh? ¿Y cómo demonios iban a salir, joder?

Herschel golpeó con la parte plana de su pala la curva redondeada de una tumba como para despertar a lo que yaciera dentro, debajo de la hierba, y, de paso, para burlarse.

Maldición: echaba de menos a Herschel. Ahora que su hijo (a quien apenas soportaba en realidad) faltaba ya desde hacía meses, Jacob sentía su ausencia como si le hubieran devorado una parte de las entrañas. A Anna le llegaba a decir con un gruñido: «Todo aquello, lo que teníamos entonces. Se fue con él».

Anna no contestaba. Pero sabía lo que su marido quería decir.

Todo lo que teníamos entonces, cuando éramos jóvenes. En Europa. Cuando nació Herschel. Antes de los nazis. Todo desaparecido.

Una teoría: a Herschel lo habían cazado como a un perro, y los ayudantes del sheriff de Chautauqua County habían acabado con él a tiros en una zanja. Gestapo. Y alegarían legítima defensa. «Resistencia a la autoridad.» Podría haber sido en las montañas. Con frecuencia se oían disparos por aquella zona: «cazadores», decían.

Herschel no iba armado, hasta donde a Jacob se le alcanzaba. Quizás una navaja. Nada más. Herido de muerte, lo habrían dejado desangrarse en una zanja. Los habitantes de Milburn nunca perdonarían a Herschel por pegar y marcar a los nazis de sus hijos.

«Lograré que se haga justicia. No me encontrarán desarmado.»

¡Era una primavera gélida! Una primavera infernal. Demasiados funerales, mucho trabajo para el sepulturero. El año maldito de 1949. También echaba de menos a su hijo menor.

El enclenque y llorica que tenía sarpullidos cada dos por tres: «August».

Durante algún tiempo se llenó de indignación contra él por comportarse de manera insolente y estúpida y por marcharse corriendo a donde Jacob Schwart no podía encontrarlo y hacerle razonar, pero luego le pareció lógico: para dejarlo del todo desamparado, también le habían arrebatado a su hijo pequeño. ¿No era cierto que le habían dado una paliza, y que le brotaba la sangre de un feo corte en la frente...?

Un muchacho no muy despejado pero buen trabajador. Y buen hijo. Y por lo menos sabía leer. Y hacer las operaciones aritméticas de la escuela primaria.

«No estaré inerme... No seré "manso".»

Extraño y terrible: la parálisis de aquellos a quienes se declaró enemigos del Reich alemán. Como criaturas hipnotizadas cuando se acerca el depredador. Hitler no había escondido sus intenciones. Hitler había sido directo, inequívoco. Jacob Schwart se había hecho violencia para leer *Mein Kampf*. Al menos había sacado conclusiones de *Mein Kampf*. ¡La seguridad demencial! ¡El apasionamiento! *Mi batalla. Mi campaña. Mi lucha. Mi guerra.*

Al lado de los desvaríos de Hitler, y de la lógica diabólica de Hitler, ¡qué endebles, qué vulnerables, nada más que *palabras*, eran las grandes obras de la filosofía! ¡Nada más qué *palabras* el sueño de la humanidad de la existencia de un dios!

Entre sus enemigos de allí, del valle del Chautauqua, Jacob Schwart no se dejaría hipnotizar. No se dejaría sorprender y no estaría inerme. La historia no se repetiría.

También culpaba de aquello a sus enemigos: de que él, Jacob Schwart, una persona refinada y educada, anteriormente ciudadano de Alemania, se viera forzado a comportarse de manera tan bárbara.

Él, un antiguo profesor de Matemáticas de un colegio prestigioso. Un antiguo empleado muy respetado de una de las más distinguidas imprentas muniquesas, especializada en publicaciones científicas.

Ahora sepulturero. Encargado de cuidar de los restos de *aquellos otros,* sus enemigos.

Tenía que mantener su cementerio cristiano. Había que mantener cuidado el emplazamiento de sus tumbas. ¡Cruces! ¡Crucifixiones! ¡Ridículos ángeles de piedra!

Él mantenía las tumbas, sí, claro. Cuando nadie miraba, allí estaba Jacob Schwart «regando» las tumbas con sus orines calientes y ácidos.

Herschel y él, años atrás. Riendo con la violencia de un rebuznar de borricos.

Gus no lo había hecho nunca. No se podía bromear con Gus de aquella manera. Mear con su padre, desabrocharse la bragueta y sacar el pene, el chico se habría avergonzado, molesto. Más parecido a una chica, pensó Jacob.

Ésa era su vergüenza, haber perdido a sus hijos.

Acabaría por culpar al consejo municipal. Porque si no resultaba demasiado difícil de entender.

«Veréis. Vuestros ciegos ojos se abrirán con una explosión.»

Había memorizado sus apellidos. *Madrick, Drury, Simcoe, Harwell, McCarren, Boyd...* No estaba seguro de las caras, pero sabía los nombres y podía enterarse de dónde vivían, si era necesario.

Muy agradecido, señores. ¡Muchas gracias, señores!

Cretinos rurales. Arrugaban la nariz al advertir el olor de Jacob. Al verlo sin afeitar, un gnomo con la espalda rota, que retorcía la gorra de paño entre las manos... Apiadados de él, despreciativos, le explicaron, sin avergonzarse de su duplicidad, el presupuesto, lo que era el presupuesto, lo que eran los recortes en el presupuesto, quizás el año que viene, Jacob, posiblemente el año que viene veremos, Jacob. ¡Muchas gracias por venir, Jacob!

Se compraría un arma de cañón largo. Un rifle para ciervos o una escopeta. Tenía dinero ahorrado. En el First Bank de Chautauqua disponía de casi doscientos dólares.

—Se llama «genocidio». Ahora eres joven e ignorante y te enseñan falsedades en ese instituto tuyo, pero un día tendrás que saberlo. En la vida animal a los débiles se los elimina pronto. ¡Has de ocultar tus debilidades, Rebecca!

Hablaba con alarmante vehemencia. Como si ella se hubiera atrevido a poner en duda lo que decía. Cuando de hecho Rebecca asentía con la cabeza, sí papá.

Ni idea de lo que Jacob estaba diciendo. Incómoda, pensando que en su agitación podría escupirle. Porque mascaba un enorme trozo de tabaco, con saliva ácida escurriéndole barbilla abajo. Cuanto mayor era la vehemencia con que hablaba, más baba salía despedida de sus labios. Y si caía en uno de sus espasmos de tos...

—¿Estás escuchando, Rebecca? ¿Me oyes?

Su pena era que no le quedaba ningún hijo varón. Lo habían castrado, lo habían dejado sin virilidad. Avergonzado.

Sólo la chica. Tenía que querer a aquella pobre desgraciada, no le quedaba nadie más.

De manera que se lo contó, cayó en explicárselo, por las noches a veces, no conseguía recordar lo que le había dicho o cuándo había empezado a instruirla, cómo en Europa sus enemigos no sólo habían querido matarlo a él y a los de su especie «como en una guerra corriente», sino exterminarlos por completo. Porque se creía que eran «contaminantes», «toxinas». Por lo tanto no se trataba sólo de guerra, que es una acción política, sino de genocidio, que es una acción moral, podría decirse que metafísica. Porque el genocidio, si se lleva a cabo, es una acción que el tiempo no puede anular.

—Ahí tienes un enigma digno de Zenón: que en historia puede haber acciones que la Historia (la totalidad del tiempo) sea incapaz de anular.

Una afirmación llena de profundidad. La chica, sin embargo, se limitaba a mirarlo.

¡Maldición, cómo lo irritaba! Una criatura extraña de piel oscura, aceitunada, como la suya. Aspecto de gitana. Hermosos ojos oscuros y luminosos. Ojos que nada tenían de jóvenes. Anna era la culpable, vagamente Jacob culpaba a Anna por la niña. No es que él no la quisiera, por supuesto. Pero, quién sabe por qué, en una familia a una madre se la culpa a veces, sencillamente por dar a luz.

¿Otro hijo? No lo soporto. No.

En la litera empapada en sangre, en aquel «camarote» sin ventanas de indecible suciedad. Qué fácil habría sido asfixiar a la recién nacida. Una mano adulta apoyada sobre la carita arrugada y roja como un tomate hervido. Antes de que pudiera respirar y empezara a aullar. Antes de que los chicos vieran y entendiesen que tenían una hermana. Y en los días en que Anna, aturdida, la amamantaba descuidadamente, también se podría haber asfixiado. Quizá se podía haber caído al suelo. Se la podría haber sacado descuidadamente de la cuna, con su cabeza demasiado pesada que ninguna mano protectora de adulto sostuviera sobre el frágil cuello. (¡La suya!) La niñita podría haber enfermado, y las mucosidades taponarle los pulmones diminutos. Neumonía. Difteria. La naturaleza dispone de un maravilloso surtido de salidas para abandonar la vida. Pero de algún modo Rebecca, en lugar de perecer, había sobrevivido.

¡Traer a un hijo al infierno del siglo XX era más de lo que se podía soportar!

Y ahora ya con doce años. En su presencia, Jacob sentía contraerse su retorcido corazón con un sentimiento que no era capaz de definir.

No se trataba de amor; compasión, quizá. Porque Rebecca era, de manera inconfundible, la hija de Jacob. Se parecía más a él que sus dos hijos varones. Tenía pómulos pronunciados y sus mismas entradas (cuando Jacob tenía más pelo). Sus mismos ojos inquietos y voraces. Completamente distinta de su madre, que de joven poseía un rostro dulce y bonito, piel clara y cabellos rubio castaños y una manera de reír tan deliciosa que te obligaba a acompañarla incluso aunque se tratase de las cosas más triviales. Mucho tiempo atrás, cuando Anna reía... Pero Rebecca, la hija de los dos, no era una persona risueña. Quizá de niña captó lo cerca que había estado de dejar de existir. Era propensa a la melancolía y testaruda. Como su padre. De corazón apesadumbrado. Las cejas se le estaban poblando y eran tan rectas como las de un hombre y nunca ningún varón tendría con ella la condescendencia de llamarla «bonita».

Jacob no se fiaba de las mujeres. Schopenhauer sabía muy bien que las féminas son simple carne, fecundidad. La hembra seduce al macho (débil, enamorado) para realizar la cópula y, contra la inclinación de sus deseos, lo arrastra a la monogamia. Al menos en teoría. El resultado es siempre el mismo: la especie se perpetúa. ¡Siempre el deseo, la cópula, siempre la nueva generación, siempre la especie! Voluntad ciega, estúpida, insaciable. De su alegre amor inocente de un pasado ya remoto había surgido su primogénito, Herschel, nacido en 1927. Luego August y, finalmente, la pequeña Rebecca. Todos distintos; sin embargo, el individuo apenas cuenta, sólo la especie. Al servicio de esa voluntad ciega, la secreta suavidad femenina, los aromas húmedos, las *interioridades* de la fémina, plegadas, rosadas, en las que el hombre puede penetrar innumerables veces sin por ello percibirlas ni entenderlas. Del cuerpo femenino había surgido el dédalo, el laberinto. El panal con una sola entrada y ninguna salida.

¡Bien! Que su hija se le pareciera tanto y fuese sin embargo hembra le resultaba a Jacob todavía más repelente, porque era como si no se conociera del todo y no pudiera fiarse de sí mismo.

Diciéndole, reprendiéndola. «Sí. Eres una ignorante. No sabes nada de este mundo infernal.»

Le tiró del brazo a Rebecca, tenía algo que enseñarle, fuera.

Para explicarle cómo, en el siglo XX, con las acciones de Alemania y de las, así llamadas, «potencias del Eje», todos los esfuerzos de la civilización desde los griegos habían sido barridos con un júbilo satánico; abandonados y destruidos, al servicio de los intereses de la bestia. Los alemanes no lo ocultaban en absoluto: «El culto de la bestia». Ninguno de los que ahora vivían lamentaba la guerra, tan sólo haberla perdido y verse humillados; y sentir la frustración de tener que renunciar a exterminar a sus enemigos.

—Muchos en este país eran de la misma opinión, Rebecca. Muchos aquí, en Milburn. Y se ha protegido a muchos nazis y se les seguirá protegiendo. No aprenderás nada de eso en tus libros de texto. He examinado tus ridículos libros de «historia». En apariencia la guerra terminó en 1945. Pero no tienes más que ver cómo este país recompensa a los guerreros alemanes. Tantos millones de dólares dados a Alemania, ¡guarida de la bestia! Y ¿por qué, si no es para recompensarlos? En realidad, el salario de la guerra. La contienda no terminará hasta que haya muerto el último de nosotros.

Estaba exaltado, despedía saliva. Afortunadamente, al aire libre Rebecca podía evitar que la alcanzara.

—¿Lo ves, te das cuenta? Mira.

La había llevado hasta el sendero de grava que conducía —más allá de la casa— al interior del cementerio. Era responsabilidad del encargado el mantenimiento de aquel camino, extender grava de manera uniforme; por la noche, sin embargo, sus enemigos habían venido con un rastrillo o una azada, para hostigarlo.

Rebecca miraba el camino. ¿Qué se suponía que tenía que ver?

—¿Estás ciega, chica? ¿No *ves*? ¿Cómo nuestros enemigos nos persiguen?

Porque allí, de manera inconfundible, había esvásticas, escritas con un rastrillo en la grava, no tan ostensibles como las esvásticas con alquitrán de Halloween, pero no menos malévolas.

—¿Lo ves?

¡Ah, la muy testaruda! Miraba y no sabía contestar.

Muy enfadado, Jacob arrastró el talón de la bota por la grava, destruyendo la más obvia de las líneas burlonas.

Meses antes, en la época de la profanación inicial, Jacob se había agotado borrando las marcas de alquitrán. Había rascado alquitrán de la puerta principal de la casa de piedra en un frenesí de odio, pero, de todos modos, no había conseguido que desapareciera por completo. Todo lo que pudo hacer fue volver a pintar la maldita puerta de un sombrío verde oscuro, pese a lo cual la sombra de una gran ⚡ era visible por debajo de la pintura, si se miraba desde muy cerca. Gus y él habían pintado de nuevo parte de los cobertizos, y habían tratado de restregar las lápidas pintarrajadas para dejarlas limpias. Pero las esvásticas seguían allí, si se sabía dónde mirar.

—Ahora resulta que eres una de *ellos*.

Una observación sin sentido, Jacob lo supo incluso mientras lo decía. Pero era el padre de aquella niña, podía esperarle cualquier cosa que se le pasara por la cabeza y Rebecca tenía que aceptarlo.

Su estúpida, su testaruda hija, incapaz de ver lo que tenía delante de los ojos, ¡a sus mismísimos pies! Se le agotó la paciencia con ella, la agarró por los hombros y la zarandeó una y otra vez hasta que Rebecca gimió de dolor. «¡Una de *ellos*! ¡Una de *ellos*! ¡Ahora vete a llorarle a tu mamá!» La apartó de un empujón, al sendero, la grava de guijarros puntiagudos, y la dejó allí jadeante y llevándose la mano a la nariz, mirando a su padre con ojos desorbitados, dilatados por el terror. Jacob se alejó a grandes zancadas, maldiciendo, en busca de un rastrillo para borrar una vez más las esvásticas provocadoras.

¡Dybbuks! Los espíritus malévolos de los muertos del folclore judío. No había pensado en ello.

Jacob era un hombre de razón, y por supuesto no había pensado en una cosa así. Y sin embargo...

Un *dybbuk*, astuto y ágil como una serpiente, podía apoderarse de una fémina corta de luces. En el zoo de Munich había visto una serpiente extraordinaria de casi tres metros, una cobra, tan asombrosamente flexible, que se movía en lo que parecía ser una corriente continua, como agua; el ofidio «corría» sobre sus numerosas costillas, dentro de su piel escamosa, reluciente, más bien hermosa. Jacob puso los ojos en blanco, casi se sintió desmayar, imaginando cómo la serpiente-*dybbuk* entraría en la fémina.

Hacia arriba entre las piernas, y dentro.

Porque Jacob no podía fiarse de ninguna de las dos: ni de su mujer, ni de su hija.

Como hombre de razón no quería creer en *dybbuks*, pero quizá fuesen la explicación. Los *dybbuks* habían cobrado vida saliendo del barro primitivo de Europa. Y también en Milburn. Merodearían por el cementerio y el campo de los alrededores. *Dybbuks* que se alzaban como niebla de las altas hierbas húmedas estremecidas al viento. Serpentaria, eneas. *Dybbuks* lanzados por el viento contra las ventanas mal ajustadas de la vieja casa de piedra, arañando el cristal con sus uñas, ansiosos de meterse dentro. Y *dybbuks* que buscaban entrar en cuerpos humanos de almas mal ajustadas, primitivas.

Anna. Su esposa desde hacía veintitrés años. ¿Podía fiarse de Anna, en su feminidad?

Al igual que el cuerpo, a Anna se le había ablandado la cabeza con el tiempo. No se había recuperado nunca del tercer embarazo, de la angustia de aquel tercer parto. De hecho nunca se había recuperado del todo de su aterrorizada huida de Alemania.

Anna le culpaba, eso era lo que a Jacob le parecía. Era su marido y era varón, pero no lo bastante hombre para protegerlos a ella y a sus hijos.

Por la noche, sin embargo, cobraba vida una Anna distinta. Una vez dormida, en sueños lujuriosos. Ah, ¡Jacob lo sabía! La oía gemir, respirar aceleradamente. Sentía los temblores de su carne. La cama apestaba a su sudor, a sus secreciones femeninas. De día se alejaba de él, apartaba los ojos. Como él apartaba los ojos de su desnudez. Anna nunca lo había querido, suponía Jacob. Porque su alma había sido la de una niña, superficial y fácilmente dominada por la emoción. En su círculo de Munich, Anna había reído y coqueteado con muchos jóvenes, se veía enseguida que la encontraban atractiva, y ella se deleitaba con sus atenciones. Ahora podía admitirlo: Jacob Schwart no había sido más que uno de ellos. Quizás había amado a otro, sin ser correspondida. Y entonces llegó Jacob Schwart, cegado por el amor. Suplicándole que se casara con él. En su noche de bodas no había sabido preguntarse: *¿Es virgen mi novia? ¿Es el suyo un amor virginal?* La relación sexual había sido abrumadora para Jacob, explosiva, aniquiladora. Su experiencia era mínima. No había formulado juicio alguno, y tardaría años en hacerlo.

Sólo durante la travesía del Atlántico había surgido por vez primera el *dybbuk* que era también Anna. Su mujer deliraba, golpeándolo con los puños entre desvaríos y murmullos ininteligibles. No había en sus ojos amor alguno por Jacob, ni siquiera reconocimiento. ¡Ojos demoníacos, ojos con un brillo leonado! Las blasfemias y obscenidades más brutales del idioma alemán habían brotado de los labios de Anna, no las palabras de una esposa joven y madre inocente, sino las palabras de un demonio, de un *dybbuk*.

El día que la encontró en el cobertizo. Escondida allí, con la pequeña envuelta en un sucio chal. *¿Te gustaría que la estrangulase?* ¿Lo decía en serio o se burlaba de él? Jacob no lo había sabido.

Ahora no podía fiarse de que Anna preparase sus comidas correctamente. Tenía por costumbre hervir el agua del pozo, porque lo más probable era que estuviera contaminada; y sin embargo Jacob sabía que era descuidada e indiferente. De manera que estaban siendo envenenados, poco a poco. Y tampoco podía fiarse de su trato con otros hombres. Cualquier varón que viese a Anna descubría al instante su condición de hembra, tan evidente como la desnudez. Porque había un abandono y un algo erótico en su cuerpo blando y avejentado y en su flácido rostro de muchacha; en su mirada húmeda, estúpida, que excitaba el deseo masculino, aunque resultase repelente.

Los ayudantes del sheriff, por ejemplo. Desde la desaparición de Herschel venían a su casa de cuando en cuando, para informarse. Jacob no siempre estaba allí cuando se presentaban, y Anna tenía que abrir la puerta y hablar con ellos. Jacob empezaba a temer que aquellas supuestas indagaciones pudieran ser simples pretextos.

A menudo había hombres deambulando por el cementerio entre las tumbas. En apariencia visitando las sepulturas. Recordando a sus difuntos. O fingiendo que lo hacían.

Anna Schwart se había vuelto taimada, desafiante. Sabía que más de una vez le había desobedecido atreviéndose a encender la radio. No la había sorprendido nunca, era demasiado lista, pero Jacob lo sabía. Las lámparas de la radio se habían fundido ya y nadie las iba a cambiar, de manera que no se podía escuchar la condenada radio. Aquello, al menos, era una satisfacción.

(Jacob había aflojado él mismo las lámparas de la radio. Para frustrar a Anna. Luego olvidó que era él quien las había aflojado. De manera que cuando encendía la radio sólo había silencio.)

Y luego estaba Rebecca, su hija.

Su cuerpo larguirucho empezaba a llenarse, a adquirir las curvas de una hembra. La había entrevisto por una puerta entornada, lavándose la parte superior del cuerpo con un gesto de ceñuda concentración. La impresión de los pechitos de la muchacha, sorprendentemente blancos, los pezones, pequeños como pepitas de uva. Las axilas de donde empezaba a brotar un delicado vello oscuro, y las piernas... Jacob había comprendido, al ver que se negaba a reconocer las esvásticas dibujadas con el rastrillo en el camino de grava, que ya no se podía fiar de ella. Y años antes, cuando descubrió su fotografía en el periódico de Milburn. ¡Campeona de ortografía! *¡Rebecca Esther Schwart!* La primera vez que oía nada semejante. Lo había mantenido en secreto, sin decírselo ni a él ni a su madre.

Su hija crecería deprisa, estaba seguro. Desde que empezó a ir a la escuela inició la transformación para convertirse en uno de *aquellos otros.* La había visto con la hija mayor de los Greb, una dejada. Rebecca crecería y lo abandonaría. Un varón tiene que ceder su hija a otro varón, a no ser que la reclame para sí mismo, lo que está prohibido.

«De manera que he de endurecer mi corazón contra las dos.»

Al propietario del almacén de piensos de Milburn le compró una Remington de segunda mano de dos cañones y calibre 12, una ganga por setenta y cinco dólares.

Cinco dólares más por una caja de cincuenta cartuchos casi llena.

¿Para cazar, señor Schwart?

Para proteger mi propiedad.

La temporada del faisán no empieza hasta el otoño. Segunda semana de octubre.

Protección de mi hogar. De mi familia.

Tratándose de un calibre 12 hay que tener cuidado con el retroceso.

Mi mujer, mi hija. Estamos solos allí fuera. El sheriff no nos protegerá. Estamos solos en el campo. Y somos ciudadanos de los Estados Unidos.

Una buena arma para protección si se sabe cómo usarla. Recuerde el culatazo, señor Schwart.

¿El culatazo?

En el hombro. Si no se sujeta bien la culata al apretar el gatillo. Si no se tiene costumbre. Una coz como la de una mula.

Jacob Schwart rió de buena gana, dejando al descubierto dientes manchados de nicotina con una alegre sonrisa.

Coz como una mula, ¿eh? Bueno. Yo soy una mula.

«¡Estúpidos! No había nadie a quien recurrir.»

En algún momento de la lenta primavera lluviosa de 1949 se hizo la luz en su cabeza. Su desprecio más profundo no se orientó ya hacia los campesinos ignorantes que lo rodeaban, sino hacia los judíos de edad avanzada de su remota juventud, con casquete y chal de oraciones, rogando en murmullos a su ridículo dios.

El dios Yahvé, un volcán extinguido.

Por la noche se le revelaron aquellas verdades. Sentado en la cocina y en la puerta de la casa, mientras bebía. Ahora sólo compraba sidra fermentada de la cercana fábrica, una bebida barata y con buena graduación alcohólica. La escopeta a mano. En caso de que aparecieran merodeadores, vándalos. Los muertos no le daban miedo. Un *dybbuk* no es un muerto. Un *dybbuk* está lleno de vida, es insaciable. En aquel lugar donde la marea de la historia lo había arrojado a la orilla para abandonarlo como basura. Su desprecio más profundo, sin embargo, era para los ancianos semejantes a gnomos y vestidos de negro de su ya lejana infancia en Munich. Rió cruelmente al ver en sus ojos el más patético de los terrores cuando por fin entendieron.

«Nadie, ¿os dais cuenta? Dios no es nadie y no está en ningún sitio.»

Y Jacob Schwart no era hijo de aquella tribu.

24

Como si acabara de ocurrírsele, Katy Greb dijo:

—Podrías quedarte conmigo, Rebecca. Dormir en mi cama, hay sitio.

Katy hablaba siempre con la impulsividad de alguien para quien no hay vacilación alguna entre el deseo y su manifestación inmediata.

Rebecca tartamudeó que no sabía.

—¡Claro que sí! A mamá no le importará, le caes muy bien.

A mamá le caes muy bien.

Rebecca estaba tan conmovida que al principio no pudo hablar. No miraba por dónde andaba, y se dio un golpe en un dedo del pie con una piedra en la cuneta de Quarry Road.

Katy Greb era la única chica a la que Rebecca había dicho ciertas cosas muy personales.

Katy era la única chica que sabía el miedo que Rebecca tenía a su padre.

—No por lo que me vaya a hacer a mí, sino a mamá. Cualquier noche cuando esté borracho.

Katy lanzó un gruñido como si aquella revelación, toda una audacia tratándose de Rebecca, no fuera ninguna sorpresa para ella.

—Mi padre es igual. Sólo que ahora se ha marchado, de manera que mamá lo echa de menos.

Las dos chicas rieron juntas. Había que reírse de las personas mayores, que no podían ser más ridículas.

Por supuesto no había sitio para Rebecca en la destartalada casa de madera de los Greb. No había sitio para una chica de doce años, casi trece, alta para su edad, torpe y meditabunda.

De manera inexplicable había sucedido en séptimo grado que Katy Greb se convirtiera en la amiga íntima (secreta) de Rebecca. Katy era una chica huesuda con pelo como paja, dientes que olían a agua salobre de acequia y un rostro grande y rubicunda como un girasol. Su risa era aguda y contagiosa. Sus pechos, bultos saltarines como puños bien cerrados dentro de los jerséis que heredaba.

Katy era un año mayor que Rebecca, pero estaba en la misma clase en el instituto de Milburn. Era la amiga (secreta) de Rebecca porque ni el padre ni la madre de Rebecca aprobaban que tuviese amigas. *Aquellos otros* en los que no se podía confiar.

Rebecca quería que Katy fuese su hermana. O ser ella la hermana de Katy. Así viviría con los Greb, y los Schwart sólo serían sus vecinos, a un kilómetro de distancia.

Katy siempre estaba diciendo que su mamá consideraba a Rebecca «buena compañía» para ella porque se tomaba en serio estudiar y no se dedicaba a «hacer el payaso» como las otras chicas.

Rebecca se reía como si le hicieran cosquillas. No era verdad, pero le encantaba oír que la señora Greb hablaba de ella en términos tan elogiosos. Estaba muy en la línea de Leora Greb decir cosas extremadas sin mucha base en la realidad. «Hacer el payaso» era una expresión que usaba con frecuencia, y casi se veía a los *clowns* en la pista de un circo.

Los Greb eran los vecinos más próximos de los Schwart en Quarry Road. Leora Greb tenía cinco hijos; los dos pequeños parecían retrasados mentales. Un niño de siete años que aún usaba pañales porque se lo hacía todo encima. Una niña de seis que lloriqueaba y parloteaba llena de frustración, incapaz de hablar como los demás. La casa de los Greb contaba en parte con un revestimiento exterior de asfalto, y estaba cerca del vertedero. Peor que donde vivían los Schwart, pensaba Rebecca. Cuando el viento venía del vertedero, en casa de los Greb había un enfermante hedor a basura y a neumáticos medio quemados.

De Bud Greb, el padre de Katy, a quien Rebecca no había visto nunca, se decía que estaba en Plattsbourgh, junto a la frontera con Canadá. *Encarcelado* en la prisión local de máxima seguridad.

Encarcelado. Una inesperada dignidad se añadía a aquellas cinco sílabas cuando se hablaba de Bud Greb.

¡Qué sorpresa descubrir que Leora Greb no era más joven que Anna Schwart! Rebecca hizo el cálculo: las dos mujeres tenían poco más de cuarenta años. Y, sin embargo, ¡qué diferentes eran! El pelo rubio de Leora llamaba la atención, usaba un maquillaje que le daba aspecto juvenil, glamuroso, y sus ojos manifestaban interés, reían. Incluso con su marido en Plattsbourgh (con una condena de siete a diez años, por robo a mano armada) Leora estaba de buen humor casi todos los días.

La señora Greb era doncella a tiempo parcial en el hotel General Washington de Milburn, un establecimiento que presumía de ser el hotel «de primera» de aquella parte del valle del Chautauqua. El General Washington era un gran edificio rectangular con fachada de granito, ventanas de postigos blancos, y un letrero pintado en la parte delantera que trataba de representar la cabeza del General Washington, sus cabellos ensortijados como la lana de oveja y su rostro de anchas mandíbulas, en un 1776 que resultaba improbable desde hacía ya mucho tiempo. Leora siempre traía del hotel paquetitos transparentes de cacahuetes, galletitas saladas y patatas a la inglesa que los clientes del hotel habían abierto en el bar sin llegar a consumirlos.

A Leora le encantaban las frases sentenciosas. Una de sus favoritas era una variante de la de Jacob Schwart: «No malgastes, y nada te faltará».

Otra, dicha con una sonrisita cómplice: «Si te has hecho la cama, apechuga con ella».

Leora conducía un Dodge de 1945 dejado a su cuidado por el encarcelado Bud Greb y a veces, cuando estaba de buen humor, se la podía convencer para que llevara a su hija Katy y a Rebecca hasta el centro, o a pasear por la orilla del río Chautauqua hasta Drottstown, y vuelta.

Lo que resultaba desconcertante de Leora Greb, algo que Rebecca no lograba entender del todo, era que parecía gustarle su familia, amontonada en aquella casa. ¡Que a Leora, al parecer, le gustaba su vida!

Katy reconocía que a veces echaban de menos a su padre. Pero que la vida era mucho más fácil sin él. Menos peleas, menos amigos suyos entrando y saliendo, la tranquilidad de que la policía no se presentara a medianoche e iluminase el interior con sus linternas a través de las ventanas y matara de miedo a todos los que estaban dentro.

—Lo que hacen es que gritan con un megáfono. ¿Has oído uno de esos alguna vez?

Rebecca negó con la cabeza. No tenía intención de oír ninguno si podía evitarlo.

Katy le dijo a Rebecca, con aire de quien confía un secreto, que Leora tenía amigos, tipos con los que se veía en el hotel.

—Se supone que no estamos enterados, pero sí que lo sabemos, demonios.

Aquellos individuos le regalaban cosas, o las dejaban para ella en las habitaciones del hotel, y Leora se las pasaba a sus hijas. O le daban dinero en efectivo, lo que era, en la voz de Leora, lírica y burlona como las voces de la radio: «Siempre bienvenido».

Cierto; Leora bebía a veces y podía ser una verdadera arpía pinchando y fastidiando a sus hijos. Pero la mayor parte del tiempo era encantadora.

Un día le preguntó a Rebecca, como si se le hubiera ocurrido de repente:

—¿No tenéis ningún problema en casa, cariño, verdad que no?

Cinco personas estaban jugando a las cartas en la mesa de la cocina de los Greb, cubierta con un hule. Al principio sólo Katy y Rebecca hacían un doble solitario, algo que estaba de moda por entonces en el instituto. Luego llegó a casa Leora y llamó a los dos más pequeños para una partida de *gin rummy*. Rebecca no había jugado nunca pero aprendió muy deprisa.

Y disfrutó con el elogio espontáneo de Leora, quien afirmó que poseía una «aptitud natural» para las cartas.

Rebecca necesitaba adaptarse a una nueva idea de lo que cabía esperar de una familia. Al principio le escandalizó que los Greb se amontonaran en la mesa, se empujasen unos a otros y se rieran por los motivos más peregrinos. Leora cambiaba de humor con facilidad, en eso no era muy diferente de Katy y de Rebecca. Pero, eso sí, fumaba, un cigarrillo tras otro, y bebía cerveza Black Horse directamente de la botella. (Aunque sus gestos eran un tanto pretenciosos, muy de señora. Alzaba el meñique al llevarse la botella a la boca.) Rebecca se estremecía al pensar en lo que Anna Schwart diría de una mujer así.

Y la manera en que Leora dejaba escapar una risotada cuando las cartas se volvían contra ella, como si la mala suerte no pasase de ser un chiste.

Leora fue la primera en dar las cartas. A continuación Katy. Luego Conroy, el hermano de once años. Después Molly, que sólo tenía diez. Y siguió Rebecca, tímida en un primer momento, cayéndosele las cartas por la emoción de ser una más en la partida.

La pregunta despreocupada de Leora la sorprendió. Y murmuró algo vago que quería decir *no*.

Leora comentó, mientras repartía las cartas con rapidez:

—Bien, de acuerdo. Me alegra mucho oír eso, Rebecca.

Fue un momento difícil. Rebecca estuvo cerca de las lágrimas. Pero había decidido no llorar. Katy intervino, con tono quejumbroso en la voz:

—Le he dicho a Rebecca que puede quedarse con nosotros, mamá. Si no quisiera, ya sabes, volver a casa. Alguna noche.

Rebecca sintió un zumbido en la cabeza. Debía de haberle contado a Katy algunas cosas que no tenía intención de confesar. El miedo que le inspiraba su padre, a veces. Lo mucho que echaba de menos a sus hermanos y cómo le hubiera gustado que se la llevaran con ellos.

Las palabras exactas de Rebecca habían sido irresponsables, exageradas. Había dicho, como si fuera un personaje de una historieta: *Me habría gustado que me llevaran con ellos al infierno si era allí donde iban.*

Expulsando el humo por la nariz, Leora dijo:

—¡El tal Herschel! Todo un personaje; siempre he sido partidaria de Herschel. Quiero decir que *es* todo un personaje. Sigue vivo, ¿verdad que sí?

A Rebecca la anonadó aquella pregunta. Por un momento fue incapaz de responder.

—Quería preguntártelo, ¿habéis tenido noticias suyas? ¿Que tú sepas?

Rebecca murmuró *no.* No que ella supiera.

—Por supuesto, aunque tu papá sepa algo de Herschel, quizá no te lo cuente. Puede que no quiera que se corra la voz. En razón, ya sabes, de la *situación de prófugo* de Herschel.

Era una expresión, angustiosa y emocionante al mismo tiempo, que Rebecca no había oído nunca: *situación de prófugo.*

Leora siguió hablando, con su habitual tendencia a divagar, sobre Herschel. Katy decía de su madre que, si la escuchabas, contaba muchísimas cosas, buena parte de ellas sin proponérselo. Para Rebecca fue una revelación que, al parecer, Leora conociese tan bien a Herschel. Incluso Bud Greb había conocido a Herschel antes de que lo mandaran a la cárcel. ¡Y Herschel incluso había jugado partidas de *gin rummy* y de póquer en aquella misma mesa!

A Rebecca le conmovió saber que su hermano era conocido de otras personas de maneras no sospechadas por la familia Schwart. Era bien extraño que se pudiera vivir tan cerca de alguien y no saber de él tanto como otras personas. Aquello hizo que Rebecca echara de menos a su hermano mayor más que nunca, aunque su manera de tomarle el pelo no hubiera sido nada agradable. Leora estaba diciendo, con vehemencia juvenil: «Lo que Herschel hizo, cariño, se lo tenían bien merecido esos cabrones. A veces no queda otro remedio que tomarte la justicia por tu mano».

Katy estuvo de acuerdo. Y también Conroy.

Rebecca se limpió los ojos. Que Leora dijera aquellas cosas de su hermano le había dado ganas de llorar.

Como torcer un espejo, sólo un poco. Ves entonces el límite de algo, un ángulo de visión que no conocías. ¡Menuda sorpresa!

En el instituto nadie había dicho nunca cosas amables sobre Herschel. Tan sólo que era un *huido de la justicia, reclamado por la policía* y que lo mandarían a Attica con toda seguridad, donde los reclusos de raza negra de Buffalo lo harían picadillo. Ni más ni menos lo que se merecía.

La partida continuó. Un golpe tras otro de cartas pringosas. Leora ofreció un sorbo de su cerveza a Rebecca, que primero lo rechazó, luego cambió de idea y al final se atragantó un poco al beber aquel líquido de sabor tan fuerte, y los demás rieron, pero no con mala intención. Luego Rebecca se oyó decir, como para escandalizar: «Mi padre es un borracho de mil demonios, lo aborrezco».

Rebecca esperaba que Katy dejara escapar una risita como hacía siempre cuando una amiga suya se quejaba de su familia en tonos cruelmente cómicos. ¡Era lo que todo el mundo hacía! Pero aquí, en la cocina de los Greb, había algo que no funcionaba: Leora miraba fijamente la carta que mantenía en el aire y Rebecca supo para vergüenza suya que se había equivocado.

Leora se pasó el Chesterfield de una mano a otra, derramando ceniza. Tenía que haber sido la cerveza Black Horse la causa de que Rebecca pronunciara aquellas palabras, haciendo que quisiera ahogarse y reír al mismo tiempo.

—Tu papá —dijo Leora reflexivamente— es un hombre difícil de entender. En opinión de la gente. Yo no pretendería entender a Joseph Schwart.

¡Joseph! Leora ni siquiera sabía el nombre de su padre.

Rebecca se encogió, avergonzada. El áspero monosílabo *Schwart* resultaba hiriente en sus oídos. Saber que otros podían utilizarlo, que podían hablar de su padre de una manera impersonal y al mismo tiempo familiar le resultaba horrible.

Rebecca, sin embargo, se oyó decir, medio desafiante:

—Usted no tiene que entenderlo, eso me toca a mí. Y a mi madre.

—¿Qué hay de tu mamá, Rebecca? Es muy reservada, ¿verdad que sí? —preguntó Leora con cuidado, sin mirarla esta vez.

Rebecca rió, un sonido áspero y desconsolado.

Katy se dirigió a su madre con voz quejumbrosa pero triunfante, como si las dos hubieran discutido antes y aquél fuese el argumento decisivo:

—¿Lo ves, mamá? Le he dicho a Rebecca que se puede quedar con nosotros. Si lo necesita.

Demasiado despacio, Leora aspiró lo que le quedaba del cigarrillo.

—Bueno...

Rebecca había estado sonriendo. Todo aquel tiempo. El líquido tibio y amargo que se había tragado era una burbuja gaseosa que sentía en la tripa, y le preocupaba tener que vomitarla. Le ardían las mejillas como si la hubieran abofeteado.

Mientras tanto Conroy y Molly jugueteaban con sus cartas, ajenos a la conversación. No tenían ni la más remota idea de que Rebecca Schwart hubiera traicionado a sus padres, ni de que Katy había planteado a Leora, con Rebecca por testigo, que su amiga se viniera a vivir con ellos, y que Leora vacilaba, poco dispuesta a consentir. ¡Ni la más remota idea! Conroy era un niño huesudo siempre resfriado, con la mala costumbre de limpiarse la nariz cada pocos minutos con el dorso de la mano, y a Rebecca se le vino a la cabeza una idea perversa: *Si fuese mío lo estrangulaba,* y el deseo de decírselo a Leora fue tan intenso que Rebecca tuvo que apretar las cartas con toda su fuerza.

Corazones, diamantes, tréboles... Trató de interpretar las cartas que le habían servido.

¿Te puede salvar un rey de corazones? ¿Un diez de tréboles? ¿Una pareja de reina y jota? Ojalá tuviera siete cartas del mismo palo, para ponerlas sobre la mesa con un gesto triunfal. ¡A los Greb se les saldrían los ojos de las órbitas!

Sin otra ambición que seguir jugando *gin rummy* para siempre con la familia de Katy. Reír, hacer chistes, beber cerveza y cuando Leora la invitase a quedarse a cenar, Rebecca diría con verdadero pesar «Gracias pero no puedo, imagino, me echarían de menos», pero lo que de verdad hizo fue tirar las cartas de repente —algunas cayeron al suelo—, apartar la silla de la mesa arrastrando las patas ruidosamente: ¡no tenía la menor intención de llorar! A la mierda los Greb si era eso lo que esperaban.

—¡También os detesto a vosotros! ¡Iros todos al infierno!

Antes de que nadie pudiera decir una palabra, Rebecca ya había salido y cerraba de golpe la puerta mosquitera. A todo correr, tropezando al llegar a la carretera. Dentro, los Greb debían de haberla seguido con la mirada, asombrados.

Le llegó la voz de Katy, casi demasiado débil para que se oyera: «¿Rebecca? Vuelve, ¿qué te ha pasado?».

Nunca. No volvería nunca.

Aquello sucedió en abril. La semana siguiente a que Gus se marchara.

Mi padre es un borracho de mil demonios, lo aborrezco.

No podía creer que hubiera dicho aquello. ¡Para que lo oyeran todos los Greb!

Por supuesto que se lo dirían a todo el mundo. Incluso Katy, que sentía afecto por Rebecca, se lo contaría a cualquiera que estuviera dispuesto a oír.

En el instituto, a partir de entonces, Rebecca hizo caso omiso de Katy Greb. No la miraba. Por la mañana su estrategia era esperar a que se perdiera de vista con los demás carretera adelante, para luego seguirlos; o bien utilizaba uno de sus caminos secretos a través de campos y pinares y, su favorito, el terraplén del ferrocarril, con una altura de metro y medio. ¡Llena de felicidad! Era una potrilla que galopaba, las piernas elásticas y fuertes, que reía con fuerza de pura felicidad, capaz de correr y correr sin parar y que llegaba al instituto de mala gana, dispuesta a todo, sudorosa, con ganas de pelea, tanto como Herschel, deseosa de que alguien la mirase torcido o dijera, moviendo los labios, *¡Sepulturera!,* o alguna otra tontería parecida, ¡cielos, estaba demasiado inquieta para calmarse y sentarse en un pupitre! Herschel había dicho que le hubiera gustado romper el maldito pupitre, metiendo las rodillas debajo, alzándolo, tensando los músculos, y Rebecca sentía exactamente los mismos deseos.

—Oye, Rebecca...

Vete al infierno. Déjame en paz.

Aborrecer a Katy Greb y a Leora Greb y a todos los Greb y a otros muchos se convirtió en un extraño consuelo, poderoso, como chupar algo amargo.

Endurecer el corazón contra la boba de Katy Greb. Una chica afectuosa, de buen corazón, no demasiado lista, que había sido la amiga de Rebecca Schwart desde tercer grado en adelante, hasta que Katy miró a Rebecca dolorida, desconcertada y finalmente con resentimiento y antipatía.

—Vete a la mierda tú también, Schwart. A la puñetera mierda.

Un grupo de chicas, Katy en el centro. Sonriendo despreciativas mientras hablaban de Rebecca Schwart.

Bien, Rebecca lo había querido, ¿no era cierto? Quería que la detestaran y la dejasen en paz.

Toda aquella primavera, su enemistad la seguía como el mal olor de un neumático quemándose. *Que se vaya al infierno la hija del sepulturero.*

211

25

—¿Mamá? Mamá...

Al final no tuvo necesidad de escaparse de casa. Sería su hogar el que la expulsara. Rebecca recordaría siempre aquella ironía: por fin le había llegado su castigo.

11 de mayo de 1949. Un día de entresemana. Después de las clases estuvo fuera todo lo que fue capaz. Con miedo a regresar, como si sintiera de antemano lo que la esperaba.

Llamó a su madre. Su voz se alzó con terror infantil. Presa del pánico tropezó en la puerta principal que estaba abierta a medias... La tosca puerta de madera que Jacob había pintado de color verde oscuro para ocultar los restos de las esvásticas que no se podían borrar.

—¿Mamá...? Soy yo.

Más allá de la esquina de la casa, como para burlarse de su alarma, se le presentaba el espectáculo de la colada en el tendedero, toallas deshilachadas, una sábana agitada por el viento y, en consecuencia, era lógico que Rebecca, partidaria del pensamiento mágico, se dijera: *Si mamá ha colgado hoy la ropa...*

... si hoy, con la ropa en el tendedero, el día de la colada de mamá...

Pero todavía sin aliento. Había corrido. Desde Quarry Road había hecho el camino a la carrera. Varias horas transcurridas desde el final de las clases de aquel día. Casi las seis, y el sol aún estaba alto en el cielo. El corazón le golpeaba el pecho como una campana desbocada. Como un animal que huele el miedo, la carne herida, la sangre derramada, Rebecca supo de manera instintiva que había sucedido algo.

En el límite de su visión borrosa, en el interior del cementerio, a cierta distancia, un coche o varios estaban aparcados en el camino de grava, por lo que pensó que posiblemente se había celebrado un funeral, algo había salido mal, y se había culpado a Jacob Schwart cuando era en realidad inocente. Incluso mientras se lanzaba hacia la puerta de la casa. Incluso mientras oía voces demasiado altas. Sin querer oír, con testarudez infantil, a una mujer que gritaba: «¡No entres! ¡Deténganla!».

Estaba pensando en Anna, en su madre. En su madre atrapada en aquella casa.

Porque ¿cómo podía Rebecca quedarse fuera, sabiendo que su madre estaba dentro, atrapada?

Pregúntale a Dios por qué: por qué suceden cosas así. No me lo preguntes a mí.

En aquella primavera, en aquella estación de desganadas y desafiantes correrías, Rebecca había deambulado como un perro perdido. Reacia a volver a la casa de piedra en el cementerio, de la que un día recordaría que había sido construida —en la ladera de una colina nada desdeñable— como una bodega o un sepulcro, aunque en realidad no fuese ninguna de las dos cosas, tan sólo una vivienda de piedra y estuco, azotada por los elementos, con pocas ventanas, todas pequeñas y cuadradas, ennegrecidas por una suciedad invernal casi opaca.

No sentía ningún deseo de volver a casa aunque sabía que su madre la estaba esperando. Nunca quería volver desde la desaparición de Herschel, desde que Gus se marchara haciendo autostop con un camionero que se dirigía a algún lugar del Oeste. Sus dos hermanos se habían ido sin decir palabra, sin una frase de afecto ni de pesar, sin una explicación; ni siquiera de despedida para la hermana que los había querido. *Los detesto, a los dos. ¡Los muy cabrones!*

Rebecca empezada a saborear aquel lenguaje indignado. Primero entre dientes y luego en voz alta. Sentía en la garganta los latidos violentos y ardientes de la alegría que le proporcionaba odiar a los hermanos que las habían abandonado, a su madre y a ella, con el loco de Jacob Schwart.

Estaba convencida: su padre estaba loco. No loco de atar todavía, ni loco impedido de manera que alguien con autoridad pudiera venir a ayudarlas.

Y sin embargo: *Lo saben, pero les tiene sin cuidado. Aunque se ha comprado un arma de fuego, no les importa. ¿Por qué tendrían que pensar en nosotras, que no somos más que dos chistes para ellos?*

Un día Rebecca también se escaparía. No necesitaba a Katy Greb para acogerla. No necesitaba que nadie le diera asilo ni se compadeciera de ella. Eran todos unos *cabrones,* y les daba la espalda llena de desdén.

Después del deshielo primaveral a Rebecca se le hacía cada vez más difícil quedarse en el instituto el día entero. Una y otra vez se descubría marchándose por las bravas. Apenas sabía lo que estaba haciendo, excepto que no soportaba las aulas sofocantes, la cafetería con sus olores a leche y a alimentos recalentados y grasientos, los corredores por los que sus compañeros pasaban empujándose unos a otros como animales ciegos y estúpidos que cayeran por una rampa. Rebecca utilizaba para marcharse una puerta trasera sin importarle quién pudiera estar viéndola, aunque fuese quizás a denunciarla. Si la voz de una persona mayor la llamaba, severa y reprobatoria —*¡Rebecca! ¡Rebecca Schwart, adónde vas!*— ni siquiera se molestaba en volverse: se limitaba a echar a correr.

Sus notas eran ya en su mayor parte aprobados o insuficientes. Incluso en Lengua, que había sido su asignatura preferida. Los profesores desconfiaban de ella como se desconfía de una rata acorralada.

Rebecca Schwart se volvía muy parecida a sus hermanos. Aquella chica antes tan prometedora...

¡Corre, corre! Por el solar lleno de maleza vecino al instituto, por la calle con una hilera de casas de piedra rojiza y tiendas pequeñas, luego un callejón, para salir al campo y al terraplén del ferrocarril de Buffalo a Chautauqua, la línea férrea que la llevaría hasta el centro y hasta Canal Street. El puente de Canal Street, que daba a South Main, era tan ancho que se permitía aparcar en él. Era allí donde estaban los bares. A una manzana de distancia, en lo alto de una colina, se alzaba el hotel General Washington. Varias calles, incluida South Main, se reunían en el puente. En Milburn todas las colinas descendían hasta el canal de barcazas del lago Erie y el canal mismo salía a través de la roca, desde el interior de la tierra. En el puente, los ociosos se apoyaban en las barandillas, diez metros por encima de la veloz corriente de agua, mientras fumaban y, algunas veces, bebían de botellas ocultas en bolsas de papel. Era un lugar de final de trayecto, un lugar inclinado a la mudez, como un cementerio en donde las cosas descansan.

Rebecca no habría sabido decir por qué le atraía tanto. Eso sí, siempre se mantenía a distancia de los desconocidos.

Algunos de los hombres eran ex combatientes. Uno de ellos, más o menos de la edad de Jacob Schwart, llevaba muletas y tenía la cara deshecha. Otro usaba gafas gruesas y uno de los cristales ennegrecido, de manera que se sabía que le faltaba un ojo. Algunos tenían rostros que no eran viejos, pero sí con arrugas profundas, marcados por la guerra. Había manos temblorosas, cuellos y extremidades rígidos. Un hombre obeso al que le faltaba una pierna desde la rodilla se tumbaba a veces sobre un saliente de cemento cuando hacía buen tiempo, tomando el sol como un reptil, repulsivo y al mismo tiempo fascinante. Tenía el pelo entrecano y escaso como el de Jacob Schwart, y si Rebecca se atrevía a acercarse oía su respiración ronca y húmeda, que era como la de su padre cuando estaba nervioso. Una vez, Rebecca vio que el hombre reptil había despertado de su sueño y la estaba observando con una sonrisita traviesa, a través de párpados temblorosos. Rebecca quiso marcharse a toda prisa, pero no pudo. Creyó que, si echaba a correr, el hombre reptil se enfadaría, alzaría la voz y todo el mundo se enteraría.

No los separaban más allá de cuatro metros. Rebecca no lograba entender por qué se había atrevido a acercarse tanto.

—¿No tienes clases hoy, chiquilla? ¿Eh? ¿Estás de fiesta?

Bromeaba, pero con cierto tono de amenaza. Como si fuese a denunciarla por hacer novillos.

Rebecca no respondió. Se había apoyado en la barandilla del puente, y miraba el agua que corría mucho más abajo. En el campo el canal era uniforme y de aspecto plácido; allí, en la esclusa de doce metros de ancho, la corriente era rápida y peligrosa, y pasaba en incesante agitación, arremolinándose, entre espuma, haciendo un ruido como de fuego arrasador. Casi no se oía el ruido del tráfico en el puente. Ni tampoco el repique metálico de cada hora desde la torre del First Bank de Chautauqua. Sólo se oía la voz de otra persona si hablaba muy alto, con intención provocativa.

—Te estoy hablando, chiquilla. ¿Hoy es fiesta, no es eso?

Pero Rebecca siguió sin responder. Tampoco le volvió la espalda. Con el rabillo del ojo lo vio, despatarrado al sol, jadeando. El hombre reptil rió entre dientes y se frotó con las manos una entrepierna que parecía demasiado abultada, como un bocio.

—¡Te veo, chiquilla! Y tú me ves a mí.

¡Corre, corre! Aquella primavera de 1949.

Milburn había sido siempre una vieja población rural, y se veía bien dónde se estaban consolidando las novedades de la posguerra. Edificios modernos de líneas elegantes, con ventanas de cristal laminado, iban reemplazando a las descarnadas fachadas de ladrillo rojo de Main Street. En algunos de los más recientes había puertas giratorias y ascensores. La antigua oficina de Correos de Milburn, del tamaño de un camarote, sería reemplazada por otra de ladrillo de color beis que iba a compartir sede con la Asociación Cristiana de Jóvenes. Grovers, el almacén de piensos para animales, la serrería Midtown, la mercería de Jos Miller perdían posiciones frente a Montgomery Ward, Woolworth's, Norban's y un nuevo A&P con aparcamiento propio bien asfaltado. (La mercería de Jos Miller había sido la tienda a la que, casi ocho años antes, Rebecca fue con su madre para elegir la tela de las cortinas que Anna Schwart se disponía a hacer en preparación de la llegada de los Morgenstern. El padre de Rebecca las había llevado a la ciudad en la furgoneta del cementerio. Fue una salida excepcional para Anna Schwart, y la última. También la única ocasión en que Rebecca había ido a la ciudad con su madre; y más adelante, y con ligera incredulidad, recordaría aquel viaje y la emoción que le produjo, pese a que, al contemplar el emplazamiento de la antigua tienda, sustituida ahora por otra, le resultaba difícil recordarlo.)

Sólo recientemente la tienda de ropa y accesorios para caballeros de Adam Brothers había sido sustituida por la zapatería de Thom McAn. Un imponente banco nuevo —el New Milburn Savings & Loan— se había construido muy cerca del First Bank de Chautauqua. El hotel General Washington había iniciado su expansión y renovación. El teatro Capitol, recientemente restaurado, lucía una espléndida marquesina que brillaba y emitía destellos de noche. Un edificio de oficinas de cinco plantas (médicos, dentistas, abogados) se había construido en la esquina de Main y Seneca, el primero de su clase en Milburn.

(A aquel edificio, según se decía, había acudido Jacob Schwart en la primavera de 1949. Se contaría por la ciudad cómo entró en el despacho de un abogado en el piso bajo sin cita previa e insistió en «presentar su caso» al asombrado abogado joven; el señor Schwart estuvo divagando, de manera incoherente, alternando indignación y resignación, para afirmar que el municipio de Milburn no le había reconocido los «méritos adquiridos» durante doce años al negarse a pagarle un sueldo decente, además de rechazar otras de sus peticiones.)

En South Main Street los bares apenas habían cambiado. Ni tampoco la sala de billares, las boleras, la tabaquería Reddings. En el Army-Navy Discount de Erie Street, una tienda semejante a un túnel con una opresiva iluminación demasiado brillante y abarrotados mostradores y estanterías, se podía comprar chaquetas y pantalones de camuflaje, ropa interior de lana de cuerpo entero, botas para soldados de infantería, gorras de marinero y bolsas de cuero para munición comercializadas como monederos para alumnas de instituto.

Cuando era amiga de Katy Greb, Rebecca iba con frecuencia al Army-Navy con ella, porque allí las cosas estaban siempre «rebajadas». Las chicas visitaban además Woolworth's, Norban's, Montgomery Ward. Escasas veces para comprar, casi siempre para mirar. Sin Katy, Rebecca no se atrevía a entrar en aquellas tiendas. Sabía por experiencia que los ojos de los vendedores se detendrían sobre ella, con sospecha y desagrado.

Porque Rebecca tenía aspecto indio. (Había una reserva de indios senecas, de la confederación iroquesa, al norte de Chautauqua Falls.) Pero le atraían los escaparates. ¡Tanto! ¡Tantas cosas! Y el reflejo pálido y fantasmal de una jovencita, mágicamente superpuesta, sobre todas ellas.

La soledad de la vida sin amigos. Rebecca se consolaba con la idea de que era invisible, de que a nadie le interesaba lo bastante como para que se fijaran en ella.

Sólo una vez alcanzó a ver a su padre en Milburn. En el centro, cuando cruzaba una bocacalle de camino hacia el First Bank de Chautauqua.

Jacob Schwart dio la sensación de surgir de la nada, rezumando un extraño resplandor oscuro. Un gnomo de hombre, la espalda torcida y una pierna renqueante, ropa de trabajo sucia y una gorra de paño que parecía haber sido confeccionada a hachazos con una sustancia más áspera que el simple paño; y que avanzaba por la acera sin conciencia aparente de cómo otros, mirándolo con curiosidad y alarma, se apartaban para dejarlo pasar.

Rebecca retrocedió, metiéndose por un callejón. Sabía lo que tenía que hacer: su padre no debía verla.

Herschel la había advertido: *No dejes que el viejo cabrón te vea en otro sitio que no sea en casa. Porque si te ve perderá los estribos como si estuviera loco de atar. Dirá que lo estás siguiendo, que lo espías para contarle a mamá lo que hace, imbecilidades como ésas, joder.*

El encuentro de Rebecca con su padre tuvo lugar en abril de 1949. Jacob Schwart cerró por entonces su cuenta de ahorros y compró la escopeta de dos cañones de calibre 12, junto con la caja de proyectiles.

Aquel día, 11 de mayo, Rebecca no se sintió con ánimos para ir a clase y estuvo vagabundeando por el terraplén del ferrocarril, para pasear luego por el canal de sirga. Un olor acre llegaba desde el vertedero, y lo evitó cruzando el canal en el puente de Drumm Road. Allí, debajo del puente, se encontraba uno de los escondites de Rebecca.

Los aborrezco a los dos, a los dos. Ojalá estuvieran muertos.
Los dos. Y después...

Pero ¿qué podía hacer ella? ¿Escaparse como sus hermanos? ¿Ir adónde?

Pensamientos como aquéllos se le venían a la cabeza, rebeldes y emocionantes, debajo del puente de Drumm Road, donde se acuclillaba entre piedras y rocas, viejas cañerías oxidadas, trozos de hormigón, varillas de metal que sobresalían del agua poco profunda cercana a la orilla. Eran desechos de la construcción del puente, veinte años antes.

Rebecca tenía ya trece años. Su aniversario había pasado inadvertido en la casa de piedra del cementerio, como sucedía con tantas otras cosas.

A Rebecca le gustaba tener trece años. Pero quería ser mayor, tan mayor como sus hermanos. Le impacientaba seguir siendo una niña, atrapada en aquella casa. No había empezado aún a sangrar, a tener periodos —la regla— como les pasaba a Katy y a otras chicas todos los meses. Sabía que iba a sucederle pronto y lo que más le asustaba era tener que contárselo a su madre. Porque su madre tendría que saberlo, y se sentiría profundamente avergonzada e incluso la miraría con rencor por tener que saberlo.

Rebecca se había ido apartando de Anna Schwart desde la desaparición de Herschel. Creía que su madre ya no oía nunca música en la radio, porque su padre afirmaba que la radio estaba estropeada. Hacía tanto tiempo que Rebecca no la escuchaba con su madre que había llegado a preguntarse si era verdad que lo había hecho alguna vez.

Música para piano. Beethoven. Pero ¿cuál había sido el nombre de la sonata...? ¿Algo así como «Passionata»?

Tenía que volver a casa, y pronto. El mediodía quedaba ya lejos y su madre la estaría esperando. Siempre había tareas domésticas pendientes, pero sobre todo Anna Schwart quería a su hija en casa. No para hablar con ella y desde luego no para tocarla, apenas incluso para mirarla. Pero sí para saber que Rebecca estaba en casa y a salvo.

¡En la parte inferior del puente de tablas había rostros cautivadores! Rostros fantasmales reflejados hacia lo alto desde el agua rizada. Rebecca miraba aquellas caras que eran con frecuencia las de Freyda, Elzbieta, Joel, sus primos perdidos. Y más recientemente, las de Herschel y Gus. Las contemplaba con ojos soñadores y se preguntaba si ellos la veían.

Sabía por qué habían desaparecido sus hermanos, pero nunca el motivo de que sus primos y sus tíos hubieran sido devueltos al viejo mundo. Para morir allí, había dicho su padre. Como animales.

¿Por qué? Pregúntale a Dios el porqué.

¡Pregúntale el porqué a ese hipócrita de Roosevelt!

Rebecca se acordó de sus muñecas Maggie y Minnie. Una de ellas había sido de Freyda. El recuerdo era tan intenso, Maggie en brazos de Freyda, que Rebecca casi creía que tuvo que suceder de verdad.

Tanto Maggie como Minnie habían desaparecido mucho tiempo atrás. Lo más probable era que su madre se hubiera deshecho de ellas. Anna Schwart tenía una manera muy suya de deshacerse de las cosas cuando *les llegaba el momento*. No sentía mayor necesidad de explicarse, ni Rebecca hubiera querido preguntárselo.

Minnie, la triste muñeca calva de goma, había sido la muñeca de Rebecca. Estaba tan deteriorada que no se la podía estropear más, lo que suponía un consuelo. Pelona como un bebé marchito. Un bebé cadáver. (En el cementerio se enterraba a bebés. Por supuesto Rebecca no había visto a ninguno de los niños, pero sabía de la existencia de ataúdes del tamaño de niños, en sepulcros con tamaño de niños. Muchas veces aquellos muertos no tenían otro nombre que Bebé.) Rebecca se estremeció al pensar que había sido tan infantil como para jugar con muñecas. La hermana retrasada de Katy, una niña mofletuda con ojos de mirada vidriosa, estaba siempre abrazada a una vieja muñeca calva de una manera que resultaba patética y repulsiva. Con un encogimiento de hombros, Katy había comentado: «Cree que es de verdad».

Con la excepción de los rostros fantasmales, la parte inferior del puente de Drumm Road era fea. Había vigas oxidadas, grandes tornillos y enormes telas de araña. Lo que sucede con la parte inferior de las cosas, como esqueletos que no se supone que se vayan a ver.

En los días en los que brillaba el sol, como aquél, las sombras de debajo del puente eran afiladas y cortantes.

A menudo se decía que el canal para barcazas del lago Erie era más profundo de lo que parecía. En ocasiones, con el calor del verano, daba la impresión de que se podría caminar por su superficie, tan opaca como plomo.

Mi chica buena, eres todo lo que tengo, he de confiar en ti.

Por lo tanto, ¿cómo podía Rebecca escaparse de casa? No podía.

Ahora que Herschel y Gus habían desaparecido, era el único retoño que le quedaba a Anna Schwart.

Siendo chica, no debes ir sola por ahí. No querrás que te suceda nada.

Maldita sea, yo sí. Yo sí quiero que me suceda algo. Claro que sí.

¡Cómo la miraría Anna, asombrada y herida!

El camión de plataforma de un agricultor se acercaba al puente. Rebecca se cubrió la cabeza con los brazos, poniéndose rígida. Enseguida llegó un traqueteo ensordecedor, y el puente se estremeció y vibró a menos de tres metros por encima de su cabeza. Partículas de polvo y arena le cayeron encima.

Mientras regresaba a casa, en Quarry Road, oyó disparos.

Cazadores. Con frecuencia había cazadores en los pinares de árboles chaparros a lo largo de Quarry Road.

Rebecca no lo sabría nunca. Pero se lo imaginaría.

Cómo dos hermanos, Elroy y Willis Simcoe, con su tía de sesenta y seis años, habían acudido al cementerio del municipio de Milburn en la tarde del 11 de mayo de 1949. Iban a visitar la tumba de sus padres, que tenía una hermosa lápida maciza de granito en la que estaban talladas las palabras VENGA A NOSOTROS TU REINO Y HÁGASE TU VOLUNTAD. Elroy Simcoe era agente de seguros en Milburn y miembro desde mucho tiempo atrás del consejo municipal. Había vivido en Milburn toda su vida, mientras que Willis se había trasladado a Strykersville, una población más pequeña a unos sesenta kilómetros al oeste. Los hermanos Simcoe eran bien conocidos en la zona. Personas de mediana edad, de barriga pronunciada, que vestían con atildamiento. Llevaban chaquetas deportivas y camisas blancas de algodón con el cuello abierto. Elroy se había trasladado al cementerio con su hermano y su tía en un Oldsmobile nuevo de color gris de silueta muy cuadrada. Tan pronto como atravesaron la puerta del cementerio empezaron a advertir que el recinto no estaba tan bien cuidado como sería de desear. Encontraron un gran número de dientes de león en flor, y altos cardos alrededor de los sepulcros. A través de un césped demasiado alto se había cortado una banda con lo que parecía descuido o desprecio de borracho y, lo más chocante para los ojos del visitante, vieron montones de tierra apilados junto a las tumbas más recientes, con aspecto de desechos que deberían haberse sacado ya del cementerio.

Una rama de árbol yacía, cruzada en diagonal, sobre la avenida de grava. De muy mal humor, Willis Simcoe se apeó de un salto del Oldsmobile para arrastrar la rama a un lado.

Mientras Elroy seguía conduciendo, los dos hermanos repararon en el encargado del cementerio que trabajaba con una guadaña, aunque no con mucho brío, a unos quince metros de la avenida de grava. Elroy no redujo la velocidad del automóvil, ni hubo intercambio de palabras en aquel momento. El trabajador, de quien Elroy Simcoe sabía que se llamaba «Schwart», y que estaba de espaldas a ellos, ni siquiera alzó la vista mientras los visitantes lo dejaban atrás.

Por supuesto era consciente de su presencia. Jacob Schwart era muy consciente. Extraordinariamente consciente de todos los visitantes que acudían al cementerio.

En la tumba de sus padres, los hermanos Simcoe y su anciana tía encontraron, consternados, malas hierbas sin cortar y dientes de león. Tiestos con jacintos y geranios que habían sido colocados con todo cariño alrededor del sepulcro el domingo de Pascua, no mucho tiempo atrás, estaban tumbados, rotos y secos.

Elroy Simcoe, hombre de poca paciencia, ahuecó las manos delante de la boca para llamar al encargado: «¡Usted, Schwart!». Elroy se proponía *darle una buena reprimenda,* como atestiguaría más adelante. Pero el encargado, siempre de espaldas, ni siquiera se volvió para mirar. Elroy llamó de nuevo, con voz más alta: «¡Señor Schwart, estoy hablando con usted, tenga la amabilidad!». Su sarcasmo no pareció inmutar al encargado, que continuó haciendo caso omiso del visitante.

Aunque es cierto que dejó, por última vez, la guadaña sobre la hierba. Luego procedió a alejarse sin prisa y sin mirar atrás. Con su cojera característica, se dirigió hacia un cobertizo utilizado como almacén y situado junto a la casa de piedra donde vivía. Desapareció en su interior para reaparecer poco después, siempre renqueando, pero claramente en dirección a los Simcoe, aunque ahora —¡tan inesperadamente!— empujando una carretilla con una tira de lona arrojada sobre su contenido, bump, bump, bump, ¡a través de la hierba! *Sabiendo que tenía que hacerlo. Sus enemigos habían iniciado el ataque, no ya de manera subrepticia sino abiertamente.* Mientras Jacob Schwart se acercaba a los hermanos Simcoe, que se quedaron viendo cómo empujaba la carretilla, al parecer en dirección suya, examinando, con expresión de desconcierto e irritación, al peculiar hombrecillo con aspecto de gnomo, es posible que se produjera un agrio intercambio de frases. Elroy Simcoe, el hermano superviviente, y su anciana tía testificarían más adelante que Jacob Schwart fue el primero en hablar, el rostro desencajado por la rabia: «¡Asesinos nazis! ¡Se acabó!». Llegados a aquel punto los dos hermanos Simcoe le respondieron a gritos, al ver que su interlocutor estaba loco; y, de repente, sin previo aviso, cuando Schwart había empujado la carretilla hasta unos cuatro metros de Willis Simcoe, retiró la lona, alzó una escopeta que parecía enorme en sus manos diminutas, apuntó a Willis y prácticamente en aquel mismo momento apretó el gatillo.

La víctima moriría de una herida abierta en el tronco. Su antebrazo derecho, alzado en un inútil intento de protegerse, volaría por los aires, huesos blancos asomando entre la carne destrozada.

Ahora se dan cuenta, ¿eh? ¡Ahora! Ya se ha terminado el
pogromo.

Rebecca llamó «¿Mamá? Mamá...», con voz infantil y suplicante.

De algún modo había entrado en la casa de piedra, aunque sabía que quizá no debiera hacerlo, que corría peligro. Una mujer, una desconocida, la había llamado, advirtiéndole. Rebecca no había escuchado, ni tampoco había visto con claridad al hombre herido, tumbado en el suelo, en el cementerio.

¡No lo había visto! Afirmaría después no haberlo visto.

Lo que recordaba era la ropa que ondeaba en el tendedero.

Con retraso se dio cuenta de que su madre estaría muy enfadada con ella. Porque Rebecca tendría que haber ayudado con la colada como hacía siempre.

Sin embargo: *No puede suceder, hoy es el día de la colada.*

En la cocina algo le impidió el paso, y era una mala señal: una silla derribada. Rebecca se tropezó con ella como si estuviera ciega, y tuvo un estremecimiento de dolor.

—¿Mamá?

Llamaba a su madre, pero la voz le salió tan débil que Anna Schwart no la habría oído aunque hubiese estado en condiciones de hacerlo.

Luego llamó a su padre —«¿Papá? ¿Papá?»— con el siguiente razonamiento, incluso en aquel momento de terror: *Querrá que no prescinda de él, que lo respete.*

Estaba en la cocina de la vieja casa de piedra, y oía un ruido de forcejeo en una de las habitaciones de atrás. ¿El dormitorio de sus padres?

Rebecca jadeaba, toda ella cubierta por una película de sudor frío. Su corazón latía de manera errática, como un pájaro herido que agita las alas. Todo lo que sabía lo estaba olvidando. ¿Colada? ¿Día de hacer la colada? Se estaba olvidando. Ya se había olvidado de la mujer desconocida que gritaba *¡No entres! ¡Deténganla!* Había olvidado los disparos; tampoco habría podido decir cuántos había oído. De manera que no habría pensado *Ha vuelto a cargar la escopeta. Está preparado.*

Porque se trata de una distinción importante en cuestiones de ese tipo: si una persona actúa de manera impulsiva o con premeditación.

Los oyó entonces. Las tablas del suelo vibraban con el forcejeo. La voz de su padre agitada e impaciente y la de su madre, breves gritos entrecortados, el sonido que más adelante Rebecca comprendería que era el de Anna Schwart suplicando a su marido que no la matara, y haciéndolo con unos tonos que Rebecca no le había oído nunca utilizar. Su rolliza indiferencia, su tozuda compostura habían desaparecido, se habían esfumado como si no hubieran existido nunca; su aire de calma estoica, todo lo que, al parecer, le permitía acoger con gusto la humillación, el dolor, incluso la pena más honda, había desaparecido. Sólo quedaba una mujer que suplicaba que no la mataran, y allí estaba Jacob Schwart interrumpiéndola para decir, como si se regodeara: «¡Anna! ¡No! Están viniendo ya, Anna. Ha llegado el momento».

Desde que Rebecca había echado a correr en dirección a su casa, abandonando Quarry Road, empezó a sentir un débil rugido en los oídos. Un sonido como de agua corriendo por la esclusa de doce metros en el canal de Milburn. Que ahora se transformó en un ruido ensordecedor, en una explosión tan cercana que Rebecca pensaría, presa del pánico, que era ella la víctima.

Estaba en el pasillo delante del dormitorio, que tenía la puerta entornada. Podría haberse dado la vuelta y haber echado a correr. Podría haber escapado. No se comportó con el instinto de huida de un animal que sólo piensa en su supervivencia. En lugar de eso exclamó: «¡Mamá! ¡Por Dios, mamá!» una vez más y empujó la puerta para entrar en la habitación, en aquel dormitorio casi sin luz de la parte trasera de la casa en el que Anna y Jacob Schwart habían compartido cama durante más de una década y en el que sus hijos raras veces se aventuraban. Casi chocó con su padre, que jadeaba y gemía, y que podría haber estado hablando consigo mismo, su padre que empuñaba la escopeta pesada y poco manejable con las dos manos, los cañones apuntando hacia el techo. Allí dentro había un fuerte olor a pólvora quemada. A la pálida luz de la mugrienta ventana, el rostro de Jacob Schwart era de un intenso color de tomate hervido y sus ojos brillaban como una luz de queroseno. Y estaba sonriendo.

—¿Que le perdone la vida, eh? No tengo elección...

En el suelo, junto a la cama, estaba tumbada una forma inmóvil que podría haber sido un cuerpo, pero Rebecca no veía la cabeza, donde había estado la cabeza, aunque era posible que hubiera una cabeza, o parte de una cabeza, sí, pero escondida en la oscuridad más allá del pie de la cama; aunque la oscuridad brillaba, la oscuridad estaba húmeda, y se extendía como pintura derramada. Rebecca no era capaz de pensar y sin embargo la idea le vino con suavidad y caprichosamente, arrastrada por el aire como un vilano *Casi ha terminado, enseguida se detendrá. La ropa tendida la puedo recoger yo.*

Jacob Schwart, su padre, le estaba hablando. Tenía la cara y la ropa de trabajo salpicadas por el líquido oscuro. Quizás había tratado de impedir que Rebecca viera lo que estaba tumbado en el suelo incluso mientras, acentuando su sonrisa, como un padre sonríe a un hijo recalcitrante para apartar su atención de algo que se debe hacer por el bien del mismo niño, trataba, en aquel espacio tan reducido, de cambiar la orientación de los cañones para dirigir el arma contra ella. Sin embargo su padre no parecía querer tocarla, zarandearla. Hacía muchísimo tiempo que Jacob no había tocado a su hija. Lo que hizo ahora fue retroceder. Pero el borde de la cama le impidió alejarse mucho. Estaba diciendo: «*Tú...*, tú has nacido aquí. No te harán daño». Había cambiado de idea sobre ella, por tanto. Estaba dirigiendo los cañones hacia su propia cabeza, torpemente hacia la mandíbula, proyectada hacia adelante como la de una tortuga. Porque quedaba un segundo proyectil por disparar. Jacob Schwart sudaba y jadeaba como si hubiera corrido cuesta arriba. Apretó con fuerza los dientes manchados de tabaco. La última mirada que dirigió a su hija fue de indignación, de reproche, mientras tanteaba para apretar el gatillo.

—Papá, no...

De nuevo la detonación fue ensordecedora. Los cristales de la ventana detrás del sepulturero saltaron hechos pedazos. En aquel instante padre e hija fueron uno, borrados por completo.

26

Cada uno de nosotros es una llama viva, y Jesucristo quien la enciende. ¡No lo olvides, Rebecca!

Aquellas palabras de Rose Lutter resonaban en sus oídos. Rebecca aún seguía tratando de creer.

Tenía trece años, era una menor. Estaría bajo tutela judicial hasta los dieciocho, si bien se esperaba que dejara la educación pública a los dieciséis y empezase a trabajar a tiempo completo para mantenerse, como en el pasado habían hecho otros huérfanos indigentes.

Porque carecía de familiares. No tenía a nadie que se pudiera hacer cargo de ella. (Uno de sus hermanos había cumplido los veintiuno, pero era un notorio prófugo de la justicia.) Aparte de unos cuantos objetos sin valor retirados a toda prisa de la vieja casa de piedra en el cementerio, Rebecca carecía de herencia, no poseía ni un céntimo. Jacob Schwart había cerrado su cartilla de ahorros en el First Bank de Chautauqua y lo que había hecho con el dinero, a excepción de comprar un arma de fuego y los correspondientes cartuchos, no se sabía. Las palabras *pobre, indigente* se utilizaron para calificar a Rebecca durante la vista en el tribunal de familia del juzgado de Chautauqua County.

¡Qué hacer con la hija del sepulturero!

Se propuso que se la enviara a un hogar para «huérfanos indigentes» en Port Oriskany, una institución asociada a la Iglesia Metodista Unida. También se propuso alojarla con los Cadwaller, una familia de la localidad con la que vivían otros dos menores bajo tutela judicial junto con el desaseado conjunto de los cinco retoños del matrimonio: los Cadwaller eran propietarios de una granja de cerdos de cinco hectáreas, y todos los niños trabajaban. Otra propuesta fue alojarla con una pareja sin hijos de sesenta años propietarios de varios dóbermans. También se propuso que fuese a vivir con la señora de Heinrich Schmidt, que llevaba una casa de huéspedes en South Main Street, en la que vivían sobre todo hombres solos, de edades comprendidas entre los veinte y los setenta y siete años; algunos de ellos ex combatientes de la Segunda Guerra Mundial y que en su mayor parte sobrevivían gracias a la beneficencia local.

¡El obeso hombre reptil! En su situación de cierta irrealidad Rebecca creía recordar que se alojaba en la pensión de la señora Schmidt. La esperaba allí, con su maliciosa sonrisa húmeda.

—¡Bienvenida, chiquilla!

27

Y sin embargo:

—Jesús lo ha arreglado de este otro modo, Rebecca. Hemos de creerlo así. «Yo he venido como luz al mundo, para que todo el que cree en mí no permanezca en tinieblas.» Vendrás a vivir conmigo, Rebecca. Ya lo he arreglado con las autoridades. Juntas rezaremos para descubrir el significado de este terrible acontecimiento que ha trastornado tu vida.

Porque, durante dos años y medio, Rebecca vivió —bajo la tutela de la autoridad judicial— no con la señora Schmidt, sino con la señorita Rose Lutter, su antigua profesora.

A Rebecca le pareció que su profesora había surgido de la nada. Con el tiempo, sin embargo, llegó a tener el convencimiento de que llevaba años esperándola.

Rose Lutter fue la única vecina de Milburn que se ofreció a pagar no sólo gran parte del mantenimiento de Rebecca Schwart (el término *mantenimiento* se utilizaba con frecuencia) sino también una sepultura —en el mismo cementerio del que había sido encargado— para el fallecido y deshonrado Jacob Schwart y para su esposa Anna. De no ser por la generosidad de Rose Lutter, las autoridades locales se habrían encargado de dar sepultura a los restos mortales de los Schwart en una zona del cementerio reservada para indigentes en donde no se marcaban las tumbas y de la que nadie se ocupaba.

Fosas de pobres se las llamaba. Ni lápidas, ni señales de ningún tipo.

Pero la señorita Lutter no quería que se hiciera una cosa así. La señorita Lutter era cristiana, una persona compasiva. Aunque se había retirado pronto de la enseñanza pública por razones de salud y vivía ahora con una modesta pensión complementada con una anualidad familiar, se encargó de que se enterrase a Jacob y a Anna Schwart con un mínimo de dignidad y de que a la cabecera del sepulcro se colocara en la tierra una pequeña placa de aluminio. Dado que Rebecca no había sido capaz de proporcionar información sobre sus padres, ni siquiera, por poner un ejemplo, sus fechas de nacimiento, y dado que nadie en Milburn tenía muchos deseos de hurgar en el cúmulo de viejos documentos, amarillentos y apolillados, que Jacob Schwart había dejado en cajas en la casa de piedra, todo lo que recogía la placa era:

SCHWARD Anna y Jacob, 11-IV-49

Rebecca advirtió los errores. El apellido mal deletreado, la fecha de la muerte, equivocada. No dijo nada, por supuesto. Porque ¿a quién le importaba que un inmigrante sepulturero hubiera matado a su esposa, de salud precaria, con un solo disparo de escopeta y luego se hubiera quitado la vida con un segundo disparo un día de entresemana de abril o de mayo?

¿A quién podía interesarle que alguien llamado Schwart o Schward hubiera vivido o muerto y menos aún cuándo?

De manera que en el juzgado de Chautauqua County, cuando la señorita Rose Lutter apareció ante una reunión de desconocidos, todos ellos hombres, y alzó las manos de Rebecca en un gesto triunfal y pronunció palabras tan altisonantes como *destino extraordinario* y *elegida por Dios,* Rebecca no protestó.

Jesús, creeré. Jesús, ayúdame a creer en Ti.
La observaba, Rebecca lo sabía. A veces lo veía con el rabillo del ojo. Pero cuando volvía la cabeza, por despacio que lo hiciera, retrocedía. Vagamente recordaba que se había burlado de ella, en una ocasión, ¿no era cierto? Fingiría no recordarlo.

Llegó a saberlo con el tiempo: el hombre contra quien su padre disparó en el cementerio se llamaba Simcoe, tenía cincuenta y un años, y era un antiguo residente de Milburn. Dado que era un perfecto desconocido para Jacob Schwart, su muerte a manos del sepulturero se había producido «sin que mediara provocación alguna». Murió en la ambulancia, de camino al hospital de Chautauqua Falls, a consecuencia de las terribles heridas en el pecho. El antebrazo izquierdo, alzado en un gesto inútil para protegerse contra una descarga de perdigones a poca distancia, había quedado destrozado, y mostraba incluso un hueso astillado.

Aquella muerte era la atrocidad, la injusticia. Aquella muerte era el crimen.

La de los Schwart tenía menos importancia, por supuesto. Tenía su lógica. La muerte por arma de fuego de Anna Schwart, también a poca distancia. Grandes heridas en la cabeza. El suicidio de Jacob Schwart por el mismo sistema. Algunos desconocidos preguntaban a su hija qué les podía contar sobre lo sucedido. Rebecca respondía tan despacio y a veces de manera tan confusa, su voz perdiéndose con frecuencia en un silencio desconcertado, que algunos observadores la creían mentalmente retrasada o de alguna manera «dañada», quizá como otras personas de la familia, la esposa Anna por ejemplo, y al menos uno de los hijos varones, o ambos.

Y luego estaba el padre, el loco.

Cómo había abandonado aquel día la casa de piedra, adónde la habían llevado y quién lo había hecho, Rebecca no lo recordaba con claridad. Ni cuál era la sustancia pegajosa que se le coagulaba en el pelo, y que acabó por cortarle una enfermera con el ceño fruncido, a quien le temblaban las tijeras en las manos.

—¡Chica! Procura no *moverte*.

Durmió, sin embargo, en una cama desconocida, en días sucesivos, durante doce, a veces catorce horas, incluso con la luz del sol sobre el rostro convertido en máscara. Durmió con las extremidades entrelazadas, como serpientes en invierno en una madriguera. La boca entreabierta. Los pies descalzos, los dedos helados, que se estremecían y agitaban para que Rebecca no cayera al abismo. Dentro de su cabeza vacía, el agua se precipitaba sobre la gigantesca esclusa de tres metros en una corriente incesante. *¡Me-*

nuda suerte estar viva! ¡No olvides nunca la suerte que tuviste cuando no te volé la cabeza!, ¡eres uno de ellos! Nacida aquí, por eso no podía permitir tenerte a mi espalda, ¿verdad que estaba en lo cierto?

Sin recuerdos de cómo había salido de la casa de piedra. Quizá corriendo, desesperada y dando gritos. Quizás aterrada, como un animal herido, y dejando un rastro de sangre, algo suave y líquido en el pelo, en la cara y en los brazos. Quizá se había desmayado y alguien la había levantado. ¿La tumbaron en una camilla? ¿Pensaron que también habían disparado contra ella, que estaba herida? Una chica moribunda, con aspecto de unos trece años.

En la sorprendente intimidad de la cocina de la señorita Lutter. Donde sobre un estante con varios tiestos de violetas africanas en plena floración, en un marco oval de buen gusto, una bella imagen de un Jesucristo de piel aceitunada y barba oscura alzaba la mano en una bendición intrascendente como, en el teatro Capitol y en el anuncio de una película, Cary Grant, Henry Fonda o James Stewart podían alzar la mano en un sonriente saludo reconfortante.

Tenía delante dos tostadas de pan de pasas, untadas con miel.

—Rebecca, come. *Tienes* que comer.

Jesús, creeré. Jesús, ayúdame a creer en Ti.

Pertenencias personales, las llamaban. Se las habían traído de la vieja casa de piedra en el cementerio.

La ropa de Rebecca, sus zapatos y sus botas. Unos objetos tan gastados que Rebecca se avergonzó de verlos aparecer, extraídos de unas cajas de cartón, en la cuidada casa de la señorita Lutter. Y allí estaba el diccionario que ganara como campeona de ortografía de 1946, ahora abarquillado por la humedad de la vieja casa de piedra y con olor a moho. Parte de la ropa de Anna se había mezclado con la de Rebecca, una arrugada blusa blanca de algodón, con ojetes, demasiado grande para Rebecca, batas de forma rectangular para estar por casa, medias de algodón enroscadas como serpientes, guantes negros de ante que Rebecca ignoraba que su madre hubiera poseído, un camisón de franela lavado infinitas veces, tan grande e informe como una tienda de campaña... Al ver la mirada de horror en el rostro de Rebecca, la señorita Lutter dobló rápidamente las cosas de Anna Schwart y las colocó de nuevo en la caja.

También hubo una sorpresa: la radio Motorola que llevaba años muda en la sala de estar, la posesión más preciada de Jacob Schwart. Dentro de la estropeada caja de cartón que se utilizó para trasladarla a casa de la señorita Lutter parecía igualmente gastada, venida a menos, como algo sacado del vertedero. Rebecca se la quedó mirando, incapaz de hablar. Como atontada pasó los dedos por el mueble de madera: trató de encenderla, aunque por supuesto la radio no estaba enchufada y ¿no les había dicho su padre con amarga satisfacción que las lámparas se habían fundido...?

Cortésmente la señorita Lutter le dijo al transportista que, por favor, se la llevara:

—Tengo mi propia radio, muchas gracias.

La señorita Lutter entregó la mayoría de las *pertenencias personales* a la tienda Good Will de Milburn. De manera que todo el tiempo que Rebecca vivió en Milburn, e incluso después de marcharse a vivir en otros sitios con Niles Tignor, de manera instintiva rehuía mirar los escaparates de tiendas de segunda mano como Good Will o El Ejército de Salvación por miedo a ver expuestos los despojos de su familia; ropa vieja y fea, mobiliario maltrecho, la patética radio Motorola en su gastado mueble de madera contrachapada.

En el otoño de 1949 se derribó la vieja casa de piedra del cementerio.

Nadie había vivido allí desde los asesinatos y el suicidio. Nadie había intentado siquiera limpiarla. La municipalidad votó que se reemplazara por otro edificio en el que pudiera vivir con su familia el nuevo encargado del cementerio.

Para entonces Rebecca llevaba casi cinco meses en la cuidada casa de ladrillos de color beis de Rose Lutter en el 114 de

Rush Street, en un barrio residencial de similares hogares de ladrillo y tejados de ripias. A una manzana de distancia estaba la Primera Iglesia Presbiteriana a la que la señorita Lutter consagraba todo su entusiasmo. Su casa tenía un pequeño espacio delante de la puerta principal en el que, en las temporadas propicias, la señorita Lutter colocaba tiestos de geranios, crisantemos y hortensias. Dentro, aquella vivienda no era en realidad mucho más grande que la casa de piedra del cementerio y, sin embargo, ¡qué distinta!

Lo más sorprendente era que en el hogar de la señorita Lutter no había *olores* fuertes. Ni a queroseno, ni a humo de leña, ni a comida pasada y rancia, ni a tierra húmeda debajo de las tablas del suelo. Ni los olores característicos de los cuerpos humanos en espacios demasiado reducidos.

Tan sólo, en la casa de Rose Lutter, de manera más perceptible los viernes, se apreciaba el olor a cera para muebles. Y, por debajo, la débil y dulce fragancia de lo que la señorita Lutter llamaba su popurrí.

El popurrí era una mezcla de flores silvestres, hierbas aromáticas y especias preparada por la misma señorita Lutter y a la que se dejaba secar. El popurrí se distribuía en cuencos por toda la casa, incluido el cuarto de baño, donde se colocaba encima de la cisterna del reluciente inodoro de porcelana blanca.

La madre de la señorita Lutter, ya fallecida, siempre había tenido popurrí en su casa. Al igual que la abuela de la señorita Lutter, desaparecida hacía ya muchos años.

Rebecca no había oído nunca hablar de popurrí ni había olido nunca nada parecido. A veces le hacía sentirse casi mareada. Cuando entraba en la casa y la fragancia la asaltaba. O cuando se despertaba por la mañana y la estaba esperando.

Lo que le hacía parpadear sin saber dónde estaba, qué significaba aquello.

Otro motivo de asombro era la *limpieza* de las paredes de la casa de la señorita Lutter. Algunas estaban empapeladas con un estampado de flores, y otras pintadas de blanco. Todos los techos eran blancos. ¡Y había ventanas en todas las habitaciones! Incluso en el baño. Y cada una de las ventanas, incluida una diminuta sobre la puerta trasera, tenía visillos.

Por la mañana, cuando Rebecca abría los ojos en la habitación que se le había asignado, en la parte trasera y en la esquina izquierda de la casa de la señorita Lutter, lo primero que veía eran los visillos de organdí de color rosa pálido frente a su cama.

¡Cómo le habría gustado que Katy Greb fuese todavía amiga suya! Poder enseñarle aquella habitación, caray. Los visillos y el papel de las paredes de color botón de rosa, la suave y sedosa alfombra para los pies, y el armario que era casi un vestidor... No para presumir, sólo para enseñárselo. Porque a Katy le impresionaría. Y seguro que se lo contaría a Leora.

¡Menuda suerte la de Rebecca, mamá! Tendrías que ver su habitación...

Otra cosa notable eran las pocas telarañas que se veían en aquella casa. Y muy pocas moscas, incluso en verano. Nada de los mosquitos enloquecidos que se agazapan en las cocinas y en los escusados y hacen la vida imposible. Rebecca ayudaba a la señorita Lutter a mantener limpias las habitaciones, y era muy poco frecuente que descubriera bolas de pelusa debajo de los muebles o una capa de suciedad en cualquier superficie. ¡De manera que así era como se vivía en Milburn en casas de verdad! El mundo de *aquellos otros* que los Schwart nunca llegaron a conocer.

Había una manera de proceder en la vida, comprendió Rebecca. No tenía por qué ser todo al azar e improvisado a medida que se avanzaba.

De la misma manera que la señorita Lutter había sido una profesora concienzuda en la escuela elemental, también era un ama de casa detallista. Además de un cepillo mecánico para las alfombras disponía de una aspiradora de General Electric. Un pesado aparato recto con un motor rugiente y una bolsa que se hinchaba, como un globo, de polvo y arena y con ruedas para trasladarlo por las distintas habitaciones. De todas las tareas domésticas, Rebecca prefería la aspiradora. El rugido del motor le llenaba la cabeza y expulsaba todos sus pensamientos. El peso mismo del aparato, que le tiraba de los brazos y la dejaba sin aliento, era como forcejear con alguien fuerte y testarudo pero tratable, a fin de cuentas, por lo que se convertía en un aliado. Muy pronto a Rebecca se le confió pasar la aspiradora por todas las habitaciones de la casa de ladrillos beis en el número 114 de Rush Street.

Siempre hay una manera de escapar. Si sabes hacerte lo bastante pequeña, tan pequeña como un gusano.

Rebecca viviría con Rose Lutter durante dos años y medio, y durante dos años y medio esperaría a Jesús.

Había renunciado a soñar con que sus hermanos volvieran a buscarla. Ni Herschel ni Gus. Herschel seguía siendo un *prófugo de la justicia* y Gus había desaparecido, ni más ni menos. A Rebecca le parecía que tenían que saber lo sucedido, porque en su estado de aturdimiento creía que todo el mundo tenía que saberlo. Cuando salía de casa de la señorita Lutter para ir al instituto, cuando asistía con ella a los servicios religiosos de la Primera Iglesia Presbiteriana, todo el mundo que la veía estaba al tanto, como si la rodeara un halo de luz resplandeciente, como las aureolas que rodean a las figuras en los dibujos de la Biblia: Jesús calmando la tempestad, Jesús en la curación del leproso, Jesús mientras dirige la pesca milagrosa, pero también Daniel en la guarida de los leones, Salomón consagrando el templo de Jerusalén, Moisés y la serpiente de bronce, María visitada por el arcángel Gabriel. A algunas personas se las elegía como centros de atención, y no tenían esperanza alguna de ocultarse.

En la catequesis dominical, en el sótano de la Primera Iglesia Presbiteriana, Rebecca aprendió a dar palmadas mientras cantaba con otros niños, en su mayoría más jóvenes que ella:

> *Esta lucecita mía*
> *voy a dejar que brille;*
> *que brille por la montaña de Dios,*
> *¡la voy a DEJAR QUE BRILLE!*

Porque las noticias de los Evangelios eran buenas noticias, le dijeron a Rebecca. Eran todas acerca de Jesucristo y de su segunda venida y de Jesucristo entrando en tu corazón.

A veces Rebecca veía a la señora Deegan, la mujer del pastor, vigilándola por encima de las cabezas de los niños más pequeños. En momentos así Rebecca sonreía y cantaba más alto. Las manos le ardían agradablemente con las palmadas.

—¡Muy bien, Rebecca! ¡Qué buena voz tienes, Rebecca! ¿Sabes cómo se llama ese tipo de voz? *Contralto*.

Rebecca bajaba la cabeza, demasiado tímida para dar las gracias a la señora Deegan. Su voz era tan áspera como papel de lija y le dolía la garganta cuando cantaba, sobre todo le dolía si cantaba muy alto. Pero cantaba de todos modos.

Cantaba canciones infantiles para agradar a la esposa del pastor, que se peinaba con caracolillos sobre la frente y que le decía al reverendo Deegan lo buena chica que era Rebecca Schwart. A la señorita Lutter también se la informaba de su comportamiento. Que nadie se llame a engaño. Se vigilaba estrechamente a la hija del sepulturero, Rebecca lo sabía.

Lo sabía y lo aceptaba. Estaba bajo la tutela de la autoridad competente de Chautauqua, un típico caso de beneficencia.

—¡Rebecca! Ponte los guantes, cariño. Y date prisa.

La catequesis dominical empezaba con puntualidad a las nueve de la mañana y a las diez menos diez, también con la misma puntualidad, la señorita Lutter aparecía en la puerta del aula para llevar a Rebecca al servicio religioso en el piso de arriba. Si Rebecca se había dejado en casa los guantes blancos de algodón, la señorita Lutter los habría visto y se los habría traído.

Era evidente que asistir a los servicios religiosos constituía el centro de la tranquila semana de la señorita Lutter. Siempre llevaba deslumbrantes guantes blancos y uno de sus coquetos sombreritos con un velo; se ponía zapatos de tacón alto que le daban una inesperada, vertiginosa estatura, porque sin ellos no superaba el metro cincuenta. (A los trece años Rebecca era ya más alta que la señorita Lutter, y también pesaba más.) Cuando el tiempo era cálido, la señorita Lutter utilizaba estampados de flores, con faldas acampanadas y enaguas de crinolina, que hacían un ruido como de espuma cuando se movía. Le brillaban las mejillas a causa del placer o del colorete. Se pintaba con *rouge* los delgados labios. Su pelo, de color de gorrión, estaba tan densamente rizado como el de un niño.

—No debemos llegar tarde, cariño. ¡Vamos!

A veces, en su entusiasmo, la señorita Lutter cogía a Rebecca de la mano, para tirar de la muchachita tímida y desgarbada.

Era como el abrirse del Mar Rojo en la escena de la Biblia, pensaba Rebecca. Cuando la señorita Lutter avanzaba, dándose importancia, por el pasillo central de la iglesia hacia su banco cerca del presbiterio, remolcando a Rebecca.

—¡Hola!

—¡Hola!

—¡Buenos días!

—¡Hola!

Muchos rostros amistosos e interesados a los que la señorita Lutter tenía que responder de manera un tanto entrecortada. Tantos ojos que se deslizaban sobre ella hasta llegar a Rebecca.

La señorita Lutter había comprado a su pupila varios vestidos juveniles con falda acampanada que ya le apretaban demasiado en el pecho y en las axilas. También le había comprado cintas de seda para el pelo. Y en la «zapatería para toda la familia» de Thom McAn, unos preciosos zapatos de charol para llevar con calcetines blancos cortos. Además de guantes blancos, a juego con los de la señorita Lutter, aunque de la talla inmediatamente superior.

Con el tiempo, la señorita Lutter se vería obligada a comprarle a Rebecca varios vestidos más, junto con otros pares de zapatos y guantes. ¡Santo cielo cómo *crecía* aquella chica!

Y su pelo que era espeso, toscamente rizado, con tendencia a enredarse: la señorita Lutter insistía en que Rebecca se lo domeñara pasándose una y otra vez un cepillo metálico hasta que brillara, y a ella le dolían las muñecas de puro hastío. Como las crines de un caballo, suspiraba la señorita Lutter. Tocaba sin embargo el pelo de Rebecca con fascinada repugnancia.

—A veces pienso que eres en parte caballo, Rebecca. Un ruano sin domar.

Rebecca reía, incómoda. Nunca estaba segura de si la señorita Lutter bromeaba o hacía en serio aquellas observaciones tan insólitas.

Cuando el varonil reverendo Deegan se dirigía al púlpito para predicar su sermón, la señorita Lutter se sentaba muy erguida en el banco frente a él, escuchándolo absorta como si fuera la única persona en la iglesia. El pastor había sido capellán del ejército de los Estados Unidos, y había sobrevivido a la guerra en el Pacífico, algo que se mencionaba con frecuencia en sus sermones. Hablaba con una voz que se deslizaba y que se hundía, una voz educada como la de un cantante; fruncía el ceño, sonreía. Casi de manera audible, la señorita Lutter murmuraba «Sí, sí, sí. Amén, sí». Abría unos labios tan húmedos como los de un niño, parpadeaba repetidas veces. Rebecca se esforzaba mucho por oír lo que oía la señorita Lutter, porque quería creer con toda su alma, porque si no lo conseguía, Jesús no entraría en su corazón y sus palabras serían como ortigas arrojadas sobre la tierra, en lugar de simientes. Y su destino serían las piedras que los judíos recogieron para tirárselas a Jesús por su blasfemia.

¡Cuánto se esforzó Rebecca, semana tras semana! Pero seguía siendo como tratar —cuando era una niña pequeña— de alzarse hasta el tejado del cobertizo sin otra ayuda que los brazos, mientras sus hermanos, que la habían precedido gateando, se reían de ella.

Lo extraño era que, cuando estaba sola, no le resultaba tan difícil creer en Jesucristo. Casi sentía que Jesús la estaba mirando, con su sonrisa enigmática. Porque también Jesús se había reído de Rebecca en Quarry Road. Jesús sin embargo la perdonó. Y le salvó la vida, ¿por qué razón?

La señorita Lutter le había prometido que llegarían a descubrirlo, algún día.

La señorita Lutter la había llevado al lugar donde estaba la tumba de sus padres, tan sencilla y cubierta de malas hierbas. La señorita Lutter no había mencionado (por razones de tacto o porque no veía bien) los errores cometidos en el indicador. *Aunque no eran personas religiosas, según me han dicho, rezaremos por ellos.*

Pero aquí, en la iglesia, todo resultaba más difícil de creer. Pese a que Rebecca trataba de concentrarse. Cuanto mayor era el fervor con que el reverendo Deegan hablaba de Él, menos real parecía Jesús. En medio de aquella reunión de personas buenas y honradas. Entre los bancos bien encerados de maderas nobles, y voces robustas alzadas en cánticos. Polvos de talco de las mujeres, brillantina y loción para después del afeitado de los hombres.

La hora de abrir el libro de himnos. La sonrisa del reverendo Deegan brillaba húmedamente blanca.

—Hermanas y hermanos míos en Cristo, elevemos nuestro canto de alegría al Señor.

Se pusieron en pie. La señorita Lutter cantó con tanto fervor como los demás. Su cabeza alzada en esperanza, la boca como un piquito hambriento, trabajando. *Una gran fortaleza, una gran fortaleza es nuestro Señor.* La organista de cabellos flotantes, blancos como la nieve, atacó los compases más agudos. Bajo el vestido de rayón de la señorita Lutter la crinolina se agitó. Rebecca cantó, cerrando los ojos. Le encantaba el *crescendo* de la música, que se mezclaba con el rugido del agua sobre la gigantesca esclusa. Su corazón latía extrañamente, y Rebecca se emocionó. Ah, de repente había esperanza. Cerró los ojos con fuerza confiando en vislumbrar al remoto Jesús, con su vaporosa túnica blanca, flotando. No le gustaba pensar en la crucifixión, quería que Jesús fuese un ser remoto, como un ángel; como una hermosa nube que se deslizara por las alturas, llevada por el viento; porque las nubes más hermosas se formaban encima del lago, y el viento las dispersaba en todas direcciones; y nadie, a excepción de Rebecca Schwart, lo veía. Se lo explicaría a la señorita Lutter: porque Rebecca quería a la señorita Lutter y le estaba agradecida por haberle salvado la vida, por haberla recogido, bajo la tutela de la autoridad local, un típico caso de beneficencia, casi no era capaz de mirar a la señorita Lutter a los ojos, casi era incapaz de hablar sin tartamudear. Amaba a un Jesús remoto que había ascendido al Padre, pero, como si fuera una niña caprichosa, le desagradaba más y más que también fuese un cuerpo muerto en una cruz y que, como cualquier otro cadáver que goteaba sangre, empezara muy pronto a descomponerse y a oler. Jesús no necesitaba resucitar si no había muerto y no necesitaría haber muerto si en lugar de someterse a sus enemigos hubiera escapado. O mejor aún, ¿por qué no había acabado con sus enemigos? ¿No era Jesús el Hijo de Dios, no poseía el poder de la vida y de la muerte?

Las palabras son sandeces, mentiras. Toda palabra que alguna vez se haya pronunciado ha sido utilizada como mentira.

Habían terminado los himnos. Los fieles procedieron a sentarse. Rebecca abrió los ojos y Jesús había desaparecido. Ridículo pensar que Jesús fuese a estar allí, convocado por el reverendo Deegan de la Primera Iglesia Presbiteriana de Milburn, Nueva York.

Rebecca trató de evitar un bostezo. Uno de aquellos poderosos bostezos descoyuntadores de mandíbulas que le hacían derramar lágrimas a su pesar. La señorita Lutter lo notaría y se apenaría (porque la señorita Lutter se apenaba con facilidad) y después la reprendería a su manera elíptica y nasal.

Ahora Rebecca estaba inquieta, irritable. Cada domingo que pasaba era peor.

De manera que se esforzaba por no moverse. Trataba de ser buena. ¡Pero era tan estúpido! Necedades, todo ello. Pero se decía a sí misma lo agradecida que estaba. Agradecida a la señorita Lutter. Agradecida por estar viva. Menuda suerte. ¡Claro que lo sabía! Podía pensarse que era retrasada mental, pero en realidad era una chica inteligente con ojos en la nuca, de manera que sabía exactamente cómo la veía Milburn, y cómo hablaba de ella. Sabía que Rose Lutter era admirada y en algunos sectores vista con resentimiento. La maestra jubilada que había recogido a la hija del sepulturero, la huérfana. Le picaban las axilas y también los tobillos debajo de los diminutos calcetines blancos que tan poco le gustaban. Se frotó un tobillo con otro, debajo del banco. Duro. De no ser por el sitio en el que estaba y quién pudiera estar mirando, se hubiera rascado en la mata de vello hirsuto entre las piernas con violencia suficiente para hacerse sangre.

28

No esperaría a cumplir los dieciséis años para dejar el instituto.

La expulsarían en noviembre de 1951, y ya no regresaría.

A Rose Lutter se le rompería el corazón, pero era algo que no tenía remedio.

Porque aquel día Rebecca llegó al límite. Que se fueran todos a la mierda: ya había soportado más que suficiente. Hacía mucho tiempo que la hostigaban. Lo sabían sus profesores y lo sabía el director, pero nadie intervenía. En el pasillo del décimo grado, al llegar a las escaleras, la chica Meunzer de más edad le dio un empujón a Rebecca por detrás y, en lugar de comportarse como si no lo hubiera notado, en lugar de ofrecer la otra mejilla como le aconsejaba la señorita Lutter, Rebecca se volvió y le tiró los libros a la agresora y empezó a pegarle, golpeándola con los puños como podría hacerlo un chico, no por encima de la cabeza, sino desde el hombro y por debajo. Un segundo agresor se lanzó contra ella, un chico. Y otros más se unieron contra Rebecca. Con maldiciones, arañazos, golpes. Un estremecimiento como de fuego arrasador se extendió por el pasillo cuando lograron tirar a Rebecca al suelo y procedieron a patearla una y otra vez.

La aborrecían porque era la hermana de Herschel Schwart, y Herschel había desfigurado el rostro de Jeb Meunzer. La detestaban porque era la hija del sepulturero que había matado a Willis Simcoe, una persona bien conocida en Milburn, y luego había evitado el castigo suicidándose, por lo que no moriría en la silla eléctrica. Hacía tiempo que les molestaba Rebecca, el hecho de su permanencia entre ellos. Que no estuviera dispuesta a humillarse. Que su actitud fuese a menudo orgullosa, distante. Tanto con sus compañeros como con sus profesores, que se sentían incómodos con ella, y la colocaban con otros inadaptados y alborotadores al fondo de sus aulas.

Todos los participantes en la pelea fueron expulsados del instituto y el director les ordenó que abandonaran el establecimiento docente al instante. No supuso la menor diferencia que Rebecca hubiera sido la agredida: el director no estaba dispuesto a permitir peleas en su centro. Existía una posibilidad de recurrir la decisión del director al comienzo del nuevo año. Pero Rebecca se negó a hacerlo.

Había sido expulsada y no regresaría.

A la señorita Lutter la anonadó la noticia, la deshizo. Rebecca no la había visto nunca tan consternada.

—¡No lo puedes decir en serio! Estás disgustada. Hablaré con el director; tienes que acabar la enseñanza secundaria. Es a ti a quien atacaron, sólo te estabas defendiendo. Se trata de una terrible injusticia que debe repararse... —la señorita Lutter se apretó el pecho con una mano trémula, como si su corazón latiera de manera irregular. En aquel momento Rebecca se ablandó y estuvo a punto de ceder.

Pero no: ya había tenido más que suficiente del instituto de Milburn. No soportaba ya las mismas caras año tras año, los mismos ojos insolentes. Imaginándose que la conocían *a ella,* cuando en realidad sólo sabían *de ella.* Imaginándose que eran superiores a causa de su familia.

Sus notas eran sólo corrientes, o malas. A menudo faltaba a clase por simple aburrimiento. La asignatura que menos le gustaba era el Álgebra. ¿Qué tenían que ver las ecuaciones con las *cosas* de verdad? Y en la clase de Lengua se veían forzados a memorizar poemas de Longfellow, Whittier, Poe, ridículas rimas cantarinas, ¿qué tenían que ver las rimas de los poemas con las *cosas*? Ya había tenido más que suficiente de instituto, se buscaría un empleo en Milburn y se ganaría la vida sin ayuda de nadie.

Durante cuatro días la señorita Lutter le suplicó que rectificara. Se podría haber pensado que el futuro mismo de Rose Lutter estaba en peligro. Le dijo que no debería permitir que aquellos bárbaros ignorantes le arruinaran la vida. Tenía que perseverar, tenía que graduarse. Rebecca sólo podía aspirar a encontrar un buen empleo y a llevar una vida decorosa con un diploma de secundaria.

Rebecca se echó a reír, aquello era ridículo. ¡Vida decorosa! No tenía esperanzas de llevar una vida decorosa.

Era como si las acciones de Jacob Schwart la rodeasen a manera de halo. Dondequiera que fuese, el halo la seguía. Invisible para ella, pero muy visible para los demás. Exhalaba un olor como el de la goma al quemarse despacio en el vertedero de Milburn.

Un día Rose Lutter le confesó que se había jubilado antes de tiempo porque no soportaba a tantos niños ignorantes y cada vez más insolentes. Había empezado a ser alérgica al polvo de tiza, con inflamación crónica de los senos nasales. Padres sin formación la amenazaron. El director de su centro docente había demostrado ser demasiado cobarde para defenderla. Luego un chico de diez años la mordió en una mano cuando trató de evitar que siguiera peleándose con un niño más pequeño: su médico tuvo que prescribirle un medicamento para los nervios y las palpitaciones y el distrito escolar le concedió un permiso por razones de salud. Al cabo de tres meses, cuando se presentó de nuevo en el centro docente sufrió una brusca taquicardia y casi perdió el conocimiento, por lo que su médico aconsejó al distrito escolar que le concediera la jubilación por discapacidad y la señorita Lutter se dio por vencida y probablemente era la mejor solución; quería, sin embargo, con toda su alma que Rebecca no se rindiera, porque Rebecca era joven y tenía toda la vida por delante.

—No debes reproducir el pasado, Rebecca. Tienes que alzarte por encima del pasado. En espíritu eres superior a...

Rebecca sintió el insulto como si Rose Lutter la hubiera abofeteado.

—¿Superior a quién?

A la señorita Lutter se le quebró la voz. Trató de tocarle las manos, rígidas y frías, pero Rebecca no se lo permitió. *Noli me tangere.* De las muchas frases de Jesucristo que había aprendido desde que vivía en casa de Rose Lutter, el *No me toques* a María Magdalena era la que más le había impresionado.

—... a tus antecedentes, cariño. Y a quienes son tus enemigos en el instituto. Y en todo el mundo, a los bárbaros que quieren acabar con las personas civilizadas. También son enemigos de Jesucristo, Rebecca, tienes que entenderlo.

Rebecca se marchó bruscamente de la habitación, para evitar gritarle a la anciana machacona: «¡Váyase al infierno! ¡Jesucristo y usted váyanse los dos al infierno!».

Pero ha sido tan buena conmigo. Me quiere...

El fin, sin embargo, llegaría pronto, Rebecca se daba cuenta. Deseaba y temía a medias la ruptura entre las dos.

Porque no regresaría al instituto por mucho que la señorita Lutter se lo suplicara. Por mucho que la riñese o amenazara. ¡Jamás!

Cada vez pasaba más tiempo fuera de la cuidada casa de ladrillos beis de Rush Street, como en otro tiempo evitaba volver a la vieja casa de piedra en el cementerio. La fragancia del popurrí le resultaba enfermante. También dejó de ir a los servicios religiosos. Después de anochecer, a veces incluso a medianoche, cuando todas las demás casas de Rush Street estaban a oscuras y en completo silencio, regresaba Rebecca, culpable y desafiante. «¿Por qué me espera levantada, señorita Lutter? Preferiría que no lo hiciera. No me gusta nada ver todas esas luces encendidas.»

La detesto, me fastidia que me espere. ¡Déjeme en paz!

La tensión creció entre ellas, cada vez más palpable. Porque Rebecca se negaba a decirle a la señorita Lutter dónde iba. A quién frecuentaba. (Una vez abandonado el instituto, hizo nuevas amistades. Katy Greb había dejado de estudiar un año antes, y las dos eran otra vez amigas íntimas.) Desde que la atacaron de manera tan feroz y tan a la vista de todos, con feos cardenales y magulladuras que le duraron semanas en la espalda, los muslos, las caderas, incluso en los pechos y el vientre, Rebecca empezó a verse de otra manera, y le gustaba lo que veía. La piel, que le brillaba con una extraña palidez aceitunada. Las cejas, tan intensas y oscuras como las de un hombre, casi uniéndosele por encima del puente de la nariz. El intenso olor animal que se desprendía de su piel cuando sudaba. Con qué fuerza, repentina e inspirada, había golpeado a Gloria

Meunzer y a otros de sus agresores con los puños: sus rostros habían reflejado sorpresa y dolor al brotar la sangre.

Rebecca sonreía al pensar en cuánto se parecía, en el fondo de su corazón, a Herschel, el fuera de la ley.

Y allí estaba la señorita Lutter, insistente:

—Soy tutora tuya, nombrada por el juez. Tengo una responsabilidad oficial. Por supuesto que sólo quiero lo que sea mejor para ti. He estado rezando, he estado tratando de descubrir en qué te he fallado...

Rebecca se mordió los labios para no gritar.

—No lo ha hecho. No me ha fallado usted, señorita Lutter.

El nombre mismo, *señorita Lutter,* le hizo sonreír, desdeñosa. *Rose Lutter, la señorita Rose Lutter.* No lo soportaba.

—¿No te he fallado? —la señorita Lutter hablaba con fingida nostalgia. Su pelo, escaso y descolorido, había sido ondulado y ahuecado, aunque ahora lo llevase aplastado contra el cráneo bajo una redecilla. Su piel flácida, terriblemente arrugada en torno a los ojos miopes, que le colgaba por debajo de la barbilla, le brillaba debido a una crema nocturna que olía a medicina. Estaba en camisón, y encima una bata de rayón azul cobalto, bien apretada en torno a su cintura de avispa. Rebecca no podía dejar de mirar el pecho de la señorita Lutter, tan plano y huesudo—. Claro que sí, cariño. Tu vida...

Rebecca protestó:

—¡Mi vida es mi vida! ¡Mía sólo! No he hecho nada malo.

—Pero tienes que seguir estudiando. Iré a ver al director: es una persona íntegra y lo conozco bien. Recurriré por escrito. Estoy segura de que está esperando a que lo hagamos. No puedo permitir que te traten injustamente.

Rebecca habría querido apartar a la señorita Lutter para poder alejarse por el estrecho pasillo, pero la mujer de más edad le impidió el paso con una firmeza sorprendente. Aunque Rebecca era más alta que Rose Lutter y pesaba quizá siete u ocho kilos más, no podía enfrentarse a ella.

—Tu destino, cariño. Está ligado al mío. «No siembres en terreno pedregoso.»

—¡Jesús no dijo eso! No utilizó esas palabras, se las ha inventado usted.

—Sí que lo dijo. Quizá no fue con esas palabras exactas, pero lo dijo.

—¡No puede usted inventar lo que dice Jesús, señorita Lutter! ¡No debe hacerlo!

—Es la esencia de lo que Jesús dijo. Si estuviera aquí, ten la seguridad de que te hablaría como lo hago yo. Jesús trataría de hacerte razonar, hija mía.

En zonas pobres de Milburn se veían garrapateadas en paredes y aceras y en los costados de vagones de mercancías palabras como JODER COÑO ANDA Y QUE TE FOLLEN que las chicas no decían en voz alta. Los chicos las repetían todo el tiempo, las gritaban regodeándose, pero se suponía que las chicas «decentes» tenían que apartar la vista, sumamente avergonzadas. Ahora Rebecca se mordió los labios para que no le salieran de la boca palabras como ANDA Y QUE TE FOLLEN, ROSE LUTTER. Unas ganas irresistibles de reír la dominaron, casi como un estornudo. La señorita Lutter se la quedó mirando, herida en su amor propio.

—Vaya, ¿qué es lo que te hace ahora tanta gracia? En un momento así, ¿qué es lo que te parece tan divertido? Me gustaría poder compartir tu regocijo.

Esta vez Rebecca apartó a la señorita Lutter y se refugió en su cuarto dando un portazo.

Menuda suerte has tenido, lo sabes muy bien. ¡Tú! Era cierto, lo sabía. Jacob se lo estaba reprochando. Porque un padre tenía derecho.

Siempre en aquella habitación apenas iluminada donde el tiempo pasaba tan deprisa que Rebecca se estaba perdiendo algo. Siempre esforzándose por ver y por oír. Una tensión que hacía que le doliera la columna vertebral. También los ojos le dolían. Vivir de nuevo aquellos confusos segundos fugaces en la casa de piedra que marcarían la conclusión abrupta e irrevocable de su vida como hija de aquella familia. La conclusión de lo que no habría sabido llamar su infancia y menos aún su primera adolescencia.

El olor del popurrí la confundía, mezclado con los olores de aquel otro dormitorio. Se esforzó por despertarse respirando rápidamente y sudando, mientras ponía los ojos en blanco por la agitación de tratar finalmente de *ver*... lo que estaba tendido en el suelo, oculto por quedar en sombra.

Una mancha húmeda y brillante más allá de la cama. El blando cuerpo caído que podría haber sido (en la semioscuridad, en la confusión del momento) nada más que prendas desechadas, o ropa de cama.

¿*Mamá? Mamá*...

No. Rebecca no veía. Jacob le impedía ver. No se lo permitía. Cuando no estaba ni despierta del todo ni del todo dormida, tenía el poder de evocar la visión de su padre sonriéndole, tenso, los ojos húmedos y feroces mientras trataba de manejar aquel arma tan incómoda, mientras se esforzaba por cambiar la dirección de los cañones discretamente en tan poco espacio, porque quería apuntar a su hija con la escopeta, aunque por otra parte no quería tocarla. Porque con su puritano miramiento paternal no quería tocar los pechos de su hija ni siquiera por medio de un objeto interpuesto. En el último año Rebecca había visto con frecuencia a su padre mirándole el pecho, sin que Jacob se diera cuenta de lo fijamente que lo miraba ni de que Rebecca se daba cuenta; de manera instintiva ella se volvía y no pensaba más en ello. Como tampoco querría tocarle la garganta con los cañones de la escopeta, donde una arteria latía con furia. De todos modos Rebecca trató de ver más allá, donde su madre permanecía inmóvil, donde la parte superior del cuerpo de lo que había sido su madre se disolvía en una oscuridad informe. ¡Lo veía, tenía que verlo!, aunque no con claridad. Mientras sus ojos no se abrieran y permaneciera en aquel estado crepuscular entre sueño y vigilia podría ver aquella habitación y por un acto de voluntad podría ver *hacia atrás*.

De nuevo se acercaba a la casa de piedra desde la avenida de grava. Y allí estaba la puerta principal pintada de manera tan rudimentaria. Y también, en el patio trasero de la casa, el tendedero; y en él la colada agitada por el aire porque era una ventosa tarde de mayo, e hinchadas nubes de lluvia manchaban el cielo. Toallas, una sábana, las camisas y la ropa interior de su padre. Mientras la colada se agitara en la cuerda del tendedero era un día corriente, un día de la semana como otro cualquiera, siempre hay algo cómico y tranquilizador en la colada, no podía ser peligroso esperar dentro de la casa. Incluso mientras la voz de una desconocida le llegaba apremiante y destemplada. *¡No entres ahí! ¡Deténganla!* Una voz de mujer, que le impedía concentrarse. Y, sin embargo, ya era demasiado tarde. Porque en la historia hay acciones que ningún acto histórico permite rectificar.

¡Le faltaba algo! Siempre le faltaba algo, no había conseguido ver lo bastante, ni tampoco oírlo. Tenía que empezar de nuevo.

Corría por Quarry Road, jadeante. Y entraba en el cementerio por la avenida de grava, descuidada en los últimos meses, guijarros esparcidos entre la hierba a los lados de la avenida y malas hierbas muy visibles. ¡Dientes de león por todas partes! Y es que el encargado del cementerio de Milburn ya no era la persona cuidadosa de antaño. Ni tan cortés y respetuoso como en otros tiempos. Había un vehículo o quizá varios en el interior del camposanto. Algo no iba bien, se había producido algún trastorno. Y una mujer llamaba a Rebecca, que no dio la menor sensación de oír. Dijo *¿Mamá?* con voz absurdamente débil, ¿cómo podría haberla oído Anna Schwart? Rebecca estaba dentro de la casa cuando se produjo la explosión. El aire mismo se estremeció, vibró. Rebecca creería haber presenciado el homicidio, el impacto de los perdigones a una distancia de unos quince centímetros de su blanco indefenso, pero en realidad no lo había presenciado, sólo lo había oído. De hecho la explosión fue tan ensordecedora que no la había oído. Sus oídos no tenían la capacidad de oírla. Su cerebro no tenía capacidad para absorberla. Podría haber huido presa del pánico como lo hubiera hecho un animal, pero no lo hizo. Una temeridad nacida de la testaruda e inviolable vanidad de los jóvenes, incapaces de creer que puedan morir, podría haberla llevado al interior del dormitorio, donde prácticamente en el umbral —tan pequeña era la habitación— se hallaba Jacob Schwart impidiéndole el paso. Ella le suplicó. Él sonreía de la manera habitual. Una sonrisa burlona, de dientes manchados y cariados, semejante a la tosca sonrisa de una lámpara hecha con una calabaza vacía, aunque al mismo tiempo fuese (Rebecca lo veía, ella que era su única hija y el único retoño que le quedaba) una sonrisa mordazmente tierna. Una sonrisa de reproche y al mismo tiempo de perdón. *¡Tú! Nacida aquí. No te harán daño.* Sus palabras carecían de sentido como gran parte de lo que Jacob Schwart decía y sin embargo ella, su hija, entendió. Siempre le entendía, aunque Rebecca no hubiera sabido explicar lo que había entendido en la expresión burlona y llena de desesperación de su padre mientras, entre gruñidos, consiguió volver el arma contra sí mismo y se produjo una segunda explosión mucho más fuerte que la primera, enorme, destructora; y algo húmedo, carnoso y pegajoso voló hacia ella, a su cara, a su pelo, donde se coagularía y tendría que ser cuidadosamente cortado con tijeras por una desconocida.

Pero a Rebecca se le había vuelto a escapar algo. Maldita sea, todo pasaba siempre demasiado deprisa y no lograba *ver.*

La crucifixión de Cristo, eso era un misterio.

Rebecca llegó a detestar la crucifixión de Cristo.

Escuchó impasible, con corazón de piedra, al reverendo Deegan mientras predicaba su sermón de Viernes Santo. Rebecca lo había oído ya, y más de una vez. Y también conocía la cara de bulldog del clérigo así como su voz, unas veces quejumbrosa y otras tonante. Traición de Judas, hipocresía de los judíos. Poncio Pilatos lavándose las manos de toda culpa con la excusa de *¿Qué es la verdad?* Y después, en casa, quiso escaparse sin conseguirlo, porque la señorita Lutter tenía que leer en voz alta el pasaje correspondiente del evangelio de San Juan, como si Rebecca no fuese capaz de leerlo por su cuenta. Y cuando la señorita Lutter agitó la cabeza, suspirando, Rebecca pensó, con crueldad: *A usted le da pena de sí misma, no de Él.* Y se oyó preguntar, con lógica infantil:

—*¿Por qué* permitió Jesús que lo crucificaran, señorita Lutter? No tenía por qué hacerlo, ¿verdad que no, si era el Hijo de Dios?

Recelosa, Rose Lutter alzó la vista de su Biblia, mirando a Rebecca con severidad a través de sus bifocales con montura de plata como si, una vez más, para consternación suya, Rebecca hubiera murmurado entre dientes una palabrota.

—Bueno, ¿por qué? Sólo estoy preguntando, señorita Lutter.

Rebecca estaba muy molesta con la tendencia de su benefactora a mostrarse siempre muy herida en los últimos tiempos, porque no era verdadero dolor sino indignación lo que sentía. La indignación de una maestra al ver que se ponía en tela de juicio su autoridad.

—Si Jesús era realmente Dios —insistió Rebecca—, podía hacer lo que quisiera. De manera que, si no lo hizo, ¿cómo podía ser Dios?

Era la lógica aplastante de la adolescencia. Una lógica irrebatible, pensó Rebecca.

Rose Lutter dejó escapar un húmedo grito apenado. Con dignidad, la mujer de más edad se alzó, cerró su querida Biblia encuadernada en piel, y salió de la habitación murmurando, pero para que Rebecca lo oyera: «Perdónala, Padre, porque no sabe lo que dice».

Sí que lo sé. Sé exactamente lo que digo.

Aquella noche Rebecca durmió mal, despertándose muchas veces. Oliendo siempre el maldito popurrí sobre su buró. Finalmente, descalza y sigilosa, lo sacó de su cuarto para esconderlo en un armario del pasillo, debajo del estante más bajo donde Rose Lutter, para pesadumbre suya, sólo lo descubriría cuando Rebecca ya se hubiera ido de su casa.

29

¡Era libre! Se mantendría con su trabajo, viviría por
fin en el centro de Milburn. No en la pensión de dudosa reputación de la señora Schmidt, sino a la vuelta de la esquina,
en Ferry Street, en un destartalado edificio de piedra rojiza dividido en un laberinto de habitaciones y pequeños apartamentos. Allí vivían Katy Greb y LaVerne, su prima de más
edad, e invitaron a Rebecca a que se mudara con ellas. Su parte del alquiler iba a ser sólo unos pocos dólares a la semana:
«Lo que puedas pagar, Rebecca». Al principio durmió sobre
una pila de mantas en el suelo, aunque acababa el día tan agotada que daba lo mismo dónde durmiera. Trabajó de camarera, trabajó de dependienta, hasta que finalmente pasó a ocuparse de la limpieza de las habitaciones en el hotel General
Washington.

Fue Leora Greb, de nuevo amiga de Rebecca, quien la
ayudó a conseguir aquel empleo.

—Di que tienes dieciocho años —le aconsejó—. Nadie
lo pondrá en duda.

A Rebecca le pagaban en metálico, con el dinero contado en la palma de la mano. El hotel no comunicaría sus
ingresos a Hacienda, de manera que no tendría que pagar impuestos. Ni tampoco pagaría sus cuotas de la Seguridad Social. «No figuras en los libros, ¿entiendes? Facilita las cosas.»
Amos Hrube, el encargado del personal de cocina y de limpieza, le hizo un guiño como si se tratara de una broma cariñosa
entre los dos. Antes de que Rebecca pudiera retroceder, Hrube le pellizcó la mejilla con el índice y el corazón de la mano
derecha.

—¡No haga eso! Duele.

La expresión de Hrube pasó a ser dolorida y juguetona. Como un adulto puede fingir que compadece a un niño que se ha hecho daño de alguna manera tonta e intrascendente.

—¡Vaya! Lo siento.

Hrube era feo y chato, con una boca que parecía aplastada. Podía haber tenido cualquier edad entre treinta y cinco y cincuenta y cinco años. En la pared detrás de su mesa había una foto enmarcada de un joven en uniforme del ejército de los Estados Unidos, pelo oscuro, enjuto, si bien con las inconfundibles facciones del Hrube de más edad. Su despacho era un cuchitril sin ventanas en la parte trasera del hotel. Leora le dijo a Rebecca que no se preocupara por Hrube, porque probaba aquello con todo el servicio doméstico femenino y a algunas les gustaba y a otras no.

—Básicamente tiene buen corazón. Me ha hecho algunos favores. Te respetará si es eso lo que quieres y si trabajas bien. Date cuenta —dijo Leora, como si fuera una buena noticia—, no nos pueden despedir a todas.

Rebecca se echó a reír. De hecho eran buenas noticias. Sus trabajos anteriores la habían colocado en una proximidad no deseada con los hombres que contrataban. Siempre muy conscientes de su presencia femenina, estudiándola con la mirada y juzgándola. Habían sabido además quién era: la hija de Jacob Schwart. En el General Washington había muchos empleados. Las camareras eran en su mayor parte invisibles. Y Leora había prometido no contarle a Hrube, ni a nadie, quién era Rebecca, de quién era hija.

—De todos modos, eso ya no es noticia en Milburn. Con la guerra está sucediendo lo mismo, la gente empieza a olvidarse. La mayoría, por lo menos.

¿Era verdad aquello? Rebecca quería creérselo.

Siempre se había fijado en el hotel General Washington, situado, a causa de la configuración del terreno, por encima de Main Street, pero hasta que Leora la llevó allí para que pidiera trabajo, no había entrado nunca. El concurrido vestíbulo principal, con su suelo reluciente de baldosas negras, su mobiliario de cuero y sus adornos de bronce, los helechos en macetas, las arañas y los espejos ornamentales, era sin duda uno de los espacios interiores más amplios en los que Rebecca había estado nunca y desde luego el más impresionante. Le preguntó a Leora cuál era el precio de una habitación por una noche y cuando Leora se lo dijo, Rebecca respondió, escandalizada:

—¿Tantísimo dinero sólo por *dormir*? ¿Y sin que después te quede nada?

Leora rió al oírla. Iba guiando a Rebecca por el vestíbulo hacia una puerta en la parte de atrás con el letrero SÓLO EMPLEADOS.

—Rebecca —dijo—, las personas que se alojan en un hotel como éste tienen dinero, y las personas que tienen dinero dan propinas. Y además, a veces, conoces a hombres de buena posición social.

La habían contratado *sin figurar en los libros,* y en su ingenuidad Rebecca pensó que aquello era una cosa muy buena. ¡Sin impuestos!

Le gustaba que hubiera tantos empleados en el General Washington. La mayoría llevaba un uniforme que indicaba el trabajo que hacía y su categoría. Los uniformes más llamativos eran los de los varones: el portero jefe, los ayudantes del portero, los botones. (No todos los botones eran jóvenes; había algunos hombres muy maduros.) El personal de dirección llevaba traje de calle y corbata. Sólo había camareros en el mejor de los restaurantes del hotel, e iban elegantemente vestidos. El personal femenino eran las telefonistas, las secretarias, las camareras del más modesto de los dos restaurantes y del ruidoso bar, las ayudantes de cocina y las camareras para las habitaciones. Un pequeño ejército de camareras. La de más edad era una mujer fornida, de pelo blanco y de unos sesenta años, que aseguraba orgullosa haber trabajado en el General Washington desde que el hotel abrió sus puertas en 1922. Rebecca era la más joven.

Las camareras vestían uniforme blanco de rayón con una falda que les llegaba a media pantorrilla, y mangas cortas cuadradas. El uniforme que le dieron a Rebecca era demasiado grande en el busto pero estrecho en los hombros y en las axilas y a Rebecca no le gustaba nada la sensación de la tela al deslizársele sobre la piel; sobre todo le fastidiaba la obligación —por ser empleada de aquel hotel— de llevar medias en todo momento.

Maldita sea, no podía y no iba a hacerlo. En el verano húmedo del valle del Chautauqua, arrastrando una aspiradora, fregando suelos, ¡era pedir demasiado!

—Ahí es donde quieres que Amos Hrube esté de tu parte, corazón. Si le caes bien, las cosas son distintas. Si no le gustas, aplica las reglas a rajatabla. Todo un hijo de puta.

Sólo superficies. Lo puedo hacer.

Le gustaba empujar su carro de camarera a lo largo del corredor, carro que estaba lleno de ropa de cama, toallas, artículos de limpieza, pastillas pequeñas de jabón perfumado. En su desangelado uniforme blanco de rayón era invisible para la mayoría de los huéspedes del hotel y nunca los miraba a los ojos incluso cuando alguno de ellos (varones, invariablemente) le dirigía la palabra.

«¡Buenos días!»

«Bonita mañana, ¿eh?»

«Si quiere hacer ahora mi habitación, señorita, puedo esperar.»

Pero Rebecca nunca limpiaba una habitación con el cliente dentro, mirándola.

Nunca se quedaba en ninguna habitación con un cliente y con la puerta cerrada.

Le encantaba la soledad de aquel trabajo. Mientras deshacía camas, retiraba toallas usadas de los cuartos de baño, pasaba la aspiradora por las alfombras, podía hundirse en un hipnótico sueño poco profundo. Una habitación vacía, y nadie que la estuviese viendo. Lo que más le gustaba era el momento de abrir la puerta y de entrar. Porque en su calidad de camarera disponía de una llave maestra para todas las habitaciones. *Ella,* Rebecca Schwart, que no era nadie. Y sin embargo podía pasar, invisible, por las habitaciones del General Washington.

Una de muchas. «¡Camareras!»

Una palabra que Rebecca no conocía de antes. Se imaginaba la boca de Jacob retorciéndose de desprecio mientras la pronunciaba.

¡Camarera! Limpiando lo que ensucian los cerdos.
Mi hija.

Pero incluso a Jacob Schwart le hubieran impresionado las habitaciones del General Washington. ¡Unas ventanas tan altas, que llegaban casi al techo, a más de tres metros! Cortinas de brocado y, dentro, vaporosos visillos blancos. Era cierto que en algunas de las habitaciones más pequeñas la alfombra de color vino tinto tenía calvas; pero en cualquier caso era de excelente calidad, hecha de lana. Espejos relucientes reflejaban la ágil figura de Rebecca envuelta en rayón blanco, su rostro borroso de pálido color aceitunado. Muy pocas veces se miraba Rebecca en aquellos espejos, porque lo característico del hotel era el anonimato.

En la cuidada casita de la señorita Lutter todo había sido demasiado personal. Todo tenía demasiado significado. En el General Washington nada era personal y nada significaba nada excepto lo que se veía. A excepción de las suites del séptimo piso, o ático (que Rebecca no había visto nunca), las habitaciones estaban amuebladas de la misma manera. Idénticas colchas, pantallas, papel para cartas, sobres y blocs de notas con el membrete dorado del hotel en relieve en escritorios idénticos. Colgados de las paredes, incluso, idénticas reproducciones de cuadros del XIX que representaban escenas del canal de barcazas del lago Erie a comienzos de siglo.

¿Quizá, en las camas idénticas, los sueños lo eran también?

Nadie lo sabría. Porque nadie querría reconocer que sus sueños eran idénticos a los sueños de los demás.

¡Tal era el consuelo de lo impersonal! Los huéspedes llegaban y se marchaban del hotel. Las habitaciones se ocupaban y luego se vaciaban bruscamente. Con mucha frecuencia Rebecca ni siquiera alcanzaba a ver a los desconocidos. Si se cruzaba con ellos en el pasillo bajaba los ojos. Sabía que no debía abrir nunca la puerta de una habitación sin antes llamar decidida con los nudillos e identificarse, incluso cuando estaba segura de que no había nadie dentro. La mayoría de los huéspedes del General Washington eran varones, hombres de negocios que viajaban en automóvil o en tren; durante los fines de semana aumentaban las posibilidades de que hubiera mujeres y parejas. Era costumbre de aquellos desconocidos dejar propinas para la camarera en una cómoda, pero Rebecca aprendió pronto a no esperar nada. Podía encontrar hasta dos dólares o tan sólo unas pocas monedas de cinco y diez centavos. Y otras veces nada. Los hombres tendían a dejar propina, le explicó Leora, aunque si estaban con su esposa, a veces la mujer se guardaba la propina sin que el marido se enterara.

(¿Y cómo lo sabía Leora?, se preguntó Rebecca.)

Los hombres de más edad tendían a ser más generosos que los jóvenes. Y si cruzabas unas cuantas palabras con un huésped, o si le sonreías, casi con toda seguridad te dejaba una propina.

Katy y LaVerne tomaban el pelo a Leora con ciertos «amigos» suyos que, en sus viajes, pasaban con frecuencia por Milburn.

Leora comentó, con una risa de enfado:

—Son caballeros, al menos. No como algunos malnacidos.

No era ningún secreto que el barman del hotel era amigo de Leora y que le había presentado a algunos de aquellos «conocidos» a lo largo de los años.

También se lo había planteado a Rebecca. Pero Rebecca dijo *no*.

¿Ni siquiera por una propina de cincuenta dólares, cariño?

¡No, *no*!

(De hecho Rebecca no se había permitido plantearse si una propina de cincuenta dólares era una posibilidad o uno de los chistes de Mulingar. Dado que a ella por su semana de trabajo de seis días y ocho horas se le pagaba precisamente cuarenta y ocho dólares, contados en la palma de la mano por un Amos Hrube con sonrisita de complicidad.)

Rebecca sentía asco ante la idea de que la tocara un desconocido. La posibilidad de sexo por dinero no era algo en lo que quisiera pensar puesto que sabía (aunque tuviera que fingir no estar al tanto) que Katy y LaVerne, las dos, aceptaban algunas veces dinero de los hombres con los que salían, al igual que Leora. Como Katy decía con un encogimiento de hombros: «Es sólo una cosa que sucede, nada que estuviera planeado».

Era cierto, encuentros así no parecían estar planeados. Bastaba con que fueras chica, joven y, al parecer, sola y desprotegida. Un hombre podía volver a su habitación del hotel con la excusa de haber olvidado algo cuando Rebecca la estaba limpiando. Otro la miraba sonriente en el pasillo como si no la hubiera visto hasta aquel momento y empezaba a hablarle con aire de forzada intimidad; Rebecca sonreía cortésmente y seguía empujando su carro de camarera a lo largo del corredor moviendo la cabeza como si no entendiera y el individuo no la seguía, excepto si estaba muy borracho o era muy agresivo.

—De acuerdo, encanto. Como tú quieras.

O, haciéndose extrañamente eco de Amos Hrube:

—¡Eh! Lo siento.

No era posible predecir qué propina descubriría Rebecca después de uno de aquellos encuentros. Le podían dejar unos centavos esparcidos entre sábanas manchadas, o un billete de cinco dólares doblado sobre el tocador. Y se podía encontrar con una habitación devastada. Un cuarto de baño asqueroso, un retrete usado sin tirar de la cadena.

Incluso en tales casos Rebecca entendía que no se trataba de nada personal. Que aquello no significaba nada.

Hasta en las ocasiones en que no se había producido encuentro alguno, cuando ni siquiera había vislumbrado al huésped del hotel, ni él a ella, Rebecca se despertaba a veces bruscamente de su éxtasis de camarera al tropezarse con una habitación en un estado lamentable. Nada más entrar se reconocía: un olor. Whisky derramado, cerveza. Comida por el suelo. Olores a sexo, olores a escusado. Inconfundibles.

Había ropa de cama arrastrada por el suelo como en una juerga de borrachos. Sábanas con manchas, mantas chamuscadas por cigarrillos, fundas de almohada empapadas en brillantina. Alfombras sucias, cortinas de brocado arrancadas de sus enganches y amontonadas en el suelo. Bañeras con franjas de porquería, vello púbico en los desagües. (Había que limpiar todos los sumideros de los cuartos de baño. No simplemente limpiar, sino conseguir lo que Amos Hrube llamaba «dejarlo todo como los chorros del oro». Hrube era conocido por hacer inspecciones al azar en las habitaciones.) Lo peor eran los retretes sucios, orines e incluso excrementos esparcidos por el suelo.

Pero hasta en aquello encontraba Rebecca una satisfacción perversa. *Lo puedo hacer, soy lo bastante fuerte.* Todas las camareras tenían, a la larga, experiencias como aquéllas. Ser ama de casa y madre no resultaría muy diferente.

A medida que la habitación iba quedando limpia, a medida que Rebecca fregaba, restregaba, pasaba la aspiradora, hacía la cama, a medida que devolvía el orden a lo que había sido tan desagradable, empezaba a sentirse eufórica. Cuando el fuerte olor de la lejía reemplazaba a otros olores en el baño, y el espejo y la porcelana blanca del lavabo brillaban, su ánimo revivía.

¡Qué fácil es esto! Superficies.

Vivía así, sin pensar. Se dejaba llevar día a día. La equivocación de su madre había sido casarse, tener hijos. Como consecuencia de aquel error había seguido todo lo demás.

Deseosa de agotarse trabajando para, por la noche, hundirse en la inconsciencia sin soñar. O, si soñaba, sin recuerdos. *¡Menuda suerte y tú lo sabes! ¡Nacida aquí!* Algunos días funcionaba como una sonámbula, apenas consciente de lo que la rodeaba en los corredores de techo alto del General Washington, aquel hotel en el que, en vida, Jacob Schwart no había entrado nunca.

«Camarera, papá. Eso es lo que soy.»

Era su venganza contra él. ¿O quizá contra su madre?

Había dejado bruscamente a Rose Lutter, y se sentía culpable. Una noche, cuando la casa estaba a oscuras, se había escabullido, de manera furtiva y cobarde. Pocos días después del domingo de Pascua. Nunca más tendría que oír los sermones del reverendo Deegan. Nunca más la mirada de dolor y de reproche de la señorita Lutter lanzada de reojo como un anzuelo. Había hecho en secreto planes con Katy y con LaVerne, que la habían invitado a irse a vivir con ellas, de manera que mientras la señorita Lutter dormía, Rebecca hizo su cama con mucho cuidado por última vez y dejó, sobre la almohada, una breve nota.

¡Le había costado tanto escribirla! Rebecca lo intentó una y otra vez y no consiguió más que esto:

Querida señorita Lutter:

Muchas gracias por todo lo que me ha dado.
~~Me gustaría que~~

Escrita con la tiesa caligrafía de colegiala que la señorita Lutter había instilado en sus alumnas de la escuela primaria. Rebecca trató de pensar en algo más que decir, pero sintió el sudor que le brotaba por todos los poros del cuerpo; lo cierto era que se avergonzaba mucho de sí misma, que además le molestaba perder el tiempo con Rose Lutter mientras sus amigas la esperaban ansiosas en su apartamento de Ferry Street, y que estaba impaciente por reunirse con ellas porque ya había pasado la medianoche. Sólo se llevaba sus posesiones más preciadas: el diccionario ganado en el concurso de ortografía, y muy pocas prendas que la señorita Lutter le había comprado y que todavía le sentaban bien y no resultaban demasiado infantiles y ridículas en ella, tan alta y larguirucha.

Finalmente rompió la nota que había escrito y lo intentó de nuevo.

Señorita Lutter:
Muchas gracias por todo lo que me ha dado.
Jesús se portará mucho mejor con usted de lo que lo he hecho yo. ¡Lo siento!

Rebecca Esther Schwart

30

—La primera vez que te vi, lo supe, chiquilla.

Tales serían las palabras de Niles Tignor. Pronunciadas de la manera directa e inexpresiva que lo caracterizaba. De manera que alzabas la vista hacia él, sabiéndote tan desconcertada como si hubiera extendido la mano para clavarte en el esternón, no con demasiada, pero sí con bastante fuerza, su enorme dedo índice.

Era el mes de agosto de 1953. En una tarde de bochorno, sin aire acondicionado en la mayor parte del hotel General Washington, y con pasillos mal ventilados, sofocantes, Rebecca iba por el quinto piso empujando su carrito —repleto de ropa de cama usada y de toallas— cuando vio, para su fastidio, que al fondo del corredor se abría una puerta con provocativa lentitud. Sabía que se trataba de la habitación 557: el individuo de aquella habitación, registrado como H. Baumgarten, era una persona que ya le había creado problemas. Baumgarten había pagado por adelantado el importe de varias noches de estancia en el hotel, lo que no era normal en el caso de la mayoría de los huéspedes, pero sucedía que Baumgarten era un tipo nada normal. Parecía tener poco que hacer aparte de entretenerse en su habitación y de beber cócteles en el bar y de frecuentar la cervecería del primer piso. Siempre estaba acechando en el pasillo con la esperanza de hablar con Rebecca, y ella trataba de mostrarse cortés con él, aunque detestaba a los hombres así, y aborrecía aquel tipo de juegos. Si se quejaba de Baumgarten, el gerente del hotel intentaría culparla a ella, lo sabía. Lo sabía por experiencias anteriores.

—Hijo de puta. ¡Con qué derecho!

Rebecca tenía diecisiete años y tres meses. Ya no era tan joven. Ya no era la más joven del personal femenino del General Washington.

Le gustaba menos su trabajo. Era una ocupación estúpida, maquinal y repetitiva, pero, de todos modos, la soledad seguía siendo algo parecido a una droga, podía transitar por sus días medio dormida, como un animal que no necesita alzar los ojos del suelo que tiene delante. Excepto cuando se despertaba bruscamente por la molesta interferencia de otra persona, como el cliente de la habitación 557.

Rebecca vio que la puerta ya no se movía y que había quedado abierta unos cinco centímetros. Baumgarten debía de haberla estado espiando desde dentro. Y querría que Rebecca lo supiera, que tuviera el incómodo convencimiento de que él la vigilaba y de que ella no lo veía, ni sabía si estaba vestido, o en ropa interior o, peor todavía, desnudo. Baumgarten disfrutaba sin duda con la vergüenza de la camarera, con el desagrado mismo que le causaba.

Empezaba la tarde y Rebecca había trabajado ya cuatro horas. No llevaba medias, iba con las piernas descubiertas. Ni por lo más remoto pensaba ponérselas aunque la dirección del hotel lo exigiera. ¡Con aquel calor! No quería hacerlo y no lo hacía. Aunque Amos Hrube se hubiera dado cuenta, no la había reprendido aún.

La chica Schwart era como Hrube hablaba de ella. No cara a cara pero sí cuando Rebecca podía oírle. No le agradaba pero había llegado a respetarla, tal como Leora pronosticase.

Era una trabajadora eficaz. Los músculos de sus brazos y hombros, aunque poco marcados, eran duros y compactos. Podía levantar pesos equivalentes al suyo. Raras veces se quejaba. Por su sensatez y concentración en el trabajo parecía mayor de lo que era. En épocas de calor se trenzaba en parte la espesa cabellera y se la recogía alrededor de la cabeza para mantenerla alejada de la cara y del cuello, extrañamente sensible al calor como si tuviera la piel quemada. Ahora el uniforme blanco de rayón se había humedecido por el sudor y también le brillaba el labio superior. Estaba muy cansada y sentía un dolor agudo entre los omóplatos y otro aún más punzante entre los ojos.

El huésped de la habitación 557 se había presentado a Rebecca como cliente habitual del General Washington, y como alguien que mantenía «relaciones amistosas» con la gerencia y el personal, incluidas varias de las camareras a las que dejaba propinas generosas, «cuando se las merecían, por supuesto».

Rebecca había advertido en su aliento el olor dulce y un poco nauseabundo del whisky. Y un temblor en las manos, que movía de manera exagerada y nerviosa al hablar. En otra ocasión había tratado de detenerla cuando Rebecca se disponía a limpiar la habitación inmediata a la suya, deseoso de informarle de que tenía un asunto importantísimo en el valle del Chautauqua: «En parte familiar, en parte puramente financiero, y en ningún caso del más mínimo *valor*».

Al pronunciar la palabra *valor* había clavado los ojos en Rebecca con una mirada teñida de amarillo. Como si aquello pudiera significar algo para ella, sugerir algún vínculo entre los dos.

Baumgarten iba descalzo, lo que a ojos de Rebecca era muy incorrecto, muy ofensivo en aquella situación. Llevaba una camisa hawaiana con un estampado festivo, desabrochada en parte para mostrar el vello entrecano del pecho. Se había afeitado torpemente las mejillas, blandas, flácidas, causándose innumerables cortes diminutos. Un hombre de más de cuarenta años, bebedor, tambaleante, que posaba sobre ella su amarillenta mirada lujuriosa con total desvergüenza.

—Me apellido Bumstead, cariño. Me has visto en las páginas de las historietas[*]. No soy un hombre de verdad, y ésa es la razón de que esté sonriendo. ¿Querrás creer, corazón, que hubo un tiempo en el que era de tu edad? —rió entre dientes, e intentó golpearse la chata nariz encarnada.

Fue entonces cuando Rebecca reparó en que los arrugados pantalones de Baumgarten sólo tenían cerrada a medias la bragueta. Debía de estar desnudo debajo, porque se podía ver carne con aspecto de estar hervida y vello púbico. Asqueada, se agachó para pasar por debajo y empujó el carro de la limpieza

---

* Alusión al famoso personaje Dagwood Bumstead, de la historia cómica *Blondie*, a quien se dio en España el nombre de Lorenzo Parachoques. *(N. del T.)*

hasta entrar en la habitación y cerrar rápidamente la puerta de manera que Baumgarten no pudiera seguirla, aunque se atrevió, de todos modos, a aporrear la puerta durante unos minutos, dirigiéndose a ella con voz quejumbrosa, suplicante, con palabras que Rebecca dejó de oír tan pronto como empezó a trabajar en el cuarto de baño.

No había limpiado aún la habitación de Baumgarten. El cartel de «No molestar» estaba siempre colgado del tirador de la puerta. A Rebecca le horrorizaba pensar en la pocilga que la esperaba dentro. Pero mientras el letrero estuviese colgado, no podía entrar en el cuarto aunque supiera que Baumgarten se había ausentado; y tampoco entraría mientras Baumgarten estuviera por los alrededores, incluso aunque la invitara a hacerlo. Rebecca había acariciado la esperanza de que abandonara el hotel aquella mañana, pero él había dado a entender que quizá se quedara más tiempo.

Ahora, al día siguiente, se disponía a hacer otra de las suyas. ¡No había manera de evitarlo!

Al acercarse a la habitación 557, vio que la puerta estaba todavía entreabierta. Pero Baumgarten había retrocedido, alejándose. (A no ser que estuviera escondido detrás, agazapado para saltar sobre ella.) Un hombre grande, tirando a gordo, con el temor añadido de que estuviera desnudo. Pero no tenía otro remedio que mirar dentro de la habitación.

—¿Señor? ¿Hay alguien...?

La habitación era una pocilga, como se imaginaba. Maldita sea, había ropa y toallas esparcidas por todas partes, un único zapato de vestir con la suela hacia arriba en la alfombra, nada más atravesar la puerta. Aunque ya era mediodía, las pesadas cortinas de brocado estaban completamente cerradas. Y encendida una lámpara de mesa con la pantalla ladeada. Prevalecía el olor a whisky y a brillantina. El ocupante de la habitación se había tumbado en la cama, boca arriba. Respiraba con dificultad, los ojos cerrados y los brazos extendidos; llevaba pantalones, abotonados al azar y sin cinturón, y una fina camiseta de algodón; una vez más estaba descalzo; la cabeza vuelta en un ángulo extraño y la boca abierta, los labios manchados de saliva. Sobre la mesilla de noche había un vaso vacío además de una botella de whisky casi vacía. Rebecca miró fijamente al ver que algo parecido a sangre escurría por la garganta y el torso de Baumgarten.

—¡Oiga! ¿Qué le pasa...?

En el suelo, cerca de la cama, varios objetos estaban dispuestos como en un escaparate: un billetero, un reloj de oro con cadena extensible, una sortija de mujer con una piedra grande, de color morado pálido, un monedero de cuero y un estuche para objetos de tocador también a juego. Varios billetes de banco sobresalían en parte de la cartera, de manera que se viera su valor: varios de veinte, uno sólo de cincuenta.

Para mí, pensó Rebecca con calma.

Pero no podía tocar aquellas cosas. No lo haría.

Había llegado a las proximidades de la cama, sin saber qué hacer. Si Baumgarten se hubiera herido gravemente con una navaja de afeitar o un cuchillo, tendría que haber más sangre, estaba segura. Sin embargo: quizá se había cortado en el baño y había vuelto tambaleándose al dormitorio. Quizá existían heridas que ella no veía. Y tal vez había bebido demasiado, había entrado en coma, se estaba muriendo y era necesario llamar a recepción...

Rebecca se movió hacia el teléfono, dispuesta a alzar el auricular. Pero tendría que acercarse demasiado a la cama para hacerlo. Y quizá aquello fuera una de sus tretas. Baumgarten abriría los ojos amarillentos y le haría un guiño...

—¡Señor! ¡Despiértese! ¡Necesita despertarse!

Rebecca alzó mucho la voz. Vio en el rostro estropeado del otro venas semejantes a alambres incandescentes. La grasienta nariz chata, la boca húmeda, abierta como la de un pez. El escaso pelo gris en mechones despeinados que le cruzaban la desigual coronilla. Sólo los dientes eran perfectos, y debía de tratarse de una dentadura postiza. Le temblaron los párpados, gimió y respiró ruidosamente, de manera irregular. En aquel instante Rebecca se apiadó de él.

Si se está muriendo soy su último testigo.

Si se está muriendo no hay nadie aquí más que yo.

Se disponía a alzar el auricular y marcar el número de la recepción cuando el enfermo abrió un ojo con picardía y le sonrió. Brillaron sus dientes con blancura de porcelana. Antes de que Rebecca pudiera apartarse, Baumgarten la sujetó por la muñeca con dedos sorprendentemente fuertes.

—¡Vaya, querida mía! Qué sorpresa tan agradable.

Rebecca gritó y lo empujó, forcejeando para soltarse. Pero Baumgarten la retuvo sin ceder.

—¡Déjeme en paz! ¡Maldita sea...!

Arañó las manos de Baumgarten. Él la maldijo, sentado ya en la cama, girando las piernas para sujetar a Rebecca, como lo haría un luchador, por las caderas. En el forcejeo Baumgarten consiguió tumbarla a su lado en la cama, entre resuellos y risas. Ella recordaría después el intenso olor a whisky de su aliento y detrás otro olor más nauseabundo y oscuro de algo fétido, podrido. Recordaría lo cerca que había estado de desmayarse.

—¡Eh! ¿Qué demonios está pasando aquí?

Un hombre alto, con el pelo cortado a cepillo y de color niquelado, había entrado en la habitación. Como un oso alzado sobre las patas traseras se movió con sorprendente rapidez. Baumgarten protestó —«¡Váyase! Esto es una habitación particular, un asunto privado»—, pero el otro no le hizo ningún caso, lo agarró por un hombro de evidente endeblez y empezó a zarandearlo con violencia.

—Suelte a la chica, hijo de puta. Le voy a romper la crisma.

Rebecca escapó del abrazo de Baumgarten. Los dos hombres forcejearon, y el desconocido golpeó a Baumgarten con los puños incluso cuando ya el otro sólo trataba débilmente de defenderse. Un puñetazo bastó para romperle la nariz. Otro puñetazo le quebró la dentadura resplandecientemente blanca. Lo que fuera que Baumgarten se había derramado por encima no debía de ser sangre, porque ahora hubo un repentino estallido de sangre fresca, sangre muy roja, en su rostro contraído y sobre su pecho.

Rebecca se alejó. Lo último que vio fue cómo Baumgarten/Bumstead suplicaba al hombre del pelo de color niquelado que no lo matara cuando lo agarró por la cabeza y empezó a golpeársela —una, dos, tres veces— contra la estremecida cabecera de caoba.

Rebecca huyó, dejando el carro de camarera en el corredor del quinto piso; ya lo recuperaría en otro momento.

Aquel hombre, el desconocido: ¿quién era?

Discretamente, durante varios días después de la «salvaje paliza» en la habitación 557, Rebecca hizo investigaciones sobre el hombre alto y de complexión robusta con el pelo de color niquelado: ¿quién era, cómo se llamaba? No tenía intención de hablar de él a los policías que investigaban lo sucedido a H. Baumgarten en la habitación 557. Nunca causaría problemas a un hombre que había intervenido en favor suyo.

Suelte a la chica. Suelte a la chica...

¡Tan extraño, que se pensara en ella como una *chica*! Una *chica* indefensa, necesitada de protección a ojos de otro.

De hecho Rebecca había visto a veces, de pasada, al hombre del pelo de color niquelado en el General Washington. Debía de ser un cliente habitual del hotel o del bar. Lo había visto en compañía de Mulingar, el barman de la cervecería: entre treinta y cuarenta años, bastante por encima del metro ochenta, inconfundible con su pelo acerado y risa que retumbaba.

Un hombre admirado por otros. Y sabedor de que otros lo admiraban.

Si hubiera matado a Baumgarten...

Rebecca habría mantenido el secreto. No se lo hubiera dicho ni a la gerencia del hotel ni a la policía. No hubiera dado un paso al frente como testigo de la paliza «salvaje».

Baumgarten había mentido a la policía, diciendo que dos intrusos (varones) habían entrado en su habitación, le habían golpeado y le habían robado. ¡Dos! Dijo que estaba tumbado en la cama, durmiendo. No les había visto la cara pero se había dado cuenta de que eran blancos y «desconocidos para él». Baumgarten tenía rotas la nariz, la mandíbula inferior y varias costillas. Los dos ojos morados. Había seguido tumbado durante más de una hora, con heridas sangrantes en la cabeza, incapaz de hacer nada, antes de revivir y de encontrar la energía necesaria para llamar por teléfono.

Baumgarten afirmaría que los «ladrones» le habían quitado el billetero, el reloj de pulsera y otros objetos personales que valían alrededor de seiscientos dólares.

No dijo nada de Rebecca. Ni una palabra sobre la camarera que había atraído a su habitación. Durante una semana Rebecca temió que la policía quisiera interrogarla. Pero nadie apareció. Rebecca sonrió pensando: *Se avergüenza, quiere olvidarlo.*

A Rebecca le molestaba que Baumgarten mintiera añadiendo el robo a la paliza. ¡El hombre que lo golpeó era todo menos un ladrón! Baumgarten había escondido sus objetos personales para hacer aquella falsa acusación. Quizás se propusiera pleitear contra la gerencia del hotel. O reclamar una indemnización al seguro.

Demasiado maltrecho para andar, a Baumgarten lo habían llevado en camilla hasta una ambulancia que esperaba en el exterior del hotel, y que lo trasladó al hospital de Chautauqua Falls. Nunca regresaría al General Washington y Rebecca no volvería a verlo.

«Niles Tignor.»

Como decía Leora Greb, a Tignor no se le confundía con nadie.

Era representante o agente de una fábrica de cerveza. Viajaba por todo el Estado negociando con propietarios de hoteles, restaurantes y bares en nombre de la fábrica de cerveza Black Horse de Port Oriskany. Su sueldo dependía de las comisiones. Se decía que era el más convincente y, en conjunto, el más exitoso de los representantes de las fábricas de cerveza. Pasaba por Milburn de cuando en cuando y siempre se alojaba en el General Washington. Daba buenas propinas.

Se decía de él que era un hombre con «secretos».

Se decía que era un hombre al que nunca se terminaba de conocer, aunque lo que sabías de él te impresionaba.

Se decía que le gustaban las mujeres pero que era «peligroso» para ellas. No: que era «galante» con el sexo femenino. Tenía mujeres que lo adoraban repartidas por todo el Estado, desde la orilla este del lago Erie hasta la orilla noroccidental del lago Champlain en la frontera con Canadá. (¿También tenía mujeres en Canadá? ¡Sin duda!) Se decía, sin embargo, que Tignor «protegía» a las mujeres. Había estado casado años atrás y su joven esposa había muerto en un «trágico accidente»...

Se decía de Tignor que no se fiaba de nadie.

Se decía que en una ocasión había matado a un hombre. Quizás en defensa propia. Con las manos, a puñetazos. Una pelea en un bar, en los montes Adirondack. O quizá en Port Oriskany, en el invierno de 1938 a 1939, durante las guerras de infausta memoria entre fábricas de cerveza.

«Si eres hombre, no quieres tener problemas con Tignor. Si eres mujer...»

Rebecca sonrió pensando: *Pero a mí no me haría daño. Existe un algo especial entre él y yo.*

Se decía que Tignor no era de la zona. Que había nacido en Crown Point, al norte de Ticonderoga en el lago Champlain, y que el general Adams Tignor —que se enfrentó al general británico John Burgoyne en 1777, cuando el fuerte Ticonderoga fue arrasado por el ejército británico en retirada— era antepasado suyo.

No: Tignor era originario de la región. Había nacido en Port Oriskany, hijo ilegítimo de Esdras Tignor, un dirigente del partido demócrata en los años veinte, implicado en el contrabando de whisky desde Ontario, en Canadá, a los Estados Unidos durante la Ley Seca, muerto a tiros por competidores en una calle de Port Oriskany en 1927...

Se decía de Tignor que no había que abordarlo, que había que esperar a que tomara la iniciativa.

31

—Hay alguien que te quiere conocer, Rebecca. Si eres la «camarera morena con aspecto de gitana» que trabaja en el quinto piso.

Fue la primera noticia que tuvo Rebecca de que Niles Tignor se interesaba por ella. El mensaje le llegó por mediación de Amos Hrube con su sonrisita cómplice, insinuante.

Más tarde, aquel mismo día, se lo transmitió Mulingar, el fornido y bigotudo barman de la cervecería del hotel.

—¡Rebecca! A un amigo mío le gustaría conocerte la próxima vez que pase por Milburn.

Fue Colleen Donner, telefonista del hotel, nueva amiga de Rebecca, quien concertó la cita. Tignor estaría en Milburn la última semana de octubre. Sólo se quedaría dos noches en el hotel.

Al principio Rebecca ni fue capaz de hablar. Luego dijo que sí, que le parecía bien.

Enfermó de aprensión. Pero iría adelante de todos modos. Porque amaba a Niles Tignor desde lejos. Rebecca no había querido a ningún hombre en toda su vida, pero quería a Niles Tignor.

Sólo lo sé yo. Yo lo conozco.

Así se consolaba. En su soledad, creía fervientemente que así era. Porque hacía tiempo que Jesucristo había dejado de aparecérsele, fantasmal y seductor, por el rabillo del ojo.

Desde que abandonó la casa de la señorita Lutter había dejado por completo de pensar en Jesucristo.

Suelte a la chica, hijo de puta.

Le voy a romper la crisma.

Oía casi de continuo, a todo volumen, aquella voz furiosa. Estaba siempre en sus pensamientos. Mientras limpiaba habitaciones, al empujar su carrito de camarera, sonriendo para sus adentros, evitando la mirada de los desconocidos. ¿Señorita? ¿Señorita? Perdóneme, señorita. Rebecca era cortés pero se escabullía. Se mantenía a distancia de los hombres como lo hacía con los huéspedes del hotel, incluidas las mujeres, en las que no podía confiar, dada su situación de inferioridad. Porque era prerrogativa de cualquier huésped del hotel acusar de grosería, de trabajar mal, de robo, a cualquier miembro del personal.

Suelte a la chica...

Vivía como en sueños y estaba inquieta. Excitada de manera incomprensible y aquejada de un desfallecimiento casi erótico. Hasta aquel momento nunca había tenido relaciones con ningún muchacho ni con hombre alguno. En el instituto hubo compañeros que se sintieron atraídos por ella, pero sólo de manera elemental, puramente sexual. Por haber sido la hija del sepulturero, y de fuera de Milburn. Una chica de Quarry Road, como Katy Greb.

Cuando pensaba en Niles Tignor le dominaba una sensación cruel, voluptuosa. No sabía, por supuesto, cómo se llamaba cuando Tignor entró en la habitación de Baumgarten y, sin embargo, de algún modo, lo conocía. Rebecca quería pensar que habían intercambiado una mirada en aquel momento. *Te conozco, chiquilla. He venido aquí por ti.*

Aquel día, un viernes de octubre de 1953, Rebecca hizo su turno de ocho horas en el hotel. ¡Sin cansarse! Sin sentir la menor fatiga. Regresó a Ferry Street, se bañó, se lavó la cabeza y se cepilló una y otra vez los largos cabellos ondulados que le llegaban hasta mitad de la espalda. Katy le prestó su lápiz de labios para que se pintara la boca: un brillante rojo peonía.

—Jesús, ¡qué guapa estás! Pareces Ruth Roman.

Rebecca se echó a reír: tenía una idea muy vaga de quién era Ruth Roman.

—«Ruth»... «Rebecca» —dijo—. A lo mejor somos hermanas.

Llevaba un suéter de color verde lima que se le ajustaba mucho al busto, y una falda gris de franela que le llegaba a media pantorrilla, una falda estrecha, que era como la había descrito la dependienta de Norban's. LaVerne le prestó un pañuelito de seda para ponerse alrededor del cuello, de un estilo que estaba de moda por entonces.

¡Medias! Rebecca tenía un par sin ninguna carrera. Y zapatos negros de piel con tacones altos que había comprado para aquella ocasión por 7,98 dólares.

Se reunió con Colleen junto a la entrada trasera del hotel. En su calidad de empleadas no se habrían atrevido a usar la puerta principal.

Colleen la riñó:

—¡Rebecca! Que no parezca que vas a un funeral, caramba, trata de *sonreír*. No te va a suceder nada que no quieras que te suceda.

Todavía era pronto y la cervecería sólo empezaba a llenarse. Rebecca vio al instante en la barra a Niles Tignor: un hombre alto, ancho de hombros, con un pelo peculiar de color niquelado que parecía brotarle completamente tieso de la cabeza. La sorprendió, porque estaba en el bar con otros individuos del todo ordinarios.

Se quedó mirándolo, asustada de repente. Era una equivocación conocerlo. En aquel ambiente no se parecía a la persona que recordaba. Ahora tenía delante a un individuo cuyas ruidosas carcajadas oía desde el otro lado del salón, por encima del ruido de las voces de los clientes.

Hablaba con los hombres que estaban en la barra, sin interesarse en absoluto ni por Colleen ni por Rebecca, que se acercaban despacio. Su rostro no era simétrico, como si le hubieran roto los huesos de debajo, y un lado le hubiese quedado más alto que otro. Su piel parecía caliente, del color de arcilla roja. Era más grande de lo que Rebecca recordaba: la cara, la cabeza, los hombros, el torso, que parecía un barril con las duelas horizontales en lugar de verticales, una caja torácica densa de músculos. Llevaba sin embargo una chaqueta de sport de color gris apagado con rayas más oscuras, muy ajustada a la altura de los hombros. Pantalones oscuros y una camisa blanca con el cuello abierto.

Rebecca retenía débilmente el brazo de Colleen. Pero su amiga, que trataba de llamar la atención de su amigo Mulingar, detrás de la barra, la apartó.

Era un error, pero iba a suceder. Rebecca sentía la capa de carmín en la boca, tan brillante y sonriente como la de un payaso.

Tignor era un hombre que retenía la atención de otros hombres, se veía enseguida. Estaba contando una historia, terminándola, y los otros escuchaban sin perder palabra, empezando ya a reírse. Al final, que quizá fuese algo inesperado, las carcajadas se hicieron estruendosas. Seis hombres, siete incluido el barman, se hallaban alrededor de Tignor. En aquel momento Mulingar volvió la cabeza y vio a Colleen y a Rebecca, que empezaban a llamar la atención en la cervecería: chicas solas entre tantos varones. Mulingar guiñó un ojo a Colleen y le hizo un gesto para que se acercara. Luego se inclinó para hablarle a Tignor al oído, con su sonrisa maliciosa y lasciva.

Tignor interrumpió su conversación con los otros hombres, y se volvió a mirarlas. De inmediato, sonriente, la mano extendida, se dirigió hacia ellas.

—¡Chicas! ¡Hola!

Entornó los ojos para mirarlas. Para mirar a Rebecca. De la manera en que lo hace un cazador cuando se dispone a apuntar con el rifle. Rebecca, que estaba sonriendo, sintió el torrente de sangre que le subía a la cara, una verdadera hemorragia. Apenas veía, su visión desdibujada.

Colleen y Niles Tignor hablaban animadamente. A través del rugido de sus oídos Rebecca oyó su nombre y sintió el apretón intenso, cálido, de la mano que se apoderaba de la suya y luego la soltaba.

—Rebecca. Hola.

Tignor escoltó a las chicas hasta una mesa en otra zona del bar menos ruidosa. Muy cerca había una amplia chimenea de piedra en la que ardían troncos de abedul.

¡Qué agradable era aquello! La parte más antigua, «histórica», del hotel, que Rebecca no había visto nunca.

Colleen tenía veintiún años y podía tomar bebidas alcohólicas: Tignor pidió para ella cerveza de barril. Rebecca era una menor y sólo estaba autorizada a tomar refrescos. Tignor pidió las consumiciones y habló con ellas de forma cortés, más bien ceremoniosa, en un primer momento. Su actitud con las chicas era muy diferente de su comportamiento con los hombres.

Quedó claro que a Tignor le interesaba Rebecca, aunque conversara al principio con Colleen, con bromas que entraban en el terreno del coqueteo. ¡Qué grandes tenía los dientes, como los de un caballo! Un tanto torcidos y del color de mazorcas podridas. Y su curioso rostro, tan desigual. En cuanto a los ojos, eran pálidos, de un gris metálico, más claros que el pelo; su manera de brillar, fijos en Rebecca, le hicieron sentirse incómoda y jubilosa al mismo tiempo. Le latía el corazón como aquella mañana en el instituto cuando Gloria Meunzer la empujó por detrás y Rebecca supo que ya no iba a escabullirse, sino a volverse y a enfrentarse con sus enemigos, que iba a luchar.

Tignor sonrió mientras le preguntaba por su trabajo en el hotel.

—Seguro que una camarera ve montones de cosas, ¿verdad que sí? Apuesto a que podrías contar más de una historia.

Rebecca rió. Se sentía muy tímida ante un Tignor que se centraba en ella de aquel modo.

—No; no cuento historias —dijo.

Tignor rió también, con actitud aprobadora.

—¡Buena chica! ¡Eso es una buena chica!

Sabía sin duda que no había hablado de él a la policía. Existía entre ellos un secreto que Colleen no podía adivinar.

A escondidas, Rebecca bebió del vaso de Colleen. Porque se trataba de que la dirección del hotel no se percatara de que había allí una clienta menor de edad. Tignor pidió otras dos cervezas de barril, Black Horse por supuesto, para su mesa.

Rebecca no tenía la menor intención de mantenerse sobria aquella noche. Estaba más que harta de ser siempre tan seria, tan condenadamente *acongojada* como sus amigas le echaban en cara. Como si fuese un funeral, maldita sea. Ningún tipo quiere salir con una chica *acongojada*. Rebecca se oyó reír, y sintió que se le encendía la cara, y supo que resultaba muy atractiva y que por eso le gustaba a Niles Tignor. Bebería tanto como bebiera Colleen y no se emborracharía ni vomitaría. Y cuando Tignor les ofreció teatralmente cigarrillos Chesterfield de su lujosa pitillera de plata, que tenía grabadas las iniciales *NT,* Rebecca se vio sacar un cigarrillo con la misma destreza que Colleen, y también aquello le hizo reír.

Fue entonces cuando Tignor dijo, inesperadamente, frunciendo el ceño, con su manera extraña, directa:

—Rebecca Schwart, he oído hablar de ti y siento la pérdida que has sufrido.

Fue un momento doloroso. Al principio Rebecca no estuvo segura de qué era lo que había escuchado.

Se mordió el labio para no reír. Pero no pudo evitarlo.

¡Por qué piensas que he sufrido una pérdida! No es cierto. Me tiene sin cuidado. Quería que se murieran, los detestaba a los dos.

Era un reflejo puramente nervioso, la risa de Rebecca. Tanto Tignor como Colleen se la quedaron mirando. Rebecca quería esconder la cara entre las manos. Quería abandonar la mesa y escapar de aquel sitio. Pero consiguió decirle a Tignor:

—Ahora..., ahora no pienso en ello.

Tignor se llevó una mano a la oreja, no había oído.

Rebecca repitió sus palabras titubeantes. La cara le latía de nuevo con la violencia de la sangre. Tignor asintió.

—Eso está bien, chiquilla. Muy bien —había cosas en las que Niles Tignor tampoco quería pensar.

Le apretó la mano. A Rebecca le pareció que se iba a desmayar al tocarla él.

La mano de Rebecca no era ni mucho menos una delicada manita femenina y, sin embargo, al apretarla Tignor se convirtió en eso; los dedos del hombre, al apretarla sin conciencia de su fuerza, le provocaron un gesto de dolor.

La había llamado *chiquilla.*

Hacía mucho tiempo que se conocían.

—Así, Rebecca. No te lo tragues de inmediato, espera a estar más acostumbrada.

Colleen enseñaba a fumar a Rebecca, mientras Tignor las contemplaba, divertido. Era una película en technicolor, con música en *crescendo* como fondo. No Ruth Roman, sino Debbie Reynolds o June Allyson. Rebecca se comportaba como aquellas actrices bonitas y pizpiretas. Era una buena chica aprendiendo a fumar, tosía y los ojos se le llenaban de lágrimas. Era una chica aprendiendo a beber. Era una chica dispuesta a agradar a un hombre, no cualquier hombre, sino uno como Niles Tignor, y aunque parecía una cualquiera, con el suéter ceñido, la falda ajustada, la boca pintada con un lápiz de labios rojo chillón, y el pelo ondulado y enmarañado espalda abajo, quería, sin embargo, que se pensara que era una buena chica y además ingenua.

Una chica que un hombre desea proteger y querer.

Por qué sucedió aquello, Rebecca no lo supo: Colleen se inclinó ¡y la besó en los labios!

Una broma, tuvo que ser eso. Tignor se echó a reír.

Ah, pero el tabaco tenía un sabor tan desagradable, mezclado en sus recuerdos con el de la leche...

Maldita sea, Rebecca no iba a vomitar. ¡Allí no! Ella no.

Afortunadamente cambiaron de conversación. Rebecca dejó que se le apagara el cigarrillo. Y se quitó el sabor con un trago de su refresco ya tibio. Colleen, una chica perspicaz que había «salido» con muchos hombres, y algunos tan mayores como Niles Tignor, sabía las preguntas que había que hacer a su acompañante: qué sitios visitaba en sus viajes, cuál le gustaba más, si era cierto lo de las novias por todo el Estado como aseguraba la gente, adónde iría después de Milburn, ¿tenía un hogar de verdad en algún sitio?

Tignor contestó a la mayoría de aquellas preguntas como si se las tomara en serio. Le gustaban todos los sitios por donde pasaba, pero prefería el lago Champlain y los montes Adirondack. ¡Le gustaba toda la gente que trataba! Por supuesto, le encantaba el hotel General Washington: era un cliente insuperable de la cerveza Black Horse.

No tenía «hogar», quizá. No era una persona especialmente deseosa de un «hogar», como les pasaba a otros. Hasta donde se le alcanzaba, «hogar» era un peso que llevabas colgado del tobillo. A no ser que «hogar» fuese algo que se pudiera llevar a todas partes, como el coche.

A Rebecca le impresionaron las palabras de Tignor. No conocía a nadie que hubiera expresado tales ideas. Había allí una precisión en el pensamiento, aunque las palabras de Tignor fueran de lo más corriente, que la encantó. Le recordó a Herschel. Una manera ordinaria de hablar, pero con algo sutil debajo, e inesperado. Porque ¿no era el «hogar» una trampa en realidad? Confinamiento, prisión. Una cueva húmeda y mal ventilada. Te arrastrabas para meterte en una cueva, para morir. ¿Para qué le servía a un hombre como Tignor un simple «hogar»?

Rebecca dijo con entusiasmo:

—Yo tampoco tengo un «hogar». Sólo un sitio donde guardo cosas. Vivo en Ferry Street con mis amigas pero no es mi hogar. Podría dormir en cualquier sitio: junto al canal, o en un coche.

Tignor rió, la miró fijamente y bebió. Rebecca tomaba ahora cerveza, de una copa que alguien le había puesto delante.

Eran más de las nueve. Tignor pidió algo de comer.

Rosbif con pan alemán, una especialidad de la cervecería. Patatas fritas, pepinillos en vinagre. Cerveza de barril Black Horse con abundante espuma. Rebecca no se habría creído capaz de comer en presencia de Niles Tignor, pero estaba sorprendentemente hambrienta. Tignor no devoró uno, sino dos de los gigantescos sándwiches de rosbif, acompañados de abundante cerveza. Le brillaban aquellos dientes suyos tan grandes y era completamente feliz.

—*Gin rummy,* chicas. ¿Sabéis jugar?

Rebecca abrió mucho los ojos. De repente allí estaba Tignor barajando las cartas.

¡Como salida de la nada, una baraja reluciente, con aire de no haber sido estrenada! Tignor mezcló las cartas con notable habilidad, logrando que brillaran en el aire en una especie de cascada, fascinante de observar. Rebecca no había visto nunca nada parecido a la destreza de Tignor con las cartas. ¡Y con unas manos tan grandes, tan desgarbadas!

—Corta, nena.

Había dado un golpe sobre la mesa con las cartas, Rebecca cortó, Tignor se apoderó de nuevo de los naipes y siguió barajando, mientras sonreía a su público. Como rutilantes cuchillas sirvió cartas a Colleen, a Rebecca, a sí mismo, a Colleen, a Rebecca, a sí mismo... ¿Cuándo habían decidido jugar a las cartas? Rebecca se acordó de las partidas de *gin rummy* en casa de los Greb, y se preguntó si Leora les habría enseñado a jugar correctamente.

Tignor anunció que aquella partida sería de *gin rummy gitano,* una variante del otro.

¿Gin rummy gitano? Ni Colleen ni Rebecca lo habían oído nunca.

Tignor se quitó la chaqueta y la arrojó atravesada sobre el respaldo del asiento. La camisa blanca de algodón que llevaba era de buena calidad pero estaba sudada y arrugada. También tenía húmeda la cara, gotas de sudor en las sienes. El extraño pelo acerado parecía un gorro de alambre. Sus ojos, muy pálidos, resultaban luminiscentes sobre su rostro rubicundo. Ojos de depredador del fondo del mar, pensó Rebecca. Para un hombre de su clase, Tignor tenía uñas sorprendentemente limpias, cortadas al límite, aunque gruesas y un tanto descoloridas. Llevaba un reloj de pulsera con correa negra de cuero, no un reloj como el de Baumgarten. Y una sortija en la mano derecha, una extraña figura como un león, con rostro humano, en bajorrelieve, de oro.

—Recoge tus cartas, Rebecca. Mira lo que tienes.

Así lo hizo, con ganas, pero titubeante. Trataba de recordar de qué iba el juego. Se contaban las cartas, en sucesión, del mismo palo; o en grupo, si eran del mismo valor. Había dos montones de naipes en la mesa, los descartes y la reserva y se esperaba que hicieras algo con estas últimas. El objetivo era acumular puntos y «cerrar».

A Colleen le desilusionaron sus cartas. Se echó a reír, pero se mordió el labio inferior, haciendo un mohín.

Rebecca examinó las cartas resplandecientes que tenía en la mano. ¿La reina de picas? ¿El diez de picas? ¿La jota, el as...?

Le temblaron los dedos ligeramente. El humo de los troncos que se estaban quemando la distrajo. Tuvo una visión de abedules, hermosos abedules blancos, marcados con estrías en negro, inclinados hacia el suelo, tronchados... No necesitaba robar ni descartarse. Ganó la mano. Era una jugadora demasiado ingenua para dudar sobre las probabilidades de recibir tan buenas cartas.

Tignor rió y la felicitó. Apuntó los resultados con un cabo de lápiz en una servilleta de cóctel.

La partida continuó. Tignor siguió dando las cartas. Las chicas insistieron, tenía que ser él, porque les encantaba ver cómo barajaba. Aunque Colleen se quejó: «Rebecca tiene toda la suerte, ¡maldita sea!». Una chica bonita, el ceño fruncido, con una boca carnosa de color rosa intenso, pechos grandes muy erguidos en un jersey negro de punto, brillantes pendientes de aro. Rebecca sintió que Colleen se moría por captar la atención de Tignor, por atraer su interés que se desviaba una y otra vez hacia Rebecca.

—¿No necesitáis cartas extra, chicas? Jugamos al *rummy gitano*. Pedidme y os daré vuestro merecido.

Las dos rieron. No sabían en absoluto de qué hablaba Tignor.

Rebecca había advertido cómo, en medio de la animación y franca hilaridad de la cervecería, Tignor parecía mantenerse aparte. Si se daba cuenta de las miradas de otros en su dirección de cuando en cuando, individuos que podrían haberse creído amigos suyos, o conocidos de trato frecuente, con la esperanza de que se los invitase a reunirse con Tignor en su mesa, él no daba la menor señal de advertirlo. Porque era infinitamente dueño de sí mismo y no como los demás. Y no se reía del todo de Colleen ni de Rebecca, aquellas chicas crédulas que aceptaban las cartas que les servía como si fuesen niñas pequeñas...

—Ah, mira mis cartas...

—Vaya, mira...

Rebecca reía, sus cartas eran tan estupendas y resplandecientes: rey, reina, jota de tréboles... Había dejado de contar su valor, se fiaba de que Tignor anotara los puntos.

Tignor se inclinó sobre sus propias cartas y sorbió el aliento, descontento, o fingiendo insatisfacción, para decir, de repente:

—Tu raza, Rebecca. Sois vagabundos.

—¿Raza? ¿Qué raza?

—La raza de la que formas parte.

Aquello fue tan brusco, que Rebecca no tenía ni idea de cuál era el tema de conversación. Los párpados, que le pesaban, y le escocían a causa del humo, se alzaron ahora, hostiles.

—Soy de la misma raza que tú. La misma maldita raza que todo el mundo.

Estaba furiosa con Niles Tignor, de repente. Sintió una salvaje antipatía hacia él en el fondo del alma en aquel instante. La había engañado hasta conseguir que se fiara de él. Toda la velada había estado inclinado hacia ella, apoyado en los codos, observándola, desconcertado. A Rebecca le hubiera gustado arañarle aquella cara suya de huesos grandes, tan llena de suficiencia.

Tignor, sin embargo, frunció el ceño, y su pregunta pareció sincera:

—¿Qué raza es ésa, Rebecca?

—La raza humana.

Pronunció aquellas palabras con tanta fiereza que tanto Tignor como Colleen se echaron a reír. Y Rebecca rió también, al darse cuenta de que todo aquello era en broma, ¿o quizás no? Le gustó ser capaz de hacer reír a Niles Tignor. Tenía el don de seducir a los hombres, si se lo proponía. Hacer que la mirasen, que la desearan. Su exterior, lo que podían ver. Desde el saludo de Tignor, Rebecca había sido intensamente consciente de su presencia, del calor sexual que emanaba. Tignor, por supuesto, quería tener relaciones sexuales con ella. A buena hora iba a subir con él a su habitación en el hotel, o a meterse en su coche para un paseo nocturno a lo largo del río... Rebecca sintió la emoción de su voluntad en oposición a la de Tignor. Casi sintió que se desmayaba, jubilosa en su oposición.

Tignor volvía a dar cartas, resplandecientes. Sus dedos, la sortija con la esfinge en la mano derecha, un retorcido riachuelo de sudor cayéndole por la frente, y aquellos grandes dientes caballunos sonriendo a Rebecca.

—No necesitas nada, ¿eh? Pues enséñanos tus cartas, chiquilla.

Rebecca extendió los naipes sobre la mesa pegajosa: rey, reina, jota, diez, siete, as..., todos de diamantes.

Entonces, inesperadamente, Rebecca se echó a llorar. Las lágrimas le cayeron por las mejillas encendidas, lacerantes como ácido.

32

Llegarían a ser amantes, con el tiempo. Porque Tignor no se conformaba con menos. Se casaría con ella si no le quedaba más remedio.

Niles Tignor se marchó de Milburn y regresó. En el invierno de 1953 a 1954 faltó durante un mes unas veces, durante dos, otras. En enero, sin embargo, regresó inesperadamente después de sólo dos semanas. No había en su calendario un orden que Rebecca pudiera discernir. Nunca le decía cuándo era posible que volviera ni tampoco si iba a volver y, por razones de orgullo, ella se negaba a preguntárselo. Porque también Rebecca manifestaba su testarudez con un simple «Hasta la vista» tranquilo y exasperante como si aceptase siempre que aquélla podía ser la última vez que lo veía.

Rebecca lo besaba en la mejilla. Niles le sujetaba la cabeza y la besaba en la boca hasta hacerle daño.

—¿Es que no me quieres, chiquilla? —en tono de broma. Y—: ¿No sientes curiosidad por saber cómo sería quererme? —y—: ¿Es que vas a hacer que me case contigo, cariño? ¿Es eso?

Rebecca lo mantenía a distancia, porque no estaba dispuesta a acostarse con él. Le resultaba doloroso, pero no lo haría.

Porque estaba segura: Tignor la utilizaría y la desecharía como un clínex. No correspondería a su amor, ¿o sí?

Era un riesgo. Como golpear la mesa con un naipe, un gesto irrevocable.

—No te conviene enamorarte de ese hombre, Rebecca. Sería una terrible equivocación para una chica como tú.

Palabras de Leora Greb. Pero había además otras mujeres que sentían celos. Las irritaba que Niles Tignor buscara la compañía de Rebecca Schwart, tan joven, a la que él doblaba la edad. Rebecca Schwart, que les parecía tosca, testaruda y ni siquiera bonita.

Rebecca le preguntó a Leora:

—¿Qué quieres decir con «una chica como tú»?

—Joven —respondió Leora—. Una chica que no sabe ni palote sobre los hombres. Una chica... —hizo una pausa y frunció el ceño. Había estado a punto de decir «Una chica sin padre ni madre», pero se lo pensó mejor.

—¿Por qué tendría que enamorarme de Tignor o de cualquier otro hombre? ¡No me fío de ninguno!

Aunque sabía que cuando Tignor se marchaba de Milburn se olvidaba de ella: sencillamente, Rebecca dejaba de existir. Pero ella no conseguía olvidarse de él.

Cuando estaba en Milburn, en el General Washington, Tignor siempre quería verla. De algún modo, en algún momento. Tenía «citas de negocios» durante gran parte del día y a menudo también para cenar, de manera que encajaba sus encuentros con Rebecca tarde en la velada. ¿Estaba disponible? ¿Quería verlo? Ella le había dado el teléfono del apartamento en Ferry Street. La llamaba como si surgiese de la nada. Su voz le producía siempre una sacudida, al llegarle de manera tan íntima al oído.

Rebecca trataba de conseguir un tono intrascendente, bromista, cuando llamaba Tignor. A menudo Katy y LaVerne estaban cerca, escuchando. Le preguntaba que dónde estaba, y Tignor respondía:

—A una manzana de tu casa en Ferry Street, en una cabina telefónica. De hecho veo tus ventanas desde aquí. ¿Dónde creías que estaba, chiquilla?

La llamaba *chiquilla* para tomarle el pelo. A veces *gitanilla*. Rebecca le dijo que ¡no era gitana! Le dijo que había nacido en los Estados Unidos igual que él.

No me voy a acostar con él. Pero me casaré con él.

Era ridículo, en realidad no se lo creía. Como tampoco años antes había creído de verdad que Jesucristo fuera su salvador: que Jesucristo estuviera al tanto de la existencia de Rebecca Schwart.

No había querido enamorarse ni de Niles Tignor ni de ningún hombre. El amor era el cebo envenenado, ¡lo sabía demasiado bien! El amor sexual, el amor de los sentidos. Aunque Rebecca no recordaba que sus padres se hubieran tocado nunca con afecto, tenía que suponer, sin embargo, que en otro tiempo habían estado *enamorados*. Habían sido jóvenes, se habían querido y se habían casado. Muchos años antes, en lo que Anna Schwart llamaba el viejo país. Porque ¿no la había asombrado Herschel al contarle que *Papá cantaba un poco, y mamá le respondía cantando también, y se reían, o algo parecido*. ¡Y su hermano también le había dicho que su padre lo había besado a *él*, a Herschel! El amor era la trampa que te arrastraba hasta la cueva. Y una vez en aquella cueva, no se podía escapar.

Amor sexual. Lo que significaba deseo. Un deseo muy fuerte, hasta el punto de que dolía entre las piernas. Rebecca sabía lo que era aquello (se lo imaginaba) y también sabía que era aún más fuerte en los hombres, y que no había que jugar con ello. Se acordaba de su hermano Herschel inclinado sobre ella, entre gruñidos y gemidos, queriendo frotarse contra su trasero cuando era una niñita: la húmeda urgencia sin tapujos en los ojos del muchacho, una angustia en su rostro que se podría confundir (si sólo se veía el rostro, los brillantes ojos en blanco) con nostalgia espiritual. Herschel, a quien su madre tenía que separar de su hermana pequeña golpeándolo, al chico grande y desgarbado que ya era, en la cabeza.

Pero Rebecca pensaba sin descanso en Tignor. Cuando no estaba en Milburn, que era casi todo el tiempo. Recordaba, con insoportable vergüenza, cómo había huido aquella noche de la cervecería, con un ansia desesperada de escapar. No sabía por qué se había echado a llorar. Una mano de naipes resplandecientes, todos diamantes... Colleen había tratado de seguir a Rebecca, pero Rebecca se había escondido en la escalera trasera del hotel.

Había bebido demasiado, ésa debía de ser la razón. Sin costumbre de beber alcohol. Sin costumbre de tanta proximidad corporal con un hombre, y sabiendo que te desea. Y unas cartas tan resplandecientes...

Avergonzada, Rebecca había supuesto que Niles Tignor nunca querría volver a verla. Pero no fue así.

Tignor había invadido sus horas de trabajo en el hotel, las horas en las que antes estaba como en trance. Sobre todo cuando empujaba su carrito por el corredor del quinto piso. Al abrir la puerta de la habitación 557 y cruzar el umbral. Como si soñara despierta, veía una vez más a Tignor acercándose a la cama a grandes zancadas, un hombre alto con el pelo de color niquelado y el rostro encendido de indignación; oía sus palabras furiosas. *Suelte a la chica,* mientras agarraba a Baumgarten y empezaba a golpearlo.

Tignor se había expuesto a que lo detuvieran por defender a Rebecca. Y por entonces no la conocía: sólo había oído sus gritos pidiendo auxilio.

Fueron en coche a lo largo del río Chautauqua. Alejándose de Milburn por el oeste, en dirección a Beardstown. Donde una nieve fina recién caída, semejante a polvo, no se había arremolinado aún sobre el hielo, y el río congelado resplandecía, con un tinte azulado, bajo la luz del sol. Era febrero de 1954. Rebecca llevaba varias semanas sin ver a Tignor. Había llegado a Milburn al volante de un Studebaker último modelo, color aguamarina, un turismo con las ventanillas delanteras y traseras más amplias que Rebecca había visto en ningún vehículo.

—¿Te gusta? ¿Quieres venir a dar un paseo?

Quería. Por supuesto que quería.

Tignor llevaba, abierta, una botella de cerveza Black Horse cómodamente colocada entre las rodillas mientras conducía. De cuando en cuando se la llevaba a la boca, bebía y se la pasaba a Rebecca que bebía con mucha moderación, aunque había logrado que no le desagradase el fuerte sabor áspero de la cerveza. Rebecca sólo bebía cuando estaba con Tignor, de manera que asociaba el beber, el olor de las distintas clases de cerveza, el tibio zumbido en la base del cráneo, a la angustiosa felicidad que sentía con Tignor.

Él la asediaba con codazos:

—Vamos, muñeca: bebe de verdad. No tiene ninguna gracia beber solo.

No eran amantes todavía. Existía esa tensión entre ellos, un nerviosismo y un reproche por parte de Tignor. Rebecca comprendía que llegarían pronto a serlo.

Aquella tarde de domingo se detendrían en varios bares y hoteles a lo largo del río. Su destino final era Beardstown Inn. Iban visitando a clientes de la fábrica de cerveza Black Horse y en todos aquellos sitios se conocía y apreciaba a Niles Tignor. Resultaba placentero ver iluminarse la cara de numerosos desconocidos cuando Tignor entraba en un bar y los clientes alzaban la vista. La camaradería de hombres bebiendo juntos, incluso a mediodía. Rebecca, por ser mujer, no la conocería nunca, ni tampoco hubiese querido conocerla y, sin embargo, en compañía de Tignor, con el abrigo verde a cuadros que le había regalado por Navidad, para sustituir a su gastado abrigo de lana marrón que, según Tignor, parecía una manta de caballo, también Rebecca llegaba a sentir que era alguien especial.

—¿Es ésa tu chica nueva, Tignor? ¿No es un poco demasiado joven?

—Quizá para ti, amigo. No para mí.

Como con el rabillo del ojo Rebecca no perdía de vista a Tignor, alto y dominante como un oso alzado sobre las patas traseras, oía con frecuencia aquellos diálogos entre Tignor y otros hombres, para ella desconocidos.

—¡Caramba, Tignor! Ésta parece cosa fina.

Rebecca oía, pero no daba la menor señal de enterarse. A continuación pasaba al servicio a fin de que los hombres pudieran hablar entre ellos con toda la crudeza y todas las bromas que quisieran, sin estar ella presente.

A los hombres les gusta que los vean con chicas bien parecidas. Cuanto más jóvenes, mejor. ¿Hay que condenarlos por ello? ¡Claro que no! Eran celos por parte de Leora Greb: Leora tenía más de cuarenta años y ningún hombre volvería a mirarla nunca como Tignor miraba a Rebecca.

Mujeres más jóvenes de Milburn también tenían celos de Rebecca. Algunas habían salido con Tignor. Las había paseado en uno u otro de sus automóviles y, sin duda, les había hecho regalos. Pero su época pertenecía al pasado y ahora le tocaba el turno a Rebecca.

—Podría ser, cariño, que hoy tuviera una sorpresa para ti.

—¿Qué, Tignor? ¡No te burles!

Pero a él le encantaba tomarle el pelo. Tignor era un bromista incorregible.

Rebecca adoraba montar con Tignor en el Studebaker de color aguamarina que era distinto de todos los coches que circulaban por la zona accidentada entre Milburn y Beardstown, a cincuenta kilómetros de distancia. Coches de granjeros, camionetas y viejos cacharros conducidos por jóvenes se cruzaban con ellos de cuando en cuando, pero la mayor parte del tiempo la carretera estaba desierta. Rebecca quería pensar que eran los dos últimos supervivientes en todo el mundo: que no se dirigían a ningún sitio ni dejaban atrás el hotel General Washington de Milburn, donde Niles Tignor era un cliente muy apreciado y Rebecca Schwart una camarera a quien se pagaba el sueldo en metálico, sin pasar por los libros de contabilidad.

El río Chautauqua estaba helado, inmovilizado por el hielo. Rebecca no había llegado nunca tan al norte. Todos aquellos paisajes eran nuevos para ella, y la nieve los embellecía y llenaba de misterio. A lo lejos se alzaban las montañas Chautauqua, pálidas y desdibujadas en la niebla invernal. Más cerca había granjas, tierras de labranza, campos sin cultivar. A Rebecca le sorprendían los maizales en cuyo interior, desgreñado y lleno de aristas, vislumbraba a veces las formas fantasmales de ciervos de cola blanca. En su mayor parte, las manadas eran de hembras y de jóvenes de ocho meses, casi crecidos del todo, con sus apagadas y gruesas pieles de invierno, pero de cuando en cuando veía a un macho, de tórax amplio, sólido, con cuernos de muchas puntas. Cuando veía a un macho, Rebecca susurraba: «¡Tignor! Mira». Tignor conducía más despacio para escudriñar entre las hileras de tallos quebrados.

No existe criatura tan hermosa como un ciervo adulto de cola blanca y cornamenta bien desarrollada. Tignor silbó entre dientes para mostrar su admiración ante uno de su propia especie.

—¡Caramba, chiquilla! Lástima no tener mi rifle.

—No dispararías contra él, ¿verdad que no, Tignor? Porque entonces no sería más que un animal muerto.

Tignor rió. Era imposible saber el significado de aquella risa.

Rebecca pensó sin alterarse: *Ha matado. A alguien o algo.*

Pensando, llevada del orgullo y de la vanidad: *¡Pero a mí no me matará!*

A Tignor le gustaba que, mientras conducía, se acurrucara junto a él. Le gustaba que apoyara la cabeza en su hombro. Le acariciaba la rodilla, el muslo a través de varias capas de ropa de invierno. Le acariciaba la mano y subía por el antebrazo dentro de la manga del abrigo hasta donde su piel se estremecía. Como si la mano se moviera por propia iniciativa o de acuerdo con los deseos de Rebecca, que empezaba a sentirse excitada, inquieta. Para Rebecca la excitación sexual era indistinguible de la inquietud. Deseosa de apartarse del hombre pero deseosa, al mismo tiempo, de que siguiera.

Su cuerpo ardía, iluminado. En los pechos, en la boca del estómago. Invadida hasta el alma misma como luz solar convertida en líquido.

Ha matado, le tengo miedo.

No debería estar aquí. He llegado demasiado lejos. Esto está mal.

Se casará conmigo. ¡Algún día!

Tignor le había dicho que estaba loco por ella. Le había dicho que quería estar con ella. *Estar con.* Rebecca sabía lo que eso significaba.

Sexo. Aquel deseo. Sólo por medio del sexo existía la posibilidad del amor. Tenía que tener cuidado, le aterraba quedarse embarazada como otras chicas que conocía en Milburn y que no habían terminado la secundaria, algunas de ellas más jóvenes que Rebecca y madres ya. Tignor le había advertido que él no era partidario del matrimonio.

Pero si me quisiera... ¡Sería distinto!

Sabía que se decían cosas horribles de Tignor. Incluso Mulingar, que se consideraba amigo suyo, repetía los rumores. Había estado casado, más de una vez. Sin duda estaba casado ahora. Tenía una familia en el lago Champlain que sabía muy poco de su vida en otros lugares. Tenía una familia en Buffalo. Los restos de otras familias repartidas por todo el Estado: antiguas esposas que lo lloraban e hijos sin padre.

Pero no conmigo. A mí no me dejaría. Conmigo será diferente.

—¿Qué sorpresa es ésa, Tignor?

—Si te lo contase demasiado pronto no sería una sorpresa, cariño, ¿verdad que no?

—Es algo que me va a hacer feliz o...

La voz de Rebecca se fue apagando. En qué estaba pensando, para insinuar tales cosas a un hombre. ¡Que una sorpresa pudiera hacerla desgraciada!

Tignor dijo sí con un gruñido. Eso pensaba.

Rebecca llevaba un suéter de angora de color melocotón encontrado en una papelera en una de las habitaciones del General Washington, cuyo cuello, dado de sí, había ocultado atándose un pañuelo; una falda negra de lana que se le ajustaba bien a las caderas y relucientes botas negras hasta media pantorrilla. ¡Muy feliz!

En Beardstown Inn Tignor tenía derecho a utilizar una habitación.

Una habitación para su uso personal, con una cama de matrimonio y un baño.

Una habitación en el segundo piso del histórico hotel, a disposición del representante de la fábrica de cerveza Black Horse siempre que pasara por allí en viaje profesional. Rebecca se preguntó inquieta si tenía que quedarse con Tignor, ¿dormir con él en aquella cama?

Tignor no despejó la incógnita. Se mostró brusco, práctico. La dejó en la habitación, bajó y estuvo ausente más de una hora bebiendo y «hablando de negocios» con el gerente. Rebecca utilizó el baño con precaución y no se secó las manos con una toalla blanca recién lavada, prácticamente idéntica a las toallas del General Washington, sino con papel higiénico. Luego ocupó una silla de asiento muy duro junto a una ventana que no cerraba bien; no quería tumbarse en la cama, sobre una colcha de brocado de color tierra que rezumaba frialdad invernal.

Mi sorpresa, cuál es mi sorpresa...
Tignor, ¡no te burles de mí!

El Beardstown Inn era más pequeño que el General Washington, pero de parecida antigüedad. En origen, al igual que el establecimiento de Milburn, había sido, mucho tiempo atrás, un lugar donde paraban las diligencias. La parte más antigua de los dos hoteles eran las cervecerías. Se sabía que los burdeles —casas de putas— eran a menudo parte de aquellos servicios para hombres.

Rebecca se vio obligada a pensar, mientras tiritaba en la habitación del Beardstown Inn: muchos años antes, muchachas y mujeres a las que se denominaba *putas,* ¡qué asustadas y desesperadas estarían, en el desierto del valle del Chautauqua! Sin duda carecían de hogar y de dinero. De familia. Sin marido que las protegiera. Algunas habrían sido retrasadas mentales. Con el tiempo quedarían embarazadas, contraerían enfermedades. Y, sin embargo, había un algo cómico en las palabras mismas: *puta, casa de putas.* No se podían pronunciar palabras tan vulgares sin hacer una mueca.

Aquella habitación, comprobó Rebecca con mirada crítica, había sido arreglada impecablemente. La cama, que era sólo un poquito más alta que las del General Washington, con una cabecera más sencilla y las columnas más pasadas de moda, estaba perfectamente hecha. A las feas cortinas de terciopelo no se les podía poner un pero. Se advertía un débil olor a un producto de limpieza. Y un olor más hondo a yeso viejo, enmohecido. La alfombra estaba casi raída en algunos sitios y el estampado floral de fondo color hueso con que se habían empapelado las paredes parecía descolorido. El techo tenía manchas de agua que hacían pensar en arañas de largas patas escabulléndose por las alturas. A su lado, la alta ventana adusta, encuadrada por pesadas cortinas de terciopelo, daba al nevado espacio vacío de un patio lateral atravesado en todas direcciones por innumerables huellas de perros y, ahora que el sol se estaba poniendo, las huellas empezaban a oscurecerse como misteriosas señales codificadas.

Tignor regresó de muy buen humor. Sus ojos, tan claros, se posaron en Rebecca y, al ver que seguía con el abrigo puesto, que ni siquiera se lo había desabrochado, se echó a reír y le dijo que se lo quitara:

—Pareces alguien que estuviera esperando el autobús, chica. No nos marchamos todavía. Vamos a cenar aquí, eso es seguro. Relájate.

Cuando Rebecca se puso en pie y empezó a desabrocharse torpemente los botones recubiertos de tela, Tignor tiró de ellos y uno saltó, rodando por la alfombra de una manera que hubiera hecho reír a Rebecca en otra ocasión.

Tignor le quitó el abrigo y lo tiró al desgaire en una silla sobre el suyo, que había arrojado allí antes. Le sonrió mostrando sus grandes dientes brillantes, le acarició los hombros y el pelo y la besó separando los labios. Su boca pareció tragarse la de Rebecca de la manera en que una serpiente se traga a su pequeña presa paralizada. Su lengua sabía a whisky y a humo de cigarrillos, pero estaba extrañamente fría. Rebecca lo apartó de un empujón y empezó a tiritar de manera incontrolable.

—Tignor, no puedo. No me puedo quedar aquí. ¿Esperas que me quede aquí esta noche? ¿Es ésa la sorpresa? No puedo, ya ves que no tengo mis cosas. No tengo un..., no tengo muda. Y mañana trabajo. Empiezo a las siete de la mañana. Tengo que estar en el hotel. Me despedirán si...

Tignor la dejó parlotear nerviosamente, sonriendo, desconcertado.

—Ningún hijo de puta te va a despedir, vida mía. Te doy mi palabra.

¿Qué quería decir aquello? Rebecca se mareaba.

—No me puedo quedar por la noche. No...

—No he dicho que nos vayamos a quedar por la noche. Sólo he dicho que tengo esta habitación. Y aquí está.

Hablaba como un padre riñendo a una niñita caprichosa. Rebecca se molestó, no soportaba que la reprendieran.

Tignor fue a usar el cuarto de baño sin cerrar la puerta. Rebecca se tapó los oídos porque no quería oír el vigoroso salpicar de su orina, que se prolongó durante mucho tiempo. Deseó que no manchara el asiento del inodoro ni la pared de azulejos. ¡Eso no!

Lo limpiaría ella, si hubiera sucedido. No dejaría una cosa así para que tuviera que limpiarla la camarera.

En el momento mismo en que Tignor regresaba al dormitorio, abrochándose la bragueta y silbando, se oyeron unos discretos golpes a la puerta: había encargado una botella de bourbon, dos vasos y un cuenco de frutos secos variados. Tignor sirvió el bourbon ceremoniosamente en los vasos para Rebecca y para él.

—No está bien que un hombre beba solo —insistió de nuevo—. ¡Así me gusta!

Entrechocaron los vasos y los dos bebieron. El bourbon era fuego líquido mientras descendía por la garganta de Rebecca.

—La primera vez que te vi, lo supe, chiquilla.

Nunca había aludido antes a su primer encuentro. Incluso ahora no estaba claro a qué se refería, y Rebecca supo que no debía preguntárselo. Como era un hombre que escogía sus palabras con cuidado, aunque le faltara fluidez, no le gustaban las interrupciones.

—¿Te das cuenta? Eres una chica guapa. Lo vi al instante. A pesar de tu uniforme de camarera y de los feos zapatos planos que llevabas, lo vi. Es cierto que necesitas sonreír más. Vas por ahí con aire de estar sumida en tus pensamientos y desde luego no sirven para que te sientas feliz —Tignor se inclinó hacia adelante y besó a Rebecca en la boca suavemente. Le sonrió y en sus ojos había la misma tonalidad metálica, tan pálida, que en sus cabellos, y respiraba deprisa.

Rebecca trató de sonreír y acabó por conseguirlo.

—Eso está mejor, cariño. Eso está muchísimo mejor.

Rebecca se había sentado en la silla pasada de moda, con el asiento muy duro, que Tignor había acercado a la cama,

y él estaba sentado en el borde de la cama, agradablemente acalorado, desprendiendo un aroma a sudor masculino, a deseo de
varón, a bourbon y humo de cigarrillo, inclinado sobre Rebecca. Ella pensaba que Tignor la atraía por su tamaño, porque era
un hombre que a una chica como ella, que no era pequeña, la
hacía sentirse tan delicada como una muñeca.

Del bolsillo del pantalón Tignor se sacó un puñado de
billetes de banco. Los lanzó al aire encima de la cama que tenía
al lado, vigilando a Rebecca estrechamente. Como si se tratara
de un juego de prestidigitación con cartas, eso era lo que parecía.

—Para ti, gitanilla.

Horrorizada, Rebecca miró fijamente los billetes que
revoloteaban. No podía creer lo que estaba viendo.

—... ¿para mí? Pero por qué...

Varios de los billetes eran de diez dólares. Uno de veinte. Otros, de cinco y de uno. Y luego llegó otro de veinte. En
total podía haber una veintena de billetes.

Tignor rió ante la expresión de Rebecca.

—¿No te dije que había una sorpresa esperándote en
Beardstown?

—Pero... ¿por qué?

Rebecca trataba una vez más de sonreír. Más adelante recordaría lo importante que, en aquel momento, como en
el instante crucial en que Jacob Schwart, su padre, trataba de
girar la escopeta para disparar contra ella, le había parecido
sonreír.

Tignor dijo, con tono cordial:

—Porque alguien está pensando en ti, imagino. Quizá
se siente culpable en lo que a ti respecta.

—Tignor, no entiendo.

—Nena, estuve en Quebec la semana pasada. En Montreal por cuestión de negocios. Vi a tu hermano.

—¿Mi hermano? ¿Qué hermano?

Tignor hizo una pausa como si no hubiera sabido que
Rebecca tenía dos hermanos.

—Herschel.

—¡Herschel!

Rebecca se quedó de piedra. Hacía mucho tiempo que no oía pronunciar el nombre de su hermano y había llegado a pensar, de manera casi inconsciente, que podía estar muerto.

—Herschel te manda este dinero, ¿te das cuenta? Porque no va a volver nunca a los Estados Unidos. Lo detendrían en la frontera. No es que sea una gran cantidad, pero quiere que te lo quedes, Rebecca. Y le dije que te lo daría.

A Rebecca no se le ocurrió dudar de todo aquello. Tignor hablaba de una manera muy persuasiva, y siempre era más fácil aceptar lo que decía que dudar de sus palabras.

—Pero... ¿cómo está Herschel? ¿Se encuentra bien?

—A mí me pareció que sí. Pero, como te he dicho, no va a volver a los Estados Unidos. Algún día, quizá, puedas ir a verlo a Canadá. Tal vez podamos ir juntos.

Llena de preocupación, Rebecca preguntó qué hacía Herschel. ¿Qué tal se las arreglaba? ¿Trabajaba? y Tignor se encogió de hombros afablemente, sus pálidos ojos volviéndose huidizos.

—Debe de trabajar, puesto que te manda ese dinero.

Rebecca insistió:

—¿Por qué no me llama, si se acuerda de mí? Le dijiste que estoy en el General Washington, ¿no es cierto? Y tienes mi número de teléfono, ¿se lo diste? Podría llamarme, entonces.

—Seguro.

Rebecca miró los billetes esparcidos sobre la cama. Se resistía a tocarlos, porque ¿qué significaría eso? ¿Qué significaba todo aquello? Encontraba insoportable recoger los billetes, contarlos.

—Herschel se marchó y me dejó; lo he aborrecido durante mucho tiempo.

Sus palabras sonaron muy duras. Tignor frunció el ceño, sin saber qué decir.

—No estoy seguro de volver a verlo —dijo—. Quizá se vaya de Montreal.

—¿Irse? ¿Adónde?

—Algún sitio hacia el oeste. Lo que llaman las «provincias de la Pradera». Hay muchas oportunidades de trabajo en Canadá.

Rebecca trataba de pensar. El bourbon se le había subido muy deprisa a la cabeza, y las ideas le llegaban en lentas formas flotantes de color ámbar semejantes a nubes. Y sin embargo estaba inquieta, porque había algo que no funcionaba. Y ella no debería estar allí, en el Beardstown Inn con Niles Tignor.

Se preguntaba por qué él la había sorprendido de aquella manera. Esparciendo billetes de banco sobre una cama de hotel. Le dolía el pecho, como si un nervio le estuviera oprimiendo el corazón.

Con energía renovada, Tignor dijo:

—Pero eso no es mi sorpresa para ti, Rebecca. Ésa es la de Herschel, ahora viene la *mía*.

Se puso en pie, fue a buscar algo por los bolsillos del abrigo que había dejado sobre una silla, y regresó con un paquetito envuelto en papel reluciente: no se trataba de un estuche, sólo de papel torpemente pegado con cinta adhesiva para envolver un objeto muy pequeño.

Rebecca pensó al instante: *Un anillo. Me va a regalar un anillo*.

Era absurdo pensar una cosa así. Casi con glotonería los ojos de Rebecca se clavaron en el paquetito que Tignor se disponía a entregarle haciendo una floritura, como cuando barajaba y daba las cartas.

—Tignor. ¿Qué es...?

Le temblaban las manos, apenas lograba abrir el paquete. Dentro encontró una sortija con una piedra de color lechoso pálido, no transparente sino opaca, con forma de óvalo, del tamaño aproximado de una simiente de calabaza. El engaste era de plata, y parecía ligeramente deslustrado.

La sortija, de todos modos, era hermosa. A Rebecca no le habían regalado nunca una sortija.

—Oh, Tignor.

Se sintió débil. Aquello era lo que deseaba, y ahora le daba miedo. Sin saber qué hacer con la hermosa sortija, temerosa de que se le cayera.

—Vamos, chica. Pruébatela. Mira si te está bien.

Al ver que a Rebecca la cegaban las lágrimas, Tignor, con sus torpes dedos, le quitó la sortija y trató de metérsela en el dedo corazón de la mano derecha. Casi encajaba. Si hubiera empujado más, habría llegado hasta el final.

Rebecca dijo con voz débil:

—Es muy hermosa, Tignor. Muchas gracias...

Estaba casi dominada por la emoción. Y sin embargo una parte de su cabeza permanecía ajena, burlándose. *Es la sortija aquella. La que robó de aquella habitación. Al hombre al que casi mató. Está esperando a que tú la reconozcas, a que lo acuses.*

Rebecca tomó la sortija y se la introdujo en un dedo más pequeño, en el que entró sin dificultad.

Besó a Tignor y se oyó reír alegremente.

—¿Quiere esto decir que estamos prometidos?

Tignor resopló desdeñoso.

—Y un cuerno, chiquilla. Lo que quiere decir es que te regalo una sortija francamente bonita, eso es lo que quiere decir —estaba muy satisfecho de sí mismo.

Más allá de las adustas ventanas, enmarcadas por pesadas cortinas de terciopelo, el sol invernal casi había desaparecido detrás de las copas de los árboles. La nieve ofrecía ya un sombrío blanco enigmático, y había desaparecido la multitud de huellas de perro que atribularan antes los ojos de Rebecca. Rió de nuevo, el calor ardiente del bourbon le hacía reír. Las muchas sorpresas recibidas en aquella habitación se le habían subido a la cabeza. Estaba tan jadeante como si hubiera corrido.

Se hallaba en brazos de Tignor y lo besaba de manera imprudente. Como alguien que se arroja desde una altura, como alguien que cae, que se tira al agua, y confía ciegamente en que la recibirá sin destrozarla.

—¡Tignor! Te quiero. No me dejes...

Hablaba con violencia y sollozaba a medias. Agarrándose a él, a la carne —músculos y tejido adiposo— de sus hombros. Tignor la besó, su boca inesperadamente suave. Ahora Rebecca había venido a él, y estaba sorprendido ante su pasión, se mostraba casi vacilante, como si se contuviera. Siempre en sus contactos amorosos era Rebecca quien se distanciaba, quien se retraía. Pero ahora lo besaba con todas sus fuerzas, en una especie de frenesí, los ojos cerrados con fuerza mientras veía el brillo deslumbrador del hielo en el río, de color azul bajo la luz del sol, aquella dureza que deseaba para sí misma. Apretó los brazos en triunfo en torno al cuello de Tignor. Si le tenía miedo en aquel momento, si le asustaba su masculinidad, no se le notaba en absoluto. Si Tignor había robado la sortija, la había robado para ella, y ya era suya. Abrió la boca para recibir la de Tignor. Lo tendría ya, se entregaría a él. Era algo que detestaba, su alma expuesta de aquel modo. Los ojos de aquel hombre viéndola, los ojos que habían visto tantas otras mujeres desnudas. Rebecca no lo soportaba, tanta exposición, pero lo tendría ahora. Su cuerpo, que era ya un cuerpo de mujer, los pechos pesados, el vientre, la mancha de hirsuto vello púbico que le subía hacia el ombligo, como algas marinas, que la llenaba de irritada vergüenza.

Aquellos besos de Rebecca fueron como arrojar una cerilla encendida sobre astillas muy secas.

A toda prisa Tignor la desnudó. No le importó nada que el cuello del suéter de angora estuviese dado de sí y manchado, tenía tan poca conciencia de la ropa de Rebecca como del papel con un dibujo de flores que los rodeaba. Lo que no conseguía desabotonar o desabrochar, lo arrancaba. Y también su propia ropa la abría en parte, torpe por la prisa. Apartó la pesada colcha, arrojándola al suelo, esparciendo una segunda vez los billetes de banco. Algunos se perderían, escondidos entre los pliegues de la colcha de brocado, donde más tarde los encontraría una camarera. Tignor estaba impaciente por hacer el amor con Rebecca, pero era un amante experimentado de muchachas sin experiencia, de manera que tuvo la presencia de ánimo suficiente para traer del cuarto de baño no una sino tres toallas, las mismas toallas que Rebecca, por excesiva timidez, no había querido manchar con las manos mojadas; luego procedió a doblarlas hábilmente, y las extendió sobre el lecho abierto, bajo las caderas de Rebecca.

Rebecca se preguntó por qué; el porqué de aquella precaución. Después lo entendió.

Pero se marchó de nuevo. Tignor volvió a la carretera y desapareció. Un día y una noche después de que regresaran de Beardstown ya había desaparecido sin otra despedida que un *¡Hasta la vista!* Y no tuvo noticia alguna ni supo nada de él hasta que un día, a finales de febrero se forzó a hablar con Mulingar, que estaba allí, limpiando perezosamente la barra de la cervecería con un trapo húmedo y Rebecca Schwart con su uniforme blanco de camarera y el pelo en trenzas y recogido alrededor de la cabeza preguntando en voz baja cuándo creía que Tignor volvería a Milburn; y Mulingar, insolente, sonrió a Rebecca y dijo:

—¿Quién quiere saberlo, muñeca? *¿Tú?*

Incluso entonces, al alejarse deprisa, sin volverse a mirar al hombre inclinado por encima de la barra, observando su cuerpo en retirada, sus caderas y sus sólidas piernas, sin pensar *Lo sabía, me merezco esta humillación* pero no menos categórica que antes *Se casará conmigo, ¡me quiere! Aquí está la prueba,* pasando el dedo sobre la suave piedra de color lechoso pálido en la montura que sólo estaba ligeramente deslustrada y que ella creía ser plata auténtica.

La primera vez que te vi, lo supe, chiquilla.

Se había ido, pero regresaría. Rebecca lo sabía porque Tignor lo había prometido.

En el trabajo Rebecca se quitaba la sortija para ponerla a buen recaudo. La envolvía en un pañuelo de papel y la llevaba muy cerca del corazón, en un bolsillo de su uniforme blanco de rayón. Cuando se quitaba el uniforme al final de su turno, se volvía a colocar la sortija de plata en el dedo meñique de la mano izquierda.

Ahora se ajustaba a la perfección. Katy le había mostrado cómo estrechar la sortija con una delgada tira de cinta adhesiva transparente.

Era una cosa sabida, en el reducido círculo de amistades de Rebecca, que Niles Tignor le había regalado aquella sortija. «¿Estáis prometidos? Pasaste la noche con él, ¿no es cierto?» Pero Rebecca no hablaba de Tignor. No era una persona que hablara despreocupadamente de su vida privada. No era alguien que se riera e hiciese chistes sobre los hombres, como otras mujeres. Lo que sentía por Tignor era demasiado profundo.

Rebecca detestaba la frivolidad con que las mujeres hablaban de los hombres cuando no estaban presentes. Observaciones chabacanas, burlonas, que pretendían ser divertidas: como si las mujeres no se sintieran intimidadas por la fuerza masculina, por la autoridad de un hombre como Tignor. Por la despreocupación misma del varón que esparce su simiente con el abandono del algodoncillo o de las semillas del arce revoloteando locamente con los vientos racheados de la primavera. Las burlas femeninas eran sólo defensivas, desesperadas.

De manera que Rebecca no hablaba de Tignor, aunque sus amigas insistían en preguntarle. *¿Estaba* prometida? ¿Y cuándo volvería él a Milburn? Rebecca protestaba: «No es el hombre que creéis conocer. Es...». Sabía que a sus espaldas se reían de ella y la compadecían.

En la vieja casa de piedra del cementerio se habían pronunciado muchas palabras, pero habían sido palabras de muerte. Rebecca, ahora, no se fiaba de las palabras. Desde luego no había palabras adecuadas para hablar de lo sucedido entre Tignor y ella en Beardstown.

Ahora somos amantes. Hemos hecho el amor. Nos queremos...

Palabras groseras garrapateadas por muchachos en las paredes y en las aceras de Milburn. En la mañana de Halloween, de manera invariable, FOLLAR, QUE TE FOLLEN escritas con tiza, en letras de treinta centímetros, en los escaparates de las tiendas, en las ventanas del instituto.

Era así, pensaba Rebecca. Las palabras mienten.

Tenía la seguridad de que Tignor volvería con ella, porque lo había prometido. Estaba la sortija. Estaban sus relaciones sexuales, la manera en que Tignor la había amado con su cuerpo, aquello no podía haber sido falso.

Ningún acontecimiento erótico existe aislado, para ser experimentado sólo una vez y luego olvidado. Lo erótico existe sólo en la memoria: recordado, reimaginado, revivido una y otra vez en un presente incesante. Así lo entendía ahora Rebecca. Estaba obsesionada por el recuerdo de aquellas horas en Beardstown que parecían tener lugar en un presente incesante al que únicamente ella tenía acceso. Daba lo mismo que estuviera trabajando en el General Washington, o acompañada, hablando con otras personas y en apariencia atenta, participando: Rebecca seguía, sin embargo, con Tignor en el Beardstown Inn. En la cama, en aquella habitación.

En el recuerdo había llegado a parecerle *la cama de los dos*. No simplemente *la cama*.

—¡Tignor! Sírveme un poco de bourbon.

Tignor haría aquello encantado. Porque también él necesitaba un trago.

Llevó el vaso hasta los irritados labios de Rebecca mientras permanecía tumbada sobre las sábanas, revueltas y manchadas. El pelo se le pegaba al rostro y al cuello sudorosos, los pechos y el vientre brillantes de sudor, el suyo y el de Tignor. Rebecca había sangrado, y las toallas dobladas apenas habían bastado para absorber la sangre.

Mientras hacía el amor, Tignor se olvidó por completo de los gritos ahogados de Rebecca. Se movía sobre ella masivo y destructor como un desprendimiento de tierra. ¡El peso de su cuerpo! ¡Su corpulencia y su calor! Rebecca no había experimentado nunca nada parecido. Tan espantada que abrió los ojos. Tignor que entraba y salía con fuerza de ella, como si aquella acción fuese su vida misma, Tignor que no era capaz de controlar la urgencia que lo recorría como una llama, de manera catastrófica. Apenas la había reconocido, no podía haber sido consciente de los intentos de Rebecca por acariciarlo, por besarlo, por repetir su nombre.

Después Rebecca trató de ocultar la hemorragia. Pero Tignor se dio cuenta, y silbó entre dientes. «Joder.»

Rebecca estaba bien, de todos modos. Pese al dolor, un dolor palpitante, no sólo entre las piernas, donde estaba en carne viva, desgarrada, como si Tignor le hubiera metido un puño dentro, sino también en la columna vertebral, y en la piel enrojecida y rozada de los pechos, y en las marcas de los dientes de Tignor en el cuello, no estaba dispuesta a llorar, maldita sea, se negaba a llorar. Entendía que Tignor estaba hasta cierto punto arrepentido. Ahora que la urgencia como de incendio había pasado, ahora que ya le había bombeado su energía vital, sentía una vergüenza masculina, y temía que Rebecca estallara en sollozos incontenibles, porque entonces tendría que consolarla, y su naturaleza sexual no se sentía a gusto con el consuelo. La culpa enfurecería a Niles Tignor, como un caballo acosado por los tábanos.

Tampoco había «tomado precauciones», como él lo llamaba. Y era algo que desde luego había tenido intención de hacer.

Rebecca sabía, de manera instintiva, que no debía hacer que se sintiera culpable, ni arrepentido. De lo contrario la miraría con desagrado. No querría volver a hacer el amor con ella. No la querría y no se casaría con ella.

¡Ah, qué bien sabía el bourbon al pasar por la garganta! Bebieron del mismo vaso. Rebecca abrazó con los suyos los dedos grandes de Tignor que lo sujetaban. Le encantaba que la mano de su amante fuese mucho más grande que la suya. Los nudillos se marcaban mucho, y el vello de color niquelado crecía tan abundante en el dorso de sus manos como en la piel de un animal.

Rebecca estaba desnuda y Tignor también. En aquella habitación y en su cama del Beardstown Inn, donde pasaban la noche juntos.

De manera brusca ya eran íntimos. La sorpresa de la desnudez se había convertido en una cosa muy extraña: aquella intimidad y la sudorosa proximidad de sus cuerpos. Si se besaban ahora, el beso pertenecía ya a aquella intimidad recién descubierta. Eran amantes y la nueva realidad no se podía alterar ya.

Rebecca sonrió, disfrutando con aquel descubrimiento. Lo que Tignor le había hecho a ella, a su cuerpo, era tan irrevocable como el impacto de un arma de fuego.

—Me quieres, Tignor, ¿verdad que sí? Di que me quieres.

—«Me quieres.»

Rebecca rió y le dio un manotazo. Como jugando, en aquella nueva intimidad deslumbrante en la que ella, Rebecca Schwart, tenía ya el derecho a reprender de manera desenfadada a su amante.

—¡Tignor! Di que me *quieres*.

—Claro que sí, nena.

Sobre las sábanas pegajosas y con olores corporales yacían los dos, aturdidos y exhaustos. Como nadadores que se han esforzado mucho y ahora jadean, tumbados sobre la arena de la playa. Lo que habían hecho parecía importar menos que haberlo hecho y haber sobrevivido.

Tignor se durmió enseguida. Su cuerpo temblaba y se estremecía con su poderosa vida interior. A Rebecca le maravillaba él, el hecho de su existencia. Torpemente en sus brazos, el peso del hombro izquierdo de Tignor le aplastaba el brazo derecho. *¿Qué significa esto que hemos hecho los dos juntos?* Sentía el dolor y la irritación que le palpitaba entre las piernas y, sin embargo, el dolor era lejano, se podía soportar. El ardor del bourbon le corría por las venas, también ella dormiría.

Se despertó más tarde, por la noche. Y con la luz de la mesilla aún encendida.

Le quemaba la garganta a causa del bourbon, y tenía mucha sed. La sangre que le brotaba de las entrañas no había cesado de manar. Casi sintió pánico. Casi no lograba recordar el nombre de su acompañante.

Lo miró desde una distancia de pocos centímetros. Desde tan cerca es difícil ver. La piel de Tignor, rojiza y tosca, todavía muy cálida. Un hombre que normalmente sudaba mientras dormía, porque su sueño era agitado, inquieto. Gruñía dormido, gemía y lloriqueaba, sorprendido, como un niño pequeño. El pelo, metálico, se le alzaba desde la frente, en húmedas puntas... Las cejas tenían el mismo tono brillante, al igual que la barba que empujaba a través de la piel de las mandíbulas. Estaba boca arriba, extendido cómodamente por toda la cama, el brazo izquierdo estirado por encima de Rebecca, tumbada bajo su protección, bajo su peso abrumador.

¡Con qué violencia respiraba mientras dormía! Roncaba a medias, un sonido húmedo y metálico, tan rítmico en su garganta como los gritos de un insecto nocturno.

Rebecca se levantó de la cama, más distante del suelo de lo habitual. Se le crispó el rostro, porque el dolor en la ingle era como del corte con un cuchillo. Aún sangraba y sería mejor que cogiera una toalla para evitar manchas de sangre en la alfombra.

Qué vergüenza. Dios del cielo.

Y sin embargo era lo más natural, ¿verdad que sí?: Rebecca lo sabía.

Katy y las demás estarían deseosas de enterarse de lo que había pasado en Beardstown. Sabían, o creían saber, que Rebecca no había *estado nunca* con un hombre. Ahora tendrían unas ganas devoradoras de información, y la interrogarían. Y aunque no les dijera nada hablarían de ella a sus espaldas y se preguntarían qué había pasado.

¡Niles Tignor! Así era como se llamaba.

Rebecca caminó muy rígida hasta el cuarto de baño y cerró la puerta. ¡Qué alivio estar sola!

Con dedos temblorosos se lavó entre las piernas, utilizando papel higiénico humedecido. No tiraría de la cadena hasta estar segura de que la hemorragia había cesado, porque le daba miedo despertar a Tignor. Las tres y veinte de la madrugada. En el hotel reinaba el silencio. Las cañerías eran antiguas y ruidosas. La llenó de consternación comprobar que seguía sangrando, aunque menos que antes.

Te pondrás bien. No sangrarás hasta morirte.

En el espejo encima del lavabo le sorprendió ver su rostro encendido y el pelo en desorden, alborotado. No le quedaba pintura en los labios, que parecían en carne viva e hinchados. Daba la sensación de tener los ojos agrietados, cruzados por finísimos hilos rojos. Le brillaba la nariz, grasienta. ¡Qué fea era, cómo podía quererla ningún hombre!

Sonrió de todos modos. Era la chica de Niles Tignor, aquella sangre lo demostraba.

La hemorragia cesaría por la mañana. No era la sangre de la menstruación, que se prolongaba durante días. No era tan oscura como aquella otra, ni tampoco se coagulaba. El olor era diferente. Se lavaría una y otra vez hasta limpiarse del todo y Tignor no se volvería a acordar de ello.

Le había desgarrado el *himen*, Rebecca conocía la palabra por su diccionario. Años atrás había sonreído al ver lo cerca que estaba *himen* de *himno, himnario*.

De repente se acordó de cómo, en la iglesia presbiteriana, al lado de Rose Lutter que tan cariñosa había sido con ella, Rebecca no había escuchado de verdad los sermones del ministro. La imaginación se le iba a los hombres, a la masculinidad y al sexo. Pero con malestar, desdén, porque no había conocido aún a Niles Tignor.

Por la mañana, todavía casi dormido y con resaca, Tignor necesitaba hacer el amor. Aunque con un aliento que olía tan mal como agua de fregar, necesitaba hacer el amor. Porque estaba del todo excitado y loco de amor por ella. No podía quitarle las manos de encima, dijo. Chalado por ella, que era tan hermosa, dijo. «Mi gitanilla. Mi judía. Dios del cielo...»

Más tarde Rebecca diría en el automóvil de Tignor, camino de Milburn, la cabeza apoyada en su hombro:

—¿Sabes? No soy gitana, Tignor. Ni judía.

Tignor, con cara de sueño en el áspero aire matutino, las mandíbulas brillándole en los sitios donde se había afeitado demasiado deprisa, pareció no oírla. Como un pescador que arroja lejos el sedal, en el centro de una corriente que se mueve veloz, estaba pensando en Milburn y en lo que le esperaba. Y todavía más allá.

—Claro, bonita. Yo tampoco.

La sortija no era la que Baumgarten/Bumstead había colocado en el suelo junto a la cama para seducir a Rebecca. Estaba segura, ahora que había tenido tiempo de examinarla. La piedra de la otra era de un tono más oscuro que ésta, con una talla cuadrada o rectangular, y transparente. (Era muy probable que fuese vidrio.) Esta otra piedra pequeña, de forma oval, era lechosa y opaca.

No estaba encinta. Pero sí embarazada por sus sentimientos hacia aquel hombre, que la acompañaban a todos los sitios y en todo momento.

A mediados de marzo y todavía en invierno, hacía mucho frío por la noche. Pero los días iban siendo más largos, con periodos soleados cada vez más prolongados, con hielo que se derretía y goteaba. Rebecca, testaruda, seguía convencida de que Tignor iba a regresar, de que, como de costumbre, se alojaría en el General Washington y la llamaría. Estaba segura, no dudaba de él. Sin embargo, cuando sonó el teléfono a última hora de la tarde y LaVerne Tracy contestó, Rebecca se acercó a la puerta para escuchar, el corazón latiéndole aterrado. LaVerne era una rubia de veintitrés años de aspecto muy ordinario cuya actitud hacia los hombres era al mismo tiempo coqueta y burlona; siempre se sabía si LaVerne hablaba por teléfono con un hombre por su sonrisa maliciosa.

—¿Rebecca? No sé si está en casa, voy a mirar.

Rebecca preguntó quién llamaba.

LaVerne, con gesto indiferente, tapó el auricular con la palma de la mano.

—Él.

Rebecca se echó a reír y se puso al teléfono.

Tignor quería verla aquella noche. Después de las diez, si estaba libre. Su voz, tan cercana, fue como una sacudida en el oído. Sonaba tenso, no tan campechano y seguro de sí mismo como Rebecca recordaba. Su risa resultaba forzada, poco convincente.

Rebecca dijo que sí, que se reuniría con él. Pero sólo durante un rato, porque tenía que trabajar a la mañana siguiente.

Tignor, molesto, dijo que también él tenía que trabajar a la mañana siguiente.

—Estoy en Milburn por negocios, cariño.

En febrero, Rebecca no encontró ninguna excusa que darle a Amos Hrube por llegar tarde al trabajo cuando Tignor la trajo al mediodía de Beardstown. Permaneció muda y hosca mientras Hrube la reñía, diciendo que otra camarera había tenido que hacerse cargo de sus habitaciones. Tignor se ofreció para interceder con Hrube a favor de Rebecca, pero ella no se lo había permitido. No le apetecía nada que el personal del hotel hablara de ellos dos más de lo que ya lo hacía.

A las diez y veinte de la noche el Studebaker se detuvo delante de la casa de piedra rojiza de Ferry Street. Tignor no estaba por la labor de subir las escaleras y llamar a la puerta del apartamento, de manera que se limitó a entrar en el portal y a llamar a Rebecca escaleras arriba con tono impaciente.

—Dile a ese hijo de puta que se vaya al infierno —exclamó LaVerne—. Quién se cree que es, joder, gritándote de esa manera.

LaVerne había conocido a Niles Tignor antes que Rebecca, para quien la relación de su amiga con él era un episodio vago, enigmático.

Rebecca se echó a reír y dijo que a ella no le importaba.

—Bueno, pero a mí, sí —respondió LaVerne acalorada—. Es un hijo de puta.

Rebecca salió del apartamento. Sabía que LaVerne se quejaría de ella a Katy, y que Katy se reiría, encogiéndose de hombros.

«Coño, el mundo es de los hombres, qué le vas a hacer...»

Si Niles Tignor la llamaba chasqueando los dedos, Rebecca acudiría. Empezaría por acudir, pero en sus propios términos. Porque tenía que verlo de nuevo, y estar con él para restablecer la conexión íntima entre los dos.

Llevaba el abrigo verde a cuadros que Tignor le había regalado y del que estaba tan orgullosa. Se lo ponía muy pocas veces porque era demasiado bueno para Milburn y para una simple camarera. Se había pintado la boca con lápiz de labios: un rojo peonía húmedo y llamativo. Y en la mano la sortija de plata con la piedra ovalada de color lechoso, opaca, que Rebecca había aprendido ya para entonces que se llamaba ópalo.

—¡Tignor! Hola...

Cuando la vio en la escalera su sonrisa se desvaneció. Algo pareció rompérsele en la cara. Empezó a hablar con intención de mostrarse divertido, a su manera desenvuelta, bromista, pero le falló la voz. Rápidamente se acercó a ella y le tomó la mano, con fuerza, torpemente posesivo. «Rebecca, por Dios...» Sin levantar la vista, Rebecca evaluó al hombre que era su amante y que llegaría a ser su marido: rubicundo, sensual, aquel hombre que la había seducido y cuyo deseo era romperla, utilizarla y desecharla como si no tuviera más importancia que un clínex: lo vio, en aquel instante, desenmascarado, desnudo. Por debajo de la cordial sociabilidad de Tignor había una espantosa nulidad, un caos. Su alma era un profundo pozo de piedra casi vacío de agua, y sus paredes, rocosas, abruptas, traicioneras.

Rebecca se estremeció al darse cuenta.

Alzó sin embargo la boca para que Tignor la besase. Porque aquéllos eran los rituales que habían de seguirse. Rebecca se comportaría sin subterfugios y alzaría hacia él su rostro joven, impaciente, la húmeda boca roja que tanto le excitaba. Porque quería que pensara que confiaba en él sin reservas, sin temor alguno a que le hiciera daño.

Tignor vaciló pero la besó. Rebecca entendió que, en el último momento, no había querido besarla. La luz del portal era cegadora, cayendo desde lo alto. El portal era desangelado y estaba sin barrer. Los inquilinos del primer piso tenían un hijo pequeño con cuyo triciclo se tropezó Tignor al saludar a Rebecca. Se proponía besarla suavemente, un beso que no fuese más que un saludo, pero incluso aquel beso le salió mal. Estaba tartamudeando, como nadie en Milburn había oído nunca tartamudear a Niles Tignor.

—Su..., supongo que..., que te echaba de menos. Caramba, Rebecca... —la voz de Tignor, inmovilizado por la vergüenza, se fue apagando.

Junto a la acera de Ferry Street les esperaba el Studebaker color aguamarina, con el motor al ralentí, expulsando nubes de humo por el tubo de escape.

En el coche, Tignor trató de hacer girar la llave de contacto, pero el motor ya estaba en marcha. Lanzó una maldición y se echó a reír. El interior del automóvil no olía como antes a la elegante tapicería nueva, sino a bourbon y a humo de tabaco. En el asiento de atrás Rebecca reconoció el brillo de una botella entre periódicos esparcidos, una maleta y unos zapatos de hombre. Se preguntó si estaría vacía o si aún contenía bourbon y, en ese caso, si se esperaría que bebiera de ella.

—Cariño, podemos ir al hotel —dijo Tignor—. Donde me alojo.

No miró a Rebecca. Conducía despacio por Ferry Street como si no estuviera del todo seguro de dónde se encontraba.

—Al hotel, no —respondió Rebecca sin alzar la voz.

—¿Por qué no? —dijo Tignor—. Dispongo de una habitación.

Como Rebecca no contestó, siguió hablando:

—Quién llevo a mi cuarto del hotel es un asunto privado mío. Nadie va a entrometerse. Me conocen y respetan mi intimidad. Dispongo de una suite en el piso séptimo que te gustará.

De nuevo, sin alzar la voz, Rebecca dijo no. En el hotel, no.

—Con ventanas que dan hacia el canal, por encima de algunos tejados. He encargado algo para cenar, servido en la habitación. Bebidas.

¡No, no! Rebecca no iría. Sonreía, mordiéndose el labio inferior.

Tignor conducía ahora a mayor velocidad por Ferry Street, para torcer luego por Main. En lo alto de la pronunciada cuesta brillaban las luces del General Washington, entre edificios en su mayor parte a oscuras.

—A ese hotel, no, Tignor —dijo Rebecca—. Sabes por qué.

—Iremos a otro sitio, entonces.

—No a un hotel, Tignor.

A la luz fugaz de un farol, Rebecca vio que la miraba fijamente. Podría haber extendido el brazo para abofetearlo. Podría haberse reído de él, haberle hecho burla. Vio su sorpresa, su desagrado, de los que fue tomando conciencia despacio, como de un dolor corporal. Y su resentimiento hacia ella, la fémina obstinada que se resistía. Apretó las mandíbulas, pero enseguida se forzó a sonreír.

—Eres tú quien manda, entonces. Claro que sí.

Se encaminó hacia Sandusky's, un bar junto al río. Estaba a tres kilómetros de distancia y durante el trayecto no dijo nada ni Rebecca habló con él.

Rebecca pensó calmosamente: *No me tocará. No querrá hacerme daño*.

Tan pronto como entraron en el interior del bar, cargado de humo, los clientes empezaron a saludar a Tignor:

—¡Eh, Tignor! Hola, muchacho.

—¡Tignor! ¡Por todos los demonios! ¿Qué tal estás?

Rebecca se dio cuenta de lo mucho que le halagaba que se le tuviera en cuenta de aquel modo, que se le apreciara. Se pavoneó un poco mientras devolvía los saludos. Conocía, por supuesto, a Sandusky, el dueño del bar; y conocía a los camareros. Estrechó manos, palmeó hombros. Rechazó invitaciones a unirse a clientes en la barra, donde estaban ansiosos de disfrutar de su compañía. No se molestó en presentar a Rebecca, que se quedó atrás, a cierta distancia. Vio que los otros hombres la evaluaban y que les gustaba lo que veían.

La chica de Tignor.

Una nueva, bien joven.

Algunos de aquellos vecinos de Milburn tenían que conocerla o saber cosas de ella. La chica Schwart. La hija del sepulturero. Aunque mayor ya, nada de niña. En la llamativa compañía de Tignor quizá no la reconocieran.

—Ven aquí, cariño, donde está más tranquilo.

Tignor llevó a Rebecca a sentarse en una mesa, lejos de la barra. Una hilera de luces festivas, rojas y verdes, supervivientes de Navidad, brillaban por encima de sus cabezas. Tignor pidió cerveza Black Horse para él y una Coca-Cola para Rebecca. Bebería cerveza si quería, del vaso de Tignor. Al menos así lo esperaba él.

—¿Hambre? Cielo santo, me comería un caballo.

Tignor encargó sándwiches de rosbif, con aros de cebolla, patatas fritas y salsa de tomate. Pidió además patatas a la inglesa. Y cacahuetes salados. Pepinillos en vinagre, una ración de pepinillos. Hablaba ya con Rebecca de su manera cordial, bromista. En aquel lugar, donde otras personas podían observarlos, no quería que se le viera como un hombre incómodo con su chica. Le contó sus viajes recientes por el Estado, en el valle del Hudson, hacia el sur por la región de los Catskill, pero de manera muy general. No le iba a revelar nada importante sobre sí mismo, Rebecca lo sabía. En Beardstown, cuando existió la posibilidad, tampoco lo había hecho. Se había atiborrado de comida, de bebida y del cuerpo de Rebecca, pero no había querido hacer nada más.

—Las dos noches últimas he estado en Rochester. En el gran hotel de allí, el Statler. Vi un cuarteto de jazz en un club nocturno. ¿Te gusta el jazz? ¿No sabes nada de jazz? Bueno, algún día. Quizá te lleve allí. A Rochester.

—Eso espero, me gustaría —sonrió Rebecca.

Bajo las luces parpadeantes, Rebecca era quizás una chica guapa. Se había vuelto más hermosa a raíz de hacer el amor con Tignor. Y él se sentía fuertemente atraído, recordándolo. Le molestaba el poder que aquella chica tenía sobre él, el poder de trastornarlo. Porque no quería pensar en el pasado. No quería que el pasado, ni siquiera el de hacía pocas semanas, ejerciera sobre él ninguna influencia en el presente. Habría dicho que estar sometido a semejante influencia, como hombre, era un signo de debilidad, era ser poco viril. Quería vivir únicamente en el presente. No entendía, sin embargo, que Rebecca lo rechazase ahora. Ella le sonreía, pero con precaución. Su piel, de color aceitunado oscuro, tenía un resplandor como de fuego, sus ojos eran notablemente claros, las pestañas oscuras, espesas, que ocultaban una curiosa malicia sesgada.

—¡Entonces! Ya no me quieres, ¿eh? No como la última vez.

Tignor, apoyado en los codos, se mostraba nostálgico, medio bromeando, pero había preocupación en sus ojos. No es que Tignor quisiera amar a ninguna mujer, pero quería, desesperadamente, que lo amaran.

—Sí, Tignor —dijo Rebecca—. Sí que te quiero.

Hablaba con una voz extraña, exultante, perturbadora. El ruido en el bar era tanto que Tignor podía fingir no haber oído. Sus ojos pálidos se oscurecieron. La cara se le puso de un color rojo apagado. Aunque hubiera oído a Rebecca, no sabía qué hacer con su observación.

Llegaron los sándwiches. Tignor se comió el suyo y gran parte del de Rebecca. Después de beberse dos vasos de cerveza pidió un tercero. Se levantó tambaleándose de la mesa para ir al servicio.

—Tengo que echar una meada, cariño. Vuelvo enseguida.

¡Grosero! Era grosero, exasperante. Se alejó de la mesa, pero no regresó enseguida.

Rebecca, que para pasar el rato comía trozos de grasientas patatas fritas, vio cómo Tignor se paraba en otras mesas y en la barra. En aquel último lugar parecían conocerlo media docena de clientes. Había una rubia con el pelo cardado y un suéter color turquesa que insistió en pasar un brazo alrededor del cuello de Tignor mientras, muy seria, hablaba con él. Y estaba Sandusky, el dueño del bar, con quien Tignor tuvo una larga conversación salpicada de carcajadas. *Quiere esconderse entre ellos*, pensó Rebecca. *Como si fuera uno más.*

Sintió el triunfo de la posesión, por el hecho de conocerlo íntimamente. Ninguna de aquellas personas conocía a Tignor como ella.

Se mantenía, sin embargo, lejos a propósito. Rebecca sabía perfectamente lo que estaba haciendo; Tignor había pasado semanas sin telefonearle, se había olvidado de ella. Lo sabía y lo aceptaba. Acudiría como un perro cuando chasqueara los dedos, pero sólo como punto de partida: no conseguiría que hiciese nada más.

Cuando regresó, con una jarra de cerveza, a donde Rebecca lo esperaba, tenía el rostro colorado y sudoroso y caminaba con la afectada precisión de alguien que se traslada por la inclinada cubierta de un barco. Sus ojos se clavaron en los de Rebecca, con aquella curiosa mezcla de ansiedad y resentimiento.

—Lo siento, nena. Me han liado por ahí —Tignor no parecía muy contrito, pero se inclinó para besar a Rebecca en la mejilla. Luego le tocó el pelo, se lo acarició. Y dejó la mano en el hombro de Rebecca—. ¿Sabes lo que te digo? Voy a regalarte unos pendientes. Unos aros de oro. A juego con ese aire tuyo de gitana que es tan sexy.

Rebecca se tocó los lóbulos de las orejas. Katy se los había agujereado, con un alfiler «desinfectado» de sombrero, por el procedimiento de calentarlo con la llama de una vela, para que pudiera así llevar pendientes, pero las diminutas heridas no se habían curado bien.

Rebecca dijo, de forma inesperada:

—No necesito pendientes, Tignor. Pero muchas gracias.

—Una chica que «no necesita» pendientes, lo que hay que oír... —Tignor se sentó pesadamente frente a Rebecca. Con un gesto de bienestar provocado por la bebida se pasó las manos con fuerza por el pelo y se frotó los párpados enrojecidos. Luego dijo, de manera jovial, como si se le hubiera ocurrido en aquel momento—: Alguien me estaba diciendo, Rebecca, que eres una..., ¿cómo era?, «pupila del Estado».

Rebecca frunció el ceño: aquello no le gustaba. ¡Maldita sea, gente hablando de ella con Niles Tignor!

—Estoy bajo la tutela de las autoridades locales. Porque mis padres han muerto y no he cumplido aún los dieciocho años.

Rebecca no había pronunciado nunca aquellas palabras.

Mis padres han muerto.

Porque no había pensado en Jacob Schwart y en Anna Schwart como muertos, exactamente. Los dos la esperaban en la vieja casita de piedra del cementerio.

Tignor, mientras bebía, esperaba a que dijera algo más, de manera que Rebecca añadió, con desparpajo de colegiala:

—El tribunal nombró tutora mía a una mujer, una antigua profesora. Viví con ella una temporada. Pero ahora he dejado el instituto y trabajo. No necesito una tutora. Soy «económicamente independiente». Y cuando cumpla los dieciocho dejaré de ser pupila.

—¿Cuándo será eso?

—En mayo.

Tignor sonrió, pero estaba preocupado, inquieto. Diecisiete años: ¡tan joven!

Tignor le doblaba la edad, por lo menos.

—Esa tutora, ¿quién es?

—Una mujer. Una cristiana. Ha sido —Rebecca vaciló, porque no quería nombrar a Rose Lutter— muy buena conmigo.

Sintió una punzada de culpabilidad. Se había portado mal con la señorita Lutter, estaba muy avergonzada. Además de haberse ido de su casa sin decir adiós, las tres veces que la señorita Lutter había tratado de ponerse en contacto con ella en el General Washington, Rebecca había roto sus mensajes.

Tignor insistió:

—¿Por qué la nombró el tribunal?

—Porque había sido mi profesora en primaria. Y porque no había nadie más.

Rebecca hablaba con tono impaciente, ¡le gustaría que Tignor dejara el tema!

—Demonios, *yo* podría ser tu tutor, muchacha. No necesitas de ningún desconocido.

Rebecca sonrió, insegura. Se había alterado, desconcertada, bajo aquel interrogatorio. Ignoraba lo que Tignor trataba de decir con aquella observación. Lo más probable era que sólo estuviera tomándole el pelo.

—No te gusta hablar sobre ese asunto de la «tutela» judicial, ¿verdad que no? —dijo Tignor.

Rebecca negó con la cabeza. ¡No, no! Por qué demonios no la dejaba tranquila.

Le gustaba que Tignor le tomara el pelo, sí. De la manera impersonal suya que a Rebecca le permitía reír y sentirse sexy. Pero aquello otro era distinto, más bien como si estuviera metiéndole el puño dentro, haciéndole retorcerse y chillar, sólo para divertirse.

Rebecca escondió la cara, que le parecía tan fea.

¿De dónde le había venido aquella idea? ¡Tan fea!

—¡Muñeca! ¿Qué demonios te pasa? ¿Estás llorando?

Tignor le apartó las manos de la cara. No estaba llorando pero no quería mirarlo a los ojos.

—Quisiera gustarte más hoy, cariño. Hay algo que se ha echado a perder entre nosotros, supongo.

Hablaba con fingida nostalgia. Se sentía frustrado al tropezar con la voluntad de Rebecca en oposición a la suya. No estaba acostumbrado a que las mujeres se resistieran a sus deseos durante mucho tiempo.

—Me gustas, Tignor. Lo sabes —dijo Rebecca.

—Excepto que no vas a volver conmigo. Al hotel.

—Porque no soy tu puta, Tignor. No soy una puta.

Tignor hizo una mueca de dolor como si lo hubiera abofeteado. Frases como aquéllas, en boca de una mujer, le resultaban terribles. Empezó a tartamudear:

—¿Por qué piensas... eso? ¡Nadie ha dicho nunca... eso! Santo cielo, Rebecca, ¿qué clase de lenguaje es ése? No soy un hombre que vaya con... putas. Maldita sea, no lo soy.

Rebecca había insultado su orgullo masculino. Lo mismo que si se hubiera inclinado por encima de la mesa y lo hubiera abofeteado a la vista de todas las personas que estaban en Sandusky's.

Rebecca había hablado con acaloramiento, de manera impulsiva. Y ahora que ya había empezado no podía parar. No había probado aquella noche la cerveza de Tignor, pero sentía la euforia temeraria de la embriaguez.

—Me diste dinero, Tignor. Ochenta y cuatro dólares. Recogí los billetes del suelo, los que pude encontrar. No me ayudaste. Te limitaste a mirarme. Dijiste que el dinero venía de mi hermano Herschel en Montreal, pero no me lo creo.

Hasta aquel momento Rebecca no había sabido qué era lo que creía. No había querido desconfiar de Tignor, no había querido pensar en ello. ¡Ochenta y cuatro dólares! Y dinero, también, *que no pasaba por los libros de contabilidad*. Ahora parecía probable que Tignor le hubiera jugado una mala pasada. ¡Era tan estúpidamente ingenua! Había pagado a Rebecca Schwart por hacer de puta y lo había hecho con tanta destreza —igual que cuando barajaba y daba las cartas— que se podía mantener que Rebecca Schwart no había hecho de puta.

Tignor estaba protestando:

—¿Qué demonios estás diciendo, vamos a ver? ¿Que me lo inventé? ¿Que..., cómo se llama..., Herschel no me dio ese dinero para ti? Tu propio hermano, que te quiere, por el amor del cielo, deberías estar agradecida.

Rebecca se tapó los oídos con las manos. Ahora le parecía de una claridad meridiana, y que todo el mundo tenía que haberlo sabido.

—De todos modos, recogiste el dinero, ¿no es eso? No vi que lo dejaras quedarse en el suelo, cariño.

Tignor pronunció la palabra *cariño* con una entonación cargada de sarcasmo.

—Sí. Me lo quedé. Es cierto.

No había querido por entonces dudar de la procedencia del dinero. Había tardado poco en gastarlo. Compró alimentos para comidas espléndidas que compartió con sus compañeras de piso. Y cosas bonitas para el cuarto de estar. Nunca había estado en condiciones de contribuir tanto al apartamento como Katy y LaVerne, y siempre se había sentido culpable.

Ahora se dio cuenta de que sus amigas tenían que haber adivinado la procedencia del dinero. Rebecca les había dicho *Herschel,* pero sin duda pensaron *Tignor.* Katy le había dicho que recibir dinero por mantener relaciones sexuales sólo era algo que, a veces, sucedía.

Los ojos de Tignor brillaban perversos.

—Y aceptaste la sortija, Rebecca. La llevas puesta, ¿no es cierto?

—¡Te la devuelvo! No la quiero.

Trató de sacársela del dedo, pero Tignor fue demasiado rápido para ella. Le sujetó la mano con fuerza contra la mesa. Le enfurecía que llamara la atención sobre ellos dos y sentía que lo había puesto en evidencia, que lo había humillado. Rebecca gimió de dolor, temerosa de que le fuera a aplastar los huesos de la mano, que eran mucho más pequeños que los de Tignor. Vio, por el brillo encendido en su rostro, que le hubiera gustado asesinarla.

—Nos vamos. Coge tu abrigo. Si no lo coges tú, lo cogeré yo —Tignor se apoderó del abrigo de Rebecca y de su americana sin soltarle la mano. Luego al sacarla a rastras de la mesa, Rebecca tropezó y estuvo a punto de caerse. La gente los miraba, pero nadie intervino. En Sandusky's nadie quería enfrentarse a Niles Tignor.

En el aparcamiento del bar y dentro ya del Studebaker, el forcejeo continuó. Tan pronto como Tignor le soltó la mano, una llama de locura se apoderó de Rebecca, que empezó a tirar de la sortija. ¡No quería llevarla un momento más! De manera que Tignor la abofeteó con el revés de la mano y amenazó con hacer cosas peores.

—Te aborrezco. No te quiero. Nunca te he querido. Creo que eres un animal, repugnante —Rebecca hablaba en voz baja, casi con calma. Se encogió contra la portezuela del pasajero. Con el reflejo de las luces de neón los ojos le brillaban en la oscuridad como los de un gato asilvestrado. Torpemente le empezó a dar patadas. Alzó las rodillas hasta el pecho y le dio patadas. Tignor se quedó tan sorprendido que fue incapaz de protegerse. La maldijo e intentó golpearla a su vez. Pero no acertó porque se tropezaba con el volante. Rebecca trató de alcanzarle la cara con las uñas y le habría arañado las mejillas si hubiera podido. Mostraba una temeridad tal, al pelear con un hombre con fuerza suficiente para destrozarle la cara con un solo golpe, que Tignor se maravilló de su audacia. Casi tuvo que echarse a reír: «¡Dios bendito, chiquilla!». Pero ella lo alcanzó con un golpe al agitar los brazos, partiéndole el labio. Tignor, al limpiarse la boca, encontró sangre. Esta vez rió de verdad: la chica era tan descarada como para no querer saber lo que él podía hacerle, tal era su necesidad de herirlo.

No le perdonaba que no hubiera telefoneado. Todas aquellas semanas. Aquél era el quid de la cuestión, Tignor lo entendió.

De algún modo consiguió poner el coche en marcha y mantener a Rebecca a distancia. La sangre le corría por la barbilla en riachuelos semejantes a colmillos, que le iban a estropear la chaqueta de ante. Dio marcha atrás al Studebaker y casi consiguió salir a la carretera antes de que Rebecca atacara de nuevo. Esta vez la agarró por el pelo, largo y espeso, cerró el puño y le golpeó la cabeza contra la portezuela con tanta fuerza que debió de perder el conocimiento durante unos instantes. Tignor confió, por todos los demonios, en no haber roto el cristal. Para entonces algunas personas los habían seguido hasta el aparcamiento para ver qué estaba sucediendo. Pero tampoco entonces hubo nadie dispuesto a intervenir. El mismo Sandusky, que era amigo de Tignor, se apresuró a salir, la cabeza descubierta pese al aire helado, pero a buena hora iba a intervenir Sandusky. Aquello quedaba entre Tignor y la chica. Uno tenía que suponer que había un motivo para cualquier cosa que Tignor hiciera en tales circunstancias, y una justificación.

Rebecca se había quedado sin fuerzas y gemía en voz baja. Aquel último golpe la había calmado, y Tignor pudo regresar a Milburn y a Ferry Street. Habría ayudado a Rebecca a salir del coche, excepto que cuando frenó junto a la acera, ella ya había abierto la portezuela, y se encogió para salir corriendo, subir a trompicones los escalones de piedra de la entrada y desaparecer en el interior de la casa. Tignor, jadeante, aceleró y se alejó con el coche. Sangraba no sólo por la boca sino también por un único corte vertical en la mejilla derecha, donde las uñas de Rebecca lo habían alcanzado. «Zorra. Maldita zorra.» Estaba, sin embargo, tan inundado de adrenalina que apenas sentía el dolor. Supuso que la chica también tendría bastante mal aspecto. Confiaba en no haberle roto ningún hueso. Probablemente tendría un ojo a la funerala, tal vez los dos. Esperaba por todos los demonios que nadie llamara a la policía. En el aparcamiento de detrás del hotel encendió la luz interior del Studebaker y vio, como sabía que iba a suceder, en el asiento delantero, tirada en señal de desprecio hacia él, la sortija con el ópalo.

El abrigo de Rebecca estaba, pisoteado, en el suelo.

—Hemos terminado, entonces. ¡Me alegro!

35

A la mañana siguiente Rebecca tenía la cara tan hinchada y magullada y caminaba con tanta dificultad, que Katy insistió en llamar a Amos Hrube para decirle que estaba enferma
y no podía ir a trabajar aquel día.

LaVerne dijo muy acalorada:

—¡Hay que llamar a la policía! Menudo hijo de puta.

—¿No deberíamos llevarte a un médico, Rebecca? —propuso Katy, menos segura—. Tienes muy mal aspecto.

Rebecca estaba sentada en la mesa de la cocina, apre-
tándose contra la cara trozos de hielo envueltos en una toallita.
Se le había cerrado el ojo izquierdo, hinchado y amarillento.
Los labios eran el doble de grandes. En la mesa, boca abajo,
había un espejo de mano.

Rebecca dio las gracias a Katy y a LaVerne y les dijo que
estaba bien, que no se preocuparan.

—¿Y si vuelve y te hace todavía más daño? —dijo La-
Verne—. Eso es lo que hacen los hombres, no te matan la primera vez.

Rebecca dijo que no; Tignor no volvería.

LaVerne alzó el teléfono que estaba en la encimera de la
cocina y lo colocó en la mesa, al lado de Rebecca.

—Por si necesitas llamar a la policía.

Sus dos compañeras de piso se marcharon a trabajar.
Rebecca estaba sola en el apartamento cuando, más tarde, aquella misma mañana, se presentó Tignor. Oyó el frenazo de un
vehículo junto a la acera delante de la casa, y cerrarse la portezuela del coche con estrépito. Pero se sentía demasiado mareada para acercarse a la ventana y ver quién era.

El apartamento de las tres jóvenes en el segundo piso sólo tenía tres habitaciones. No había más que una puerta que daba al descansillo de la escalera. Rebecca oyó resonar los pasos de Tignor al subir y luego el ruido de sus nudillos al llamar.

—¿Rebecca?

Rebecca se quedó muy quieta, escuchando. Había cerrado la puerta con llave después de que se marcharan Katy y LaVerne, pero la cerradura era endeble y Tignor podía abrirla de una patada si quería.

—¿Rebecca? ¿Estás ahí? Abre, soy Tignor.

¡Como si el muy cabrón necesitara identificarse! Rebecca se hubiera reído de no ser por lo mucho que le dolía la boca.

La voz de Tignor parecía sobria, sincera y ofendida. Rebecca no le había oído nunca pronunciar su nombre con tanto anhelo. Vio girar frenéticamente el pomo de la puerta.

—¡Vete al infierno! ¡No quiero saber nada de ti!

—¿Rebecca? Déjame entrar. No te haré daño, te lo prometo. Tengo algo que contarte.

—No. Vete.

Pero Tignor no se iría. Rebecca sabía que no iba a hacerlo.

Y, sin embargo, no era capaz de llamar a la policía. Sabía que era eso lo que debía hacer, pero no era capaz. Porque si la policía trataba de detener a Tignor, se resistiría, y le harían daño de verdad. Como en un sueño había visto ya a su amante con un disparo en el pecho, sangrando, de rodillas, sobre el suelo de linóleo de la cocina...

Rebecca volvió a la realidad. No había sucedido, sólo se trataba de un sueño. Un sueño de Jacob Schwart, cuando la Gestapo le había dado caza en la casa de piedra del cementerio.

Para proteger a Tignor no le quedaba otro remedio que abrir la puerta.

—Hola, chiquilla; porque eres mi chica, ¿eh?

Tignor entró al instante, eufórico. Rebecca sonrió al ver que también su cara había quedado señalada: hinchado el labio de arriba, con una fea costra húmeda. En la mejilla derecha un irregular arañazo vertical, producido por sus uñas.

Tignor se la quedó mirando: las señales de sus manos en ella.

Una lenta sonrisa dolorida, casi una mirada de timidez, al comprobar que Rebecca mostraba signos bien visibles de su violencia.

—Haz el equipaje, nos vamos de viaje.

Sorprendida, Rebecca se echó a reír.

—¿Viaje? ¿Dónde?

—Ya lo verás.

Extendió el brazo para cogerla, pero Rebecca lo evitó. Deseaba pegarle de nuevo, golpearle en las manos para que las retirase.

—Estás loco, no voy a ningún sitio contigo. Trabajo, maldita sea, lo sabes perfectamente, tengo que trabajar esta tarde...

—Eso se ha acabado. No vas a volver al hotel.

—¿Cómo? ¿Por qué? —Rebecca se oyó reír, asustada ya.

—Recoge tus cosas, Rebecca. Nos vamos de Milburn.

—¿Por qué demonios crees que me voy a ir a ningún sitio contigo?... Un condenado hijo de puta como tú, un tipo que pega a una chica, que me trata con semejante falta de respeto...

—Eso no volverá a suceder —dijo Tignor con mucha calma.

Había un estruendo en los oídos de Rebecca. El cerebro se le había quedado en blanco, como un negativo sobreexpuesto. Tignor le estaba acariciando el pelo, áspero y enmarañado.

—Vamos, cariño, tenemos un buen trecho por delante, hasta Niagara Falls.

Sobre la mesa de la cocina, junto al cuadrado teléfono negro, Rebecca dejó la nota precipitadamente escrita con letra de imprenta que Katy Greb y LaVerne Tracy encontrarían por la noche:

Querida Katy y querida LaVerne:
Adiós, me marcho para casarme.
Rebecca.

36

Señora de Niles Tignor.
Cada vez que firmaba con su nuevo nombre, a Rebecca le parecía que le había cambiado la letra.

«Tengo enemigos por ahí, cariño, a mí nunca se me han acercado. Pero con una esposa, eso sería diferente.»
Tignor, el ceño fruncido, hizo aquella declaración en la noche del 19 de marzo de 1954, mientras bebían champán en la suite nupcial del lujoso hotel Niagara Falls que daba, a través de una densa niebla de agua pulverizada, a la afamada catarata Horseshoe Falls. La suite estaba en el octavo piso del hotel y Tignor la había reservado para tres noches. Rebecca tiritaba, pero hizo un esfuerzo para reírse sabiendo que Tignor necesitaba que se riera, porque llevaba gran parte del día muy pensativo. Fue a sentársele en el regazo y lo besó. Rebecca temblaba y él la confortaría. Con su bata nueva de seda con adornos de encaje: una prenda que no se parecía a ninguna que Rebecca hubiera visto y menos aún que se hubiera puesto. Tignor gruñó satisfecho, y empezó a acariciarle las caderas y los muslos con una intensa presión de sus manos poderosas. Le gustaba sentirla desnuda dentro de la bata, los pechos sueltos, pesados —como si estuvieran cargados de leche— contra su boca. Le gustaba palpar, pinchar, provocar. Le gustaba que chillase cuando le hacía cosquillas. Le gustaba meterle la lengua en la boca, en la oreja, en el tenso ombliguito, en la caliente y húmeda axila que Rebecca nunca se había afeitado.
Rebecca no preguntó qué quería decir Tignor con sus enigmáticas palabras, porque supuso que las explicaría si tenía intención de hacerlo; si no, no. Sólo era la mujer de Niles Tig-

nor desde hacía menos de doce horas, pero ya entendía cosas como aquélla.

Sujeta entre las rodillas mientras conducía, una botella de bourbon de medio litro. El trayecto desde Milburn, norte y este, hasta Niagara Falls era aproximadamente de ciento cincuenta kilómetros. El paisaje, cubierto de nieve como si se tratara de estratos de roca, desfiló por delante de Rebecca desdibujado por completo. Cuando Tignor le pasaba la botella —a la manera en que se presiona a un niño para que beba pegándole el recipiente a la boca—, como no le gustaba que vacilara, Rebecca procuraba, discretamente, tragar lo menos posible, pensando: *Nunca le digas que no a este hombre*. La idea era consoladora, como si se le hubiera aclarado un misterio.

—¡Tignor, amigo mío! Es mayor de edad, ¿eh?
—Lo es.
—¿Partida de nacimiento?
—Destruida en un fuego.
—¿Tendrá dieciséis, por lo menos?
—Cumplirá dieciocho en mayo. Asegura.
—¿Y no ha sido coaccionada, verdad? Parece como si los dos hubierais sufrido un accidente de tráfico o algo parecido.

Rebecca oyó *castigada* en lugar de *coaccionada*. No sabía de qué estaba hablando aquel hombre rechoncho y calvo, de cejas muy pobladas, que, según Tignor, era un conocido de confianza, además de juez de paz, por lo que estaba facultado para casarlos.

Tignor respondió con dignidad: nadie estaba siendo *coaccionado*. Ni la muchacha, ni él.

—¡Bien! Veamos lo que podemos hacer, amigo mío.

Extraño que el despacho de un juez de paz estuviese en una casa particular, un bungaló de ladrillo en una calle residencial de Niagara Falls, aunque ni por lo más remoto cerca de las cataratas. Y que su esposa —la señora Mack— fuese el único testigo de la boda.

Tignor sostuvo a Rebecca, porque tuvieron que ayudarla a entrar en la casa, dado que el bourbon en el estómago vacío había hecho que las piernas se le quedaran tan débiles como regaliz derretido. La visión con el ojo izquierdo, convertido en lo que se conoce como *ojo a la funerala,* era nebulosa. Y la boca, hinchada, no le latía por un dolor ordinario sino por un hambre feroz de ser besada.

Se le dijo que se trataba de una ceremonia «civil». Muy breve, menos de cinco minutos. Quedó muy desdibujada, como cuando se gira el dial de una radio y las estaciones aparecen y desaparecen.

—Rebecca, ¿quieres a...

(Rebecca, mientras tanto, empezó a toser, y luego a tener hipo. ¡Qué vergüenza!)

—... como tu lícito, quiero decir legítimo esposo...?

(Rebecca tuvo un ataque de risa, presa del pánico.)

—Di «sí, quiero», cariño. ¿Quieres, verdad?

—S..., sí, quiero.

—Y tú, Niles Tignor, ¿quieres...?

—Claro que sí, demonios.

Recitando con una entonación pretendidamente solemne:

—Por la autoridad que me ha conferido el Estado de Nueva York y el condado de Niágara en este decimonoveno día de marzo de 1954 os declaro...

Fuera, en algún sitio distante, se oyó una sirena. Rebecca sonrió: el peligro estaba lejos.

—Novio, puedes besar a la novia. ¡Ten cuidado!

Pero Tignor sólo unió los brazos alrededor de Rebecca, como para protegerla con su cuerpo. Ella sintió su corazón, grande como un puño, latiendo contra su cara, ardiente y magullada. También lo hubiera abrazado, pero él la mantuvo inmóvil. Los brazos de Tignor eran muy musculosos y a Rebecca la americana de sport le resultaba áspera contra la piel. Los pensamientos le llegaban como lentos globos flotantes: *Ahora ya estoy casada, voy a convertirme en esposa.*

Había alguien a quien se lo quería contar, alguien a quien no había visto desde hacía mucho tiempo.

La señora Mack tenía documentos que había que firmar y una caja de bombones Fanny Farmer que pesaba un kilo. Aquella mujer, rechoncha como su marido, de cejas muy finas, depiladas y pintadas, y de modales trepidantes, les presentó impresos que los recién casados tenían que firmar y un certificado de matrimonio para que se lo llevaran. Tignor estaba impaciente, y firmó con un garabato que podría haber sido *N. Tignor* si se miraba muy de cerca. A Rebecca le costó trabajo sostener la pluma: no se había dado cuenta de que tenía ligeramente hinchados todos los dedos de las manos y, además, perdía a cada momento la concentración, de manera que Tignor tuvo que guiarle la mano: *Rebecca Schard*.

La señora Mack les dio las gracias. Arrancó con dificultad la caja de bombones de las manos de su marido (la caja había sido abierta, y el señor Mack empezaba a comerse el contenido, masticando vigorosamente), para entregársela a Tignor como si se tratara de un premio.

—Están incluidos en el precio, ¿sabe? Son para que los disfruten durante la luna de miel.

—Mi madre siempre me estaba advirtiendo que algo malo acabaría por sucederme. Pero nunca me sucedió nada. Y ahora estoy *casada*.

Rebecca sonrió tan contenta con su boca destrozada que Tignor se echó a reír y le dio un gran beso húmedo y sonoro a plena vista de quienquiera que, en el vestíbulo del hotel Niagara Falls, pudiera estar viéndolos.

—Yo también, Rebecca.

En el General Washington Rebecca no había visto ninguna habitación como la suite nupcial del Niagara Falls. Dos habitaciones de buen tamaño: dormitorio de cama con dosel, cuarto de estar con sofá de terciopelo, sillones, un mueble de televisión Motorola, un cubo de plata para hielo con su bandeja, copas de cristal. También allí Tignor atravesó alegremente el umbral con su novia en brazos, cayó con ella sobre la cama quitándole la ropa, sujetando entre sus brazos su cuerpo escurridizo como lo haría un luchador, y Rebecca cerró los ojos para evitar que dieran vueltas el techo y el dosel de la cama sobre su cabeza, ¡oh!, ¡oh!, agarrándose a los hombros de Tignor con la desesperación de quien se agarra al borde de un parapeto, mientras Tignor se desabrochaba torpemente los pantalones, intentaba penetrarla en un primer momento con menos violencia que en Beardstown, al tiempo que murmuraba con voz ahogada y sorda lo que podría haber sido el nombre de Rebecca; y Rebecca cerró los ojos todavía con más fuerza porque sus pensamientos se dispersaban como pájaros asustados ante la ira de los cazadores a medida que sus disparos llenaban el aire y los pájaros volaban hacia el cielo para salvar la vida y Rebecca veía de nuevo el rostro de su padre, dándose cuenta por primera vez de que era una piel a modo de máscara, una máscara de piel y no un rostro, vio que los ojos de loco de su padre eran los suyos, vio las manos trémulas de su padre y también por vez primera tomó conciencia de que *Tengo que quitársela, eso es lo que quiere que haga, me ha llamado para eso, para que le quite la muerte.* No lo hizo, sin embargo. Se quedó paralizada, incapaz de moverse. Vio cómo Jacob conseguía maniobrar para dar la vuelta a la voluminosa escopeta en aquel espacio tan reducido, para apuntarse con ella y apretar el gatillo.

Tignor gimió, como golpeado por un mazo.

—Ay, corazón...

Era privilegio suyo besarlo por ser su esposa.

El hombre que dormía pesadamente estaba tan ajeno a Rebecca —que le besaba el rostro sudoroso en el nacimiento del pelo— como a la única mosca desesperada que zumbaba atrapada en el dosel de seda de la cama, por encima de sus cabezas.

Por la noche encontró algo que ignoraba estar buscando: en un compartimento «secreto» de la maleta de Tignor, y en el baño que era además vestidor.

Durante el día, cuando salían del hotel, Tignor dejaba la maleta cerrada con llave. Pero no por la noche.

Eran las tres de la madrugada; Tignor dormía. Seguiría durmiendo como un tronco al menos hasta las diez de la mañana.

En el cuarto de baño que relucía y brillaba con azulejos nacarados, accesorios de latón, espejos con marcos dorados como ningún cuarto de baño que hubiera visto nunca en el General Washington, Rebecca estaba descalza, desnuda y tiritando. Tignor le había quitado la bata nueva con encajes y la había tirado debajo de la cama. La quería desnuda a su lado, le gustaba despertarse y tener al lado a una mujer desnuda.

No le importaría. Por qué habría de importarle. Ahora que somos marido y mujer...

Sin duda le importaría. Tenía muy poca paciencia si alguien le interrogaba de una manera que a él no le gustase. Una chica no curioseaba en la vida personal de Niles Tignor. Una chica no le molestaba metiéndole la mano en el bolsillo (para buscar su pitillera o su mechero), por ejemplo.

Leora Greb había avisado a Rebecca: nunca registres la maleta de un huésped; podrían haberte puesto trampas y te echarían una buena bronca.

Es posible que Rebecca estuviese buscando el certificado de matrimonio. Tignor lo había doblado cuidadosamente antes de esconderlo entre sus pertenencias.

¡No buscaba dinero! (Rebecca parecía saber que Tignor le daría todo el dinero que quisiera mientras estuviese enamorado de ella.) Tampoco buscaba documentos relacionados con la fábrica de cerveza. (Tignor los guardaba en una cartera de mano dentro del maletero del coche.) Encontró, sin embargo, el arma de fuego en uno de los compartimentos de la maleta que tenían cremallera.

Parecía ser un revólver, con un cañón de unos quince centímetros y de color azul muy oscuro y apagado. La culata de madera. No parecía recién comprado. Rebecca no tenía ni idea de su calibre, ni de si estaba echado el seguro, ni de si estaba cargado. (Por supuesto, tenía que estar cargado. ¿Para qué iba a querer Tignor un revólver descargado?)

Confirmaba lo que había sabido ya en el coche que la llevaba a toda velocidad a Niagara Falls para casarse: *Nunca le digas que no a este hombre.*

Rebecca no tenía el menor deseo de sacar el revólver del compartimento. Sin hacer ruido volvió a cerrarlo y también sin hacer ruido hizo lo mismo con la maleta. Era una maleta de hombre, absurdamente pesada, hecha con cuero de buena calidad, aunque ya bastante rozada. El monograma de latón, *NT,* lanzaba destellos.

37

Su mayor deseo era quedarse embarazada. Ya se había convertido en esposa; el paso siguiente era ser madre.

¡Siempre *de aquí para allá*! Según alardeaba Tignor, la única vida verdadera.

En todos aquellos meses no vivieron en ningún sitio. Durante 1954 y hasta la primavera de 1955 (cuando Rebecca quedó encinta por primera vez) sólo se alojaron en el coche de Tignor y en una sucesión de hoteles, habitaciones amuebladas y, con menor frecuencia, apartamentos alquilados por semanas. La mayoría de sus estancias eran de una sola noche. Podía decirse que no vivían en ningún sitio, sólo se detenían por diferentes periodos de tiempo. Pararon en Buffalo, Port Oriskany y Rochester. Pararon en Syracuse, Albany, Schenectady, Rome. Pararon en Binghamton y Lockport y Chautauqua Falls y en pequeñas poblaciones rurales: Hammond, Elmira, Chateaugay, Lake Shaheen. En Potsdam y en Salamanca. En Lake George, Lake Canandaigua, Schroon Lake. Pararon en Lodi, Owego, Schoharie y en Port au Roche en la orilla septentrional del lago Champlain. En algunos de aquellos sitios —en los que Tignor siempre tenía amigos y lo que él llamaba *contactos*— Rebecca entendió que Tignor estaba negociando con intención de comprar alguna propiedad.

Tignor regresaba con regularidad a Milburn, por supuesto. Seguía alojándose en el General Washington. Pero en esas ocasiones la dejaba en otra ciudad, porque Rebecca no soportaba la idea de volver a Milburn.

¡Al hotel!, le dijo a Tignor. ¡Ni hablar!

En realidad se trataba de Milburn mismo. Del lugar donde era la hija del sepulturero y donde, si se molestaba en buscarlas, podía visitar, entre malas hierbas, las tumbas de sus padres en un feo rincón del cementerio municipal.

Nunca había vuelto a Ferry Street a recoger el resto de sus cosas. Tal era la prisa con que se había marchado en aquella primera y asombrosa mañana de su nueva vida.

Pero, meses más tarde, escribió a Katy y a LaVerne. Su tono era arrepentido, nostálgico. Le preocupaba que sus amigas hubieran llegado a detestarla por tener celos de ella. *¡Os echo de menos! Soy muy feliz en mi vida de casada, Tignor y yo viajamos todo el tiempo por cuestiones de negocios y nos alojamos en los mejores hoteles, pero os echo de menos a las dos y a Leora. Espero tener un hijo...* ¿Qué era aquello? ¿Aquel tono de efusividad infantil? ¿Era aquélla la voz de la señora de Niles Tignor? Rebecca sintió un escalofrío de pura y simple repugnancia ante la voz que salía de ella mientras escribía —a la mayor velocidad posible— en el papel con membrete del Schroon Lake Inn, en la extraña quietud de la habitación del hotel. *Os mando algún dinero, por favor, comprad algo bonito para el apartamento, ¿cortinas nuevas?, ¿una lámpara? Sí, echo de menos quedarnos levantadas hasta tarde, riéndonos; echo de menos las visitas inesperadas de Leora; os llamaría por teléfono, pero a Tignor no le gustaría, mucho me temo. ¡Los maridos tienen celos de sus mujeres! Imagino que no debería sorprenderme. Tignor, sobre todo, tiene celos de otros hombres, como es lógico. Dice que sabe cómo son «en el fondo de su corazón» y no está dispuesto a confiarle su mujer a ninguno de ellos.* Rebecca hizo una pausa, incapaz por un momento de continuar. No se podía permitir releer lo que había escrito. No quería imaginarse lo que diría Tignor si leyera lo que había escrito. *¿Podría pediros un favor? Si no es demasiada molestia, ¿podríais mandarme algunas de las cosas que dejé ahí, mi diccionario sobre todo? Sé que es un gran favor que envolváis y echéis al correo una cosa tan pesada, supongo que podría comprar uno nuevo, porque Tignor es muy generoso a la hora de darme dinero para que lo gaste como esposa suya. Pero ese diccionario tiene un valor especial para mí.* Rebecca hizo una pausa mientras parpadeaba para tratar de contener las lágrimas. El viejo diccionario tan baqueteado con su nombre mal escrito.

Pero era su diccionario, su padre no lo había quemado en la estufa, sino que había cedido, como si, en aquel instante, que volvió a presentársele ahora con la fuerza de una alucinación, la hubiera querido al fin y a la postre. *Por favor, enviadlo a la señora de Niles Tignor, Apartado de Correos 91, Hammondsville, Nueva York (que es donde Tignor recibe el correo, por su situación central respecto a los viajes que hacemos por el Estado de Nueva York). Os adjunto tres dólares. Dad a Leora un abrazo y un beso de mi parte, ¿querréis? Echo de menos los viejos tiempos en los que jugábamos a* gin rummy *después de las clases, ¿no te pasa también a ti, Katy? Vuestra amiga Rebecca.* Qué cansada se sintió de repente. Acongojada por la desazón. Porque aquella voz no era la suya; ni una sola palabra era suya; Rebecca, como tal, carecía de palabras; y en su calidad de señora de Niles Tignor, cada palabra que se le escapaba era en cierta medida falsa. Releyó la carta a toda velocidad y se preguntó si debería romperla; pero el motivo de la carta era pedir que le mandaran el diccionario. Qué cansada se sentía, le dolía la cabeza de pura ansiedad: Tignor estaría volviendo a la habitación y no se atrevía a permitir que la viese escribiendo una carta.

Precipitadamente añadió una posdata que le hizo sonreír.

Decidle a Leora que se lo transmita a ese imbécil de Amos Hrube: NO ECHO DE MENOS SU DESAGRADABLE CARA.

Cada mes que pasaba estaba más cerca de quedarse embarazada, no le cabía la menor duda. Porque ya era menos frecuente que Tignor «tomara precauciones». Sobre todo si había estado bebiendo y, sencillamente, no había tiempo. Incluso mientras hacían el amor Rebecca ensayaba lo que iba a decirle: *Tignor, tengo noticias que darte.* O: *¡Tignor! Adivina lo que vas a ser, cariño. Y yo también.* Rebecca apartaba, como se apartaría a una molesta mosca, cualquier recuerdo de los rumores sobre Niles Tignor oídos en Milburn y según los cuales hijos de su marido de muy distintas edades estaban repartidos por el Estado, sus jóvenes esposas acababan mal, e incluso en aquellos momentos tenía al menos una esposa y unos hijos pequeños a los que había abandonado hacía muy poco.

Algunos meses Rebecca juraría que ya *estaba*. Sencillamente *tenía que ser así*.

Los pechos le pesaban, y los pezones se le volvían tan sensibles que le dolían de verdad cuando Tignor se los chupaba. Y el vientre duro, redondo y tenso como un tambor. Tignor estaba loco por ella, decía que era como una droga para él, y que cuando estaban juntos no se saciaba jamás. Y a Rebecca el que no «tomara precauciones» le indicaba que deseaba un hijo tanto como ella.

Rebecca no se había atrevido a preguntarle directamente si quería tener hijos, ni Tignor se lo hubiera preguntado a Rebecca, porque existía una curiosa reticencia entre ellos en aquellas cuestiones. Tignor hablaba con crudeza y usaba sin darle importancia palabras tales como *follar, joder, mamar, coño,* pero le hubiera avergonzado profundamente pronunciar frases como *mantener relaciones sexuales*. Y hubiera sido tan incapaz de utilizar con Rebecca la frase *hacer el amor* como de expresarse en un idioma extranjero.

Estaba bien que Rebecca se emocionara, porque era un comportamiento normal en una mujer.

—¿Me quieres, Tignor, no es cierto? ¿Un poquito? —preguntaba Rebecca, lastimera como una gatita.

Y Tignor murmuraba:

—Claro que sí —riendo, a punto de enfadarse—. ¿Por qué me habría casado contigo, vida mía, si no fuese así?

Su recompensa era, y seguiría siendo: el peso del hombre sobre ella.

¡Qué grande era Tignor y cuánto pesaba! Era como si se le cayera el cielo encima. Jadeante y agotado, y su piel, que era basta y desigual, brillaba con una extraña clase de belleza.

Rebecca creía que su amor por Niles Tignor duraría toda la vida, que siempre le estaría agradecida. No había necesitado casarse con ella, estaba segura. Podía haberla desechado como un pañuelo de papel después de usarlo, porque quizás era eso lo que Rebecca se merecía.

En algún sitio, entre sus cosas, existía el certificado de matrimonio. Rebecca lo había visto, incluso lo había firmado.

Sin el peso de Tignor manteniéndola inmóvil, atada, Rebecca estaría rota y desperdigada como hojas secas llevadas por el viento. Y sin más importancia de la que tienen las hojas secas zarandeadas por el viento.

Estaba llegando a amarlo sexualmente. Obtenía de él un fugaz placer sexual. No era la poderosa sensación que Tignor parecía experimentar y que lo dejaba aniquilado. Rebecca no quería sentir nada tan intenso. No quería estallar entre sus brazos, no quería lanzar alaridos como una criatura herida. Era el peso del hombre lo que quería, eso era todo. Y la repentina ternura de Tignor mientras se abandonaba al sueño en sus brazos.

Su primer hijo sería varón, esperaba Rebecca. Niles, hijo, lo llamarían.

Si fuese chica..., Rebecca no tenía ni idea.

¡De aquí para allá! Porque el negocio de la fábrica de cerveza era *salvajemente competitivo*. En su calidad de representante, Tignor ganaba un sueldo base, pero el dinero de verdad salía de las comisiones.

Rebecca no tenía ni idea de cuáles eran los ingresos anuales de Tignor. Preguntárselo se le habría pasado tan poco por la cabeza como preguntarle a su padre cuáles eran los suyos. Y, desde luego, si se lo hubiera preguntado, Tignor no se lo habría dicho. Se hubiera reído en sus narices.

Y, posiblemente, si lo hubiera hecho cuando no estaba de humor, podría haberle dado un bofetón.

Podía abofetearla por «salirse de madre». O por «hacerse la lista» con él.

Tignor nunca le pegaba con fuerza, ni con el puño cerrado. Tignor hablaba con desprecio de los hombres que golpeaban a las mujeres de aquella manera.

En una ocasión Rebecca, ingenuamente, quiso saber cuándo la llevaría a conocer a su familia; y Tignor, encendiendo un cigarro, se rió de ella, divertido, y dijo:

—Los Tignor no tienen familia, cariño —luego se quedó callado y unos minutos después, bruscamente, se volvió hacia ella y le dio una bofetada con el revés de la mano al tiempo que le exigía saber con quién había estado hablando.

Rebecca respondió, tartamudeando, que con nadie.

—Si alguien habla contigo sobre mí, o te hace preguntas acerca de mí, vienes a contármelo, cariño. Y lo dejas de mi cuenta.

Tal como Rebecca se había jactado ante Katy y LaVerne en su carta, Tignor era sin duda un marido generoso. Lo fue durante el primer año de su matrimonio. Mientras estuvo loco por ella. Le compraba regalos, objetos de bisutería, perfumes, vestidos y ropa interior estimulantes, prendas sedosas que lo excitaban sólo con verlas, mientras Rebecca las sacaba de sus envoltorios de papel de seda para sostenerlas pegadas a su cuerpo.

—¡Ay, Tignor! ¡Qué bonito! ¡Muchas gracias!

—Póntelo, cariño. Vamos a ver qué tal te sienta.

Y cómo le gustaba provocarla: que Rebecca hubiera tomado una copa o dos la ayudaba a ponerse en sintonía.

Esparcir dinero sobre la cama en su habitación de hotel, como había hecho en Beardstown, fue algo que repitió en Binghamton, Lake George, Schoharie. Sacar billetes de la cartera, arrojar al aire billetes de diez y veinte dólares, a veces incluso de cincuenta, para que revolotearan y cayeran como mariposas heridas.

—Para ti, gitanilla. Ahora eres mi esposa, no mi puta.

Rebecca lo sabía: se había casado con ella pero no le había perdonado el insulto, la idea de que a él, a Niles Tignor, alguien lo pudiera ver como un hombre que necesitaba pagar a las mujeres para acostarse con ellas. Un día le haría lamentar aquel insulto.

¡Qué inquieto era Tignor! Se trataba casi de una reacción física, como un sarpullido que le picara.

Siempre pocos días en un lugar. A veces sólo una noche. La peor época, el final de año, la denominada temporada de fiestas. Desde mediados de diciembre hasta el día de Año Nuevo el negocio de Tignor prácticamente se paraba. Eso sí, beber se bebía mucho, y Tignor había arreglado las cosas para alojarse en el hotel Buffalo Statler: tenía amigos en la zona de Buffalo y de Niagara Falls con quienes beber y jugar a las cartas, aunque, de todos modos, estaba «más aburrido que una mona». Rebecca había aprendido a no irritarlo diciendo algo inconveniente o estorbándolo.

Bebía con él en las primeras horas de la mañana cuando no conciliaba el sueño. A veces lo tocaba, con suavidad. Con el cuidado de una mujer que toca a un perro herido que podría volverse contra ella, gruñéndole. Acariciándole la frente febril, el tieso pelo metálico, de una manera amablemente burlona que a él le gustaba, convirtiendo a Niles Tignor en un enigma para sí mismo.

—Tignor, ¿eres un hombre que viaja todo el tiempo porque está inquieto o te has vuelto inquieto porque viajas todo el tiempo?

Tignor frunció el ceño, reflexionando sobre aquello.

—Dios del cielo, no lo sé. Las dos cosas, quizá —para añadir, después de una pausa—: Pero también la tuya es una raza errante, ¿no es así, Rebecca?

A veces, cuando acababan de llegar a un hotel, Tignor hacía o recibía una llamada telefónica y anunciaba a Rebecca que «había surgido» algo —porque tenía «negocios aparte de los negocios»— y precisaba marcharse de inmediato. Su estado de ánimo en aquellos momentos era entusiasmado, excitado. Aquella sensación de urgencia en él le señalaba a Rebecca la conveniencia de retirarse, de aceptar que no regresaría durante algún tiempo. Y de no hacer preguntas.

Negocios aparte de los negocios significaba asuntos que no estaban relacionados con la fábrica de cerveza Black Horse, había deducido Rebecca. Porque más de una vez, cuando Tignor desaparecía de aquella manera, se recibía en el hotel una llamada para él desde la sede de la fábrica en Port Oriskany, y Rebecca tenía que dar la excusa de que estaba visitando a amigos de la localidad y que se lo habían llevado de caza durante más de un día... Cuando Tignor regresaba y Rebecca le transmitía el mensaje, se encogía de hombros. «¿Y qué? A tomar por culo.»

Rebecca se sentía muy sola en ocasiones como aquéllas. Pero nunca dudaba de que Tignor fuese a volver. En aquellos viajes improvisados no se llevaba la mayoría de sus pertenencias, incluida la gran maleta de cuero un poco rozada.

Pero nunca se olvidaba del revólver. Siempre se lo llevaba.

Señora de Niles Tignor. Le encantaba firmar con aquel nombre, debajo de *Niles Tignor,* en el registro del hotel. Siempre le quedaba la zozobra de que un recepcionista o un gerente preguntara si Rebecca era realmente la esposa de Tignor, pero nadie lo hizo nunca.

Señora de Niles Tignor. Había llegado a creerse muy espabilada. Pero como cualquier esposa joven se equivocaba a veces.

Fue ella quien les dijo a Katy y a LaVerne que Tignor tenía tendencia a los celos. Rebecca suponía que eso significaba que la quería, nadie la había querido nunca de aquella manera, pero había un peligro en ello, como acercar demasiado una cerilla a una sustancia inflamable. Porque Tignor no era una persona acostumbrada a compartir las atenciones de una mujer con otros hombres, aunque le gustaba que los hombres mirasen a Rebecca, y con frecuencia la llevaba con él a restaurantes, bares y tabernas para que le hiciera compañía. No le gustaba, sin embargo, que Rebecca mirase a otros hombres, incluso amigos suyos. Sobre todo no le gustaba que Rebecca hablara o se riera más que brevemente con tales hombres. «Un hombre tiene una idea cuando te mira. Y tú eres mi mujer y esa idea es mía.» Se suponía que Rebecca tenía que sonreír al oír aquello, pero sin dejar de tomarse en serio la advertencia. Aunque a Tignor le resultaba aún más perturbadora la posibilidad de que Rebecca se comportara amablemente con desconocidos a sus espaldas. Podía tratarse de otros clientes varones del hotel, empleados, incluso botones de raza negra cuyas caras se iluminaban cuando veían al señor Tignor, que siempre les daba propinas generosas.

—Si alguien saca los pies del tiesto contigo, chiquilla, me lo vienes a contar. Ya me encargaré yo de resolverlo.

¿Y qué sería lo que harías? Rebecca pensó en los puños de Tignor golpeando al indefenso Baumgarten, rompiéndole la cara como si se tratara de un melón. Pensó en el revólver con la culata de madera.

—No parece que viva usted por los alrededores.

Un individuo con una chaqueta y una gorra de color azul marino, esta última muy calada sobre la frente. Había venido a sentarse junto a Rebecca en la barra, en una cafetería de Hammond, o quizá fuese Potsdam. Una de las pequeñas poblaciones al norte del Estado en el invierno de 1955. Rebecca sonrió al desconocido de refilón, sin intención de sonreír, en realidad.

—Es cierto. No vivo aquí —dijo.

El codo del otro junto a su brazo en la barra, y él inclinándose hacia la palma de su mano, el rostro incómodamente cerca del de Rebecca, y a punto de preguntarle algo más cuando ella se volvió con brusquedad, dejó un dólar sobre la barra para pagar el café y salió deprisa del establecimiento.

Estaban en febrero. El cielo, como una pizarra en la que se han borrado mal los trazos de tiza. Una nieve ligera caía sobre un río cuyo nombre Rebecca no recordaba, como tampoco, dado lo nerviosa que estaba, habría recordado el nombre de la ciudad en la que se detuvieron por espacio de varios días.

Hasta aquella mañana había creído que podía estar encinta. Pero al final le había llegado el periodo, inconfundible, con retortijones, hemorragia y unas décimas, de manera que supo: *Esta vez no. No se lo tengo que decir a él.* En la habitación del hotel se había sentido inquieta, Tignor no regresaría hasta la noche. Trató de leer uno de sus libros. También tenía su diccionario. Miró algunas de las palabras de su concurso de ortografía: *expurgar, profetizar, contingencia, incoado.* ¡Habían pasado tantos años! No era más que una niñita, no sabía nada. Era, sin embargo, un consuelo para Rebecca que las palabras, inútiles para ella, estuvieran todavía en el diccionario y fuesen a sobrevivirla. A la luz invernal que penetraba por las ventanas del hotel se sentía sola e inquieta. La camarera no se había presentado aún para hacer la habitación, y Rebecca extendió la pesada colcha sobre las sábanas revueltas que olían a sudor, a semen, al cuerpo vigoroso de Tignor.

¡Tenía que salir! Se puso el abrigo y las botas. Anduvo bajo la nieve ligera que caía en la zona del centro de la ciudad próxima al hotel hasta que el frío la hizo tiritar, se detuvo en la cafetería para tomar algo caliente y se hubiera quedado en la barra, disfrutando de la atmósfera tibia, de no haber sido por el individuo de la chaqueta azul marino que se le acercó. *Un hombre tiene una idea.* Y en la calle sucedió que miró para atrás por encima del hombro, vio al individuo tras ella y se preguntó si la estaba siguiendo. Le pareció entonces que lo había visto, o a alguien que se le parecía mucho, en el vestíbulo del hotel, mientras ella cruzaba desde el ascensor hasta la entrada principal. ¿Podía ser que la hubiera seguido desde el hotel? ¿Era eso lo que había hecho? Tenía sólo una impresión muy vaga de él. Entre los treinta y los cuarenta, quizá. El hombre apresuró el paso cuando lo hizo ella, dobló bruscamente una esquina, cruzó una calle lo bastante lejos detrás de Rebecca como para que ella no lo hubiera visto de no estar pendiente de localizarlo. *Una idea. Una idea. Un hombre tiene una idea.* Rebecca se alarmó, aunque sin llegar a asustarse. Caminó más deprisa, empezó a correr. Los peatones la miraron, curiosos. Sin embargo, ¡qué agradable correr bajo la nieve ligera, haciendo entrar aire frío, cortante, hasta lo más profundo de los pulmones! Como había corrido de adolescente en Milburn corría ahora en Potsdam, o en Hammond.

Entró a ciegas en una tienda de ropa para mujer, y le dio una sorpresa a la dependienta al salir de inmediato por la puerta de atrás. Luego regresó al hotel; había evitado al hombre de la chaqueta azul marino. No pensó más en él. Excepto que por la noche, al entrar en la cervecería del hotel para reunirse con su marido, vio al hombre que la había seguido con Tignor, en la barra. Hablaban y reían. El otro no llevaba la chaqueta azul marino pero Rebecca tuvo la seguridad de que era él.

¡Una prueba! Tignor me ha puesto a prueba.

Rebecca no lo supo nunca. Cuando se reunió con su marido, se había quedado solo. El otro se había esfumado. Tignor estaba de humor cordial, expansivo, debía de haber tenido un buen día.

—¿Cómo está mi chiquilla? ¿Has echado de menos al viejo de tu marido?

Esta vez era un hecho. No una simple conjetura.

Al despertarse una mañana, sus pechos le produjeron una sensación de pesantez y los encontró anormalmente sensibles. El vientre lo sentía hinchado. Y un hormigueo por todo el cuerpo, como de una débil corriente eléctrica. En la cama y en brazos de Tignor, no se atrevió a despertarlo, a susurrarle su aprensión. Porque, de repente, Rebecca tuvo miedo. Sintió como si la hubieran empujado hasta el borde de algo como un precipicio, como si se estuviera arriesgando demasiado. La respuesta de Tignor fue una sorpresa para ella. Había esperado que reaccionara con un gruñido de desaprobación, pero no fue así. Se despertó por completo, y se puso a pensar. Rebecca sentía agitarse su cerebro con ideas. Y luego no dijo nada, se limitó a besarla, un beso intenso, húmedo y agresivo. Le amasó los pechos, le chupó los pezones, muy sensibles, y Rebecca hizo una mueca de dolor.

—¿Qué te ha parecido eso? —susurró Tignor—. ¿Quieres más?

Rebecca lo abrazó con fuerza, desesperadamente.

Querida Katy y querida LaVerne, tumbada en una cama de hotel, escribía en el papel de cartas del establecimiento, uno de los vasos de bourbon de la noche anterior casi vacío en la mesilla de noche. *Tengo una noticia estupenda, ESTOY EMBARAZADA. Tignor me ha llevado a un médico en Port Oriskany. Dice que el bebé llegará en diciembre. ESTOY EMOCIONADÍSIMA.*

Rebecca releyó lo que había escrito a las amigas que estaban tan lejos y que cada vez se volvían más imprecisas para ella, y añadió: *Tignor también quiere que llegue el niño; dice que si eso me va a hacer feliz, también él lo quiere.* De nuevo releyó la carta y la rompió con asco.

Era cierto, tal como Jacob Schwart había afirmado. Las palabras son mentiras.

Ahora estaba embarazada y se sentía muy a gusto. Incluso lo que suele llamarse mareo matutino se convirtió en algo familiar, tranquilizador. El médico había sido muy amable. Le había dicho lo que iba a pasarle, etapa por etapa. Y la enfermera le había dado un folleto. Ni por un momento parecieron poner en duda que fuera la esposa de Niles Tignor, de hecho los dos conocían a Tignor y se alegraron de verlo. Rebecca estaba en la cama, acurrucada junto a Tignor y diciéndole:

—Vamos a necesitar un sitio donde quedarnos, Tignor. Por el bebé. ¿No te parece?

Y Tignor dijo, con su voz afable, entre sueños:

—Claro, cariño.

Y Rebecca añadió:

—Porque seguir parándonos en hoteles, como hacemos ahora... Eso sería duro, con un bebé diminuto.

Era una señal de su embarazo que Rebecca dijera *bebé diminuto*. Empezaba a hablar, y a pensar, en media lengua. *¡Diminuto!* Se aplastó la boca con el puño para no reír. Un bebé diminuto sería del tamaño de un ratón.

En aquellas conversaciones amorosas con Tignor cuando estaban medio dormidos, no decía nunca *hogar*. Sabía la cara que pondría Tignor al oír aquella palabra.

Y, sin embargo, no se podía saber lo que iba a hacer Tignor. Sorprendió a Rebecca al decir que, en cualquier caso, había estado pensando en alquilar un apartamento amueblado para ella. En Chautauqua Falls, cerca del canal, en el campo, donde había tranquilidad, sabía de un sitio.

—El bebé y tú viviríais ahí. Y papaíto iría cuando pudiera.

Tignor hablaba con tanta ternura que Rebecca no tuvo ninguna razón para pensar que aquello fuese el fin de nada.

Tumbada en una cama de hotel y escribiendo una carta en el papel del hotel, un vaso de bourbon en la mesilla de noche. ¡Tan delicioso, a la luz de la lamparita con pantalla! Ya no estaba tan sola cuando se marchaba Tignor, ahora que tenía al bebé tan a gusto dentro de ella. Con aquella carta estaba dispuesta a trabajar todo lo que hiciera falta; haría un borrador y luego lo pasaría a limpio.

19 de abril de 1955
Querida señorita Lutter:

Le mando este pequeño regalo de Pascua: pensé en usted cuando lo vi en una tienda, aquí en Schenectady. Espero que lo pueda llevar con su abrigo o su vestido de Pascua. El nácar es muy hermoso, creo yo.

Me parece que no le he dicho nunca que me he casado y que no vivo ya en Milburn. Mi marido y yo vamos a poner casa en Chautauqua Falls. Mi marido es Niles Tignor, un hombre de negocios que trabaja para la fábrica de cerveza Black Horse, de la que sin duda ha oído usted hablar. Viaja con frecuencia por cuestiones de negocios. Es un hombre «de más edad», bien parecido.

¡Vamos a tener nuestro primer hijo en diciembre!

Cumpliré los diecinueve dentro de tres semanas. ¡Ahora ya soy toda una persona mayor! Era una chica muy ignorante cuando empecé a vivir con usted y no fui capaz de apreciar su amabilidad.

A los dieciocho habría dejado de estar bajo la tutela de las autoridades, incluso aunque no estuviera casada. De manera que sería del todo legal que

Señorita Lutter hay algo que tengo que decirle pero no encuentro las palabras

Estoy tan avergonzada de

Siento tanto lo que

Espero que se acuerde de mí en sus oraciones. Querría

«Sandeces.»

Le había costado casi una hora tartamudear aquellas frases inacabadas. Y al releerlas sintió repugnancia. ¡Qué estúpida resultaba! Qué infantil. Había tenido que mirar hasta las palabras más sencillas en el diccionario y con todo y con eso había cometido una falta de ortografía. Rompió la carta en varios trozos.

Más tarde envió a la señorita Lutter el broche de nácar con una tarjeta de Pascua. *De su amiga Rebecca.*

El broche tenía la forma de una pequeña camelia blanca y a Rebecca le parecía muy hermoso. Le había costado veinte dólares.

¡Veinte dólares! Si mamá lo supiera.

No incluyó la dirección del remitente con el paquetito. Para que la señorita Lutter no pudiera responder dándole las gracias. Por lo que Rebecca no sabría nunca si su antigua profesora habría escrito para agradecerle el broche.

—Señora Tignor. Es un placer.

Eran hombres corpulentos, afables, como Tignor, y a quienes no querrías contrariar. En los bares y en las cervecerías de los hoteles bebían con Tignor y tenían el mismo aspecto y se comportaban como otras personas que acompañaban a Tignor cuando bebía, pero eran policías: no de los que llevan uniforme, como explicaba Tignor. (Rebecca no estaba enterada de que había agentes de policía que no llevaban uniforme. Eran de categoría superior: detectives, tenientes.)

Aquellas personas se relacionaban sin dificultad con otras personas. Eran buenos comedores y bebedores. Se hurgaban los dientes reflexivamente con palillos de madera colocados en un vasito de licor sobre los mostradores junto a manitas de cerdo en escabeche y aros de cebolla fritos. Preferían los puros a los cigarrillos. Y preferían la cerveza Black Horse, que les salía gratis siempre que Niles Tignor la bebiera también. Se mostraban respetuosos con Rebecca, a quien nunca dejaban de llamar «señora Tignor», con algo así como un conato de guiño a Tignor por encima de la cabeza de Rebecca.

Han conocido a otras mujeres que iban con él. Pero nunca a una esposa.

Rebecca sonreía al pensar en ello. Era tan joven, condenadamente guapa, sabía que era lo que estaban diciendo, dándose codazos unos a otros. Envidiosos de Niles Tignor, que era su amigo.

Si llevaban pistola dentro de su abultada ropa, Rebecca nunca se la vio. Si Tignor llevaba alguna vez su revólver, nunca se lo vio.

38

Era la esposa de Niles Tignor e iba a tener un hijo suyo. Fueron días, semanas, meses de incomparable felicidad. Y sin embargo, como cualquier esposa joven, Rebecca cometió un error.

Lo sabía: a Tignor no le gustaba que se comportase de una manera excesivamente amistosa con ningún varón. Se lo había dicho con toda claridad. Se lo había advertido más de una vez. Ahora estaba embarazada, la piel le brillaba, pálidamente oscura, como encendida desde dentro por la llama de una vela. Había a menudo un arrebol en sus mejillas, se quedaba sin aliento, los ojos humedecidos. Sus pechos y caderas eran más amplios, más femeninos. Tignor se burlaba de ella porque comía más que él. Casi parecía, hora a hora, que el bebé que llevaba en el vientre estuviera creciendo.

Por supuesto, aunque Rebecca sabía (gracias al folleto ilustrado *Tu cuerpo, tu bebé y tú*) que de hecho el «feto» se parecía más a una rana que a un ser humano, en la duodécima semana de su embarazo, durante el mes de mayo, fantaseaba ya con la idea de que el bebé Niles había adquirido rostro y alma.

—Hay hombres a quienes les vuelven locos las mujeres embarazadas. Una mujer hinchada como una condenada ballena, pero con todo y con eso hay hombres que... —la voz de Tignor, desconcertada y desdeñosa, acababa por perderse. Era fácil ver que él, Tignor, no encontraba de su gusto semejante perversión.

De manera que Rebecca se esforzaba por rechazar las atenciones de los hombres. Incluso de hombres de edad. Se mostraba distante e indiferente incluso ante el más inocuo de los saludos: «¡Buenos días!», «Bonita mañana, ¿no es cierto?», lanzados en su dirección por hombres en corredores de hotel, ascensores, restaurantes. Tenía, sin embargo, debilidad por las mujeres. Y ahora, en su embarazo, deseaba con avidez la compañía de mujeres. A Tignor le molestaba que «pegara la hebra» con camareras, dependientas y doncellas durante más de un minuto o dos. Le gustaba que su joven esposa, exóticamente bien parecida, fuese admirada, se mostrase llena de vida y que manifestara tener «personalidad»; pero no le gustaba un exceso de ninguna de aquellas cosas a sus espaldas. En los hoteles en los que Niles Tignor era conocido como huésped frecuente, sabía que el personal hablaba de él, lo sabía y lo aceptaba, pero no quería que Rebecca contase historias sobre él, historias que podían exagerarse al volver a contarlas, convirtiéndolo así en una figura cómica. Y ahora que su mujer estaba embarazada y empezaría pronto a mostrar su estado, era especialmente alérgico.

En mayo de 1955 Tignor regresó de manera inesperada a su habitación en el hotel Henry Hudson de Troy, y se encontró con que Rebecca no sólo «había pegado la hebra» con la camarera que les arreglaba el cuarto, sino que la estaba ayudando a cambiar la cama. En el pasillo, del otro lado de la puerta, Tignor se quedó inmóvil, observando.

Porque allí estaba su mujer, remetiendo hábilmente las sábanas, estirando por un extremo mientras la camarera estiraba por el otro. Con ingenuo entusiasmo, Rebecca explicaba:

— ... este bebé ¡tiene siempre *hambre*! No hay duda de que sale a su papá. Su papá está tan ilusionado como yo. ¡Me sorprendió tanto! Creí que me iba a estallar el corazón, estaba... bueno, pero que muy sorprendida. No esperas que los hombres tengan esa clase de sentimientos, ¿verdad que no? Cumplí años la semana pasada, diecinueve, y eso es más que suficiente para tener un bebé, me ha dicho el médico. Supongo que estoy un poco asustada. Pero disfruto de buena salud. Mi marido viaja todo el tiempo, y nos alojamos en los mejores hoteles, como éste. Tiene un puesto muy importante en la fábrica de cerveza Black Horse, quizá ya lo sabe usted. Lo conoce, imagino. ¿Niles Tignor?

Cuando Rebecca se volvió para ver por qué la camarera miraba fijamente por encima de su hombro, vio a Tignor en el umbral.

Sin alzar la voz, Tignor le dijo a la camarera:

—Salga. Tengo que hablar con mi mujer.

No trató de eludirlo. Recordaba con nitidez que su padre necesitaba castigarla. No una vez sino muchas. Y Tignor había estado perdonándola hasta entonces. El método de su padre no había sido abofetearla, sino agarrarla por la parte superior del brazo y zarandearla hasta que le entrechocaban los dientes. *Eres una de ellos. ¡Una de ellos!* Rebecca ignoraba ya si alguna vez había sabido lo que su padre quería decir con aquellas palabras y qué era lo que ella había hecho para enojarlo, pero sabía que se lo tenía bien merecido, el castigo. Una lo sabía siempre.

La hemorragia empezó media hora después. Retortijones en la boca del estómago y una repentina y cálida descarga de sangre. Tignor no la había golpeado ahí, no había que echarle la culpa. Niles Tignor no era un hombre que golpeara a una mujer con los puños, y menos en el vientre a una mujer embarazada. Sin embargo la hemorragia empezó, *aborto espontáneo,* lo llamarían. Tignor sirvió bourbon en los vasos para los dos.

—El próximo lo podrás tener.

39

Fue como había dicho. Tignor mantuvo su promesa. Rebecca no lo había puesto en duda.

—Aquí estarás segura. Es un sitio tranquilo. Distinto de una ciudad. Distinto de pasarse la vida en la carretera: eso no es bueno para una mujer que trata de tener un bebé. ¿Ves? Hay una tienda de comestibles. Cinco minutos a pie. Siempre que quieras, si yo no estoy aquí, puedes ir andando hasta la ciudad siguiendo el canal. Te gusta caminar, ¿no es cierto? ¡La chica más andarina que he conocido nunca! O encontrar a alguien que te lleve, hay muchos vecinos por los alrededores. La mujer de Meltzer lo hará cuando vaya. Pediré que te conecten el teléfono y por supuesto te llamaré cuando esté de viaje. Me aseguraré de que tienes todo lo que necesitas. Esta vez vas a cuidarte mejor. Quizá beber menos. Tengo yo la culpa, supongo que te he animado a hacerlo. Es también una debilidad mía. Y pasaré aquí todo el tiempo que pueda. Si he de ser sincero, empieza a cansarme la carretera. Estoy pensando en alguna propiedad en la ciudad, quizá en comprar un bar. ¡Bueno!

La besó y dejó al descubierto sus grandes dientes caballunos en una sonrisa.

—Ya sabes que estoy loco por ti, ¿verdad que sí?

Rebecca lo sabía. Estaba encinta otra vez, de cuatro semanas, y esta vez tendría al bebé.

—¿Por qué se llama «Poor Farm Road»?*

Rebecca estaba asustada y, en consecuencia, hacía preguntas sin mucho sentido.

---

* Carretera de la granja para pobres. *(N. del T.)*

Tignor, sin embargo, la sorprendió, porque sabía la respuesta: mucho tiempo atrás, quizá cien años, había existido de verdad una «granja para pobres», como a kilómetro y medio carretera abajo, donde ahora estaba el edificio de la escuela. Vagamente Tignor pensaba que podía haber estado relacionada con la excavación del canal.

Edna Meltzer dijo que era cierto, que hubo una granja para pobres junto a la carretera:

—La recuerdo muy bien de cuando yo era pequeña. Ancianos en su mayor parte. Que enfermaban o eran demasiado viejos y no podían trabajar sus tierras y tenían que venderlas por poco dinero. No existía la «asistencia» que tenemos ahora para ocuparse de la gente; no había «impuesto sobre la renta» ni «seguridad social», ni nada por el estilo —la señora Meltzer lanzó un bufido que podía significar su descontento con que la vida hubiera sido alguna vez tan cruel o por el contrario lo mal que le parecía que se mimara tanto a la gente en los tiempos modernos. Era una mujer robusta con cara de torta, ojillos penetrantes y aire maternal que parecía sorber el oxígeno de la habitación.

Los Meltzer, los vecinos más próximos de Rebecca en Poor Farm Road, vivían aproximadamente a medio kilómetro. El señor Meltzer era el propietario de Meltzer's Gas & Auto Repair, y tenía un gran cartel de ESSO en rojas letras redondas delante de su garaje. Existía cierto tipo de relación entre Meltzer y Niles Tignor, aunque Rebecca no la había descubierto. Los dos se conocían sin ser exactamente amigos.

—Ten cuidado de no pegar la hebra con la vieja, ¿eh? Una bruja como ésa, los hijos mayores ya, querrá preguntarte todo tipo de cosas que no son asunto suyo, ¿te enteras? Pero tú ya sabes lo que tienes que hacer, imagino —Tignor le acarició la cabeza, el pelo. Desde el «aborto espontáneo», había sido amable con ella, y paciente. Pero Rebecca ya no hablaba con nadie de manera despreocupada. Tanto daba que Tignor estuviera presente como que se hubiera marchado.

Era una vieja granja destartalada al final de un camino de tierra: ¡ni mucho menos el sitio donde uno esperaría que vi-

viese Niles Tignor! Rebecca se había imaginado una casa o un apartamento alquilados en una de las ciudades preferidas de Tignor, vivir al menos en Chautauqua Falls, y no en un lugar apartado en medio del campo. Tignor decía una y otra vez: «Bonita, ¿verdad? Sin nadie que nos moleste». No se veía ningún otro edificio desde las ventanas del piso alto. Ni tampoco la carretera, estrecha y de grava. A excepción de la nube de humo que se alzaba despacio por el este, no habría sido posible adivinar en qué dirección estaba Chautauqua Falls. Todo lo que quedaba de las cuarenta y cinco hectáreas originales de la granja eran unos cuantos campos y pastos abandonados, un henil de color rojo descolorido que se estaba cayendo, varios cobertizos y un pozo de piedra de diez metros de profundidad que proporcionaba un agua tan fría que a uno le dolía la boca y que sabía ligeramente a metal.

—Es muy hermosa, Tignor. Seremos muy felices.

Desde el camino de entrada la granja resultaba impresionante, bordeada por ásperos tejos violentos, pero de cerca estaba claramente venida a menos, necesitada de reparaciones. Sin embargo, cuando Tignor estaba en casa, aunque él no la llamaba *su casa*, parecía encontrarse de excelente buen humor.

Se comía los platos que Rebecca, presa del nerviosismo, le preparaba con recetas sacadas de libros de cocina. Tignor era fácil de contentar: ¡carne, carne, carne! Y siempre patatas: en puré, al horno, cocidas. Cuando estaba de humor gastoso llevaba a Rebecca a Chautauqua Falls para comprar suministros. «Es nuestra luna de miel, bonita. Un poco aplazada.» La vieja casa estaba amueblada en parte, pero se necesitaba urgentemente una nueva cocina de gas, un refrigerador para reemplazar la maloliente nevera de hielo, un nuevo colchón para la cama de matrimonio, cortinas y alfombras. Y cosas para el niño: moisés, cochecito, baño infantil.

—Una de esas cosas de goma donde echas el agua; primero la calientas y luego la echas, y tiene algo así como una manguerita y con eso se vacía por el fondo. Y va sobre ruedas.

Rebecca se echó a reír y le dio un codazo a Tignor en las costillas.

—¿Has sido papá antes, no es cierto? ¿Cuántas veces? —lo dijo de manera tan alegre, en absoluto con tono acusador, que difícilmente podría darse Tignor por ofendido.

—Cariño —respondió él, compungido—, es siempre la primera vez. Todo lo que importa lo es siempre.

Aquella observación impresionó tanto a Rebecca que casi se echó a llorar. Era la respuesta perfecta del amor.

No me dejará, entonces. Se quedará.

Durante algún tiempo Tignor se comportó como si la granja venida a menos fuese su *hogar;* quizá no mintiera cuando afirmaba que se había cansado de viajar. Quizá se había cansado de la competencia salvaje. Aunque incluso si oficialmente estaba en casa, desaparecía con frecuencia para lo que llamaba viajes de un día. Salida muy de mañana, regreso después de oscurecer. Rebecca llegó a preguntarse si seguía siendo representante de la fábrica de cerveza Black Horse. Tignor era un hombre de secretos, como uno de esos fuegos que arden lentamente bajo tierra durante semanas, meses, años. Rebecca quería creer que un día iba a sorprenderla con una casa que habría comprado para ellos, una casa propia en la ciudad. Tignor era como una gran luna de rostro maltrecho en el cielo nocturno, y sólo veías la parte brillantemente iluminada, resplandeciente como una moneda, pero sabías que había otro lado, oscuro y secreto. Los dos lados de la luna marcada de viruela eran simultáneos, pero querías pensar, como una niñita, que sólo existía la parte iluminada.

Se propone dejarme.

No: me quiere. Lo ha prometido.

Desde el aborto de Rebecca, y de la fiebre que había tenido después durante días, los sentimientos entre Tignor y ella habían cambiado sutilmente. Tignor ya no era tan jovial, ya no reía tan a carcajadas. Ni era tan corriente que le diera un empujón ni que la zarandeara. Raras veces la tocaba, excepto cuando estaban en la cama. Rebecca veía que la miraba entornando los ojos. Como si fuera un enigma para él, y no le gustaran los enigmas. Estaba arrepentido y, sin embargo, todavía indignado. Porque Tignor no era un hombre que olvidara sus indignaciones.

Y es que Rebecca había causado el aborto con su comportamiento irresponsable. ¡Hablar de Tignor con una camarera! ¡Ayudar a una camarera a hacer la habitación! Siendo como era la señora de Niles Tignor y obligada a mantener su dignidad.

En el aislamiento de Poor Farm Road Rebecca acabaría por pensar que su conducta debía de haber tenido alguna lógica. De la misma manera que, de niña, se había mantenido lejos de la vieja casa del cementerio y gracias a ello se había salvado de lo que podía haberle sucedido aquel último día. Era imposible que supiera lo que estaba haciendo y, sin embargo, una parte de ella, con la astucia de un animalito atrapado que se roe la pata para salvarse, lo había sabido.

Porque Niles hijo nacería. El otro (¿una niña?, en sus sueños, una niña) había sido sacrificado para que les naciera su hijo varón.

El doctor Rice se lo explicó: un aborto es con frecuencia «el modo que tiene la naturaleza de corregir un error». Por ejemplo, un feto «con malformaciones».

No hay mal que por bien no venga, a veces.

El doctor Rice siguió explicando: «Por supuesto, la mujer embarazada puede sentirlo tanto como si hubiera perdido un bebé de verdad. Y la pena puede persistir durante el comienzo de un nuevo embarazo».

¡Pena! Rebecca quería reírse de aquel médico sabelotodo, especialista en obstetricia, disgustada y enfadada.

El doctor Rice de Chautauqua Falls. Mientras la examinaba como si fuera un trozo de carne en la camilla de su consulta, remilgado pero grosero, minucioso pero haciéndole daño con sus condenadas manos embutidas en guantes de goma y sus fríos instrumentos de metal, semejantes a punzones para romper el hielo, Rebecca había tenido que morderse los labios para no gritar y para resistir la tentación de darle patadas en la tripa. Aunque después, en su despacho, cuando Rebecca se vistió de nuevo y trataba de recobrar la compostura, consiguió ofenderla todavía más diciéndole todas aquellas tonterías.

—Doctor, no estoy apenada, le aseguro que no. No soy de la clase de mujeres que se lamentan por el pasado. Lo que hago es mirar hacia el futuro, igual que Tignor, mi marido. Si este nuevo bebé está sano y nace, eso es todo lo que nos interesa, doctor.

El médico parpadeó al oírla. ¿Había subestimado a la señora de Niles Tignor, confundiéndola con una llorica sin personalidad?

—Ésa es una filosofía muy sabia, señora Tignor —se apresuró a decir—. Ya me gustaría que muchas más de mis pacientes fuesen tan sensatas.

¡Mi hogar! Cuando nació Niles hijo, a finales de noviembre de 1956, Rebecca había llegado a sentirse a gusto en la casa de Poor Farm Road.

—Es muy hermosa, Tignor. Seremos muy felices.

Repitió aquellas frases más de una vez. Como palabras en una canción de amor, para hacer que Tignor sonriera y quizá la abrazase.

La vieja granja Wertenbacher era como llamaban a la granja en la localidad. A unos tres kilómetros al norte de Chautauqua Falls en una zona accidentada de granjas pequeñas, pastos, campos sin cultivos y zonas pantanosas. Y en las estribaciones occidentales de los montes Chautauqua. Por casualidad (Rebecca no creía en coincidencias, sólo en la pura casualidad) Chautauqua Falls era un pueblo antiguo junto al canal, como Milburn, y a unos ciento veinte kilómetros hacia el oeste. Se había convertido, a diferencia de Milburn, en una pequeña ciudad, porque tenía una población de 16.800 habitantes. Era un centro industrial con fábricas de tejidos y de conservas junto al río Chautauqua. Había tráfico por el canal. La empresa con más obreros era Union Carbide, que había ampliado sus instalaciones en los años prósperos de 1955 y 1956. Rebecca trabajaría más adelante en la cadena de montaje de Niagara Tubing. Pero fue al campo, a las afueras de Chautauqua Falls, donde la llevó Tignor: a un asentamiento en una encrucijada con el nombre de Four Corners. Allí, en la unión de Poor Farm Road y Stuyvesant Road había una pequeña oficina de Correos, un almacén de carbón, un granero, Ike's Food Store con un cartel muy grande de Sealtest en el escaparate, y Meltzer's Gas & Auto Repair. Además de una escuela con dos aulas en los terrenos de la antigua granja para pobres, un cuartel de bomberos voluntarios y una rústica iglesia metodista con un cementerio detrás. Al pasar andando a veces cerca de la iglesia, Rebecca oía cantar dentro y sentía una punzada de nostalgia.

Edna Meltzer frecuentaba aquella iglesia y en más de una ocasión invitó a Rebecca a ir con ella.

—Hay un ambiente alegre en esa iglesia, Rebecca. Uno empieza a sonreír nada más entrar.

Rebecca murmuró vagamente que aquello quizá le gustara. Algún día.

—¿Cuando nazca tu hijo? Querrás bautizarlo.

Rebecca murmuró otra vez con la misma vaguedad que dependería de lo que quisiera el padre del niño.

—¿Tignor religioso? ¡Qué me cuentas!

La señora Meltzer sorprendió a Rebecca por su manera de reírse. Como si conociese muy bien a Tignor. Rebecca frunció el ceño, incómoda.

—Tu gente, Rebecca, ¿qué religión practicaba?

La señora Meltzer le planteó la pregunta de una agradable manera desenfadada, como si acabara de pensar en ello. Parecía por completo inconsciente del uso del pretérito.

¿Por qué *practicaban* en lugar de *practican*?

Durante un momento muy largo no se le ocurrió cómo contestar aquella pregunta. Y allí estaba su vecina, esperando, precisamente la persona contra la que Tignor la había prevenido.

El sitio era Ike's, la tienda de ultramarinos. Rebecca salía, la señora Meltzer entraba. Mediados de septiembre, tiempo seco y caluroso. Tignor se había marchado a Lake Shaheen, en busca de «propiedades en las orillas del lago». Rebecca había llegado al séptimo mes de embarazo y no quería calcular cuántos kilos había ganado ya después de los nueve primeros. Era toda tripa, que zumbaba y se estremecía de vida. Tenía la cabeza tan vacía como una nevera arrojada en un vertedero.

Sin decir ni una palabra más a Edna Meltzer, Rebecca salió de la tienda. La campanilla encima de la puerta sonó con violencia tras ella. Se había desentendido de la señora Meltzer —que la seguía mirando fijamente— sin importarle lo que su vecina pudiera decir de ella a Elsie, la mujer de Ike, detrás del mostrador. *¡Esa muchacha! Es bien rara, ¿no te parece? Casi da pena, pensando en lo que se le viene encima.*

Durante el otoño, a medida que los días empezaron a acortarse, a Rebecca le pareció que la granja era más hermosa que antes. Por dondequiera que caminase, todo lo que exploraba era desaliñado y hermoso. El canal: le atraía el canal, el camino de sirga. Le gustaba ver las lentas barcazas. Los hombres que la saludaban. Quieta en su torpeza, equilibrando su peso sobre los talones, con una tripa muy grande, pero alegre, se reía pensando en lo ridícula que debía de parecerles, en lo poco atractiva. Anna Schwart no le hubiera advertido ya *Algo te sucederá,* porque ningún hombre desearía a una mujer tan visiblemente embarazada.

Y el cielo aquel otoño. Nubes marmóreas, nubes de tormenta, altos cirros pálidos que se disolvían incluso mientras los mirabas. Rebecca los contemplaba durante largos minutos de ensoñación, las manos unidas encima del vientre.

El próximo lo podrás tener.

... en su cama, en la vieja granja Wertenbacher de Poor Farm Road, Tignor apretó la cara contra su tripa, tensa y caliente. Le sobó los muslos y las nalgas. Le sobó los pechos. Tenía celos de la criatura que se amamantaría de aquellos pechos. Cuando regresó a la casa no quiso hablar de dónde había estado, le dijo a Rebecca que no se había casado con ella para que le hiciera preguntas. Ella sólo quiso saber cuánto tiempo había estado conduciendo y si tenía hambre. Sintió que la miraba con desagrado, el vientre enorme que interfería con el acto sexual. Pero de todos modos quería tocarla. No podía quitarle las manos de encima. Le sobó la pelvis, el hirsuto vello púbico que se le extendía hacia el ombligo. Le apretó tanto el oído contra el vientre que le hizo daño, y aseguró oír los latidos del bebé.

Había estado bebiendo pero no parecía borracho. Dijo, dolorido: «Me echaron cuando era bebé. No creas que no lo pensaba: que los encontraría con el tiempo y se lo haría pagar».

En Troy, en la habitación de hotel donde Rebecca sangró, manchando varias toallas dobladas, además de papel higiénico y clínex, fue ella quien consoló a Tignor. *No es culpa tuya. No es culpa tuya.* Había escudriñado el interior de su alma, había visto lo que estaba allí roto y hecho añicos como cristal reluciente. Y creyó ser lo bastante fuerte para salvarlo a él, aunque no lo hubiera sido para salvar a Jacob Schwart.

40

Una mujer le estaba gritando como si Rebecca fuese retrasada mental.

—Llegará cuando esté listo del todo, corazón. Y una vez que haya nacido, te traerán al fresco las circunstancias.

En la parte de atrás del Chevy sedán de líneas bajas de los Meltzer, y sometida a frecuentes zarandeos, estaba tendida Rebecca, abierta de piernas, gimiendo de dolor. Dolores semejantes a relámpagos. Eran contracciones, y se suponía que llevaba la cuenta del tiempo entre ellas, pero ¡era tal la sorpresa del dolor! Ya no estaba tan segura de sí misma. Ya no estaba tan contenta consigo misma. Su intención había sido no enseñarle siquiera el recién nacido a Edna Meltzer, porque le daba miedo aquella mujer, además de desagradarle y, sin embargo, allí estaba en el automóvil de los Meltzer, camino de Chautauqua Falls y del hospital. Tuvo que llamar a los Meltzer cuando empezaron los dolores. Tignor le había prometido que estaría presente cuando llegara el momento. Había prometido no dejarla sola. Pero no disponía de ningún número al que llamarlo, de manera que recurrió a los Meltzer. Y al final estaba boca arriba en el asiento trasero de su coche. Viendo el paisaje que corría por el exterior de las ventanillas: una tira de cielo blanco, de arriba abajo. Le quedarían muy pocos recuerdos de aquel viaje excepto Howie Meltzer detrás del volante, con su grasienta gorra de Esso, mascando un palillo, y Edna Meltzer gruñendo mientras se inclinaba por encima del respaldo para sujetar una de las manos que Rebecca agitaba, sonriendo con severidad, decidida a demostrar así que no había motivo para dejarse llevar por el pánico.

—Cariño, ya te he dicho que llegará cuando esté listo del todo. Sólo tienes que dominarte, *te tengo bien sujeta.*

Rebecca apretaba una y otra vez aquella mano de Edna Meltzer.

... un delirio como de drogas en el que oleadas de dolor insoportable se confundían con un sonido como de alguien que cantaba frenéticamente en un tono altísimo. Rebecca llamó al padre del bebé, pero no estaba en ningún sitio cercano. Lo llamó y lo llamó hasta que la garganta se le quedó en carne viva, pero Tignor no estaba allí. Lo había prometido, sin embargo. ¡Había dicho que estaría con ella! Lo había prometido: no estaría sola cuando naciera el niño. Al iniciarse la primera contracción, Rebecca cayó de rodillas por la sorpresa, aunque se había estado preparando, como una colegiala diligente, mediante la lectura, el subrayado y la memorización de párrafos de *Tu cuerpo, tu bebé y tú*. Se sujetó el vientre enorme con las dos manos. Gritó pidiendo ayuda pero no había nadie. Y ningún número al que llamar para ponerse en contacto con Niles Tignor. Ni la menor idea de dónde estaba. Llevada de la desesperación hizo lo que él ni siquiera había necesitado prohibirle que hiciera: llamar a información de Port Oriskany y luego a la fábrica de cerveza Black Horse, donde una desdeñosa voz femenina la informó de que ninguna persona con el nombre de Niles Tignor trabajaba en la fábrica en aquel momento.

Pero ¡sí que trabajaba! Rebecca protestó diciendo que llevaba años trabajando como representante de la fábrica.

La desdeñosa voz femenina volvió a informarla de que ninguna persona con el nombre de Niles Tignor trabajaba en la fábrica en aquel momento.

Rebecca llegaría a trompicones hasta la casa de los Meltzer a medio kilómetro de distancia.

Y suplicaría que la ayudaran: estaba sola, no contaba con nadie.

La bata y los artículos de tocador los tenía preparados. Y un libro de bolsillo para leer en el hospital, porque en su ingenuidad había pensado que quizá dispusiera de tiempo libre... Malgastó minutos preciosos en una búsqueda inútil del certificado de matrimonio, por si tenía que probar ante las autoridades del hospital de Chautauqua Falls que era una mujer legalmente casada, que el niño que iba a nacer era legítimo.

... un delirio semejante al producido por las drogas, que después sería descrito como once horas de parto y que ella, en su centro, recordaría con vaguedad como se puede recordar una película vista mucho tiempo atrás, en la infancia, e incluso ya por entonces incomprensible. Y cómo después se describiría al recién nacido con las palabras *varón, tres kilos novecientos gramos. Niles Tignor, hijo,* todavía sin nombre, por cuanto no había respirado aún para llorar. Una cosa feroz que empujaba con la cabeza, dura y letal, como una esfera para jugar a los bolos, extrañamente embutida dentro de Rebecca. Y aquella esfera para jugar a los bolos, un fenómeno de calor vivo dentro de ella en la que, te gustaría creer, habitaba un alma diminuta, translúcida como una quisquilla. *Algo te sucederá por ser chica. Y no querrás.* Ahora que ya era demasiado tarde, Rebecca entendió la advertencia que le había hecho su madre.

... delirio como de drogas del que salió sin embargo para asombro suyo oyendo lo que sonaba como un maullido, cosa bien extraña en aquella habitación tan intensamente iluminada. Alguien estaba diciendo: «¿Señora Tignor?». Rebecca parpadeó para aclararse la visión. Unas manos colocaban un bebé desnudo que primero agitaba las extremidades sobre su vientre plano, flácido, y luego más arriba entre sus pechos. «Su bebé, señora Tignor.» «Un varón, señora Tignor.» Aquellas voces le llegaban desde muy lejos. Apenas las oía. Porque, ¡con qué fuerza lloraba el niño, aquel maullido atronador! Se echó a reír al ver lo enfadado que estaba, todavía tan pequeño; furioso y peligroso como su padre; ojos cerrados y puños diminutos en continuo movimiento. Cara de monito llena de arrugas, blanda cabeza de coco cubierta de fuerte pelo negro. Se rió, vio el pene diminuto y tuvo que reírse. ¡Nunca había visto nada como aquel bebé que, según le decían, era suyo! Con ganas de bromear: *¡El papá de este niño debe de haber sido un mono!,* pero se dio cuenta de que semejante chiste en aquel momento y lugar podía malinterpretarse.

Y de sus pechos ya empezaba a gotear leche, una de las enfermeras estaba ayudando a la boquita chupadora a encontrar su camino.

«Dar a luz.» Así es como hablaría un hombre, supongo. Como si «a luz» fuese algo que estuviera en tu mano «dar» o «no dar». ¡Dios mío!

Deslumbrada y feliz ahora que ya había vuelto a casa del hospital y tenía a su niño; era como la euforia que se consigue bebiendo cerveza de barril mezclada con bourbon. Encantada de amamantar al monito de piel caliente, hambriento cada pocas horas; y mientras él chupaba y chupaba, glotón, primero de un pecho lleno y luego del otro, ella, la nueva mamá, sólo quería hablar sin parar. ¡Ah, era tanto lo que tenía que decir! ¡Quería tanto a aquel monito! ¡Era todo tan... increíble y extraño!

Edna le llevó un ejemplar del *Chautauqua Falls Weekly*. Abierto por las páginas finales, notas necrológicas, bodas y anuncios de nacimientos. Había fotos de los últimos fallecidos y de los recién casados pero no de las nuevas madres, identificadas como esposas de sus maridos. Rebecca leyó en voz alta:

—La señora de Niles Tignor, de Poor Farm Road, Four Corners, dio a luz a un varón de tres kilos novecientos gramos, Niles Tignor, hijo, en el hospital general de Chautauqua Falls el 29 de noviembre —se echó a reír, su risa sonora y áspera que chirriaba al oído, al tiempo que le brotaban lágrimas de los ojos. Hablando sin parar de *dar a luz,* tal como Edna informaría a otras personas, como si estuviera borracha, o algo todavía peor.

Había que decir en su honor que la joven Rebecca no estaba mal preparada para recibir a su hijo, Edna tuvo que reconocerlo. Contaba con una buena cantidad de pañales y de alguna ropa para bebés. Cuna y baño para niños. Había estudiado algunos folletos sobre recién nacidos que le había dado un médico. Tenía alimentos, sobre todo conservas, en la cocina. Y, por supuesto, Edna disponía en su casa de cosas desechadas que podía regalar. Y lo mismo le sucedía a Elsie Drott. Y a otras vecinas, si llegaba el caso. Dentro de un radio de hasta seis kilómetros, las mujeres sabían de Rebecca Tignor, en algunos casos sin conocer su nombre. «Acaba de ser madre y es muy joven. Sin familia, por lo que parece. El padre de la criatura no se ha dejado ver. Al parecer la ha abandonado en una casa perdida en el campo: la vieja granja Wertenbacher que está prácticamente viniéndose abajo.»

Si la joven madre estaba preocupada por su futuro, de momento no daba muestras de ello, algo que Edna Meltzer encontraba irritante.

—Te ha dejado algún dinero, ¿no es cierto?

—Sí, sí. ¡Claro que me ha dejado!

Edna frunció el ceño, como si necesitara convencerse.

¡Vaya! ¡Rebecca había tenido ya más que suficiente de la señora Meltzer por el momento! El bebé, cansado de mamar, se había adormilado en sus brazos con la boca abierta, de manera que había una oportunidad poco frecuente para que también su mamá sesteara.

Sueño dulce y delicioso, como un pozo de piedra en el que podías caerte, y luego seguir cayendo y cayendo.

Una noche de comienzos de diciembre, doce días después de que naciera su hijo, apareció Tignor en el umbral del dormitorio, con los ojos muy abiertos. Rebecca le oyó decir «¡Dios del cielo!» en medio de un débil silbido entrecortado. Su rostro estaba en sombra y ella no pudo ver su expresión. Se quedó muy quieto, receloso. Durante un tenso momento Rebecca temió a medias que se diera la vuelta para marcharse.

—Tignor, mira —Rebecca alzó al bebé, sonriendo. Un niño perfecto, Tignor tendría que verlo. Acababa de despertarse de la siesta, y miraba fijamente y parpadeaba en dirección al desconocido en el umbral. Empezó a hacer sus cómicos ruidos al soplar, con burbujas de saliva en los labios. También pataleó, al tiempo que agitaba los puños diminutos. Despacio, Tignor llegó hasta el borde de la cama para recoger al bebé de brazos de Rebecca. Con asombro infantil, el bebé contempló boquiabierto el rostro de Tignor, que debió de parecerle gigantesco y resplandeciente como una luna. Con cautela, Tignor sostuvo al niño. Rebecca vio que sabía sostener la cabeza sobre su cuello delicado. Antes de entrar en la casa había tirado el puro, aunque todavía olía a tabaco y el bebé empezó a inquietarse. Con un pulgar manchado de nicotina, Tignor acarició la frente del pequeño:

—Es mío, ¿verdad que sí?

41

Qué tal, noctámbulos. Esto es WBEN Radio Wonderful, de Buffalo, con Zack Zacharias retransmitiendo lo mejor del jazz a altas horas de la madrugada, que os ofrece a continuación un excelente Thelonious Monk... Rebecca, tumbada a oscuras, pero despierta, tenía las manos unidas detrás de la cabeza. Pensaba en su vida, extendida tras ella como cuentas de infinitas formas, amontonadas, confundidas en el recuerdo, aunque en la vida cada una había sido singular, y se había definido con la lentitud de la trayectoria del sol atravesando el cielo. Se sabe que el sol se mueve pero nunca se lo ve moverse.

En la habitación vecina al dormitorio de Rebecca, Niley dormía. Al menos su madre confiaba en que durmiera. Aunque era tal su obsesión por no estar solo, incluso mientras dormía, y por oír la voz de su padre entre las voces de desconocidos, que seguía oyendo la radio mientras dormía. Rebecca pensaba en cómo había parido a Niley sin saber lo que su hijo iba a ser, cómo había abierto su cuerpo a un dolor tan atroz que no era posible rememorarlo estando consciente y por lo tanto era exactamente como Edna Meltzer había pronosticado: «Una vez que haya nacido, te traerán al fresco las circunstancias».

Rebecca sonrió; así era en efecto. Aquél era el único hecho verdadero de su vida.

También había abierto su cuerpo a Niles Tignor. Sin saber en absoluto quién era Niles Tignor. Con la excepción de Niley, quizás hubiera sido una equivocación. Pero, de todos modos, Niley no era ninguna equivocación.

Con lo que ahora sabía de Tignor, nunca se habría atrevido en otro tiempo a acercarse a él. Pero no podía dejarlo, porque él no se lo permitiría. Y tampoco podía dejarlo porque se le alteraba el corazón con la simple expectativa de volver a verlo.

¡Eh, chiquilla! ¿Me quieres?

¡Dios! Sabes que estoy loco por ti.

Al principio del camino que llevaba a su casa, en Poor Farm Road, había un buzón de hojalata, sobre un poste de madera carcomida, con las descoloridas letras WERTENBACHER todavía visibles. Ni a Niles Tignor ni a su mujer les llegaba nunca correo a excepción de anuncios, de los folletos que alguien metía en el buzón. Pero un día de marzo, poco después de que Rebecca empezara a trabajar en Niagara Tubing (¿había alguna relación? ¡Tenía que haberla!), fue a vaciar el buzón, y encontró, entre el correo basura, la primera página, cuidadosamente doblada, del *Port Oriskany Journal*. Fascinada, Rebecca leyó un artículo con el siguiente titular: DOS HOMBRES ASESINADOS, UNO HERIDO EN UNA «EMBOSCADA» A ORILLAS DEL LAGO. Dos hombres muertos por heridas de bala y un tercero herido en el aparcamiento de un bar y puerto deportivo muy popular de Port Oriskany; la policía no había llevado a cabo ninguna detención pero había retenido a Niles Tignor, de cuarenta y dos años, residente de Buffalo, como testigo sustancial. La policía creía que la agresión estaba relacionada con la extorsión y el crimen organizado en la zona a orillas del lago Niágara.

Rebecca leyó y releyó el artículo. El corazón le latía con fuerza, tuvo miedo de desmayarse. Niley, que había ido con ella a vaciar el buzón, contagiado, se apretó contra sus piernas.

¡Retenido por la policía! ¡Cuarenta y dos años! ¡Residente de Buffalo!

¿Qué quería decir «testigo sustancial»?

Por aquellos días Tignor había pasado fuera una semana, en la zona de los Catskill. Rebecca creía, al menos, que estaba en aquella parte del Estado: una vez la llamó por teléfono desde allí. La emboscada tuvo lugar a finales de febrero, tres semanas antes. De manera que, con independencia de lo que hubiera sucedido, a Tignor lo dejaron en libertad.

A ella no le había dicho nada, por supuesto. Ni tampoco recordaba nada inusual en su actitud, en su estado de ánimo.

De hecho, Tignor estaba más bien de un buen humor inusual en los últimos tiempos.

Había vuelto a casa con un automóvil nuevo: un Pontiac sedán, verde plata, con resplandecientes accesorios cromados. Y llevó a su pequeña familia, como los llamaba, en una salida dominical a Lake Shaheen...

Rebecca hizo averiguaciones y llegó a saber lo que significaba «testigo sustancial»: una persona de quien la policía tiene razones para creer que podrá ayudarles en una investigación. En la biblioteca de Chautauqua Falls repasó ejemplares atrasados del periódico de Port Oriskany, pero no encontró más información sobre el tiroteo. Llamó a la policía de Port Oriskany para preguntar, y se le dijo que la investigación seguía su curso y era confidencial.

—Y ¿quién es usted, señora? ¿Por qué quiere saberlo?

—Nadie —respondió Rebecca—. No soy nadie. Muchas gracias.

Colgó el teléfono y decidió no pensar en ello. Porque qué sacaría de bueno pensando en ello...

(Tignor, de cuarenta y dos años: Rebecca lo habría creído años más joven. Y residente de Buffalo: ¡cómo era posible! Tignor residía en Chautauqua Falls.)

(Lo importante: que era padre de Niley y marido suyo. Fuera quien fuera Niles Tignor, los dos le querían. Y ella no tenía derecho a husmear en su otra vida, que era tan anterior a ella.)

No habían pasado aún tres años desde que Tignor entró en aquella casa, llegó hasta el dormitorio y sostuvo por primera vez en brazos a su hijo. A Rebecca le parecía toda una vida, pero quizá no fuera más que un comienzo.

Es mío, ¿verdad que sí?

¿De quién si no? Rebecca había necesitado convertirlo en un chiste, para hacerlos reír a los dos.

Pero Tignor no se había reído. Rebecca adivinó con retraso que no se bromeaba con los hombres sobre cosas como aquélla. Tignor frunció el ceño, con la misma expresión que cuando Rebecca pronunció la palabra *puta*. Sostuvo al bebé que no cesaba de retorcerse en la palma de una mano, mirando la carita enrojecida y contraída. Pasó un largo momento antes de que Tignor sonriera y finalmente se echara a reír.

Tiene el mismo mal carácter que yo, ¿eh? Pequeño cascarrabias.

Tignor le dijo a Rebecca que sentía haber estado ausente, que no era su intención dejarla sola en aquellos momentos. Había tratado de llamarla varias veces pero siempre comunicaba. Por su puesto que le preocupaba su situación, sola en la granja. Pero sabía que no le sucedería nada malo, porque la suerte estaba de su lado.

¡Suerte! Rebecca sonrió.

Tignor había vuelto con regalos para la casa: una lámpara de pie de latón con bombilla graduable, un cenicero de jade sobre un pedestal con un elefante tallado. Objetos llamativos, adecuados para un vestíbulo de hotel. Para Rebecca: una bata nueva con encajes de color champán que reemplazaría a la vieja, ya un poco deshilachada; un vestido negro de satén con cuerpo de lentejuelas («Para Nochevieja»); unos zapatos de cabritilla de tacón alto (talla treinta y siete, aunque Rebecca calzaba un treinta y nueve). Rebecca movió la cabeza, al ver que era como si Tignor hubiera olvidado que estaba embarazada cuando se marchó. Como si hubiera olvidado por completo que había un bebé en camino.

Al principio estaba embelesado con su hijo. Lo alzaba a cada momento como si se tratara de un premio. Le encantaba llevar al bebé en hombros, haciendo que Niley pataleara y chillara entusiasmado. Un cálido brillo rojizo teñía la ancha cara de Tignor en tales momentos y Rebecca sentía incluso una pequeña punzada de celos mientras pensaba *Se lo puedo perdonar todo por esto.* Los dos se rieron de que la primera palabra coherente de Niley no fuera «ma-má», sino «pa-pá», como parte de una exclamación de asombro infantil. Aunque Tignor no quería mojarse las manos bañando al pequeño, le encantaba secarlo, restregándolo vigorosamente con la toalla. Y le fascinaba ver cómo Rebecca daba de mamar al bebé, arrodillado junto a su butaca, acercando el rostro a la boquita del niño que chupaba con ansia hasta que, al final, Tignor no podía resistirlo, y tenía que besar el otro pecho de Rebecca y chuparlo, excitándose tanto que necesitaba hacer el amor... Rebecca estaba todavía dolorida del parto, pero sabía que no debía decir «no» a aquel hombre.

Aunque con frecuencia, en tales ocasiones, Tignor sólo quería que lo acariciase rápida y eficazmente hasta llegar al orgasmo. El rostro contraído y ausente, enseñando los dientes. Después se avergonzaba, le desagradaba que su mujer hubiera sido testigo de una necesidad animal tan elemental. Se separaba de ella, se marchaba en el coche y Rebecca se quedaba preguntándose cuándo regresaría.

La novedad del bebé empezó a perder interés para Tignor al cabo de unos meses. Incluso el placer con que Niley decía *papá* no le bastaba. Porque Niley era un niño inquieto, que se negaba a comer, que dormía raras veces durante más de tres horas seguidas. Aunque animado, despierto y curioso, se asustaba con facilidad y le dominaba la ansiedad. Tenía el mal genio de su padre, pero no su seguridad. Sus gritos eran agudos, ensordecedores. Costaba creer que unos pulmones infantiles alcanzaran tal volumen de sonido. Rebecca llegó a estar tan falta de sueño que iba de aquí para allá tambaleándose, aturdida y con alucinaciones. Nada más regresar a casa, Tignor amenazaba con marcharse de nuevo.

—Dale de mamar, haz que se duerma. Eres su madre, por los clavos de Cristo.

Eres su madre se convirtió en una frase familiar. Rebecca no quería pensar que fuese una acusación.

—¿Mamaíta? ¿Me dejas que duerma contigo, mamaíta? —llegaba Niley deseoso de subirse a la cama con ella.

—¡Cariñito! —protestaba Rebecca—. Tienes tu cama como un chico mayor, ¿no es cierto?

Pero Niley quería dormir con su mamá, estaba muy solo, decía.

Rebecca le regañaba:

—Está bien de momento, pero cuando vuelva papá no podrás dormir aquí. Papá no te va a mimar como lo hago yo.

Alzaba al niño para meterlo debajo de las sábanas. Se acurrucaban juntos y se iban quedando dormidos mientras escuchaban Radio Wonderful en la habitación vecina.

42

Era la primera semana de octubre de 1959. Doce días después del episodio con el individuo del sombrero panamá. Las palabras HAZEL JONES HAZEL JONES ERES HAZEL JONES tenían ya menos poder de seducción en medio del clamor y el olor a goma quemada en la cadena de montaje de Niagara Tubing; Rebecca empezaba a olvidarse.

Era una joven con sentido práctico y madre de un niño pequeño: aprendería por él a olvidar.

Y luego Tignor regresó.

Rebecca llegó a casa de los Meltzer para recoger a Niley, y Edna le dijo que Tignor ya había estado allí y se había llevado al niño.

Rebecca tartamudeó:

—¿Aquí? ¿Tignor está..., aquí? ¿Ha *vuelto*?

Edna Meltzer dijo que sí, Tignor estaba de regreso. ¿No sabía que su marido volvía a casa aquel día?

Para Rebecca era vergonzoso quedar tan en evidencia. Tener que decir que no lo sabía. Le sentaba como un tiro que Edna Meltzer advirtiera su confusión y hablara de ella, compadeciéndola, a otras personas.

Dejó la casa de sus vecinos y corrió durante todo el camino hasta su casa. El corazón se le salía del pecho. Esperaba a Tignor el domingo anterior, pero no se había presentado ni había llamado. Rebecca quiso creer que iría hasta Niagara Tubing para recogerla y llevarla a casa... Niles Tignor con su coche reluciente, esperándola junto a la acera. En su Pontiac nuevo modelo, de color verde plata, al que los demás mirarían con admiración. Había algo que no estaba bien, a Rebecca no se le ocurría qué podía ser. *Se ha llevado a Niley. No volveré nunca a ver a mi hijo.*

Pero allí estaba el Pontiac, estacionado al final del camino lleno de malas hierbas. Dentro, en la cocina, la alta silueta de Tignor, tan ancho de hombros, con Niley; haciéndole preguntas a Niley con su voz, llena de vida, de locutor radiofónico.

—¿Y entonces? ¿Entonces qué? ¿Qué hiciste? ¿Mamaíta y tú? ¿Eh?

Aquello quería decir que hablaba pero sin escuchar, y que estaba de humor eufórico. La cocina olía a humo de cigarro y a una lata de cerveza recién abierta. Rebecca entró, y se quedó atónita al ver que a Tignor le había sucedido algo... Tenía la cabeza afeitada en parte. Le habían cortado el hermoso pelo de color metálico y parecía de más edad, inseguro. Sus ojos se volvieron hacia ella y le enseñó los dientes en una mueca con pretensiones de sonrisa.

—De manera que has vuelto, ¿no es eso? De la fábrica.

Era uno de los absurdos comentarios de Tignor. Como el golpe corto de un boxeador. Para hacerte perder el equilibrio, para confundirte. No había respuesta que no resultase una confesión de culpabilidad o una maniobra defensiva. Rebecca murmuró que sí, que había vuelto. Todas las tardes a aquella hora. Se acercó a Tignor, que no había avanzado hacia ella y lo rodeó con sus brazos. Durante días había albergado terribles ideas de rebelión contra aquel hombre, pero ahora se sintió dominada por la emoción, sólo deseaba esconder el rostro en su pecho, buscar refugio entre sus brazos. Niley saltaba a su alrededor repitiendo *papaíto, papaíto*. Papaíto le había traído regalos, ¿mamaíta quería verlos?

Tignor no besó a Rebecca, pero permitió que ella lo besara. No se había afeitado ni cepillado los dientes. Parecía ligeramente desorientado, como si hubiera entrado en la casa equivocada. Y posiblemente, por encima de la cabeza de Rebecca, miraba hacia la puerta con los ojos entornados como si esperase que apareciera alguien. Le estaba acariciando la espalda y los hombros, apretando demasiado, distraído.

—Cariño. Chiquilla mía. Has echado de menos al bueno de tu marido, ¿verdad que sí? —con brusquedad le quitó el pañuelo que llevaba atado a la cabeza, y le sacudió el pelo que estaba enredado y no muy limpio, para que le cayera hasta mitad de la espalda—. Uf. Hueles a goma quemada —pero se rió y la besó a pesar de todo.

Rebecca no se atrevía a tocar la cabeza de Tignor, a acariciarle el pelo, que estaba tan cambiado.

—Ya veo que me estás mirando, ¿eh? Joder, he tenido un pequeño accidente en Albany. Me dieron unos puntos.

Tignor le mostró, en la nuca, donde le habían afeitado el pelo hasta el cuero cabelludo, una fea costra, todavía reciente, de unos doce centímetros de longitud. Rebecca preguntó qué clase de accidente y Tignor dijo, con un encogimiento de hombros:

—De una clase que no se repetirá.

—Pero ¿qué fue lo que pasó?

—Ya te he dicho que no se repetirá.

Tignor había dejado la maleta, el bolso de viaje y la chaqueta en las sillas de la cocina. Rebecca le ayudó a llevarlo todo al dormitorio en la parte trasera de la casa. Rebecca mantenía aquella habitación, la más especial de la casa, siempre preparada para el imprevisible regreso de su marido: la cama hecha, y encima un cobertor acolchado, la ropa de Rebecca estaba cuidadosamente colgada en un armario y todas las superficies limpias de polvo; había incluso un jarrón con flores de paja sobre el buró. Tignor examinó el interior del cuarto como si no lo hubiera visto nunca.

Luego gruñó algo que sonaba como ¡Mmmmm!

A continuación empujó a Niley hasta sacarlo del dormitorio; el niño se quedó lloriqueando al otro lado de la puerta. De repente Tignor estaba excitado, enardecido. Arrastró a medias a Rebecca hasta la cama, y ella lo besaba mientras él la desnudaba y se desnudaba, y en el espacio de minutos había descargado toda su tensión acumulada en el cuerpo impaciente de la muchacha. Rebecca se abrazó desesperadamente a su espalda musculosa. Y se mordió el labio inferior para no llorar. Su voz era baja, casi inaudible, mientras suplicaba:

—... te quiero muchísimo, Tignor. Por favor, no vuelvas a dejarnos. Te queremos, no nos hagas daño...

Tignor suspiró con placer infinito. Su rostro, con la curiosa falta de simetría que lo caracterizaba, brillaba cálido, encendido. Se dio la vuelta hasta colocarse de espaldas, limpiándose la frente con un antebrazo musculoso. De repente estaba exhausto, Rebecca sintió la pesantez de todas sus extremidades. Ante la puerta cerrada Niley arañaba la madera y repetía «¿Papaíto? ¿Mamaíta?» tan quejumbroso como un gato famélico.

Tignor murmuró irritado:

—Haz que el chico se calle, ¿quieres? Necesito dormir.

La primera noche. El regreso de Tignor que Rebecca llevaba tanto tiempo esperando.

Sin querer pensar en lo que significaba. En el tiempo que se quedaría aquella vez con ella.

Rebecca abandonó el dormitorio en silencio, llevándose su ropa. Se bañaría antes de hacer la cena. Se bañaría y se lavaría el pelo, lacio y grasiento, para complacer a Tignor. Caminaba insegura, como si hubiera sido misteriosamente herida. Las caricias de Tignor habían sido violentas, ásperas, expeditivas. Llevaban unas seis semanas sin hacer el amor. Rebecca casi tenía la sensación de que había sido la primera vez desde el nacimiento de Niley.

La herida enorme del parto. Rebecca se preguntaba si era posible superarla, curarse por completo. ¿Se había llegado a casar Hazel Jones? ¿Había tenido un hijo?

Era preciso convencer a Niley de que su papá estaba de verdad en casa, y de que se quedaría en casa durante una temporada; ahora dormía, y no quería que se le molestara. Niley suplicó, de todos modos, que se le dejara mirar por la rendija de la puerta.

—¿Es ése? ¿Es ése papaíto? ¿Ese hombre? —susurró.

Más tarde, después de la cena, Tignor estuvo bebiendo y se mostró arrepentido. Los había echado de menos, dijo. Su pequeña familia de Chautauqua Falls.

Rebecca dijo, medio en broma:

—¿Sólo una «pequeña familia»? ¿Dónde están las otras?

Tignor se echó a reír. Veía cómo Niley forcejeaba con el brillante vagón rojo que le había traído, demasiado grande y difícil de manejar para un niño de tres años.

—Tiene que haber unos cuantos cambios en mi vida, claro que lo sé, cielo santo. Ya va siendo hora.

Había comprado una propiedad a la orilla del lago en Shaheen, le dijo a Rebecca. Y estaba en negociaciones para llegar a un acuerdo sobre un restaurante y bar en Chautauqua Falls. Había además otras propiedades... Doloridamente Tignor se acarició la nuca, en el sitio donde tenía la costra.

—El accidente fue que un hijo de puta trató de matarme. Me rozó la cabeza con una bala.

—¿Quién? ¿Quién trató de matarte?

—Pero no lo hizo. Y como ya te he dicho, no volverá a suceder.

Rebecca guardó silencio, pensando en el revólver que había encontrado en la maleta de Tignor. Supuso que seguía allí, incluso ahora. Supuso que tenía sus motivos para usarlo.

Quizá Hazel Jones tuviera un hijo como Niley. Pero no un marido como Niles Tignor.

—Sé lo que sucedió en Port Oriskany. Cuando la policía te retuvo como «testigo sustancial».

Las palabras le salieron de repente, de manera impulsiva.

—¿Y cómo lo sabes, chiquilla? —preguntó Tignor—. ¿Alguien te lo contó?

—Lo leí en el periódico de Port Oriskany. La «emboscada». El tiroteo. Y tu nombre...

—¿Y cómo es que has visto ese periódico? ¿Te lo enseñó alguien que vive por los alrededores?

El tono de Tignor todavía era afable, ligeramente curioso.

—Lo dejaron en el buzón. Sólo la primera página.

—Eso pasó hace ya tiempo, Rebecca. El invierno pasado.

—¿Y ya se ha terminado? Fuera lo que fuese, ¿se acabó ya?

—Sí. Se acabó.

Mientras se desnudaba para acostarse, Tignor observaba cómo Rebecca se cepillaba el pelo. La mano que empuñaba el cepillo se movía hábilmente, con calma. Se había lavado la cabeza hacía poco y sus cabellos eran muy oscuros, lustrosos; olían a un champú perfumado y no a la fábrica; parecían despedir chispas. Por el espejo Rebecca vio que Tignor se le acercaba. Empezó a estremecerse, expectante, pero su mano no redujo el ritmo. Tignor estaba desnudo, enorme; pecho y vientre cubiertos de vello hirsuto que lanzaba destellos. Entre las piernas robustas, en medio de un denso remolino de vello púbico, se alzaba su pene, medio en erección. Tignor le tocó el pelo, le acarició la nuca que era tan sensible. Se apretó contra ella, gimiendo suavemente. Rebecca oyó que se le aceleraba la respiración.

Estaba asustada, se le había vaciado la cabeza.

No podía pensar en cómo comportarse. Lo que podría haber hecho en el pasado.

En voz baja Tignor dijo, como si se tratara de un secreto entre los dos:

—Has estado con un hombre, ¿no es cierto?

Rebecca lo miró con los ojos muy abiertos a través del espejo.

—¿Un hombre? ¿Qué hombre?

—¿Cómo demonios quieres que sepa qué hombre?

Tignor rió. Había obligado a Rebecca a levantarse, y la empujaba hacia la cama, que había sido abierta profesionalmente: la sábana de arriba vuelta sobre la manta precisamente diez centímetros. Se tambalearon juntos, como torpes bailarines. Tignor llevaba horas bebiendo y estaba de humor jovial. Se le enganchó el dedo gordo del pie en la alfombra de pelo largo junto a la cama, lanzó una maldición y luego volvió a reírse porque algo era muy divertido.

—Tal vez con el que te dio el periódico. O su amigo. O todos sus amigos. Dime tú qué hombre, cariño.

Rebecca sintió pánico y trató de apartar a Tignor, pero fue demasiado rápido, la agarró por el pelo, cerró el puño sujetándola bien y la zarandeó, aunque no con toda la violencia con que podría haberlo hecho, sino con suavidad, en actitud recriminatoria, como se puede zarandear a un niño recalcitrante.

—Cuéntamelo tú, gitanilla. Tenemos toda la noche.

43

... Rebecca llegó al trabajo a la mañana siguiente con una hora y veinte minutos de retraso. El coche de Tignor estaba en el camino delante de la casa, pero ella no tenía las llaves y no se atrevió a pedírselas, tal era la profundidad de su sueño. Rebecca se movía con dificultad y ocultaba el pelo bajo un pañuelo. En la cadena de montaje se vio que tenía la cara hinchada, y que su gesto era huraño. Cuando se quitó las gafas de sol con montura de plástico, de la clase barata y risueña que se compraba en las farmacias, y las reemplazó por los anteojos protectores se pudo ver que tenía el ojo izquierdo hinchado y amarillento. Cuando Rita le dio un codazo y le dijo al oído: «Vaya, corazón, ha vuelto. ¿No es eso?», Rebecca no respondió.

44

Y fue así como lo supo: lo dejaría.

Lo supo antes de tomar conciencia con toda claridad. Antes de que le llegara la certeza, tranquila, irrevocable e irrefutable. Antes de que las terribles palabras resonaran sin descanso en su cerebro como las máquinas de Niagara Tubing. *Qué posibilidad, no tienes otra posibilidad, os matará a los dos.* Antes de que empezara a hacer sus cálculos llenos de desesperación: dónde podría ir, qué se podría llevar, cómo escapar con su hijo. Antes de contar la pequeña cantidad —¡cuarenta y tres dólares!— (imaginaba que sería más) que había logrado ahorrar de su sueldo, y que había escondido en un armario. Antes de que, a su manera juguetona y falsamente cómica, Tignor empezara a maltratarlos cada vez con más frecuencia a ella y al niño. Antes de que empezara a culparla de que el niño se acobardara en su presencia. Antes de que lo terrible de su situación se le presentara de noche en la remota granja de Poor Farm Road y en la cama donde estaba tumbada e insomne junto a un hombre sumido en el pesado sueño del borracho. Aquel olor a hierba húmeda, a tierra húmeda que le llegaba a través de las tablas del suelo. Aquel olor dulzón de podredumbre. Como cuando era una niña pequeña a la que se envolvía con premura en un sucio chal para llevarla al cobertizo y permanecer allí apretada contra los abundantes pechos de su madre, mientras Anna Schwart se escondía jadeante, acurrucada en la oscuridad durante buena parte de la tarde hasta que una figura abría la puerta de golpe, indignada, escandalizada: *¿Te gustaría que la estrangulase?*

Y fue así como lo supo. Antes incluso de la mañana de octubre en la que el sol no había hecho más que aparecer detrás de un banco de nubes en la línea de los árboles y Niley aún dormía en la habitación vecina, pero ella se atrevió a seguir a Tignor cuando salió de la casa, y después a la carretera y finalmente al canal, al otro lado de la carretera; antes de que ella se escondiera, vigilándolo desde una distancia como de unos diez metros, y viera que Tignor caminaba despacio a lo largo del canal, y hacía una pausa para encender un cigarrillo, fumar y meditar; una solitaria figura masculina con cierta misteriosa distinción, de quien resultaba razonable preguntar *¿Quién es?* Rebecca lo observó desde detrás de un grupo de zarzas, vio cómo Tignor por fin miraba distraídamente por encima del hombro, y en ambas direcciones a lo largo del canal navegable, oscuro y reluciente (estaba desierto, ninguna barcaza a la vista, ninguna actividad humana en su curso), se sacaba del bolsillo del abrigo un objeto de forma extraña que Rebecca reconoció al instante, aunque estaba envuelto en un trozo de tela, y que era el revólver. Tignor sopesó el objeto con la mano. Vaciló, con aire pesaroso. Finalmente, tal como era su manera más habitual de actuar, lo arrojó, indiferente, al canal, donde se hundió de inmediato.

Rebecca pensó: *Ha usado esa arma, ha matado a alguien. Pero no me va a matar a mí.*

Nada más casarse, Tignor había enseñado a Rebecca a conducir. A menudo le había prometido comprarle un coche: «Un bonito cupé pequeño para mi chica. Descapotable, quizá». Tignor parecía sincero, pero nunca había llegado a adquirir aquel automóvil.

Delante de la casa estaba el Pontiac de Tignor, pero Rebecca no se atrevía a pedirle que la dejase utilizarlo. Ni siquiera para hacer la compra en Chautauqua Falls, ni para ir a trabajar. Algunas mañanas, si él estaba despierto a hora tan temprana, o si acababa de volver a casa de su salida la noche anterior, Tignor llevaba en coche a Rebecca hasta Niagara Tubing; algunas tardes, si se encontraba por los alrededores, la recogía al final de su turno. Pero Rebecca no podía confiar en él. La mayor parte de los días seguía recorriendo, como siempre, los dos kilómetros largos por el camino de sirga.

No estaba tan claro qué hacer con Niley. Tignor se oponía a que Edna Meltzer cuidara de su hijo —¡la vieja bruja metiendo las narices en los asuntos de Tignor!—, y sin embargo difícilmente podía esperarse que él se quedara en casa y cuidase de un niño de tres años. Si Rebecca dejaba a Niley con Tignor, podía descubrir al regresar que el Pontiac había desaparecido y que el niño deambulaba por los alrededores de la casa con ropa sucia y en desorden, o medio desnudo. O encontrarlo descalzo y en pijama tratando de arrastrar su reluciente vagón rojo por las rodadas del camino de la entrada, o jugando al lado del pozo de diez metros de profundidad con una tapa cuyas tablas estaban podridas, o merodeando por el destartalado henil entre las sucias costras producidas por décadas de excrementos de pájaros. En una ocasión, Niley había llegado hasta Ike's Food Store.

Edna Meltzer dijo:

—¡Pero si a mí no me importa! Es como si Niley fuera mi nieto. Y en el momento en que Tignor quiera estar con él, no tiene más que venir y llevárselo.

Al principio Tignor se había interesado por los dibujos y garabatos infantiles de su hijo. Por sus intentos de deletrear, bajo la dirección de Rebecca. Tignor no tenía paciencia para leerle, el simple hecho de leer en voz alta lo aburría, pero se tumbaba cuan largo era en el sofá, fumando y bebiendo cerveza, mientras escuchaba a Rebecca leyéndole a Niley, quien insistía en que su madre moviera el dedo por debajo de las palabras para repetirlas tras ella.

Tignor había dicho, divertido:

—¡Ese crío! Es listo, imagino. Para su edad.

Rebecca sonrió, preguntándose si Tignor sabía la edad de su hijo. O si sabía cómo era un niño normal de tres años. A continuación comentó que, en su opinión, Niley era muy listo para su edad. Y que, además, tenía talento musical.

—¿Talento musical? ¿Desde cuándo?

Siempre que ponían música en la radio, explicó Rebecca, dejaba lo que estuviera haciendo para escuchar. La música parecía emocionarlo. Trataba de cantar, de bailar.

—Ningún hijo mío —dijo Tignor— va a ser bailarín, puedes estar segura. El claqué se queda para los negros —habló con la burlona exageración de alguien que se propone ser divertido, pero Rebecca vio que se le tensaban las facciones.

—Bailarín, no; concertista de piano, quizá.

—«Concertista», ¿qué es eso? ¿Uno que toca el piano?

Tignor adoptó un aire despectivo, empezaban a fastidiarle las palabras «cultas» y las pretensiones de su mujer. Y sin embargo también a veces lo conmovían, como sucedía con los torpes dibujos a lápiz de su hijo y sus intentos de caminar deprisa como su papá.

Tignor examinó el papel en el que estaba escrito, en letras de imprenta, con el lápiz de Niley, la palabra *TÉTANOS*. Y otras: *AEROPLANO, PÚRPURA, MOFETA*. Se echó a reír, moviendo la cabeza:

—Cielo santo. Por ese sistema le podrías enseñar todas las palabras del maldito diccionario.

—A Niley le encantan las palabras. Le gusta la idea de deletrear aunque no sepa todavía el alfabeto.

—¿Por qué no se sabe el alfabeto?

—Lo conoce en parte. Pero es un poco largo para él, veintisiete letras.

Tignor frunció el ceño, meditando. Rebecca confió en que no le pidiera a Niley que recitara el alfabeto, operación que terminaría en un paroxismo de lágrimas. Aunque sospechaba que Tignor tampoco se sabía el alfabeto. ¡No las veintisiete letras!

—Eso es más de lo que cualquiera esperaría de un niño —Tignor estaba mirando el dibujo que había hecho Niley de un sombrero banana. Una figura que era supuestamente su papá (aunque Tignor ignoraba que aquella figura salida de una película de animación, más bien gorda y torpemente dibujada, pretendía ser el papá de Niley) con una banana amarilla saliéndole de la cabeza y ocupando la mitad del tamaño de la figura.

Más tarde, inquieto y merodeando por el piso de arriba de la vieja casa, donde Rebecca guardaba sus objetos personales, Tignor encontró sus hojas con palabras y garabatos hechos maquinalmente. A Rebecca le dominó la vergüenza.

En su mayor parte se trataba de listas compuestas a partir del diccionario. Y de antiguos manuales escolares sobre biología, matemáticas, historia. Tignor leyó en voz alta, divertido:

—*Gimnospermas, angiospermas.* ¿Qué demonios es eso, *espermas?* —la miró con ferocidad, desdeñosamente burlón—. *Clorofila, cloroplasto, fotosíntesis* —tenía dificultades para pronunciar las palabras y enrojeció—. *Cráneo, vértebra, pelvis, fémur...*

Fémur lo pronunció con un gruñido de repugnancia como *feémur.*

Rebecca le arrebató las hojas, notando que le ardía la cara.

Tignor rió.

—Como una chica de instituto, ¿eh? ¿Cuántos años tienes si puede saberse?

Rebecca no dijo nada. Le dominaba la turbación, y pensaba que también él le habría quitado el diccionario para quemarlo en la estufa.

¡Su diccionario! Era su posesión más valiosa.

Todavía gruñendo, Tignor se agachó para recoger algo caído en el suelo. Se trataba de una hoja en la que Rebecca había escrito, con perezosa caligrafía inclinada que flotaba página abajo

Hazel Jones

Hazel

Hendricks Byron
"Hazel"

—¿Quiénes son éstos? ¿Amigos tuyos?

Esta vez Rebecca se llenó de miedo. Por la manera que tenía Tignor de mirarla.

—No. No son nadie, Tignor. Sólo... nombres.

Tignor resopló, desdeñoso; arrugó la hoja y se la arrojó a Rebecca, golpeándola en el pecho. Era un golpe inofensivo, sin peso que lo acompañara, pero que a ella le cortó el aliento como si hubiera sido un puñetazo.

Tignor, sin embargo, no estaba de un humor realmente malo. Rebecca le oyó reírse para sus adentros y bajar silbando la escalera.

—Mamaíta, ¿sucede algo malo?

Niley la veía apretarse la frente con los puños. Cerrados con fuerza los ojos enrojecidos.

—Mamá está avergonzada.

—¿«Vergonzada»?

Niley se acercó para acariciar la frente acalorada de su mamá. Frunció el ceño, con una expresión en el rostro que era infantil y madura al mismo tiempo.

Ira de Dios. ¿Por qué no había escondido sus papeles para que Tignor no los viera? Mejor aún haberlos tirado.

Ahora que Tignor vivía con ellos, Rebecca necesitaba mantener aquella casa, tan venida a menos, limpia y pulcra y lo más «reluciente» que fuera posible. Lo más parecida a las habitaciones de un buen hotel.

Ningún desorden. Nada de ropa tirada en cualquier sitio. (La ropa y las cosas de Tignor Rebecca las guardaba sin decir una palabra.)

La ironía era que había dejado de pensar en Hazel Jones. En el hombre del sombrero panamá. La expresión perentoria de su rostro. Todo aquello parecía haber sucedido mucho tiempo atrás, remoto e improbable como algo en uno de los libros con ilustraciones de su hijo.

¡Por qué ibas a importarle un carajo a nadie, pequeña!

Una desdeñosa voz masculina. Rebecca no estaba segura de quién era la persona que pronunciaba aquellas palabras.

Niley enfermó. Primero un catarro fuerte y después la gripe.

Rebecca trató de tomarle la temperatura: treinta y ocho y tres décimas.

Le temblaba la mano mientras alzaba el termómetro hacia la luz.

—¿Tignor? A Niley tiene que verlo un médico.

—¿Un médico dónde?

Era una pregunta que no tenía sentido. Tignor parecía confundido, tembloroso.

Pero transportó a Niley, envuelto en una manta, hasta su automóvil. Luego los llevó a los dos a Chautauqua Falls y esperó dentro del coche en el aparcamiento, delante de la consulta del médico, fumando. Le había dado a Rebecca un billete de cincuenta dólares para pagar la consulta, pero no se había ofrecido a entrar. Rebecca pensó: *Tiene miedo. De la enfermedad, de una debilidad de cualquier tipo.*

En aquel momento se llenó de indignación contra él. Callándola con un billete de cincuenta dólares a ella, la madre del niño enfermo. No le devolvería el cambio, lo escondería en su armario.

Tignor desaparecía de casa con frecuencia. Pero nunca más de dos o tres días seguidos. Rebecca empezaba a estar convencida de que había perdido su empleo en la fábrica de cerveza. Pero no se lo podía preguntar, habría descargado su furia contra ella. No podía quejarse: «¿Qué te ha pasado? ¿Por qué no hablas conmigo?».

Cuando Rebecca regresó al coche con Niley, una hora después, vio a Tignor de pie, apoyado en el guardabarros delantero, fumando. Un momento antes de que alzara los ojos hacia ella, pensó: *¡Ese hombre! No es nadie a quien yo conozca.*

—Niley sólo tiene un principio de gripe —le dijo a Tignor muy deprisa—. El médico dice que no hay que preocuparse. Dice...

—¿Te ha hecho una receta?

—Dice que le demos sólo aspirina para niños. Tengo en casa porque ya se la he dado antes.

Tignor frunció el ceño.

—¿Nada más fuerte?

—No es más que gripe, Tignor. Se supone que la aspirina es lo bastante fuerte.

—Más valdrá que así sea, cariño. Si no, a ese pediatra le va a abrir alguien la cabeza.

Tignor hablaba desafiante, bravucón. Rebecca se inclinó para besar la frente cálida de Niley a manera de consuelo.

Regresaron a Four Corners. Rebecca llevaba a Niley en el regazo en el asiento del copiloto, junto a un Tignor silencioso que parecía estar meditando sobre algún oscuro insulto del que había sido víctima.

—Creía que te sentirías aliviado, Tignor, como me ha pasado a mí. El médico ha estado muy amable.

Rebecca se recostó contra Tignor, aunque muy poco. El contacto con la piel tibia del varón, en cierto modo ofendida, le resultó muy agradable. Una pequeña sacudida de placer que no sentía desde hacía algún tiempo.

—El médico dice que Niley disfruta de muy buena salud, en general. Que su crecimiento es adecuado. Buenos los «reflejos». Al escucharle el corazón y los pulmones con el estetoscopio —hizo una pausa, dándose cuenta de que Tignor escuchaba, y de que aquello era una buena noticia.

Tignor condujo unos minutos más en silencio, pero se estaba ablandando, dulcificado. Mirando a Rebecca, su chica. Su gitanilla. Finalmente le pellizcó el muslo, con la fuerza suficiente para hacerle daño. Y extendió el brazo para alborotarle a Niley el pelo húmedo.

—Eh, vosotros dos: os quiero.

Os quiero. Era la primera vez que Tignor les había dicho una cosa así.

Y Rebecca pensó: *No lo dejaré nunca.*

Nos quiere. Quiere a su hijo. Nunca nos haría daño. Sólo está... A veces...

¿Esperando? ¿Estaba Tignor esperando?

Pero ¿qué era lo que esperaba?

Ya no se afeitaba todos los días. Ni su ropa era tan elegante como en el pasado. No se preocupaba de que el peluquero de algún hotel le cortase el pelo con regularidad. Ni hacía que le lavaran y limpiaran la ropa en los hoteles. Antes gastaba dinero en tener buen aspecto, aunque nunca había sido maniático en exceso, quisquilloso. Ahora llevaba la misma camisa varios días seguidos. Dormía en ropa interior. Arrojaba en un rincón del dormitorio los calcetines sucios para que los recogiera su mujer.

Por supuesto, se daba por hecho que Rebecca se encargaba de lavar y planchar casi toda la ropa de Tignor. Las prendas que requerían limpieza en seco Tignor no se molestaba en llevarlas a la tintorería.

¡La maldita lavadora vieja que se daba por hecho que Rebecca tenía que utilizar! Casi tan imposible como la de su madre. Se estropeaba con frecuencia y derramaba agua jabonosa sobre el suelo de linóleo del lavadero. Y luego Rebecca tenía que planchar, o tratar de planchar, las camisas blancas de su marido.

La plancha era pesada y le dolía la muñeca. Tan desagradable como Niagara Tubing, excepto que los olores no eran tan repugnantes. Su madre le había enseñado a planchar, pero sólo cosas sencillas, sábanas, toallas. De las pocas camisas de Jacob se ocupaba ella misma con mucho cuidado, el entrecejo fruncido sobre la tabla de planchar como si toda su vida, todos sus anhelos femeninos estuvieran encerrados en una camisa de hombre extendida delante de ella.

—Dios del cielo. Una persona lisiada y ciega lo haría mejor.

Era Tignor, examinando una de sus camisas. La plancha había hecho arrugas en el cuello. Anna le había explicado a Rebecca: *El cuello es la parte más difícil; después, los hombros. El delantero, la espalda y las mangas son fáciles.*

—Tignor, lo siento.

—¡No puedo llevar una camisa así! Tendrás que volver a lavarla y a plancharla.

Rebecca recogió la prenda rechazada. Era una camisa blanca de vestir. Todavía tibia de la plancha. No la volvería a lavar, sólo la mojaría, la colgaría para que se secara y trataría de plancharla de nuevo por la mañana.

De hecho se quedó quieta sin hablar, resentida. Después Tignor se marchó. Maldita sea, trabajaba ocho horas cinco días a la semana en la maldita fábrica, hacía todas las faenas domésticas y cuidaba de Niley y de él: ¿no era eso suficiente?

—Ese trabajo tuyo en la fábrica. ¿Cuánto te pagan?

La pregunta llegó como caída del cielo. Pero Rebecca tenía la impresión de que Tignor quería saberlo desde hacía tiempo.

Primero vaciló. Luego se lo dijo.

(Si mintiera y Tignor lo descubriese, sabría que estaba tratando de ahorrar dinero de su sueldo.)

—¿Tan poco? ¿Por una semana de cuarenta horas? Coño.

Tignor se sintió personalmente herido, insultado.

—No es más que la cadena de montaje. Yo no tenía ninguna experiencia. Y no quieren mujeres.

Estaban casi a finales de octubre. El cielo ofrecía un acerado color azul de hoja de cuchillo. Para mediodía el aire seguía siendo frío, nada dispuesto a calentarse. Rebecca no había querido pensar: *¿Cómo vamos a soportar el invierno juntos en esta casa vieja?*

Lo había echado de menos durante sus ausencias. Ahora que Tignor vivía con ellos echaba de menos su antigua soledad.

Y le tenía miedo: su presencia física, los altibajos de sus emociones, sus ojos semejantes a los de un ciego al que de repente se le ha concedido la visión, y no le gusta lo que ve.

La nueva costumbre de Tignor era pasarse las dos manos por la cabeza en un gesto de impaciencia. El pelo, aunque despacio, le había vuelto a crecer, pero no tan espeso ya, sino como el de una persona normal: fino, lacio, de un castaño desvaído. Debajo, el cráneo resultaba huesudo al tacto.

Tignor se sentía avergonzado por Rebecca y de Rebecca, y de sí mismo como esposo suyo, y durante un largo momento tembloroso fue incapaz de hablar. Luego dijo, escupiendo las palabras:

—Te lo dije, Rebecca. Te dije que no tendrías que volver a trabajar, te lo dije el día que salimos camino de Niagara Falls. ¿No es cierto?

Le estaba casi suplicando. Rebecca sintió una punzada de amor por él, supo que tenía que consolarlo. Sin embargo le respondió:

—Dijiste que no tendría que trabajar en el hotel. Fue todo lo que dijiste.

—Maldita sea, hablaba de cualquier tipo de trabajo. Era eso lo que quería decir y lo sabes muy bien, coño.

Estaba empezando a enfadarse. Rebecca lo sabía, sabía sin ningún género de dudas que no debía provocarlo. Y sin embargo dijo:

—Sólo acepté el trabajo en Niagara Tubing porque necesitaba dinero para Niley y para mí. Un niño pequeño necesita ropa, Tignor. Y alimentos. Y tú estabas fuera, no había sabido nada de ti...

—Tonterías. Te mandaba dinero. En el correo de los Estados Unidos, así era como lo mandaba.

No. No lo hacías.

No te acuerdas bien. Estás mintiendo.

Rebecca conocía los signos que debían servirle de advertencia; no tenía que decir nada más.

Tignor se alejó, furioso. Oyó sus pasos. Retumbar de pasos que latían en su cabeza. Jacob Schwart, cuando se llenaba de justificada indignación, también caminaba pesadamente, sobre los talones de las botas. Las que después de su muerte violenta había habido que cortarle de los pies, como pezuñas crecidas en la carne.

Jacob Schwart: un hombre, en su casa. Un hombre, cabeza de su familia. Camina pesadamente sobre los talones para indicar su desagrado.

—En la fábrica, ¿es donde está? ¿Ese tipo?

Rebecca abrió los ojos, confundida. Tenía a Tignor delante de ella, ¿no se había marchado?

—El capataz, ¿es eso? ¿Algún pez gordo de aquí? *¿El jefe?*

Rebecca trató de sonreír. Creía que se estaba burlando de ella, que no hablaba en serio. Pero podía ser peligroso.

—Demonios, no —continuó Tignor—, un jefe no. No uno de esos cretinos que conducen un Cadillac. Contigo no. Mírate. Antes eras condenadamente guapa. Tenías una sonrisa alegre de verdad, como una jovencita. ¿Qué ha sido de ella? Quienquiera que te esté follando ahora tiene que ser alguien del montón. Lo huelo en ti: ese hedor a goma quemada y a sudor como de negro.

Rebecca retrocedió.

—Tignor, por favor. No digas esas cosas tan horribles, Nilcy podría oírlas.

—¡Déjale que las oiga! Tiene que saberlo, saber que su mamaíta, la muy calentorra, es una *p-u-t-a*.

—No te crees eso que dices, Tignor.

—No, ¿eh? ¿No *me creo* qué, muñeca?

—Lo que estás diciendo.

—Exactamente, ¿qué es lo que estoy diciendo? Dímelo tú.

Rebecca respondió, tratando de no tartamudear:

—Te quiero, Tignor. No conozco a ningún otro hombre. Nunca ha habido ningún otro hombre, excepto tú. ¡Tienes que saberlo! Nunca...

Allí estaba Niley, acurrucado junto al sofá, escuchando. Niley, que ya tendría que estar en la cama.

La noche anterior Tignor había jugado al póquer con unos amigos en Chautauqua Falls. Dónde, exactamente, Rebecca no lo sabía. De vuelta a casa dio a entender que la noche había «merecido la pena con creces», y que él, en el fondo de su alma, se sentía generoso y estaba de buen humor.

¡Sí que lo estaba! Y no iba a permitir que se lo estropearan, ¡coño!

Se dejó caer pesadamente en el sofá. Alzó a Niley para sentárselo en el regazo. Pareció no darse cuenta, a menos que le divirtiera, de que el niño hacía un gesto de dolor al sentir la brusca presión de los dedos de su padre.

Tignor no se había afeitado. El principio de barba lanzaba destellos grises. Parecía un pez depredador gigante en un libro con ilustraciones: Niley lo miró fijamente. Los ojos de su papá estaban inyectados en sangre y se había recogido las mangas de la camisa por encima de los bíceps. En la piel le brillaban gotitas de sudor que parecían una multitud de pieles, cosidas unas con otras, aunque perceptiblemente desiguales.

—¡Niley, hijo mío! Cuéntaselo a tu papá, ¿viene un hombre a casa a ver a mamá?

Niley lo miró como si no hubiera oído. Tignor lo zarandeó.

—¿Un hombre? ¿Alguien que conoces? ¿Quizá de noche? ¿Cuando deberías estar dormido pero no lo estás? Cuéntaselo a papá.

Niley agitó la cabeza débilmente.

—¿Qué quiere decir eso? ¿No?

—No, papaíto.

—¿Lo juras? ¿Que te mueras si no es verdad?

Niley asintió con la cabeza, sonriéndole, inseguro.

—¿Ni una sola vez? ¿Nunca ha estado un hombre en esta casa? ¿Eh?

Niley empezaba a estar confundido, asustado. Rebecca ansiaba arrancarlo de los brazos de Tignor.

Tignor insistía:

—¿*Nunca* un hombre? *¿Jamás?* ¿Ningún hombre, *nunca jamás?* ¿No te has despertado y has oído a alguien aquí? Una voz de hombre, ¿eh?

Niley trataba de mantenerse muy quieto. No iba a mirar a Rebecca: si lo hacía se le saltarían las lágrimas y lloraría para que su madre lo salvara. Tenía delante a Tignor, los párpados entornados, temblorosos.

Rebecca supo lo que estaba pensando: ¿las voces de la radio? ¿Era eso de lo que hablaba papá?

Niley susurró algo que sonaba como *sí*. Casi inaudible, suplicante.

—¿Un hombre? —preguntó Tignor con brusquedad—. ¿Eh? ¿Aquí?

Rebecca tocó la mano de Tignor, que apretaba el frágil hombro de Niley.

—Lo estás asustando, Tignor. Está pensando en la radio.

—¿Radio? ¿Qué radio?

—La radio. Las voces de la radio.

—Coño, me lo ha contado, princesa. Ha descubierto el pastel.

—Tignor, no hablas en serio. No...

—Niley ha admitido que hubo un hombre aquí. Ha oído la voz. El fulano de su mamá.

Rebecca trató de reír: aquello sólo podía ser un chiste.

Tuvo la sensación de cosas derrumbándose. De caminar sobre hielo muy fino y flexible cuando empieza a ceder, a resquebrajarse.

—¡Es la radio, Tignor! Te lo he explicado. Niley necesita tener la radio encendida de día y de noche; se le ha metido en la cabeza que las voces masculinas son la *tuya*.

—Sandeces.

Tignor disfrutaba con aquello, Rebecca se dio cuenta. Tenía el rostro más colorado. Aquello era tan bueno como beber. Tan bueno como ganar al póquer con sus amigos. Ni por un momento se había creído nada. Parecía, sin embargo, incapaz de parar.

Rebecca podría haberse marchado de la habitación. Con un gesto de la mano, asqueada. Salir y echar a correr. ¿Hacia dónde?

Imposible, no podía dejar a Niley. Tignor se puso en pie de repente, deshaciéndose del niño. Sujetó a Rebecca por el codo.

—Reconócelo, judía.

—¿Por qué me odias, Tignor, cuando yo te quiero?

El rostro de Tignor enrojeció más que nunca. Sus ojos, humedecidos y crueles, rehuyeron los de Rebecca: se avergonzaba. En aquel instante vio su vergüenza. Pero estaba furioso con ella por desafiarlo delante del niño.

—¿Eres judía, no es cierto? ¡Gitana y judía! Demonios, me lo advirtieron.

—¿Qué quieres decir con *advirtieron*? ¿Quiénes?

—Todo el mundo. Todos los que os conocían a ti y al loco de tu padre.

—¡No éramos judíos! No soy...

387

—¿No eres? Claro que sí. «Schwart.»

—¿Y qué si lo era? ¿Qué tienen de malo los judíos?

Tignor hizo un gesto desdeñoso y procedió a encogerse de hombros, como si supiera de sí mismo que estaba por encima de semejantes prejuicios.

—No lo digo yo, cariño, lo dicen otras personas. «Sucios judíos» es algo que se oye todo el tiempo. ¿Qué significa, por qué dice eso la gente? Está en los periódicos. En los libros.

—La gente es ignorante. Dicen toda clase de cosas que no son ciertas.

—Judíos, negros. Un negro es la cosa más cercana a un mono, pero un judío es demasiado listo y no puede remediarlo. ¡Te pone la zancadilla, te limpia el bolsillo, te apuñala por la espalda y encima te pone un pleito! Tiene que haber alguna buenísima razón para que los alemanes quisieran acabar con vosotros. Los alemanes son una gente de lo más listo.

Tignor coronó sus palabras con una risa cruel. No creía nada de lo que estaba diciendo, pensó Rebecca. Pero no podía parar, de la misma manera que, mientras hacía el amor, no podía dejar de agitarse ni de gemir indefenso en sus brazos.

Rebecca dijo, suplicante:

—¿Por qué te casaste conmigo, entonces, si no me quieres?

En el rostro de Tignor apareció una expresión astuta, maliciosa. Rebecca pensó: *Nunca se ha casado conmigo. No estamos casados.*

—Claro que te quiero. ¿Por qué demonios iba a estar aquí, en esta pocilga, con ese niño imposible, medio judío, si no te quisiera? Sandeces.

Niley había empezado a lloriquear y Tignor abandonó a grandes zancadas el cuarto, lleno de indignación. Rebecca tuvo la esperanza de oírlo salir de la casa dando un portazo, y de que Niley y ella se abrazarían mientras oían el arranque del coche y el ruido de la marcha atrás.

Pero no parecía que Tignor se estuviera yendo. Sólo había ido al frigorífico a por otra cerveza.

La sensación de cosas que se derrumban. Una vez que el hielo empieza a resquebrajarse, todo sucede deprisa.

Acostaría al niño, cuanto antes. Desesperada por llevarlo a la cama y cerrar la puerta de su habitación. Rebecca quería creer que, con la puerta cerrada, con Niley en silencio y en la cama, Tignor se olvidaría de él.

Estaba aturdida, desorientada. Todo había sucedido demasiado deprisa.

No es mi marido, nunca lo ha sido. Nunca he tenido marido.

Aquel descubrimiento fue una luz cegadora. Se sentía rabiosa, humillada. Y, sin embargo, lo había sabido.

En el momento mismo, en la casa de ladrillo, venida a menos, de Niagara Falls. Casada precipitadamente por un conocido de Niles Tignor del que se le dijo que era juez de paz. Lo había sabido.

Estaba arropando a Niley en la cama, pero el niño se colgaba de ella y quería retenerla.

—¡No llores! Trata de no llorar. Si tienes que llorar, esconde la cara debajo de la almohada. Papá se pone nervioso si te oye llorar, de tanto como te quiere. Y quédate en la cama. No salgas de la cama. Oigas lo que oigas, Nilcy. Quédate aquí, no salgas. ¿Me lo prometes?

Niley estaba demasiado alterado para prometer. Rebecca apagó la luz de la mesilla y salió.

Desde el regreso de Tignor, la lámpara de Niley no permanecía encendida toda la noche. Tampoco la radio estaba en la repisa de la ventana, sino en la cocina, donde, cuando Tignor estaba en casa, sólo se escuchaba una vez al día, para las noticias de la noche.

La intención de Rebecca era cortar el paso a Tignor, ir a la parte delantera de la casa y evitar así que entrara en el dormitorio. Pero Tignor ya estaba allí, despeinado, fulminándola con la mirada, en la mano una botella de cerveza espumeante.

—Escondiéndolo, ¿eh? Haciendo que se asuste de su padre.

Rebecca trató de explicar que Niley ya tenía que estar en la cama. Que su hora de acostarse había pasado hacía tiempo.

—Lo has estado envenenando contra mí, ¿no es eso? Todo este tiempo.

Rebecca negó con la cabeza.

—Volviéndolo contra mí. Por qué le doy tanto miedo. Nervioso como un perro apaleado. No le he levantado nunca la mano.

Rebecca permanecía muy quieta, mirando a un punto en el suelo.

Sin estar de acuerdo ni discrepar. Ni resistencia, ni rebeldía.

—Como si no os quisiera, ni a él ni a ti. Como si no lo estuviera haciendo francamente bien. Así es como se me agradece —Tignor hablaba con la voz de quien se siente ofendido, al tiempo que se buscaba algo en el bolsillo. Actuaba con torpeza y con prisa. Se sacó la cartera, y hurgó para sacar billetes—. ¡Judía tenías que ser! Siempre detrás del dinero, ¿eh? Como si no te diera lo suficiente. Como si durante cinco jodidos años no me hubieras chupado bien la sangre.

Empezó a arrojarle billetes, de la manera que Rebecca aborrecía. Estaba convencida de que le había mentido cuando le habló de Herschel, de que nunca había estado con su hermano, de que aquel episodio había sido un engaño, una cosa degradante. Detestaba que le arrojara dinero, pero trató de sonreír. A pesar de todo trató de sonreír. Sabía que para Tignor era necesario verse como divertido y no como amenazador. Si se daba cuenta del mucho miedo que le tenía, se enfadaría aún más.

—¡Ten! ¡Recógelos! ¿No es eso lo que quieres de mí?

Los billetes revolotearon hasta el suelo, a los pies de Rebecca. Se esforzó aún más por sonreír, como Niley sonreía, presa del pánico, ante las burlas de su papá. Sabía que estaba obligada a fingir, de algún modo. Tenía que rebajarse una vez más para proteger a su hijo. Le daba igual lo que le pasara a ella, ¡estaba tan cansada! No iba a ser una de esas madres (en Milburn se oía hablar de ellas a veces) que no conseguían proteger a sus hijos. Siempre parecía tan sencillo, tan obvio. *Por el amor de*

Dios, ¿por qué no se había llevado a los niños, por qué no había corrido en busca de ayuda, por qué esperar a que fuera demasiado tarde? Sin embargo, ahora que le estaba sucediendo a ella, entendía la extraña inercia, el deseo de que la tempestad pasase, de que la furia masculina se agotara y cesase. Porque Tignor estaba muy borracho, con dificultades para mantenerse en pie. Sus ojos inyectados en sangre —heridos, avergonzados— buscaron los de Rebecca. Pero la furia lo mantenía atrapado y no estaba aún dispuesta a soltarlo.

Repitiendo con voz falsamente amorosa:

—Gitana y judía. Puta.

Arrugaba billetes para hacer bolas con ellos y arrojárselos a la cara a Rebecca, que tenía los ojos llenos de lágrimas, hasta cegarla por completo.

—¿Qué es lo que te parece mal? ¿Demasiado orgullosa? Ahora ganas dinero por tu cuenta, ¿no es eso? ¿Poniéndote de espaldas? ¿Abriéndote de piernas? ¿Es eso?

Tignor había dejado la botella de cerveza en el suelo, pero sin darse cuenta de que acto seguido la había derribado. Agarró a Rebecca, riendo mientras trataba de meterle un puñado de billetes por el escote de la blusa. Le rasgó los pantalones, de pana negra, gastados en las rodillas y el trasero. Era la ropa que usaba en la fábrica, no había tenido tiempo de cambiarse. Tignor le estaba metiendo billetes dentro de pantalón, dentro de la ropa interior y entre las piernas mientras ella forcejeaba para zafarse. Tignor le estaba haciendo daño, sus dedos poderosos arañándole la vagina. Pero se reía, y Rebecca quería pensar *Si se ríe es que no está enfadado. No me va a hacer daño, se está riendo.*

Deseaba, con toda su alma, que Tignor no oyera cómo Niley reclamaba, plañidero, a su mamá.

Tignor había dejado de hacerle daño, y Rebecca pensó que aquello podía ser el fin, excepto por una súbita explosión de luz en un lado de la cabeza. De repente estaba en el suelo, aturdida. Algo le había golpeado por aquel lado. No tuvo clara conciencia de si había sido el puño de un hombre ni tampoco de quién era el hombre que la había golpeado.

Tignor, por encima de ella, la empujaba con un pie. La punta del zapato entre sus piernas, haciéndola retorcerse de dolor.

—¿Eh, princesa? Lo que te gusta, ¿no es eso?

Rebecca, aturdida, reaccionaba con demasiada lentitud a los deseos de su agresor, de manera que Tignor perdió la paciencia y se sentó a horcajadas sobre ella. Ahora estaba enfadado de verdad, y la maldecía. Enfadadísimo, y Rebecca no tenía idea de por qué. No había luchado con él, había tratado de no provocarlo. Él, sin embargo, le apretaba el cuello con las manos, sólo para asustarla. Para darle una lección. ¡Avergonzarlo delante de su hijo! Golpeándole la nuca una y otra vez contra las tablas del suelo. Rebecca se ahogaba, perdía el conocimiento. Pero incluso en su aflicción sentía el aire frío que se filtraba desde el sótano por las rendijas de los tablones. El niño en la habitación vecina estaba gritando ya, y Rebecca supo que aquel hombre la culparía a ella. *Te va a matar; no está en su mano evitarlo.* Como alguien que se ha aventurado sobre un hielo de poco espesor plenamente convencido de que podrá volver atrás en cualquier momento, de que está seguro siempre que pueda volver atrás, incluso aunque, aterrorizada, pensaba que Tignor tendría que parar enseguida, por supuesto que pararía pronto, nunca había seguido tanto tiempo, nunca le había hecho daño de verdad en el pasado. Existía ese entendimiento entre ellos —¿verdad que sí?— de que Tignor nunca le haría daño de verdad. Amenazarla, sí, pero no llegaría tan lejos. Sin embargo la estaba asfixiando, y llenándole la boca de billetes, intentando metérselos garganta abajo. Nunca había hecho nada como aquello, era algo completamente nuevo. Rebecca no lograba respirar, se estaba ahogando. Forcejeó para salvarse, el pánico le invadió las venas.

Tignor la insultaba:

—¡Judía! ¡Zorra! ¡Puta!

Estaba furioso y exhalaba un terrible calor de superioridad moral.

En conjunto, la paliza se debió de prolongar por espacio de cuarenta minutos.

Más tarde Rebecca llegaría a creer que no había perdido el conocimiento.

Sin embargo, allí estaba Tignor zarandeándola:

—¡Eh! No te pasa nada, hija de puta. Despierta.

Hizo que se pusiera en pie, tratando de lograr que se sostuviera sola. Aunque el mismo Tignor daba bandazos, como un hombre sobre una cubierta inclinada.

—¡Vamos! ¡Deja de fingir!

Las rodillas de Rebecca no tenían ninguna fuerza. De pronto le llegó la esperanza, veloz como el destello de un relámpago, de que, si se dejaba caer de rodillas, Tignor se apiadaría de ella por fin y le permitiría alejarse a rastras como un perro apaleado. Y, de algún modo, en aquel instante, le pareció que ya había sucedido. Se escondería debajo de las escaleras, se escondería en el sótano. Se arrastraría hasta la cisterna (completamente seca, porque los canalones y las bajantes de la vieja casa estaban demasiado oxidados y no era posible acumular agua de lluvia), y abrazarse las rodillas contra el pecho; nunca testificaría contra él aunque la matara. ¡No lo haría nunca!

Pero aún no se había marchado arrastrándose. Estaba todavía en la misma habitación. Una habitación iluminada, y no el sótano. La vio como a través de espesas telarañas: la cama cuidadosamente hecha, con la colcha por encima. Rebecca no la había retirado aún, con su exactitud de camarera, para la hora de acostarse; las alfombras circulares de pelo largo, de color dorado oscuro, compradas por dos dólares con noventa y ocho centavos en Chautauqua Falls, durante las rebajas de enero; sobre la cómoda las flores de paja que hubiesen despertado la admiración de la señorita Lutter.

—¡Despierta! —gruñía Tignor—. ¡Abre los ojos! Te voy a romper la crisma como no...

La zarandeaba, golpeándola contra la pared. Vibraban los cristales de las ventanas. Algo había caído y rodaba por el suelo, lanzando espuma. Rebecca se habría derrumbado como una muñeca de trapo, de no haber sido porque Tignor la sostenía, pegándole en la cara.

—¡Contéstame, anda! ¡Avergonzar a un hombre delante de su hijo!

Tignor arrastró a Rebecca hasta la cama. Tenía la ropa rasgada y extrañamente húmeda. La blusa completamente abierta. Le enfurecería verle los pechos, Rebecca tenía que esconderlos. Su carne femenina al descubierto lo sacaría de quicio. Tignor la arrojó sobre la cama, e intentó torpemente desabrocharse los pantalones. La culpaba a ella, estúpida hija de puta. Sus pantalones ya no estaban planchados como era debido. En la granja de Poor Farm Road Niles Tignor se había perdido a sí mismo. Había perdido su hombría, su dignidad. Las camisas estaban mal planchadas, con arrugas en el cuello. ¡Una persona lisiada y ciega lo haría mejor!

Allí estaba Niley, tirando de las piernas de su papá, gritándole para que no siguiera.

—Ese cabrón de niño.

Rebecca se dio cuenta entonces: había cometido una terrible equivocación. La peor equivocación que una madre puede cometer. Había puesto en peligro a su hijo por estupidez y descuido.

Una brillante floración de sangre sobre la boca y la nariz del niño.

Rebecca suplicó al hombre que tenía sentado a horcajadas que no golpeara a Niley, que la golpeara a ella.

A él no, a ella.

—¡Condenado llorica! —Tignor alzó por un brazo al niño que chillaba y lo lanzó contra la pared.

Niley dejó de llorar. Se quedó inmóvil en el suelo, donde había caído. Rebecca, sobre la cama, también tumbada en silencio.

Las telarañas sobre sus ojos se habían espesado aún más. Estaba ciega, su cerebro se hallaba al borde de la extinción. No conseguía respirar por la nariz, tenía algo roto, el paso bloqueado. Como un pez dando boqueadas, sorbía aire por la boca y toda su fuerza se concentraba en aquella tarea. Oía, sin embargo: su sentido del oído se había agudizado.

El pesado jadeo de un hombre a su lado. Resoplidos húmedos en la garganta. Tignor se había desinteresado al dejar Rebecca de resistirse. Se había derrumbado en la cama a su lado. Dormiría entre la ropa revuelta de la cama, rodeado de manchas de sangre.

Era como hundirse bajo el agua: Rebecca, una y otra vez, perdía la conciencia y luego se despertaba. Pareció pasar muchísimo tiempo antes de reunir las fuerzas suficientes para despertar del todo y ponerse en pie. Se movía con tanta lentitud, con tanta torpeza, que tuvo la seguridad de que Tignor se despertaría y la sujetaría por un brazo. Casi oía sus palabras convertidas en gruñidos. *¡Hija de puta! ¡Dónde te crees que vas!* Pero Tignor no se despertó, Rebecca estaba a salvo. Se acercó al sitio donde su hijo seguía tumbado. A ella le sangraba la cara, tenía el ojo izquierdo hinchado y cerrado. Apenas conseguía ver a Niley, pero lo supo enseguida: estaba bien. No le pasaría nada, también él estaba a salvo, no podía sucederle nada verdaderamente grave. No podía ser. Su padre lo quería, su padre no tenía intención de hacerle daño.

Le susurró unas palabras a Niley. Estaba a salvo, su mamá se iba a ocupar de él. Pero no tenía que llorar más.

Niley respiraba, aunque de manera superficial y errática. La cabeza le caía hacia adelante en un ángulo demasiado agudo. *Se le ha roto el cuello,* pensó Rebecca aunque sabía que no podía ser así, y de hecho no era. Pese a no tener fuerzas alzó a Niley, tambaleándose bajo su peso mientras lo sacaba del dormitorio. El niño respiraba, no le pasaba nada grave. Rebecca estaba segura.

En su estado de aturdimiento, no se hubiera creído capaz de caminar desde el dormitorio hasta la cocina sin dejarlo caer. Con la luz más brillante de la cocina vio que también el niño tenía la cara ensangrentada e hinchada, con una fea brecha en la raya del pelo, por donde continuaba la hemorragia; no tenía la piel rubicunda como de ordinario, sino de una palidez cérea, con un tinte azulado. No había cerrado del todo los párpados, que dejaban al descubierto medias lunas blancas. Porque allí estaba el mecanismo de la visión, aunque la visión no se produjera. Como los ojos vidriosos de una muñeca si le alzas el párpado con un pulgar.

—Niley. Estás con mamá.

Su hijo vivía, respiraba y empezaba a rebullir, lloriqueando, en brazos de Rebecca.

—Estás bien, cariño. ¿Puedes abrir los ojos?

Sus bracitos y piernecitas: no parecían estar rotos.

Fémur, clavícula, pelvis: sin roturas.

Cráneo... No estaba roto.

¡Quería creerlo! Tanteando con los dedos, pasando las puntas de los dedos por todo su cuerpo, los brazos y las piernas que ya se movían, la cabeza, caída hacia delante contra el pecho. Si tenía fracturado el cráneo, ¿cómo averiguarlo? Ella no podía.

Le lavó la cara al niño y se la lavó ella. Niley estaba grogui, pero empezaba a despertarse. No tenía fuerzas para llorar de verdad, algo que Rebecca agradeció. Se lavó las manos y los brazos, el pecho manchado de sangre. Haciendo pausas para escuchar, por si Tignor se despertaba y venía en su busca.

Pero la furia se había consumido en su propio fuego, de momento.

Aunque Rebecca había sabido desde semanas antes que acabaría por dejar a Tignor, no había hecho ningún preparativo. Ahora estaba desesperada y tenía que actuar. No se le ocurría ninguna iniciativa que no fuese un error, que no se convirtiera en una red para capturarlos a ella y a su hijo y devolvérselos a aquel hombre que no era su marido.

No a casa de los Meltzer. No a la policía de Chautauqua Falls.

¡Nunca a la policía! Rebecca compartía la desconfianza y la aversión de su padre hacia las fuerzas del orden. Parecía saber que aquellos hombres, tan semejantes a Niles Tignor, simpatizarían con él, esposo y padre. No los protegerían ni a ella ni al niño.

Niley estaba ahora tumbado en el suelo de la cocina; Rebecca le había puesto una toalla doblada debajo de la cabeza. Ya estaba bien, respiraba casi con normalidad. Tampoco tenía la cara tan blanca: le había vuelto un poco de color a las mejillas.

Se lo llevaría al coche, sin perder tiempo cambiándolo de ropa. Ni siquiera le forzaría a ponerse una chaqueta, tan sólo lo envolvería en una manta.

A Rebecca le pareció entonces que era eso lo que había hecho ya: envolver a Niley en una manta. Lo había llevado al coche delante de la casa, y lo había colocado con el mayor cuidado en el asiento de atrás. Y allí dormiría.

Regresó al dormitorio donde Tignor seguía en la cama tal como lo había dejado, roncando. No se hubiera creído con el valor suficiente ni con la temeridad ni con la desesperación necesarias para regresar al escenario de semejante desastre, que olía aún a su terror, pero no le quedaba otro remedio. Su marcha pasaba por Tignor, no tenía otra solución que meterle la mano en el bolsillo del pantalón y quitarle las llaves del coche.

Tignor no se movió, no tuvo conciencia alguna de su presencia. Su boca era como la boca de un niño pequeño, húmedamente abierta mientras sorbía el aire. Los ojos estaban como los de Niley, cerrados en parte, pero dejando al descubierto medias lunas de un blancor enfermizo.

¡Qué ronquidos! A Rebecca siempre le habían parecido una prueba de tosca salud animal, y los acogía con sonrisas, tumbada junto a Tignor en sus incontables camas. Durante más de cinco años había yacido junto a aquel hombre. Le había escuchado roncar, y también su manera más silenciosa de respirar. Qué atenta había estado a todos los matices de su humor corporal, algo que la fascinaba tanto como si el cuerpo fuese otra faceta del alma de Tignor, de la que ella podía tener conocimiento de maneras que a él se le escapaban.

Ahora que la furia de aquel hombre se había agotado, Rebecca la sentía revivir en ella.

Tenía las llaves del coche. Ya eran suyas.

Tignor yacía sobre las arrugadas sábanas con expresión de profundo asombro, como si hubiera caído desde una grandísima altura para aterrizar sobre aquella cama, ileso. Dormiría así durante diez, doce horas. Sin Rebecca para despertarlo, sería incapaz de ir a rastras hasta el baño para orinar, por lo que se le escaparía la orina durante el sueño y mancharía la cama. Por la mañana se sentiría avergonzado, asqueado. Pero hundido como estaba en aquel sopor no podía evitar que sucediera.

Y para entonces Rebecca y el niño se habrían marchado.

¡Sonrió al pensarlo! Ahora quedaba en el dormitorio una especie de paz.

Hizo el equipaje con destreza. No iba a perder tiempo cambiándose de ropa aunque estuviera manchada. Unas pocas cosas suyas y de Niley, dobladas y arrojadas a la maleta que Tignor le había comprado años atrás. Y a continuación recogió todos los billetes que encontró por la habitación. Lo hizo de manera metódica, decidida. ¡Tantísimo dinero! Tignor, después de ganar mucho a las cartas la noche anterior, había querido que Rebecca lo supiera. No tocó, sin embargo, su billetero, que seguía en el suelo donde se le había caído.

De la estantería más alta del armario cogió el dinero que había estado escondiendo desde marzo. Cincuenta y un dólares en total. Y el suéter raído en el que había envuelto la tira de acero de unos veinte centímetros.

Ahora Rebecca sabía ya por qué se había guardado aquel cuchillo improvisado. Por qué lo había escondido en aquella habitación.

Probó la punta del acero con un pulgar. Estaba tan afilado como un punzón. Si golpeaba a Tignor con rapidez y precisión y con toda su fuerza en la gruesa arteria que le latía en el cuello, estaba convencida de que acabaría con él. No moriría de inmediato, pero se desangraría. Era la arteria carótida. Lo sabía por su libro de biología. Y en lo más profundo de su macizo pecho estaba el corazón, que habría que atravesar con un único golpe poderoso. Rebecca no se creía capaz de un golpe así. Si el acero tropezaba con un hueso el arma se desviaría. Si fallaba por una fracción de centímetro, Tignor podría revivir y, en un paroxismo de desesperación, quitarle el acero y volverlo contra ella; incluso podía matarla sin más arma que sus manos. Ya tenía el cuello magullado, consecuencia de su intento de estrangularla. La arteria carótida, tan vulnerable, era la solución más práctica. Y, sin embargo, incluso en ese caso Rebecca podía fallar. Estaba dispuesta, temblaba de antemano, pero con todo y con eso podía fallar.

Y ¿quería de verdad matarlo? Vacilaba, insegura. ¿Quería matar a un ser humano? Cualquier criatura viva. Castigar a Tignor, hacerle daño de verdad. Hacerle saber hasta qué punto les había hecho daño a ella y a su hijo y debía ser castigado.

El niño la estaba esperando. No le quedaba otro remedio, tenía que darse prisa.

Rebecca dejó la tira de acero en la cama junto al hombre que dormía.

Quizá se dé cuenta. De que le he perdonado la vida. Y sabrá por qué.

45

Tres días después, el 29 de octubre de 1959, el Pontiac matriculado a nombre de Niles Tignor sería localizado, con el depósito de gasolina casi vacío y las llaves debajo del asiento delantero, en un aparcamiento cercano a la estación de autobuses Greyhound en Rome, Nueva York. A poco más de trescientos kilómetros al noreste de Chautauqua Falls. En el coche no se encontró ninguna nota, tan sólo varios pañuelos de papel arrugados y manchados de sangre en el asiento de atrás, uno de los cuales contenía una sortija de mujer: una pequeña piedra sintética de color lechoso pálido parecida a un ópalo en una montura de plata ligeramente deslustrada; y, en la guantera, una linterna con el cristal rajado, un par de manchados guantes masculinos de cuero y un mapa de carreteras del Estado de Nueva York muy usado que el propietario del automóvil identificaría más tarde como suyos.

II

EN EL MUNDO

1

Incluso cuando era aún muy pequeño, tuvo ya la agudeza suficiente para saberlo: *Es como si ella y yo hubiéramos muerto. Y ya nada puede hacernos daño.*

2

Al principio era un juego. Creía que tenía que ser un juego. Como cantar, como tararear. Entre dientes. En secreto. Una manera de ser feliz, los dos solos sin necesidad de nadie.

Cuando ella hablaba con desconocidos, con su voz tranquila y orgullosa: *Se llama Zacharias. Un nombre de la Biblia. Nació con talento para la música. Su padre ha muerto, no hablamos nunca de ello.*

El niño pensaba que tenía que ver con «seguir adelante». Ella hablaba de que su vida, de momento, era como «seguir adelante». Cambiando siempre, como sucedía con los nombres de los pueblos, de las montañas, de los ríos, de los distritos. Sólo unos cuantos días, como mucho, en el mismo sitio. Hoy Beardstown, mañana Tinter Falls. Un día Barneveld, al siguiente Granite Springs. El río Chautauqua se transformó en el Mohawk, y el Mohawk en el Susquehanna. El niño veía los carteles a los lados de la carretera. Estaba deseoso de pronunciarlos porque le encantaban los sonidos de nombres nuevos que le resultaban extraños en la boca; y también ansiaba aprender la ortografía, pero los nombres cambiaban con tanta frecuencia que no los recordaba y su madre parecía no desear que los recordara como tampoco quería que recordara su antiguo nombre ahora que era *Zack, Zack-Zack,* lo abrazaba y le encantaba decirle con gran solemnidad: *Ahora eres Zack. Mi hijo Zacharias. Bendito de Dios porque tu padre* —los ojos de su madre perdidos, desconcertados— *ha regresado al infierno donde lo estaban esperando.* El niño reía y alzaba las manos para colocarlas dentro de las de su madre, en el juego de amasar que ella había empezado cuando Zack era un bebé y entrechocaba las suaves palmas de sus manos dentro de las de ella, de manera que él se echaba a reír y las risas de los dos se mezclaban, entrecortadas, alegres.

Porque no recordaba cuándo empezaba la memoria. Cuándo había abierto los ojos por primera vez. Cuándo había empezado a respirar. Cuándo, por primera vez, había oído música que lo sorprendió, acelerándole el pulso. Cuándo su madre había cantado y tarareado con él por vez primera. Cuándo había empezado a bailar con él. Aunque sí recordaba cómo en uno de los cafés había un piano, una gramola y un piano, y la gramola una vieja Wurlitzer, ancha y baja, los colores de los cristales oscurecidos por una pátina de mugre a través de la cual brillaba una luz cegadora que palpitaba con el ritmo muy marcado de las canciones populares del momento, y cómo, cuando a última hora de la tarde la gramola se quedaba en silencio, su mamá lo llevaba (¡tan adormilado!, ¡pesándole tanto la cabeza!) hasta el viejo piano vertical Knabe de teclas amarillentas en la parte de atrás, junto a la barra del bar, oropeles de Navidad e hileras de luces rojas, un intenso olor a cerveza, humo de tabaco, cuerpos masculinos, su mamá diciendo con su voz llena de entusiasmo y tan clara como una campana para que otros lo oyeran *¡Pruébalo, Zack! Mira a ver si puedes tocar el piano,* sujetándolo con sus fuertes brazos tibios para que no se le resbalara del regazo, de sus robustas rodillas, en tales momentos era un niño torpe, un ratoncito de niño, atacado de timidez y mudez al mismo tiempo, el taburete del piano, muy venido a menos, demasiado bajo para él, apenas habría llegado al teclado, había hombres mirando, siempre había hombres en esos cafés, tabernas, bares a donde su mamá lo llevaba, hombres que pronunciaban sinceras frases de ánimo *¡Vamos, chico! Nos gustaría oírlo* y el aliento de ella en su nuca era tibio y con olor a cerveza, se apoderaba, temblorosa de emoción, de sus manos maleables y las colocaba sobre el teclado, sin importarle que las teclas de marfil estuvieran manchadas y alabeadas y que sus bordes afilados le hicieran daño en los dedos, sin importarle que las teclas negras tuvieran tendencia a engancharse, el piano estaba manchado y alabeado y desafinado, pero su mamá sabía cuál era el

405

sitio para las manos de su hijo en el centro del teclado, su mamá sabía colocar el pulgar de la mano derecha en el do central, y los demás dedos de Zack buscaban su tecla de manera instintiva, era una cosa consoladora *Nació con el don, Dios lo ha marcado de una manera especial. No siempre se expresa tan bien.* En tales ocasiones su madre hablaba de manera extraña, con gran convicción, con enorme seguridad, sin vacilación en los ojos, y la boca daba forma a una sonrisa para manifestar una esperanza del todo irracional, aunque a él le dolían las palabras de su madre, sentía su falsedad, pese a suponer que entendía su lógica. *¡Apiádense de nosotros! ¡Ayúdennos!* Sentía miedo por ella, no por él, que no tenía don alguno, que no había nacido con ningún don ni dios alguno lo había marcado de una manera especial, sentía miedo por ella, miedo de que los hombres que habían parecido cautivados unos minutos antes pasaran de repente a reírse de ella, pero cuando él empezaba a golpear las teclas dejaba al instante de oír los chistes y las risas de los hombres, dejaba de oír la voz grave, burlona y ofendida de su padre en las voces de aquellos desconocidos, dejaba de notar la tensión del cuerpo de su madre y el calor que irradiaba, hundiendo las teclas, las que no estaban atascadas, en rápida secuencia, la escala de do mayor ejecutada con entusiasmo infantil aunque no tenía ni idea de que era la escala de do mayor lo que tocaba, casi armoniosamente las dos manos juntas, aunque la izquierda se retrasaba una fracción de segundo, enseguida tocaba acordes, tratando de hundir las teclas perezosas, tocando las teclas negras, sostenidos y bemoles, sin idea de lo que estaba haciendo, pero era juego, el piano era jugar, tocar era juego para Zack, lo que hacía estaba bien, lo sentía como natural, de las insondables entrañas del piano (se lo imaginaba densamente interconectado y con un tubo encendido como una radio) surgían aquellos sonidos maravillosos con una sensación de sorpresa, como si el viejo piano vertical, arrinconado en un hueco de un café al borde de la carretera en Apalachin, Nueva York, que había estado en silencio durante tanto tiempo, sin ser utilizado durante tanto tiempo excepto para que algún borracho aporreara el teclado, se hubiera despertado por sorpresa, desprevenido.

Lo que quería decir su madre con *marcado por Dios*. No sus manos que eran torpes manos de niño ciego, sino los sonidos del piano que eran distintos porque ningún otro sonido lo había oído tan íntimamente. Zack había oído música por la radio desde muy pequeño y había sido, en parte, música de piano, pero nada como el extraño sonido de intensas tonalidades que saltaba a la vida desde las yemas de sus dedos. Se le quedaba la boca seca de asombro, sobrecogido. Sonreía, tal era su felicidad. Al descubrir la manera en que cada nota se fundía con otras como si sus dedos se movieran con voluntad propia. No era un niño que se sintiera a gusto en presencia de extraños y los sitios al borde de la carretera a los que su madre lo llevaba estaban poblados exclusivamente por desconocidos y la mayoría eran varones que a él lo veían con la vidriosa mirada indiferente del varón por cualquier vástago que no sea de su propia sangre. Excepto que en aquel momento retenía su atención. Porque era capaz de descubrir en el laberinto de teclas manchadas, alabeadas, atascadas y muertas las suficientes vivas para permitirle tocar una sucesión de notas relacionadas de las que no podía imaginar que resultaran instantáneamente familiares para los oídos de aquellos desconocidos, «Footprints in the Snow» de Bill Monroe, una pieza que Zack había estado oyendo repetida por las gramolas en un estado intermedio entre el sueño y la vigilia, la cabeza apoyada en el abrigo doblado de su madre sobre una de las mesas del café, sin tener ni idea de que la sucesión de notas constituía una canción compuesta e interpretada por personas desconocidas para él y que quienes la oían se sentían empujados a maravillarse.

—Cielo santo, ¿cómo lo hace? Un niño tan pequeño no está yendo a clase, ¿verdad que no?

Zack escuchaba sus voces. Los ojos cerrados con mucha fuerza para concentrarse. Los dedos de la mano derecha elegían la melodía predominante como si ya le resultase familiar, los dedos de la izquierda, la mano más débil, le proporcionaban los acordes, un relleno para cubrir los fallos en el sonido. Jugar. Tocar. ¡Aquello era felicidad! Las notas del viejo piano corriendo a través de él —dedos, manos, brazos, torso— como una corriente eléctrica.

—Pregúntele si sabe tocar «Cumberland Breakdown».

Su mamá les explicaba que no. Su hijito sólo era capaz de tocar canciones que había oído en la gramola.

—¿«Rocky Road Blues»? Era uno de los discos de la gramola.

Zack iba descubriendo que podía tocar un grupo de notas y luego volverlas a tocar como en un eco, con una clave diferente: media nota más alta o más baja. Que podía cambiar el diseño del grupo tocando las notas más deprisa o más despacio o marcando ciertas notas y otras no, aunque de todos modos el diseño seguía siendo reconocible.

No alcanzaba una octava completa, por supuesto: sus manos eran, con mucho, demasiado pequeñas. Tampoco llegaba a los pedales, como es lógico. No tenía ni idea de lo que eran los pedales. Su madre tampoco lo hubiera sabido. Los sonidos del piano eran desiguales, entrecortados. No era la música fluida que se oía en la radio.

Los hombres que se habían sentido atraídos por el niño que tocaba el piano empezaban a perder interés. Empezaban a alejarse. Pronto reanudarían sus conversaciones con voces altas, sus enormes risotadas. Pero hubo uno que se quedó y se acercó más. Colocó el pie en el pedal de la derecha y lo pisó. Al instante los sonidos entrecortados se fundieron unos con otros.

—Necesitas el pedal. Tienes que pisarlo.

Aquel hombre, un desconocido. Pero no como los otros. Sonreía, había estado bebiendo pero sabía algo que los otros ignoraban. Y le importaba, parecía estar interesado de verdad en el niño que trataba de tocar un instrumento en el que nunca había puesto las manos, asombrado ante lo elemental e instintiva que era su manera de tocar. Y allí estaba la madre joven sosteniéndolo entre sus brazos, sonriente, orgullosa, con un chispazo de locura en el rostro.

Preguntándoles después quiénes eran, de dónde procedían. Y la joven respondió con evasivas, aunque siguió sonriendo:

—Ah, mucho más al norte. No conocería usted el sitio.

Y el otro insistió:

—Haz la prueba, cariño: ¿de dónde?

La madre joven rió clavando en su interlocutor unos ojos tranquilos, oscuros, en apariencia imperturbables, con ojeras por el cansancio pero muy hermosos para él, diciendo, como si hubiera ensayado aquellas palabras muchas veces:

—No venimos de ningún sitio, caballero. Pero sí vamos, en cambio, a algún sitio.

Un café al borde de la carretera en Apalachin, Nueva York. Inmediatamente al sur del río Susquehanna y a unos cuantos kilómetros al norte de la frontera con Pennsylvania. Finales de verano de 1960. Llevaban casi cinco meses huyendo de Niles Tignor.

Era la primera vez que el niño había tocado un piano. La primera vez que su madre lo había puesto delante de un piano. Posiblemente la joven había estado bebiendo, había visto el piano arrinconado en un hueco del café y la idea se le vino a la cabeza como se le presentaban ahora tantas ideas: «El aliento de Dios».

No era que creyese en ningún dios. No, qué demonios.

A veces existían sin embargo brisas caprichosas. Repentinas ráfagas de viento. Un viento como los que había conocido de niña, los vientos que se lanzaban contra la vieja casa del cementerio desde la inmensidad del lago Ontario. Un viento cruel y asfixiante que no dejaba respirar. Un viento que arrancaba la colada del tendedero, y que a veces derribaba incluso los postes. Pero había vientos más suaves, había brisas tan suaves como alientos. Ésos eran los que estaba aprendiendo a reconocer. Los que esperaba con impaciencia. Los que iban a servirle para dirigir su vida.

Más allá de aquella noche habría otros cafés, bares y restaurantes, hoteles. Habría otros pianos. Cuando las circunstancia lo aconsejaban, llevaba a su talentoso hijo Zacharias hasta ellos para que tocara. Si las circunstancias no eran tan favorables, hacía, de todos modos, que su hijo Zacharias tocara. ¡Porque tenían que oírlo! ¡Tenían que escuchar su don para la música!

Todas las veces que Zack tocaba sonaban aplausos.

Nadie investiga muy a fondo los motivos de un aplauso.

Y todas las veces había algún hombre que se quedaba cuando los demás se iban. Un hombre que se maravillaba, admirado. Un hombre que tenía dinero, aunque sólo fueran unos cuantos dólares, para gastárselos con la extraña madre joven y su niñito larguirucho, de rostro pálido y apasionado y de ojos obsesionados.

Dime tu nombre, cariño. Sabes el mío.

Le he dicho el nombre de mi hijo. Eso es suficiente de momento.

No. Tengo que saber también el tuyo.

Me llamo Hazel Jones.

«Hazel Jones.» Es un nombre muy bonito.

¿Cree usted? Me lo pusieron en recuerdo de alguien. Mis padres guardaban el secreto pero ya no viven. Aunque pienso que algún día lo sabré.

3

—Si a estas alturas no nos ha matado todavía, no hay razón para pensar que llegue a hacerlo alguna vez.

Reía ante un convencimiento tan delicioso.

Durante la huida con su hijo nunca iba a volver la vista atrás. Tal sería su estrategia durante semanas y después meses; durante años, con el paso del tiempo. Lo llamaba *seguir adelante*. Todos los días tenían su sorpresa y su recompensa: *seguir adelante* era suficiente. De la casa de Poor Farm Road recogió el dinero que Tignor había arrojado contra su cuerpo en señal de desprecio contra aquel mismo cuerpo, y en rechazo de su amor de joven esposa ingenua, engañada con un falso matrimonio. Disponía de aquel dinero, de aquellos billetes arrugados de distintos valores, y podía decirse a sí misma que los había ganado. Lo complementaría trabajando cuando fuese necesario: camarera de restaurantes y de hoteles, mujer de la limpieza. Taquillera, acomodadora de cines. Vendedora, dependienta. Probando, de rodillas, amablemente —con su deslumbrante sonrisa de chica americana—, zapatos en pies masculinos encalcetinados:

—¿Qué tal, señor? ¿Cómo le queda?

Con frecuencia los hombres querían invitarla a comer, a tomar una copa. Con frecuencia se ofrecían a darle dinero. Unas veces lo rechazaba y otras aceptaba, pero no concedía favores sexuales a cambio de dinero: a su alma puritana le repugnaba semejante idea.

Antes nos mato a los dos. A Zack y a mí. Y eso no sucederá nunca.

No sentía el menor remordimiento por abandonar, como lo había hecho, al padre de su hijo. Ni le pesaba ni se sen-

411

tía culpable. Aunque sí sentía miedo. De la vaga manera desvaída en que nos imaginamos el hecho de nuestra propia muerte, no como inminente pero sí como próxima. *Mientras sigamos adelante nunca nos encontrará.*

A Rebecca jamás se le ocurrió que el hombre que los había maltratado a ella y al niño hubiera cometido actos delictivos. Ni habría pensado en recurrir a la policía de Chautauqua Falls, como tampoco Anna Schwart habría ido a la policía de Milburn pese al terror que le inspiraba Jacob Schwart.

Te has hecho la cama, apechuga con ella.

Era sabiduría campesina. Descarnada sabiduría de la tierra. No había que ponerla en duda.

Sus heridas se curarían, sus cardenales desaparecerían. A veces, cuando estaba cansada, oía un débil zumbido muy agudo en el oído derecho. Pero no más molesto que los trinos de los pájaros en primavera o el murmullo de los insectos en pleno verano. Tenía en la frente costras de un rojo furioso que se tocaba distraídamente, casi sobrecogida, dando satisfacción a un curioso placer. Pero aquellas cicatrices podía esconderlas bajo mechones de pelo. Se preocupaba más por el niño que por ella, la posibilidad de que a Niles le enfureciera la necesidad de recuperar a su hijo.

Eh, vosotros dos: os quiero.

Se acordaba de Leora Greb moviendo la cabeza mientras decía que no hay que interponerse entre un hombre y sus hijos si se quiere seguir con vida.

Tal era el plan de Rebecca: abandonar el coche de Tignor en un sitio público para que las autoridades lo encontrasen de inmediato y se descubriera quién era el propietario y Tignor lo recuperase y tuviera menos motivos para perseguirla. Sabía que a Niles le enfurecería sobremanera el robo de su automóvil.

Rió, pensando en la cólera de Tignor.

—Ahora me mataría, ¿no es cierto? Pero estoy fuera de su alcance.

Sonrió. Se tocó las costras en la raya del pelo, que casi no le dolían ya. Nunca hablaría de Tignor al niño ni volvería nunca a tolerar que su hijo gimoteara y lloriquease por causa de *su papá.*

—Ahora está mamá. Ahora mamá lo será todo para ti.

—Pero papá...

—No. No hay ningún papá. Ya no. Sólo mamá.

Se rió y besó al niño, que se mostraba preocupado. Espantaría sus miedos con besos. Al verla reír, también reiría él, en infantil imitación. Deseoso como estaba de agradar a su mamá y de que su mamá lo besara, aprendería enseguida.

¡Nunca más volvería a decir en voz alta el nombre de la persona que había fingido ser su marido! La había engañado para hacerle creer que se casaban en Niagara Falls. Había sido la estupidez de Rebecca la causa del engaño, no volvería a pensar en ello. Aquel hombre ya estaba muerto, su nombre borrado del recuerdo.

Y el nombre del niño, que era el de su padre. Un diminutivo del de su padre. Un nombre curioso, que hacía que otras personas sonrieran burlonamente. Nunca volvería a llamarlo por aquel nombre. Tenía que rebautizarlo, para que la ruptura con el padre fuese completa.

Al abandonar Chautauqua Falls Rebecca había conducido el Pontiac robado por carreteras secundarias hacia el noreste por las estribaciones de los montes Chautauqua y por las onduladas tierras de labranza de los Finger Lakes, hasta llegar finalmente al valle del Mohawk, donde el río avanzaba, rápido y sombrío y de color acerado, bajo cambiantes columnas de niebla. Rebecca no se atrevió a detenerse en ningún sitio donde el niño y ella pudieran ser reconocidos, de manera que siguió adelante, entre dolores atroces y exhausta. En un riachuelo rocoso poco profundo junto a una de las carreteras lavó al niño y se lavó ella, tratando de limpiar las heridas de ambos. Besó a su hijo repetidas veces, dominada por la gratitud al ver que no estaba gravemente herido; al menos, Rebecca no creía que lo estuviera. Sus flexibles huesecillos parecían intactos, su cráneo, que había parecido tan delicado a su preocupada madre, el cráneo de cáscara de huevo de la infancia era de hecho fuerte y resistente y no había sucumbido a la rabia de Tignor.

Agradecida también porque el niño no se veía los propios ojos hinchados y ennegrecidos, el labio superior, deformado y con costras, las ventanas de la nariz, con sangre coagulada. Y porque como era muy impresionable, seguía el ejemplo de su madre en la tonalidad de sus emociones:

—¡Nos hemos escapado! ¡Nos hemos escapado! ¡Nadie nos encontrará nunca, nos hemos escapado!

Extraño lo feliz que Rebecca se iba sintiendo a medida que Poor Farm Road se iba hundiendo en el pasado.

Extraño el júbilo que sentía, pese a la cara hinchada y el dolor en todos los huesos.

Inclinándose para besar y abrazar al niño. A soplarle en el oído y susurrarle cosas disparatadas para hacerle reír.

Se escondieron en los maizales para no ser vistos desde la carretera e hicieron sus necesidades como animales. Después corrieron y se escondieron el uno del otro, entre gritos y risas.

—¡Mamá! Mamá, ¿dónde estás?

Rebecca llegó por detrás, y lo rodeó con los brazos en un paroxismo de felicidad, de identificación posesiva. Había salvado a su hijo y se había salvado ella. Haría todo lo que estuviera en su mano para que su vida, aunque herida y zarandeada como en las fauces de una fiera de gran tamaño, fuese una existencia dichosa.

El verdadero nombre del niño se le ocurrió entonces: «Zacharias». Un nombre de la Biblia.

Era muy feliz. Estaba inspirada. Abandonaría el coche robado en Rome, una ciudad venida a menos, más allá del lago Oneida, con sólo la mitad de habitantes que Chautauqua Falls. Era un sitio que no significaba nada para Rebecca, excepto que el hombre que se hacía pasar por su marido tenía allí relaciones comerciales y Rome aparecía con frecuencia en sus conversaciones. Dejaría allí el automóvil para confundirlo, como una adivinanza.

Estacionó el coche, el depósito de gasolina casi vacío, cerca de la estación de autobuses Greyhound. *Pensará que viajamos hacia el este. No nos encontrará nunca.*

Rebecca invirtió la dirección de su huida. En la estación de autobuses compró dos billetes de adulto para Port Oriskany, casi a cuatrocientos kilómetros hacia el oeste.

Nada de medios billetes, en el caso de que al empleado de la taquilla le preguntaran por una madre que huía con un niño de corta edad.

Ni ella ni el pequeño habían montado nunca en autobús. ¡El Greyhound era enorme! Y la experiencia estimulante, una aventura. No había nada que hacer en un autobús excepto mirar el paisaje, que pasaba muy deprisa en primer plano, junto a la carretera, y despacio en el horizonte. Aunque estaba muy cansada y le dolían los huesos, Rebecca descubrió que sonreía. El niño dormía tumbado a su lado, cómodo y tibio. Le acarició el pelo sedoso y le apretó el rostro hinchado con sus dedos fríos.

Aceptarás mi tarjeta, al menos.

Por si alguna vez quisieras ponerte en contacto conmigo.

Acepta el legado que te corresponde. Hazel Jones.

—Busco al doctor Hendricks. Byron Hendricks, médico.

El hombre uniformado, de piel muy oscura, con un bigote muy fino y ojos de párpados pesados, la miró con sorpresa.

—Cuarto piso, señora. Aunque no creo que esté allí.

Rebecca no había pensado en semejante posibilidad. Desde aquella tarde en el camino de sirga del canal, cuando el hombre del sombrero panamá la buscó con tanto ahínco, tuvo el convencimiento de que, por supuesto, estaría esperándola.

Rebecca miró el directorio en la pared. Edificio Profesional Wigner. Allí estaba HENDRICKS, B. K. SUITE 414.

El niño Zacharias deambulaba ya por el ornamentado vestíbulo con techo muy alto del edificio Wigner, curioso e inquieto. Con nombre nuevo, en Port Oriskany, una ciudad igualmente nueva, junto a un enorme lago de color azul pizarra, parecía sutilmente alterado, sin timidez ya, francamente curioso, y miró con descaro a desconocidos bien vestidos mientras cruzaban las puertas giratorias para entrar desde la concurrida Owego Avenue. Hasta entonces había sido un chico de pueblo y los únicos adultos que conocía vestían y se comportaban de manera muy distinta a los de ahora.

Cuando no estaba mirando a las personas que se apresuraban a su alrededor, Zack se inclinaba para examinar el brillante mármol negro bajo sus pies, tan distinto de cualquier otro suelo sobre el que hubiera caminado.

¡Un espejo oscuro! Dentro del cual se movía a saltos el reflejo fantasmal de un niño cuyo rostro no lograba ver.

—Zack, ven aquí con mamá. Vamos a subir en un *ascensor*.

El niño rió: Zack, aquel nombre nuevo, le resultaba muy extraño, como un pellizco inesperado del que no sabías si era para jugar o con ánimo de hacer daño.

Zacharias significaba bendito, le había dicho su madre. E iba a disfrutar ya de su primer viaje en ascensor. Aunque todavía cojeaba por lo que aquel borracho le había hecho, y su carita pálida aún parecía haber sido utilizada como saco de arena por un boxeador, sabía que estaba penetrando en un mundo de sorpresas y aventuras imprevisibles.

El hombre uniformado había entrado en el ascensor y se había colocado junto a los controles.

—Señora —dijo—, la puedo llevar a la consulta del doctor Hendricks. Pero, como le he explicado, no creo que esté allí. Hace algún tiempo que no veo a ninguno de ellos.

Fue como si Rebecca no lo hubiera oído. En el ascensor agarró la manita del niño, seca y caliente. Confiaba en que no tuviera fiebre, no disponía ahora de tiempo para semejantes tonterías. ¡En Port Oriskany, a punto de ver a Byron Hendricks! Se había sorprendido al saber que Hazel Jones estaba casada; ¿qué pensaría de que Hazel Jones tuviera un hijo? Rebecca se sentía insegura, confusa. Quizás fuera una equivocación presentarse allí.

Sus labios se movieron. Quizás había estado hablando sola.

—El doctor Hendricks no puede faltar. Me dio su tarjeta hace muy pocos días. Me está esperando, creo yo.

—Señora, ¿quiere que me quede aquí? ¿Por si acaso vuelve a bajar enseguida?

El ascensorista era una elevada presencia a su lado. Tuvo que preguntarse si estaba provocándola, para que se sintiera insegura, llorosa, y poder así consolarla. Parecía sincero, sin embargo. Llevaba guantes blancos para manejar el ascensor. Rebecca olía la brillantina que usaba para el pelo. No había estado nunca tan cerca de un negro, y nunca se había encontrado en situación de necesitar la ayuda de un negro. En el hotel General Washington el «personal negro» hacía casi siempre rancho aparte.

—No. No es necesario. Muchas gracias.

El hombre uniformado detuvo el ascensor en el cuarto piso y abrió la puerta haciendo una floritura. Rebecca se apresuró a salir al corredor, arrastrando al niño con ella.

Está pensando que busco al doctor Hendricks para que vea a mi hijo. Eso es lo que está pensando.

—Por allí, en aquella dirección. ¿Quiere que la espere, señora?

—¡No! Ya se lo he dicho.

Molesta, Rebecca se alejó sin volver la vista. Tras ella, las puertas del ascensor hicieron ruido al cerrarse.

Zack estaba inquieto, no quería ver a ningún médico viejo, *desde luego que no.*

La suite 414 se hallaba al fondo de un corredor que olía a medicamentos. En una puerta con una lámina de cristal esmerilado en la mitad superior estaba escrito a mano DR. BYRON K. HENDRICKS. ENTRE POR FAVOR. Pero el interior parecía oscuro y la puerta cerrada con llave. Todo el final del corredor tenía un aire sucio y abandonado.

Desesperada, Rebecca golpeó con la mano el cristal esmerilado.

No se le ocurría qué hacer. En sus fantasías, febriles pero vagas, sobre su búsqueda de Byron Hendricks, había previsto el momento en que los ojos del médico advertirían su presencia, y sonreirían encantados al reconocer a Hazel Jones, pero nunca se le había ocurrido que el hombre del sombrero panamá no estuviera donde le había prometido que estaría.

Zack seguía inquieto, no le gustaba el olor de aquel lugar, *desde luego que no.*

Bien; Rebecca tenía dinero. Varios cientos de dólares en billetes de distintos valores. No necesitaba encontrar trabajo

417

durante algún tiempo, si gastaba con moderación. Buscaría un hotel barato en Port Oriskany, Zack y ella pasarían allí la noche. Estaban muy necesitados de descanso. Se bañarían, dormirían en una cama con sábanas limpias, recién planchadas. Se encerrarían en una habitación de un hotel poblado de desconocidos y estarían completamente a salvo. Durante tres noches seguidas habían dormido en el Pontiac, estacionado junto a una carretera secundaria, tiritando de frío. El viaje en autobús desde Rome habían sido cinco largas horas.

—Le telefonearé por la mañana. Pediré una cita.

Zack vio que su madre se estaba poniendo nerviosa. Y se acercó para restregarse contra sus muslos murmurando *¿mamá?* con su lastimera voz infantil.

Rebecca empezaba a pensar que había sido una imprudencia venir a la consulta del doctor Hendricks directamente desde la estación de autobuses. Tendría que haber telefoneado para saber las horas de consulta. Podía buscar su número en la guía. Era lo que hacía la gente, la gente normal. Tenía que aprender de la gente normal.

Una vez más Rebecca giró el pomo de la puerta cerrada con llave. ¡Por qué Hendricks no estaba allí!

Cuando la viera, la reconocería. Estaba segura. Lo que sucediera a continuación se produciría sin intervención de su voluntad. Él la había convocado, se lo había suplicado. Nadie le había suplicado nunca de aquella manera. Nadie había mirado en su corazón de aquel modo.

El hombre con el sombrero panamá. La había seguido desde la ciudad, la había reconocido. Había alterado el curso de su vida. Rebecca era una joven engañada que vivía con un hombre que no era su marido. Un hombre violento, un delincuente. No habría tenido valor para dejarlo si no se hubiera encontrado con Hendricks en el camino de sirga del canal.

Muy posiblemente, no habría despertado los celos del hombre que fingía ser su marido si Hendricks no la hubiera abordado en el camino de sirga.

«¿Se da cuenta? ¡Me ha cambiado usted la vida! Ahora estoy en Port Oriskany y éste es mi hijo Zacharias.»

No le mentiría. No pretendería ser Hazel Jones.

Aunque tampoco podía negarlo categóricamente. Porque existía la posibilidad de que la hubieran adoptado. ¿No lo había sugerido Herschel, que la habían encontrado, muy pequeña, recién nacida en un barco en el puerto de Nueva York...?

«Mis padres ya no existen, doctor Hendricks. Nunca se lo podré preguntar. Pero jamás sentí que fuera suya.» En su estado de fatiga extrema y desquiciamiento aquello le parecía más que teóricamente posible.

El niño alzó la vista con el ceño fruncido. ¿Por qué estaba su mamá hablando sola? Y sonriendo mientras se mordía el labio con costras.

—¿Mamá? ¿Nos podemos ir ya? Huele muy mal aquí.

Rebecca se volvió, atontada. Buscó la mano de su hijo. Estaba esforzándose por pensar, pero no se le ocurría nada. En las pálidas superficies reflectantes de las puertas con cristales esmerilados por las que pasaban su rostro se oscurecía y sólo sus espesos cabellos desordenados quedaban nítidamente definidos. Parecía una ahogada.

Una de las puertas acristaladas se abrió. El enfermizo olor a medicamentos se intensificó. Una persona salía de la suite 420, ocupada por Hiram Tanner, cirujano dental. Dejándose llevar por un impulso, Rebecca entró en la sala de espera. ¿Querían decir aquellas siglas que se trataba de un odontólogo? La recepcionista frunció el ceño en su dirección desde detrás del escritorio.

—¿Sí? ¿En qué puedo ayudarla, señorita?

—Estoy buscando al doctor Hendricks de la suite cuatro catorce. Pero la consulta parece cerrada.

Las pintadas cejas de la recepcionista se alzaron en un gesto de exagerada sorpresa.

—¿Cómo? ¿No se ha enterado? El doctor Hendricks murió el verano pasado.

—¡Muerto! Pero...

—Se notificó a todos sus pacientes, según tengo entendido. ¿Era usted uno de sus pacientes?

—No. Quiero decir..., sí que lo era.

—Su consulta no ha quedado libre todavía, existe algún problema. La dejaron en muy mal estado y hay que limpiarla.

La recepcionista, de mediana edad, vestida con esmero, miraba sucesivamente a Rebecca y al niño que se apretaba contra su muslo. Examinaba con atención sus rostros maltrechos.

—Hay otros médicos en este edificio a los que podría usted ver. En el piso segundo están...

—¡No! Necesito ver al doctor Hendricks. Me refiero al hijo, no al padre.

—No se ha presentado nadie por la consulta desde el verano, al menos yo no lo he visto —explicó la recepcionista—. La gente dice que viene alguien después de las horas de oficina. Hay cosas que se cambian de sitio, hay restos en cajas para que el conserje se las lleve. Antes yo veía al hijo, pero no últimamente. Fue un derrame cerebral lo que mató al doctor Hendricks, según dicen. Tenía muchos pacientes, pero también ellos se estaban haciendo viejos. Nunca he oído que el hijo fuese médico.

Rebecca protestó:

—¡Sí que lo es! «Byron Hendricks, doctor en medicina». He visto su tarjeta. Yo tenía que pedir una cita...

—¿Un hombre de unos cuarenta años, más o menos? Con un no sé qué de extraño en él, y los ojos... Siempre vestido de una manera algo diferente, ¿con sombrero? Cuando hacía frío era de fieltro, en otras épocas un panamá. Nunca ha sido doctor en medicina que yo sepa, pero podría estar equivocada. Quizás haya estudiado la carrera, pero no ejerce, hay algunas personas así.

Rebecca miró fijamente a la mujer, mientras Zack se apretaba y se retorcía impaciente contra sus piernas. Al ver la impresión que había producido en Rebecca, la mujer de la suite 420 se llevó una mano al pecho.

—Perdóneme, señorita, no me siento cómoda transmitiendo rumores. El doctor Tanner siempre saludaba al anciano y charlaban unos minutos, pero no los conocía realmente bien, a ninguno de los dos.

Rebecca dijo, confundida:

—¿Se puede ser médico y no ejercer? Pero... —se detuvo al ver en los ojos de la mujer una dosis de compasión, pero al mismo tiempo de satisfacción. Pensó que sería mejor que se acostumbrara, en cualquier caso.

Dio las gracias a la recepcionista, tiró de Zacharias para sacarlo de la consulta y cerró la puerta al salir.

Ya en el corredor, Zack se soltó y corrió cojeando delante de ella, agitando los brazos tontamente y haciendo un ruido entre silbar y tener arcadas como si no pudiera respirar el aire viciado. Se estaba volviendo revoltoso, testarudo. En el pasado nunca se había comportado de aquella manera en un sitio público.

Rebecca gimió a medias:

—¡Zack! Maldita sea, vuelve aquí ahora mismo.

Estaba a punto de apretar el botón del ascensor para bajar. A Rebecca le sorprendió que supiera hacer una cosa así, a su edad. Le apartó la mano con decisión. No quería llamar al ascensorista, al negro uniformado de bigote muy fino y ojos traviesos y meditativos, porque sabía que también iba a mirarla con compasión.

—Bajaremos por las escaleras, corazón. Son más seguras.

Una escalera sin ventanas, tres tramos que descendían muy empinados, hasta una pesada puerta en la que se leía SALIDA y daba a una calle secundaria.

El zumbido en el oído era más fuerte, perturbador. Rebecca llegó casi a pensar que había insectos nocturnos por los alrededores.

Mientras se le ocurría: *Hendricks quería que le creyeras, que confiaras en él. En el camino de sirga. En aquel momento. No pensó que se te fuera a ocurrir nunca tratar de encontrarlo aquí.*

—Sólo nosotros dos. Mi hijo y yo.

Pasarían la noche en un hotel sin ascensor en una casa de piedra rojiza, a pocas manzanas de Owego Avenue. Rebecca revisó varias habitaciones antes de aceptar una: examinó sábanas y almohadones, alzó una esquina del colchón para separarlo del somier y ver si había chinches o piojos. El recepcionista la encontró divertida, con sus largos cabellos sin peinar y su rostro magullado.

—Lo que usted quiere es el Statler, cariño, se ha equivocado de sitio.

La cama de matrimonio ocupaba casi todo el espacio de la habitación entre el empapelado de las paredes, que tenía manchas, y una ventana melancólica que daba a un tiro de ventilación. No había baño y el servicio estaba en el vestíbulo.

Rebecca rió, limpiándose los ojos.

—Cinco cincuenta una noche. Es lo que quiero.

Cuando se quedaron solos en la habitación, Zack husmeó por el cuarto a imitación de su madre. Fingía ser un perro olisqueando los rincones. Se agachó para mirar debajo de la cama.

—Mamá, qué pasaría si papá...

Rebecca alzó un dedo admonitorio.

—No.

—¡Pero mamá! Si pa...

—Ahora sólo está mamá, ya te lo he dicho. De ahora en adelante sólo mamá.

No le reñiría. Nunca lo asustaría. En lugar de eso lo abrazó y le hizo cosquillas.

A la larga olvidaría. Rebecca estaba decidida a conseguirlo.

Antes de meterse en la cama lo llevó a cenar a un autoservicio en Owego Avenue. El ambiente ruidoso, de luces brillantes, y la manera en que se adquirían los alimentos, empujándolos sobre relucientes bandejas de plástico, fascinó al niño. Cuando acabaron se planteó cruzar con él la amplia y ventosa plaza hasta el Statler, que era el hotel más famoso de Port Oriskany. Quería enseñarle a su hijo el lujoso vestíbulo, abarrotado de hombres y mujeres bien vestidos. Suelo de mármol, sofás de cuero, macetas con helechos y arbolitos. Un atrio abierto que llevaba a la entreplanta. Porteros uniformados, botones.

En el Statler de Port Oriskany centelleaban las luces. Al menos veinticinco pisos. Al otro lado del edificio de piedra arenisca y delante del lago Erie —cuyas aguas se extendían hasta el horizonte— había un parque. Rebecca tenía un vago recuerdo del panorama desde ventanas muy altas. El hombre que había fingido ser su marido la había traído a aquel hotel años atrás. ¡Estaba tan engañada, creyéndose feliz por aquel entonces! También el cometido de Rebecca había sido una farsa.

—Era su puta. Aunque yo no lo supiera.

Zack alzó la vista hacia ella, interrogativo. Como si hubiera estado hablando sola y riéndose a continuación. Ya tenía edad para saber que los adultos no hacen cosas así en público.

Rebecca trataba de recordar si había sido allí, en Port Oriskany, o en otra ciudad, donde la había seguido desde el hotel un hombre con americana y gorra de marino. Un individuo que luego había resultado ser (era una suposición, nunca tendría la certeza) alguien enviado por el otro para poner a prueba su lealtad, su fidelidad. Se preguntó por primera vez qué le habría sucedido si le hubiera sonreído y se hubiese reído con él, iniciando un coqueteo.

Aunque no tenía la seguridad de que hubiera sido en Port Oriskany. Recordaba bien, en cambio, que el hombre que había fingido ser su marido la había llevado allí a un tocólogo, que la había examinado, le había hecho una prueba de orina y le había dado la buena nueva de que iba a tener un hijo al cabo de ocho meses.

El hombre que había fingido ser su marido comentó entonces, desconcertado, con su característica brusquedad: «Estás preñada, ¿no es eso, chiquilla?». No había dicho: «Vas a tener un bebé».

Años después, con su hijo superviviente, Rebecca repasaba aquellas palabras. Las diferencias entre las dos frases.

—Mamá, ¿estás triste? Mamá, ¿estás llorando?

Pero no era cierto, sin embargo. Rebecca hubiera jurado que se estaba riendo.

A la mañana siguiente el tiempo era frío, pero luminoso, tonificante. Por la noche Rebecca había decidido que no trataría de telefonear a Byron Hendricks, doctor en medicina. Se abriría camino ella sola, no lo necesitaba. Ni tampoco se molestó en buscar *Jones* en la guía telefónica.

Estaba de muy buen humor. Había dormido como un tronco, y el niño también. ¡Más de nueve horas! Zack sólo se había despertado una vez, necesitado de que lo llevaran al servicio del vestíbulo.

Tiritando de frío. Atontado por el sueño. Lo había llevado de la mano, le había ayudado a desabrocharse el pijama, y después le guió la mano para tirar de la cadena. Besándolo con ternura en la nuca donde tenía un feo moratón del tamaño de una pera.

—¡Un chico tan mayor ya! ¡Y que se porta tan bien!

En hoteles como aquél sin ascensor, encima de un restaurante con los cierres echados, pero también en el elegante Statler de Port Oriskany, sucedía que a veces se presentaban personas con o sin equipaje, se encerraban con llave en la habitación, echaban las persianas o los estores y de alguna manera —torpe, inspirada, calculada, desesperada— conseguían quitarse la vida, de ordinario metiéndose en la bañera vestidos o desnudos y cortándose las venas con una cuchilla de afeitar. En el hotel General Washington se había hablado en susurros de incidentes como aquéllos, aunque Rebecca no había sido nunca testigo de ninguna escena sangrienta ni se le había pedido que ayudara a limpiar sus consecuencias.

Los suicidios en habitaciones de hotel no eran infrecuentes, pero muy raros los asesinatos. Rebecca no había oído de nadie que hubiera matado a un niño en un hotel.

Por qué lo hacen, por qué irse a un hotel, le había preguntado Rebecca a alguien, posiblemente Hrube en persona, en una época en que debían de mantener razonables buenas relaciones, y Hrube se había encogido de hombros al tiempo que decía: «Para jodernos a los demás, ¿qué otra explicación le ves?». Rebecca se había reído ante aquella respuesta tan inspirada.

No conseguía recordar por qué pensaba ahora en él: ¿Hrube? Llevaba años sin acordarse de aquel hijo de puta de cara aplastada.

De regreso en la habitación volvió a echar el seguro de la puerta, bajó aún más la persiana, alzó al niño, que seguía grogui, para meterlo en la cama y se acomodó a su lado, abrazándolo.

¡Dormir como un tronco! Nada más agradable.

Por la mañana, utilizando el diminuto lavabo de la habitación, consiguió asear al niño, pelo incluido. Zack se resistió, pero sin demasiada convicción. ¡Gracias a Dios había jabón! Le lavó los delicados cabellos rubios y retiró con el peine los últimos restos sin importancia de sangre coagulada.

El pelo de Rebecca era demasiado espeso y largo y estaba demasiado apelmazado y enredado con sangre seca para poder usar un champú en ningún lavabo. De repente sintió que lo aborrecía. Cabellos grasientos, con un olor demasiado fuerte, que le pesaban en el alma. Como su hermano Herschel, cualquiera supondría que era una india iroquesa.

Dejó al niño en el autoservicio, ordenándole que no se moviera ni un centímetro y que la esperase. Zack se estaba comiendo con avidez un segundo tazón de gachas generosamente aderezadas con leche y azúcar morena en cristales, de una clase que nunca había probado. Rebecca fue al salón de belleza Glamore, situado a la vuelta de la esquina, para que le lavaran la cabeza y le cortasen el pelo. Se había fijado en aquel establecimiento durante su paseo de la noche anterior y había repasado la lista de precios en el escaparate.

¡Qué harta estaba del pelo de Rebecca Schwartl A Tig nor le encantaba su pelo largo y espeso, sexy, que él se enroscaba entre los dedos, y en el que hundía el rostro cuando hacía el amor, gimiendo mientras se vaciaba en ella, entre las piernas que había besado con glotonería y después de restregar la cara contra la mata de vello basto e hirsuto que ella misma apenas soportaba tocar. Pero aquel tiempo había pasado. La época en que creía estar enamorada había pasado. Rebecca había llegado a aborrecer sus cabellos espesos e informes, siempre enredados por debajo, porque no había forma de pasarles el peine, porque se volvían grasientos si no se los lavaba cada dos días, cosa que, por supuesto, era algo que Rebecca había dejado de hacer. Y ahora, además, estaban los trozos de sangre coagulada amazacotados con ellos. Se los cortaría, sólo se dejaría los centímetros necesarios para taparse las orejas.

En el salón Glamore repasó las páginas de *Estilos de Peinado* hasta encontrar lo que estaba buscando: el pelo corto y dinámico de Hazel Jones, con un flequillo a tijera justo por encima de las cejas.

Zack seguía en el autoservicio, donde su madre lo había dejado. Muy quieto, como si sus pensamientos se hubieran derrumbado encima de sí mismos. Su expresión era concentrada, absorta. Se agarraba de una manera extraña, los brazos cruzados sobre el pecho en apretado abrazo. *Está tocando el piano, está haciendo música con los dedos.*

Confiaba absolutamente en Rebecca. No tenía la menor duda de que volvería a por él. Al verla ahora alzó los ojos, parpadeando.

—Mamá, estás muy guapa. Qué bien te sienta.

Era cierto. Estaba guapa, muy atractiva. Cuando desaparecieran los cardenales e hinchazones, el cambio sería superlativo.

El nuevo corte de pelo, tan ligero, atraía las miradas. Algo en su manera de andar, en su actitud. Al comprar dos billetes de adulto, en el mostrador de los autobuses Greyhound, se dejó llevar por un impulso al escoger destino («Jamestown», en algún lugar al sur de Port Oriskany) porque el autobús salía al cabo de veinte minutos y le preocupaba quedarse más tiempo en aquel sitio tan concurrido donde alguien podía localizarlos a ella y al niño. (Zack llevaba una gorra. Estaba quieto donde ella lo había dejado, al otro extremo de la abarrotada sala de espera, de espaldas a la sala y a ella. Sólo los verían juntos fuera, en la acera, mientras los pasajeros subían al autobús, y aun así muy brevemente. Y en el autobús se sentarían juntos como por casualidad, en la parte de atrás.) Rebecca sonreía al empleado, sacándolo del sopor que le provocaba la proximidad del mediodía.

—Una hermosa mañana, tan soleada.

Al de la taquilla, relativamente joven y cargado de espaldas, también se le iluminó la mirada taciturna al ver a una joven bonita y simpática, con un lustroso flequillo oscuro y unos suaves mechones de pelo igualmente lustroso flotándole alrededor de las orejas, y sonrió a la viajera al tiempo que parpadeaba y la miraba fijamente.

—¡Ya lo creo que sí!

Rebecca se disponía a empezar el resto de su vida. Tal vez fuese más tranquila.

El Greyhound para Jamestown estaba recogiendo pasajeros. Rebecca le hizo una señal al niño para que la siguiera. Y le regaló dos tebeos abandonados que había encontrado en la sala de espera. Se besaron y abrazaron en sus asientos del autobús.

—¡No nos han encontrado, tesoro! Estamos a salvo.

Era un juego, sólo su mamá conocía las reglas y la lógica que explicaba las reglas. Y cuando el autobús avanzaba pesadamente por el accidentado paisaje al sur de Port Oriskany, el niño estaba ya absorto en uno de sus tebeos.

¡Caricaturas de animales! Animales que caminaban erguidos, que hablaban y que incluso pensaban (en globos que les flotaban por encima de la cabeza) a la manera de los seres humanos. Al niño no le parecieron ni más extraños ni incluso más ilógicos que las acciones de seres humanos por él presenciadas.

Más tarde se despertó, solo en el asiento. Su mamá estaba más atrás, jugando a *gin rummy* con una pareja, los tres sentados en la última fila, que ocupaba toda la anchura del autobús.

Eran los Fisk, Ed y Bonnie. Ed, un hombre calvo y tirando a gordo, de mejillas sonrosadas, con patillas y una risa contagiosa; Bonnie, una mujer de busto prominente, seductoramente maquillada y con uñas brillantes. Encima de las rodillas de Ed estaba colocada una maleta de cartón sobre la que Ed repartía las cartas, tanto para él como para las mujeres sentadas a ambos lados.

No era normal que su mamá se comportara así. Durante el viaje en autobús desde Rome se había mostrado muy reservada, sin mirar a nadie a los ojos.

—*Gin rummy* gitano. Es una variante del otro, pero se tienen más opciones. En el gitano se dispone de comodines y los descartes son libres si uno se los gana. Les puedo enseñar, si les interesa.

Los Fisk estaban interesados. Bonnie dijo que había oído hablar del *gin rummy* gitano, pero que no había jugado nunca.

Zack vio cómo jugaban durante un rato. Le gustaban aquellas nuevas sonrisas y carcajadas de su madre. Le gustaba su nuevo corte de pelo que le parecía muy bonito. De cuando en cuando Rebecca lo miraba, apoyado contra el respaldo del asiento y le hacía un guiño. Volvió a quedarse dormido escuchando el golpe de las cartas sobre la maleta y las exclamaciones y risas de los jugadores. Zack encontraba consuelo en el simple hecho de que *No nos han encontrado, estamos a salvo.* Era todo lo que quería saber de momento.

Más adelante, en el futuro, habría que conocer otros hechos. Esperaría.

Port Oriskany, a donde había sido tan emocionante llegar, se desvanecía en el pasado. El hotel en la casa de piedra rojiza con la chirriante cama de matrimonio. ¡El autoservicio! La sorpresa de que su mamá regresara con el pelo tan corto y brillante, y el flequillo que ocultaba los moratones y las arrugas de preocupación. El niño empezaba a disfrutar con la satisfacción del viaje. Se llega a una ciudad a fin de poder dejarla más adelante. Hay emoción en la llegada, pero la emoción es todavía mayor al marcharse.

Era su mamá quien daba las cartas. Reía y bromeaba con sus nuevos amigos a los que nunca volvería a ver cuando el autobús los depositara en una granja a las afueras del mismo Jamestown. Resultaba embriagador pensar que el mundo estaba lleno de personas como los Fisk, de natural bondadoso, que reían con facilidad, siempre dispuestos a pasar un buen rato.

—El mundo es una partida de cartas, ¿se dan cuenta? —le dijo ella—. Puedes perder, pero también ganar —era ya Hazel Jones, riendo de la nueva manera, mientras barajaba las cartas y las repartía.

4

En Horseheads, Nueva York, a finales del invierno y comienzos de la primavera de 1962, Hazel Jones se hizo amiga de Willie James Judd, notario de ámbito estatal y funcionario jefe del Departamento de Archivos del Juzgado de Chemung County. Ella trabajaba por entonces de camarera en el café Blue Moon de Depot Street, Horseheads. Una viuda joven, que vivía sola con su hijito. Una figura popular en el Blue Moon, donde la mayoría de los clientes eran hombres, aunque aprendieron pronto a respetarla. *¿No lo ves? Hazel es como tu hermana. No le tirarías los tejos a tu condenada hermana, ¿verdad que no?*

Willie James Judd estaba a punto de jubilarse de sus largos años de trabajo para el condado. Hacía casi todas sus comidas en el Blue Moon, y allí conoció a Hazel Jones, la nueva camarera, de quien también tenía noticias gracias a su hermana menor Ethel Sweet, que se había casado con el propietario del destartalado Horseheads Inn, donde la joven viuda y su hijito alquilaban una habitación que pagaban por semanas. A Ethel Sweet le gustaba maravillarse en público de cómo Hazel Jones no se quejaba nunca, a diferencia de otros huéspedes. De lo callada y reservada que era. De cómo nunca recibía visitas. De que nunca desperdiciaba toallas, ni ropa de cama, ni agua caliente, ni jabón. De que nunca salía sin apagar todas las luces de su habitación. Y de que tampoco permitía que el niño corriera por las escaleras, ni que jugase haciendo ruido en la calle, detrás del hotel, ni que se colara en el piso de abajo para ver la televisión del salón con otros huéspedes.

Casi, afirmaba Ethel con gesto aprobador, se diría que allí no vivía ningún niño.

Y la vida de Hazel no había sido fácil. Poco a poco a Ethel Sweet le fue revelado cómo la joven viuda había perdido a sus padres de niña: a su padre al incendiarse una casa cuando ella tenía cuatro años, y a su madre a causa de un cáncer de mama a los nueve. Recogida por unos parientes de Port Oriskany que no eran cariñosos con ella, que nunca encontraron un sitio para ella en su corazón, la obligaron a dejar de estudiar a los dieciséis años para trabajar de camarera en un hotel hasta que a los dieciocho se escapó con un hombre que le doblaba la edad y se casó con él. Sólo después se dio cuenta de su equivocación cuando supo que su marido ya se había casado dos veces antes, tenía hijos a los que no mantenía, era muy bebedor, empezó a pegarlos a ella y a su hijo y amenazaba incluso con matarlos, de manera que al final, incapaz de soportarlo, se había escapado una noche llevándose con ella al niño, muerto de miedo; ya habían pasado tres años y Hazel continuaba huyendo, empujada por el temor a que aquel hombre la encontrase.

No; no se habían divorciado. Su marido nunca le concedería el divorcio. Antes preferiría verla muerta, y también a su hijo.

Ethel Sweet explicaba cómo, mientras se lo contaba, Hazel había empezado a temblar. ¡Tan real le resultaba todo aquello!

Pero ahora, en Horseheads, le gustaría quedarse. En Horseheads había hecho amigos, era feliz. Estaba contenta. Quería matricular a Zacharias en la escuela el otoño próximo. En septiembre estaría a punto de cumplir los seis años.

Hazel Jones le explicaba a Ethel: quizá no lo haya notado usted, pero Zacharias no es como otros niños. No juega con otros niños, es tímido y tiene miedo de que se le haga daño, su padre le pegaba muy a menudo, bastaba con que alzara el puño para que el niño se asustara lo indecible, de manera que su madre tenía que protegerlo de la violencia de hombres y muchachos, de los juegos y gritos de los chicos, Zacharias poseía además el don de la música, algún día llegaría a ser *concertista de piano* y, por tanto, no tenía que hacerse daño en las manos.

¡Ethel Sweet se conmovió tanto! Que Hazel —con su fama en Horseheads de reservada y de evitar comentarios per-

sonales y preguntas en el Blue Moon por el sencillo procedimiento de sonreír y de no decir una palabra— le abriera de repente el corazón a ella, mientras que sus hijas, ya mayores y lejos de casa, nunca se habían interesado lo más mínimo por su
madre, a la que no sabían valorar.

Ethel, por otra parte, notó que la joven madre estaba
nerviosa y preocupada. Al preguntarle cuál era el problema,
confesó que no disponía de los documentos necesarios para matricular a Zacharias en la escuela.

Qué clase de documentos, preguntó Ethel. ¿Partida de
nacimiento?

Hazel respondió afirmativamente. Partida de nacimiento para su hijo, pero también para ella.

Había sucedido lo siguiente: la partida de nacimiento
de Hazel se había quemado con la casa cuanto ella tenía cuatro años. ¡Su nacimiento no estaba registrado en ningún sitio!
El fuego se produjo en una ciudad al norte del Estado, Hazel
ni siquiera estaba segura de cuál, porque su madre se la había
llevado de allí y habían vivido en una población tras otra del
valle del Chautauqua. Y su madre había muerto cuando Hazel tenía nueve años. Los parientes con los que había vivido,
por otra parte, no se preocupaban de ella. Le dijeron que
había nacido en un buque procedente de Europa, en el puerto de Nueva York, que sus padres habían sido emigrantes po-
lacos o quizá húngaros, pero sin precisar el barco en que llegaron, no estaba segura de cuándo habían hecho la travesía,
no había visto registro alguno de su nacimiento. «Fue como si
quisieran borrarme del mapa tan pronto como nací», le dijo
Hazel a Ethel. Pero sin quejarse, sólo la simple enunciación
de un hecho.

Y la partida de nacimiento de Zacharias estaba en manos de su padre, a no ser que también se hubiera perdido o hubiese sido destruida de manera deliberada.

Al oír aquello, Ethel dijo muy indignada que era todo
ridículo, si una persona está viva delante de ti, sin duda había
nacido. Por qué se necesitaba un documento para probar un hecho tan evidente no tenía ningún sentido.

Y añadió, muy acalorada: «Lo que pasa es que los abogados son unos condenados estúpidos. Igual que la justicia. Willie, que lleva treinta y ocho años en el juzgado de Horseheads, podría contarte historias que te harían reír hasta decir basta o vomitar de pura repugnancia. Y eso también se aplica a los jueces, no vayas a creer».

Y cada vez más acalorada: «Lo que sucede, Hazel, son los *hombres*. Disparan sin parar por la boca y cobran cantidades que te parecerán increíbles, ¡setenta y cinco dólares a la hora algunos de ellos! Si lo dejaran en manos de las mujeres, no necesitarían documentos para ninguna condenada cosa, desde comprar o vender un gallinero a hacer tu propio testamento».

Hazel le dio las gracias por ser tan comprensiva. Añadió que llevaba mucho tiempo sin confiarse a otra persona. Era una espina en su corazón, no tener prueba alguna de que Zacharias o ella hubieran nacido. Ahora ya no era como en los tiempos antiguos, se necesitaban documentos para abrirse camino. No había manera de evitarlo. En el Blue Moon le pagaban en metálico sin pasar por los libros y por supuesto las propinas tampoco pasan por los libros, pero si seguía así se retiraría algún día, vieja ya, sin haber cotizado a la Seguridad Social, ni un centavo.

Ethel lo dijo sin pensar:

—Cariño, lo que tienes que hacer es *casarte*. Eso es lo que tienes que hacer, *casarte*.

Y Hazel respondió, muy afectada, con aire de que quería echarse a llorar, y Ethel se podría haber mordido la lengua por hablar como lo había hecho:

—No puedo. Ya estoy casada, no me puedo volver a casar.

Acto seguido Ethel llamó a su hermano Willie. Sabía que era un hombre de corazón generoso. En Horseheads tenía fama de ser un quisquilloso hijo de puta al que le encantaba mangonear, pero sólo lo hacía con quien no le caía bien. En realidad no era mala persona. Se compadeció de Hazel Jones. Y del niñito tan silencioso como un sordomudo. En el Registro Civil del condado había que dirigirse a Willie Judd para cual-

432

quier documento que se necesitara. Tenía acceso a cualquier clase de documento que pueda imaginarse: partidas de nacimiento, de matrimonio, de defunción. Doscientos años de testamentos en papel amarillento y tinta desvaída, documentos relacionados con bienes raíces desde el siglo XVIII, escrituras formalizadas con las Seis Naciones de los iroqueses. Formularios oficiales de cualquier condenada clase que uno quisiera. Y Willie era además notario con sello propio, reconocido por el Estado de Nueva York.

Así fue como, en la primavera de 1962, Willie Judd se apiadó de Hazel Jones. No era un hombre dado a intimar con otras personas y muy pocas veces se apiadaba o simpatizaba. Tendría que hacerse en secreto. Invitó a la joven a su despacho en el sótano del juzgado a las cinco, que era la hora de cerrar, un día de diario para que le explicara su situación, cosa que ella hizo, escribiendo además cuidadosamente para Willie determinados hechos. Mientras lo hacía, se detuvo a veces para secarse los ojos. Su nombre de soltera era «Hazel Jones», pero el de casada era por supuesto distinto, un apellido que prefería no decir; el de Zacharias tampoco era «Jones», por supuesto, sino el de su marido, pero a ella la aterrorizaba que pudiera encontrar al niño si se daba a conocer su apellido legal. Ésa era la razón, dijo Hazel, de que no hubieran dejado de moverse, y de que hubiesen vivido en diferentes lugares donde nadie los conocía. Pero ahora, en Horseheads, habían concebido la esperanza de encontrar una residencia permanente.

Willie prescindió de aquellos detalles como si hubiera apartado una nube de mosquitos. Funcionario jefe del Registro Civil durante treinta y ocho años y además notario. Tenía el mismo poder que cualquier condenado juez de los Estados Unidos, casi. Podía redactar cualquier documento que le pareciese bien y sería legal a los ojos de cualquiera.

¡Faltaría más! Unos cuantos tragos de buen whisky y Willie Judd estaba condenadamente *inspirado*.

Redactó partidas de nacimiento sustitutivas para Hazel Jones y para su hijo. La imaginación de Willie en plena forma. Había una instrucción, con el membrete del juzgado de Chemung County, permitiendo que tales documentos reprodujeran documentos que habían existido pero que se habían perdido o destruido. De todos modos, sólo en décadas recientes se necesitaban «partidas de nacimiento». En el caso de los veteranos a nadie le importaba un pimiento. Como con las adopciones. Acogías a un pequeño, de cualquier edad, y era tuyo, sin documentos oficiales de adopción, ninguna tontería de ésas. Ahora era una cuestión de registro público, pero la joven madre tendría los documentos para probarlo: *Hazel Esther Jones, nacida el 11 de mayo de 1936, en el puerto de Nueva York, Nueva York, de padres desconocidos.*

En el caso de Zacharias, Willie necesitaba un nombre para el padre. No veía manera de evitarlo.

—¿Alguna sugerencia? —le preguntó a Hazel, que le respondió, toda sonrisas y sin pensárselo:

—¿Willie? Quiero decir, William.

—William... ¿qué?

—Podríamos decir Judd.

Cuánto le gustó aquello. Halagado hasta decir basta.

Pero podría traer complicaciones, observó Willie. Quizá fuera mejor hacerlo a la inversa. Hazel Judd, William Jones. Y de ese modo, Hazel Jones sería su nombre de casada.

Hazel rió, una incontenible manifestación de alivio. La partida de nacimiento de su hijo diría: *Zacharias August Jones, nacido el 29 de noviembre de 1956 en Port Oriskany, Nueva York, madre Hazel Jones, padre William Jones.*

Su nombre de soltera, en cambio, no sería ahora Hazel Jones, sino Hazel Judd. Aunque sólo en aquel tieso pliego de papel oficial con el membrete del juzgado de Chemung County.

Al dar las gracias al hombre de más edad, Hazel se echó a llorar. Nadie había sido tan bueno con ella desde hacía muchísimo tiempo.

(Nadie tenía que saberlo. Ni siquiera Ethel, su hermana, que siempre se iba de la lengua. Se enorgullecería de la intervención de su hermano en favor de Hazel Jones, hablaría más de lo necesario y les causaría problemas. De esa manera

Hazel tenía ya los documentos y nadie los pondría en tela de juicio, ¿por qué iban a hacerlo?

En los años que le quedaban de vida, Willie Judd llegó a ver que no había una clara explicación lógica de por qué las cosas habían sucedido de aquella manera. Con la misma facilidad podrían haber sucedido de otra distinta.

Rellenabas un impreso. Luego rellenabas otro. Firmabas con tu nombre. Estampabas tu sello de notario del Estado de Nueva York. Eso era todo.)

La tarde del día siguiente Willie Judd llegó antes de lo habitual al café Blue Moon para cenar y se quedó hasta muy tarde. Fue, como siempre, a sentarse en la hilera de mesas atendida por Hazel Jones, los codos sobre el mantel, mirando y sonriendo a la camarera con sus ojos de color té. Fuera llovía a cántaros, y Willie llevaba el impermeable negro de hule por el que la gente le tomaba el pelo diciendo que parecía un león marino. Aquella enorme prenda reluciente que había colgado del perchero goteaba sobre el suelo. Le iba a pedir a Hazel Jones que se casara con él. Nunca había contraído matrimonio, el único de su familia, y nunca había sabido exactamente por qué. Timidez, quizá. Bajo su máscara de hombre difícil. Le llenaba de orgullo haber llegado a funcionario jefe. Hasta entonces sólo uno de su familia había terminado la enseñanza secundaria. De manera que quizá fuese una maldición. Willie era el hijo especial, no había encontrado una chica con la que casarse, como la habían encontrado los demás, que tenían expectativas más modestas. El tiempo era como un tobogán, Dios del cielo, y ya tenía sesenta y cuatro años. Se retiraría cuando cumpliera un año más. Con la jubilación del condado, lo que era una buena cosa, pero también un motivo de melancolía. Lo suficiente para sentar cabeza. Había visto cierto calor en los ojos de Hazel. Cierta promesa. *Había hecho de él el padre de su hijo.* Hazel era siempre muy dulce y sencilla, y sonreía siempre igual que, ¿cómo se llamaba?, Doris Day, pero había en ella un aire de «mírame y no me toques» del que todo el mundo se daba cuenta. Algo que un hombre tenía que respetar. A Willie le llevaba la jarra de cerveza de barril con la espuma hasta arriba e incluso un poco desbordada. Le presentaba además uno de los menús con menos cagaditas de mosca y con las ESPECIALIDADES BLUE MOON grapadas delante, como si Willie, que llevaba media vida acudiendo al café, necesitara que le recordasen lo que tenía que pedir. Y también le servía una ración extra de mantequilla para untar los panecillos Parker House, que siempre estaban recién salidos del horno.

No se sabe bien cómo, pero sucedió. Willie debió de beber demasiada cerveza. Algo impropio de él: había sido un borrachín, es cierto, pero, hasta cierto punto, se había reformado. Y es que ya no quemaba alcohol como en el pasado. El hígado empieza a debilitarse una vez que se cumplen los cincuenta. Cuando Hazel le lleva su ración de tarta de crema recubierta de chocolate, empieza a hablarle de los viejos tiempos en Horseheads, la época en que Ethel y él eran niños. Y Hazel asiente con la cabeza y sonríe cortésmente aunque tiene que atender a otros clientes, además de mesas que recoger. Y Willie oye una voz sonora de anciano que pregunta:

—¿Sabes por qué Horseheads* se llama así, Hazel? —y la joven sonríe diciendo que no se lo imagina y Willie casi le toca el codo para evitar que se marche mientras prosigue—: ¡Aquí hubo cabezas de caballo! Quiero decir cabezas de caballo de verdad. Hace muchos años, ¿sabes? Estamos hablando de los años ochenta del siglo XVIII. Antes de que llegaran los colonizadores. Algunos de ellos se apellidaban Judd, ¿sabes? Mi gente. De Ethel y mía. Tatarabuelos y más antiguos todavía, si eres capaz de calcularlo. Hace muchísimo tiempo. Estaba un tal general Sullivan peleando con los iroqueses. Tuvo que venir desde Pennsylvania. Contaban con trescientos caballos para los soldados y para acarrear equipo militar. Lucharon con los condenados indios y tuvieron que retirarse. Y los caballos se desplomaron. Nada menos que trescientos. Se dice que los soldados tuvieron que acabar con ellos a tiros. Pero no los enterraron. Se comprende porque nadie lo habría hecho, ¿verdad que no? No enterrarías a trescientos caballos si también estuvieras a punto de desplomarte, ¿no es eso?

_____

* Horseheads: Cabezas de caballo. *(N. del T.)*

436

Luchaban con los iroqueses, que les daba lo mismo mirarte que arrancarte el hígado y zampárselo. Lo hicieron con otros de su raza, con otros indios. Trataron de exterminarlos. Los iroqueses eran los peores, como los comanches en el Oeste. Decían entonces que era el hombre blanco quien había traído el mal a este continente, ¡sandeces! El mal vivía en este continente, en esta misma tierra cuando se presentó el hombre blanco. Mi gente procedía de algún sitio en el norte de Inglaterra. Desembarcaron en Nueva York justo en el sitio donde naciste tú, Hazel, ¿no es toda una coincidencia? En el puerto de Nueva York. No hay mucha gente que haya nacido en el puerto de Nueva York. Creo en las coincidencias. Los colonizadores avanzaron y avanzaron hasta llegar aquí. Que me aspen si sé por qué lo hicieron. Esto debía de ser un páramo que no se parecía exactamente a la Quinta Avenida, seguro que no. En cualquier caso, llegaron hasta aquí cosa de un año después, o algo más, y la primera condenada cosa que ven son los restos de los caballos por todas partes. A lo largo de la orilla del río y en los campos. Trescientos cráneos y esqueletos de caballos. No podían imaginar qué demonios era aquello, no se sabía mucha historia en aquellos días. Te enterabas de las cosas por rumores, imagino. No podías encender la radio ni la televisión. Trescientos cráneos de caballo todos blanqueados por el sol, de manera que llamaron a este sitio «Horseheads».

Willie jadea para entonces. Y extiende la mano para agarrar a la camarera por el codo. En el Blue Moon todo el mundo deja de hablar e incluso la gramola se queda bruscamente en silencio cuando sólo un minuto antes Rosemary Clooney había estado cantando. Tal como informarían las personas presentes, se podía oír el ruido de un alfiler al caer al suelo. A Ethel Sweet se le destrozaría el corazón al día siguiente. Al oír cómo Willie, su hermano mayor, se había emborrachado y enfermado de amor por Hazel, a quien le había hecho un favor y creía tener razones para pensar que ella le correspondería con algún favor, sin querer considerar si una mujer tan joven y tan bonita querría casarse con un hombre de su edad y su circunferencia.

De manera que Willie empieza a tartamudear. El rostro encendido, a sabiendas de que está dando el espectáculo, pero incapaz de contenerse, por lo que prosigue, entre risotadas:

—En resumidas cuentas, Hazel. Así fue como «Horseheads» llegó a existir. De lo que hay que maravillarse es, ¿por qué se quedaron aquí? ¿Por qué demonios se queda nadie aquí? Si hurgas entre la hierba no vas a encontrar una cabeza de caballo o dos o una docena, sino *trescientas*. Pero decides quedarte, instalarte, marcar tu propiedad con estacas, construir una casa, arar la tierra, tener hijos, y lo demás es historia. Ésa es la pregunta del millón de dólares, Hazel, ¿por qué hacer una cosa así, maldita sea?

A Hazel la sobresaltó la vehemencia de Willie. Riendo a carcajadas y con la cara tan encarnada como no lo había visto nunca. Después de murmurar algunas palabras que sólo llegaron a los oídos de Willie, la camarera se zafó de la mano que la retenía y se apresuró a atravesar las puertas batientes que llevaban a la cocina.

Willie había visto la repugnancia que reflejaba su cara. Todo aquel hablar de esqueletos y cráneos de caballo, «Horseheads»: había echado a perder cualquier belleza que pudiera tener aquel momento.

A la mañana siguiente, Hazel Jones y su hijo se habían marchado para siempre de Horseheads.

Tomaron a primera hora un autobús Greyhound —el de las siete y veinte—, que cubría la ruta 13, con todas sus maletas, cajas de cartón y bolsas de la compra. El Greyhound se dirigía hacia el sur desde Syracuse e Ithaca a Elmira, Binghampton y más allá. Ethel Sweet informó a quien quiso escucharla de que Hazel había dejado su habitación impecable. Su cama y la del niño con toda la ropa blanca recogida, incluidas las fundas de los colchones, y todo ello cuidadosamente doblado para la colada. Limpió igualmente el baño que el niño y ella habían compartido con otros dos huéspedes: la bañera fregada después de haberla usado ella a muy primera hora aquella mañana, y las toallas dobladas para la colada. El único armario de la habitación estaba vacío, aunque quedaban las perchas de metal. Vacíos todos los cajones de la cómoda. Ni un alfiler, ni un botón abandonados. La papelera de mimbre había sido vaciada en uno de los cubos de basura en la parte trasera de la casa. Encima del buró había un sobre dirigido a la SEÑORA ETHEL SWEET. Dentro, varios billetes de banco que suponían el pago por la habitación durante todo el mes de abril (aunque sólo estaban a 17) y una breve nota, desgarradora para Ethel Sweet, que acababa de perder no sólo a su huésped de más confianza sino a algo así como una hija, que era lo que había empezado a pensar que Hazel era para ella. La nota, pulcramente escrita, se mostraría a numerosas personas, y sería leída, releída y ponderada en Horseheads durante mucho tiempo.

Querida Ethel:

Zacharias y yo tenemos que marcharnos de repente; sentimos mucho dejar un sitio tan agradable y acogedor. Espero que esto sea suficiente para cubrir el alquiler de abril.

Quizá nos reunamos todos de nuevo en algún momento; mi más sincero agradecimiento a usted y a Willie desde el fondo de mi corazón.

Su amiga Hazel

5

Estaban en una antigua población junto al río San Lorenzo, en el límite nororiental del lago Ontario. Parecía ser, más o
menos, del tamaño de la ciudad de los primeros recuerdos de
Zack junto al canal de las barcazas. En la otra orilla del río, que era
el más ancho que había visto nunca, se hallaba un país extranjero:
Canadá. Hacia el este se alzaban los montes Adirondack. *Canadá,
Adirondack* eran palabras nuevas para él, exóticas y musicales.

Los observadores habrían dado por sentado que Hazel
se dirigía hacia el sur con el niño. Pero en lugar de eso cambió
de autobús en Binghampton y, dejándose llevar por un impulso, se dirigió hacia Syracuse y Watertown, para llegar todavía
más lejos, hasta el límite septentrional del Estado.

—Así volvemos a despistarlos. Por si acaso.

La astucia se había convertido para ella en algo instintivo. Sin ninguna relación inmediata o apreciable con la lógica
disponible ni tampoco con el cálculo de probabilidades. Se trataba de «seguir adelante», el niño lo sabía perfectamente. También él se había convertido en un adicto del «seguir adelante».

—¡Vamos, vamos! Maldita sea, *apresúrate*.

Agarrándolo de la mano. Tirando de él. Pero si se hubiera adelantado corriendo sobre la calzada, llena de grietas y
baches, impaciente después del largo viaje en autobús, también
lo habría reñido, porque a Hazel siempre le preocupaba que se
pudiera caer y se hiciese daño. Zack sentía la injusticia de los
caprichos de su madre.

Hazel caminaba deprisa, sus largas piernas como guada-
ñas. En momentos así parecía saber exactamente dónde iba, y con
qué propósito. Tenían una espera de dos horas en la estación de

Greyhound. Hazel había guardado sus voluminosas posesiones en varios armarios de la consigna. Las llaves estaban a buen recaudo en su bolsillo, envueltas en un pañuelo de papel. A Zack le había cerrado la cremallera del chaquetón a toda prisa. Ella se había cubierto la cabeza con un pañuelo. Salieron de la estación de autobuses por una puerta trasera que daba a una calle secundaria.

Zack estaba sin aliento. ¡Maldita sea, no era capaz de ir al paso de su madre!

Había olvidado el nombre del sitio. Quizás Hazel no se lo había dicho. Y él había perdido el mapa en el autobús. Un mapa del Estado de Nueva York muy doblado y muy arrugado.

Seguir adelante era el mapa. Quedarse en un sitio tanto tiempo como habían hecho la última vez (Zack ya se estaba olvidando del nombre Horseheads, al cabo de pocos días más lo habría olvidado por completo) era lo aberrante.

—Ves, ahí hemos tenido una señal. Quizá recibamos más.

El niño no tenía ni idea de lo que su madre quería decir. El brillo entusiasmado de sus ojos, la posición de las mandíbulas. Caminaba tan deprisa y tan decidida que la gente la miraba al pasar, con curiosidad.

Hombres en su mayor parte. Allí, en la orilla del río, había sobre todo hombres.

Zack pensaba de nuevo en que no había visto nunca un río tan ancho. Hazel le había contado que había mil islas en aquel río. Se protegió los ojos contra las manchas de luz de sol que eran como explosiones feroces en la agitada superficie del San Lorenzo.

Mientras dormitaba en el autobús y la cabeza le chocaba contra la ventanilla empañada, Zack había visto con ojos medio cerrados grandes extensiones de campos monótonos. Finalmente tierras de labranza, presencia de seres humanos. Un grupo de caravanas convertidas en casas, chabolas de cartón alquitranado, un cementerio de automóviles, un cruce de vías de ferrocarril, un silo, el Farm Bureau de Jefferson County, estandartes azotados por el viento en una gasolinera Sunoco, otro cruce de vías. Adondequiera que se dirigieran el mundo era menos verde que donde habían estado, cientos de kilómetros hacia el sur.

¿Hacia atrás en el tiempo? El sol allí tenía un resplandor invernal.

El campo terminó bruscamente. La carretera descendía entre edificios de ladrillo de tres pisos, tejados en pronunciada pendiente y aspecto descarnado, como si se tratara de ancianos. Llevaron a cabo una estremecedora ascensión por un viejo puente de hierro con joroba, por encima de una estación de mercancías. Rápidamente Zack se dijo: *No nos pasará nada, no se va a hundir.* Sabía que las cosas eran así porque su madre no manifestaba la menor alarma, ni el menor interés, ni siquiera parecía darse cuenta del viejo puente que era como una pesadilla y por el que el enorme autobús Greyhound avanzaba a menos de veinte kilómetros por hora.

—¡Mira! Allí.

Su madre se inclinaba entusiasmada por encima de él para mirar por la ventanilla. Siempre, cuando entraban en cualquier pueblo, en cualquier ciudad, tanto si iban a apearse como a quedarse en el autobús, su madre prestaba mucha atención, emocionada. A tan poca distancia, Hazel exhalaba un olor húmedo y algo dulce que al niño le resultaba tan consolador como el olor de su propio cuerpo dentro de las prendas con las que había dormido, dentro de su ropa interior. Y estaba además el olor más áspero de su pelo en aquellos días después de haber tenido que teñírselo, porque Hazel Jones no quería que sus cabellos fuesen negros, sino de color marrón oscuro con «reflejos rojizos».

Señalaba algo al otro lado de la ventanilla. Debajo de ellos había un gran número de vagones de mercancías con BAL-TIMORE & OHIO, BUFFALO, CHAUTAUQUA & NUEVA YORK CEN-TRAL, ERIE & ORISKANY, SANTA FE. Palabras que Zack había aprendido a reconocer hacía tiempo porque las veía con mucha frecuencia, aunque no podría haber explicado lo que querían decir. Aquellos nombres le parecían exóticos y musicales, el territorio de la lógica de los adultos.

Su madre estaba diciendo:

—Casi pensaría que hemos estado aquí antes, aunque sé que no es cierto.

No parecía referirse a los vagones de mercancías. Señalaba un cartel publicitario alzado sobre un gigantesco bidón de aceite. HELADOS SEALTEST. Una niñita con el pelo rizado se llevaba una cuchara colmada de helado de chocolate hasta la boca sonriente. Le llegó como un relámpago el rótulo IKE'S FOOD STORE, que brilló como un pez que sale a la superficie durante un tiempo brevísimo antes de hundirse de nuevo en el olvido.

Hazel decía que la gente había sido buena con ellos. A lo largo de su vida, cuando las había necesitado, las personas habían sido buenas con ella. Estaba agradecida. No lo olvidaría. Le gustaría poder creer en Dios, porque le rezaría para que recompensara a aquellas personas.

—No en el cielo sino aquí en la tierra. Que es donde lo necesitamos.

Zack no tenía ni idea de lo que quería decir, pero le gustaba que estuviera contenta. Siempre que entraban en un pueblo o en una ciudad su madre estaba sobre ascuas, pero la niñita del pelo rizado en el anuncio de Sealtest la había hecho sonreír.

—Ya somos personas de verdad, Zack. Podemos demostrar quiénes somos como cualquier hijo de vecino.

Se refería a las partidas de nacimiento. Durante el largo viaje desde Binghampton le había mostrado varias veces aquellos documentos de aspecto oficial como si todavía fuese incapaz de creer que existían.

Zacharias August Jones nacido en 1956. Hazel Esther Jones nacida en 1936. Al niño le gustaba que la fecha de sus respectivos nacimientos terminase en 6. No había sabido nunca que su segundo nombre fuese *August,* le parecía extraño, el nombre de un mes, como junio o julio. Tampoco había sabido que el nombre de soltera de su madre fuese Judd y se preguntaba si era verdad. Y su padre, ¿*William Jones?*

Zack pasó despacio el pulgar sobre el sello del Estado de Nueva York, ligeramente en relieve, con espirales semejantes a las de una huella dactilar, del tamaño de un dólar de plata.

—¿Ésos somos nosotros? —sonaba tan dubitativo que su mamá tuvo que reírse de él.

Había empezado a quejarse de que Zack tenía ya toda clase de ideas propias el muy condenado, antes incluso de cumplir los seis años. ¡Y ni siquiera había empezado la primaria! Su cabritillo. Naciéndole cuernos que tendría que serrarle, porque eso era lo que se hacía cuando en la frente de un niño travieso empezaban a crecer cuernos de macho cabrío.

Dónde pasaba eso, había preguntado él. Y su mamá le había golpeado la frente con dos dedos inmisericordes.

Aunque luego se ablandó al ver su cara. Se ablandó y lo besó, porque Hazel Jones nunca reñía a su hijo ni lo asustaba sin añadir uno o dos besos sonoros y unas cosquillas para que todo volviera a ser como antes.

—Sí. Ésos somos nosotros.

Para cuando abandonaron el autobús, Hazel había vuelto a colocar las partidas de nacimiento cuidadosamente en el compartimento con cremallera de su maleta, entre láminas de cartón muy rígidas para evitar que se rasgaran.

En el embarcadero había un cartel, gastado por la intemperie, que crujía con el viento.

MALIN HEAD BAY

Zack supuso que era el nombre de aquel pueblo. Pronunció las palabras en silencio, fijándose en los acentos rítmicos.

—¿Qué es una «bahía», mamá?

Estaba distraída, no le escuchaba. Zack miraría aquella palabra en el diccionario, más adelante.

Hazel caminaba ahora más despacio. Había soltado la mano de su hijo. Parecía olfatear el aire, atenta y aprensiva. En el inmenso río había botes de pesca, barcazas. El agua estaba muy agitada. Las barcazas eran mucho más grandes que las que Zack recordaba haber visto en el canal del lago Erie. En el agua, abrasadoras manchas de sol aparecían y desaparecían como detonaciones. El viento enfriaba el aire, pero si buscabas refugio al sol el ambiente se templaba.

Delante de una taberna había hombres bebiendo. Y otros que pescaban desde un muelle. Encontraron hoteles venidos a menos —HABITACIONES DÍAS SEMANAS MESES—, y en los deteriorados escalones a la entrada de aquellos hoteles había hombres de aspecto enfermizo tumbados al sol. Zack vio vacilar a su madre al mirar a uno de ellos, con muletas, esforzándose por encender un cigarrillo. Vio cómo miraba a varios más, de los cuales uno no llevaba camisa, regodeándose al sol mientras bebían de botellas marrones. Siguieron caminando. Hazel buscó de nuevo la mano del niño, pero él la evitó. Siguió andando a su altura, sin embargo. Deseoso de regresar a la estación de autobuses, pero sabiendo que no lo harían, que no podían hacerlo hasta que ella quisiera. Porque su voluntad lo era todo: vasta como una red que incluyera el cielo mismo.

Malin Head Bay. Sus dedos tocaron las teclas, los acordes.

Todo aquello de lo que podía hacer música era un consuelo para él. Y no había nada, por feo que fuese, de lo que él no pudiera hacer música.

Su madre se detuvo de repente. Zack casi chocó con ella. Descubrió que miraba a un anciano grotescamente obeso, espatarrado al sol, a muy poca distancia. Había depositado su mole sobre un cajón de madera puesto del revés. Su piel tenía el blancor de la harina y estaba extrañamente cubierta de espirales y estrías, como la piel de un reptil. A su camisa le faltaban varios botones y se le veían los pliegues escamosos y las arrugas de la carne, con aire de estar recalentada por el sol. En su rostro adiposo los ojos estaban muy hundidos y parecían desenfocados. Cuando Hazel Jones pasó por delante, a poco más de tres metros, no dio la menor señal de verla, sino que se limitó a alzar la botella que tenía en la mano hasta una boca que no era más que un agujero para succionar, y bebió.

—Es ciego. No nos ve.

El niño entendió que aquello quería decir *No nos puede hacer daño.*

Que fue como Zack supo que se quedarían en Malin Head Bay, al menos por una temporada.

6

—No tiene usted aspecto de ser de aquí.

Un ligero énfasis en el *usted*. Y estaba sonriendo.

La joven no dio del todo la sensación de haber oído. Con aplomo, pero también ingenua en su actitud. Un levísimo destello de atención dirigido hacia arriba, hacia él, mientras sus uñas pintadas de rojo se apoderaban de su entrada, aunque acompañadas enseguida por el fogonazo cegador de una sonrisa:

—¡Gracias, caballero!

Como si hubiera ganado un premio. Como si por el precio reducido de dos dólares cincuenta, que se aplicaba sólo a la primera sesión, se le hubiera concedido entrar en un famoso santuario y no en el patio de butacas con olor a moho del Bay Palace Theater, donde reponían *West Side Story*.

Hábilmente, la joven rasgó en dos la entrada verde y le devolvió un trozo, mientras miraba ya por encima de su hombro, con la misma sonrisa luminosa, a quien fuera que se apresuraba tras él.

—¡Gracias, caballero!

Acomodadora nueva en el Bay Palace Theater. Pantalones de color gris azulado con perneras acampanadas, bolerito de una talla cómoda con ribetes carmesíes. Y, sobre hombreras apenas perceptibles, charreteras con galones dorados. Destacado flequillo brillante que le rozaba las cejas. Cabellos de color castaño oscuro, castaño oscuro rojizo. Y la linterna de mango largo que empuñaba con entusiasmo de niña, para acomodar a los espectadores de más edad, o a las mamás con hijos pequeños, por el oscuro interior del cine donde, sobre la alfombra deshilachada, se podía dar, sin querer, una patada a un abandonado recipiente de palomitas o a una golosina en barra, comida a medias y enredada en su envoltorio.

—¡Por aquí, haga el favor!

Podría haber tenido cualquier edad, entre diecinueve y veintinueve. Chet no era buen juez en materia de edad como tampoco lo era en cuestión de carácter: dispuesto a descubrir lo mejor en otros como manera de desear que los demás pudieran ver en él sólo lo mejor, la corteza crujiente de su encanto superficial y de su buena educación americana.

No recordaba haberse fijado nunca en ningún acomodador o acomodadora del cine local. Era infrecuente que alguien le causara impresión. Como tampoco, de hecho, era alguien que fuese con frecuencia al cine. La cultura popular americana le aburría indeciblemente. La única música del siglo XX que le atraía era el jazz. La suya era una sensibilidad de jazz, lo que la situaba *en los márgenes*. En la piel de un hombre blanco por un accidente de nacimiento.

Allí, en Malin Head Bay, en el límite septentrional del Estado de Nueva York, y fuera ya de temporada, todo el mundo era de la localidad. Pocos residentes del verano se quedaban hasta después del Día del Trabajo. La acomodadora tenía que ser residente, aunque nueva en la zona. El mismo Gallagher era un residente nuevo: uno de los que se habían quedado después del verano.

Su familia tenía una casa de veraneo en Grindstone Island: un «campamento», que era como se los llamaba, desde hacía muchos años. Grindstone Island era una de las más grandes de las Mil Islas, unos cuantos kilómetros al oeste de Malin Head Bay en el río San Lorenzo. Gallagher había frecuentado la isla en verano durante gran parte de su vida; a raíz de su divorcio en 1959 se había acostumbrado a pasar cada vez mayor parte del año en Malin Head Bay, solo. Había comprado una casa pequeña a la orilla del río. Tocaba jazz al piano en el Malin Head Inn dos o tres veces por semana. Aún conservaba propiedades cerca de Albany, en la zona residencial de Ardmoor Park, donde vivían otros Gallagher; seguía siendo copropietario de la casa que habitaba su ex esposa con su nuevo marido y su familia. Chet no se consideraba «exiliado» ni «distanciado de los Gallagher» porque no quería que su situación pareciera más romántica, más aislada y significativa de lo que era en realidad.

¿Qué ha sido de Chet Gallagher?

Se ha marchado de Albany. Ahora vive al norte, junto al San Lorenzo.

¿Divorciado? ¿Distanciado de la familia?

Algo así.

Se dio cuenta de que había visto a la nueva acomodadora en Malin Head Bay. No es que hubiera ido buscándola pero, sí, la había visto. Quizá en el Lucky 13 durante el verano. Quizá en Malin Head Inn. Quizá en Main Street o en Beach Street. En el supermercado de alimentación empujando un tambaleante carrito de metal a última hora de la tarde cuando había pocos clientes, porque la mayoría de los residentes de Malin Head Bay cenaban a las seis, si no antes. Le parecía recordar que iba acompañada de un niño.

Esperaba que no.

¿Llegaron a tener hijos Chet y su mujer?

Ella sí, ahora. Pero no de Chet.

La acomodadora le había sonreído como si le fuera en ello la vida, pero, con mucho tacto, había hecho caso omiso de su estúpida observación. Ahora se le ocurrió que quizá la hubiese alarmado. Ahora se le ocurrió que había logrado que se sintiera incómoda cuando sólo pretendía mostrarse amistoso como cualquier tipo corriente de Malin Head Bay podía haberlo hecho, quizá debería volver y disculparse, sí, pero no iba a hacerlo, más le valía. *Déjala tranquila* era la estrategia más prudente mientras buscaba a tientas un asiento en la oscura y casi desierta parte reservada a los fumadores en las últimas filas de la sala.

Y se la encontró una segunda vez, pocas semanas más tarde, en el Bay Palace Theater. Se había olvidado de ella en el ínterin y al verla de nuevo sintió una punzada de emoción, de reconocimiento. En una situación así un hombre puede cometer el error de creer que la mujer también lo reconocerá.

Aquella noche la acomodadora vendía las entradas. Con su coqueto trajecito de estilo militar, en la taquilla del vestíbulo brillantemente iluminado. Como la primera vez, le llamaron la atención los modales de la joven: su sonrisa apasionada. Era una persona cuyo rostro se transformaba al sonreír como por una repentina explosión de luz.

Había cambiado de peinado: llevaba el pelo recogido en una cola de caballo que se le balanceaba entre los omóplatos y le caía por la espalda. Se veía que le gustaba sentirla allí, que encontraba un sensual placer infantil en agitar y mover la cabeza.

La emoción se apoderó de Gallagher al instante. Sintió debilidad en las piernas y que le costaba trabajo tragar, como si hubiera estado bebiendo whisky y se hubiese deshidratado. *You ain't been blue. No no no*[*].

Extrañamente, sin embargo, se había olvidado de la joven hasta entonces. Desde la proyección de *West Side Story* semanas antes. Ahora estaban ya en octubre, una estación nueva. Aunque Gallagher llevaba emocionalmente distanciado de su padre Thaddeus y desvinculado de la familia gran parte de su vida adulta, participaba de todos modos en algunas de las empresas integradas en el grupo Gallagher Media: emisoras de radio y televisión en Malin Head Bay, Alexandria Bay, Watertown. Seguía siendo consultor y en algunas ocasiones columnista del *Watertown Standard* y de su media docena de afiliados rurales en la región de los Adirondack: el único demócrata liberal asociado con los Gallagher Media, tolerado en su condición de renegado. Y contaba además con las sesiones de jazz al piano que le proporcionaban escasos ingresos pero bastante satisfacción personal, y que se estaban convirtiendo en el centro de su desorganizada vida.

Cuando no recaía en la bebida participaba en las reuniones de los Alcohólicos Anónimos en Watertown, a sesenta kilómetros al sur de Malin Head Bay. Allí Chet Gallagher era algo parecido a un líder espiritual.

---

[*] Primer verso de «Mood Indigo», famosa composición de jazz clásico, música de Duke Ellington y Barney Bigard, letra de Irvin Mills. *(N. del T.)*

Lo que explica, pensó Gallagher, mientras esperaba en la breve cola antes de comprar su entrada para ver *El milagro de Ana Sullivan,* que un hombre anhele conocer a una joven atractiva que no sabe quién es él. Una mujer es esperanza, una sonrisa de mujer es esperanza. Es tan imposible vivir sin esperanza como vivir sin oxígeno.

—¡Buenas tardes! Dos cincuenta, caballero.

Gallagher empujó un terso billete nuevo de cinco dólares hacia el otro lado de la ventanilla. Se había prometido no hacer el ridículo esta vez, pero oyó que su voz preguntaba inocentemente:

—¿Recomienda usted la película? Se supone que es... —una pausa al no saber qué decir, deseoso de no ofender a aquella sonrisa deslumbrante— bastante penosa.

Arrepintiéndose de *penosa*. En realidad había querido decir *difícil de soportar*.

La sonriente joven tomó el dinero de Gallagher, apretó con soltura las teclas de la registradora con un relámpago de sus uñas pintadas de rojo, y le devolvió el cambio y la entrada verde con una floritura. Resultaba incluso más atractiva que en septiembre, los ojos de un cálido color marrón oscuro, atentos. La pintura de labios, cuidadosamente aplicada, hacía juego con las uñas y Gallagher vio, no pudo evitar una rápida investigación visual, que no llevaba anillos en ningún dedo.

—¡No, señor, no! No es penosa, es esperanzadora. Hasta cierto punto le rompe a uno el corazón pero hace —con su entrecortada voz del sur del Estado, casi vehemente, como si Gallagher hubiese puesto en duda las creencias más arraigadas de su alma— que uno se alegre, por estar *vivo*.

Gallagher se echó a reír. Aquellos intensos ojos de color marrón oscuro, cómo podía resistirse. Su corazón, una uva pasa, se conmovió.

—¡Gracias! Trataré sin duda de alegrarme.

Sin mirar atrás Gallagher se alejó con su entrada. La joven taquillera sonreía al siguiente de la fila igual que le había sonreído a él.

Hermosa pero no muy inteligente. Transparente (¿frágil?) como cristal.

Su alma. Se puede ver dentro. Superficial.

En la zona para fumadores, en uno de los asientos de la última fila. Pasados diez minutos de la película, Chet se notó inquieto, distraído. No le gustaba nada la partitura musical: excesivo protagonismo, torpeza. El vigoroso melodrama de *El milagro de Ana Sullivan* fracasaba a la hora de captarlo a él, que había ido al cine para ver que la condición humana es el fracaso, no la victoria pese a los obstáculos; por cada Helen Keller que triunfa, hay decenas de millones que fracasan, mudos, sordos e insensibles como hortalizas arrojadas a un enorme montón de basura para que se pudran. Con una actitud así, las brillantes imágenes fílmicas, simples luces proyectadas sobre una pantalla en malas condiciones, no podían producir su magia.

Suspiramos, sin embargo, por una hacedora de milagros* que nos redima.

A Gallagher le molestaba la vejiga. Se había tomado unas cuantas cervezas aquel día. Se levantó del asiento y fue a usar el aseo de caballeros. Aquel cine era un sitio hortera, venido a menos y maloliente. De hecho conocía al propietario, y también al gerente. El Bay Palace Theater se había construido antes de la guerra, en una época remota ya. Con ornamentación Art Decó, un ágil motivo egipcio popular en los años veinte. La niñez y la adolescencia de su padre. Cuando el *glamour* tenía importancia en el mundo.

Con deseos de buscar a la joven de la cola de caballo. Pero no lo haría. Era demasiado mayor: cuarenta y uno. Posiblemente la chica tenía la mitad de sus años. Y tan ingenua, tan confiada.

La manera en que había alzado sus hermosos ojos hacia los de Chet. Como si nadie la hubiera rechazado nunca, como si nadie la hubiese herido.

Tenía que ser muy joven. Para ser tan ingenua.

---

* El título original de *El milagro de Ana Sullivan* es *The Miracle Worker,* que podría traducirse literalmente por «Hacedora de milagros». *(N. del T.)*

Gallagher no había querido mirar fijamente su pecho izquierdo, donde estaba bordado un nombre con hilo carmesí. No era de ese tipo de hombres, de los que miran con descaro los pechos de una chica. Pero podía llamar al gerente, al que conocía del bar Malin Head, y preguntar.

¿La chica nueva? ¿La que estaba anoche en la taquilla? Demasiado joven para ti, Gallagher.

Quería protestar, se sentía joven. En su alma Gallagher se sentía joven. Incluso su rostro todavía resultaba juvenil, pese a las arrugas en la frente y las entradas en el pelo. Cuando sonreía, sus dientes puntiagudos, con un no sé qué de diabólico, lanzaban destellos.

En algunos círculos de Malin Head Bay se le conocía y respetaba por ser hijo de un hombre rico, por ser un Gallagher. Llevaba ropa vieja a propósito, cuidaba poco su apariencia. El pelo le crecía desordenadamente por encima del cuello de la camisa y a menudo dejaba pasar los días sin afeitarse. Comía en tabernas y cafeterías. Era una de esas personas que dejan propinas absurdamente generosas. Tenía un aire distraído, como de alguien que ha estado bebiendo, incluso cuando no era cierto: tan sólo pensando y haciendo trabajar el cerebro. En el cine encontró el camino de vuelta hasta su asiento sin perderse por el vestíbulo en busca de la acomodadora. Sintió una punzada de vergüenza por la forma en que se había dirigido a ella, un simple pretexto para provocar su reacción; Chet no había sido sincero, pero ella había respondido con sinceridad, desde el corazón.

Cuando *El milagro de Ana Sullivan* concluyó en un torbellino de triunfal música de película, a las once menos dos minutos de la noche, y el reducido público abandonó el cine, Gallagher vio que la taquilla estaba a oscuras y que la joven con la cola de caballo y el uniforme de acomodadora había desaparecido.

7

—Oculta casi todo lo que sepas. Como ocultarías cualquier debilidad. Porque es una debilidad saber demasiado entre otros que saben demasiado poco.

Se llamaba Zacharias Jones, tenía seis años y estaba matriculado en primer grado en la escuela primaria de Bay Street. Vivía con su madre porque su padre *había fallecido*.

—Eso es todo lo que necesitas explicar. Si quieren saber más cosas, diles que pregunten a tu madre.

Era un niño astuto con cara de zorro, oscuros ojos luminosos que se movían continuamente y una boca que, cuando hablaban otros niños, trabajaba en silencio como si quisiera acelerar sus estúpidos discursos. Y tenía una costumbre, desconcertante para su profesor, de tamborilear con los dedos —con todos los dedos— sobre un pupitre o sobre una mesa como para acelerar el tiempo.

—Si quieren saber de dónde somos diles que «del sur del Estado». Ésa es toda la información que necesitan.

No tuvo que preguntar de quién hablaba su madre; sin duda se refería a todas las personas que los rodeaban. Zack supo por instinto que su mamá tenía razón.

Ocupaban dos habitaciones amuebladas encima de la farmacia Hutt. La escalera exterior ascendía por la parte de atrás del edificio, que tenía aspecto de iglesia y tejado de ripias oscuras. Un marcado olor medicinal atravesaba las tablas del suelo del apartamento, y mamá decía que era un olor bueno y sano: «Ningún germen». Había tres ventanas en el apartamento y las tres daban a un callejón donde se alineaban traseras de garajes, cubos de basura y desechos dispersos. A través de los cristales, que su mamá sólo podía lavar desde dentro, la vista estaba siempre emborronada. El río San Lorenzo quedaba casi a tres kilómetros, visible al atardecer como un apagado resplandor azul que parecía brillar por encima de los tejados interpuestos. Había otros inquilinos encima de la farmacia Hutt, pero ningún niño.

—Su hijito se sentirá solo aquí, sin nadie con quien jugar —le dijo su vecina de la puerta de al lado, con un insincero torcimiento de boca.

Pero Hazel Jones protestó con su cristalina voz de película:

—¡No, no, señora Ogden! Zack está muy a gusto. Nunca se encuentra solo, tiene su música.

Su música era una extraña manera de hablar. Porque Zack jamás sentía que ninguna música fuese *suya*.

Los viernes por la tarde a las cuatro y media tenía la clase de piano. Se quedaba en la escuela primaria de Bay Street (con el permiso de su profesor, en la improvisada biblioteca donde para el primero de noviembre ya se había leído la mitad de los libros de las estanterías, incluidos los destinados a los alumnos de quinto y sexto grado) hasta que llegaba la hora y entonces se apresuraba, con la tensión de la expectativa, a la vecina escuela secundaria de la misma calle donde en el auditorio, en una esquina del escenario, el señor Sarrantini daba clases de piano de media hora de duración con unos niveles de concentración y entusiasmo notablemente distintos. El señor Sarrantini era director musical de todas las escuelas públicas del municipio, además de organista de la iglesia católica del Santo Redentor. Era un hombre de vientre voluminoso que respiraba con dificultad, rostro encendido y ojos vacilantes, y de una edad que ningún niño de seis años podía adivinar excepto para calificarla de «avanzada». Mientras escuchaba los ejercicios de sus alumnos, el señor Sarrantini permitía que se le cerrasen los ojos. De cerca olía a algo muy dulce como vino tinto y a algo muy fuerte y acre como tabaco. Las tardes de los viernes, cuando Zacharias Jones llegaba para su clase, era probable que el señor Sarrantini estuviera muy cansado e irascible. A veces, al iniciar Zacharias sus escalas, el señor Sarrantini lo interrumpía:

—¡Basta! No hay necesidad de insistir en lo ya sabido.

Otras veces el señor Sarrantini parecía descontento de Zack. Detectaba en el más joven de sus alumnos una «actitud deficiente ante el piano». A Hazel Jones le había dicho que su hijo tenía talento, hasta cierto punto; que era capaz de tocar de oído y que con el tiempo podría repentizar cualquier pieza de música. Pero los pasos para tocar bien el piano eran arduos, y muy específicos, la «disciplina del piano» era crucial, el niño tenía que aprender sus escalas y estudiar las piezas en el orden exacto prescrito para los principiantes antes de lanzarse a composiciones más complicadas. Cuando Zack iba más allá de sus deberes en *Mi primer año al piano*, el señor Sarrantini fruncía el ceño y le decía que parase. En una ocasión le dio un golpe en las manos. En otra bajó la tapa del teclado hasta media altura sobre los dedos de Zack como para aplastarlos. El niño apartó las manos justo a tiempo.

—Una cosa que desprecian todos los profesores de piano son los llamados «alumnos prodigio» que se pasan de listos.

O, con una risa húmeda y ahogada:

—Aquí tenemos al pequeño Wolfgang, ¡vaya!

Hazel Jones había ofendido al señor Sarrantini, Zack se dio cuenta, al decirle que su hijo estaba *destinado a ser pianista*. El niño se murió de vergüenza al oír que su madre hacía una afirmación tan singular delante del director musical del municipio.

—¿Destinado, señora Jones? ¿Por quién?

Otro progenitor, al recibir semejante sarcasmo de labios del señor Sarrantini, no hubiera dicho nada más; pero allí estaba Hazel Jones que respondió con su voz más seria y cristalina.

—Por lo que todos llevamos dentro de nosotros, señor Sarrantini, y que no conocemos hasta que lo exteriorizamos.

Zack vio con su sagaz ojo infantil que al señor Sarrantini le había impresionado Hazel Jones. Al menos se comportaba de manera más amable con su alumno en presencia de su madre.

¡Escalas, escalas! Zack trataba de ser paciente con el tedio de la «digitación». Aunque con las escalas no se acababa nunca. Primero se aprendían las mayores, pero luego venían las menores. ¿Acaso no sabían tus dedos lo que había que hacer, si tú no interferías? ¿Y por qué era la *coordinación* tan importante? La fórmula estaba tan trillada que Zack oía cada una de las notas antes de que sus dedos aplastaran la tecla. Todavía peores eran las piezas de estudio («Ding Dong Bell», «Jack and Jill go up the Hill», «Tres ratones ciegos») que empujaban a sus dedos a descontrolarse, despreciativos y burlones. Zack se acordaba de los boogie-woogie para piano que le hacían a uno sonreír primero y reír después y que daban ganas de levantarse y dar saltos por la habitación, tan traviesos eran, burlándose de otras clases de música, y él se había sentido del todo cautivado por ellos mucho tiempo atrás, al oírlos en la radio de la granja vieja, en Poor Farm Road, aunque no tenía que pensar en ello porque haría entristecer a su mamá si lo supiera.

Si mamá lo supiera. Aunque mamá no siempre se enteraba de sus pensamientos.

Ahora en Malin Head Bay, en su apartamento encima de la farmacia Hutt, había una radio portátil de plástico que mamá tenía en la mesa de la cocina y en la que buscaba sin descanso «música clásica», aunque encontraba sobre todo vulgares diálogos jocosos y programas de noticias, anuncios tintineantes y canciones pop con mujeres de voces entrecortadas y hombres que se desgañitaban sin matices.

Zack tocaría algún día obras de Beethoven y de Mozart, según su mamá. Sería un pianista de verdad, en un escenario. La gente le escucharía, la gente le aplaudiría. Aunque no llegara a ser famoso, sería respetado. La música es hermosa, la música es importante. En Watertown había todos los años, por Pascua, un «concierto de jóvenes». Quizás no la próxima Pascua —eso sería demasiado pronto, suponía Hazel—, pero quizá a la siguiente podría participar en aquel concierto si seguía las instrucciones del señor Sarrantini, si hacía los deberes y era un buen chico.

¡Estaba dispuesto! ¡Lo intentaría!

Porque nada importaba tanto como hacer feliz a mamá.

Llegaba con veinte minutos de adelanto a su clase con el señor Sarrantini para poder oír a la alumna que le precedía, una chica de noveno grado cuya enérgica manera de tocar elogiaba a veces el profesor de piano. Era una persona que ejecutaba sus escalas con diligencia y cabezonería; mantenía el implacable ritmo del metrónomo casi a la perfección. Una chica grandota de trenzas hirsutas y húmedos labios carnosos cuyo libro de cubierta azul se llamaba *Mis tres años al piano*; sonaba como si tocara el piano con más de diez dedos y a veces hasta con los codos: «La serenata de las mulas», «Bugle Boy March», «El coro del yunque».

En casa Zack no tenía piano con el que practicar. Hazel Jones no quería que nadie se enterase de aquella vergonzosa deficiencia.

—Podemos hacer nuestro propio teclado. ¡Claro que sí!

Prepararon entre los dos uno de prácticas, con papel blanco y negro para construcciones. Rieron juntos, porque aquello era un juego. Entre las teclas dibujaron líneas en negro para sugerir rendijas. Las manos de Zack eran todavía demasiado pequeñas para alcanzar octavas, pero hicieron el teclado a escala.

—No practicas sólo para el señor Sarrantini, sino para toda la vida.

Después, mientras preparaba la cena, Hazel miraba a veces para ver las manos de Zack moviéndose sobre el teclado de papel. ¡El niño era un hacha ejecutando escalas!

—Corazón, es una lástima que esas condenadas teclas no suenen.

Sin dejar de tocar, Zack dijo:

—Sí que suenan, mamá: yo las oigo.

8

Ahora que habían dejado de «seguir adelante» volvía el peligro. Incluso en Malin Head Bay, en el límite septentrional del Estado, junto a la frontera con Canadá, a cientos de kilómetros de su antiguo hogar en el valle del Chautauqua, el peligro existía. Ahora que Zacharias Jones estaba matriculado en una escuela primaria y Hazel Jones trabajaba seis días a la semana en el Bay Palace Theater donde cualquiera podía entrar y comprar una entrada, el peligro había vuelto.

Él era el peligro. Aunque nunca se pronunciara su nombre, Tignor había alcanzado un extraño poder con el paso del tiempo.

Era como tener un cielo bonancible, sin nubes. Allí, en el borde del lago, sucedía que alzabas la vista y veías que, de repente, el cielo se había llenado de nubes, presagios de tormenta arrastrados a través del lago Ontario en pocos minutos.

¡Los juegos de su madre! Surgían de no se sabía dónde.

Zack se esforzaba por entender la naturaleza del juego incluso mientras lo estaba jugando. Porque siempre había reglas. Los juegos tienen reglas. Como la música tiene reglas. De dónde procedían aquellas reglas, Zack lo ignoraba por completo.

El juego de los guijarros (que desaparecían).

Hazel colocó quince guijarros de distintos tamaños y formas en el alféizar de la ventana más grande que daba al callejón situado tras la farmacia Hutt. Uno a uno, fueron desapareciendo. A comienzos del invierno sólo quedaban tres.

Una de las reglas del juego era que Zack podía advertir la ausencia de una de las piedrecitas pero no preguntar quién se la había llevado, o por qué. Se trataba, sin duda alguna, de su madre. (Pero ¿por qué?)

Años más tarde Zack entendería que aquéllos eran juegos infantiles por necesidad, no por elección.

Habían recogido los guijarros en una playa pedregosa situada junto al puente de Saint Mary Island. Uno de los sitios favoritos de los dos para pasear, al borde del río San Lorenzo. A los guijarros se los valoraba como «piedras preciosas», «piedras de la buena suerte». Varios poseían una belleza llamativa teniendo en cuenta que sólo se trataba de simples piedras: suaves y con estrías de distintos colores como si estuvieran hechas de mármol. Zack no se cansaba de mirarlas ni de tocarlas. Otros guijarros no eran hermosos, sino densos y feos, como puños cerrados. Rezumaban, sin embargo, una fuerza especial. Zack no los tocaba nunca, pero le proporcionaba un extraño consuelo verlos todas las mañanas en el alféizar.

Sin un orden discernible, durante un periodo de meses, los guijarros fueron desapareciendo. No daba la sensación de que importase si eran bonitos o feos, grandes o pequeños. Había un algo de imprevisible en el juego que mantenía a Zack en estado de perpetua inquietud.

Estaba claro que su madre retiraba los guijarros. Pero no lo reconocía, y Zack no podía acusarla. Parecía ser una regla tácita del juego que los guijarros desaparecían durante la noche por una especie de intervención mágica.

Otra regla tácita era que Zack, por su parte, no podía retirar ninguno de los guijarros. Se había llevado uno de los bonitos para esconderlo bajo el colchón de su cama, pero su mamá debió de encontrarlo allí porque también desapareció.

—Si desaparecen todos los guijarros antes de que nos encuentre, eso será una señal de que nunca nos encontrará.

Él. El papá que no había que nombrar.

Ahora que Hazel Jones era acomodadora en un cine, tenía una manera de hablar que imitaba a determinadas actrices de Hollywood. En su calidad de Hazel Jones podía aludir a cosas de las que la madre de Zack preferiría no ocuparse. Estaba la mamá que había tenido otro nombre cuando vivían en una vieja granja demasiado grande en Poor Farm Road, junto al canal en donde él jugaba, y había un papá que tenía un nombre que no había que recordar porque si no su mamá se disgustaría mucho, y Zack vivía con el temor a disgustarla.

Ahora está mamá. Ahora mamá lo será todo para ti.

De manera que cualquier cosa que Hazel Jones dijera con aire despreocupado era, de algún modo, «no real», pero podía utilizarse como vehículo para una comunicación «real». Como se puede hablar por la boca de una máscara, escondiéndose gracias a la máscara.

El otro juego era el juego del miedo. Porque Zack no podía estar nunca seguro de que fuese un juego.

Unas veces en la calle. Otras en una tienda. En cualquier sitio público. Zack advertía el repentino temor de su madre, la manera en que se inmovilizaba en mitad de una frase, o le apretaba la mano hasta hacerle daño, mirando a alguien a quien él, Zack, no había visto aún. Y al que podía no llegar a ver. Su madre podía decidir que no, que no había peligro, o dejarse de repente llevar por el pánico y empujarlo al interior de un portal, meterlo en unos almacenes y correr con él hasta la puerta trasera, sin importarle que otros se los quedaran mirando, la madre joven pálida como una muerta y su hijito corriendo a medias como si temieran por sus vidas.

Siempre sucedía muy deprisa. Zack no se resistía. No hubiera querido resistirse. Su mamá tenía mucha fuerza cuando estaba desesperada.

En una ocasión, lo empujó detrás de un coche estacionado. Trató torpemente de protegerlo con su cuerpo.

—¡Niley! Te quiero.

Su antiguo nombre, su nombre de bebé. Su mamá lo había pronunciado sin darse cuenta, presa del pánico. Más tarde Zack se daría cuenta de que su mamá había creído que iban a matarla, y de que aquello había sido su despedida.

O había pensado que iban a matarlo a él.

En contadas ocasiones vio Zack de verdad al hombre que veía su madre. Era alto, ancho de espaldas. De perfil o completamente de espaldas. El rostro impreciso. Pelo muy corto, gris brillante. Una vez salía del Malin Head Inn, e hizo una pausa bajo la marquesina para encender un cigarrillo. Llevaba chaqueta deportiva y corbata. En otra ocasión estaba precisamente delante del supermercado IGA cuando Zack y su mamá salían con el carro de la compra, de manera que Hazel tuvo que cambiar de dirección, presa del pánico, chocando con el cliente que iba detrás de ellos.

(El carrito contenía sus exiguas provisiones, que tuvieron que abandonar en la prisa por escapar utilizando una puerta trasera. Para entonces, por fortuna, el gerente del IGA conocía a Hazel Jones, y sus compras fueron guardadas para que pudiera recuperarlas a la mañana siguiente.)

Zack quedaba estremecido, asustado a causa de aquellos encuentros. Porque sabía que en cualquiera de ellos podía tratarse de *él*. Y que a su mamá y a él los castigarían por lo que fuese que habían hecho, porque *él* no perdonaba nunca.

De regreso al apartamento, su mamá bajaba los estores de todas las ventanas. Al anochecer Hazel encendía sólo una lámpara. Zack la ayudaba a arrastrar su sillón más pesado para colocarlo delante de la puerta, cerrada con dos vueltas de llave. Ninguno tenía muchas ganas de cenar aquella noche y después, mientras Zack practicaba al piano con el teclado de papel, se distraía al oír, detrás de las precisas notas y de los acordes del instrumento imaginario, los gritos de un hombre incrédulo y furioso que ni siquiera se aplacaba ante el angustioso terror de un niño.

—No era él, Zack. Creo que no. Esta vez, no.

Encorvado sobre el falso teclado. Sus dedos que golpeaban las teclas de papel. El sonido del piano expulsaría el otro ruido si sus dedos no desfallecían.

Por la mañana, los guijarros en el alféizar de la ventana.

Era un día muy claro, el sol entraba a raudales a través del cristal, y las piedras estaban calientes al tocarlas. Zack llegaría a darse cuenta de que el juego de los guijarros no era un simple juego. Era real como papá era real, aunque invisible.

Su mamá no mencionaría lo que había sucedido el día anterior, o que casi había sucedido. Ésa era una regla del juego. Lo abrazaba y le daba un beso sonoro y húmedo, al tiempo que decía, con su voz decidida de Hazel Jones para hacerle sonreír:

—¡Superamos la noche! Sabía que lo conseguiríamos.

Poco a poco surgió una curiosa variante del Juego de *Él*. Se trataba de un juego enteramente de Zack, con reglas de Zack.

Por casualidad, era el niño, y no su mamá, quien veía al hombre. Un individuo que se parecía mucho a la persona de la que no podían hablar, pero que, por alguna razón, sucedía que su mamá no llegaba a verlo. Zack esperaba, cada vez más tenso; Zack esperaba a que su mamá viera a aquel hombre y reaccionase; y si Hazel no lo veía o, al verlo, no le prestaba una atención especial, Zack notaba que algo se le rompía en el cerebro, perdía el control de repente, se lanzaba contra su madre, golpeándola.

—¿Zack? ¿Qué te pasa?

Zack parecía furioso de repente. La empujaba, la golpeaba con los puños.

—Pero ¿de qué se trata? Cariño...

Para entonces el peligro podía haber pasado. El individuo, el desconocido, había doblado una esquina, había desaparecido. Posiblemente no era nadie: Zack lo había imaginado. Sin embargo, lleno de furor infantil, Zack alzaba el labio superior, descubriendo los dientes. Era un gesto habitual de su padre y verlo en el niño resultaba aterrador.

—¡No te has enterado! ¡No lo has visto! ¡*Yo* sí! Podría haberse puesto a tu lado y *¡pum! ¡pum! ¡pum!* dispararte en la cara y *¡pum!* disparar contra mí, y no hubieras podido hacer nada para evitarlo. ¡Te aborrezco!

Dominada por el asombro, Hazel Jones miraba fijamente a su hijo enfurecido. Era incapaz de hablar.

9

Atónita. Alcanzada de lleno en el corazón. De algún modo su hijo había sabido que Tignor poseía un arma de fuego.

De algún modo, el hijo había memorizado algunas de las expresiones de su padre. El gesto de repugnancia. La mirada de indignación cargada de superioridad moral, de manera que no te atrevías a acercarte, ni siquiera para tocar, dominada por un amor desvalido.

10

Fallin' in love with love.
Savin' all my love. For you.

A comienzos del invierno de 1962 Chet empezó a ver a la joven en el Malin Head Inn, en el bar lleno de humo donde tocaba el piano, en el local donde era CHET GALLAGHER PIANO DE JAZZ, que se anunciaba con una foto suya muy ampliada, en papel satinado, exhibida en el vestíbulo del hotel.

Al principio no daba crédito a sus ojos, no podía ser ella. La acomodadora del Bay Palace Theater.

Sabía cómo se llamaba porque se lo había dicho su amigo, el gerente del cine. (Aunque no hizo uso de aquella información, y se comprometió consigo mismo a seguir sin utilizarla en el futuro.)

La joven llegaba pronto al bar donde tocaba Chet, hacia las ocho de la tarde. Se sentaba, sola, en una de las mesitas redondas con recubrimiento de zinc situadas junto a la pared. Y se marchaba antes de que el salón se llenara de verdad, poco después de las diez de la noche. Siempre sola. Llamativamente sola. Rechazando ofrecimientos de consumiciones por parte de clientes varones. Rechazando ofrecimientos de compañía por parte de clientes varones. Sonreía para suavizar sus negativas. Se veía que estaba decidida a escuchar al pianista de jazz, y no a entablar conversación con desconocidos.

Todas las noches pedía dos consumiciones. No fumaba. Observaba atentamente a Gallagher. Sus aplausos se anticipaban y eran más entusiastas que los de la mayoría de los clientes, como si no estuviera acostumbrada a aplaudir en un sitio público.

«Hazel Jones.»

Chet repetía el nombre en voz baja y sonreía: era un nombre tan inocente y tan ingenuo. Puramente americano.

Gallagher la había visto por primera vez en una de sus veladas meditabundas. Cuando interpretaba con pies de plomo «Round About Midnight» de Thelonious Monk. Minimalista, meditativo. Era como abrirse paso a través del sueño de otra persona, por lo que resultaba fácil perderse. A Gallagher le encantaba Monk. Había una faceta suya que *era Monk*. Inflexible, quizá un poco maniático. Excéntrico. Gallagher creía que era una música muy hermosa, aquel jazz negro tan *cool*. Le importaba muchísimo que otros lo oyeran como lo oía él. Que les interesara tanto como a él.

Ése era el problema. Para ser *cool* al máximo, no te tiene que importar nada. Pero a Gallagher le importaba.

Es ella. ¿Es ella?

Una mujer sola en el bar donde actuaba un pianista de jazz. Dabas por sentado que un hombre se reuniría con ella, pero nadie lo hacía. Una mujer muy atractiva con lo que parecía ser un modesto vestido de cóctel de un tejido rojo oscuro bordado en plata. El pelo, muy ahuecado, le flotaba alrededor de la nuca. Sonreía vagamente a su alrededor sin ver las miradas inquisitivas de los hombres y, al acercarse el camarero, alzaba la vista hasta él, interrogante, como para preguntar *¿Es aceptable que esté aquí? Confío en ser bienvenida.*

Gallagher trastocó unas cuantas notas y terminó la sinuosa composición de Monk provocando unos tibios aplausos, mientras sus ágiles dedos saltaban a algo más animado, rítmico, con urgencia sexual. «I Can't Give You Anything But Love, Baby.» Algo que Gallagher llevaba mucho tiempo sin tocar.

No tenía conciencia de haber estado pensando en ella. «Hazel Jones.» En cierto modo, le molestaba pensar en cualquier mujer. Habría creído tenerlo superado, la intensa sensación de calor en el pecho y en la entrepierna. Desde *El milagro de Ana Sullivan* al final del verano sólo había vuelto una vez al Bay Palace Theater; y aquella noche se había resistido a buscar a la acomodadora atractiva, para empujarla a que ha-

465

blara con él. ¡No, no! Después se había sentido orgulloso por haberla evitado.

El deseo vehemente de ser feliz sólo sirve para complicar la vida. Gallagher había padecido ya un número más que suficiente de complicaciones.

Aquella noche Gallagher hizo su pausa sin mirar siquiera a la joven acomodadora. Se alejó deprisa del escenario. Cuando regresó ya había otra persona en la mesa.

Una lástima. Pero quizás era lo mejor.

Tenía que preguntarle al camarero qué bebía la joven solitaria y cuando lo hizo se le dijo que Coca-Cola con hielo. Había dejado treinta y cinco centavos de propina, en monedas de diez y cinco centavos.

Una fase curiosa en la vida de Chet Gallagher: una mañana, al despertarse, descubrió que se había convertido en un afable excéntrico de pueblo que tocaba jazz al piano en Malin Head Inn las noches de los miércoles, jueves y viernes. (Los sábados actuaba un conjunto de baile que interpretaba música country.) Vivía en una casita de madera cerca de la orilla del río, y a veces se marchaba en coche a la casa de veraneo de su familia en Grindstone Island para pasar unos cuantos días aislado. Era la temporada baja en las Mil Islas y había muy pocos turistas. Y las personas que vivían todo el año en las islas no eran exactamente sociables. No mucho tiempo atrás Gallagher se habría hecho acompañar por una amiga. En una época anterior, la mujer habría sido su esposa. Pero ya no.

Era demasiada molestia tener que afeitarse todas las mañanas. Demasiada molestia mostrarse cordialmente humorístico, «optimista».

La obligación de ser optimista agota. ¡Gallagher lo sabía bien!

Su familia vivía en una zona muy distante del Estado, en Albany y sus alrededores. En el mundo intenso y selecto de los Gallagher, la familia era «destino». Chet no había hablado con ninguno de ellos desde hacía meses; en cuanto a su padre, la última vez había sido el Cuatro de Julio, en la casa de veraneo de Grindstone Island.

De manera que se había convertido en un músico a tiempo parcial del Malin Head Inn, cuyo propietario era amigo suyo, y conocido desde hacía muchos años de su padre Thaddeus. Malin Head era el hotel turístico más importante de la zona, pero en temporada baja sólo una quinta parte de las habitaciones se ocupaba, incluso en los fines de semana. Gallagher tocaba el piano al estilo de Hoagy Carmichael, cuerpo de articulaciones muy sueltas inclinado sobre el teclado, largos dedos ágiles que subían y bajaban por las teclas como si hicieran el amor, un cigarrillo colgándole de los labios. No cantaba como Carmichael pero tarareaba con frecuencia y reía para sus adentros. En jazz abundan los chistes privados. Gallagher era un intérprete apasionado de la música de Duke Ellington, Fats Waller, Monk. En el bar le pedían que tocara «Begin the Beguine», «Happy Birthday to You», «Battle Hymn of the Republic», «Cry». Sin abandonar su fugaz sonrisa cortés seguía tocando la música que le gustaba, con ramalazos de música más popular intercalados. Era versátil, juguetón. Bondadoso. No se burlaba ni era malicioso. Un hombre de mediana edad y aire juvenil que gustaba a la mayoría de los hombres y que atraía poderosamente a algunas mujeres. Y que no se emborrachaba con demasiada frecuencia.

Algunas noches Gallagher bebía sólo tónica con hielo, aderezada con ralladuras de lima. Vaso alto con gotas de vaho colocado sobre la parte superior del piano, el cenicero a su lado.

Gallagher tenía admiradores locales. Algunos acudían en coche desde Watertown. No muchos, pero sí algunos. Iban a oír el jazz que tocaba Chet, hombres en su mayoría, solteros como él, anteriormente casados, separados. Hombres en el proceso de perder el pelo, de dilatárseles la cintura, de ojos inquisitivos, necesitados de reír. Necesitados de simpatía. Hombres para quienes «Stormy Weather», «Mood Indigo», «Saint James Infirmary», «Night Train» tenían todo el sentido del mundo. Había unas cuantas mujeres de la zona a las que les gustaba el jazz, aunque sólo unas cuantas. (Porque, ¿cómo se puede bailar con «Brilliant Corners»? No era posible.) Los clientes del hotel eran un grupo muy heterogéneo, sobre todo durante la temporada turística. A veces había verdaderos entusiastas del jazz. Pero lo más frecuente era que no. Los clientes entraban en el bar a beber y a fumar. Escuchaban durante un rato, se cansaban, y se marchaban en busca del ambiente menos sobrio de la cervecería, donde había una gramola. O se quedaban. Bebían y se quedaban. A veces hablaban en voz muy alta, se reían. No eran descorteses aposta, tan sólo indiferentes absolutos. No podías evitar saber, si eras Chet Gallagher, que no sentían ningún respeto por la cultura musical que tanto significaba para él, y Gallagher no era tan condenadamente afable como para no sentir el escozor del insulto, no contra él sino contra la música. *Blancos privilegiados hijos de puta* los consideraba, él que se había deslizado en el interior de la oscura y subversiva piel del jazz.

Era una de las cosas que su padre detestaba en él. Una vieja disensión entre los dos. Las opiniones políticas de Chet, sus tendencias «rojas», «comunistas». Demasiado blando con los negros, votaba por Kennedy en lugar de Nixon, Stevenson en lugar de Eisenhower, Truman en lugar de Dewey, allá por 1948.

El insulto supremo había sido Truman en lugar de Dewey. Thaddeus Gallagher era amigo de Dewey de toda la vida, había dado montones de dinero para su campaña.

Una suerte para Gallagher que ya no bebiera tanto como antes. Cuando sus pensamientos se desviaban en determinadas direcciones, notaba que le subía la temperatura. *Blancos privilegiados hijos de puta. Os tiene sin cuidado. La música no depende de vosotros. Tú también eres un blanco privilegiado, hijo de puta, reconócelo, Gallagher. Lo que haces al piano no es serio. Nada de lo que haces es serio. Un hombre sin familia no es serio. Tocar el piano en Malin Head no es un trabajo de verdad, tan sólo algo que hacer con tu tiempo. Como tampoco tu vida es ya una vida de verdad, sólo algo que haces con tu tiempo.*

Estaba tocando «Blue Moon». Despacio, con melancolía. Sensiblería elevada al grado más extremo. Mediados de diciembre, una noche con ráfagas de nieve. Copos lánguidos caídos del cielo negro encima del río San Lorenzo. Gallagher nunca se permitía esperar que Hazel Jones se presentara en el bar donde tocaba el piano, como nunca se permitía esperar que nadie apareciera. La acomodadora había ido varias veces y se marchaba pronto. Siempre sin acompañante. Chet se preguntaba si sólo trabajaba una de cada dos noches de los viernes en el cine o si quizá había dejado aquel trabajo. Hizo averiguaciones y supo que los acomodadores ganaban una miseria. Quizá pudiese ayudarla a encontrar un empleo mejor.

El amigo que llevaba el Bay Palace le había dicho que Hazel era de algún lugar al sur del Estado. Que no conocía a nadie de la zona. Una persona más bien reservada, pero excelente trabajadora, muy responsable. Siempre amable o esforzándose por parecerlo. Muy buena a la hora de vender entradas. «Actitud muy positiva.» ¡Esa sonrisa suya! Buena con clientes conflictivos. Se contrata a una chica bien parecida para llenar el uniforme de acomodadora, pero no se quieren problemas. A diferencia de otras acomodadoras, Hazel Jones no se alteraba cuando los clientes se comportaban de manera agresiva con ella. Les hablaba sin perder la calma, sonreía e iba en busca del gerente sin llamar la atención. Nunca alzaba la voz. De la misma manera que podría hacerlo un hombre, sin dejar traslucir sus sentimientos. *Como si Hazel fuese mayor de lo que parecía. Ha debido superar problemas. Ahora cualquier cosa es un juego de niños para ella.*

Gallagher lanzó una ojeada a la sala llena de humo y vio a una mujer joven que entraba en aquel momento y que se dirigía hacia una mesa vacía cercana a la pared. *¡Ella!*

Gallagher se sonrió. No intentó contactar con la mirada. Se sintió bien. Improvisó, gustándole el movimiento de sus dedos sobre el teclado. Pasó de «Blue Moon» a «Honeysuckle Rose», tocando un Ellington de primera calidad para alguien que, según imaginaba, sabía poco de jazz y menos aún de Ellington. Queriendo con toda el alma que oyera, que conociera. El anhelo que sentía. Pensando *Ha venido a mí. ¡A mí!* Con una llamativa sucesión de notas hasta lo más alto del teclado,

Chet Gallagher se enamoró de la mujer a la que conocía como Hazel Jones.

Al llegar su rato de descanso, fue directamente a su mesa y se detuvo ante la sorprendida joven que había aplaudido con tan infantil entusiasmo.

Le dio las gracias y le explicó que se había estado fijando en ella. Se presentó, como si fuera posible que la joven no supiera su nombre. Y después se inclinó para oír el nombre que le dijo ella:

—Hazel..., ¿qué más? No he oído bien.

—Hazel Jones.

Gallagher rió con el placer de un ladrón que acierta con la llave para abrir un cerrojo.

—¿Le importa que le haga compañía unos minutos, Hazel Jones?

Chet notó que a la joven le halagaba que la hubiese abordado. Otros clientes habían estado esperando para hablar con el pianista, pero pasó a su lado sin hacerles caso. Después recordaría, sin embargo, para su pesar, que Hazel Jones había vacilado al mirarlo. Sonrió, pero sus ojos perdieron expresividad. Quizá la había alarmado al presentarse ante ella tan de repente. Gallagher medía más de un metro ochenta y cinco, flaco como un galgo y suelto de movimientos; la calva en lo más alto de la cabeza le brillaba algo sudorosa con el esfuerzo de la actuación al piano; sus ojos eran enigmáticos, amables pero intensos. Hazel Jones no tuvo otro remedio que correr su silla para hacerle sitio. La mesa con cubierta de zinc era pequeña, sus rodillas se tropezaron debajo.

De cerca Gallagher vio que la joven estaba cuidadosamente maquillada, los labios de un rojo muy intenso. El suyo era un rostro de cartel del Bay Palace. Y llevaba un vestido de cóctel hecho con un tejido rojo oscuro brillante que se le ajustaba mucho a los pechos y a los hombros. La parte alta de las mangas estaba abullonada y se estrechaba a la altura de las muñecas. En la penumbra llena de humo del bar, Hazel Jones emanaba, al mismo tiempo, sexualidad y aprensión. Cortésmente rechazó el ofrecimiento de Gallagher que quiso invitarla a algo más fuerte que la Coca-Cola.

—Muchas gracias, señor Gallagher. Pero tengo que marcharme pronto.

Chet rió, herido.

—Por favor, llámeme Chet, Hazel —protestó—. El señor Gallagher es mi padre, que vive en Albany y tiene sesenta y siete años.

La conversación resultó difícil, torpe. Como subirse a una canoa con un desconocido y sin remos. Estimulante y también traicionera. Gallagher, sin embargo, se oyó reír. Y Hazel Jones rió también, debía de haberle dicho algo divertido.

¡Cuánto halaga a un hombre que una mujer se ría con sus chistes!

Qué infantil Gallagher en el fondo de su alma, deseoso de confiar en una mujer. Porque era atractiva y joven. Porque estaba sola.

Gallagher hubo de reconocer que Hazel Jones le resultaba estimulante. Primero en el Bay Palace con su ridículo uniforme, y ahora, en el bar donde él tocaba el piano, con su traje de cóctel de un rojo resplandeciente. Sus cejas eran menos marcadas de lo que recordaba, debía de habérselas depilado y retocado. El pelo lo llevaba cortado en capas flotantes muy ligeras, como una capucha suelta sobre la cabeza. Morena con mechas rojizas. Y la piel muy pálida. Inclinarse hacia Hazel Jones era como inclinarse hacia una llama expuesta. La sensación de Gallagher estaba teñida de temor porque ya no era joven, había dejado de ser joven hacía mucho tiempo, y aquellos sentimientos eran los que había tenido de joven y estaban asociados con sufrimientos y desilusión.

Allí estaba, sin embargo, Hazel Jones sonriéndole. También ella estaba inquieta, nerviosa. A diferencia de otras mujeres entre las abundantes relaciones de Gallagher, Hazel parecía hablar sin recurrir a subterfugios. Había algo que faltaba en ella, decidió Gallagher: el revestimiento como de máscara, el espesor de voluntad que se interponía entre él y tantas mujeres, su ex esposa, algunas de sus amantes, sus hermanas de las que se había distanciado. Con juvenil aplomo Hazel le estaba diciendo que admiraba su «manera de tocar el piano», aunque el jazz era «difícil de seguir, ver adónde iba». Lo sorprendió diciendo que años atrás solía escuchar música de jazz en un programa de medianoche en una emisora de Buffalo.

Gallagher lo identificó de inmediato:

—Zack Zacharias, en WBEN.

A Hazel pareció sorprenderle que Gallagher conociera el programa. Chet tuvo que resistir la tentación de contarle que la idea de programar jazz a medianoche en una serie de emisoras por todo el Estado era suya, de Chet Gallagher. WBEN estaba afiliada a los Gallagher Media, y era una de las emisoras urbanas más importantes.

—¿Lo conoce? ¿Conoce a Zack Zacharias? Siempre me he preguntado si era..., ya sabe, de color.

Hazel enunció la expresión delicadamente: *de color*. Como si ser negro fuese un tipo de invalidez.

Gallagher rió.

—En realidad no se llama «Zack Zacharias», y es tan negro como yo. Pero sabe mucho de jazz y el programa está ya en su noveno año.

Hazel sonrió, como si se sintiera confundida. Chet no quería dar la sensación de que se estaba riendo de ella.

—Es usted de Buffalo, ¿no es cierto?

—No.

—Pero del oeste de Nueva York, ¿verdad que sí? Noto el acento.

Hazel sonrió de nuevo, con inseguridad. ¿Acento? Ella misma nunca había reparado en sus vocales nasales y planas.

Gallagher no quería cohibirla. Era muy vulnerable, confiada.

—¿Por qué se ha venido usted tan al norte? ¿A Malin Head Bay? Llegó a esta zona durante el verano, ¿no es eso?

—Sí.

—¿Conoce a gente aquí? ¿Tiene parientes?

Hazel pareció no oír aquella pregunta tan directa. Y sorprendió a Gallagher con una observación que, tratándose de otra mujer, habría considerado un intento de coquetear.

—Hace mucho que no ha vuelto al cine, señor Gallagher. Por lo menos yo no lo he visto.

A Chet le halagó que Hazel se acordara de él. Y que estuviera dispuesta a reconocerlo.

Diciéndole de nuevo, con un suave contacto en el brazo, que por favor lo llamara Chet.

Acto seguido Gallagher se inclinó hacia Hazel sintiendo que la sangre le corría cálida y jubilosa por las venas. ¡Qué guapa era! ¡Qué desesperadamente agradecido le estaba por haber vuelto! Un hombre toca jazz con la esperanza de atraer a una mujer como aquélla. Se inclinó para explicarle que en realidad no le gustaba mucho el cine. No era muy americano, muy normal en ese aspecto. La tradición de su familia eran «medios de comunicación»: no películas, sino periódicos, radio, televisión. Comerciar con imágenes, sueños. La industria cinematográfica había estado siempre orientada a vender entradas, ésa era su meta. Sabiéndolo, era más difícil dejarse seducir. Lo que a Gallagher le desagradaba más de los films de Hollywood era la música. La «partitura». De ordinario le crispaba los nervios. La utilización sentimental de la música para evocar emociones, para «situar escenas» le ofendía. No era más que una reliquia del cine mudo, cuando un organista tocaba en cada sala. Todo era exagerado, malsano. A veces se tapaba los oídos contra la música. Otras cerraba los ojos contra las imágenes.

Hazel rió. Gallagher también exageraba para ser divertido. Y a él le encantaba verla reír. Intuía que, en otros entornos, Hazel no reía mucho. Un cálido sonrojo le subió a la cara. Uno de sus gestos era tocarse el pelo sin darse cuenta, alzando y dejando caer el flequillo cuidadosamente cortado a tijera que le tapaba parte de la frente. Un gesto infantil que atraía la atención hacia su rostro sereno, su pelo lustroso, sus dedos sin anillos y sus uñas pintadas de rojo. También movía los hombros dentro del ajustado vestido, inclinándose hacia adelante y hacia atrás. Parecía incómoda con su cuerpo, como si hubiera crecido demasiado pronto. El vestido rojo brillante era un disfraz como el uniforme de acomodadora; Gallagher supo sin necesidad de comprobarlo que Hazel llevaba zapatos con tacones muy altos.

Gallagher quería proteger a aquella mujer joven de los daños que semejante ingenuidad sin duda le acarrearía. Quería hacer que confiara en él. Quería hacer que lo adorase. Quería acariciarle la mejilla, la esbelta garganta. Aquel hombro inquieto, desnudo en parte. Sostenerle un pecho con la mano. Sintió un derretimiento de deseo, imaginándose a Hazel desnuda debajo de la ropa. El impacto de ver a una mujer desnuda por primera vez, semejante *confianza*.

Gallagher hablaba muy deprisa. Todo aquello pasaba muy deprisa, desequilibrándolo. Y no había tomado nada más fuerte que cerveza en toda la noche. Lo único que le pasaba era que Hazel Jones se le había subido un poco a la cabeza.

El antiguo y familiar estremecimiento del miedo. Acompañado, sin embargo, de un consuelo un tanto retorcido. Gallagher no había cortejado nunca a una mujer sin una sensación previa de miedo. Excepto en su matrimonio, durante el que se había vuelto insensible a las grandes emociones. Tan pronto como el sexo se hace amigable, habitual, deja de ser sexo y se convierte en otra cosa.

No te casarás con ésta.

Queriendo consolarse.

Gallagher se oyó preguntarle a Hazel si le gustaban las películas, obligada, como estaba, a verlas continuamente.

No le importaba nada su respuesta. Era su voz lo que le atraía, no sus palabras. Le sorprendió, sin embargo, al responder que en el Bay Palace sólo veía fragmentos, nunca películas enteras. Y antes de trabajar como acomodadora no había visto muchas películas: «A mis padres no les parecían bien». De manera que ahora sólo veía trozos sueltos de films y ésos, muchas veces repetidos. Veía los finales de las escenas horas antes que los principios. Veía los comienzos de las películas poco después de haber presenciado sus dramáticos finales. Las historias rizaban el rizo sobre sí mismas. Ninguna llegaba a ningún sitio. Sabía de antemano lo que iban a decir los actores, incluso mientras la cámara daba paso a una «nueva» escena. Sabía cuándo se iba a reír el público, pese a que el público era distinto cada vez y que las risas eran espontáneas. Sabía lo que señalaban las entradas musicales aunque no estuviera mirando a la pantalla. Y eso le daba una sensación confusa sobre lo que se podía esperar de la vida. Porque en la vida no hay música, no se tienen pistas. La mayoría de las cosas sucede en silencio. Vives la vida hacia delante y la recuerdas sólo hacia atrás. Nada se vuelve a vivir, sólo se recuerda y eso de manera incompleta. Y la vida no es tan sencilla como el argumento de una película, hay demasiadas cosas que recordar.

—Y todo lo que olvidas se ha ido como si no hubiera existido nunca. En lugar de llorar, deberías más bien *reír*.

Y Hazel rió, una risa de muchacha frágil y ansiosa que cesó tan bruscamente como había empezado.

A Gallagher le asombró el arrebato de aquella joven. No tenía ni idea de qué era de lo que estaba hablando. Y su curioso subrayado de la palabra *reír*, como si el inglés fuese para ella un idioma extranjero, aprendido con esfuerzo. Sin querer pensar que había subestimado su inteligencia, le costaba trabajo conceder, a una mujer joven con el aspecto de Hazel, cualquier sutileza de análisis, de razonamiento; su experiencia había sido que la mayoría de las mujeres hablaban a partir de sus emociones. Rió de nuevo, como si ella se hubiera propuesto ser divertida. Le tomó la mano, en un gesto que se podía interpretar como galante, juguetón. Los dedos de Hazel, fríos por el vaso helado, eran inesperadamente fuertes, y sus huesos ni pequeños ni delicados; la piel, un poco áspera. El pretexto para tocarla era darle un apretón de manos como despedida, aunque a regañadientes, porque tenía que volver al piano, concluido ya su tiempo de descanso.

Eran casi las nueve y media. Más clientes entraban en el bar. Casi todas las mesas estaban ocupadas. Gallagher se sentía muy a gusto, iba a tener un público considerable y Hazel se sentiría aún más impresionada.

—¿Alguna petición, Hazel? Estoy a su disposición.

Hazel pareció pensárselo. Frunció levemente el ceño.

—Toque la pieza que más le guste a usted, señor Gallagher.

—¡«Chet», cariño! Me llamo «Chet».

—Lo que más le guste, Chet. Eso es lo que me apetece oír.

11

Había llegado el Año Nuevo. A Zack se le había dado a entender, por ciertas observaciones veladas y enigmáticas de su madre, que muy pronto habría una sorpresa para él.

—¡Mejor que en Navidad! ¡Mucho mejor!

En la escuela se había concedido mucha importancia a las Navidades. Ahora, en el Año Nuevo, se daba mucha importancia a 1963. Todos los alumnos de primer grado tenían que aprender a deletrear *enero* y *Epifanía,* sin olvidar el acento en la segunda «i». Zacharias Jones, imperturbable, tamborileaba sobre la tapa de su pupitre perdido en un trance de notas y acordes invisibles. O, si su maestra lo reprendía, cruzaba los brazos apretándolos mucho contra el pecho y movía los dedos a escondidas, de manera compulsiva. Escalas, tonalidades, melodías en movimiento contrario, arpegios en posición de tónica e invertidos. No sabía los nombres de aquellos ejercicios, se limitaba a tocarlos. Oía las notas con tanta claridad en su cabeza que siempre se daba cuenta de los errores. Si se equivocaba estaba obligado a volver al principio del ejercicio y comenzar de nuevo. El señor Sarrantini era una presencia invisible en el aula de primer grado. Del rostro de piel cetrina de la señorita Humphrey surgía la cara encarnada y más bien adiposa del profesor de piano. La señorita Humphrey y el señor Sarrantini no pasaban de alabar a Zacharias Jones a regañadientes. Estaba claro que al señor Sarrantini no le gustaba su alumno más joven. Por muy de corrido que Zack ejecutara su lección semanal, siempre había algo que no estaba bien del todo. Aquella nueva escala, fa menor con cuatro bemoles. Después de sólo un día de práctica intensiva, Zack la tocaba con la misma facilidad con que tocaba la escala en do mayor sin sostenidos ni bemoles.

Sabía, sin embargo, de antemano, que el señor Sarrantini haría el mismo ruido húmedo de censura con los labios.

Con una sonrisita de suficiencia «Aquí está el pequeño Wolfgang, ¡vaya!».

La señorita Humphrey era más simpática que el señor Sarrantini. Casi siempre más simpática. Pero a veces perdía la paciencia y chasqueaba los dedos bajo la nariz de Zack para despertarlo, lo que provocaba risitas de los otros niños. No le gustó, después de dar instrucciones a toda la clase para que hicieran figuras de Papá Noel con papel de construcción y les pegaran sedosa pelusa blanca a modo de «pelo», que Zack se hubiera mostrado torpe —a propósito, creía la señorita Humphrey— con las tijeras, el papel y el pegamento. La profesora le había dicho a la preocupada madre que Zack leía al nivel de los alumnos de sexto grado y que su habilidad matemática era aún mayor, pero que «su hijo tiene problemas de comportamiento, de actitud. Don de gentes. O bien se impacienta y no puede estarse quieto o cae en trance y parece no oírme».

Tenía seis años. Ya había aprendido con la nitidez con que una astillita se te clava en la carne que si no le gustas a la gente, da igual lo listo o lo talentoso que seas. *No parece oírme* era la falta que se le imputaba.

La señora Jones se disculpó por su hijo. Prometió que «se esforzaría más» en el nuevo año.

En el día de Año Nuevo el frío era muy intenso. Veintinueve grados bajo cero que subirían hasta veinte bajo cero si el sol aparecía a través de las sombrías capas de nubes. En momentos así Hazel tenía mentalidad práctica y no se quejaba. Rió ante el tono adusto del meteorólogo de la radio. Era cómica la costumbre de la emisora local de transmitir la música más brillante, más alegre —«Sunny Side of Street», «Blue Skyu», «How Much is that Doggie in the Window?»— en las mañanas más oscuras del invierno.

Hazel preparó tazones de chocolate humeante para Zack y para ella. Era el principio del funcionamiento de los termos, dijo: con líquido caliente en la tripa, mantendrás el calor hasta que llegues a donde vas.

En días de tormenta de nieve no se contaba con que nadie fuese a ningún sitio. ¡Qué felicidad! A Zack se le permitía quedarse en casa sin ir al colegio, disfrutando de la nevada tranquilidad, y Hazel también se podía quedar en casa sin ir al Bay Palace. No necesitaba maquillarse como las actrices en los carteles de las películas ni cepillarse una y otra vez el pelo hasta que brillara como fuego. Se limitaba a cantar entre dientes con picardía *Savin' all my love for you!* mientras miraba de reojo a su hijo, tan intensamente absorto en sus ejercicios de piano en la mesa de la cocina. En las mañanas cegadoramente soleadas que con frecuencia seguían a las tormentas de nieve, la mamá de Zack lo empaquetaba con ropa interior de lana que picaba, camisa y dos jerséis, lo enfundaba en su tiesa chaqueta nueva de piel de oveja comprada en Sears, le hundía el gorro de lana lo más posible, y le liaba una y otra vez una bufanda alrededor del cuello, tapándole también la boca, de manera que si, al aire libre, Zack respiraba por la boca, y no por la nariz, lo que no podía evitar, la lana se humedecía y olía mal. Dos pares de calcetines de invierno dentro de las botas de goma, también adquiridas recientemente en Sears. Y dos pares de guantes metidos a presión en las manos del pequeño, el par exterior de falso cuero forrado de piel sintética.

—¡Los valiosísimos dedos de tus manos, Zack! Los de los pies se te pueden helar y caerse, pero no los de las manos, porque algún día valdrán una fortuna.

Se reía de lo que Hazel llamaba la «cara avinagrada» de Zack y le daba a continuación un beso en la nariz.

12

—¡Tienes un nuevo amigo, Zack! Ven a conocerlo.

Nunca había visto a su madre tan jadeante, tan emocionada. Lo llevaba al hotel brillantemente iluminado junto al río, el Malin Head Inn, que Zack sólo había visto por fuera cuando, con tiempo más cálido, que parecía ya muy lejano, estuvieron recogiendo aquellos guijarros especiales a lo largo de la playa.

Se estorbaron el uno al otro al coincidir en un solo compartimento de la puerta giratoria. Un chorro de aire cálido les golpeó en la cara cuando entraron en el hotel. ¡Tantísima gente! Zack se inmovilizó parpadeante. Su mamá le agarró con fuerza la mano enguantada y lo guió mientras atravesaban el vestíbulo abarrotado. Actividad y movimiento por todas partes. Demasiadas cosas que mirar. Un bullicioso grupo de esquiadores acababa de presentarse y se dirigían hacia el mostrador para pedir las llaves de sus habitaciones. Vestían anoraks de brillantes colores y llevaban costosos equipos para hacer deporte. Varios de los jóvenes se quedaron mirando a Hazel Jones mientras atravesaba el vestíbulo. A ella le dolían las mejillas del frío, y parecía tan agitada como si hubiera estado corriendo. En una zona más apartada se detuvo para abrir la cremallera de la chaqueta de piel de oveja de Zack y para quitarse ella su abrigo informe, de piel gris, con capucha. Debajo llevaba uno de sus dos vestidos «de fiesta», como ella los llamaba. El de ahora, el preferido de Zack, era un vestido de punto, de color morado oscuro, con perlas diminutas que le cruzaban el pecho, y un cinturón de satén. Hazel había comprado los dos vestidos por nueve dólares en una liquidación por incendio. Había que mirar muy de cerca para ver dónde estaba estropeado el tejido de ambas prendas.

—Nos está esperando, cariño. ¡Por aquí!

Tomó a Zack de la mano, ya sin guantes, y lo fue llevando. Al pequeño le gustó que no hubiera ningún otro niño en todo el vestíbulo. Aquello le hizo sentirse especial, porque era tarde para que un niño estuviera levantado: más de las ocho y media. Zack raras veces tenía sueño hasta después de las diez, y más tarde incluso si estaba escuchando música en la radio. También ahora oía música y eso le emocionaba.

—Es una boda. Pero no veo a la novia.

Hazel se había detenido en el exterior de una enorme sala de baile marfil y oro, donde, sobre un estrado junto a la pared más distante, una orquestina tocaba música de baile. Era una música que hacía sonreír y daba deseos de bailar, de moverse rítmicamente. Lo extraño era que la mayoría de los hombres y mujeres elegantemente vestidos que ocupaban la sala no estaban bailando sino que permanecían en grupos reducidos, con copas en las manos, mientras hablaban y reían a carcajadas.

Zack se preguntó si aquello —¿la boda?— era la sorpresa.

La sorpresa no podía ser papá, de eso estaba seguro, ahora que los guijarros habían desaparecido.

Pero papá mismo ha desaparecido. Tenía que recordarlo.

Zack se apretó contra la pierna de su mamá. Le asustaba pensar que una madre de aspecto tan juvenil como uno de los rostros femeninos en los carteles del Bay Palace Theater, y con su vestido de fiesta morado, no fuese una madre en absoluto.

—¿Por qué se casa la gente, mamá? ¿Es la única manera?

—¿La única manera *de qué*?

Zack no tenía ni idea. Esperaba que su madre completara su idea por él, como hacía con frecuencia.

Siguieron caminando deprisa por un corredor con escaparates brillantemente iluminados. Joyas, bolsos de señora. Jerséis de lana Shetland hechos a mano. Al final del pasillo había una habitación casi sin luz, tan en sombras como una cueva: BAR CON PIANISTA. Zack oyó que alguien tocaba el piano. ¡Aquélla era su sorpresa! Hazel hizo entrar en la sala a un Zack entusiasmado, recorrido de escalofríos. Frente a ellos un hombre estaba sentado ante un hermoso piano reluciente, no un pequeño piano vertical como el del auditorio del instituto, sino un piano de cola, de los que se tocan con la tapa levantada. Y el pianista interpretaba música que Zack conocía por haberla oído en la radio, mucho tiempo atrás, cuando vivían en Poor Farm Road: una música llamada «jazz».

Cierto número de personas estaban sentadas en mesitas repartidas por la habitación, llena de humo de cigarrillos. Ante un mostrador, más clientes se sentaban en taburetes. Algunos hablaban y reían entre ellos, pero en su mayor parte escuchaban al pianista que tocaba una música rápida, brillante, sorprendente. Zack sintió la fascinación del «bar con pianista de jazz», y la alegría hizo que se le acelerase el pulso.

¡Cerca del piano había una mesita redonda con tablero de zinc reservada para Hazel Jones! Su mamá colocó a Zack donde pudiera ver las manos del pianista. El niño no había visto nunca unos dedos tan largos y ágiles. No había oído nunca, de cerca, una música así. Era asombroso para él, abrumador. Zack calculó que el pianista podía abarcar doce teclas —¡quince!— con sus largos dedos ágiles. Miró y escuchó embelesado. Uno de los recuerdos más maravillosos de su vida sería haber oído tocar a Chet Gallagher aquella noche de enero de 1963 en el Malin Head Inn.

«If It Isn't Love», «A-Tisket, A-Tasket», «I Ain't Got Nobody» al estilo de Fats Waller: piezas que Gallagher tocó aquella noche y que Zack llegaría a conocer con el tiempo.

Durante el descanso Chet fue a sentarse en la mesa de Hazel Jones. Zack vio que se conocían: el pianista de jazz era el «amigo». En aquel instante entendió la lógica de la chaqueta nueva de piel de oveja y de las botas de Sears, el teléfono recién instalado en su pequeño apartamento, el aire de secreto y de bienestar de su madre. No se sorprendió de aquello porque había entendido hacía ya mucho tiempo que era inútil sorprenderse por la lógica peculiar con que se comportaban los adultos. No era asombroso que Chet Gallagher conociera a Hazel Jones, sino que Chet Gallagher, el hombre que tocaba el piano un momento antes, quisiera conocerlo a él, le estrechara la mano, le sonriera y le guiñara un ojo:

—¡Hola, Zack! Tu madre me ha estado diciendo que tú también tocas el piano, ¿no es eso?

Zack estaba demasiado afectado para hablar, Hazel lo empujó suavemente y le dijo en voz baja a Gallagher:

—Zack es muy tímido con hombres adultos.

Y Gallagher se echó a reír, de una manera que dejaba ver el gran afecto que sentía por Hazel Jones.

—¿Qué le hace suponer que soy un «hombre adulto»?

Gallagher tenía una cabeza apepinada, más grande de lo corriente, que parecía tallada en madera. Sus cabellos oscuros, ondulados, encuadraban la pronunciada calva, y su nariz era larga y fina, con sorprendentes agujeros oscuros a modo de ventanillas. Su boca sonreía siempre. La cabeza apuntaba hacia adelante. En el piano, su columna vertebral tenía aspecto de sauce, porque se curvaba fácilmente. Gallagher llevaba la ropa más extraña que Zack había visto nunca en un hombre: una camisa negra de seda sin cuello, que se ajustaba a su torso estrecho y nervudo con la suavidad de un guante; tirantes de un llamativo material de color azul irisado, y que se podían asociar con un traje de fiesta como el de Hazel Jones. Zack no había visto nunca a un hombre con un rostro como el de Gallagher: dio por supuesto que era feo, pero cuanto más se lo miraba, más atractivo parecía. Como tampoco había visto nunca en ningún hombre unos ojos tan amables.

Gallagher se puso en pie. Hora de volver al piano. Había traído a la mesa lo que estaba bebiendo, un líquido de color claro en un vaso alto. Mientras se volvía para marcharse rozó ligeramente, de pasada, con una mano, el hombro de Hazel. Zack se quedaría dormido oyendo cómo los dedos de Gallagher se movían arriba y abajo por el teclado en un desenfrenado ritmo travieso que hizo que sus propios dedos le temblaran con el deseo de imitarlo: «Boogie-woogie».

Supe entonces que un hombre podía amar.
Que un hombre puede amar.
Con su música, con sus dedos, un hombre puede amar.
Un hombre puede ser bueno, no tiene por qué hacerte daño.

A Zack lo despertaron después. El local había cerrado. El barman estaba recogiendo. Chet Gallagher había encargado sándwiches de rosbif: cuatro sándwiches para tres personas de las cuales uno era un niño de seis años aturdido por el sueño. Por supuesto, Chet Gallagher tenía hambre. Se comió él solo dos sándwiches y medio. También sed. Después de su actuación al piano su humor era festivo. Hazel se reía, alegando lo avanzado de la hora, pasadas las dos de la madrugada, ¿no estaba cansado?

Gallagher agitó la cabeza con vehemencia:

—¡Demonios, no!

Zack se acercó con avidez al piano. Tuvo que quedarse de pie, el taburete le resultaba demasiado bajo. Al principio se limitó a tocar las teclas, hundiéndolas cautelosamente, escuchando los sonidos repentinos, nítidos, limpios, las notas salidas del misterioso interior del piano que siempre le emocionaban, el milagro de que sonidos así pudieran existir en el mundo y fuera posible invocarlos, sacándolos del silencio por un esfuerzo suyo.

Aquello era el milagro: que el sonido pudiera sacarse del silencio, del vacío. Que él pudiera ser el instrumento de aquel sonido.

La voz de Gallagher llegó divertida y amablemente familiar, como si los dos se conocieran desde hacía mucho tiempo:

—Vamos, muchacho. El piano es tuyo. Toca.

Zack tocó la escala de Fa menor, primero con la mano derecha, luego con la izquierda, y después con las dos. ¡Sus dedos encajaban en las teclas como si ya conociera de antes aquel piano maravilloso! El sonido, sin embargo, era muy distinto del sonido del piano en el que tocaba para el señor Sarrantini. Era mucho más claro, las notas más inconfundibles. Allí, sus dedos empezaron a apropiarse de los movimientos y las síncopas de los dedos de Gallagher, los ritmos de jazz, boogie-woogie. Se oyó tocando, tratando de tocar, una de las melodías pegadizas que Gallagher había interpretado durante la velada: la que sonaba como una canción infantil: «A-Tisket, A-Tasket». Con aquello, además, dio forma a un tosco boogie-woogie. Gallagher vino riendo hasta el piano y se inclinó por encima de él. El aliento de Gallagher tenía un olor que era dulzón y rancio con un componente de humo de cigarrillos.

—Caramba, chico. Tocas de oído, ¿eh? Formidable.

Las manos enormes de Gallagher descendieron junto a las pequeñas de Zack sobre el teclado; sus brazos, cubiertos por las mangas de la camisa negra, rodearon a Zack, sin tocarlo. Sus dedos, que eran tan largos y tan ágiles, se movieron con autoridad por las teclas agudas y también hasta el fondo por las graves, cada vez más bajas hasta serlo tanto que casi era imposible oírlas. A Gallagher se le escapaba la risa, era tan divertido que los dedos infantiles de Zack trataran de seguir a los suyos, resbalando y titubeando, golpeando las notas equivocadas, pero sin rendirse, como un torpe cachorro corriendo tras un perro de largas patas. A Zack se le había encendido el rostro, se estaba emocionando. Gallagher golpeó las teclas con fuerza, sus manos saltaron. También Zack golpeó las teclas. Le dolieron los dedos. Se estaba emocionando en exceso, febril.

—Chico, eres una polvorilla. ¿De dónde demonios has salido?

Gallagher puso la barbilla sobre la cabeza de Zack. Con mucha suavidad, como Hazel lo hacía a veces cuando su hijo practicaba el piano en la mesa de la cocina y ella estaba de humor juguetón.

—Basta con un toque, chico. No necesitas aporrear. La música se extrae, no hace falta machacarla. Todo lo que necesitas es un toque. Luego moverse deprisa, ¿ves? La mano izquierda son sobre todo acordes. Uno-dos-tres-cuatro. Uno-dos-tres-cuatro. Mantén el ritmo. Con el ritmo puedes tocar lo que te dé la gana. «Saint James Infirmary.»

Las grandes manos de Gallagher atacaron las teclas con autoridad de canto fúnebre. Para asombro de Zack empezó a cantar con una voz nasal que unas veces se deslizaba y otras se desgañitaba y que no se sabía si era risa o llanto.

Déjala marchar, déjala marchar, Dios la bendiga,
dondequiera que esté:
por mucho que busque en el ancho mundo,
nunca encontrará un hombre tan bueno como yo.

Gallagher regresó a la mesa y a Hazel, que reía y aplaudía con entusiasmo infantil.

Zack siguió en el piano, decidido a tocar como Gallagher. Acordes con la mano izquierda, melodía con la derecha. Las melodías eran más bien sencillas cuando las conocías. Una y otra vez las mismas notas. Zack empezó a sentir una extraña sensación de vértigo, se estaba acercando a la posesión del secreto del piano gracias a aquellas notas que Gallagher había tocado con tanta seguridad: un día también él sería capaz de tocar cualquier música que oyera porque (de algún modo) existiría en sus dedos como parecía existir en los dedos de primera calidad de aquel hombre.

Al mismo tiempo oía y no oía a su madre hacerle a Chet Gallagher la confidencia de que no estaba contenta con el profesor de piano de Zack: el señor Sarrantini era un hombre mayor al que no parecía gustarle enseñar a niños y que se mostraba muy crítico con su hijo, ofendiéndolo a menudo.

—¡Y Zack se esfuerza tanto! La música es la meta de su vida.

Pero no tenía piano en casa. Muy pocas oportunidades para practicar.

—Demonios —se apresuró a decir Gallagher—, que venga a mi casa. Tengo un piano, puede utilizarlo. Siempre que quiera.

—¿Haría eso por Zack? —preguntó Hazel dubitativa.

—Pero ¿por qué no? —respondió Gallagher con su entonación cordial y despreocupada—. El chico tiene talento.

Hubo una pausa. Zack tocaba el piano, haciéndose eco del «Saint James Infirmary» de Gallagher. Pero sus dedos titubeaban, menos seguro ya. Con una parte de su atención oía la inquietud de su madre, que hablaba en voz baja:

—Pero... podría perderlo, ¿no es cierto? El «talento» es como una llama, ¿verdad que sí? Nada real.

Zack oyó aquello y no lo oyó. No podía creer que su madre dijera semejantes cosas sobre él, traicionándolo ante un desconocido. ¿No había presumido de él durante años? ¿Empujándolo precisamente a tocar en presencia de desconocidos, con

485

la esperanza de que aplaudieran? Había insistido ella en las clases con el señor Sarrantini. Era ella quien le había dicho a Zack más de una vez que sus dedos valdrían una fortuna con el tiempo. ¿Por qué hablaba ahora de manera tan dubitativa? ¡Y con Chet Gallagher de entre todas las personas! Zack estaba enfadado: tocaba notas muy agudas y los acordes para acompañarlas. Había perdido el ritmo. Maldito ritmo. Sus dedos golpeaban casi al azar. Oía a su madre y a su nuevo amigo hablando con gran seriedad en voz baja como si no quisieran que él los oyera; tampoco él quería oír, pero allí estaba Hazel que decía, que protestaba:

—No..., no creo que pueda hacer eso, señor Gallagher. Quiero decir, Chet. No estaría bien.

Y Chet que contestaba:

—¿No estaría bien? ¿A ojos de quién, demonios?

Al no responder su madre, añadió, más cordialmente:

—¿Está usted casada, Hazel? ¿Se trata de eso?

Ahora Zack trató de no oír. La voz de su madre era casi inaudible, avergonzada:

—No.

—¿Divorciada?

Los dedos de Zack tantearon las teclas, intentando una melodía. Buscaba la melodía. Extraño, cómo una vez que se pierde, la melodía desaparece por completo, aunque mientras la tienes, nada parece tan fácil y tan natural. Le pesaban los párpados. ¡Estaba tan cansado! Mientras oía a su madre, con su elegante vestido de fiesta morado, confesarle a Gallagher que no estaba casada, ni divorciada, que nunca había estado casada. «Nunca se había casado con nadie.»

Aquello era una cosa vergonzosa, Zack lo sabía. Que una mujer con un hijo no estuviera casada. Por qué era así, no tenía ni idea. Simplemente las palabras *tener un bebé* pronunciadas con un determinado tono insinuante provocaban risitas burlonas. En el colegio, chicos mayores le habían tomado el pelo preguntándole si tenía padre, dónde estaba su padre, y él les respondió que su padre había muerto, como su mamá le había dicho que dijera, y él retrocedió luego para alejarse de ellos, de sus crueles rostros burlones, y se volvió desesperado para salir corriendo. Su mamá le había dicho que no se fuera nunca corriendo, porque entonces te persiguen como hacen los perros, y sin embargo era superior a sus fuerzas, le asustaban sus gritos tras él, jubilosos y excitados, al tiempo que le tiraban trozos de hielo. ¿Por qué lo detestaban, por qué gritaban *Jo-nes* como si su apellido fuese algo feo?

Su mamá decía que tenían celos. Su mamá decía que era un niño excepcional, y que ella lo quería, y que a ellos nadie los quería como ella quería a Zack, y que ésa era la razón de que tuvieran celos; por eso y porque Zacharias era de verdad excepcional a los ojos del mundo y todos llegarían a saberlo, algún día.

Gallagher estaba diciendo:

—Hazel, eso no importa, por el amor de Dios.

—Importa. A ojos de la gente.

—No a los míos.

Zack no miraba a los adultos. Pero vio que Gallagher ponía su mano, tan grande, sobre la de Hazel en la mesa con tablero de zinc. Y que se inclinaba hacia adelante torpemente, rozando con los labios la frente de Hazel Jones. Zack tocaba con la mano izquierda, notas cada vez más bajas. O agudos cada vez más altos, como el parloteo nervioso de un pájaro. Había perdido todas las malditas melodías que creía saber. Y el ritmo, también había perdido el ritmo. Empezó a golpear el teclado cada vez con más fuerza. Colocó los pulgares y los demás dedos como garras, golpeando diez teclas al mismo tiempo, como podría hacerlo un niño corriente de mal humor, aporreando el teclado que ya no era capaz de tocar, arriba y abajo como un trueno.

—¡Zack! Cariño, haz el favor de dejarlo.

Hazel se le acercó, sujetándole las manos.

Era hora de marcharse. Se estaban apagando las luces del bar. El camarero se había marchado. Chet Gallagher se puso en pie, más alto de lo que Zack se había imaginado, estirándose al máximo como un gato grande, y bostezando.

—Vamos. Los llevo a su casa.

Le ayudaron a entrar en la parte trasera del coche. ¡Un automóvil muy grande, ancho como un barco! El asiento de atrás mullido como un sofá. Se le cerraban los ojos, tanto era el sueño que tenía. Viendo en el reloj verde del salpicadero que eran las 2 y 48 minutos de la madrugada. Su mamá estaba sentada en el asiento delantero al lado del señor Gallagher. Lo último que Zack oyó fue cómo Gallagher decía, con desmesura:

—Hazel Jones, ésta ha sido la noche más feliz de mi disipada vida. Hasta el momento.

13

A finales del invierno de 1963 se mudaron de Malin Head Bay a Watertown, Nueva York. Aquello era «seguir adelante» de una manera distinta. Ni utilizaron ya un autobús Greyhound ni eran pobres ni estaban desesperados: lo hicieron a bordo del cómodo Cadillac, modelo de 1959, de Chet Gallagher, muy ancho y que flotaba como un barco.

—Ahora tenemos una nueva vida. Una vida aceptable. ¡Aquí nadie nos va a seguir!

Todo quedó arreglado durante un nervioso fin de semana: Hazel trabajaría en el establecimiento de los hermanos Zimmerman, que vendían pianos y material musical en Watertown. Y a Zack le daría clases el mayor de los Zimmerman, que sólo enseñaba a alumnos destacados.

De Malin Head Bay se marchaban a Watertown —sesenta kilómetros hacia el sur—, una ciudad mucho más grande, donde no conocían a nadie. Del angosto y maloliente apartamento encima de la farmacia Hutt pasarían a otro de dos dormitorios, con paredes blancas recién pintadas, en el segundo piso de una casa de piedra rojiza en Washington Street, desde donde, en cinco minutos, se iba andando a la tienda de los hermanos Zimmerman.

Hazel Jones pagaría el alquiler del nuevo apartamento. No lo haría el señor Gallagher. Su sueldo en la tienda de pianos era casi tres veces el de acomodadora en el Bay Palace Theater.

—Cuando se vende música, se está vendiendo belleza. De ahora en adelante venderé belleza.

A partir de aquel momento Zack recibiría clases de piano que serían serias. Tendría muy pronto su propio piano. Zack era un niño que no era un niño.

De la escuela de Bay Street pasaría a otra nueva, North Watertown Elementary. Se le matriculó en segundo curso. Existía además la posibilidad de que adelantara un curso si continuaba destacando en sus estudios.

El señor Gallagher llevó un día a Zack y a su madre a la escuela de Watertown, donde el niño pasó varias horas haciendo pruebas: lectura, escritura, aritmética, cotejo de figuras geométricas. Los ejercicios no eran difíciles y Zack los terminó deprisa. A continuación celebraron una entrevista con el director, una reunión que también pareció desarrollarse de manera satisfactoria.

Sin duda debió de influir el hecho de que Chet Gallagher hubiera intervenido. Hazel se lo dio a entender a Zack, y le aseguró que estaría muy a gusto en la nueva escuela, mucho más que en la antigua.

—Señora Jones, ¿tiene la partida de nacimiento de su hijo?

—Sí.

En el distrito de Watertown se exigía aquel documento para todos los niños que se matriculaban. La partida de nacimiento de Zack certificaba que *Zacharias August Jones* había nacido el 29 de noviembre de 1956 en Port Oriskany, Nueva York. Sus padres eran *Hazel Jones* y *William Jones* (fallecido).

Hazel le explicó al director que la partida de nacimiento, muy nueva, era un facsímil. Porque el original se había perdido, años atrás, en un incendio.

¡Adiós a Malin Head Bay! A excepción de los malos ratos que le habían hecho pasar los chicos de más edad, y de los pocos ánimos del señor Sarrantini, Zack se había sentido a gusto en la vieja ciudad junto al río.

Caminar por la playa pedregosa con su mamá, ellos dos solos. Y los días en que las tormentas de nieve los obligaban a quedarse en casa, los dos solos. Y aquella noche en Malin Head Inn, que les había cambiado la vida.

Chet Gallagher era el amigo de su mamá, pero también de Zack. Apenas habían terminado de mudarse al nuevo apartamento en Watertown cuando ya existía la posibilidad de que se trasladaran de nuevo: a una casa que el señor Gallagher estaba en negociaciones para adquirir o que había comprado ya.

Demasiado nervioso para dormir, Zack estaba muy quieto en su cama, escuchando a las personas mayores que hablaban en otra habitación del nuevo apartamento.

Los oía a través de la pared. Los dedos se le movían, practicando en un teclado invisible.

Porque el habla es una especie de música. Incluso cuando las palabras eran poco claras, el tono y el ritmo prevalecían.

... pero ¿es que no querrías, Hazel?

Sí, pero...

¿Qué?

No estaría bien. Si...

Sandeces. Eso no es una razón.

La gente hablaría.

¿Y a quién demonios le importa que la gente hable? ¿Qué gente? ¿Quién hay aquí que te conozca?

En la tienda de Zimmerman me conocen. Y te conocen a ti.

¿Y qué?

Y está Zack.

Vamos a preguntárselo, entonces.

¡No! Por favor, no lo despiertes, sólo conseguirás preocuparlo. Ya sabes cómo te admira.

Bueno; yo también le admiro. Es un chico estupendo.

Ha sufrido tantos contratiempos en su vida, y sólo tiene siete años...

¿Quieres casarte, Hazel? ¿Es eso lo que quieres?

No..., no lo sé. No creo...

Cásate conmigo, entonces. Qué demonios.

No se peleaban exactamente. Hazel Jones no era una persona que se peleara. Su actitud era dulce, seria. Su voz era límpida y suplicante como una canción. Escuchar a Hazel Jones era como oír una canción en la radio. Gallagher, el varón, era quien perdía los estribos, inesperadamente. Sobre todo si había estado bebiendo. Y con frecuencia había estado bebiendo en las ocasiones en que venía a ver a Hazel. Zack se estaba quedando dormido cuando lo despertaba de repente la voz demasiado alta de Gallagher, el ruido de un puño chocando contra algo, una silla apartada con brusquedad de una mesa, Gallagher en pie, diciendo palabrotas y dirigiéndose hacia la puerta y la voz de Hazel Jones suplicando «Chet, por favor. ¡Chet!». Pero Gallagher se marchaba como una cascada de notas cayendo por el teclado, una vez iniciado el gesto era imposible detenerlo, sonoras pisadas en la escalera, el orgullo de un hombre herido, tardaba días en regresar, encerrado en Malin Head Bay, sin telefonear siquiera, para que Hazel Jones supiera, maldita sea, que podía marcharse de su vida igual que había entrado, porque podía salir de la vida de cualquier mujer igual que había entrado; ¿y entonces qué?

—Porque no soy una puta. No lo soy.

Lo que Gallagher compró para Zack fue un pequeño piano vertical. Insistió en que era «de segunda mano», «una ganga». No se trataba de un instrumento nuevo, y Gallagher lo había comprado en la tienda de Zimmerman, donde le habían hecho un descuento. Un regalo para el chico, Gallagher le dijo a Hazel que no tenía que sentirse en deuda.

—No es un Steinway, ni un Baldwin. De verdad, Hazel. Me ha costado bien poco.

Las teclas no eran de marfil sino de plástico, de un blanco cegador. La madera, de chapa, aunque muy suave, de color teca. Tenía el mismo tamaño que el maltrecho piano del instituto de Bay Street, pero con unos tonos mucho más nítidos. A Zack le anonadó el regalo. Casi dio la impresión de rehuirlo al principio, dominado por la emoción. Hazel vio en el rostro del niño la mirada afligida de una mujer adulta. A diferencia de cualquier niño normal en una situación así, Zack se echó a llorar.

Hazel pensó, inquieta: *Siente el peso del regalo. Teme no estar a la altura.*

El transportista había traído el piano para ZACHARIAS JONES. En una tarjeta colocada en un sitio destacado estaban los garabatos de Gallagher:

¡Saca todo lo que llevas dentro, Zack!
(sin compromiso)
Tu amigo C.G.

Gallagher habló, con su tono guasón, de la casa que estaba comprando en Watertown:

—Lo que más te va a gustar, Hazel, son las dos puertas separadas: podremos entrar y salir y no vernos durante semanas.

No le gustaba nada que el niño escuchara a escondidas. La vida privada de su mamá no era asunto de Zack. Dándole codazos con tanta fuerza que le hacía daño.

—Pero ¿por qué, mamá? ¿Es que no te gusta el señor Gallagher?

Y Hazel respondía sin comprometerse:

—Sí, me gusta.

Y el niño decía, a la manera suplicante y prepotente de un niño testarudo:

—Es muy buena persona, ¿verdad que sí? ¿Mamá?

Y Hazel respondía:

—Un hombre puede parecer muy buena persona, Zack, antes de irte a vivir con él.

Entre la madre y su hijo pasó entonces la sombra del *otro*. En el vocabulario que compartían al *otro* nunca se le daba un nombre y Hazel llegaba a preguntarse si Zack se acordaba de cómo se llamaba su padre.

Era un nombre que no había que pronunciar en voz alta. Sin embargo todavía la obsesionaba en momentos de debilidad.

Niles Tignor.

Preguntándose si Zack recordaba cómo se llamaba antes. ¡Tantas veces pronunciado con amor por la voz de su mamá!

Niley.

Como si de algún modo Niley hubiera sido su primogénito. Y este Zacharias de más edad, más difícil y testarudo, fuese otro niño a quien no podía querer tanto.

Zacharias se distanciaba de ella, Hazel se daba cuenta. Su lealtad estaba cambiando de su madre al nuevo hombre de su vida, Gallagher. Suponía que era inevitable, completamente normal. Pero tenía que proteger a su hijo como estaba obligada a protegerse ella.

Motivo por el que dijo, mientras le acariciaba la frente tibia:

—No creo que estemos preparados para vivir con un hombre, Zack. No creo que podamos fiarnos de un hombre. Todavía no —hablar con tanta franqueza no era la manera preferida de Hazel para comunicarse con su hijo, y le preocupaba que quizá llegara a arrepentirse.

—¿Cuándo, entonces, mamá?

—Algún día, quizá. No lo puedo prometer.

—¿El mes que viene? ¿La semana que viene?

—La semana que viene desde luego no. He dicho...

—El señor Gallagher me ha contado...

—Olvídate de lo que el señor Gallagher te haya contado; no tiene derecho a hablar contigo a mis espaldas.

—¡No ha sido a tus espaldas! ¡Me lo ha contado a mí!

De repente Zack estaba enfadado. Se enfadaba en un abrir y cerrar de ojos. ¡Exigiendo saber por qué no podían vivir con el señor Gallagher si él los quería a su lado! Nadie más los quería, ¿no era cierto? ¡No había nadie que se quisiera casar con ellos! ¡Mientras que el señor Gallagher estaba comprando una casa para *ellos*! Hazel se quedó sin palabras al ver la rabia en la carita encendida de su hijo, un rostro que parecía un puño apretado, y la amenaza de violencia en la agitación de los brazos. *Quiere un padre. Piensa que le estoy impidiendo tener un padre.*

Trató de hablar con calma. No era lo suyo exaltarse en respuesta a las emociones de los demás.

—Cariño, no es asunto tuyo. Lo que pase entre el señor Gallagher y yo no es en absoluto asunto tuyo; no eres más que un niño.

Ahora Zack se enfadó de verdad. Informó a su madre a voz en grito de que no era un niño, de que no era un estúpido niño, *por supuesto que no*.

Se escapó de los brazos de Hazel, tembloroso. No la golpeó con los puños pero se apartó de ella como si la aborreciera, y se encerró en su cuarto dando un portazo contra ella, que se quedó mirando en su dirección, aturdida y afectada.

La rabieta pasó. Zack salió de su cuarto y fue de inmediato al piano. Aquel día había practicado ya por espacio de dos horas. Ahora tocaría varias veces su lección para el señor Zimmerman, y luego se recompensaría (Hazel suponía que era ésa la lógica, un trato consigo mismo) tocando al azar composiciones más avanzadas de su *Curso moderno para piano* de John Thomson o jazz y boogie-woogie al estilo de Chet Gallagher.

Hazel le dijo en broma:

—Toca «Savin All My Love For You».*

Quizá. Tal vez lo hiciera.

Hazel se consoló oyendo a su hijo al piano mientras preparaba la cena para los dos. Incluso cuando Zack tocaba demasiado alto o descuidadamente o repetía secuencias de notas de manera compulsiva como para castigarse él y castigarla a ella, pensaba *Estamos en el sitio más adecuado del mundo, y ha sido Hazel Jones quien nos ha traído hasta aquí.*

---

* Guardo todo mi amor para ti. *(N. del T.)*

14

—Cuando vendes música, vendes belleza.

Hazel Jones no había estado nunca tan orgullosa de ningún trabajo. Nunca tan sonriente, tan dichosa. Su rostro juvenil desprendía luz como un rayo de sol reflejado en un espejo. Sus ojos parpadeaban una y otra vez, dominados por la humedad de la gratitud, de la incredulidad.

La tienda de los hermanos Zimmerman era un antiguo establecimiento de Watertown, situado en una casa de piedra rojiza, de elegancia algo venida a menos, en South Main Street, y en un barrio —en parte residencial y en parte comercial— de distinguidos edificios antiguos con apartamentos y comercios pequeños. Lo primero que se veía, cuando uno se acercaba a Zimmerman's, era el elegante escaparate en saliente donde siempre estaba expuesto un Steinway de cola. Al atardecer, y en los días sombríos de invierno, el escaparate en saliente estaba iluminado y el piano brillaba.

Hazel se detuvo a mirar. El piano era tan hermoso que le hacía sentirse débil, estremecida. Le vino la idea a la cabeza: *Nadie te puede seguir hasta aquí.*

Desde Milburn, quería decir. Desde aquella vida. Cumpliría pronto veintisiete años, la hija del sepulturero que habría tenido que estar muerta a los trece.

¡Menudo chiste, su vida! Gallagher, un hombre bueno, decente, amable, creía quererla, pero no la conocía en absoluto.

Sintió una punzada de culpabilidad por engañarlo. Pero, con mucha mayor intensidad, un extraño placer embriagador.

A primera hora de la mañana, sobre todo, cuando iba andando a la tienda y oía el repiqueteo de sus tacones altos sobre la acera —el enérgico *stacato* de Hazel Jones—, se descubría pensando en la casa de piedra del cementerio. Sus hermanos, Herschel, August. Cuántos años tendrían ahora, si estaban vivos: Herschel treinta y tantos, August casi los mismos. Se preguntó si los conocería. Y si ellos la reconocerían en Hazel Jones.

Se enorgullecerían de ella, pensaba. Los dos la habían querido. Les gustaría que le fuese bien, claro que sí. Herschel movería la cabeza, incrédulo. Pero se alegraría por Hazel Jones, sin duda alguna.

Y estaban los Schwart adultos.

A Jacob Schwart le impresionaría lo indecible el estable cimiento de los Zimmerman. El aspecto mismo de la casa de piedra rojiza, la tienda. Y era un local amplio, con suelos de parqué en la sala de exposición y música clásica ambiental. Aunque Jacob Schwart despreciaba a los alemanes. Como despreciaba a la gente adinerada. Jacob Schwart nunca podría resistir el deseo de burlarse, de menospreciar cualquier éxito de su hija.

Eres una ignorante. No sabes nada del mundo, que es un infierno.

Hazel Jones sabía. Pero nadie en Watertown adivinaría los conocimientos de Hazel Jones.

¡Anna Schwart estaría orgullosa de ella! ¡Trabajar en una tienda que vendía pianos!

Aunque a Hazel Jones, al igual que a las otras vendedoras, no se le confiaba la venta de los pianos, actividad reservada a Edgar Zimmerman.

Hazel vendía manuales para aprender música, partituras, discos de música clásica. Instrumentos como guitarras, ukeleles. El establecimiento de los hermanos Zimmerman era un importante punto de venta de entradas para conciertos locales, recitales, manifestaciones musicales de todo tipo, y Hazel también vendía encantada aquellas entradas. En ocasiones, le regalaban dos entradas para los espectáculos, y entonces iba con Zack.

—Una vida nueva, Zack. Hemos empezado nuestra nueva vida.

En honor de aquella vida nueva, Hazel llevaba con frecuencia guantes blancos para ir a la tienda. Y a imitación de la elegante esposa del presidente Kennedy, de vida social tan destacada, utilizaba a veces un casquete negro con un velo vaporoso. Al llegar se quitaba los guantes y el sombrero. Por supuesto, también se ponía zapatos de tacón alto y medias de nailon sin carreras, y siempre estaba tan perfectamente arreglada como una joven de un anuncio. Su cabello tenía ahora un intenso color castaño, tan limpio y ferozmente cepillado que crepitaba a causa de la electricidad estática, y lo llevaba hasta los hombros y con un flequillo hasta la mitad de la frente.

Le quedaban finas cicatrices blancas a la altura del nacimiento del pelo, escondidas tras el flequillo. Nadie, excepto su hijo, las había visto nunca. Y, muy probablemente, Zack las había olvidado.

En la tienda de los Zimmerman había otras dos empleadas: Madge y Evelyn, de mediana edad y pechugonas. Madge hacía de recepcionista para Edgar Zimmerman, que era quien llevaba la tienda, y también un poco de contable. Evelyn era una vendedora especializada en manuales didácticos y en partituras, y la conocían todos los profesores de música de las escuelas públicas del condado. Tanto Madge como Evelyn llevaban informes trajes oscuros, a menudo con una rebeca echada sobre los hombros. Eran mujeres más bien de corta estatura, muy poco por encima del metro cincuenta. En contraste, Hazel Jones era una joven alta y atractiva que sólo llevaba ropa que sirviera para realzar su figura. No tenía un vestuario muy amplio, pero entendía muy bien cómo variar sus «conjuntos»: una larga falda de lana negra con tablas y una torera a juego con un bordado de capullos de rosas rojas; una larga falda gris de franela con un pliegue atrás, y cinturón elástico de color negro; blusas «translúcidas» marcadamente femeninas; jerséis de ganchillo con joyas diminutas o perlas; vestidos muy ajustados de tejidos brillantes. Detrás de su mostrador con cubierta de cristal, Hazel parecía a veces un adorno navideño, toda ella inocencia rutilante. A su jefe, Edgar Zimmerman, le desconcertaba observar cómo, cuando un cliente entraba en la tienda, si se trataba de un varón, lanzaba una rápida ojeada a Evelyn, a Madge si estaba en el piso de abajo, y a Hazel, y se dirigía sin vacilar hacia esta última, coqueta, sonriente y a la expectativa.

—Buenos días, caballero. ¿En qué puedo servirle?

A veces se veía a Hazel, detrás de su mostrador, en una postura de repentino malestar. Como si hubiera oído a alguien llamándola por su nombre desde lejos o hubiese vislumbrado, a través de un escaparate, una figura que al pasar la alarmase.

—¿Hazel? ¿Le sucede algo? —podía preguntar Edgar Zimmerman, si no le parecía que estaba entrometiéndose; pero Hazel Jones despertaba de inmediato de su trance y le aseguraba, sonriente:

—¡No, no! Nada en absoluto, señor Zimmerman. Imagino que alguien habrá pisado mi tumba...

La observación era tan absurda, tan desprovista de sentido, que Edgar Zimmerman soltaba la carcajada.

¡Qué divertido! Hazel Jones tenía ese raro don, hacer que un caballero entrado en años, de corazón melancólico, riera como un adolescente.

Sólo Edgar Zimmerman vendía pianos. Su vida eran los pianos. (Su hermano Hans, más distinguido, no se ocupaba de las ventas. Desdeñaba la «finanzas». Únicamente aparecía por la tienda para dar clases de piano a alumnos selectos.) Hazel Jones, de todos modos, visitaba con frecuencia el salón donde estaban expuestos los pianos, siempre dispuesta a quitar el polvo, a limpiar, a sacar brillo a los hermosos pianos resplandecientes. Llegó a sentir debilidad por el característico olor a limón de la marca de cera para muebles preferida de los Zimmerman, una costosa importación alemana que se vendía en la tienda. También llegó a gustarle mucho el olor del marfil auténtico. Los hermanos Zimmerman habían adquirido incluso un clavicémbalo de época, un exquisito instrumento de madera de cerezo, con incrustaciones de oro y madreperla, que Hazel admiraba de manera especial. Era muy posible que a Edgar Zimmerman, un viudo pulcro de baja estatura y poblados cabellos grises que se le desordenaban a veces y de perilla puntiaguda que se acariciaba de manera compulsiva, le halagase el entusiasmo por su trabajo de su empleada más joven, porque se le veía a menudo hablar animadamente con ella en el salón de exposición; y también, con frecuencia, recurría a Hazel Jones, y no a Madge ni a Evelyn, para ayudarle a concluir una venta.

—¡Su sonrisa, Hazel Jones! Eso asegura que cerremos el trato.

Era un pequeño chiste entre ellos, más bien atrevido por parte de Edgar Zimmerman. Sus dedos acariciaban la perilla puntiaguda con inconsciente ardor.

También él era pianista: con menos talento que su hermano Hans, pero muy competente, y hacía demostraciones para los clientes tocando fragmentos escogidos de Schubert, de Chopin, el estruendoso principio del «Preludio en do sostenido menor» de Rachmaninoff y el romántico y límpido de la sonata de Beethoven conocida como «Claro de luna». Edgar hablaba de haber oído tocar el «Preludio» a Rachmaninoff, hacía muchos años en el Carnegie Hall de Manhattan. ¡Una velada inolvidable!

—¿Nunca oyó usted a Beethoven, imagino? —preguntó Hazel con su sonrisa más ingenua—. ¿En Alemania? Eso fue hace demasiado tiempo, supongo.

Edgar se echó a reír.

—¡Por supuesto, Hazel! Beethoven murió en 1827.

—Y ¿cuándo vino su familia a este país, señor Zimmerman? Hace muchísimo tiempo, supongo.

—Sí. Hace mucho tiempo.

—¿Antes de la guerra?

—Antes de las dos guerras.

—Tiene usted que haber tenido familia. En Alemania, quiero decir. Los Zimmerman vienen de Alemania, ¿no es eso?

—Sí; de Stuttgart. Una hermosa ciudad, lo era, al menos.

—¿*Era*?

—Stuttgart fue destruida en la guerra.

—¿Qué guerra?

Edgar Zimmerman vio que Hazel le sonreía, aunque con menos seguridad. Era una colegiala torpe, que se enroscaba un mechón de pelo alrededor del índice. Le brillaban las uñas pintadas de rojo.

—Algún día, Hazel —dijo él—, quizá conozca usted Alemania. Se conservan algunos monumentos.

—¡Ah! ¡Eso me gustaría muchísimo, señor Zimmerman! En mi luna de miel, quizás.

Rieron juntos. Edgar Zimmerman se sentía un poco aturdido, como si el suelo hubiera empezado a inclinarse bajo sus pies.

—Hazel, mucho de lo que se dice sobre Alemania, sobre los alemanes, está morbosamente exagerado. Los americanos tienen la manía de la exageración, como en Hollywood, ¿se da cuenta? Por los beneficios económicos. Siempre por el dinero, ¡para vender entradas! A nosotros, los alemanes, se nos ha embadurnado a todos con la misma brocha.

—¿Qué brocha es ésa, señor Zimmerman?

Edgar se acercó más a Hazel, acariciándose la barbilla con nerviosismo. Estaban solos en el espléndido salón donde se exponían los pianos.

—La brocha *juden*. ¿Cuál si no?

Edgar rió amargamente al hablar. De repente se sentía temerario en presencia de aquella joven, atractiva e ingenua, que lo miraba con los ojos muy abiertos.

—¿*Juden*?

—Judía.

Hazel parecía tan perpleja que Edgar lamentó haber sacado a colación el maldito tema, que nunca justificaba del todo el gasto de emoción que parecía exigir.

En voz más baja, añadió:

—Lo que han reivindicado. Cómo ellos, los judíos, han querido envenenar al mundo contra nosotros. Su propaganda acerca de los «campos de exterminio».

Hazel seguía pareciendo perpleja.

—¿Quiénes son esos *nosotros*, señor Zimmerman? ¿Se refiere a los nazis?

—¡Nazis, no! ¡Hazel, por Dios! *Los alemanes*.

Estaba ya muy agitado. El corazón le latía en el pecho como un metrónomo desquiciado. Pero Madge había aparecido en el umbral, porque a Edgar lo llamaban por teléfono.

El tema nunca volvería a mencionarse entre los dos.

—Hazel Jones, nos mantiene usted jóvenes a todos. ¡Hay que dar gracias a Dios por personas como usted!

Había sido idea de Hazel disponer flores en jarrones y colocarlos sobre los pianos más hermosos del salón donde estaban expuestos. También idea de Hazel Jones rifar entradas para el recital anual de los alumnos de Hans Zimmerman, que se celebraba en mayo; y obsequiar con entradas a los clientes que gastaran todos los meses cierta cantidad de dinero en la tienda. ¿Por qué no anunciarse en la televisión, además de en la radio? ¿Y por qué no patrocinar un concurso para pianistas jóvenes, lo que supondría una estupenda publicidad para los hermanos Zimmerman?...

Hazel se quedaba sin aliento al hablar de ideas como aquéllas. Las dos vendedoras de más edad sonreían consternadas.

Fue entonces cuando Madge Dorsey dijo que Hazel Jones los mantenía jóvenes a todos. Y cuando dio gracias a Dios por personas como ella.

—*¿Personas como yo?* ¿Quiénes?

Hazel parecía bromear, aunque con ella nunca se sabía del todo por dónde iban los tiros. Su risa juvenil era contagiosa.

Madge Dorsey decidió entonces dejar de aborrecer a Hazel. Durante las semanas transcurridas desde que Edgar Zimmerman contrató a la nueva vendedora —sin la menor experiencia en ventas además de ignorante absoluta en cuestiones de música—, Madge había sentido florecer el odio en su interior, en la región del pecho, como un cáncer de crecimiento muy rápido. Pero odiar a Hazel Jones era como odiar el deshielo primaveral tan esperado en el norte del Estado de Nueva York. Odiar a Hazel Jones era odiar la cálida riada cegadora del mismo sol. Y estaba además la futilidad de semejante sentimiento, reconoció Madge: Edgar Zimmerman había contratado a la chica y era evidente que le gustaba mucho.

Evelyn Steadman, vendedora en el establecimiento de los hermanos Zimmerman por espacio de veintidós años, tardó más en dejarse ganar por la «personalidad» de Hazel Jones. A sus cincuenta y cuatro años Evelyn seguía soltera, con la esperanza menguante pero siempre renovada de que Edgar Zimmerman, viudo ya de doce años, con poco más de sesenta, pudiera sentir por ella un repentino interés romántico.

De todos modos Hazel Jones se impuso. Pensando: *¡Haré que me queráis! De manera que no deseéis nunca hacerme daño.*

—¿Qué tal se porta mi chica Hazel, Edgar? ¿Alguna queja?

Pocas semanas después de que la madre de Zack empezara a trabajar con los hermanos Zimmerman, Chet Gallagher inició la costumbre de dejarse caer por la tienda a final de la tarde, a la hora de la penumbra invernal cuando estaban a punto de cerrar. Gallagher surgía de la nada. Era conocido de los Zimmerman y también parecían conocerlo Madge y Evelyn, que se alegraban de verlo. Para Hazel era siempre una sorpresa. No sabía que Gallagher estuviera en Watertown, ni que planeara sorprenderla con una invitación para cenar aquella noche; a menudo, después de una explosión de mal genio, Gallagher se pasaba varios días sin telefonearle.

En ocasiones así, Gallagher sonreía al entrar en la tienda, y se mostraba eufórico y completamente dueño de la situación. Llevaba un costoso abrigo de pelo de camello un poco arrugado, le brillaba la frente despejadísima y el pelo le tapaba el cuello de la camisa. Con frecuencia hacía uno o dos días que no se afeitaba, y le brillaban las mandíbulas como cubiertas por limaduras de metal. Hazel sentía el *glamour* de la repentina presencia de su amigo, la ráfaga de dramatismo que acompañaba cada uno de sus gestos. En el interior de la tienda de los hermanos Zimmerman, decorada con excelente gusto, sobre el suelo de parqué bien encerado, Gallagher parecía, de algún modo, muy impresionante, como una figura que hubiera descendido de una pantalla de cine. Era siempre muy considerado con Edgar Zimmerman, y le estrechaba la mano con entusiasmo. Parecía incluso disfrutar con las atenciones de Madge Dorsey y de Evelyn Steadman, que revoloteaban a su alrededor llamándolo «señor Gallagher» y le imploraban que tocase el piano.

—Sólo unos pocos minutos, señor Gallagher. ¡Por favor!

Era una escena animada. Si no había habido mucho movimiento en la tienda, la aparición de Chet Gallagher ponía una nota brillante al final del día. Porque parecía que el pianista de jazz era algo así como una figura local, que disfrutaba de la simpatía de todo el mundo.

Y miraba a Hazel con una sonrisa sardónica: *¿Ves? Chet Gallagher es un tipo importante en algunos ambientes.*

Hazel se apartaba un poco, no del todo cómoda. Cuando Gallagher hacía una de sus apariciones estaba obligada a manifestar alegría al mismo tiempo que sorpresa. Su rostro tenía que *iluminarse*. Debía correr hacia él con sus zapatos de tacón alto y permitirle que le estrechara la mano. No podía quedarse al margen. No podía herirlo. Era la persona que había pagado su traslado a Watertown, que le había prestado dinero para atender a numerosos gastos, incluido el depósito para el alquiler de su apartamento. («Prestado» sin interés. Y sin necesidad de devolver el dinero durante mucho tiempo.) Gallagher insistía en la «ausencia de condiciones» en su amistad con la madre y el hijo, pero Hazel sentía lo violento de su situación. Gallagher se estaba volviendo cada vez más impredecible: iba en coche de Malin Head Bay a Watertown, dejándose llevar por un impulso, para verla, y luego regresaba a Malin Head Bay en la misma noche; y era capaz de no aparecer por Watertown, después de haber quedado en visitarla, sin dar explicación alguna. Aunque esperaba explicaciones de Hazel, se negaba a justificarse ante ella.

En la tienda de música Hazel veía a Gallagher mirándola con una expresión de ternura desconcertada y de arrogancia sexual y la dominaban la ansiedad y el resentimiento. *Quiere que los demás piensen que soy su amante. ¡Que es el propietario de Hazel Jones!*

Era una farsa. Pero Hazel no podía desentenderse.

—¡Venga a tocar para nosotras, Chester! Está obligado.

—¿Seguro? Me parece que no.

De pequeño Chet había sido alumno de Hans Zimmerman. Entre aquellas personas de edad que lo miraban con admiración adquiría aire de renegado. Al implorarle que se sentara ante el Steinway de cola, Gallagher acababa por ceder. La primera vez, después de extender y flexionar los dedos, se inclinó de repente hacia adelante y empezó a tocar una música inesperadamente bella y sutil. Hazel había estado esperando jazz y se sorprendió al oír una música completamente distinta.

Las encantadas oyentes identificaron la pieza como «Liebestraum», de Liszt.

Gallagher tocaba de memoria. Su interpretación era desigual, en ráfagas repentinas y tiradas de llamativa destreza, y luego de nuevo elegantemente moderada, soñadora. Y después vistoso una vez más, de manera que se estaba pendiente de las manos, de los brazos, del movimiento de los hombros y de la cabeza, además de escuchar los sonidos producidos por el piano. Hazel, de todos modos, quedó impresionada, embelesada. Si Zack y ella vivieran con Chet Gallagher, tocaría el piano para ellos de aquella manera...

Tienes que querer a este hombre. No te queda otro remedio.

Sintió la sutil coacción. ¡Si Anna Schwart pudiera estar ahora a su lado!

Pero Gallagher no siempre tocaba sin equivocarse. Algunas notas falsas lograba disimularlas, pero otras eran flagrantes. En medio de una sucesión virtuosista de notas triples se interrumpió en una ocasión con un «¡Maldita sea!». Le avergonzaba equivocarse tanto. Aunque los otros le alabaron y le rogaron que continuara, Gallagher se giró, obstinado, sobre el taburete como un escolar, de espaldas al teclado, se buscó un cigarrillo y procedió a encenderlo. Se había puesto colorado, y sus prominentes orejas puntiagudas adquirieron un intenso color rojo. Hazel veía que Gallagher estaba furioso consigo mismo y que le impacientaban las remilgadas explicaciones de Edgar Zimmerman a las tres mujeres:

—Si se fijan, Chester toca el «Liebestraum» con el estilo mismo de Liszt. Vean cómo los brazos se deslizan con las notas, vean la potencia en los brazos que procede de la espalda y de los hombros. Es el estilo varonil revolucionario que Liszt hizo tan famoso, a fin de que el pianista esté a la altura del arte del compositor.

A Gallagher, Zimmerman le dijo con tono de reproche paternal:

—Nunca deberías haber abandonado tu música seria, Chester. ¡Habrías hecho que tu padre se enorgulleciera tanto de ti!

—¿Habría?

Gallagher hablaba de manera cansina. Estaba encendiendo el cigarrillo de manera descuidada, y Hazel temió que alguna chispa cayera sobre el piano.

A continuación Gallagher pasó a tomar el pelo a Edgar Zimmerman, como se lo había tomado antes a Hazel preguntando qué tal «se porta mi chica», de manera que la joven se había escabullido con una risa avergonzada. Hazel no ignoraba que debía su trabajo en la tienda a la relación de Gallagher con Hans Zimmerman, y que tenía que estar agradecida a Gallagher al igual que a los Zimmerman, y que la mejor manera de expresar aquella gratitud era no quedarse quieta, sin hacer nada, como todos los demás. Estaba cerrando la caja cuando apareció Gallagher y ahora volvió a ocuparse de aquella tarea. Pasaría minutos amontonando hábilmente monedas de cinco y diez centavos en rollos para el banco.

¡Un ritual tedioso y exigente! Ni a Madge ni a Evelyn les gustaba hacerlo, pero Hazel lo ejecutaba a la perfección y sin quejarse.

—Hazel, cariño. Hora de acabar.

Allí estaba Gallagher, con su abrigo arrugado, acercándose con el de Hazel, abierto como una red.

Siento haberme presentado así, Hazel. No me esperabas esta noche, imagino.

No.

Pero ¿qué más da? No tienes nada que me estés ocultando, ¿verdad que no?

No era probable que el otro los fuera a seguir en aquella nueva vida.

Porque lo que hacían ahora era «seguir adelante» de la manera nueva. Hazel sonrió al pensar en el asombro de Tignor si pudiera saberlo.

Hermanos Zimmerman. Pianos y Material Musical. En una hilera de casas de piedra rojiza en South Main Street, Watertown. El escaparate que sobresalía, visible desde la calle en las dos direcciones, con el piano de cola marca Steinway bien iluminado. Y sobre el piano, en cérea perfección, el jarrón con los altos lirios blancos.

Y la otra casa de piedra en el número 1.722 de Washington Street, donde H. Jones vivía con su hijo en el apartamento número 26. Y en cuyo portal, junto al buzón de aluminio para el número 26, estaba claramente escrito con letra de imprenta sobre una tarjetita blanca el nombre H. JONES, como concesión al Servicio de Correos de los Estados Unidos.

(Hazel le protestó al cartero: «Pero si no recibo más que facturas: gas, electricidad, teléfono. ¿No podrían entregarse al "inquilino del número 26"? *¿Hay una ley?*». Había una ley.)

Entonces se acordó: el hotel Plaza de Watertown.

Donde había firmado en el registro como *Señora de Niles Tignor*. Se la había conocido como *Señora de Niles Tignor*. Sólo recordaba de manera muy vaga las habitaciones en las que Tignor y ella habían estado, y no recordaba en absoluto la cara de su supuesto marido, ni su actitud, ni sus palabras al hablar con ella, porque una niebla le oscurecía la visión de la misma manera que, cuando estaba cansada, percibía el débil zumbido muy agudo en el oído derecho. En general evitaba el antiguo y suntuoso hotel Plaza de Watertown. Excepto que a Chet le gustaba su churrasquería. Como es lógico le gustaban los restaurantes donde era conocido y donde le estrechaban la mano con calor. Gallagher era un hombre de bistecs a la plancha, anillos de cebolla rebozados y martinis muy secos. Cuando visitaba Watertown insistía en llevar a Hazel y a Zack a la churrasquería del Plaza. Hazel era consciente del peligro. Aunque procedía a recordarse la información de que disponía: *No seas ridícula, Tignor ya no trabaja para la fábrica de cerveza. Todo eso se acabó. Se ha olvidado de ti. Nunca ha conocido a Hazel Jones.* Para aquellas veladas en el Plaza, Hazel se vestía en cierto modo de una manera conspicua. Gallagher tenía la costumbre de sorprenderla con «conjuntos» atractivos para tales ocasiones. Gallagher, siempre vigilante de los ojos inquisitivos de otros hombres, encontraba sin embargo un placer perverso en el aspecto que Hazel presentaba a su lado. En el vestíbulo del Watertown Plaza, con Zack de la mano y muy cerca de Chet Gallagher, Hazel sentía el desagradable deslizarse de los ojos masculinos por su cuerpo, aunque sin duda no había nadie allí que la conociera, que conociera a Niles Tignor y fuese a contarle que la había visto.

Estaba segura.

Una mujer abre su cuerpo a un hombre, y el hombre lo poseerá como si fuese suyo.

Una vez que un hombre te ama de esa manera, llegará a odiarte. Con el tiempo.

Un hombre nunca te perdonará su debilidad al quererte.

15

—Repite, hijo.

Un estudio de Czerny que eran veintisiete compases de alegreto con semicorcheas en cuatro bemoles. Zack lo había tocado una vez, ligeramente apresurado, en pequeñas oleadas ansiosas, mientras su profesor de piano marcaba el tiempo con un lápiz tan exacto como el anticuado metrónomo colocado sobre el piano. Zack, por lo menos, no se había saltado ni se había equivocado en ninguna nota. Ahora, a petición de Hans Zimmerman, tocó de nuevo el estudio.

—Y otra vez más, hijo.

Zack lo tocó por tercera vez. Cerró los ojos a medias mientras sus dedos volaban rápidamente hacia lo alto, hacia los agudos, cada vez más alto, más agudo, en repetitivos movimientos deslizantes. Era una época, pasaría meses, años de estudios similares: Czerny, Bertini, Heller, Kabalevsky. Había que adquirir y refinar la técnica pianística. Cuando Zack terminó, no alzó del teclado las manos ligeramente temblorosas.

—Te lo has aprendido, ¿verdad?

El señor Zimmerman cerró el libro de ejercicios.

—De nuevo, hijo.

Zack, los ojos cerrados a medias como antes, tocó el estudio: veintisiete compases de alegreto con semicorcheas en cuatro bemoles. El compás de cuatro por cuatro de la pieza no variaba nunca. Ninguna de las composiciones de los *Estudios para pianoforte del Real Conservatorio de Música* variaba nunca. Cuando el niño terminó, Hans Zimmerman, el hermano mayor, murmuró unas palabras de aprobación. Se había quitado las gafas, con manchas de dedos en los cristales, y sonreía a su alumno más joven.

—Muy bien, hijo mío. Lo has tocado cuatro veces y no cabe la menor duda: has acertado siempre con todas las notas.

En Watertown, Nueva York, adonde el señor Gallagher los había traído. Donde los días de entresemana eran cruciales como no lo habían sido en Malin Head Bay. Y donde el sábado era tan importante que el viernes —el día anterior al sábado— pronto se convirtió para Zack en una jornada de agitación casi insoportable y de aprensión: estaba distraído en el colegio, en casa practicaba febrilmente al piano durante horas, sin querer dejar de tocar para tomarse la cena y sin querer acostarse hasta muy tarde: hasta medianoche. Porque el sábado por la mañana a las diez tenía su clase semanal con Hans Zimmerman.

¡El sábado era el día favorito de Zack! Toda la semana se convertía en una preparación para el sábado por la mañana cuando su madre lo llevaba a la tienda de los hermanos Zimmerman, adonde llegaban a las 8:45 y en donde permanecían hasta que se cerraba el establecimiento a las tres y media.

¿Qué años tiene, Hazel?

Siete y medio.

¡Sólo siete y medio! Esos ojos...

Estaba la emoción de la clase con el mayor de los Zimmerman, que a veces se prolongaba diez, quince minutos, mientras el alumno que venía a continuación esperaba, paciente, en un rincón del aula de música en la parte de atrás de la casa de piedra rojiza. A lo que se añadía la emoción de que a Zack se le permitiera quedarse para observar ante el teclado a algunos de los alumnos más aventajados del señor Zimmerman, porque también aquello era una manera de aprender técnica pianística.

—Siempre que prometas quedarte muy quieto en el rincón, hijo. Quieto como un pequeño *Maus.*

Un ratón es un bicho nervioso que no se está quieto, pensó Zack.

Las clases de los otros alumnos le resultaban de gran interés. Porque comprendía que aquellas lecciones más avanzadas también le tocarían a él en el futuro. No le cabía la menor duda de que sería así: el señor Gallagher había puesto en movimiento una sucesión de acciones y su confianza en el señor Gallagher era absoluta.

Le permite a Zack que vea a los otros alumnos, Chet. ¿No es maravilloso?

Si no es demasiado para el chico.

¿Demasiado? ¿Cómo podría ser demasiado?

Los niños se cansan de la música si se les exige demasiado.

Cosa extraña, Zack no sentía envidia de los otros alumnos de piano excepto por sus manos más grandes y su mayor fuerza. Pero también aquello estaría algún día a su alcance.

¡Qué alivio, Hans Zimmerman nunca hacía a sus alumnos observaciones personales o hirientes, como en el caso de Sarrantini! Se preocupaba sólo de la ejecución de la música. Parecía hacer muy pocas diferencias entre alumnos más o menos jóvenes. Era un profesor amable que elogiaba cuando los elogios eran merecidos, pero que no quería engañar, porque siempre había que trabajar más:

—Schnabel optó por convertirlo en su ideal: sólo quería tocar al piano obras que fuese imposible dominar. Sólo piezas «siempre por encima del nivel al que se las toca». Porque lo que se puede tocar no es trascendental. Lo que se puede tocar con facilidad y bien es *Schund*.

La expresión desdeñosa en el rostro de Hans Zimmerman permitía saber a sus alumnos lo que aquella palabra alemana debía de querer decir.

Gallagher informó a Zack y a su madre de que Zimmerman había estudiado con el gran Arthur Schnabel. En Viena, a comienzos de los años treinta. Se había jubilado después de enseñar durante decenios en la Portman Academy of Music de Syracuse. Y llevaba mucho tiempo retirado de las salas de conciertos. Gallagher sorprendió a la madre y a su hijo llevándoles varios discos que Zimmerman había grabado a finales de los cuarenta con un sello de música clásica pequeño pero prestigioso de la ciudad de Nueva York.

Se trataba de obras para piano de Beethoven, Brahms, Schumann y Schubert. Hazel habría hablado de aquellas grabaciones con Hans Zimmerman, de no ser por la advertencia de Gallagher:

—Me parece que no quiere que se lo recuerden.

—Pero ¿por qué no?

—Algunos de nosotros tenemos esa sensación sobre nuestro pasado.

En el establecimiento de los hermanos Zimmerman, Hans ocupaba la parte de atrás de la casa de piedra, mientras que Edgar llevaba el negocio. Eran socios, según se creía, pero en la práctica Hans no tenía nada que ver con la venta de mercancías, ni con los empleados, ni con las finanzas; Edgar se encargaba de todo. Se sabía que Hans sólo era cuatro o cinco años mayor que su hermano, pero parecía enteramente de otra generación: distinguido en el trato, más bien distante y pausado en el habla, de bifocales con los cristales manchados que con frecuencia se le caían del bolsillo del chaleco, aceradas patillas sin recortar, la costumbre de respirar ruidosamente a través de los dientes cuando se concentraba en la ejecución de un alumno. Alto, descarnado, de porte noble, vestía chaquetas y jerséis disparejos y pantalones sin planchar. Su calzado favorito era un par de mocasines muy viejos. Era fácil darse cuenta de que había sido bien parecido en otro tiempo, aunque ahora su rostro estuviera en ruinas. Se mostraba reservado e indirecto tanto en las críticas como en los elogios. Desde su rincón, Zack presenciaba clases enteras en las que el mayor de los Zimmerman murmuraba únicamente «Bien. Adelante» o «Repita, por favor». Varias veces Zack había oído las terribles palabras: «Repita la lección la semana que viene. Muchas gracias».

Era frecuente que el señor Zimmerman le hiciera repetir piezas, pero nunca le había pedido repetir una lección entera. Lo llamaba «hijo»; no parecía recordar su nombre. ¿Por qué tendría que recordar un nombre? El interés por sus alumnos se centraba en sus manos; no exactamente en las manos, sino en los dedos; ni siquiera en los dedos para ser más precisos, sino en la «digitación». Era posible valorar a un pianista o a una pianista joven por su «digitación», pero no se sacaba nada en limpio ni de un nombre ni de una cara.

En la memoria de Hans Zimmerman permanecía intacta en su totalidad la magnífica *Hammerklavier* de Beethoven aprendida más de cincuenta años antes, cada nota, cada pausa, cada variante tonal y, sin embargo, no se molestaba en recordar los nombres de personas a las que veía con frecuencia.

Y allí estaba aquel niño con talento, ahora una rareza en la vida de Hans Zimmerman: un niño que parecía haber salido de la nada con sus ojos llenos de ansia, de algún modo viejos ojos europeos, en absoluto los de un chico americano, según la manera de pensar de Zimmerman. No le haría preguntas personales a la madre del niño, no quería conocer sus antecedentes, no quería sentir nada por el pequeño. Todo aquello estaba ya muerto en él. Y, sin embargo, en momentos de debilidad, el profesor de piano se descubría mirando al niño mientras interpretaba sus ejercicios, una de las peliagudas piececitas de Czerny, quizás. Presto con un compás de seis por ocho, tres sostenidos. Manos izquierda y derecha reflejándose rápidamente en ascensos y descensos. En los compases finales, las manos se situaban casi a un teclado de distancia, y el niño extendía los brazos como en un remedo de crucifixión.

Hans Zimmerman se sorprendió riendo en voz alta.

—Bravo, hijo mío. Si tocas a Czerny como Mozart, ¿qué harás cuando toques a Mozart?

Me hace feliz. Lo que me hace feliz. ¡Pero qué, Dios mío!
Ni la más remota idea de qué tocar. Nadie le había hecho nunca una petición así al pianista de jazz. Sus dedos tantearon el teclado. Eran tantas las cosas de su vida adulta que se habían vuelto maquinales, su voluntad suspendida e indiferente. El vacío de su alma se abrió ante él como un pozo muy profundo en el que no se atrevió a mirar.

Sus dedos no le fallarían, sin embargo. Chet Gallagher al teclado. Aquel clásico de toda la vida: «Savin All My Love For You».

Y resultó ser así.

Una balada de amor, una pieza melancólica.

Mientras conducía por aquel paisaje barrido por la nieve.

Gallagher hundiéndose en un sueño al volante de su coche. Se había pasado toda la vida oyendo música dentro de la cabeza. Unas veces la música de otros, y otras la suya.

De camino a Grindstone Island
flotando en el San Lorenzo
en el cielo reflejado
Gallagher enfermo de amor y redimido
en Grindstone Island
flotando en el San Lorenzo
en el cielo reflejado

—¿Alguien se quiere volver? Yo no.

Iban en coche hacia Grindstone Island. Se proponían pasar el fin de semana de Pascua en el pabellón de los Gallagher. Los tres: la pequeña familia de Chet. Porque los quería, y le desesperaba que Hazel no lo quisiera. También quería al niño, quien, a veces, parecía corresponder a su cariño. Pero en el espejo retrovisor, desde que habían salido de Watertown, Zack apartaba la cara, y Gallagher no lograba encontrarle la mirada para sonreírle y hacerle un guiño cómplice al tiempo que repetía su desafío lleno de desenvoltura:

—¿Alguien se quiere volver? Que me aspen si yo quiero.

¿Qué podían decir los Jones? Cautivos en el automóvil de Gallagher, que los llevaba a menos de sesenta kilómetros a la hora por la helada y resbaladiza carretera 180.

Luego Hazel murmuró lo que sonaba como *No,* aunque con su habitual manera desesperante, que lograba ser al mismo tiempo entusiasta e imprecisa, dubitativa.

Era la manera en que Hazel le permitía a Gallagher cortejarla. En la medida en que se lo permitía.

En el asiento de atrás del automóvil el niño Zack había desaparecido por completo del espejo retrovisor. Se había traído sus *Estudios para pianoforte del Real Conservatorio* y estaba perdido en ceñuda concentración, olvidado de la carretera nevada y de los vehículos que, de cuando en cuando, aparecían abandonados en las cunetas.

Gallagher le había asegurado que dispondría de un piano en el pabellón. Gallagher lo había aporreado montones de veces. Había tocado para su familia y también para su diversión personal. Veranos en Grindstone Island, los recuerdos más felices de Gallagher. Deseoso de transmitir tanto al niño como a su madre que la felicidad era una posibilidad, quizá incluso un lugar al que se podía ir.

Dejándose llevar por un impulso había comprado la casa en Watertown. Pero Hazel no estaba aún preparada.

Fin de semana de Pascua en Grindstone Island. Un plan excelente, si bien el jueves por la mañana empezó a caer una lluvia helada y a las pocas horas la lluvia se había convertido en aguanieve y el aguanieve se transformó en nieve húmeda que un viento aullador llevaba a través del lago Ontario. De veinticinco a treinta centímetros para el viernes por la mañana y con tendencia a seguir amontonándose.

De todos modos, la región estaba acostumbrada a tormentas insólitas. Nieve en abril, a veces incluso en mayo. Rápidas ventiscas y un veloz deshielo. Los quitanieves habían estado trabajando durante la noche. Las carreteras en dirección a los Adirondack estarían cerradas, pero la 180 en dirección norte hacia Malin Head Bay y hacia el puente para llegar a Grindstone Island estaba más o menos abierta: el tráfico era lento, pero se movía. Para el viernes por la tarde el viento había cesado. El cielo se mostraba transparente y quebradizo como cristal.

Gallagher no iba a cambiar de planes, no señor.

La nieve se habría derretido para el domingo. Sin duda alguna. Gallagher insistía. Se había pasado la mañana hablando por teléfono con el guarda, quien le había asegurado que la avenida de la entrada estaría limpia para cuando llegase con sus invitados. El pabellón estaría abierto, listo para ser utilizado. Funcionaría la electricidad. (McAlster estaba seguro de que habría electricidad en el campamento, la había en otros sitios de la isla.) En el pabellón había una cocina, abastecida con productos enlatados y embotellados. Refrigerador y cocina. Todo en funcionamiento. McAlster habría ventilado las habitaciones. McAlster era una persona en la que se podía confiar. Gallagher no había querido cambiar sus planes y McAlster le había dado la razón, un poco de nieve no tenía que ser un obstáculo para nadie. La isla estaba muy hermosa cubierta de nieve. Una lástima que un sitio tan hermoso estuviera vacío la mayor parte del año.

Una lástima que pertenezca a gente como usted.

A McAlster, sexagenario ya, se le había confiado durante decenios la supervisión de las propiedades de los residentes de verano. Desde que Gallagher era niño. En presencia de Gallagher, McAlster no había hablado nunca en tono de reproche. Era Gallagher quien sentía vergüenza, quien se sentía culpable. Su familia poseía más de cuarenta hectáreas de Grindstone Island de las que utilizaban de verdad menos de cinco o seis: el resto eran pinares y bosques de abedules. Disponían de kilómetro y medio de orilla del río, de belleza incomparable. El padre de Thaddeus Gallagher fue quien adquirió la propiedad y construyó luego el pabellón de caza original en la primera década del siglo, mucho antes de que la región de las Mil Islas se desarrollara para el turismo de verano. Había sido hasta entonces un lugar perdido en un remoto extremo septentrional del Estado de Nueva York. La reducida población nativa de Grindstone Island vivía sobre todo en la zona de Grindstone Harbor, en casas con paredes recubiertas de asfalto, chabolas de cartón alquitranado, caravanas. Dueños de tiendas donde se vendía cebo y aparejos para pescar, de gasolineras y de restaurantes de carretera, eran además tramperos, guías, pescadores profesionales y supervisores que, al igual que McAlster, trabajaban para residentes absentistas como los Gallagher.

«¿No te sientes culpable de poseer tanta tierra que apenas ves nunca?», le había preguntado Gallagher a su padre Thaddeus en su condición de joven inclinado a las disputas ideológicas, y la respuesta de Thaddeus había sido acalorada, decidida: «¡Esa gente depende de nosotros! Los contratamos. Los impuestos sobre nuestras propiedades sirven para pagar sus carreteras, sus colegios, sus servicios públicos. Ahora hay un hospital en Grindstone Harbor, ¡antes no existía! ¿Cómo ha sucedido eso? La mitad de la población de las Mil Islas vive de la beneficencia en temporada baja, ¿quién demonios crees que lo paga?».

La indignación de Gallagher con su padre le asfixiaba hasta el punto de tener problemas para respirar en presencia del anciano. Era como un ataque de asma.

—Mi padre...

A su lado en el asiento delantero del coche, Hazel lanzó a Gallagher una sagaz mirada de reojo. De manera inconsciente Chet había estado aspirando aire por la boca. Y tamborileando sobre el volante.

—¿Sí?

—... dice que quiere conocerte, Hazel. Pero eso no sucederá.

Le había hablado muy poco de su padre. Muy poco de su familia. Chet suponía que habría oído cosas, de otros.

De hecho Thaddeus había telefoneado a Gallagher la semana anterior para preguntarle: «Esa nueva mujer tuya ¿es una camarera de bar de copas, una bailarina de estriptis, o una *call-girl* con un hijo ilegítimo retrasado mental? Corrígeme si estoy equivocado».

Gallagher había colgado el teléfono sin responder.

Con anterioridad a aquella llamada, Gallagher no había tenido noticias de su padre desde las Navidades de 1962 y entonces había sido su secretario particular quien llamó con el mensaje de que su padre estaba al teléfono para hablar con él y Gallagher respondió cortésmente: «Pero yo no estoy en este teléfono. Lo siento».

—Bueno. Si no quieres que conozca a tu padre, no lo haré.

—Ni tú ni Zack. Ninguno de los dos.

Hazel sonrió, insegura. Chet no ignoraba que hacía que se sintiera incómoda, porque no sabía interpretar sus estados de ánimo: travieso, irónico, sincero. Como tampoco sabía interpretar el tono de las piezas de jazz más tortuosas y serpenteantes que interpretaba al piano.

—Eres demasiado buena para conocerlo, Hazel. Tu alma es demasiado buena.

—¿A ti te lo parece?

—¡Ya lo creo, Hazel! Eres demasiado buena, demasiado hermosa y pura de espíritu para conocer a un hombre como Thaddeus Gallagher. Te rebajaría si posara sus ojos en ti. Si tuvieras que respirar el mismo aire que él respira.

Por qué Gallagher estaba tan enfadado de repente, no lo sabía ni él mismo. Posiblemente tenía algo que ver con McAlster.

Hazel Jones. William McAlster. Miembros los dos de la clase inferior de los sirvientes. Thaddeus Gallagher identificaría de inmediato a Hazel Jones.

Se acercaban a Malin Head Bay detrás de un camión que avanzaba despacio, esparciendo sal por la carretera. Eran casi las seis, pero aún había luz en el cielo. Muchos árboles estaban recubiertos de una capa de hielo que reflejaba la luz del sol como si fuese fuego.

Cuando llegaron a Main Street, donde sólo habían quitado la nieve en uno de los carriles, el tráfico se movía a paso de tortuga.

Gallagher no quería pensar en el aspecto que tendría Grindstone Island.

McAlster se lo había prometido, sin embargo. McAlster nunca faltaría a su palabra.

McAlster no decepcionaría nunca al hijo de Thaddeus Gallagher.

Ablandándose, sin embargo, Gallagher dijo que siempre podían quedarse en Malin Head Inn, si lo de la isla no funcionaba.

—No estás preocupada, ¿verdad, Hazel? ¿O sí?

Hazel se echó a reír.

—¿Preocupada? Contigo, no.

Le tocó el brazo para tranquilizarlo. Un mechón de sus cabellos rozó la mejilla de Gallagher. Chet tuvo una sensación de ahogo en el pecho.

Hazel le había hablado del maltrato sufrido a manos de otro hombre. Chet suponía que se trataba del padre de Zack, que la había abandonado, que no se había casado con ella. Aquello tenía que haber sucedido hacía ya casi ocho años. Hazel le había besado y luego se había apartado de él diciéndole que no quería que un hombre volviera a herirla.

—Te compensaré, Hazel. Fuera lo que fuese lo que te sucedió.

Gallagher buscó a tientas la mano de Hazel y se la llevó a los labios. Le besó los dedos con glotonería. No un beso erótico, a no ser que se conozcan bien las desesperadas artimañas de Eros. Gallagher no había besado a Hazel aquel día. No habían pasado a solas ni cinco minutos. El deseo lo dejaba sin fuerzas, y la indignación mezclada con el deseo. Se casaría con Hazel Jones, la próxima vez que cruzaran el puente Saint Mary camino de Grindstone Island, sería ya su mujer.

McAlster tenía razón: la isla estaba muy hermosa bajo la nieve.

—Nuestra propiedad empieza más o menos aquí. Esa valla de piedra.

Hazel miraba con interés a través del cristal del parabrisas. En el asiento de atrás el niño estaba por fin atento, vigilante.

—Todo eso también es propiedad de los Gallagher. Kilómetros colina arriba. Y a lo largo del río.

Se había limpiado la carretera del río, aunque de manera caprichosa. Chet condujo muy despacio. Su coche estaba equipado con cadenas, y él tenía experiencia de conducir por superficies de grava que se habían helado. También en la isla había árboles cubiertos de hielo, inclinados en ángulos violentos como figuras borrachas. Algunos de los abedules se habían desplomado después de estallar. Los árboles de hoja perenne eran más duros y los daños menores. En la carretera había ramas caídas, y Gallagher condujo con cuidado, evitándolas.

Se nota enseguida que no estamos en invierno. Por el sol. Pero qué barbaridad de nieve, ¡Dios del cielo!

El río estaba picado, agitado por el viento. Enorme y muy hermoso. Antes de la repentina helada, el río se había derretido; ahora, en el borde del agua, entre rocas enormes, había puntas de hielo irregulares que se alzaban verticalmente como estalagmitas. Gallagher se daba cuenta de que Hazel y el niño veían aquello por primera vez.

—Allí está el pabellón, en lo alto de esa colina. A través de las coníferas. Más allá, cabañas para invitados. Creo que McAlster se ha ocupado de quitar la nieve, tenemos suerte, de momento.

El pabellón, de estilo Adirondack, hecho de troncos, piedra y estuco, era del tamaño de un hotel pequeño. El tejado, muy inclinado, y recubierto con tejas de madera, contaba con dos grandes chimeneas de piedra. En lo alto de la colina, y perdida en la nieve, había una pista de tenis. Y un garaje para tres coches con tejado de dos aguas, antiguo establo reformado. Muy alto por encima de sus cabezas planeaba un halcón, que bajaba en picado o giraba perezosamente extendidas las alas. El cielo parecía cristal a punto de estallar. Gallagher vio que Hazel Jones empezaba por fin a darse cuenta: *Es rico. Su familia es rica.*

No había sido la razón de Gallagher para llevarlos allí. Al menos él no lo creía así.

¡Un juego salvaje y bronco! Obligarla a correr como un animal presa del pánico entre las hileras de tallos de maíz. Plantas que parecían borrachas, rotas y secas con el calor del comienzo del otoño, al tiempo que las espiguillas marrones la golpeaban en la cara y le hacían cortes. Herschel aplaudía y lanzaba su risa aguda semejante a un rebuzno *Corre, corre, que te pillo, corre, corre, que te pillo* su hermano, de extremidades largas y ágiles, respiraba por la boca mientras corría, mientras ella corría, una sensación como de llama en el vientre, también ella reía, patosa y tropezando con sus piernas, que eran más cortas, de manera que se cayó sobre una rodilla, se cayó más de una vez, consiguió ponerse en pie antes de que la piel raspada se llenara de sangre con tierra, si no conseguía llegar hasta el final de la hilera de tallos en el borde del campo del granjero y alcanzar la carretera y el cementerio que estaba más allá...

Rebecca nunca consiguió recordar cómo terminaba el juego del maizal.

—¿Mamá? ¿Es que vamos?

Era por la mañana. La mañana del Sábado Santo. Luminosa y con ráfagas de viento. Hazel Jones se cepillaba el pelo con rápidos movimientos exigentes sin hacer caso del niño intranquilo que tiraba de ella.

En el espejo del tocador un rostro flotaba pálido e impreciso como en un mundo submarino. No su cara sino el rostro joven de Hazel Jones sonriendo desafiante.

¡Tú! ¡Qué derecho tienes a estar aquí!

Había superado la primera noche en Grindstone Island y estaba convencida de que también superaría la segunda y que para entonces ya estaría todo decidido.

—¿Mamá? *¡Mamá!*

El niño había dormido mal la noche anterior. Le había oído, en la habitación contigua a la suya, gimoteando en sueños. Últimamente también había empezado a rechinar los dientes. ¡El viento! El condenado viento lo había mantenido despierto, desconcertándolo. No un viento solo, sino muchos vientos que soplaban desde el río San Lorenzo y a través del lago Ontario hacia el oeste, confundidos con voces humanas, gritos apagados y risas.

¡Tú!, ¡tú! Risas que parecían acusadoras.

Hazel se había despertado pronto en aquella cama desconocida sin saber al principio dónde estaba ni en qué época de su vida y el corazón le golpeaba acalorado en el pecho a medida que las voces se hacían más audaces, mofándose: *¡Tú! Chica judía, no tienes derecho a estar aquí.*

Llevaba años sin oír voces así. Años sin tener un pensamiento como aquél. Se levantó de la cama estremecida, asustada.

Pero era Gallagher quien la había traído. Su amigo Gallagher.

Por las ventanas de la habitación se veía otra isla flotando en el río refulgente. Y más allá la densa orilla canadiense en Gananoque.

El pabellón de la familia Gallagher era incluso más grande de lo que parecía desde la avenida por donde se llegaba. Construido en una colina, constaba de tres pisos y un ala de edificación más reciente conectada con la casa principal mediante una terraza de piedra, donde ahora se amontonaba la nieve.

Hazel Jones, al ver el pabellón, se había echado a reír. ¡Una casa particular de semejantes dimensiones!

Durante un brevísimo instante vio la propiedad de los Gallagher como la podría haber visto Jacob Schwart. La risa burlona de su padre mezclada con la de Hazel Jones.

Incómodo, Gallagher había reconocido que la casa era grande, pero muy de familia en realidad. Y en su mayor parte estaba cerrada durante el invierno, ellos tres sólo utilizarían unas cuantas habitaciones.

Hazel entendió que Gallagher se avergonzaba de la riqueza de su familia y al mismo tiempo se enorgullecía de ella. No podía evitarlo. No se conocía bien. El odio que sentía por su padre era un odio sagrado, y Hazel sabía que no tenía que interferir. Aunque tampoco creía del todo en aquel odio.

Gallagher la había instalado en una habitación que era más una suite que una habitación, con un cuarto para Zack al lado. Su habitación, la de Chet, estaba cerca, corredor adelante. Su actitud era exteriormente contenida, aunque eufórica. Los tres viajaban juntos por primera vez y Chet era su anfitrión, responsable de su bienestar. Al colocar la maleta de Hazel, de muy poco peso, sobre la cama —antigua, de bronce, de cuatro columnas y con un edredón acolchado en azules pálidos y lavandas— Gallagher se quedó mirándola un momento muy largo, la respiración acelerada por las escaleras y la cara encendida y dubitativa y Hazel vio que estaba buscando las palabras precisas que quería decir, lo que deseaba recalcar.

—Hazel. Espero que estés cómoda aquí.

Era una observación que encerraba un significado más profundo. En aquel momento Gallagher fue incapaz de mirar a Hazel.

Hazel comprendió que si Zack no hubiera estado con ellos, explorando su habitación (un cuarto para niños, con literas, Zack dormiría en la de arriba), Gallagher la habría tocado. La habría besado. Le habría enmarcado el rostro con las manos, tan grandes, y la habría besado. Y Hazel le habría devuelto el beso, sin ponerse tensa ante su abrazo como le sucedía a veces de manera involuntaria, pero quedándose muy quieta.

Suplicando *¡No me quieras! Por favor.*

Por lo que Gallagher cedía, con su sonrisa dolorida pero esperanzada: *¡De acuerdo, Hazel! Puedo esperar.*

Zack se aplastó contra el muslo de Hazel:

—¡Madre! ¿Nos vamos a casar con el señor Gallagher?

Una manera brusca de despertar de su trance. Había estado cepillándose el pelo con largos movimientos rápidos delante del espejo, un espejo que deformaba un poco la imagen.

De la noche a la mañana Zack había empezado a llamarla *madre* en lugar de *mamá.* A veces la palabra quedaba incluso reducida a una sílaba: «Ma».

Por instinto el niño sabía que el habla es música para el oído. Y que las palabras pueden ser una música que hace daño al oído.

Llevaba despierto y fuera de la cama más de cuarenta minutos y estaba inquieto. Quizá se sentía incómodo en aquel nuevo sitio. Pegándose contra el muslo de Hazel, apretando con la fuerza suficiente para dejarle una señal si no se lo impedía. Con el revés del cepillo para el pelo lo rechazó en broma, pero el niño persistió:

—He preguntado que si vamos, madre. ¿Vamos a casarnos con el señor Gallagher?

—No tan alto, Zack.

—Madre, *he dicho...*

—No.

525

Hazel lo sujetó por los hombros, no para zarandearlo sino para mantenerlo quieto. El cuerpecillo del pequeño temblaba de indignación. Sus ojos, que eran oscuros, y estaban húmedos y brillantes, se fijaron en los de su madre con una mirada desafiante que provocaba su enfado, excepto que Hazel no se enfadaba nunca. No era una madre que alzara la mano contra su hijo, ni siquiera la voz. ¡Si Gallagher llegase por casualidad a oír aquel diálogo! ¡Qué vergüenza, no lo soportaría!

El rostro que veía en el espejo no era todavía el de Hazel Jones, sino otro de piel más oscura, una piel de un lustroso color aceitunado que ella disimularía con un maquillaje más claro, líquido primero y después con polvos. Maquillaje que Hazel tendría cuidado de extenderse por la garganta, reduciéndolo gradualmente, de manera siempre sutil, meticulosa. Y tendría cuidado de disimular las delicadas cicatrices pálidas en lo alto de la frente, que Gallagher no había visto nunca. Pero se había cepillado vigorosamente el pelo que ahora se erizaba con la electricidad estática, de un cálido color castaño con mechones de rojo oscuro, un color que parecía totalmente natural en ella cuando era Hazel Jones. Vestía pantalones grises de lana muy bien planchados y un suéter también de lana de color rosa con un cuello de encaje de quita y pon. Para la visita de fin de semana a Grindstone Island, Hazel había traído dos pantalones de lana bien planchados, un jersey beis de ochos, además del suéter con el cuello de encaje y dos blusas de algodón. Hazel Jones era una joven del más absoluto decoro tanto por su ropa como por sus modales. Gallagher se reía de ella, tan decorosa la encontraba. Sin embargo Hazel se daba cuenta de que Gallagher la adoraba por su porte y por sus modales, y no querría que fuese distinta. (Gallagher seguía viendo a otras mujeres. Lo que quería decir que se acostaba con otras mujeres. Cuando podía, cuando era conveniente. Hazel lo sabía y no sentía celos. Nunca se hubiera mostrado inquisitiva sobre la vida privada, sexual, de Gallagher cuando no estaba con ella.) De la misma manera que en la tienda de los hermanos Zimmerman, la vendedora Hazel Jones se había creado una personalidad tan característica como la de la protagonista de una historieta: la Olivia de Popeye, la Pepita de Lorenzo, la periodista Brenda Starr. La verdad más profunda del alma americana es su superficialidad de historieta y detrás de su mostrador, rematado de cristal reluciente, en la tienda de los Zimmerman, estaba Hazel Jones, atractivamente preparada, sonriendo expectante. Como Gallagher, Edgar Zimmerman adoraba a Hazel Jones. No paraba de tocarla con sus manos revoloteantes de hombre pequeño, secas de deseo vehemente. *Cabrón. Nazi.* La sonrisa de Hazel Jones sólo flaqueaba cuando Edgar le tocaba el brazo con demasiado entusiasmo mientras hablaba con ella en un paréntesis entre clientes, de lo contrario sus manos descansaban, delicadas y serenas, sobre el cristal reluciente del mostrador. Y los clientes de Zimmerman se habían acostumbrado a Hazel, y esperaban pacientes, haciendo caso omiso de las otras vendedoras, a que Hazel quedara libre para atenderlos a ellos.

—¡Madre, *dime si vamos*! ¿Nos vamos a casar con el señor Gallagher?

—Zack, te he dicho...

—No, no y no. No, madre.

A Hazel le molestaba que Zack fingiera ser un niño pequeño. Que se pasara de infantil. Sabía que en su corazón era un adulto como Hazel Jones.

—Zack, ¿qué es ese «nosotros»? No hay ningún «nosotros». Los que se casan son un hombre y una mujer, nadie más. No seas tonto.

—No soy tonto. *Tú eres* tonta.

Zack se estaba desmelenando, incontrolable. En casa no se hubiera atrevido nunca a hacer semejantes preguntas. Tenía prohibido hablar con familiaridad del «señor Gallagher», que había llegado a sus vidas para cambiarlas, como también tenía prohibido hablar con familiaridad sobre «Hazel Jones».

Igual que en Malin Head Bay, en lo que ahora parecía un tiempo ya remoto, se le había prohibido preguntar por los guijarros que desaparecían uno a uno del alféizar de la ventana.

Aquella isla nevada y deslumbrante llamada Grindstone, en un río San Lorenzo con oleaje, parecía haber desatado en Zack un espíritu rebelde. Ya por la mañana había salido de sus habitaciones comunes y había estado corriendo por las escaleras y deslizándose sobre las alfombras en el vestíbulo, y cuando Hazel lo llamó volvió a regañadientes como un perro que se porta mal. Ahora, inquieto, merodeaba por la habitación de su madre: metiéndose a curiosear en el vestidor de madera de cedro, saltando sobre la cama de bronce con cuatro columnas que Hazel había hecho cuidadosamente tan pronto como salió de entre las sábanas. (¡Nunca camas deshechas ni arrugadas en ninguna de las casas en las que Hazel Jones vivía! Lo contrario provocaba en ella algo semejante a la indignación moral.) Sobre el tocador había un reloj antiguo de talla, y el cristal de delante de la esfera se abría: Zack estaba moviendo las manecillas negras de metal, y a Hazel le preocupaba que pudiera romperlas.

—Tienes hambre, cariño. Voy a hacer el desayuno.

Le sujetó las manos con las suyas. Por un momento pareció que iba a pelearse con ella, pero finalmente cedió.

Un entorno desconocido ponía nervioso a Zack, le empujaba a las travesuras. Tenía muchísimas ganas de pasar el fin de semana en Grindstone Island, pero le preocupaban los cambios en la cotidianidad de su vida. Hans Zimmerman le había dicho a Hazel que para un joven pianista con tanto talento como su hijo la vida debía girar en torno al piano. Zack se despertaba siempre a la misma hora —pronto— por las mañanas. Practicaba media hora al piano antes de salir para el colegio. Después de las clases practicaba no menos de dos horas y a veces más, dependiendo de la dificultad de la lección. Si daba una nota en falso se obligaba a repetir la pieza desde el comienzo: no era posible desviarse de aquel ritual. Hazel no estaba facultada para intervenir. Si su madre sugería que lo dejara, que se fuera a la cama, podía darle un berrinche; tenía los nervios muy tensos. Hazel lo había visto sentado ante el piano con los hombros alzados como si se dispusiera a entrar en combate. Estaba orgullosa de él y preocupada. Le consolaba oírlo practicar porque en aquellos momentos entendía que tanto Hazel Jones como su hijo Zacharias estaban en el sitio adecuado, que se habían librado de la muerte en Poor Farm Road para poder hacer aquello.

—Y puedes tocar el piano, corazón. Todo lo que quieras.

Tal como Gallagher había prometido, había un piano en el piso bajo del pabellón. La velada precedente Gallagher había tocado antes de cenar, bulliciosas canciones populares americanas y melodías de espectáculos, y Zack se había sentado a su lado en el banco del piano. Al principio el niño se mostró tímido, pero Gallagher lo había empujado a tocar con él, interpretaciones simpáticas con ritmo de jazz a cuatro manos de canciones populares. También, y en estilo boogie-woogie, tocaron uno de los estudios de Kabalevsky del manual para *pianoforte*, lo que hizo morirse de risa a Zack.

El instrumento era un piano de media cola de color negro mate que no estaba en demasiado buen estado. Llevaba años sin afinar y algunas de las teclas se enganchaban.

Gallagher dijo:

—La música puede ser divertida, chico. No siempre seria. A fin de cuentas, un piano es sólo un piano.

A Zack había parecido desconcertarle aquella afirmación.

En la cocina, Gallagher ayudó a Hazel a preparar la cena. Juntos habían comprado comestibles en Watertown para el fin de semana.

Hazel le preguntó:

—¿Un piano no es más que un piano?

Y Gallagher replicó, con un resoplido:

—¡Sólo un piano, cariño! Desde luego no es un ataúd, demonios.

A Hazel no le había gustado aquella salida, que era típica de Gallagher cuando había bebido una copa o dos y estaba de humor fanfarrón y bullanguero en el que sus ojos, lastimeros y acusadores, llenos de adoración y de resentimiento, se volvían hacia ella con demasiada insistencia. En ocasiones así, Hazel se ponía tensa y miraba en otra dirección, como si no hubiera visto.

No sé lo que quieren decir tus palabras. Me escandalizas, no te quiero oír. ¡No me toques!

Hazel se podía imaginar cómo habría sido vivir con Gallagher: lo que su primera esposa había hecho por espacio de ocho años. Era el más cariñoso de los hombres y, sin embargo, su afecto podía ser envolvente, autoritario.

Con algunos percances cómicos, y una buena cantidad de humo causante de lágrimas, Gallagher consiguió iniciar un fuego con troncos de abedules en una inmensa chimenea de piedra en la sala de estar, y cenaron delante del fuego en una mesita hecha de tablas; Zack, que tenía muchísima hambre, había comido demasiado deprisa y casi se había puesto malo. En la cocina le había trastornado el suelo de baldosines: un dibujo de rombos blancos y negros que le habían mareado porque parecían moverse, retorcerse. En la sala de estar le preocupó que alguna chispa pudiera saltar hasta la alfombra de nudo, y le habían fascinado y consternado las diferentes cabezas disecadas de animales —oso negro, lince, ciervo con cornamenta de doce puntas— en las paredes del pabellón. Gallagher le había dicho a Zack que no hiciera caso de los «trofeos», que eran repugnantes, pero Zack los había mirado fijamente en silencio. Sobre todo la cabeza y los cuernos del ciervo le habían llamado la atención porque estaba situado sobre la chimenea y sus ojos de cristal parecían demasiado grandes, vidriosamente irónicos. La piel del animal era de color marrón bruñido, pero daba una sensación un tanto apelmazada, estropeada. Una frágil telaraña colgaba de la punta más alta de los cuernos.

Hazel se había llevado al niño a la cama en el piso de arriba muy poco después de las nueve, aunque dudaba que conciliara el sueño: estaba demasiado excitado y le ardía la piel; y además no había dormido nunca en una litera.

De todos modos, él mismo insistió en trepar por la escalerita para ocupar la litera de arriba. La idea de dormir en la de abajo parecía asustarlo.

Hazel le permitió que dejara encendida la lámpara junto a la cama, y había prometido no cerrar la puerta entre sus habitaciones. Si se despertaba inquieto durante la noche, necesitaría saber dónde estaba.

—¡Haz el favor de portarte bien, Zack! La mañana es muy hermosa y estamos en un sitio precioso. No hemos visitado nunca nada tan bonito, ¿verdad que no? Es una isla. Un lugar extraordinario. Si te quieres «casar» con el señor Gallagher tendrás que vivir con él en una casa, ¿no es eso? Esto es como vivir con él, este fin de semana. Esta casa es suya, una de las casas de su familia. Se disgustará si no te portas bien.

Le hablaba como si fuera un niño muy pequeño. Los dos estaban de acuerdo en fingir que Zack era un niño.

Hazel le abrochó de nuevo la camisa de franela, porque él lo había hecho mal. Luego le pasó un jersey por la cabeza y lo peinó. Le besó la frente cálida. ¡Tan nervioso! Sintió que el pulso del niño latía tan deprisa como el suyo.

Ninguno de los dos estaba en el lugar que les correspondía. Pero se les había invitado y habían venido.

Hazel sacó a Zack de la habitación. En el vestíbulo se notaban las corrientes, con un acre olor al humo de la noche precedente.

A excepción del viento, y de un ruido de hielo derritiéndose, goteando desde los aleros, y de los ásperos graznidos intermitentes de los cuervos, la casa estaba muy silenciosa. Manchaban el cielo unas nubes delicadas, etéreas, a través de las cuales el sol brillaba con fuerza. Iba a ser uno de esos días de invierno anormalmente tibios. Hazel agarró a Zack de la mano para evitar que corriera por el pasillo y le vino la idea peregrina de entrar con él en el dormitorio de Gallagher, que estaba muy cerca: despertar al hombre todavía adormilado, reírse de él. Gallagher era una persona a quien le gustaba que le tomaran el pelo y se rieran de él, hasta cierto punto. Zack y ella se podían subir a la cama en la que dormía Gallagher...

En lugar de eso se detuvieron ante la puerta de su dormitorio para oírle roncar dentro: un sonido húmedo, gorgoteante, tan trabajoso como si su autor estuviera peleándose cuesta arriba para subir un peso de forma incómoda. Era una cosa muy divertida que el ruido de los ronquidos y resoplidos no resultase en absoluto rítmico, sino desigual; había pausas de varios segundos, silencio puro. Zack empezó a reír y Hazel le tapó la boca con la mano para ahogar el sonido. Luego también ella empezó a reírse y tuvieron que alejarse a toda prisa.

La llama de la locura saltó entre ellos. Hazel temió contagiársela al niño, porque se volvería incontrolable durante horas. Zack se le soltó de la mano para merodear por todo el piso bajo del pabellón. ¡Había tantísimo que ver, ahora que Gallagher no estaba presente! A Hazel le interesaba sobre todo la pared con fotografías enmarcadas de las que Gallagher había hablado el día anterior de manera despectiva. Estaba claro que la familia Gallagher tenía muy buena opinión de sí misma. Hazel supuso que era consecuencia de la riqueza: de manera natural se piensa muy bien de uno mismo y se quiere transmitir esa idea a los demás.

Entre los rostros de los desconocidos buscó el familiar de Chet. De repente se notó deseosa de verlo como un Gallagher, en su condición de hijo muy joven. Allí estaba: una fotografía de Chet Gallagher con su familia, hecha cuando tenía poco más de veinte años, con una cabeza sorprendentemente llena de cabellos oscuros y una sonrisa torcida y un tanto avergonzada. También lo encontró de chico flaco de unos doce años, con una camiseta blanca y traje de baño, sentado torpemente en la cubierta de un velero; Gallagher unos años después, con músculos en hombros y brazos, empuñando una raqueta de tenis. Y Gallagher a los veintitantos, con una chaqueta deportiva de color claro, sorprendido a mitad de una carcajada, los dos brazos sobre los hombros desnudos de dos chicas jóvenes con vestidos de verano y sandalias de tacón alto. Aquella fotografía se había hecho en el césped delante del pabellón, en verano.

¡Mujeres hermosas! Mucho más hermosas de lo que Hazel Jones podría nunca llegar a ser.

Hazel se preguntó si una de aquellas jóvenes sería la ex esposa de Gallagher. Veronica, se llamaba. Chet raras veces hablaba de ella, excepto para señalar lo afortunados que habían sido al no tener hijos.

Hazel sabía que Gallagher quería creérselo. Era un hombre que, en presencia de testigos, se decía cosas para creérselas.

En muchas de las fotografías había un hombre de pecho amplio, cabeza grande, sólida, rostro rudo, bien parecido, como algo tallado en la piedra. Un hombre fornido, al que se veía seguro de sí mismo. En las fotografías estaba siempre sentado en el centro, las manos en las rodillas. En las que se habían hecho cuando ya parecía mayor, sujetaba un bastón con gesto desenfadado. Su cara sólo se parecía a la de Gallagher alrededor de los ojos, que eran de párpados pesados, y de mirada jovial y maliciosa. De estatura mediana, con piernas que parecían escorzadas. Había algo acortado en él, como si le faltara una parte del cuerpo pero no se pudiera ver cuál.

Tenía que tratarse del padre, de Thaddeus.

En un grupo de fotografías Thaddeus estaba sentado al lado de un hombre con aspecto de maniquí que a Hazel le resultó familiar: ¿Dewey, el ex gobernador? Un hombre bajo de cabellos negros muy acicalados, bigotito remilgado, como algo que se hubiera pegado en el labio superior, ojos negros que brillaban, protuberantes. En las fotografías en las que aparecían otras personas, Thaddeus Gallagher y Dewey estaban sentados juntos en el mismo centro, vueltos hacia la cámara como si el fotógrafo hubiera interrumpido su conversación.

Eran imágenes veraniegas de años atrás, a juzgar por el atuendo de los varones. Thomas E. Dewey, un pulcro maniquí de escaso tamaño con ropa deportiva, muy tieso en su postura, decidido.

Esos otros. Que nos rodean. Nuestros enemigos.

Golpeando la portada del periódico con la palma de la mano, sobre el hule que cubría la mesa de la cocina. Su rabia derramándose de repente, siempre impredecible.

Excepto que su hija había llegado a saberlo: todos los políticos, las figuras públicas eran objeto de su odio. Todas las figuras con dinero. Enemigos.

—Ahora estamos en otra época, papá. La historia ha cambiado.

Extraño, Hazel había hablado en voz alta. Y no era una persona que hablase en voz alta ni siquiera cuando estaba sola, su intimidad completamente a salvo.

Vio entonces otra foto de Gallagher adolescente: como de dieciséis años, cara larga, sombrío, con algún problema en el cutis, con traje y corbata y sentado delante de un piano de media cola, en lo que parecía ser un escenario. A su lado, de pie, un hombre de más edad con traje de etiqueta, que miraba a la cámara con gesto adusto: Hans Zimmerman.

—¡Zack! Ven a ver.

Hazel sonrió, Gallagher estaba muy joven pero era inconfundiblemente él, como Zimmerman, con poco más de cuarenta años quizá, que también resultaba inconfundible. Se podía ver que el profesor de piano se enorgullecía hasta cierto punto de su alumno. Hazel tuvo una curiosa sensación, casi de dolor, de consternación.

No estoy enamorada. ¿O sí?

Se le ocurrió que nunca conocería a Gallagher del todo. La noche anterior en la cama, en aquel entorno desconocido, había pensado en Gallagher a su lado, había sabido que él pensaba en ella, con la esperanza de que fuera a reunirse con él; había sentido entonces una punzada de pánico, en su temor a conocerlo. Desde Tignor no había querido hacer el amor con nadie. No se fiaba de ningún hombre, no quería que nadie entrara en su cuerpo de aquella manera.

Sin embargo ahora parecía evidente que nunca conocería a Chet Gallagher aunque se convirtiera en su amante. Aunque viviera con él. Incluso aunque fuese como un padre para Zack, de acuerdo con sus deseos. Aquel hombre había despilfarrado, había perdido una parte demasiado grande de su alma.

—¿Zack? ¿Cariño? Ven a ver lo que he encontrado.

Pero su hijo estaba en otro sitio, preocupado. Hazel fue en su busca, con la esperanza de que no estuviera haciendo nada violento.

Lo encontró subido en uno de los sofás de cuero, examinando el «trofeo» instalado sobre la repisa de la chimenea. El aire allí olía a humo de leña. ¡Qué típico de su hijo, la atracción por las cosas morbosas!

—Vamos, corazón. Bájate de ahí.

Con la luz del día el ciervo quedaba más visible, al descubierto. Una cabeza grande, hermosa. Y notable la cornamenta. Se sabía que no era más que un objeto, inerte, disecado y montado, los ojos brillantes de sabiduría irónica, pero nada más que cristal, en realidad. Los cuernos heráldicos eran absurdos, cómicos. El pelo castaño y plateado del ciervo estaba enmarañado y estropeado y Hazel descubrió en él numerosos indicios de telarañas. De una manera peculiar resultaba, sin embargo, impresionante, incómodo. Por alguna razón se aceptaba que aún pudiera estar vivo. Hazel entendió que su hijo sintiese el deseo de mirarlo, dividido entre la atracción y la repugnancia.

Hazel se puso detrás de él sin hacer ruido para darle un golpe suave en las costillas, mientras decía, con la voz bromista de Hazel Jones:

—Alguien «se casó» con él.

Cuando Gallagher bajó del piso de arriba, avanzada la mañana, sus invitados habían desayunado ya y Hazel había limpiado la cocina: la parte superior del fogón y el horno; las encimeras, que estaban misteriosamente pegajosas; los armarios, necesitados de nuevos papeles con que forrarlos, y cuyo contenido Hazel ordenó además, volviendo hacia fuera las etiquetas de las latas. También había abierto las ventanas para que desapareciera el olor a humo de leña y otros olores antiguos. Había enderezado montones de ejemplares atrasados de *Life*, *Collier's*, *Time*, *Fortune*, *Reader's Digest*. Arrastrando de aquí para allá una silla en la que subirse, había quitado el polvo de todos los «trofeos», teniendo especial cuidado con los cuernos del ciervo. Cuando Gallagher la vio, Hazel estaba sentada en una mancha de sol, hojeando *Mis Mil Islas: desde la época de la revolución hasta hoy*. Muy cerca, Zack interpretaba al piano uno de los estudios de Kabalevsky.

—¡Mi pequeña familia! Buenos días.

Chet se proponía mostrarse bromista, jocoso, después de haberse levantado mucho más tarde que Hazel y Zack, pero sus ojos enrojecidos y temblorosos estaban llenos de lágrimas: al alzar la vista de manera involuntaria, Hazel las vio.

20

Le decía, razonando:

—¿Por qué darle tanta importancia, Hazel? ¿Qué más da que la gente esté casada o no? McAlster no es más que un guarda. No te conoce a ti, ni a nadie que te conozca.

Pero Hazel Jones no quería ver al guarda.

—Pero ¿por qué no, Hazel? Estás aquí y él sabe que tengo invitados. Es perfectamente normal. Ha abierto la casa para nosotros, y querrá saber si hay algo que puede hacer por ti o por Zack.

Pero Hazel no quería conocer a McAlster.

Corrió a esconderse en el piso de arriba cuando oyó que la furgoneta se acercaba a la casa.

A Gallagher le pareció divertido. Estaba tratando de no sentirse molesto.

¡Quería a Hazel Jones! La respetaba. Excepto su rápida risa radiante que a veces le crispaba los nervios. Cuando leía miedo en sus ojos, pero su boca insistía en sonreír. Su manera de hablar, quitando importancia a las propias palabras, con displicencia, y recurriendo sin embargo a evasivas, como una actriz al repetir frases que no consigue creerse.

Gallagher lo entendía: la habían herido de alguna manera. Quienquiera que fuese el padre de Zack la había herido, sin duda alguna. Se sentía incómoda en situaciones que amenazaban con dejarla desprotegida. Era un milagro que no se hubiera puesto guantes blancos, sombrero y zapatos de tacón alto para su visita a Grindstone Island. Gallagher se había prometido ganarse su confianza, para poder así iniciar la tarea de corregirla, porque Hazel Jones estaba chapada a la antigua.

Los Gallagher de Albany desmontarían su extraña desenvoltura de inmediato. A Chet le hacía temblar aquella perspectiva.

¡Su padre! Pero no quería pensar en su padre relacionándolo con Hazel Jones. Estaba decidido a que no se conocieran.

Resultaba irónico, sin embargo, que hubiera ido a enamorarse de una mujer que, en el fondo de su alma, era más Gallagher que él. Más convencional en sus creencias, en su «moralidad». A la hora de definir lo que era bueno, lo que era malo. Lo que era correcto, lo que no. Hazel se escondía de McAlster porque no soportaba que un desconocido pudiera suponer que era la querida de Gallagher, que pasaba con él el fin de semana de Pascua.

Otras mujeres que Gallagher había llevado con él a Grindstone Island no habían tenido tantos problemas. Se trataba de mujeres con cierto grado de educación, de experiencia. Un empleado como McAlster no existía para ellas. Como tampoco les habría importado, ni por un solo momento, lo que pensara de ellas.

Porque además McAlster era el más diplomático de los hombres. Todos los empleados de los Gallagher, en Grindstone Island o en cualquier otro lugar, eran diplomáticos. No existía la menor posibilidad de que hicieran preguntas comprometidas a sus empleadores o, más bien, que hicieran preguntas de cualquier tipo. McAlster había conocido a Veronica, la mujer de Chet, durante seis o siete años, y siempre la llamaba cortésmente «señora Gallagher», y cuando, hacía ya varios veranos, dejó de existir, al parecer, una «señora de Chet Gallagher», McAlster supo perfectamente que no tenía que volver a preguntar por ella.

Cuando el guarda se alejó con su furgoneta, Gallagher llamó socarronamente escaleras arriba:

—¡Hazel! ¡Hazel Jones! Ya no hay moros en la costa.

Salieron de la casa. Bajaron hasta el río, hasta el muelle de los Gallagher.

Iluminado por la brillante luz del sol, el río estaba increíblemente hermoso, de un intenso color azul cobalto, y no tan encrespado como de costumbre. Había cesado el viento y la temperatura era de seis grados centígrados. Por todas partes la nieve se estaba derritiendo, había un frenesí de licuación, todo goteaba.

Gallagher llevaba gafas oscuras para protegerse los ojos del sol, que le repiqueteaba como unas castañuelas dentro del cráneo.

¿Tengo resaca? No la tengo.

Una frenética melodía breve con acompañamiento de castañuelas. Afortunadamente Hazel no la oía.

¡Qué atractiva la vista del San Lorenzo desde el muelle de diez metros de los Gallagher! Chet, que no había estado allí desde el verano anterior y que, sin duda, tampoco estaría en aquel momento de no ser por su invitada, señaló el faro de Malin Head Bay, varios kilómetros hacia el este y, en la otra dirección, un faro más pequeño en Gananoque, en Ontario.

Y luego se oyó decir, él, que llevaba doce años sin navegar a vela:

—En el verano, quizá podamos navegar aquí. Tú y Zack y yo. ¿Te gustaría, Hazel?

Hazel dijo que sí, que le gustaría.

Era muy de ella recuperar enseguida su estado de ánimo habitual. Tan pronto como bajó del piso de arriba, la cuestión del guarda quedó olvidada. No podía haber en Hazel una dureza u oposición que se prolongara, sus estados de ánimo siempre se deshacían, eran como azogue. Gallagher nunca había conocido una mujer tan intensamente femenina, y eso le resultaba fascinante. Sin embargo, no quería hacer el amor con él, se mantenía a cierta distancia, incómoda.

No pudo resistirse a tomarle el pelo. Hazel se estaba protegiendo los ojos contra el resplandor del sol mientras miraba hacia lo lejos.

—Ha preguntado por mis invitados. El guarda. Quería saber si las habitaciones os habían parecido bien y le he dicho que sí, que me parecía que sí.

Hazel respondió deprisa que sí, que sus habitaciones estaban muy bien. No iba a morder el anzuelo que le ofrecía Gallagher. Preguntó si el señor McEnnis volvería al día siguiente.

Gallagher la corrigió:

—McAlster. Se llama McAlster. Su familia emigró desde Glasgow cuando él tenía dos años, y lleva más de sesenta en Grindstone Island. No, no volverá mañana.

Caminaban por la orilla del río. Hazel habría descendido por una traicionera senda rocosa hasta la playa, donde bloques de hielo resquebrajados brillaban al sol como dientes enormes, y donde restos de la tormenta yacían en montones informes entre arena endurecida como cemento, pero Gallagher se lo impidió, alarmado:

—No, Hazel. Te torcerías un tobillo.

Habían avanzado casi un kilómetro a lo largo del río y tenían que retroceder cierta distancia, cuesta arriba. Desde aquella perspectiva la propiedad de los Gallagher parecía inmensa.

Zack había preferido quedarse en el pabellón y practicar al piano. Debido al fin de semana de Pascua su clase del sábado se retrasaría hasta el martes, cuando terminara en el colegio. Hazel le contó a Gallagher que Zack ya había salido durante un rato a primera hora de la mañana; hablaba disculpándose, como si la falta de interés del niño por la vida al aire libre fuese a molestar a Gallagher.

¡En absoluto! Gallagher estaba de parte del niño. Se proponía estar siempre de su parte. Su propio padre no sentía demasiado interés por su hijo menor excepto para sentirse «defraudado» en los momentos cruciales, y Gallagher no tenía intención de seguir el ejemplo de su padre. *Voy a hacer que los dos me necesitéis y entonces me querréis.*

Gallagher se sorprendió, Hazel Jones resultó ser mucho más robusta de lo que esperaba. Trepaba pendiente arriba cansándose menos que él, casi sin que se le acelerase la respiración. Sabía dónde ponía el pie y era entusiasta. Irradiaba un aire de felicidad, de bienestar. El deshielo de mediados de abril la estimulaba, el gran sol llameante no la abrumaba sino que parecía empujarla hacia delante.

Gallagher había querido hablar con ella. Tenía que hablar con ella, a solas. Pero Hazel se adelantaba, como impaciente. Resbalar y deslizarse por la nieve que se derretía no la molestaba sino que la hacía reír. Como tampoco parecía importarle que las ramas de las coníferas le gotearan sobre la cabeza. Avanzaba sin vacilar y con la euforia de un animal joven que ha estado encerrado. Gallagher sudaba y empezó a quedarse atrás. Ni hablar de llamarla para que lo esperase. El corazón le latía con violencia dentro del pecho.

Me quieres. Tienes que quererme.

¡Por qué no me quieres!

Hazel estaba encantadoramente vestida para su expedición. Llevaba un chubasquero, unas botas de goma muy femeninas y en la cabeza un sombrero de fieltro de color beis que había encontrado en un armario del pabellón. Gallagher se vio obligado a recordar cómo, cuando tocaba a Hazel, en sus momentos tiernos, en sus momentos de intimidad, cuando la besaba, se quedaba muy quieta, como un animal cautivo que no se resiste, pero que permanece ligeramente tenso, vigilante. Nadie adivinaría que aquel cuerpo de mujer era tan joven, tan ágil y estaba tan lleno de vida trémula. Debajo de la ropa el cuerpo femenino, de piel caliente.

Por encima de sus cabezas las aves de presa volaban en círculos. Siempre había gavilanes de alas anchas en Grindstone Island, a lo largo de la orilla del río. Se abatían sobre sus presas en zonas despejadas, era infrecuente que los gavilanes entraran en los pinares. Ahora sus sombras veloces pasaban sobre la nieve agujereada por la hierba y sobre el rostro de Hazel, varias aves volando tan bajo que Gallagher veía el contorno afilado de su pico.

También Hazel reparó en los gavilanes, alzando los ojos intranquila. Y empezó a caminar más deprisa, como para evitarlos.

¡Maldición! Gallagher vio que ascendía por un sendero, los restos hundidos de un sendero que llevaba más arriba por la colina; él se había propuesto que tomaran otro desvío y regresaran al pabellón, ya habían caminado lo bastante para un día. Pero Hazel seguía adelante, olvidada de su acompañante. La colina por la que trepaban era una montaña pequeña, densamente arbolada, con una superficie irregular, desigual, con violentos afloramientos diagonales de pizarra todavía recubiertos de hielo, porque el calor del sol sólo llegaba allí de manera esporádica y el interior de los pinares estaba en sombra, hacía frío. La cumbre de la colina era infranqueable, recordaba Gallagher. Llevaba veinticinco años sin subir por aquel condenado sendero.

—¡Hazel! Vamos a volvernos.

Pero Hazel siguió adelante sin hacer caso. A Gallagher no le quedaba otro remedio que seguirla.

En Watertown había comprado una casa para ella y para el niño. Una hermosa casa de ladrillo rojo en estilo colonial con dos entradas independientes y vistas a un parque de Watertown. Pero Hazel no quería vivir allí.

En el fondo de su alma, una dependienta. Una acomodadora. Que retrocedía, avergonzada, ante la opinión de un simple guarda.

Una equivocación, enamorarse de Hazel Jones. Sería un terrible error casarse con ella.

Gallagher no estaba acostumbrado a semejante poderío físico en una mujer. En Grindstone Island era infrecuente que personas del sexo femenino escalaran aquella montaña. Su ex mujer se habría reído de él si le hubiera propuesto una excursión con la nieve derritiéndose. Gallagher había llegado a asociar a las mujeres con bares llenos de humo, con salones donde se bebían cócteles, con restaurantes caros escasamente iluminados. Al menos, a las personas del sexo femenino que encontraba sexualmente deseables. Y allí estaba Hazel con su chubasquero y su fieltro masculino, trepando por una colina muy empinada sin volver ni una vez la vista atrás. Otras invitadas a Grindstone Island, al pasear con Gallagher por la propiedad familiar, habían permanecido siempre a su lado, atentas a su conversación.

Otra cosa peculiar: Hazel era el único visitante del pabellón, hasta donde Gallagher recordaba, hombre o mujer, que no había hecho ningún comentario sobre las fotografías expuestas. Los invitados siempre lanzaban exclamaciones ante los rostros «conocidos» que acompañaban a los Gallagher y a sus amigos, personas que parecían sentirse allí como en su casa. Algunas de las personas retratadas con los Gallagher eran hombres influyentes y con dinero que Hazel no habría reconocido, pero había también numerosas figuras de la vida pública: Wendell Wilkie, Thomas E. Dewey, Robert Taft, Harold Stassen, John Bricker y Earl Warren, los candidatos a la vicepresidencia con Dewey en 1944 y 1948. Y había también miembros del Congreso y senadores republicanos del Estado de Nueva York. Chet tenía por costumbre hablar con desdén de los políticos amigos de su padre, pero Hazel no le había dado la oportunidad de hacerlo porque no había dicho nada.

Gallagher supuso que no sabía nada de política. No era una persona educada, no había terminado la enseñanza secundaria. Sabía poco del mundo de los hombres, de sus actividades, de la historia. Aunque leía los artículos que de cuando en cuando Gallagher escribía en los periódicos, nunca ofrecía críticas ni comentarios. *Sabe muy poco. Me protegerá.*

Hazel, finalmente, había dejado de trepar. Estaba esperando a Gallagher en el lugar donde el sendero acababa en una maraña de maleza y en los pinares. Cuando la alcanzó, sin aliento, sudoroso, ella le señaló unas plumas desperdigadas por el suelo, entre agujas de pino y resplandecientes riachuelos de hielo derretido. Las plumas no tenían más de seis u ocho centímetros de largo, de color gris blanquecino, muy suaves y delicadas. Había huesecillos y trocitos de carne todavía adheridos. Gallagher identificó aquellos restos como la presa de una rapaz nocturna.

—Hay rapaces por todas partes en estos bosques. Las oímos anoche. Son búhos.

—¿Y los búhos matan a otras aves? ¿Más pequeñas? —la pregunta era ingenua, asombrada. Hazel hablaba con una expresión dolorida, casi una mueca.

—Bueno, los búhos son depredadores, cariño. Tienen que matar algo.

—Los depredadores no tienen elección, ¿verdad?

—No, a no ser que quieran morirse de inanición. Y, a la larga, cuando se hacen viejos, pasan hambre y otros depredadores se los comen.

Gallagher hablaba quitando importancia a sus palabras, para contrarrestar el tono sombrío de Hazel. Como la mayoría de las mujeres, quería exagerar la importancia de la muerte de pequeñas criaturas.

Las mejillas de Hazel estaban enrojecidas a causa de la ascensión, los ojos dilatados y alerta, brillantes de humedad. Parecía febril, todavía entusiasmada. Había en ella un algo cálido y sexual. Gallagher casi retrocedió.

Era bastante más alto que Hazel Jones. Podría haberla sujetado por los hombros y haberla besado con fuerza. Pero se apartó, los ojos trémulos detrás de las gafas oscuras.

Maldición: sudaba pero tenía escalofríos al mismo tiempo. A aquella altura el aire era gélido, y afiladas ráfagas de viento procedentes del río le azotaban el rostro como hojas de cuchillo. Gallagher sintió una punzada de resentimiento infantil, allí estaba una mujer incapaz de proteger a un hombre para que no se pusiera enfermo.

La agarró del brazo, llevándola cuesta abajo hacia el sendero. Ella le siguió al instante, dócil.

—«El búho de Minerva sólo remonta el vuelo al atardecer.»

Hazel habló con una voz extraña, vaga, interrogadora, como si otra persona hablase por ella. Gallagher se volvió a mirarla, sorprendido.

—¿Por qué dices eso, Hazel? ¿Esas palabras?

Pero Hazel no parecía saber el porqué.

—Es una observación melancólica —dijo Gallagher—. Es de Hegel, el filósofo alemán, y parece querer decir que la sabiduría nos llega siempre demasiado tarde.

—«El búho de Minerva.» Pero ¿quién es Minerva?

—La diosa romana de la sabiduría.

—¿Estamos hablando de una época muy remota?

—De hace muchísimo tiempo, Hazel.

Gallagher recordaría más tarde aquella curiosa conversación. Le hubiera gustado preguntar a Hazel de quién se estaba haciendo eco, quién había hecho aquella observación delante de ella, pero sabía que se mostraría evasiva y que se las arreglaría para no responder. Su actitud era ingenua y juvenil, pero de algún modo Chet no acababa de fiarse, no del todo.

—¿Por qué te parece a ti que «el búho de Minerva sólo remonta el vuelo al atardecer»? ¿Tiene que ser siempre así?

—No tengo ni idea, Hazel. Realmente, no es más que una observación.

¡Se lo tomaba todo tan condenadamente al pie de la letra! Gallagher debería tener cuidado con lo que le contaba a Hazel, sobre todo si se casaba con ella. Le creería sin dudar un segundo.

Dejaron la zona densamente arbolada y fueron descendiendo por la colina en dirección a la casa. Allí, a pleno sol, Chet se habría quedado ciego sin las gafas de sol. Un olor a mofeta se alzó, insidioso, hasta las ventanas de sus narices, primero débilmente y después con más fuerza. Debía de proceder de un grupo de abedules, o de una de las cabañas para invitados. A cierta distancia el olor de una mofeta puede ser agradable a medias, pero no lo es tanto desde más cerca. Un olor como a tinta y a telarañas que se puede convertir en nauseabundo si se comete el error de acercarse demasiado.

Familias de mofetas hibernaban a veces debajo de las cabañas. La tibieza del tiempo podía haberlas despertado.

—Las mofetas tienen que vivir en algún sitio. Igual que nosotros.

Hazel no hablaba en serio. Gallagher se echó a reír. Hazel Jones volvía a gustarle ahora que ya no le estaba obligando a trepar por la condenada montaña exponiéndolo a un ataque al corazón.

Gallagher probó con las puertas de varias cabañas hasta que encontró una que no tenía echada la llave. Dentro el aire era frío y estaba muy quieto. A Gallagher, que se sintió de pronto inexplicablemente excitado, le pareció como una respiración retenida.

La cabaña estaba hecha de troncos impermeabilizados, y construida por encima de un riachuelo resplandeciente. Cerca había abedules de troncos cegadoramente blancos bajo la luz del sol. El interior quedaba a medias en sombra y a medias muy iluminado. Había allí un olor débil pero inconfundible a mofeta. Dos camas gemelas, colchones que parecían nuevos, cubiertos con sábanas sin remeter, y almohadas sin fundas. En el suelo una alfombra de nudo. En el interior de la cabaña, con Hazel Jones, Gallagher sintió una oleada de emoción tan intensa que lo dejó debilitado. Necesitaba urgentemente hablar con ella, explicarse. No había hablado en serio con ella desde su llegada a la isla y el tiempo que iban a pasar juntos acabaría muy pronto. Al día siguiente tendría que devolver a Watertown a su pequeña familia, y los tres reanudarían sus vidas separadas. Había comprado una hermosa casa para Hazel y el niño pero aún no habían empezado a vivir con él.

Sin hijo. No tenía un hijo. *Si has perdido el camino es mejor no tener hijos.*

Gallagher empezó entonces a hablar sin orden ni concierto. Se oyó decirle a Hazel Jones cómo, de muchacho, en las noches de verano, había acampado solo en los bosques. No con sus hermanos, sino solo. Tenía una tienda juvenil con mosquitero. Las cabañas para invitados no se habían construido aún. Los ruidos en el bosque lo habían asustado, apenas llegaba a dormir, pero, de algún modo, la experiencia había tenido hondura. Se preguntaba si todas las experiencias importantes se producían cuando uno está solo y asustado.

Dormir al aire libre, en una tienda, era en cierto modo como estar en la guerra. Excepto que durante la guerra el cansancio es tal que no cuesta ningún trabajo dormirse.

Le contó a Hazel que su padre había construido la mayoría de las cabañas después de la guerra. Thaddeus amplió el pabellón y compró más tierra a lo largo del río. De hecho los Gallagher tenían otras propiedades en las Mil Islas que estaban siendo urbanizadas de manera muy provechosa. Thaddeus Gallagher había hecho dinero durante la guerra y todavía mucho más después: a comienzos de los años cincuenta la asamblea legislativa del Estado de Nueva York, dominada por los republicanos, había aprobado deducciones fiscales sumamente favorables para el grupo de los Gallagher Media.

(¿Por qué le contaba aquello a Hazel Jones? ¿Quería impresionarla? ¿Quería que supiera que era hijo de un hombre rico, aunque inocente él mismo de adquirir riquezas? Hazel no tenía manera de saber si a Gallagher le tocaba parte del dinero de su familia o si —era una posibilidad— había sido desheredado.)

Hazel nunca preguntaba a Gallagher por su familia, como tampoco le habría preguntado por su anterior matrimonio, no era una persona que hiciera preguntas personales. Ahora, sin embargo, con sorprendente brusquedad, le preguntó si había estado en la guerra.

—¿La guerra? Hazel, por Dios.

Sus experiencias de la guerra no eran un tema del que Gallagher hablara con facilidad. Su actitud desenvuelta, fanfarrona, jocosa, no casaba bien con ellas. Clavó los ojos en los de Hazel Jones, que brillaban muchísimo, llenos de intensidad. Dentro de la cabaña, junto a la puerta, los dos permanecían muy juntos, pero sin tocarse. Muy conscientes ambos de la presencia del otro. En aquel sitio tan pequeño, tanta intimidad ponía nervioso a Gallagher.

—¿Viste los campos de exterminio?

—No.

—¿No los viste?

—Estuve en el norte de Italia. Me hospitalizaron allí.

—¿No había campos de exterminio en Italia?

Parecía tratarse de una pregunta. Gallagher no estaba seguro de cómo contestarla. Mientras estuvo en Europa, primero en Francia y luego en la campiña italiana al norte de Brescia, no había sabido nada sobre los campos nazis de exterminio de infausta memoria. Ni siquiera había entendido gran cosa sobre su experiencia personal en la guerra. Veintiocho días después de aterrizar en Europa, un trozo de metralla le alcanzó en la espalda y en las rodillas. Había llevado un collarín tan grueso como la collera de una caballería y estuvo muy enfermo con distintas infecciones y más adelante a causa de la morfina. Entendía que había presenciado cosas horribles, pero no tenía acceso a ellas de manera directa. Era como si una gasa hubiera crecido por delante de sus ojos, a manera de membrana.

Ahora Hazel Jones lo miraba con una curiosa avidez. Gallagher olía el calor febril del cuerpo de la mujer, algo que era nuevo para él y muy excitante.

—¿Por qué querían los nazis matar a tanta gente? ¿Qué quiere decir que determinadas personas sean «sucias», «impuras», «vidas indignas de ser vividas»?

—Hazel, los nazis estaban locos. Da lo mismo lo que quisieran decir.

—¿Los nazis estaban locos?

De nuevo parecía tratarse de una pregunta. Hazel hablaba con una vehemencia peculiar, como si Gallagher hubiera dicho algo con intención de ser divertido.

—Por supuesto. Estaban locos y eran asesinos.

—Pero cuando los judíos llegaron a los Estados Unidos, los barcos que los traían fueron devueltos. Los americanos no los querían, igual que había pasado con los nazis.

—Hazel, no. Yo creo que no.

—¿Crees que no?

—No. No lo creo.

Gallagher se había quitado las gafas de sol. Trató de metérselas en el bolsillo de la chaqueta, pero se le escurrieron de entre los dedos y cayeron al suelo. Estaba sorprendido y hasta cierto punto repelido por la intensidad de Hazel, por su voz, estridente, rara, diferente de la melódica voz femenina de Hazel Jones, una voz distinta, que Gallagher no había oído nunca.

—No, Hazel. Estoy seguro de que no fue así, de que no fue como estás diciendo.

—¿No fue así?

—Se trató de un problema diplomático. Si estamos hablando del mismo suceso.

Gallagher hablaba de manera dubitativa. No estaba seguro de su información, el tema era poco claro para él, desagradable. Trataba de recordar, pero no lo conseguía. Volvió a acelerársele la respiración, como si todavía estuviera trepando colina arriba.

—Los barcos atracaron en el puerto de Nueva York, pero los funcionarios de inmigración no permitieron que los refugiados desembarcaran. Había niños, recién nacidos. Cientos de personas. Los devolvieron a Europa, a morir allí.

—Pero ¿por qué regresaron a Europa? —preguntó Gallagher. Tuvo un relámpago de perspicacia: aquello era debatible—. ¿Por qué, si podían haber ido a otro sitio? ¿A cualquier parte?

—No podían ir a ningún otro sitio. Tenían que regresar a Europa, a morir.

—Hubo refugiados que fueron a Haití, me parece. A América del Sur. Algunos llegaron tan lejos como Singapur.

Hablaba sin seguridad. En realidad no lo sabía. Se acordaba vagamente de los editoriales de los periódicos de su padre que, como otras muchas publicaciones de los Estados Unidos, argumentaban, en los años anteriores a Pearl Harbor, en contra de la intervención en Europa. Los periódicos de Thaddeus Gallagher criticaban con ferocidad al presidente Roosevelt, y en los editoriales se le acusaba de estar sometido a las influencias judías, de aceptar sus sobornos. En las columnas de ciertos comentaristas se aseguraba que Roosevelt era judío, como Henry Morgenthau, hijo, su ministro de Hacienda. Durante un confuso momento la gasa desapareció de la memoria de Gallagher y vio, con los ojos llenos de curiosidad de un niño, un cartel en el vestíbulo de un lujoso hotel de Miami Beach: SE RUEGA A LAS PERSONAS DE RAZA JUDÍA QUE SE ABSTENGAN DE FRECUENTAR ESTAS INSTALACIONES. ¿Cuándo había sucedido aquello, a comienzos de los años treinta? Antes de que los Gallagher adquiriesen su residencia privada en Palm Beach, junto al océano.

Chet dijo, titubeante:

—Mucho de todo eso se ha exagerado, Hazel. Y no fueron sólo los judíos quienes murieron, fue toda clase de gente, incluidos los alemanes. Muchos millones. Y más millones morirían bajo Stalin. Niños, sí. Bebés. Trastornos provocados por la locura como volcanes que vomitan lava... Entenderías, si fueras soldado, hasta qué punto es algo impersonal. Se trata de la «Historia».

—Los estás defendiendo, entonces. «Mucho de todo eso se ha exagerado.»

Gallagher se la quedó mirando, perplejo. Sintió un trasfondo de repugnancia hacia aquella mujer, casi de miedo, le pareció de pronto muy diferente. Le tocó los hombros.

—¿Hazel? ¿Qué sucede?

—«Mucho de todo eso se ha exagerado.» Lo has dicho.

Hazel rió. Parpadeaba deprisa, sin mirarlo.

—Hazel, lo siento mucho. He estado diciendo cosas estúpidas. ¿Perdiste a alguien en la guerra?

—No. No perdí a nadie.

Habló con violencia, medio en burla. Chet hizo un movimiento para abrazarla. Por un momento ella se mantuvo rígida contra él, luego pareció derretirse, apretarse contra él con un estremecimiento. Una ola de deseo sexual golpeó a Gallagher como un puño.

—¡Hazel! Mi querida Hazel...

Le rodeó el rostro con las dos manos y la besó, y ella le sorprendió con la vehemencia de su respuesta. Estaban en una mancha de cegadora luz de sol. Detrás de la cabaña el aire vibraba con el sol, había un resplandor semejante a fuego. La boca de Hazel Jones estaba fría, pero pareció sorber la de Gallagher. Torpemente, como alguien poco acostumbrado a la intimidad, con algo semejante a la desesperación, Hazel se apretó contra él, presionándolo con los brazos. Había algo feroz y terrible en la repentina urgencia de aquella mujer. Gallagher murmuró:

—Hazel, querida Hazel. Cariño mío —con una voz suave y embelesada, una voz distinta de la suya. La llevó más al interior de la cabaña, tropezando con ella, sus alientos humeantes, nerviosos, rieron juntos, besándose, tratando de besar, torpes en su deseo de abrazarse con su voluminosa ropa contra el frío. Gallagher condujo a Hazel hasta una de las camas gemelas. Debajo de la sábana suelta, descolorida, el colchón estaba al descubierto. Un olor a mofeta, intensamente animal, muy próximo, se alzó a través de las tablas del suelo. Era un aroma extrañamente atractivo, no demasiado fuerte. Torpes, entre risas pero sin alegría, porque parecía muy asustada, Hazel tiraba de la chaqueta de Gallagher y del cinturón. Sus dedos eran torpes, lentos. Gallagher pensó: *Así ha desnudado a su hijo, la madre desnudando al niño*. No salía de su asombro. Estaba totalmente cautivado por ella. ¡Tanto tiempo se le había resistido, y ahora! En una franja de sol cegador, tumbados sobre el colchón, se besaron, se esforzaron por besarse, y siguieron peleándose con la ropa. Gallagher se tenía dicho desde tiempo atrás: *No es virgen, Hazel Jones no es virgen, no estaré forzando a una virgen, Hazel Jones tiene un hijo y ha estado con un hombre,* pero ahora aquella Hazel Jones le resultaba asombrosa, sujetándolo con fuerza, trayéndolo hacia sí, profundamente hacia su interior. Frenética, la boca de la mujer sorbía la suya, Gallagher perdía la conciencia de sí mismo, en un delirio de urgencia animal y de sumisión. En los brazos de aquella mujer quedaría borrado, lo que no era normal para Gallagher, no había sido su experiencia, no por espacio de muchos años. No desde el final de la adolescencia, cuando había empezado su vida sexual. En aquel momento no era el más fuerte de los dos. Su voluntad no era más fuerte que la de Hazel Jones. Sucumbiría ante aquella mujer, no una sino muchas veces, porque aquélla era la primera de muchas veces, Gallagher lo supo enseguida.

Los cabellos de Hazel, mojados por el sudor, se le pegaban a la cara, a la boca. Sus pechos eran mucho más grandes y pesados de lo que había imaginado, de color lechoso pálido, con pezones grandes como fresas. No estaba preparado para el abundante vello oscuro de su cuerpo, negro hirsuto en la entrepierna, ascendiendo casi hasta el ombligo. No estaba preparado para la fortaleza muscular de sus piernas, de las rodillas que lo sujetaban. *Te quiero te quiero* se le ahogó en la garganta mientras, indefenso, le bombeaba su vida.

En rápida transición, el sol se extendió hasta llenar el cielo.

21

«El aliento de Dios.»

Una brisa caprichosa que la llevaría en una dirección repentina, inesperada, pero que estaba, sin embargo, determinada, que tenía una finalidad. A ella y al niño que era su único objetivo.

Un hombre quiere saber. Un amante quiere saber. Quiere sorberte el tuétano mismo de tus huesos, quiere *saber*.

Un hombre tiene derecho. Un amante tiene derecho. Una vez que ha entrado en tu cuerpo de esa manera, tendrá el derecho.

Contarle lo que se puede contar. Un amante quiere saber lo que se puede contar. Porque hay que ofrecer algún secreto. Ya había llegado el momento, y más que el momento. Lo sabía, aunque no era su esposa ni lo sería nunca. *Esa chica de mi instituto de Milburn, sabes dónde está Milburn,* y él dijo *No, me parece que no* y ella dijo *cuando teníamos trece años su padre mató a su madre y luego se suicidó, con una escopeta de dos cañones en el dormitorio de atrás de su casa vivían en una curiosa casa vieja de piedra como en un cuento excepto que era muy vieja y se estaba hundiendo en la tierra.* Y él dijo *¡Dios del cielo! Qué cosa tan terrible* removiéndose incómodo *era amiga íntima tuya* y rápidamente Hazel dijo *No* y luego *Sí pero no amiga íntima entonces, lo había sido cuando estábamos en primaria* y Gallagher preguntó *¿Por qué hizo el padre una cosa tan terrible, estaba loco?, ¿desesperado?, ¿pobre?* con sorprendente ingenuidad para alguien que había estado en la guerra y lo habían herido Gallagher preguntó y Hazel sonrió en la oscuridad, no la sonrisa luminosa expectante sino una sonrisa de rabia *Son ésas las razones para matar a tu familia y matarte tú, son las razones reconocidas* pero Gallagher confundió el temblor de Hazel con la emoción y la estrechó entre sus brazos para protegerla como siempre la protegería *¡Pobre querida Hazel! Tuvo que ser terrible para ti y para todos los que los conocieron* y Hazel sonrió *¿Lo fue?* porque la idea nunca se le había pasado por la cabeza. Diciendo *Era el sepul-*

turero del pueblo. Como si aquello fuese la explicación. Gallagher la aceptaría.

Hazel sabía que no era cierto, por supuesto. Nadie en Milburn habría pensado que fuera horrible. Era el sepulturero asesinando a su familia y matándose él.

Porque los había asesinado a todos. No había quedado nadie para llorarlos.

¿Por qué? Porque había llegado el momento.

Hazel Jones se trasladaría a la casa de ladrillo rojo que Gallagher le había comprado en Watertown y por supuesto se llevaría a su hijo. *Había consentido por el bien del niño, se quedarían todo el tiempo que pareciera oportuno todo el tiempo que él creyera quererla porque la hija del sepulturero no tenía derecho a renunciar a semejante oportunidad* y cuando dos años después al niño se le ofreció una beca para estudiar piano en la Portman Academy of Music, Gallagher compraría una casa en Syracuse y se mudarían allí.

Eran para él *mi pequeña familia.* Gallagher no había sido nunca tan feliz en su vida de adulto.

Era lo que tenía que pasar. El aliento de Dios. Mi hijo será pianista, tocará ante públicos muy numerosos que le aplaudirán.

—Pero ¿por qué te importa tanto, Hazel?

Gallagher se lo preguntó muy amablemente. Sonreía y le acariciaba la mano. Siempre la estaba tocando, acariciando. ¡La adoraba! Pero su curiosa testarudez, su curiosa voluntad firme, inflexible, le preocupaba. Pensó que era su alma primitiva, pero luego se avergonzó de semejante pensamiento. Porque de verdad la adoraba, creía que moriría por ella. Y al niño también lo quería, aunque no como quería a la madre.

—Porque... —Hazel hizo una pausa, mojándose los labios, confundida o pareciendo estarlo, en momentos así daba sensación de tímida, de insegura, sus ojos evitaban los de Chet, de manera que Gallagher no pudiera desconcertarla con su ecuanimidad— la música es hermosa. La música es... —era ahí donde la voz de Hazel bajaba de la manera que Gallagher encontraba al mismo tiempo encantadora y frustrante, tenías que acercar mucho la cabeza a la suya para oír lo que decía. Y si no lo oías, y le pedías que repitiera lo que acababa de decir, se achicaba llena de timidez, cohibida como una jovencita—: ¡No, nada! Es una tontería.

Después Gallagher oiría las solemnes palabras murmuradas que no había oído del todo en su momento *La música es lo más importante.*

—«¿Por qué los tontos se enamoran...?»

¿Por qué demonios no? Tenía cuarenta y dos años y no se estaba haciendo ni más joven, ni más listo, ni mejor parecido.

Se rió de sí mismo en el espejo del cuarto de baño mientras se afeitaba. Era la cara de la que solía apartar los ojos para —¡literalmente!— no verla a ninguna hora y en especial no verla con la luz clínica, implacable, del espejo del cuarto de baño. ¡No, gracias! Pero ahora, con Hazel Jones abajo en la cocina preparando el desayuno para Zack y para él, una mujer *a quien de verdad le gustaba preparar el desayuno y que se ponía un delantal con un estampado de flores mientras lo preparaba,* Gallagher estaba en disposición de enfrentarse con su propia cara sin aquel antiguo impulso de estrellar un puño contra el espejo o de devolver la primera papilla en el lavabo.

Y al niño también lo quería.

Mi chico. Algunas veces incluso se oía decir *Mi hijo,* en conversaciones informales.

Mi pequeña familia lo guardaba para Hazel y para él. *Mi nueva vida* estrictamente para su uso personal.

—La música no es lo más importante, cariño. Hay muchas otras cosas que también son importantes.

¿Era eso cierto? Gallagher, antiguo niño prodigio, quemado y, durante cierto tiempo, a la edad de diecisiete años, con tendencias suicidas, así lo creía sin ningún género de dudas.

Aquello no se lo contaría a Hazel, sin embargo. De las muchas cosas que Gallagher ensayaba para contárselas a Hazel, aquélla era una que no le contaría por miedo a disgustarla, a herirla.

Por miedo a decir la verdad.

Chet Gallagher había dejado de tocar jazz en el Malin Head Inn: se había mudado a Syracuse, ciento sesenta kilómetros al sur, a una casa a tres manzanas de la escuela de música donde Zack recibía clases intensivas de un pianista que había sido uno de los *protégés* más destacados de Hans Zimmerman. Zimmerman intervino en la concesión de la beca, pero habría otros gastos, y algunos de ellos considerables, si Zack fuera a embarcarse en una carrera profesional con todas sus consecuencias. Gallagher no había necesitado decirle a Hazel que pagaría por aquel embarque, que pagaría feliz lo que hiciera falta. Gallagher ya no tocaba apenas jazz, deseoso de evitar bares cargados de humo de tabaco, ocasiones para beber más de la cuenta, ocasiones para conocer seductoras mujeres solas, cielo santo, prefería con diferencia quedarse en casa por la noche con su pequeña familia a la que adoraba.

Por miedo a decir la verdad.

¡Y sin embargo Hazel se resistía a casarse con Gallagher! Era el gran misterio de la vida de Chet.

Un misterio y un dolor profundo.

—Pero, Hazel, ¿por qué no? ¿Es que no me quieres?

Como siempre, las razones de Hazel eran vagas, evasivas. Hablaba sin seguridad. Se diría que las palabras eran cardos, o guijarros, que le raspaban la garganta. Los Gallagher la desaprobarían, una madre soltera. La despreciarían, no se lo perdonarían nunca.

—¡Hazel! Por el amor de Dios.

La estrechaba entre sus brazos, tanta era su consternación. Gallagher no quería disgustarla más. Ahora que vivían juntos, Chet era más capaz de evaluar sus estados de ánimo. Hazel Jones parecía una llama vertical, erguida, atraía las miradas, deslumbraba; pero una llama, después de todo, es una cosa delicada, una llama puede verse amenazada de repente, destruida.

Madre soltera, desprecio. ¡Perdón! Gallagher se estremecía ante semejantes tópicos. ¿Qué demonios le importaba a él si los Gallagher desaprobaban su relación con Hazel Jones? No sabían nada de ella, en realidad. En Albany se decían las cosas más absurdas y malintencionadas. Y ahora Gallagher vivía con ella... Nunca conocerían a Hazel, si podía evitarlo. En el momento presente lo más probable era que estuviese desheredado. Thaddeus lo habría eliminado de su testamento años atrás.

—¿Es el dinero lo que te preocupa? No necesito el dinero de mi familia, Hazel. Me las puedo arreglar solo.

No era del todo cierto: Gallagher recibía dinero de un fideicomiso dotado por sus abuelos maternos. Pero había vuelto a trabajar en la prensa y producía programas para la radio. Si a Hazel le preocupaba el dinero, ¡ganaría más!

La protegería, era un principio de su personalidad. Quería pensar que era así, que era un hombre con principios. Incluso su padre, por completo indiferente a los sufrimientos de las masas de seres humanos como la mayoría de los «conservadores», era de todos modos leal, en ocasiones feroz e irracionalmente leal a personas cercanas a él.

También Thaddeus había tenido mujeres; o las había tenido cuando era más joven, cuando estaba más en forma. Un ansia sexual primitiva y al parecer insaciable que había satisfecho con quien fuera que estuviese disponible. Thaddeus, sin embargo, había seguido siendo un marido «fiel» a ojos de la sociedad. Nunca había traicionado a su mujer en público y quizá en su ingenuidad (a Gallagher le gustaba creerlo así) su madre no había sabido nunca que su marido la engañaba.

Gallagher se oyó preguntar, quejoso:

—¿Es que no me quieres, Hazel? Yo desde luego sí que te quiero.

Se le quebraba la voz. Estaba haciendo el ridículo. Parecía acusarla.

Hazel se abrazó a Gallagher, como si estuviera demasiado afectada para hablar. Aquello era prueba de que lo quería, ¿no era cierto? Se apretó contra él como, en su cama, se apretaba contra él, sin resistirse nunca ya, cálidamente afectuosa, los brazos alrededor de su cuello, su boca abierta a la de Chet. Ahora sentía los latidos de su corazón. El calor creciente de su cuerpo. Se le ocurrió. *Se acuerda de otro hombre, del hombre que le hizo daño.* Gallagher sintió el impulso de romperla mientras la tenía en sus brazos, como había hecho el otro. Romperle los huesos mismos, apretándola con mucha fuerza, hundiendo su rostro, encendido, furioso, en su cuello, en un rizo de sus cabellos con reflejos rojos.

Escondió el rostro contraído, lloró. Lágrimas que nadie necesitaba agradecer.

Ni en Watertown, ni en Syracuse había tenido Hazel vislumbre alguna de un hombre que se pareciese a quien había fingido ser su marido, pero la idea se le presentó en un desvanecimiento de amarga certidumbre: *Si me caso con este hombre, si quiero a este hombre, el otro nos dará caza y nos matará.*

Podía ganar dinero para su pequeña familia, Chet Gallagher estaba sin duda en condiciones de hacerlo. «¡Hazel Jones, tienes el don de la felicidad! Has traído a mi vida una felicidad impensable.» Era cierto: Gallagher era de nuevo un hombre joven. ¡Un amante lleno de ardor, un loco de amor! Un hombre que había bromeado en una ocasión diciendo que su corazón se había encogido hasta quedarse del tamaño de una uva pasa, y con la misma textura arrugada, ahora tenía un corazón sano, del tamaño de un puño, lleno de esperanza además de bombear sangre en abundancia. Su rostro parecía el de un hombre más joven. Siempre estaba sonriendo y silbando. (Zack había tenido que pedirle que hiciera el favor de no silbar tan fuerte, porque las melodías que Gallagher silbaba se le metían dentro e interferían con la música que Zack estaba tocando mentalmente.) Bebía vino tinto durante la cena, eso era todo. Comía de manera menos compulsiva y había reducido la tripa y el pecho perdiendo diez kilos. El pelo se le seguía cayendo, pero ¡qué demonios! Hazel le acariciaba la calva a pesar de sus desniveles, jugueteaba con el cerquillo hirsuto que le quedaba, e insistía en que era el hombre más apuesto que había conocido nunca.

Su ex esposa había herido a Gallagher sexualmente y otras mujeres lo habían decepcionado. Pero Hazel Jones borraba tales recuerdos.

De la noche a la mañana, prácticamente, Gallagher había dejado de ser un hombre que se acostaba a las cuatro de la madrugada y se despertaba tambaleante a mediodía, y se había convertido en otro que se acostaba a las once la mayoría de los días de la semana y que se levantaba a las siete. Producía una serie de programas de radio («Jazz de América», «Clásicos americanos») con origen en Syracuse, en una emisora local, y que se repetían después por los Estados de Nueva York, Ohio y Pennsylvania. El redactor jefe del *Syracuse Post-Dispatch,* un periódico de los Gallagher, aunque fuese uno de los más independientes de la cadena, se había hecho amigo suyo, y Chet empezó a escribir columnas para la página editorial sobre cuestiones de ética y de política. Derechos civiles, abolición de la segregación racial en las escuelas, Martin Luther King. Discriminación racial en sindicatos obreros. La necesidad de «reformas radicales» en la ley sobre divorcio del Estado de Nueva York. La «inmoralidad» de la guerra en Vietnam. Eran artículos apasionados, sazonados con humor, que pronto llamaron la atención. *Chet Gallagher* era la única voz liberal que veía la luz en los periódicos de la cadena Gallagher, y resultaba ser una presencia controvertida. Cuando los directores de aquellas publicaciones respaldaban, como hacían de manera invariable, candidatos republicanos para distintos cargos, Chet Gallagher criticaba, analizaba, sacaba a la luz sus defectos de manera llamativa. El hecho de que pudiera ser igualmente crítico con candidatos demócratas era un indicador de su integridad. Se publicaban cartas de lectores enfadados que condenaban sus puntos de vista. Cuanto más arreciaba la polémica, más periódicos se vendían. ¡A Chet le encantaba despertar tanto interés! (En el diario de Syracuse nunca se censuraban sus columnas, pero otros periódicos de la cadena Gallagher optaban por no publicarlas. Tales decisiones no tenían nada que ver con Thaddeus Gallagher que, si obtenían beneficios, muy pocas veces interfería con el funcionamiento de ninguna de sus publicaciones. Probablemente leía las columnas de su hijo, porque era una persona que vigilaba muy de cerca todos los aspectos de los Gallagher Media, pero, por lo que su hijo sabía, nunca comentaba los artículos de Chet ni había utilizado su poder para censurar sus columnas. Desde mucho tiempo atrás había sido un principio del anciano distanciarse de la carrera de su hijo menor como una manera de marcar su superioridad moral sobre él.)

De manera que Gallagher era feliz. Hasta cierto punto.

¿Está casada? ¿Se trata de eso? ¿Y no divorciada? ¿Me ha mentido, es eso lo que sucede?

La idea le venía de manera espontánea, incluso cuando estaban haciendo el amor. Incluso cuando estaban uno al lado del otro, las manos unidas, escuchando tocar el piano a Zacharias. (Su primer recital en público, en la Portman Academy. Zack, con nueve años, fue el intérprete más joven de la velada y el que provocó los aplausos más entusiastas.) A veces le golpeaban los celos, un sufrimiento como de serpientes enroscadas dentro de la tripa.

Hazel le había dicho que no se había casado nunca. Lo afirmaba con tan dolorida sinceridad que Gallagher no podía dudar de su palabra.

Gallagher estaba cada vez más deseoso de adoptar al niño. Antes de que fuera demasiado tarde. Pero para adoptar a Zack tenía que ser el marido de su madre.

En el fondo de su corazón Gallagher aborrecía la idea misma del matrimonio. Detestaba la intrusión de los poderes públicos en las vidas privadas de las personas. Estaba totalmente de acuerdo con Marx, acostumbraba a citar a Marx para indignar a Thaddeus, porque Marx había acertado en casi todo: las masas se venden por un salario, los capitalistas son unos hijos de puta que te seccionan la yugular, recogen tu sangre en frascos y la venden al mejor postor, la religión es el opio de las masas y las iglesias son empresas capitalistas organizadas para hacer dinero y asegurarse poder e influencia. Por supuesto, las leyes favorecen a los ricos y a los poderosos, el poder sólo desea engendrar más poder de la misma manera que el capital sólo quiere engendrar más capital. Por supuesto, el mundo industrial está lanzado hacia la locura, Primera Guerra Mundial, Segunda Guerra Mundial, siempre el espectro de la Guerra Mundial, el incesante conflicto entre las naciones. Marx había acertado en casi todo y Freud había dado en el clavo con el resto: la civilización era el precio que pagabas para que no te cortaran el cuello, pero era un precio demasiado alto.

¡Conseguir un divorcio en el Estado de Nueva York a mitad de los años cincuenta! Gallagher era uno de los que aún seguían heridos, casi diez años después.

«Imbécil. ¡Nadie tuvo la culpa más que yo!»

La ironía era que se había casado para aplacar a otros. Su madre estaba muy enferma por entonces, y moriría muy poco después de la boda. ¡La tiranía del papel de la madre moribunda en la civilización nunca podrá exagerarse! Gallagher había regresado de Europa deseoso de no sucumbir a la desesperación, a la depresión y al alcoholismo como otros ex combatientes conocidos suyos, y para una generación entera la única salvación había sido el matrimonio.

Gallagher era joven por entonces: veintisiete años. Agradecido de que no lo hubieran matado, de no haberse convertido (a simple vista) en inválido. Como una manera de mostrar su gratitud por estar vivo había querido aplacar a otros, sobre todo a sus padres. Una equivocación que no volvería a cometer.

Por el hecho de vivir en Albany, capital del Estado de Nueva York, Gallagher tomó conciencia de la intrusión de los poderes públicos en la vida de los individuos, incluso de muy joven. ¡Imposible no estar al tanto de la política si se vive en Albany! No de la política del idealismo, sino de la política del «rancho», de la política de los «tratos». No había meta más elevada que los «tratos» ni motivo más sublime que el «propio interés». La indignación de Gallagher llegó a su cumbre con el sórdido politiqueo que acompañó a la ley Taft-Harley, ley que el Congreso de los Estados Unidos, dominado por los republicanos, aprobó pese al veto de Truman. Y con la campaña de desprestigio de Dewey contra Truman, a la que Thaddeus contribuyó con una gran cantidad de dinero, no todo reconocido públicamente.

Chet se había peleado con su padre y abandonó Ardmoor Park. Nunca volvería a encontrarse cómodo con él.

Que Hazel Jones se considerase indigna de los Gallagher y de él le resultaba del todo ridículo.

Para vergüenza suya se oyó suplicar:

—Hazel, si estuviéramos casados, podría adoptar a Zack. ¿No te parece una buena idea?

Hazel besó rápidamente a Gallagher, diciendo que sí, que suponía que sí.

Algún día.

—¿Algún día? Zack está creciendo, el momento es ahora. No cuando sea adolescente y le importe un comino tener padre.

Queriendo decir *le importe un carajo tener padre*. El enfado en él se estaba convirtiendo en desesperación.

En la habitación de música de la parte trasera de la casa Zack tocaba el piano. Debía de haberse equivocado en una nota, porque la música se interrumpió bruscamente y, al cabo de una breve pausa, empezó de nuevo.

Al ver que se había disgustado, Hazel se apoderó de la mano de Gallagher, que era mucho más grande y pesada que la suya, la alzó y se la apretó contra la mejilla en uno de los gestos impulsivos de Hazel Jones que traspasaban el corazón de su amante.

—Algún día.

Para el Concurso de Jóvenes Pianistas que se celebraría en Rochester en mayo de 1967, Zack estaba preparando el «Impromptu n.º 3» de Schubert. Con diez años y medio, el hijo de Hazel sería el intérprete más joven en el programa, que incluía pianistas hasta de dieciocho años.

El siguiente más joven era un muchacho americano de origen chino que se estaba formando en el Real Conservatorio de Música de Toronto y que había quedado segundo hacía poco en un concurso internacional de aquella ciudad.

Los días se iban sucediendo y con frecuencia el niño practicaba hasta entrada la noche. Unas notas tocadas de manera tan precisa, tan nítida, una rapidez tal de ejecución, hacían difícil creer que el intérprete fuese tan joven y si, como Gallagher, uno se sentía arrastrado hasta la puerta del cuarto de música, los intensos ojos del niño, que apenas parpadeaba, seguían fijos en el teclado (el piano no era ya el Baldwin vertical sino un Steinway de media cola que Gallagher les había comprado a los hermanos Zimmerman) y sus dedos, todavía pequeños, golpeaban las teclas como con voluntad propia, porque la pieza había que memorizarla nota a nota, sin dejar al azar ni una pausa ni una depresión del pedal.

Gallagher escuchaba extasiado. Sin lugar a dudas el pequeño tocaba mejor de lo que Gallagher lo hacía a su edad e incluso después. Gallagher presumiría *Ha heredado todo lo que podía darle. ¡Todo un talento, ya lo creo que sí!*

De manera gradual se estaba convirtiendo en el padre de Zack. Extraño que no se preguntara apenas quién era su verdadero padre.

En el umbral del cuarto de música seguía Gallagher, vacilante. A la espera de que el niño se interrumpiera, momento en que Gallagher aplaudiría con entusiasmo —«¡Bravo, Zack! Suena maravillosamente»— y el pequeño se sonrojaría complacido. Pero el ensayo continuaba y continuaba, porque si Zack cometía hasta el error más insignificante tenía que empezar de nuevo, hasta que a Gallagher se le agotó la paciencia y se escabulló sin ser visto.

¿No te lo prometí, mamá? Dije que te enorgullecerías.

Se llama «Zack». Un nombre salido de la Biblia. Porque Dios lo ha bendecido. ¡Ninguno de nosotros lo habría imaginado!

Mi hijo. Tu nieto. Reconocerás su cara cuando lo veas. Es una cara que reconocerás, mamá. El padre no está en él, no mucho.

¡Sus ojos, mamá! Sus ojos son hermosos, como los tuyos.

Quizá sean también los ojos de papá. Un poco.

En el piano lo oigo y sé dónde está. De entre todos los lugares posibles del mundo está aquí, mamá. Con nosotras.

Está a salvo en esta casa.

Yo no debería haberte dejado, mamá. Me quedé fuera mucho tiempo.

A veces pienso que mi alma se perdió por aquellos campos. Pasé demasiado tiempo lejos de ti, mamá.

Lo estoy pagando, mamá.

Si le oyes tocar, mamá, lo sabrás. Por qué tenía que vivir.

Te quiero, mamá.

Esto es para ti, mamá.

Se llama «Impromptu n.º 3», de Schubert.

24

Sucedió tan deprisa que luego lo repasaría muchas veces en la memoria. Él, Zack, permaneció siempre invisible, incapaz de intervenir. Si algo le hubiera sucedido a su madre, impotente.

Pensando *No la advertí. Fue como si yo no estuviera allí, nadie me vio.*

El hombre salió de la nada.

Salió de la nada y se quedó mirando a Hazel Jones como si la conociera.

Aunque de hecho Zack lo estuvo viendo durante diez, quizá veinte segundos. Zack, que nunca se fijaba en nadie, estuvo viendo cómo aquel hombre vigilaba a su madre desde una distancia de unos diez metros, mientras Hazel caminaba por el sendero de gravilla a través del parque, ajena a todo.

Había un camión de obras estacionado en la calzada cercana. El hombre debía de haber sido un técnico de algún tipo, con ropa de trabajo muy usada, y zapatos con el mismo aspecto. En las ciudades (ahora vivían siempre en ciudades y viajaban sólo a otras ciudades) se aprendía a no ver a personas así, porque lo más probable era que no fuesen nadie a quien conocieras ni que ellos te conociesen a ti.

Excepto que el hombre con ropa de trabajo miraba fijamente a Hazel Jones.

¡Aquel día! «Tiempo libre» para Zack. Un día después de un recital de piano. Durante quizá setenta y dos horas sus sentidos seguirían vigilantes, despiertos. Continuaría oyendo música en la cabeza, pero su intensidad disminuiría, así como la necesidad de sus dedos de crearla. Los ojos los sentía como nuevos en momentos así, desprotegidos, expuestos. Se llenaban de humedad fácilmente. Sus oídos ansiaban escuchar, llenos de un hambre extraña, no de música, sino de sonidos ordinarios. ¡Voces! ¡Ruidos!

Se sentía como una criatura que se ha abierto camino para librarse de un capullo asfixiante, y que hasta aquel momento no se había dado cuenta de la existencia del capullo.

Zack no estaba en condiciones de calcular la edad del hombre con ropa de trabajo; quizá como Gallagher, o tal vez más joven. Parecía alguien a quien la vida hubiera aplastado. Quizá medía cerca de un metro ochenta, pero su pecho daba sensación de roto, de hundido. Su mandíbula inferior sobresalía, su piel era basta y con manchas y enrojecida como consecuencia de forúnculos reventados. Su cabeza parecía sutilmente deformada, como cera derretida en parte, y mechones de pelo descolorido le cruzaban el cuero cabelludo como algas. Un rostro devastado y furioso como algo restregado contra el pavimento, si bien en aquel rostro los ojos brillaban de un modo extraño con ansia y asombro.

Es él.

¿Es... él?

Una tarde de septiembre de 1968. Pasaban el fin de semana en Buffalo, Nueva York. Eran invitados del Conservatorio de Música de Delaware. Un grupo de seis o siete personas, todos adultos con la excepción de Zack, caminaba en dirección al hotel Park Lane donde se hospedaban los Jones y Gallagher. Habían almorzado juntos en el Conservatorio, donde la noche anterior había actuado el joven pianista; no cumpliría doce años hasta noviembre, pero lo habían aceptado como estudiante becado en la prestigiosa escuela de música y tocaría con la Orquesta de Cámara del Conservatorio la primavera siguiente.

Hazel y Zack caminaban más despacio que los demás. De manera instintiva querían estar solos. Por delante Gallagher hablaba animadamente con sus nuevos conocidos. Se había constituido en protector y representante de Zacharias Jones. Más o menos se daba por hecho que Gallagher era el padrastro del muchacho y cuando alguien llamaba «señora Gallagher» a Hazel Jones, la falsa suposición se aceptaba en silencio.

Zacharias Jones, el notable pianista joven, era el tema de conversación de los adultos, como había sido también el tema del almuerzo, aunque él no hubiera participado mucho. *Él, a él, el muchacho* eran palabras que llegaban hasta sus oídos, desde lejos. Llevaba ya algún tiempo adquiriendo experiencia en distanciarse de la atención de otros. En los cafés al borde de la carretera donde sus manos descubrieron por vez primera el teclado del piano, empezó sabiendo que tenía muy poca importancia lo que otros dijeran, lo que otros pensaran: al final sólo estaba la música. De Hazel Jones aprendió a *estar aquí* y a *no estar aquí* simultáneamente; cómo sonreír incluso mientras tu cabeza se ha retirado a otro sitio. Zack se comportaba a veces de manera grosera e impaciente. Se le perdonaba porque era un joven pianista de talento: había que dar por sentado que interpretaba mentalmente. También Hazel tocaba una música continua en su interior, pero nadie podía adivinar qué música era aquélla.

Durante el almuerzo en el comedor del Conservatorio Zack había alzado los ojos hacia Hazel Jones y había visto que lo estaba mirando. Su madre sonrió y le hizo un guiño de manera que nadie más pudiera verlo; Zack se ruborizó, apartando deprisa los ojos.

No tenían necesidad de hablar. Lo que existía entre ellos no se podía expresar con palabras.

Debutar. Zacharias Jones *debutaría* en febrero de 1969 con la Orquesta de Cámara de Delaware, entre cuyos componentes había pocos músicos menores de dieciocho años.

¡Febrero de 1969! Durante el almuerzo, Hazel había reído, incómoda, diciendo que parecía muy lejano; si sucediera algo que...

Los otros miraron a Hazel tan burlonamente que Zack supo que su madre se había equivocado.

Gallagher intervino. Mostrando con una sonrisa sus puntiagudos dientes que tenían un algo de diabólico, señaló que febrero de 1969 habría llegado casi antes de que nadie se diera cuenta.

Zack tocaría un concierto que aún estaba por escoger. El director de la orquesta trabajaría estrechamente con él, por supuesto.

Sintiendo en aquel momento una sensación de alarma, el frío sabor del pánico. *Si fallara...*

Después Hazel Jones le había tocado suavemente en un hombro. Dejarían que los otros caminaran delante por el parque. Era una tibia tarde de otoño con dominio de los tonos sepia. Hazel hizo una pausa para admirar los cisnes, deslumbrantes en blanco y negro, con pico rojo, navegando por la laguna en arranques de lánguida energía.

¡Cómo les agobiaba la compañía de *aquellos otros*! Casi les resultaba imposible respirar.

Después del recital de la noche anterior, Gallagher abrazó a Zack besándolo en broma en la coronilla, y le dijo que debía de estar condenadamente orgulloso de sí mismo. Zack quería mucho a Gallagher, pero se sentía tímido y cohibido en su presencia.

¡El orgullo desconcertaba a Zack Jones! Nunca había entendido lo que era el orgullo.

Hazel tampoco parecía entenderlo. Durante su época de jovencita cristiana se le había enseñado que el orgullo es pecado, que el orgullo es la antesala de una caída. El orgullo es peligroso, ¿verdad que sí?

—El orgullo es para otras personas, Zack. No para nosotros.

Zack estaba pensando en aquello cuando vio al hombre con ropa de trabajo, en el límite de la calzada. No había mucha gente en el parque, el tráfico se movía despacio por la carretera, a ráfagas. Nadie llevaba ropa de trabajo a excepción del individuo que miraba fijamente a Hazel como si tratara de saber si la conocía.

No era infrecuente que algún desconocido mirase a Hazel Jones en público, pero había algo diferente en aquella mirada, Zack sintió el peligro.

Pero no le dijo nada a su madre.

A continuación el otro decidió acercarse a Hazel, y echó a andar en su dirección con sorprendente celeridad. De repente se podía ver que era un hombre que actuaba con el cuerpo. Aunque no parecía disfrutar de buena salud debido al pecho hundido y al rostro enrojecido, no estaba débil ni se mostró irresoluto. Como un lobo que se acerca rápida y silenciosamente a un ciervo que no ha sentido aún su presencia. El desconocido avanzó en diagonal por una zona del césped en la que estaba colocado de manera destacada un cartel de SE RUEGA NO PISAR LA HIERBA y después por el sendero de gravilla. Grandes plátanos bordeaban el camino y la luz del sol caía sobre los peatones en manchas del tamaño de monedas cuando pasaban por debajo.

Había algo de ciervo en Hazel Jones con sus zapatos de tacón alto y su elegante sombrero de paja, y había algo de lobo, cabellos ordinarios, aire desgarbado, en el hombre con ropa de trabajo. Era fascinante para Zack ver a su madre a través de los ojos del desconocido: el centelleante pelo castaño rojizo, el fogonazo lacado de uñas rojas y boca roja. La postura perfecta, con la cabeza bien alta. Para el almuerzo en el elegante comedor del Conservatorio Hazel había elegido un traje sastre de lino de un beis muy pálido con un collar de perlas de varias vueltas y un sombrero de paja de ala ancha con una cinta de terciopelo verde. Zack notó que había gente que la miraba con admiración; pero nadie de manera descortés. Después del Concurso de Rochester para Jóvenes Pianistas, cuando Zack, el más joven de los participantes, había recibido una mención especial de los jueces, se hicieron fotografías de los pianistas galardonados y de sus padres, y uno de los fotógrafos le dijo a Hazel: «La belleza de sus cabellos y la tonalidad de su piel quedaría aún más realzada si se vistiera de negro». Y Hazel había reído, desdeñosa: «¡Negro! El negro es para ponerse de luto, y yo no estoy de luto».

El individuo con ropa de trabajo había alcanzado a Hazel y le dirigió la palabra. Zack vio que su madre se volvía para mirarlo, sorprendida.

—¿Señora? ¿Me disculpa?

A ciegas, Hazel buscó a Zack, que se mantenía fuera de su alcance.

El muchacho advirtió el pánico en la cara de su madre. Vio sus ojos aterrados dentro de la máscara de Hazel Jones.

—Sólo me estaba preguntando si..., si me conoce usted. Si quizá me parezco a alguien que usted conoce, señora. Me llamo Gus Schwart.

Muy deprisa Hazel dijo *no* con un movimiento de cabeza. Recuperaría pronto su compostura y utilizaría su sonrisa cortés y precavida.

Por delante, Gallagher y los demás no se habían dado cuenta. Siguieron caminando, en dirección al hotel.

—Señora, siento mucho molestarla. Pero usted me resulta familiar. ¿No ha vivido en Milburn? Es una ciudad pequeña, quizá a unos cientos de kilómetros al este de aquí, junto al canal del lago Erie... Fui al colegio allí...

Hazel lo miraba tan sin expresión que el otro empezó a vacilar. Su rostro, lleno de postillas, enrojeció. Trató de sonreír, como podría sonreír un animal, enseñando dientes amarillentos, irregulares.

Zack se acercó para proteger a su madre, pero el otro no manifestó el menor interés por él.

Hazel dijo, excusándose, que no, que no lo conocía, ni tampoco Milburn.

—He estado enfermo, señora. No me encontraba bien. Pero ahora ya lo he superado y me...

Hazel estaba tirando del brazo de Zack, se escaparían. El individuo con ropa de trabajo se limpió la boca, avergonzado. No podía, sin embargo, dejarlos ir, y los siguió unos cuantos metros, torpe, tartamudeando:

—Sólo que me resulta usted familiar, ¿sabe? Como alguien que conocí en otro tiempo. Mi hermano Herschel y yo, y mi hermana Rebecca, vivíamos en Milburn... Me marché en 1949.

Lacónicamente, Hazel dijo por encima del hombro:

—Buen hombre, creo que no. Perdone pero no.

Buen hombre no era una expresión que Hazel Jones utilizara de ordinario, no en aquel tono. Había un algo ordinario y desdeñoso en sus palabras, algo que era muy poco característico de Hazel Jones.

—¡Zack! Vamos.

Zack se dejó llevar por su madre, como un niño pequeño. Estaba atónito, incapaz de comprender aquel encuentro.

Mi padre no. Ese hombre no.

El corazón le latía pesadamente, lleno de desilusión.

Hazel tiró del brazo de Zack y él se zafó de ella. ¡No tenía derecho a tratarlo como si fuera un niño de cinco años!

—¿Quién era ese hombre, mamá? Te conocía.

—No. No me conocía.

—Y tú lo conocías a él. Me he dado cuenta.

—No.

—Has vivido en Milburn, mamá. Lo dijiste.

Hazel habló sin apenas despegar los labios y sin mirarlo.

—No. Chautauqua Falls. Tú naciste en Chautauqua Falls —hizo una pausa, jadeante. Parecía a punto de decir algo más, pero no podía hablar.

Zack se disponía a hostigar a su madre. Tras el encuentro en el parque se sentía extrañamente inquieto, agitado.

Y después del recital era libre de decir y hacer cualquier cosa que quisiera.

Estaba furioso con Hazel, su traje sastre de lino, sus perlas y su sombrero de paja de ala ancha.

—Lo conocías. Maldita mentirosa, reconoce que sí.

Le dio un codazo. Quería hacerle daño. ¿Por qué no alzaba nunca la voz, por qué nunca le gritaba? ¿Por qué no lloraba nunca?

—Te miraba con *toda el alma*. Lo he visto.

Hazel mantenía su dignidad, sujetándose el borde del sombrero de paja mientras cruzaba deprisa una calle. Zack quería correr tras ella y golpearla con los puños. Quería usar los puños para pegar, ¡para hacer daño! Quería a medias romperse las manos, aquellas manos que los adultos apreciaban tanto.

Gallagher y los otros los esperaban bajo la marquesina del hotel. Gallagher cruzado de brazos, sonriente. La visita a Buffalo había resultado tan satisfactoria como esperaba. Buscaría una casa nueva en Delaware Park, la zona residencial más selecta de la ciudad; pondría a la venta la que ocupaban en Syracuse. Si no tenía el dinero necesario para una espaciosa casa antigua en Delaware Park, quizá solicitara un préstamo de alguno de sus familiares.

La expresión en el rostro de Gallagher cuando Hazel se reunió con él: como si se encendiese una luz.

Zack venía a la zaga de su madre, hosco y con el rostro encendido. Tenía que despedirse de los adultos, darles la mano y comportarse sensatamente. La atención de los desconocidos era cegadora, como la luz de las candilejas. Excepto que en el escenario no hace falta mirar a las luces, toda tu atención se centra en el hermoso teclado blanco y negro que se extiende delante de ti.

Zack regresaría a Buffalo antes de un mes. Recibiría clases de piano del miembro más respetado del Conservatorio de Delaware, que había estudiado con Egon Petri, el gran pianista alemán, cuando Petri enseñaba en California.

Si fracasaba...

No había fracasado la noche anterior. Había tocado el «Impromptu» de Schubert que tanto le gustaba a Hazel, y otra pieza más reciente, de la que había quedado menos satisfecho, un nocturno de Chopin. El tempo del nocturno le parecía lento hasta decir basta, y Zack se había sentido tan desprotegido como si estuviera desnudo. ¡Sin música para esconderse dentro!

De todos modos, parecía haberle gustado al público. Y también al cuerpo docente del Conservatorio, incluido su nuevo profesor. Oleadas de aplausos, una catarata que había ahogado el caliente latido de la sangre en sus oídos. *¡Por qué! ¡Por qué!* En momentos así quedaba aturdido, sin saber apenas dónde se encontraba. Como un nadador que ha estado a punto de ahogarse, que lucha desesperadamente para salvarse y que de esa manera atrae la atención de desconocidos admirativos que aplauden. Gallagher le había dicho que se sintiera orgulloso de sí mismo, y Hazel, que en público era menos efusiva que Chet, le había apretado la mano, haciéndole saber que se sentía muy feliz, que había tocado maravillosamente.

—¿Lo ves? ¡Te lo dije!

De manera que no había salido derrotado. No había fracasado, aún. Y trabajaría todavía más, siempre más. Se habían hecho predicciones sobre él, predicciones generosas a las que tenía que responder. Sentía el amargo peso de semejante responsabilidad, le molestaba. Haber oído a Hans Zimmerman decirle a su hermano Edgar «Mi alumno más joven es el que tiene los ojos más viejos». Sentía sin embargo el vértigo del alivio, había salido indemne. Al menos por aquella vez.

Subiría a la suite que ocupaban en el hotel Park Lane, se dejaría caer en la cama y dormiría profundamente sin soñar.

Madre e hijo tomaron el ascensor para el piso noveno y Gallagher se quedó abajo para tomarse una copa en el bar del hotel con el director de la Orquesta de Cámara. ¡Qué incansable Gallagher mientras planeaba el futuro! Su vida era su pequeña familia, a la que adoraba sin restricciones. Ya en su habitación Hazel se quitó el elegante sombrero de paja y lo tiró en dirección a la cama. Se dio la vuelta antes de ver dónde aterrizaba. Ni ella ni Zack habían intercambiado una sola palabra desde los gritos furiosos de Zack. En el ascensor, camino del noveno piso, ni se habían mirado ni se habían tocado. Zack estaba ya muy cansado, la fatiga le estaba alcanzando como un eclipse de sol. Vio a su madre inmóvil ante una de las altas ventanas, mirando hacia el parque. Decidió usar el cuarto de baño e hizo todo el ruido que le fue posible, y cuando regresó a la habitación, Hazel seguía en el mismo sitio, la frente apoyada en el cristal de la ventana. Siempre que se alojaban en un hotel Hazel examinaba las habitaciones para comprobar el grado de limpieza y nunca descuidaba las ventanas, deteniéndose para ver si estaban limpias o conservaban manchas producidas por la frente de algún ocupante previo. Zack la observó en silencio. Pensaba en el hombre con ropa de trabajo, que no era su padre. Quién pudiera ser, Zack lo ignoraba. Si se acercaba a Hazel, para mirarle la cara, vería que era un rostro ausente, que ya no era del todo joven ni tampoco muy hermoso. Los ojos habían perdido brillo, su luz se había extinguido. Los hombros empezaban a caer, los pechos se hacían pesados, sin gracia. Estaba furioso con ella. Su madre le asustaba. No hablaría con ella, sin embargo. Sin duda Hazel se daba cuenta de su presencia, de los

ardientes ojos acusadores de su hijo, pero tampoco hablaría. Solos, madre e hijo no hablaban con frecuencia. Lo que existía entre ellos, anudado como un revoltijo de tripas, no necesitaban
expresarlo.

Zack se dio la vuelta. Fue a su habitación, contigua a la
suite de los adultos, y cerró la puerta pero sin echar la llave. Cayó
sobre la cama sin quitarse ni una sola prenda ni desprenderse siquiera de los zapatos, polvorientos del paseo por el parque. Se
despertó sobresaltado más adelante aquella tarde para descubrir
que la habitación estaba en parte a oscuras, porque Hazel había
corrido las persianas venecianas, y ella misma estaba tumbada a
su lado, también totalmente vestida, aunque se había quitado los
zapatos de tacones altos, hundida en un sueño tan profundo y tan
causado por el agotamiento como el suyo.

25

*Arrastrando por el brazo al niño atónito. Como si quisie-
ra arrancárselo de la articulación con el hombro. Gritándole, entre puñetazos y patadas. Desde el suelo el pequeño trata de escapar,
ayudándose de manos y rodillas y luego arrastrándose hasta que su
padre lo alcanza, y deja caer el pie, que lleva puesta una bota, sobre las manos del muchacho: primero la derecha, luego la izquierda. Oye el crujido de los huesos todavía pequeños. Oye los gritos del
niño. ¡Papá, no me hagas daño! ¡Papá, no me mates! Y dónde está
la madre, por qué la madre no interviene, porque la agresión no
ha terminado, no habrá terminado hasta que el muchacho yazca
inconsciente y sangrando y todavía el padre lleno de ira gritará
¡Eres mi hijo! ¡Mi condenado hijo! Hijo mío. Mío.*

26

Tardó, sin embargo, semanas en llamar. En realidad habían sido años.

Y luego, al marcar el número que, de pronto, le resultó de nuevo familiar, mientras se armaba de valor al oír sonar el teléfono al otro extremo de la línea, tuvo una imagen repentina de la casa de los Meltzer que no había visto ni recordado desde hacía años; y en aquel instante, desde una puerta lateral de aquella casa de los Meltzer, vio la granja vecina, que era donde ella había vivido y había amamantado a su hijo en un delirio de indecible felicidad del que supo ahora que había sido la única época plenamente dichosa de su vida, y empezó a temblar, sin poder hablar con la tranquilidad y claridad que Hazel Jones hubiera deseado.

—¿La señora..., la señora Meltzer? No se acordará de mí..., vivía en la casa vecina a la suya hace ocho años. En aquella vieja granja. Vivía con un hombre llamado Niles Tignor. Cuidaba usted de mi hijito cuando trabajaba en la ciudad, en una fábrica. Se...

A Hazel se le quebró la voz. Oyó, al otro extremo de la línea, el ruido de una respiración.

—¿Hablo con Rebecca? ¿Rebecca Tignor?

La voz inconfundible de la señora Meltzer. Era, sin embargo, una voz alterada, de más edad y extrañamente frágil.

—¿Oiga? ¿Hablo con Rebecca?

Hazel trató de contestar. Lo logró, en entrecortados monosílabos. El corazón le latía con peligrosa intensidad en el pecho. El condenado zumbido en el oído, al que estaba tan acostumbrada que raramente lo oía durante el día, se confundía ya con el latido de su sangre.

—¿Rebecca? ¡Dios mío, creía que habías muerto! Tú y Niley, los dos. Creíamos que os había matado, hace todos esos años.

La señora Meltzer sonaba como si estuviera a punto de echarse a llorar. Hazel le suplicó en silencio que *no*.

Edna Meltzer no había sido su madre. Era ridículo confundir a las dos mujeres. Era ridículo temblar de aquella manera, agarrada al teléfono con tanta fuerza que la mano no cesaba de agitarse.

Al menos había hecho la llamada cuando estaba sola. Tanto Gallagher como Zack habían salido.

—¿Dónde está él, señora Meltzer?

—*Él* está muerto, Rebecca.

—Muerto...

—Tignor murió en Attica, en la cárcel, hace dos o tres años. Eso fue lo que Howie oyó. Lo condenaron por agresión, por «extorsión»; no estoy segura de lo que quiere decir «extorsión», algún tipo de chantaje, supongo. Nada de eso tuvo que ver con Four Corners Road ni con lo que te hizo a ti, Rebecca. Nunca lo volvimos a ver después de aquella vez que se presentó en nuestra casa como un loco, queriendo saber dónde te escondías, y le dijimos que no lo sabíamos. Estaba decidido a matarte, o a cualquiera que se interpusiera en su camino, bastaba tener ojos para verlo. Dijo que le habías robado a su hijo y que le habías robado el coche. Dijo que ninguna mujer lo había insultado nunca de aquella manera y que pagarías por ello. Era como un salvaje, y aseguró que te mataría con sus propias manos por traicionarlo y que también nos mataría a nosotros si descubría que te estábamos ocultando. Howie tiene un rifle, no es una persona que se eche para atrás, le dije que lo dejara estar, no lo irrites más de lo que ya está. Bien, ¡el caso es que Tignor se marchó! Dejó la casa como estaba, mayormente —la señora Meltzer hizo una pausa para recobrar el aliento. Hazel vio que la mujer de más edad se estaba entusiasmando con el tema, encantada, sonriendo. Su voz había ganado fuerza. Ya no era la de una anciana—. ¡Qué tiempos, aquellos! Pero ahora todo está muy tranquilo por aquí. Gente nueva se ha mudado a la granja, una buena familia con hijos y han hecho algunos arreglos en la casa. Ah, nunca ha habido nadie como Tignor en Four Corners ni antes ni después, eso tengo que decirlo.

Hazel se había sentado en una mancha de sol de un brillo ácido.

La señora Meltzer le preguntaba qué tal estaba Niley, un niñito tan encantador, y Hazel consiguió decirle que Niley estaba bien, disfrutaba de buena salud, tenía once años y tocaba el piano; y la señora Meltzer dijo que le parecía estupendo y que se alegraba mucho de oírlo, Howie y ella y otros vecinos de Four Corners habían temido durante años que Tignor los hubiera asesinado a los dos y arrojado los cuerpos al canal donde nadie los encontraría nunca, y ahora el mismo Tignor estaba muerto, probablemente a manos de alguien como él, se mataban unos a otros todo el tiempo en Attica y los carceleros eran casi tan malos como los presos, gracias a Dios la cárcel no estaba demasiado cerca de su casa, pero ¿qué tal le iba a Rebecca? ¿Dónde vivía ahora? ¿Se había vuelto a casar, tenía una familia?

—¿Rebecca? *¡Rebecca!*

Tuvo que tumbarse. Estaba aturdida, mareada como si él la hubiera abofeteado en aquel lado de la cabeza sólo unos minutos antes, el zumbido en el oído derecho tan agudo como el canto de una cigarra desquiciada.

Volvería a llamar a la señora Meltzer en otra ocasión. Pero no en aquel momento.

27

—«Hazel Jones.» Un nombre misterioso que llega del pasado.

El inválido de avanzada edad se inclinó hacia adelante en su silla de ruedas para apoderarse, con bastante fuerza, de las dos manos de Hazel, que ignoraba por completo lo que el padre de Chet quería decir con misterioso. Los grandes ojos de Thaddeus, del color del peltre, vidriosos y con abundantes venillas, se alzaron para mirarla con tal intensidad que Hazel se turbó por no saber si se proponía ser ingenuamente adorador o si la adoración hacia su joven visitante era una burla. Las manos que retenían las suyas eran pastosas, húmedas y tibias, en apariencia sin huesos. Aquel hombre era sin embargo fuerte. Se entendía que Thaddeus Gallagher era fuerte en la pesada parte superior de su cuerpo, aunque no en la inferior, y que se complacía en su fuerza, mientras seguía todo el tiempo sonriendo a su sorprendida visitante con el aire complacido de un benévolo anfitrión. Hazel se estremeció, temerosa de que no fuese a soltarla, de que fuera necesaria la intervención de Chet, y de que se produjera una escena desagradable.

¡No dejes que mi padre te manipule, Hazel! Tan pronto como nos tenga delante hará uso de su voluntad para dominarnos como una araña gorda en el centro de su tela.

¡La impresión de conocer al padre de Gallagher! No sólo estaba obligado a funcionar en una silla de ruedas, sino que su cuerpo parecía deforme, una informe masa de carne como de molusco, dentro de un extraño y alegre calzón de baño de tela escocesa y una camiseta blanca de algodón, tirante casi hasta reventar. Macizos muslos y nalgas quedaban comprimidos por los rígidos laterales de la silla de ruedas. Los brazos de Thaddeus eran musculosos, a diferencia de las piernas, que colgaban inútiles, pálidas y atrofiadas. Los pies, sin embargo, eran grandes y con aspecto de cuñas, descansando descalzos sobre el acolchado reposapiés. Los grandes dedos al aire se agitaban con repulsiva complacencia.

¡Thaddeus Gallagher estaba impedido! Hazel lanzó a Chet una mirada de consternación. Qué propio de Gallagher quejarse de su padre durante años sin acordarse de mencionar que estaba impedido y necesitaba una silla de ruedas.

Thaddeus hizo un guiño a Hazel como si los dos compartieran un chiste privado, demasiado sutil para que Chet lo captara.

—Parece usted sorprendida, querida mía. Le presento mis disculpas por recibirla vestido de manera tan informal, pero todos los días a esta hora nado, o trato de nadar. Confieso además que cumplidos ya los setenta me siento menos limitado por el decoro y la moda que cuando era tan joven como usted. Mi hijo Chet Gallagher, el vidente y periodista varias veces premiado, podía haberle advertido de lo que la esperaba.

Thaddeus rió, succionándose los carnosos labios. Se resistía a soltar las manos de Hazel, húmedas y entumecidas por la presión del anciano.

Mientras tanto Gallagher se mantenía torpemente de pie junto a Hazel, mirando a su padre con vaga incomodidad. Había hablado muy poco. Parecía tan desconcertado como Hazel. El aspecto de su padre, al que llevaba varios años sin ver, debía de haberle alarmado. Que el anciano estuviera en una silla de ruedas, mientras que a ellos les sostenían sus pies, parecía poner a la pareja en situación de inferioridad.

Thaddeus dijo, con exagerada cortesía:

—¡Por favor, sentaos los dos! Acercad esas sillas un poco más. Beberemos algo. Confío en que después me acompañéis y os deis un baño conmigo en la piscina. Hace muy buen día, los dos lleváis más ropa de la necesaria y parecéis incómodos.

Thaddeus había esperado a sus visitantes al aire libre, junto a la piscina, de tamaño olímpico y exquisitamente alicatada en un intenso color aguamarina destinado a sugerir, como Gallagher le había explicado a Hazel, el mar Mediterráneo. El agua sin embargo despedía un cálido olor sulfuroso como de agua de baño ya utilizada. Hazel arrugó la nariz. No se imaginaba sumergida en aquella agua, y se sintió desfallecer ante semejante posibilidad.

Gallagher estaba diciendo, apresurado:

—Creo que no, padre. No tenemos tiempo para eso. Hemos de...

Lo has dicho antes. Tenéis que volver al «festival de música» en Vermont —Thaddeus habló con dignidad, aunque con aire de sentirse rechazado. Pulsó un botón y la silla de ruedas motorizada avanzó. La luz del sol iluminó grasientas gotas de sudor en su ancho rostro cetrino—. Pero sentaos conmigo un rato, por lo menos. Como si —sonriendo a Gallagher— tuviéramos algo en común además del apellido.

Estaban a finales de agosto de 1970. Gallagher se había decidido por fin a llevar a Hazel a Ardmoor Park para visitar a su padre, ya entrado en años. El año anterior Thaddeus los había invitado varias veces, sin omitir la advertencia de que su salud estaba «empeorando»; había sabido que Zacharias Jones, el hijo de Hazel, era uno de los jóvenes músicos becados por el Festival de Música de Manchester, en Vermont, a menos de una hora en coche desde Ardmoor Park. Chet había cedido a regañadientes:

—Puede que mi padre esté realmente enfermo. Puede que se haya arrepentido. Y cabe que yo esté loco —Chet bromeaba con su mordacidad habitual, pero Hazel entendió que la visita lo aterraba de verdad.

Durante los años sesenta los periódicos de Gallagher se habían mantenido incondicionalmente a favor de la guerra de Vietnam. La mayoría, sin embargo, seguían publicando la columna de Chet Gallagher, ganadora de premios nacionales y reproducida ya en más de cincuenta publicaciones. Gallagher escribía además artículos de fondo para revistas populares, y algunas veces intervenía en mesas redondas en televisión para hablar de política, de ética, o de la cultura americana. Hazel se había convertido en su ayudante; lo que más le gustaba era investigar para él en la biblioteca de la Universidad de Buffalo. A Chet le resultaba cada vez más difícil distanciarse de Gallagher Media y de Thaddeus. A través de intermediarios había oído que su padre estaba «orgulloso» de él —«superorgulloso»— aunque nunca llegase a aprobar la «virulenta política radical» de su hijo menor. También le habían dicho que Thaddeus deseaba conocer a su «segunda familia».

Chet le presentaría a Hazel como su amiga y compañera, sin llamarla nunca su prometida. Y en ningún caso llevaría a Zack a Ardmoor Park.

Advirtió a Hazel de que no se dejara arrastrar por su padre a una conversación personal, y menos aún que respondiese a preguntas a las que no quisiera contestar.

—Sé que siente curiosidad por ti. Te interrogará. Es un viejo periodista, eso lo sabe hacer. Dar golpes y hurgar y pinchar hasta que la navaja encuentra un sitio blando y entonces la clava hasta el fondo.

Hazel rió nerviosa. ¡Chet exageraba sin duda!

—No. Es imposible exagerar tratándose de Thaddeus Gallagher.

La columna de Chet en los periódicos iba acompañada de una caricatura a lápiz: un rostro caballuno, cómicamente socarrón, de frente despejada, bolsas debajo de unos ojos muy hundidos, sonrisa torcida, barbilla saliente y orejas muy visibles. En torno a una cabeza casi completamente calva, un cerco de rizos ensortijados semejante a una corona de flores.

—La caricatura es el arte de la exageración —le dijo Gallagher a Hazel—, pero puede contar la verdad. En tiempos como los nuestros, la caricatura podría ser la única verdad.

Sin embargo, durante el viaje en coche desde Manchester hasta Ardmoor Park, Gallagher fue perdiendo la compostura como se escapa el aire de un globo que se desinfla. Empalmaba los cigarrillos, trastornado. Evitó el tema de Thaddeus Gallagher y habló sólo de Zack, a quien había oído tocar la noche anterior en el festival de música. Zack tenía ya trece años, había dejado de

ser un niño. Empezaba a hacerse larguirucho, desgarbado. Su piel
tenía una palidez aceitunada. La nariz, las cejas, los ojos eran llamativos, prominentes. En compañía de adultos se mostraba re-
traído, reservado, mientras que sus interpretaciones al piano se
calificaban de «cálidas», «reflexivas», «sorprendentemente madu-
ras». A diferencia de muchos niños prodigio que tocaban con
precisión mecánica y escasez de sentimiento, Zacharias Jones in-
corporaba a su música un aire de sutileza emocional que encontraba un hermoso reflejo en piezas como la sonata de Grieg que
había tocado en el festival. Gallagher no paraba de maravillarse
de la calidad de su interpretación.

—En su música no es un niño, Hazel. Resulta asombroso.

Hazel pensó *¡Por supuesto que no es un niño! No teníamos
tiempo.*

—Pero no vamos a hablar de Zack con mi padre, Hazel. Querrá informarse sobre tu «talentoso» hijo, insinuará que
Gallagher Media puede «darle notoriedad». Te interrogará, te
golpeará y te apuñalará si le dejas. No caigas en la trampa de
contestar a sus preguntas. Lo que de verdad quiere saber, para
decirlo sin rodeos, es si Zack puede ser su nieto. Porque pese a
las muchas cosas que tiene, carece de nietos. De manera que...

Hazel vio que el rostro de su amante estaba lleno de arrugas, crispado. Parecía, al mismo tiempo, enfadado y herido, como
una gárgola. Iba conduciendo demasiado deprisa por la estrecha
carretera que se curvaba entre un paisaje lleno de colinas.

—Pero tú y yo —dijo Hazel— no nos conocimos hasta que Zack iba ya al colegio en Malin Head Bay. Cómo puede
tu padre...

—Puede. Es capaz de imaginar cualquier cosa. Y en
realidad no está en condiciones de saber, incluso aunque haya
contratado a detectives privados para investigar en nuestra relación, para descubrir cuándo nos conocimos. Eso no lo puede
saber. De manera que sortearé yo sus preguntas, Hazel. Nos
quedaremos una hora, quizás hora y media. Todo eso se lo he
explicado ya, pero tratará de disuadirnos, por supuesto. Tratará de hacerte cambiar de idea.

Dejaban atrás grandes propiedades, los edificios muy retirados de la carretera, como mansiones de libros de cuentos. Grandes extensiones de césped en las que arco iris fugitivos saltaban y relucían entre aspersores. Enormes olmos y robles. Enebros. Estanques, lagunas. Arroyos pintorescos. Las fincas estaban rodeadas de primitivas vallas de piedra.

—Y, por favor —añadió Chet—, no digas que la casa es «muy hermosa». No estás obligada. Por supuesto que es hermosa. Todas las malditas propiedades de Ardmoor Park son hermosas. Ten la seguridad de que cualquier cosa puede ser hermosa si te gastas en ella millones de dólares.

Cuando por fin llegaron a la casa de su padre, a la casa de su adolescencia, Gallagher estaba visiblemente nervioso. Era una mansión de estilo normando francés, construida en los años ochenta del siglo XIX, pero restaurada, renovada y modernizada en los años veinte. Hazel no le dijo a Gallagher que era hermosa. Sus enormes tejados de pizarra de un brillo apagado y la fachada de piedra labrada a mano le recordaron los intrincados mausoleos de Forest Lawn, el inmenso cementerio de Buffalo.

Gallagher aparcó más allá de la curva de la avenida en forma de herradura, como un adolescente que se prepara para una salida rápida. Tiró el cigarrillo sobre la grava. Con la bravuconería de un hombre enfermo que se burla de sus propias molestias, se golpeó el estómago con el puño: había tenido en los últimos tiempos trastornos gástricos que desestimaba calificándolos de «nervios».

—Recuerda, Hazel: no nos quedamos a cenar. Tenemos «otros planes» en Vermont.

Resultó que Thaddeus Gallagher no esperaba ansiosamente a sus invitados dentro de la enorme casa, sino en la parte de atrás, junto a la piscina. Una doncella a quien Chet no conocía les abrió la puerta e insistió en conducirlos a la zona de la piscina, aunque Gallagher sin duda alguna conocía el camino.

—He vivido aquí, señorita. Soy *hijo* del dueño.

Recorrieron una senda enlosada, pasaron por debajo de un arco de glicinias y atravesaron un jardín cuyas rosas estaban en su mayor parte marchitas, caídas. Hazel intentó mirar a través de altas ventanas ribeteadas de cristales emplomados. Sólo vio su propio reflejo, pálido e inconsistente.

Y allí, en la silla de ruedas motorizada, con una camiseta blanca y un calzón de baño a cuadros escoceses estaba Thaddeus Gallagher.

¡Una persona impedida! ¡Anciano y obeso! Sus ojos, sin embargo, se clavaron en Hazel Jones con avidez.

Se sentaron muy cerca del borde de la piscina. ¡Una alegre reunión! Un criado de chaquetilla blanca trajo bebidas. Thaddeus hablaba sin parar. Thaddeus tenía mucho que decir. Hazel sabía, por Chet, que su padre seguía supervisando Gallagher Media, aunque oficialmente se había jubilado. Se despertaba al amanecer y se pasaba gran parte del día al teléfono. En aquel momento, sin embargo, hablaba como alguien que no se comunicaba desde hacía tiempo con ningún ser humano.

Para la visita a Ardmoor Park, Hazel llevaba un vestido de verano de organdí, de color amarillo pálido, con una cintura ancha que se ataba a la espalda, uno de los favoritos de Gallagher. Y se cubría la cabeza con un sombrero de paja de ala ancha de una época pasada. En los esbeltos pies, sandalias de paja de tacón alto con los dedos al aire. Con ánimo juguetón, para celebrar la beca de tres semanas de Zack en el Festival de Música de Vermont, se había pintado tanto las uñas de las manos como las de los pies de color rosa coral a juego con su lápiz de labios.

En el reposapiés de su silla de ruedas, los dedos de Thaddeus Gallagher se movían y se retorcían. Las uñas, anormalmente gruesas, estaban tan descoloridas como marfil viejo. A Hazel le parecieron embriones de pezuñas, y no pudo evitar mirarlas con repugnancia.

¡Aquel anciano era Thaddeus Gallagher! Multimillonario. Respetadísimo filántropo. Hazel recordó la pared cubierta de fotografías en el pabellón de Grindstone Island: un Thaddeus más joven, menos monstruoso, con sus amigos del mundo de la política.

La sombra de la muerte se cierne sobre él, pensó Hazel. La vio, de manera fugaz. Como las sombras de los gavilanes pasando sobre Gallagher y ella cuando trepaban por la empinada colina en Grindstone Island.

El hombre de más edad, sin embargo, se enfrentó y confundió al más joven. En rápida progresión Chet cayó en los monosílabos apenas murmurados mientras Thaddeus hablaba con entusiasmo. Gallagher hijo se movía intranquilo en la silla y parecía incapaz de respirar con normalidad. De ordinario no consumía bebidas alcohólicas a aquella hora del día, pero ahora lo estaba haciendo, casi con toda seguridad para demostrar a su padre que podía. Hazel vio que a ella no quería mirarla. Que se negaba a reconocer su presencia. Como tampoco miraba del todo a su padre a la cara. Parecía un hombre que se hubiera quedado ciego: tenía los ojos abiertos, pero no daba la sensación de ver. Hazel comprendió que ella, la mujer, era quien tenía que observar al padre y al hijo; al Gallagher mayor y al joven: que era ella quien tenía que apreciar cómo el de más edad era el más fuerte de los dos en aquella competencia entre voluntades masculinas. Y que era Thaddeus quien había preparado aquella escena.

Hazel simpatizó con Chet en un primer momento. Como habría sentido un deseo maternal de proteger a Zack cuando era un niño más pequeño, a merced de los de más edad. Pero también se impacientó: ¿por qué Gallagher no se enfrentaba con el bravucón de su padre, por qué no hablaba con su autoridad habitual? ¿Dónde estaba su corrosivo sentido del humor, su ironía? Chet tenía una voz radiofónica espléndidamente modulada que —en broma— era capaz de encender y apagar a voluntad. Así hacía reír a su pequeña familia y podía ser irresistiblemente divertido. Ahora, sin embargo, en casa de su padre, el hombre que nunca paraba de hablar de la mañana a la noche lo hacía de manera vaga, vacilante, como un niño que se esfuerza por no tartamudear. Era la primera vez que regresaba al hogar de su infancia desde la muerte de su madre años antes. Era la primera vez que veía a su padre en una situación de tanta intimidad desde aquellos tiempos. *Está recordando lo que le hirió. Y mientras recuerda está tan indefenso como un niño.* Hazel sintió una oleada de desprecio hacia su amante, amedrentado por aquel anciano autoritario.

Hazel hubiera deseado no ser testigo de la humillación de Chet. Pero supo que, por designio de Thaddeus, era ella el testigo crucial.

Más allá de la terraza enlosada y de la piscina con su alicatado de color aguamarina intenso había una extensión de césped en suave declive. No todo estaba segado: había zonas de hierba más alta, juncos y espadañas. Sobre una colina por encima de un estanque resplandeciente, un grupo de abedules iluminados por el sol parecían rayas verticales de pintura muy blanca. Hazel se acordó de cómo, con la sequía del final del verano, los abedules son los más quebradizos y vulnerables de los árboles. Como si soñara despierta, vio los árboles rotos, caídos. Una vez que la belleza se hace añicos no puede ya recomponerse.

Al ver hacia dónde miraba Hazel, Thaddeus presumió con vanidad infantil de haber diseñado personalmente aquel paisaje. Había trabajado con un arquitecto famoso, pero acabó por despedirlo. Al final tienes que quedarte con tu propio «genio», tal como es.

Para añadir después, con tono medio enfurruñado:

—Aunque a nadie le importe un bledo, entre los Gallagher. Mi familia: prácticamente todos me han abandonado. Apenas viene nadie a visitarme.

—¿De verdad? Siento oír eso, señor Gallagher.

Hazel dudaba de que fuese cierto. Había muchos miembros de la familia Gallagher, así como parientes políticos, en la zona de Albany, y no había oído nunca que los otros hijos de Thaddeus, el hermano y la hermana de Chet, también se hubieran distanciado de su padre.

—¿No tiene usted familia, Hazel Jones?

Había un énfasis sutil en el *usted*. Hazel sintió el peligro, Thaddeus iba a tratar de interrogarla a continuación.

—Tengo a mi hijo. Y además...

La voz de Hazel se fue apagando. La dominó una repentina timidez que le impedía pronunciar el nombre de Chet en presencia de su padre.

—Pero usted y Chester no se han casado, ¿no es cierto?

La pregunta llegó rotunda y sin malicia. Hazel sintió el calor en la cara, incómoda. A su lado, distante y en apariencia indiferente, Chet se llevó el vaso a la boca y bebió.

—No, señor Gallagher. No estamos casados —dijo Hazel.

—¿Aunque llevan seis años juntos, o son siete? ¡Qué jóvenes tan librepensadores! Supongo que es admirable. «Bohemios.» Ahora, en los años setenta, cuando «todo vale» —Thaddeus hizo una pausa, moviendo su masa corporal con impaciencia en la silla de ruedas. Su entrepierna parecía tan hinchada como si ocultara un bocio en el calzón de baño a cuadros bastante ajustado. Su cuero cabelludo enrojecido estaba húmedo debajo de los flotantes mechones de cabellos plateados—. Aunque mi hijo ya no es demasiado joven, ¿no es cierto? Ya no.

Chet dejó pasar aquella observación como si no la hubiera oído. A Hazel no se le ocurrió ninguna respuesta que no sonara estúpida incluso para Hazel Jones.

Thaddeus perseveró alegremente:

—Es admirable. Desprenderse de las ataduras del pasado. Sólo nosotros, los mayores, queremos retener el pasado por miedo a vernos arrojados a un futuro en el que pereceremos. ¡Una generación tiene que dar paso a otra, por supuesto! Y parece que, de algún modo, he ofendido a mis hijos —hizo una pausa, preparándose para decir algo ingenioso—. Como es lógico existe una distinción entre hijos y herederos. Yo ya no tengo «hijos»; sólo me quedan «herederos».

Thaddeus se echó a reír. Chet no respondió. Hazel sonrió como se puede sonreír a un niño enfermo.

Había que permitirle al anciano sus chistes melancólicos. Ellos dos eran el público del que disponía aquella tarde. Chet había calculado que su padre dejaría un patrimonio valorado en algo más de cien millones. Thaddeus tenía derecho a esperar que se le cortejara, que se le visitase. La rolliza araña en el centro de su tela estremecida. Ahora deseaba perseguir a su hijo más joven, al que quería sin ser correspondido. Golpearía, hurgaría y pincharía a su hijo, lo desmoralizaría y trataría de enfurecerlo. Esperaba hacer que Chet se retorciera, atacado de culpabilidad como si se tratara de los más intensos dolores gástricos. Hacía tiempo que había planeado aquel apasionado encuentro amoroso que era además una venganza.

Hizo un guiño a Hazel. *Usted y yo nos entendemos, ¿no es eso? Pero el tonto de mi hijo no tiene ni la más remota idea.*

La sugerencia de complicidad entre ellos dos dejó a Hazel impresionada, insegura. Le ardía la cara. Allí estaba aquel anciano, convencido desde hacía mucho tiempo de su atractivo para las mujeres. Y lleno de una vida vibrante de la que parecía haber vaciado a su hijo.

—Por supuesto ninguno de nosotros lo es ya. Joven.

A continuación Thaddeus empezó a quejarse de manera más amplia del gobierno federal de los Estados Unidos, de saboteadores en el partido republicano y de traidores declarados entre los demócratas, del cobarde fracaso del país «para hacer uso de todos los recursos posibles» en Vietnam. Y qué decir de la «manipulación de los medios de comunicación» por parte de intelectuales de izquierdas, de los abusos que el senador Joe McCarthy había estado investigando, aunque luego perdiera el norte, lo que hizo que sus enemigos lo aporrearan, pobre desgraciado, hasta acabar con él. ¿Por qué, se preguntaba Thaddeus, eran invariablemente los judíos los más opuestos a la guerra en Vietnam? ¡Por qué la mayoría de los judíos, cuando te parabas a pensarlo, eran comunistas o simpatizantes de los comunistas! ¡Incluso los capitalistas judíos, en el fondo de su corazón, eran comunistas! ¿Por qué demonios pasaba una cosa así, si Stalin había odiado a los judíos, si el pueblo ruso odiaba a los judíos, y había habido más pogromos en Rusia que en Alemania, Polonia y Hungría juntas?

—Sin embargo en la ciudad de Nueva York y en Los Ángeles no se encuentra otra cosa. Tanto en el periodismo radiofónico como en los diarios. El «periódico imparcial», el *Jew York Times*. ¿Quién fundó la NAACP?[*] No la «gente de color», puede estar segura, sino el «pueblo escogido». ¿Y por qué? Se lo pregunto a usted, Hazel Jones, *¿por qué?*

---

[*] Asociación Nacional para el Progreso de las Personas de Color. *(N. del T.)*

Hazel oyó aquellas palabras farfulladas y progresivamente incoherentes con el acompañamiento de un zumbido cada vez más fuerte en los oídos. Mezclado con los gritos enloquecidos de las cigarras.

Lo sabe. Sabe quién soy.

Pero... ¿cómo?

Finalmente Chet salió de su aletargamiento.

—¿Estás seguro, Thaddeus? ¿*Todos* los judíos? ¿No están en desacuerdo entre sí, acerca de nada? ¿Nunca?

—Ante sus enemigos, los judíos presentan un frente unido. El «pueblo escogido»...

—¿Enemigos? ¿Quiénes son los enemigos de los judíos? ¿Los nazis? ¿Los antisemitas? ¿*Tú?*

Con una mirada de indignación Thaddeus se recostó en la silla de ruedas. ¡La sutileza de su argumento se estaba entendiendo mal! ¡Su desinteresada posición filosófica se personalizaba de la manera más burda!

—Quería decir los no judíos. Nos llaman *goyim,* hijo. No se trata de enemigos per se, tan sólo de cómo nos ven los judíos. Sabes perfectamente lo que quiero decir, hijo, es una cuestión de *hechos* históricos.

Thaddeus hablaba ahora de manera solemne. Como si el acoso al que había estado sometiendo a su hijo hubiese sido una simple pose.

Pero Chet se puso bruscamente en pie. Y murmuró que tenía que entrar en la casa unos minutos.

Se alejó a trompicones. Hazel se temió que estuviera sufriendo uno de sus ataques gástricos, que a veces desembocaban en arcadas repetidas. La cara se le había puesto de un color blanco enfermizo. Había empezado a experimentar aquellos ataques varios años antes, cuando en Buffalo lo increparon por primera vez en mítines contra la guerra. A veces padecía ataques más leves antes de alguna de las actuaciones públicas de Zack.

Al infierno con él: Hazel no pudo evitar sentirse molesta por tener que quedarse a solas con su padre. Aquel anciano grotesco en su silla de ruedas que la fulminaba con la mirada.

—Chet no tenía intención de mostrarse descortés, señor Gallagher —dijo Hazel Jones en un tono muy suyo que era a la vez entrecortado y contrito, sus ojos muy abiertos fijos en los furiosos del otro con una mirada de total aflicción—. Se encuentra en una situación emocional...

—Ah, sí, ¿emocional para Chet? Y también para mí.

—No ha estado en esta casa, me ha dicho, desde...

—Sé exactamente el tiempo que hace, señorita Jones. No necesita usted informarme sobre hechos relacionados con mi condenada familia.

Hazel, muda de indignación, se supo rechazada. Como si Thaddeus se hubiera inclinado hacia adelante para escupirle en el vestido amarillo de organdí.

Que Dios te haga arder en el infierno, hijo de puta.

Viejo cabrón enfermo y moribundo, te arrancaré el corazón del pecho.

Hazel Jones era la hija del sepulturero. No había nunca un momento en el que no lo fuera. Por lo que dijo, en un murmullo avergonzado, para aplacar al enemigo:

—Lo siento mucho, señor Gallagher.

El criado con chaquetilla blanca seguía en el límite de la terraza, oyendo quizá la conversación. Thaddeus terminó ruidosamente su bebida, un brebaje escarlata de aspecto repugnante al que se había añadido un chorro de vodka. Quizá también se sintiera avergonzado, después de hablar de manera tan brusca a una invitada. Y una invitada a todas luces inocente y sin malicia. Los ojos vidriosos del dueño de la casa se detuvieron en la piscina, en su llamativa aguamarina artificial. Sobre su superficie ligeramente ondulada, se reflejaban filamentos de nubes como trozos de intestino. Thaddeus jadeó, gruñó, se rascó ferozmente la entrepierna. Luego procedió a frotarse el robusto pecho dentro de la camiseta blanca con abandono sensual. Hazel bajó los ojos, el gesto era demasiado íntimo.

Las fotografías que había visto de Thaddeus Gallagher en el pabellón de Grindstone Island eran de un hombre corpulento, pesado pero no obeso, de cabeza grande y aire de ser muy dueño de sí mismo. Ahora su cuerpo parecía hinchado, abotagado. Sus mandíbulas tenían aspecto de estar acostumbradas a rechinar ferozmente. Hazel se preguntó qué capricho cruel le había inspirado la idea de vestirse aquel día con semejante ropa, que dejaba su mole al descubierto y la convertía en una parodia.

—Nada de «emocional». Es un cabrón insensible. Lo aprenderá usted, Hazel Jones. Chester Gallagher no es de fiar. Soy yo quien tiene que disculparse, señorita Jones, por *él*. ¡Su estúpida «política»! ¡Su jazz de negros! ¡Fracasó con el piano de verdad, de manera que se pasa al jazz de los negros! Música mestiza. Fracasó en su matrimonio, de manera que se relaciona con mujeres de las que se puede compadecer. Carece de vergüenza. Es un mitómano. Tuvo la osadía de decirme, cuando era un mocoso de quince años, «El capitalismo está condenado». ¡El muy engreído! En esos artículos suyos inventa, deforma, exagera en el nombre de la «verdad moral». Como si pudiera haber una «verdad moral» que niegue la verdad histórica. Cuando no era más que un borracho, y Chester lo ha sido, señorita Jones, durante muchos más años de los que hace que usted lo conoce, habitaba una especie de batisfera de mitomanía. Ha inventado tales historias sobre mí, sobre mi «ética de los negocios», que he perdido toda esperanza de poder rectificarlas. Soy un periodista viejo, creo en los hechos. ¡Hechos y más hechos! Nunca se ha publicado un editorial en ningún periódico de la cadena Gallagher que no estuviese basado en hechos! Nada de estupideces liberales, necedades sentimentales sobre la «paz mundial», las «Naciones Unidas», el «desarme universal», sino sobre hechos. Los cimientos del periodismo. Chester Gallagher nunca ha respetado los hechos cono es debido. Ha tratado, nada menos, de convertirse en algo así como un «blanco negro» a base de tocar su música y de apropiarse sus causas.

Hazel apretaba con fuerza un vaso empañado. Habló con calma y un ligero toque de coquetería:

—Su hijo es un mitómano, señor Gallagher, ¿y usted no?

Thaddeus la miró con ojos entrecerrados. Los pliegues bajo la barbilla se agitaron. Se animó como si Hazel hubiera extendido la mano para tocarle la rodilla.

—Tiene que llamarme «Thaddeus», Hazel Jones. Mejor aún, «Thad». «Señor Gallagher» es para criados y otros asalariados.

Al ver que Hazel no respondía, Thaddeus se inclinó hacia ella, insinuante.

—¿Me llamarás Thad? Es muy como Chet, ¿no te parece? Casi nadie me llama ya Thad, mis viejos amigos van cayendo, en todas las estaciones, como hojas muertas.

Los labios de Hazel se movieron con dificultad:

—Thad.

—¡Muy bien! Yo, desde luego, me propongo llamarte Hazel. Ahora y siempre.

Thaddeus acercó la silla de ruedas. Hazel percibió su olor a vejez, como el interior sin ventilar de la vieja casa de piedra en el cementerio. Sin embargo, había algo agudamente dulzón por debajo, la colonia de Thaddeus Gallagher. Aunque fuese un hombre monstruo, embutido en una silla de ruedas, se había afeitado con cuidado aquella mañana, añadiendo después unos toques de colonia.

Desconcertante cómo, de cerca, se podía ver al joven Thaddeus dentro del rostro del anciano, exultante.

—«Hazel Jones.» Un nombre encantador con un algo de nostalgia. ¿Quién te puso ese nombre, querida?

—No..., no lo sé.

—¿No lo sabes? ¿Cómo es posible, Hazel?

—Nunca conocí a mis padres. Murieron cuando era muy pequeña.

—¡Muertos! ¿Y dónde fue eso, Hazel?

Chet se lo había advertido: su padre la interrogaría. Pero Hazel no parecía capaz de impedirlo.

—No lo sé, señor Gallagher. Sucedió hace tanto tiempo...

—No tanto tiempo, ¿verdad que no? Eres una mujer joven.

Hazel negó con la cabeza, despacio. ¿Joven?

—«Hazel Jones.» Ese nombre me resulta conocido, pero ignoro el porqué. ¿Me lo podrías explicar, querida?

Hazel dijo, quitándole importancia:

—Probablemente hay varias Hazel Jones, señor Gallagher. Más de una, desde luego.

—¡Bien! No dejes que te intranquilice, querida mía. Me estoy sintiendo culpable, supongo. Al parecer he disgustado a ese radical hijo mío tan sensible, que ha optado por salir corriendo y dejarnos solos.

Thaddeus pulsó entonces con energía uno de los botones de la silla de ruedas. Hazel no oyó ningún sonido, pero al cabo de unos segundos apareció un bañero en camiseta y calzón de baño, que traía albornoces y toallas. Aquel joven llamó a Thaddeus «señor G» y el hombre de más edad correspondió con algo que sonaba como «Peppy». De unos veinticinco años, muy moreno, y rostro juvenil insulsamente afable; físico de nadador, con talle bajo y hombros anchos semejantes a alas. Hazel vio que sus ojos se deslizaban sobre ella, evaluándola con rapidez, pero ausentes. Era una persona que conocía su sitio: fisioterapeuta de un rico impedido.

—¿Querrás acompañarme, Hazel? Dicen que debo nadar todos los días para evitar que mi enfermedad «progrese». Por supuesto, mi enfermedad «progresa» de todos modos. ¡Así es la vida!

Hazel declinó la invitación. Pero fue a colaborar con Peppy mientras ayudaba a Thaddeus a entrar en la piscina por el extremo menos hondo: un gesto a lo Hazel Jones, espontáneo y amistoso.

—¡Gracias, querida mía! Aborrezco el agua hasta que me meto.

Peppy le ató unos flotadores de plástico rojo por encima de los carnosos hombros y de un lado a otro de su inmenso pecho caído. Luego, despacio, ayudó a Thaddeus con la concentrada atención de una madre que ayuda a su hijo torpe y un tanto miedoso a entrar en el agua, un agua que brillaba y se estremecía a su alrededor. Hazel le ofreció una mano. ¡Y qué agradecido se mostró Thaddeus, agarrándosela! Mientras su peso se deslizaba en el agua como un saco de cemento, Thaddeus apretó los dedos de Hazel en un repentino ataque de pánico. Luego, como de manera milagrosa, ya estaba en la piscina, resollando y chapoteando con infantil abandono. Peppy caminó primero y luego empezó a nadar despacio a su lado. Thaddeus se estaba riendo, alzando los ojos para hacerle guiños a Hazel, que seguía su lento progreso dentro del agua, ahora agitada, caminando por el borde de la piscina.

—¡Hazel! Tienes que reunirte con nosotros. El agua está perfecta, ¿no es cierto, Peppy?

—Desde luego que sí, señor G.

Hazel rió. Le habían salpicado su bonito vestido, que apestaría a cloro.

—De verdad, Hazel —dijo Thaddeus, manteniendo la cabeza erguida fuera del agua, con absurda dignidad—, tienes que acompañarnos. Has llegado demasiado lejos —el movimiento de sus robustos brazos era enérgico, el de sus piernas atrofiadas, débil.

—No tengo traje de baño, señor Gallagher.

—¡Thad! Lo has prometido.

—Thad.

Thaddeus estaba otra vez lleno de vida, con una alegría frenética.

—Hay trajes de baño para mujeres en los vestuarios, allí. Por favor, ve a mirar.

Hazel vaciló, indecisa. Casi se sintió tentada para fastidiar a su amante.

Como si le leyera el pensamiento, Thaddeus dijo astutamente:

—¡Hazlo, cariño! Para que así quede mal el cobarde de mi hijo. Ha salido huyendo, tiene miedo de su padre impedido, con cáncer de próstata y un poquito de cáncer de colon para rematarlo. Pero ¿ves a Thaddeus escabulléndose, cobardemente derrotado? *Claro que no.*

Hazel supo no reaccionar ante aquella revelación. Nunca debía hacer la menor referencia a la salud de Thaddeus Gallagher. Fingiría no haber oído. Se quitó con cuidado las sandalias de tacones altos para caminar descalza por el borde de la piscina. Sus piernas eran largas, con la flexibilidad de unos músculos bien desarrollados. Y estaban tersas, afeitadas. Era imprescindible para Hazel Jones afeitarse las piernas, los muslos, los sobacos y otras zonas del cuerpo que pudieran traicionarla con su producción de vello oscuro, rizado y más bien basto. En su calidad de Hazel Jones comía frugalmente, para seguir así siendo esbelta, muy femenina y muy bonita, como tenía que serlo el personaje que interpretaba. En el agua con un olor demasiado fuerte, Thaddeus Gallagher se esforzaba por verla.

No lograba hablar con mucha claridad mientras chapoteaba y salpicaba con sus absurdos flotadores. Pero seguía llamando a Hazel como se puede llamar a un niño obstinado.

—Seguro que puedes nadar, cariño. No te va a pasar nada, con Peppy y conmigo tan a mano.

Hazel rió.

—Creo que no, Thad. Muchas gracias.

—¿Y si te hago un regalo, querida mía? Mil dólares.

Thaddeus se proponía hablar de una manera que permitiera a Hazel interpretarlo como una broma, y no se ofendiera. Pero las palabras brotaron de su boca torpemente, sus ojos vidriosos y parpadeantes esforzándose por mirarla con fijeza.

Hazel movió la cabeza; no.

—¡Cinco mil! —exclamó Thaddeus alegremente.

La broma inocente de un anciano. Se estaba enamorando de Hazel Jones. Retozaba en el agua y conseguía incluso hacer reír a Peppy. Chapoteaba, salpicaba, pataleaba y resollaba como un elefantito. Su comportamiento era tan ridículo, tan extrañamente conmovedor que Hazel tuvo que reír.

—¡Querida mía, no me abandones! ¡Por favor!

Le había parecido que Hazel se alejaba, pero sólo había ido a examinar un entramado de rosas trepadoras de color carmesí sobre una pared de estuco de color crema.

Al cabo de pocos minutos más, Thaddeus ordenó bruscamente a Peppy que lo sacara de la piscina. Hazel Jones acudió de nuevo a ayudar: tomó la gran mano carnosa del anciano, que se agarró a la suya con fuerza. Hazel les acercó además toallas y albornoces. Thaddeus se envolvió en las enormes toallas, frotándose con energía. Se secó los escasos cabellos que ahora se le pegaban a la gran cúpula de la cabeza con el mismo ímpetu con que podría haberlo hecho en su juventud cuando su pelo era abundante. Era exactamente lo mismo que hacía Chet. Hazel lo vio y sintió cierta ternura por Thaddeus.

En su silla de ruedas, envuelto en toallas del tamaño de mantas, el anciano resopló y jadeó y sonrió, jubiloso. El camarero de chaquetilla blanca le había traído otra bebida escarlata, así como un cuenco de plata con frutos secos que se puso a comer ruidosamente.

—¡Hazel Jones! He de confesar que he oído ciertas cosas acerca de ti. Y ahora veo que ninguna de ellas era cierta.

Thaddeus hablaba en voz baja. Seguía volviendo la vista hacia la casa, preocupado por la reaparición de su hijo.

Extendió la mano para apoderarse de la de Hazel. Ella se estremeció pero no rechazó el contacto.

—Mi hijo es un hombre íntegro, lo sé. Me peleo con él, pero a su manera, sí, por supuesto, es una persona «moral». ¡Me gustaría saber cómo quererlo, Hazel! Nunca me ha perdonado, ¿sabes?, por cosas que sucedieron hace mucho tiempo. Imagino que te lo ha contado —Thaddeus entornó los ojos con nostalgia mirando a Hazel.

—No; no lo ha hecho.

—¿*No* lo ha hecho?

—Nunca.

—Sin duda se queja de mis opiniones políticas. ¿De mis convicciones que son tan diferentes de las suyas?

—Chet sólo habla de usted con respeto. Le quiere, señor Gallagher. Pero le tiene miedo.

—¿Miedo? ¿Por qué?

Había algo furtivo y angustiado en el rostro de Thaddeus. Pero también un atisbo de esperanza.

—Tendrá que preguntárselo a Chet, señor Gallagher. No puedo hablar por él.

—Sí, sí; claro que puedes hablar por él. Puedes hablar por él, Hazel Jones, mucho mejor que él mismo —la pose de hombre chistoso había desaparecido por completo, ahora su gesto era serio, a más no poder. Casi estaba suplicándole a Hazel—. ¿Me quiere? ¿Me respeta?

—Piensa que las creencias políticas de su padre son equivocadas. Eso es todo.

—Nunca ha dicho nada..., ¿sobre su madre?

—Sólo que la quería. Y que la echa de menos.

—¡La echa de menos! También yo.

Thaddeus y Hazel estaban solos en la terraza. Tanto Peppy como el criado de la chaquetilla blanca se habían marchado. Thaddeus seguía envuelto en tela de toalla, suspirando. Aún miraba hacia la casa con nerviosismo.

—¿No tienes familia, Hazel? ¿Nadie vivo?

—Nadie.

—¿Sólo tu hijo?

—Sólo mi hijo.

—¿Os habéis casado Chet y tú en secreto, querida mía?

—No.

—Pero ¿por qué? ¿Por qué no estáis casados?

Hazel sonrió como rehuyendo responder. ¡No, no! No lo diría.

Nostálgico, Thaddeus preguntó:

—¿No quieres a mi hijo? ¿Por qué vivir con él si no lo quieres?

—Chet me quiere. Y quiere a nuestro hijo.

Las palabras se le escaparon a Hazel Jones como en un sueño. Pese a toda su sagacidad, no había sabido hasta aquel momento que iba a pronunciarlas.

—¡Lo sabía! ¡Sabía que era eso!

Preocupada, Hazel dijo, con aire de quien ha revelado demasiado:

—No tiene que saber que se lo he contado, señor Gallagher. No soporta la idea de que se hable de él.

Thaddeus dijo, jadeante:

—Lo sabía. Por alguna razón, nada más verte. Lo he sabido. Hazel Jones: eso será nuestro secreto.

Una expresión aturdida, como de ceguera, se apoderó del rostro del anciano. Durante unos segundos permaneció en silencio, respirando hondo. Hazel sintió el terrible golpear del corazón de Thaddeus en aquel cuerpo macizo. El padre de

Chet se sentía profundamente complacido, pero, de repente, muy cansado. Retozar en la piscina lo había agotado. Hazel habría llamado a uno de los criados para ayudarlo, pero Thaddeus seguía sujetándole la mano con fuerza.

—¿No os quedaréis a cenar, Hazel? —suplicó—. ¿No crees que se pueda convencer a Chet para que cambie de idea?

Hazel dijo amablemente que no. No lo creía posible.

—Te echaré de menos, entonces. Pensaré en ti, Hazel. Y en... Zacharias Jones. Le oiré tocar el piano, cuando me sea posible. No voy a imponeros mi presencia, me doy cuenta de que sería un error táctico. Mi hijo es una persona sensible, Hazel. Y también un hombre celoso. Si..., si Chester te decepciona alguna vez, querida mía, has de acudir a *mí*. ¿Me lo prometes?

Amablemente Hazel dijo sí. Lo prometía.

En un gesto repentino un poco torpe, Thaddeus se llevó a los labios la mano de su interlocutora para besársela. Hazel sentiría durante mucho tiempo la huella de aquel beso sobre la piel, la sensación carnosa, inesperadamente fría.

La gruesa araña, la hija del sepulturero. ¡Quién lo habría predicho!

28

La herida era tal que, en un primer momento, Gallagher no quiso hablar de ello.

Regresaron a Vermont en silencio. El rostro de Chet permanecía aún anormalmente pálido, tenso. Hazel supuso que, con el estómago revuelto, había estado vomitando en uno de los cuartos de baño de la casa de su padre y que se sentía terriblemente avergonzado.

Suponía que lo quería. Por su misma debilidad, que hacía sentir a Hazel un violento desprecio lleno de agitación, como una enloquecida criatura alada presa en el mosquitero de una ventana, quería a Chet.

El resto de la jornada transcurrió en una especie de sueño. Incómodamente consciente el uno del otro y sin hablar, incluso sin tocarse. Cenaron con Zack y otras personas. De manera gradual, pero deprisa, Gallagher se recuperó de la visita a Ardmoor Park. Ya era casi por completo el de siempre a la hora de la cena, y después, en la recepción que siguió al concierto sinfónico de la velada. Sólo cuando se quedó a solas con Hazel en su habitación del hotel dijo al fin, en tono jovial para hacer saber a Hazel que estaba desconcertado pero no furioso:

—Mi padre y tú os habéis entendido muy bien, ¿no es cierto? Os he oído reír juntos. Desde la ventana de mi antigua habitación he visto que resollaba y chapoteaba en la piscina como un elefante desquiciado. Toda una pareja: la Bella y la Bestia.

Gallagher se estaba cepillando los dientes en el cuarto de baño, la puerta entreabierta. Y escupía con violencia en el lavabo. Hazel supo sin verlo que hacía muecas delante del espejo.

—Parece triste, Chet —dijo—. Un hombre muy solo con miedo a morir.

—¿De veras? —respondió Gallagher incrédulo, aunque deseoso de dejarse aplacar.

—Parece herido por la vida.

—Por mí, quieres decir.

—¿Eres toda la «vida» para tu padre, Chet?

Era una respuesta inesperada. Cuando Hazel Jones decía cosas así, muchas veces Gallagher parecía no oírla.

Más tarde le rodeó el pecho con los brazos. Estrechándolo con fuerza, entonó con voz solemne:

—«Mi hijo es un hombre íntegro. Me gustaría que me dejara quererlo.»

La risa de Chet fue de sorpresa, incómoda.

—No trates de contarme que mi padre dijo eso, Hazel.

—Lo hizo.

—Y un cuerno, Hazel. No me vengas con ésas.

—Tiene cáncer de próstata. Y de colon.

—¿Desde cuándo?

—No quiere que lo sepas, me parece. Lo convirtió en un chiste.

—Yo no me creería nada de lo que dijera, Hazel. Es todo un bromista —torpemente se paseó por la habitación sin ver. Su expresión se había hecho ausente—. Esa estupidez sobre el «*Jew York Times*»; mantiene una vieja enemistad: el *Times* gana algún premio Pulitzer todos los años y la cadena Gallagher, si tiene suerte, uno cada cinco años. Ésa es la verdad de su exabrupto —Chet estaba indignado, cerca de las lágrimas.

—Te quiere, de todos modos. Por alguna razón se siente avergonzado delante de ti.

—Tonterías, Hazel.

—Quizá te parezcan tonterías, pero es la verdad.

En la cama, entre los brazos poco musculosos de Chet, a Hazel le pareció que podía por fin ganárselo. Sentía el calor de la piel de su amante, y se quedó muy quieta, pegada a él. Ahora la perdonaría. Chet adoraba a Hazel Jones, y siempre buscaba maneras aceptables de perdonarla.

Ella le susurró al oído lo mucho que le había sorprendido descubrir que Thaddeus Gallagher estaba impedido y necesitaba una silla de ruedas.

—¿De verdad? ¿Impedido? —Chet se retorció y tembló debajo de las sábanas, la mirada en el techo—. Dios bendito. Supongo que es cierto.

29

Hazel Jones: eso será nuestro secreto.

Durante lo que le quedaba de vida Thaddeus le enviaría pequeños regalos. Flores. Cada cuatro o cinco semanas, y a menudo después de una actuación en público de Zack. De algún modo sabía, había decidido enterarse de cuándo Chet no estaba en casa, y programaba las entregas para esas ocasiones.

El primer regalo llegó poco después de que Hazel regresara a Delaware Park, en Buffalo, a la casa que Chet les había comprado cerca del Conservatorio. Numerosas rosas rojas, de pétalos pequeños, en un ramo con muchas espinas, difícil de encajar incluso en un jarrón muy alto. La nota que lo acompañaba estaba manuscrita, como con prisa.

22 de agosto de 1970
Queridisima Hazel Jones:
No he dejado de pensar en ti un solo momento desde la semana pasada. Hize que grabaran una cinta (¡secreta!) de Zacharias en el festival de musica: ¡de verdad tu hijo es un soverbio pianista! Muy dificil creer que no tiene mas que 13 años. Dispongo de fotografias suyas, ¡tan joven! Por supuesto no es un niño en su corazon. Tampoco lo era yo a los 13 años. Mi corazon se endurecio enseguida, conocí «la realidad de la vida» desde muy joven y no me hacia ilusiones sobre la «bondad natural» de la humanidad, etc. Querida Hazel, ¡espero no ofenderte! Tu marido no debe enterarse. Mantendremos nuestro secreto, ¿verdad que si? Aunque pienso siempre en ti, en tus ermosos ojos oscuros que perdonan y no judgan. Si tuvieras la amabilidad, Hazel, podrias llamarme alguna vez, mi numero esta debajo. Mi li-

nea pribada, Hazel, nadie contestara, solo yo. <u>Pero si no</u>, cariño, no me ofendere. Has traido al mundo ese muchacho tan extraordinario. Que es mi nieto es nuestro secreto (¡¡¡) y en algun momento lo conocere sin que nadie lo sepa. No me tengas miedo. Me has dado mucho mas de lo que esperaba. No me ofendere. Pensare siempre en ti. Chester es un buen hombre lo se, pero es debil y celoso como su padre a esa edad. Hasta otra vez, querida Hazel,

tu «suegro» que te quiere Thad

Hazel leyó aquella carta llena de asombro, desconcertada por las faltas de ortografía. «¡Está loco! Se había enamorado de ella.» No esperaba semejante reacción. Sintió una punzada de culpa, si Gallagher llegara a enterarse.

Se deshizo de la carta. No contestaría. Nunca respondería Hazel Jones a las apasionadas cartas de Thaddeus Gallagher, que se volvieron más incoherentes con el tiempo, ni le daría las gracias por sus numerosos regalos. Hazel Jones era una mujer digna, íntegra. No alentaría al anciano, pero tampoco lo desanimaría. Suponía que cumpliría la palabra dada, que no buscaría un encuentro cara a cara con ella ni con Zack. Los admiraría desde una discreta distancia. Chet parecía no advertir nunca la aparición de los regalos en la casa: jarrones con flores, un pisapapeles de cristal con forma de corazón, un marco de metal para una fotografía, un pañuelo de seda con un estampado de capullos de rosa. El anciano era lo bastante discreto como para mandar a Hazel sólo regalos pequeños, relativamente baratos y poco llamativos. Y nunca dinero.

En marzo de 1971 llegó, por correo exprés, para Hazel Jones, un paquete que no era un regalo, sino un sobre de papel marrón con remite de Gallagher Media. Dentro había fotocopias de artículos y una de las cartas de Thaddeus precipitadamente garrapateadas.

Por fin mi ayudante a reunido estos materiales. Por que ha nezesitado tanto tiempo francamente NO LO SE. Pense

que estarías intrigada, Hazel Jones. «Solo una coinziden-
cia» lo se. [GRACIAS A DIOS GRACIAS A DIOS esa pobre Hazel
Jones no eras tu].

Había varias páginas más, pero Hazel se deshizo de ellas
sin leerlas.

En una habitación del piso alto de la casa de Delaware
Park, donde no era probable que nadie la molestase, Hazel
sacó el material fotocopiado del sobre de papel marrón y lo extendió sobre una mesa. Sus movimientos eran reflexivos y lentos, pero las manos le temblaban ligeramente; parecía saber de
antemano que la información que Thaddeus Gallagher le había
enviado no iba a ser una fuente de alegría.

Los artículos se habían colocado ya en orden cronológi-
co. Hazel evitó mirar los últimos para no enterarse del desenlace.
Sin embargo, allí estaba:

MACABRO DESCUBRIMIENTO EN NEW FALLS
A RAÍZ DE LA MUERTE DE UN MÉDICO
Desenterrados esqueletos de mujeres

Y

MÉDICO FALLECIDO EN NEW FALLS
SOSPECHOSO DE SECUESTROS NO RESUELTOS
DE LOS AÑOS 1950
Propiedad registrada por la policía. Esqueletos encontrados

Los dos recortes iban acompañados de una fotografía,
el mismo retrato de un individuo de sonrisa jovial y mediana
edad: Byron Hendricks, doctor en medicina.
¡Él! El hombre del sombrero panamá.
Los dos artículos, del *Port Oriskany Journal*, estaban
fechados en septiembre de 1964. New Falls era un pequeño
barrio residencial, relativamente próspero, al norte de Port
Oriskany, en el lago Erie. Hazel se dijo con severidad: *Es algo*

pasado. Fuera lo que fuese, ha pasado ya. Ahora no tiene nada que ver conmigo.

Era así. Tenía que ser así. No había vuelto a pensar ni una sola vez en Byron Hendricks, doctor en medicina, desde hacía once años. Prácticamente todo recuerdo de aquel hombre había desaparecido de su conciencia.

Hazel volvió al primero de los artículos, también del *Journal,* fechado en junio de 1956.

NO SE ENCUENTRA A UNA MUCHACHA DE NEW FALLS
POLICÍA Y VOLUNTARIOS AMPLÍAN BÚSQUEDA
Hazel Jones, de 18 años, «desaparecida»

Aquella Hazel Jones acudía al instituto de New Falls, pero dejó de estudiar a los dieciséis años. Había vivido con su familia en el campo a las afueras de New Falls y se ganaba la vida haciendo de «niñera, camarera y asistenta» por los alrededores. En el momento de su desaparición había empezado a trabajar, para la temporada de verano, en un establecimiento de la cadena Dairy Queen. Numerosos grupos vieron a Hazel Jones en su puesto de trabajo el día de su desaparición; al atardecer se marchó para volver a su casa en bicicleta, a una distancia algo inferior a cinco kilómetros; pero no llegó nunca a su hogar. La bicicleta se encontró más adelante en una zanja de drenaje junto a una carretera, a unos tres kilómetros de su casa.

Al parecer no se trataba de un rapto, nadie había pedido rescate. No existían testigos. Nadie sabía de ninguna persona que pudiera querer hacer daño a Hazel Jones, ni tampoco tenía un novio que la hubiera amenazado. Durante días, semanas, con el tiempo años, se siguió buscando a Hazel Jones, pero ni ella, ni el cadáver en que se había convertido, llegaron a encontrarse nunca.

Hazel miró fijamente a la joven de la fotografía. Porque la cara le resultaba familiar.

Con diecisiete años por aquel entonces, Hazel Jones tenía cabellos oscuros, espesos y rizados que le llegaban hasta los hombros y le tapaban la frente. Cejas muy pobladas, y nariz larga más bien ancha en la punta. No era bonita pero sí llamativa: casi se la podía calificar de «exótica». Boca carnosa, sensual. Se notaba sin embargo un algo muy formal e incluso hosco en ella. Ojos grandes, muy oscuros, desconfiados. Había tratado de sonreír ante la cámara, sin mucha convicción.

¡Cuánto se parecía aquella Hazel Jones a Rebecca Schwart a su edad! Era turbador. Resultaba doloroso verlo.

Antiguos condiscípulos del instituto de New Falls dijeron que Hazel Jones era «callada», «reservada», «nada fácil intimar con ella».

Sus padres aseguraron que nunca «se habría subido a un automóvil con alguien a quien no conociera, Hazel no era una chica de ésas».

Un artículo ulterior presentaba al señor y a la señora Jones delante de su modesto hogar de una sola planta en las afueras de New Falls. Una pareja de edad mediana, cejas pobladas y tez morena como su hija, que miraban tristemente a la cámara como jugadores de póquer dispuestos a correr riesgos pero convencidos de que van a perder.

El revestimiento exterior de falso ladrillo de la casa de los Jones tenía manchas de agua. En el patio delantero de su casa, desprovisto de hierba, algunos desechos se habían amontonado con un rastrillo.

Varios de los artículos que venían a continuación estaban fechados en 1957, y procedían de periódicos del norte del Estado: Port Oriskany, Buffalo, Rochester y Albany. (Los diarios de Rochester y Albany pertenecían, casualmente, a la cadena Gallagher.) En junio de 1957 desapareció otra muchacha, esta vez de Gowanda, una pequeña ciudad a unos cincuenta kilómetros al sudeste de Port Oriskany; en octubre la desaparecida era de Cableport, un pueblo junto al canal de barcazas Erie cerca de Albany, cientos de kilómetros hacia el este. La joven de Gowanda se llamaba Dorianne Klinski, de veinte años de edad; la chica de Cableport, Gloria Loving, de diecinueve. Dorianne estaba casada, Gloria prometida. Dorianne «se había esfumado» camino de casa desde su trabajo de dependienta en Gowanda. De manera parecida, Gloria había desaparecido a menos de dos kilómetros de su casa cuando regresaba desde Cableport por el camino de sirga del canal Erie.

¡Cuánto se parecían aquellas muchachas a la Hazel Jones de New Falls! No eran bonitas y tenían cabellos oscuros.

En los diferentes reportajes sobre Dorianne y Gloria no se hablaba de la Hazel Jones de New Falls. Pero en los relacionados con Gloria Loving sí se hablaba de Dorianne Klinski. Sólo en artículos ulteriores, sobre muchachas desaparecidas en 1959, 1962 y 1963, existían referencias a Hazel Jones, la «primera» chica desaparecida. A los agentes de policía, repartidos por numerosos condados rurales y municipios del Estado de Nueva York, les había llevado mucho tiempo relacionar los secuestros.

A Hazel le resultaba cada vez más difícil seguir leyendo. Los ojos se le habían inundado de lágrimas de dolor, de indignación.

«¡El muy cabrón! De manera que eso era lo que quería de mí: asesinarme.»

Era el chiste supremo. El descubrimiento más fantástico de toda su vida. «Hazel Jones»: todo el tiempo, desde el primer momento, una muchacha muerta. Una chica asesinada. Una joven ingenua y confiada que, cuando Byron Hendricks se acercó a Rebecca Schwart en el camino de sirga a las afueras de Chautauqua Falls, llevaba tres años muerta. ¡Muerta, en putrefacción! Uno de los esqueletos de mujer que más adelante se desenterrarían en la propiedad de Byron Hendricks.

Hazel se forzó a seguir adelante. Tenía que conocer la historia completa aunque después no quisiera recordarla nunca. Los últimos artículos se centraban en Byron Hendricks, porque finalmente, en septiembre de 1964, se había descubierto al culpable. El artículo más detallado era un reportaje a toda página del *Port Oriskany Journal* en el que el benévolo rostro sonriente del «Dr. Hendricks» estaba colocado en un óvalo rodeado por los retratos, en otros tantos óvalos, de sus seis víctimas «conocidas».

Al menos Hendricks había muerto. El muy cabrón no estaba encerrado en ningún hospital psiquiátrico. Al menos se tenía esa satisfacción.

Hendricks había cumplido cincuenta y dos años en el momento de su muerte. Vivió solo durante años en una «espaciosa» casa de ladrillo de New Falls. Era licenciado por la facultad de Medicina de la Universidad de Buffalo, pero no había ejercido nunca —a diferencia de su difunto padre, que lo había hecho durante casi cincuenta años— y se definía como «investigador médico». Los vecinos de New Falls hablaban de Hendricks como una persona «de actitud amistosa pero reservada», «siempre con una palabra amable, alegre», «un caballero», «siempre bien vestido».

El único contacto previo de Hendricks con alguna de sus víctimas, hasta donde la policía pudo comprobarlo, había sido con Hazel Jones, de dieciocho años, que trabajó ocasionalmente para él como asistenta.

A Hendricks se le encontró muerto en una habitación del piso alto de su casa, su cuerpo en avanzado estado de descomposición al cabo de diez o más días. En un principio se creyó que se trataba de una muerte por causas naturales, pero la autopsia permitió comprobar que se había debido a una sobredosis de morfina. La policía había encontrado álbumes con recortes de periódicos sobre las muchachas desaparecidas, así como «objetos comprometedores». Un registro de la casa y del terreno, de una hectárea de extensión, lleno de maleza, había llevado al descubrimiento final de lo que se «estimaba» eran seis esqueletos femeninos.

Seis. Se había llevado por delante a seis Hazel Jones.

No era difícil imaginar con qué entusiasmo, con qué ingenua esperanza se habrían ido con él.

Hazel no se había sentado, sino que estaba inclinada sobre la mesa —una mesa de trabajo larga y estrecha— a la que se retiraba con frecuencia (allí, en el espacioso y aireado tercer piso de la casa que Chet le había comprado, era donde Hazel se sentía más a gusto: asistía a clases nocturnas en el cercano Canisius College, y solía extender el material docente sobre la mesa), y descansaba el peso del cuerpo sobre las palmas de las manos. Gradualmente se fue sintiendo aturdida, mareada. La sangre le latía en la cabeza como si estuviera a punto de estallarle. ¡No se desmayaría! No se dejaría dominar por el miedo, por el pánico. En lugar de eso se oyó reír. No la delicada risa femenina de Hazel Jones, sino carcajadas cortantes, ásperas, sin alegría.

¡Un chiste! «Hazel Jones» es un chiste.

Luego llegó la reacción violenta de las náuseas. Un sabor a algo negro y frío en la garganta. Después la esquina más cercana de la mesa de trabajo se le vino encima. Se golpeó la frente con algo tan cortante como el filo de un hacha, y bruscamente se encontró en el suelo; cuando consiguió superar el desmayo unos minutos después, tal vez cinco, quizá veinte, le goteaba la sangre y no sabía dónde demonios estaba ni qué le había sucedido, pero seguía riéndose o, al menos, trataba de reírse, de un chiste que no lograba recordar exactamente.

Aquella noche, al lado de Chet. Pensando: *Tengo que despertarlo. Voy a decirle quién soy. Voy a decirle que mi vida ha sido una mentira, un chiste sin gracia. No existe Hazel Jones. Donde estoy yo no hay nadie.* Pero Gallagher dormía como lo hacía siempre, una persona ajena a todo en el sueño, de piel caliente, con tendencia a roncar, que se estremecía y daba patadas a las sábanas y que, si se despertaba a medias, gemía como un niño abandonado y buscaba a Hazel Jones en la oscuridad para tocarla, para apretarse contra ella, acariciarla, estrecharla; adoraba a Hazel Jones, de manera que, finalmente, no lo despertó y, a la larga, casi al amanecer, también se quedó dormida.

III

MÁS ALLÁ

1

Durante el verano y el otoño de 1974 la casa resonó con la «Appassionata» de Beethoven. ¡Precisamente aquella música!

Como en un sueño, ella, que era la madre del joven pianista, se movía con los ojos abiertos pero sin ver. Enferma de amor, se encontraba de pie, delante de la puerta cerrada de la sala de música, extasiada.

Lo hará. La tocará. Es su momento.

Como le faltaba oído para las sutilezas de una interpretación al piano, no habría sabido decir si la sonata que oía guardaba una relación profunda o meramente superficial con la grabación de Arthur Schnabel que oyera veinticinco años antes en la vieja casita de piedra en el cementerio.

En la sala de música su exigente hijo estaba siempre empezando y deteniéndose. Empezando y deteniéndose. A continuación la mano izquierda sola, luego la derecha. Después las dos manos juntas y vuelta al comienzo, brusca detención, de nuevo al inicio a la manera de un niño pequeño y preocupado que empieza a caminar erguido, que tropieza y agita los brazos para recuperar el equilibrio. Si quisiera, Zack podía tocar la sonata sin obstáculo alguno: era capaz de tocarla entera sin olvidar una sola nota. Poseía esa habilidad, la facilidad maquinal del pianista prodigio. Pero se necesitaba una resonancia más honda. Una desesperación más profunda.

Hazel suponía que la desesperación subyacente se hallaba dentro de la música misma. Era la del compositor, la de Beethoven. El pianista joven tenía que descender al alma de Beethoven, el hombre. Hazel escuchaba, preguntándose si la elección de la sonata había sido un error. Su hijo era muy joven: no era música para la juventud. Se emocionó, se sintió casi febril escuchando. Se alejó a trompicones, agotada, sin querer que Zack supiera que había estado escuchando junto a la puerta de la sala de música, porque eso le molestaría y le sacaría de quicio a él, que conocía tan íntimamente a su madre.

Ya es bastante malo que esté tratando de no volverme loco, madre. No quiero ser responsable de que tú también enloquezcas.

¡Estaba inquieto! A los quince años había quedado segundo en el Concurso para Pianistas Jóvenes de Montreal de 1972 y a los dieciséis había ganado el de Filadelfia de 1973; ahora, cerca ya de cumplir los dieciocho, se preparaba para el Concurso Internacional de Piano de San Francisco de 1974.

Horas. Todos los días pasaba horas al piano. En el conservatorio y en casa. Que se prolongaban al comenzar la noche, y después, en la agonía de la música que le atravesaba el cerebro bloqueado por el sueño, con el terrible poder del agua que se desploma por una catarata. Y aquella música no era suya, no debía encontrar obstáculos, ni ser reprimida. ¡Una vasta marea que llegaba hasta el horizonte mismo! Una marea que abarcaba tiempo, además de espacio: a los que llevaban mucho tiempo muertos y también a los vivos. Reprimir una fuerza así sería asfixiarse. En el piano, inclinado a veces sobre el teclado, con una desesperada necesidad de aire, de oxígeno. Aquel olor del piano a marfil viejo, maderas nobles y barniz era un veneno. En otros momentos, sin embargo, lejos del piano, sabiendo que tenía que descansar del instrumento por razones de cordura, en tales ocasiones incluso al aire libre en Delaware Park y en la presencia de otra persona (Zack se había enamorado, quizá) se apoderaba de él una sensación de impotencia, el miedo a asfixiarse si no lograba completar un pasaje musical que se esforzaba por abrirse camino, excepto que sus dedos eran inadecuados sin el teclado, de manera que tenía que volver al piano o asfixiarse.

Tratando de no volverme loco, madre. ¡Ayúdame!

De hecho la culpaba a ella.
Muy pocas veces le permitía ya que lo tocara.

Porque Zack se había enamorado (quizá). La chica, dos años mayor, estaba en su clase de alemán y se dedicaba seriamente a la música: era violonchelista.

Aunque no tan buena como tú al piano, Zack. ¡Gracias a Dios!

Era característico de aquella chica decir las cosas sin rodeos. Reírse de la expresión en la cara de Zack. No habían intimado aún, no se habían tocado aún. La muchacha no podía consolarlo con un beso por la conmoción causada. Porque para él la música era algo sagrado, algo de lo que era tan imposible reírse como de la muerte.

Cabía reírse de la muerte, sin embargo. Desde el otro lado, con el recuerdo de la orilla cubierta de hierba del canal por el que habían caminado juntos, de cómo en el lado de allá estaba el camino de sirga pero en el lado de acá nadie caminaba excepto su mamá y él (tan pequeño que Rebecca tenía que llevarlo de la mano para evitar que tropezase y cayera) y estaba cubierto de hierba demasiado crecida.

¡Ríete de la muerte si puedes cruzar al otro lado, por qué demonios no!

Hazel sabía. Una madre sabe.

Empezaba a mostrarse cauteloso, preocupado. Su hijo se apartaba de ella.

No era el piano, las exigencias de las muchas horas de estudio. ¡Hazel nunca sentía celos del piano!

Pensaba, cuando le oía tocar: *Ahora está en el mejor sitio del mundo. Nació para estar ahí.* Consolándose porque sabía que Zack era suyo. Lo que ella temía, más bien, era una reacción contra el piano.

Contra su propio talento, contra el «éxito». A veces lo veía estudiarse las manos, examinárselas con una indiferencia clínica y levemente desconcertada. *¿Mías?*

Si se lastimaba las manos. Si de algún modo.

Se interesaba por la historia de Europa: la Segunda Guerra Mundial. Había asistido a un curso en la universidad. Le interesaban la filosofía y la religión. Le había aparecido un tono febril en la voz, un temblor incómodo. Le bastaría con disponer de la llave para apropiarse de los secretos del mundo. Con gran consternación de Hazel, empezó a hablar de las cosas más peregrinas. Un día eran los Upanisades de la India antigua, otro era Schopenhauer, el filósofo alemán del siglo XIX, un tercero la Biblia de los hebreos. Empezaba a mostrarse discutidor, agresivo. Durante la cena, podía decir de repente, como si se tratara de una cuestión crucial que Hazel y Chet se negaban a plantear: «De todas las religiones, ¿no sería la más antigua la más cercana a Dios? ¿Y quién es "Dios"? ¿Qué es "Dios"? ¿Hemos de conocer a ese Dios o sólo unos a otros? ¿Nuestro sitio en la tierra es con Dios o unos con otros?». Su expresión era burlona o seria. Ponía los codos sobre la mesa, inclinado hacia adelante.

Gallagher trataba de hablar con su hijastro, más o menos en serio.

—¡Bien, Zack! Me alegro de que lo preguntes. Para mí, personalmente, las religiones son los intentos por parte de la humanidad de encontrar un asidero con el que manejar lo que queda fuera del «ser humano». Todas las religiones tienen un conjunto diferente de respuestas prescritas por una casta sacerdotal autoproclamada y todas las religiones, puedes estar seguro, enseñan que son la «única» religión, santificada por Dios.

—Pero eso no quiere decir que una de las religiones no sea *verdadera*. Como si por ejemplo hubiera doce respuestas a un problema de álgebra: once pueden ser falsas y una *correcta*.

—Pero Dios no es un problema matemático que se pueda probar, Zack. *Dios* no es más que el término cajón de sastre que damos a nuestra ignorancia.

—O incluso, quizá —dijo Zack lleno de animación—, los diferentes modos del lenguaje humano son burdos y torpes y en realidad señalan hacia la misma cosa, pero los diferentes idiomas los hacen confusos. Como, por ejemplo, «Dios» está detrás de las religiones, como el sol, al que no se puede mirar directamente porque te quedarías ciego, excepto que si no hubiera sol, comprendes, en ese caso serías de verdad ciego, porque no verías ni una condenada *cosa*. ¿Quizá podría ser eso?

Por lo que Hazel sabía, Zack nunca había hablado con tanta pasión sobre nada, a excepción de la música. Apoyaba torpemente los codos sobre la mesa, de manera que la luz de las velas oscilaba, torciéndole la cara de una forma que a Hazel le recordaba horriblemente la de Jacob Schwart.

¡Su hijo! Dolida y disgustada Hazel lo miró fijamente.

—¡No tengo ni idea, Zack! dijo Gallagher, y añadió, tratando de bromear—: ¡Vaya teólogo en ciernes que tenemos entre nosotros!

Zack respondió, herido:

—No me trates con condescendencia, papá, ¿de acuerdo? No soy uno de los espectadores de tu programa de televisión.

Ahora que Zack era ya el hijo legalmente adoptado de Gallagher, a veces lo llamaba «papá». De ordinario era un poco en broma, afectuoso. Pero a veces incluía un componente de sarcasmo adolescente, como en aquella ocasión.

Gallagher dijo deprisa:

—No era mi intención mostrarme condescendiente, Zack. Es sólo que conversaciones como ésta disgustan a la gente sin aclarar nada. Existe una similitud entre las religiones, ¿no es cierto?, una especie de esqueleto común, y como los seres humanos, que tienen esqueletos humanos... —Gallagher se interrumpió, al ver la expresión impaciente de Zack—. Créeme, chico, lo sé. He pasado por ello —añadió, molesto.

—No soy un chico —replicó Zack, resentido—. En el sentido de ser idiota, no soy un condenado *chico*.

Gallagher, esforzándose por sonreír, decidido a cautivar a su hijo adoptivo para someterlo, dijo:

—Las personas inteligentes llevan miles de años peleándose por esos asuntos. Cuando se ponen de acuerdo, se debe a la necesidad emocional de hacerlo, no a que haya nada auténtico sobre lo que «ponerse de acuerdo». La gente ansía creer en algo, de manera que cree en cualquier cosa. Es como pasar hambre: se come prácticamente cualquier cosa, ¿no es cierto? En mi experiencia...

—Mira, papá, tú no eres *yo*. Ninguno de los dos sois *yo*. ¿Os dais cuenta?

Zack no había hablado nunca de manera tan brusca en el pasado. En sus ojos brillaban lágrimas de indignación. Quizás había tenido una clase difícil aquel día con su profesor de piano. Su vida se complicaba de maneras que Hazel ignoraba, porque su hijo se había vuelto muy reservado, y no se atrevía a preguntarle.

Gallagher trató una vez más de razonar con Zack, de la manera afablemente bromista que resultaba tan eficaz en televisión (Chet tenía un programa semanal de entrevistas en WBEN-TV Buffalo, una producción de Gallagher Media) pero no tanto con un muchacho que se retorcía de impaciencia y prácticamente ponía los ojos en blanco mientras Gallagher hablaba. Hazel se sentía triste, perdida. Se daba cuenta de que era a ella a quien su hijo desafiaba y no a Chet, porque era ella quien le había enseñado desde niño que la religión era para *los demás,* no para ellos.

¡Pobre Gallagher! Tenía el rostro encendido y se había quedado sin aliento como un atleta maduro, con excesiva confianza en sus habilidades, que acaba de verse superado por otro más joven al que no ha sabido tomar en serio.

—¡La música no es suficiente! —estaba diciendo Zack—. Es sólo una parte del cerebro. Y yo tengo un cerebro completo, por el amor de Dios. Quiero estar al tanto de cosas que saben otras personas.

Tragó con esfuerzo. Se afeitaba ya, la parte inferior de la cara más oscura que el resto, el breve labio superior cubierto por una fina pelusa oscura. En cuestión de segundos era capaz de exhibir mal genio infantil, afable ecuanimidad y altivez glacial. No había mirado una sola vez a Hazel durante el intercambio con Gallagher, como tampoco la miró a continuación, cuando dijo, con un repentino torrente de palabras:

—Quiero tener información sobre el judaísmo, de dónde procede y qué *es.*

Judaísmo: una palabra nunca utilizada antes entre Hazel y Zack. Como tampoco palabras menos cultas como *judío, los judíos.*

Gallagher estaba diciendo:

—Eso lo entiendo, claro está. Quieres saber todo lo que sea posible, dentro de lo razonable. Empezando por las religiones antiguas. A mí me pasaba lo mismo... —Gallagher titubeaba ya, inseguro. Era consciente, de manera vaga, de la tensión entre Hazel y Zack. Como hombre de mundo con cierto renombre estaba acostumbrado a que se le tomase en serio, sin duda estaba acostumbrado a que se le respetara, pero en su propio hogar se sentía con frecuencia perdido. Obstinadamente añadió—: ¡No te olvides del piano, Zack! Eso tiene que venir primero.

Zack dijo, acalorado:

—Viene primero. Pero no viene también segundo. Ni tercero, ni tampoco *último,* joder.

Zack arrojó la servilleta arrugada sobre el plato. Sólo se había comido parte de la cena que su madre había preparado con gran cuidado, como preparaba todos los platos. A Hazel le escoció aquel gesto, como también le escoció la palabrota que su hijo había escogido con intención y que supo dirigida a su corazón. Con temblorosa dignidad adolescente, Zack apartó la silla de la mesa y abandonó a grandes zancadas la habitación. Los adultos lo siguieron con la vista, asombrados.

Gallagher buscó la mano inerte de Hazel para consolarla.

—Alguien ha estado hablando con él, ¿no te parece? Alguien de la universidad.

Hazel siguió inmóvil e impasible, conmocionada, como si la hubieran abofeteado.

—Se siente muy presionado a causa de esa sonata. Cabe que sea demasiado madura para él. Todavía es un adolescente, y está creciendo. Recuerdo muy bien esa edad espantosa. ¡Dios del cielo! Sexo y nada más que sexo. No conseguía concentrarme en el teclado, déjame que te lo diga. Nada personal, cariño.

Para fastidiarme. Para abandonarme. Porque me detesta. ¿Qué motivos tiene?

Huyó tanto del hijo como del padre adoptivo. No soportaba estar tan a la vista. ¡Era como si las vértebras mismas de su espina dorsal quedaran al descubierto!

No lloraba cuando Gallagher fue a consolarla. Era infrecuente que Hazel Jones llorase, no le gustaba nada aquella manifestación de debilidad.

Gallagher le habló, con ternura y de manera persuasiva. En la cama, permaneció muy quieta entre sus brazos. Chet, que adoraba a Hazel Jones, la protegería de su grosero hijo adolescente. Aunque afirmaba, por supuesto, que Zack no quería decir aquello, que Zack la quería y no deseaba herirla, Hazel tenía que saberlo.

—Sí, lo sé.

—Y yo te quiero, Hazel. Moriría por ti.

Chet habló durante mucho tiempo: era su manera de amar a una mujer, con sus palabras y también con su cuerpo. No era como el otro, que tenía muy poca necesidad de palabras. Entre ella y aquel otro, el padre del chico, había existido un nexo más profundo. Pero aquello estaba acabado ya, había desaparecido. Tampoco podía ya amar a un hombre de aquella manera: su vida sexual, intensamente erótica, había muerto.

Hazel se sentía profundamente agradecida a Gallagher, que la apreciaba como no lo había hecho el otro. Sin embargo, en la estima misma que le profesaba, descubría su debilidad.

No quería que la consolaran, en realidad. Casi prefería sentir el insulto destinado a su corazón.

Pensando desdeñosamente: *En la vida animal a los débiles se los elimina pronto. Ésa es la religión: la única religión.*

Sin embargo regresó en secreto varias veces al parque donde se le había acercado el hombre con la sucia ropa de trabajo para hablar con ella.

«Me llamo Gus Schwart.»

«¿Me parezco a alguien que usted conozca?»

Por supuesto, no lo había vuelto a ver. Los ojos se le llenaron de lágrimas, entre la consternación y el enojo, ante la idea de que hubiera confiado en verlo de nuevo, a él, que se había presentado ante ella salido de la nada.

¡Cómo le había atravesado el corazón aquella voz al pronunciar su nombre, aquel nombre que llevaba tanto tiempo sin oír!

«Mi hermana Rebecca, vivíamos en Milburn...»

Buscó Schwart en la guía de teléfonos local y llamó a las personas con aquel apellido, pero sin éxito.

En Montreal y en Toronto, a donde habían viajado en los últimos años, también buscó Schwart en la guía, e hizo unas cuantas llamadas inútiles empujada por la vaga idea de que Herschel estaba en algún lugar de Canadá, ¿no habló su hermano de cruzar la frontera para escapar a sus perseguidores...?

Si está vivo. Si alguno de los Schwart está vivo.

Empezó a preocuparse como no lo había hecho en los concursos precedentes porque se hacía el razonamiento *Es joven, tiene tiempo;* pero ahora su hijo casi había cumplido los dieciocho, maduraba rápidamente. Era una nerviosa criatura sexual en tensión continua. Impulsivo. Irritable. Los nervios hacían que la piel se le rompiera en imperfecciones que le desfiguraban la frente. No explicaba a sus padres que sufría indigestión, estreñimiento. Pero Hazel lo sabía.

No lo soportaba, no soportaba la idea de que su hijo, con tan gran talento, pudiera fracasar. Que no triunfara, después de haber llegado tan lejos, sería la muerte para ella.

«El aliento de Dios.»

¡El café junto a la carretera en Apalachin, Nueva York! El niño de piel ardiente sobre su regazo, cómodamente entre los brazos de su mamá, extendiendo con avidez las manos para alcanzar el defectuoso teclado de un viejo y maltrecho piano vertical. La neblina del humo de los cigarrillos, el acre olor de la cerveza, los gritos de los borrachos y las risas de los desconocidos.

¡Cielo santo! ¿Cómo lo hace, un niño tan pequeño?

Hazel sonreía, habían sido felices entonces.

Era un hombre de más edad, afablemente borracho, amigo de Chet Gallagher y deseoso de conocer a su «pequeña familia».

Se presentó como «Zack Zacharias». Había oído que el hijo adoptivo de Gallagher era un pianista que también se llamaba «Zacharias».

Aquello sucedía en el Yacht Club de Grand Island, a donde Chet los había llevado para celebrar la elección de Zack como uno de los trece finalistas del concurso de San Francisco.

La norma de Gallagher era: «Haz una celebración cuando puedas, porque quizá no tengas otra oportunidad».

Serpenteando en dirección a su mesa con vistas al río vieron acercarse al hombre afablemente borracho de pelo blanco amarillento cortado al rape, rostro lleno de bultos y ojos alegres, tan enrojecidos como si se los hubiera estado frotando con los nudillos.

Había venido a estrechar la mano de Gallagher, a saludar a su señora y, sobre todo, a echar una parrafada con el joven Zacharias.

—Coincidencia, ¿eh? Me gusta pensar que las coincidencias significan algo incluso cuando lo más probable es que no. Pero tú eres el artículo genuino, hijo mío: un músico de verdad. He leído sobre ti en el periódico. Por mi parte sólo soy un viejo pinchadiscos caído en desgracia. Veintiséis jodidos años en WBEN Radio Wonderful transmitiendo el mejor jazz de madrugada —su voz descendió hasta convertirse en la de un locutor negro, bellamente modulada y ligeramente burlona— y esos asquerosos hijos de puta me van a echar de la emisora. No te lo tomes a mal, Chet: ya sé que no es culpa tuya, que tú y ese condenado padre tuyo no sois la misma persona. Mi verdadero nombre, muchacho —inclinándose sobre la mesa para estrechar la mano del adolescente que se encogía—, es Alvin Block, hijo. ¿No tiene el mismo ritmo, verdad que no?

Meneó las caderas, riendo con dificultad y atragantándose a medias, mientras el maître venía deprisa hacia él para llevárselo.

(¡El Yacht Club de Grand Island! Gallagher se mostró arrepentido y también un poco defensivo sobre el tema.

En su calidad de celebridad local a Chet Gallagher lo habían hecho miembro honorario del Yacht Club de Grand Island. El condenado club tenía una historia —Gallagher la calificaba siempre de «historia llena de granos»— de discriminación contra judíos, negros, «minorías étnicas» y, por supuesto, mujeres, dada su condición de club privado junto al río Niágara que sólo admitía varones protestantes de raza blanca. Gallagher, por supuesto, rechazaba organizaciones como aquélla por antidemocráticas y antiamericanas, pero en aquel caso concreto algunos buenos amigos suyos pertenecían al Yacht Club, una institución que se remontaba a los años setenta del siglo XIX y que encarnaba una «antigua y venerable tradición» de la zona de Buffalo, ¿por qué no aceptar su hospitalidad, tan amablemente ofrecida, siempre que Chet Gallagher no fuese un *miembro que pagase cuota*?

—Y la vista del Niágara es formidable, sobre todo a la puesta de sol. Te encantará, Hazel.

Hazel quiso saber si a ella se le permitiría entrar en el comedor del Yacht Club.

—¡Por supuesto! —protestó Chet—. Zack y tú, los dos, como invitados míos.

—¿Aunque sea mujer? ¿No se quejarán los socios?

—Las mujeres son bienvenidas en el club. Esposas, familiares, invitadas de los socios. Sucede lo mismo en el Athletic Club de Buffalo, has estado allí.

—¿Por qué?

—¿Por qué, qué?

—¿Por qué son «bienvenidas» las mujeres si en realidad no lo son? ¿Y los judíos y los negros? —Hazel dio una entonación especial a la palabra *negros*.

Gallagher vio que estaba de broma, y pareció incómodo.

—Mira, no soy un socio que pague cuota. Y he ido muy pocas veces. Pensé que podía ser un sitio agradable donde cenar un domingo, para celebrar las buenas noticias de Zack —Gallagher hizo una pausa, frotándose la nariz vigorosamente—. Podemos ir a otro sitio, si lo prefieres.

Hazel se echó a reír, Gallagher parecía sumamente avergonzado.

—Chet, no. No soy quién, para «preferir» nada.)

A veces estoy muy sola. ¡Dios del cielo! Muy sola en la vida para la que me salvaste, pero él la hubiese mirado fijamente, asombrado e incrédulo.

Tú no, Hazel. Nunca.

En Buffalo vivían en el número 83 de Roscommon Circle, a poco más de un kilómetro del Conservatorio de Música de Delaware, de la Sociedad Histórica de Buffalo, y de la Galería de Arte Albright-Knox. Se les invitaba a cenar con frecuencia, sus nombres figuraban en listas de correo privilegiadas. Gallagher despreciaba la vida burguesa pero le desconcertaba, lo reconocía. De la noche a la mañana Hazel Jones se había convertido en *señora de Chet Gallagher,* en *Hazel Gallagher.*

De la misma manera que de joven había sido una camarera competente y siempre bien dispuesta en un hotel «histórico», ahora, a comienzos de su edad madura, tenía a su cargo una casa victoriana parcialmente restaurada con cinco dormitorios, tres pisos y tejados de pizarra muy inclinados. Construida en 1887, la casa estaba recubierta de ripias de color cáscara de huevo con un ribete morado oscuro. El cuidado de la casa se convirtió en crucial para Hazel, en una especie de manía. De la misma manera que su hijo iba a ser concertista de piano, Hazel se iba a convertir en la más exigente de las amas de casa. Gallagher, que pasaba fuera la mayor parte del día, parecía no advertir cómo Hazel se volvía extremadamente detallista en el cuidado de la casa, porque todo lo que hacía le resultaba placentero; y, por supuesto, Gallagher era un inútil en las cosas de carácter práctico, doméstico. Poco a poco Hazel también pasó a ocuparse de los asuntos financieros de la familia, porque era mucho más fácil que esperar a que Gallagher asumiera sus responsabilidades. Y aún era más incorregible en materia de dinero, indiferente como sólo puede serlo el hijo de un hombre acaudalado.

Con instinto de urraca, Hazel guardaba facturas de las compras y de los servicios más insignificantes. Sus cuentas eran impecables. Y por correo certificado enviaba materiales fotocopiados al contable de Gallagher en Buffalo con periodicidad trimestral para la declaración de la renta. La admiración que sentía por su mujer hacía silbar a Gallagher.

—Hazel, eres increíble. ¿Cómo has salido tan lista?

—Me viene de familia.

—¿Y eso?

—Mi padre era profesor de Matemáticas en un instituto.

Gallagher se la quedó mirando, socarrón.

—¿Tu padre era profesor de Matemáticas en un instituto?

Hazel se echó a reír.

—No. Bromeaba.

—¿Sabes quién era tu padre, Hazel? Siempre has dicho que no lo sabías.

—No lo sabía y no lo sé —Hazel se secó los ojos, parecía no poder dejar de reír. Porque allí estaba Gallagher, todo un cincuentón, mirándola con gran seriedad, a la manera de un hombre tan cautivado por el amor que está dispuesto a creer cualquier cosa que le diga la amada. Hazel se sentía capaz de meter la mano en el tórax de Gallagher y tocarle el corazón—. Sólo bromeaba, Chet.

De puntillas para besarlo. Gallagher era un hombre alto incluso con los hombros caídos. Hazel vio que se le habían manchado los cristales de sus nuevas bifocales, de manera que le quitó las gafas y hábilmente se las limpió con la falda.

Señora de Chester Gallagher.

Cada vez que firmaba con su nuevo nombre le parecía que su letra había cambiado sutilmente.

Viajaban con frecuencia. Trataban a mucha gente. A personas relacionadas con la música o asociadas con los medios de comunicación. A desconocidos muy amigos suyos, Chet se la presentaba como *Hazel Gallagher:* un nombre que a ella le resultaba levemente cómico, absurdo.

¡Pero nadie se reía! No mientras ella los estaba oyendo.

A Gallagher, el más sentimental de los hombres, al mismo tiempo que el más desdeñoso, le habría gustado una boda con cierta solemnidad, pero entendió la lógica de una breve ceremonia civil en una de las salas más pequeñas del juzgado de Erie County. «Lo último que queremos son las cámaras, ¿no es eso? Atención. Si mi padre se enterase...» La ceremonia de diez minutos corrió a cargo de un juez de paz en la lluviosa mañana de un sábado de noviembre de 1972: exactamente en el décimo aniversario del encuentro de Gallagher y Hazel en el bar del Malin Head Inn. Zack, el hijo adolescente de la novia, de traje y corbata, fue el único testigo, con aire al mismo tiempo avergonzado y satisfecho.

Gallagher creía ser quien había convencido a Hazel Jones para que, por fin, se casara con él. Y decía, bromista, que ya era hora de que Hazel «cumpliera» con él.

¡Diez años!

—Algún día, cariño, tendrás que contarme por qué.

—¿Por qué, qué?

—Por qué te has negado a casarte conmigo durante diez largos años.

—Han sido diez años muy cortos.

—¡Largos para mí! Todas las mañanas me temía que hubieras desaparecido. Que te hubieras largado, llevándote a Zack y dejándome con el corazón destrozado.

A Hazel le asustó aquel comentario. Gallagher bromeaba, por supuesto.

—Quizás decía que no porque no creía ser lo bastante buena para casarme contigo. Quizá fuera eso.

La risa ligera y enigmática de Hazel Jones. Había conseguido afinarla admirablemente, como una de las cadencias de Zack, ejecutadas sin esfuerzo.

—¡Lo bastante buena para casarte *conmigo*! Hazel, de verdad.

De la misma manera que Gallagher había arreglado las cosas para su boda en el juzgado de Erie County, también las arregló para adoptar a Zack en el mismo escenario. Muy orgulloso y muy feliz. La culminación de la vida adulta de Chet.

La adopción se arregló con rapidez. Una reunión con el abogado de Gallagher y una cita con un juez comarcal. Documentos oficiales que se tenían que redactar y firmar y la partida de nacimiento de Zack, con arrugas y manchas de agua, emitida como facsímil en Chemung County, Nueva York, para ser fotocopiada y archivada en el registro civil de Erie County.

Legalmente Zack era ya *Zack Gallagher*. Pero conservaría *Zacharias Jones* como nombre profesional.

Zack dijo en broma que era el hijo adoptado más viejo en la historia de Erie County: quince años. Pero, al firmar, se volvió bruscamente porque no quiso que Gallagher y Hazel le vieran la cara.

—Vamos, hijo. Dios santo.

Gallagher abrazó a Zack con toda el alma. Lo besó húmedamente, casi en la boca. A Gallagher, el más sentimental de los hombres, no le importaba que lo vieran llorar.

Como conspiradores culpables, madre e hijo. Cuando estuvieron solos se echaron a reír, una risa nerviosa, desbocada, violenta, que hubiera escandalizado a Gallagher.

¡Tan divertido! Fuera lo que fuese lo que provocaba semejante hilaridad entre ellos dos.

A Zack le había fascinado su partida de nacimiento. No parecía recordar haberla visto antes. Escondida con las pertenencias secretas de Hazel Jones, un paquetito compacto que siempre había llevado consigo desde Poor Farm Road.

Zack preguntó si la partida de nacimiento era válida, y Hazel respondió con dureza ¡Sí! Lo era.

—¿Me llamo «Zacharias August Jones» y el nombre de mi padre es «William Jones»? ¿Quién demonios es «William Jones»?

—*Era.*

—¿*Era* qué?

—*Era*, no *es*. El señor Jones ha muerto ya.

¡Secretos! En el apretado paquetito dentro de su caja torácica, en el lugar donde había estado el corazón. Tantos secretos que a veces Hazel no conseguía respirar.

Thaddeus Gallagher, por ejemplo. ¡Sus regalos y apasionadas cartas de amor a *Mi queridísima Hazel Jones*!

En el otoño de 1970, poco después de que Hazel recibiera la primera de aquellas misivas, un «particular» que sólo quería ser conocido como «benefactor anónimo» entregó una considerable suma al Conservatorio de Música de Delaware destinada a cubrir una beca y una bolsa de viaje para el joven pianista Zacharias Jones. Se necesitaba dinero para los numerosos concursos internacionales en los que participaban los pianistas jóvenes con la esperanza de lograr premios, la atención del público, actuaciones en conciertos y contratos para grabar discos, y el donativo del «benefactor anónimo» permitiría a Zacharias trasladarse a donde quisiera. Chet, que se proponía llevar la carrera de Zack, se daba cuenta con toda claridad de aquellas posibilidades: «André Watts tenía diecisiete años cuando Leonard Bernstein lo dirigió en el concierto en mi bemol mayor de Liszt y la actuación fue retransmitida a todo el país por televisión. Un bombazo». Y por supuesto estaba el legendario concurso Chaikovsky de 1958 en el que Van Cliburn, de veinticuatro años, se llevó el primer premio y regresó de la Rusia soviética convertido en una celebridad internacional. ¡Gallagher estaba al tanto! Pero miraba con mucha desconfianza al «benefactor anónimo». Cuando los administradores del Conservatorio se negaron a revelarle su identidad, Chet tuvo sospechas y se llenó de resentimiento, quejándose a Hazel.

—¿Y si es *él*? ¡Maldita sea!

—¿Quién es *él*? —preguntó Hazel ingenuamente.

—¡Mi condenado padre, quién si no! Son trescientos mil dólares lo que el «benefactor anónimo» ha dado al Conservatorio, y tiene que ser él. Debe de haber oído tocar a Zack en Vermont —Gallagher ponía gesto feroz, pero estaba indefenso, un hombre a quien le han cortado las piernas a la altura de las rodillas. Su voz se hundió en una repentina blandura suplicante—. Hazel, no puedo tolerar que Thaddeus se meta en mi vida más de lo que ya lo ha hecho.

Hazel escuchó, comprensiva. Pero no señaló a Chet *que no era su vida, sino la de Zack.*

Era un instinto depredador materno. Ver cómo la piel de su hijo brillaba de calor sexual. Sus ojos, cálidos y anhelantes, que evitaban, culpables, su mirada.

¡Inquieto! Demasiadas horas al piano. Atrapado en una jaula de notas resplandecientes.

Se marchaba de la casa y volvía tarde. Medianoche y aun después. En una ocasión no se presentó hasta las cuatro de la madrugada. (Hazel estaba despierta en la cama, esperando. Muy quieta, porque no quería molestar a Chet.) Y otra noche de septiembre, sólo tres semanas antes del concurso de San Francisco, Zack no regresó hasta el amanecer, con paso inseguro; despeinado, desafiante y oliendo a cerveza.

—¡Zack! Buenos días.

Hazel no quería reprender a su hijo. Le hablaba con suavidad, sin hacerle reproches. Sabía que si llegaba a tocarlo se apartaría de ella. Con furia repentina podría incluso abofetearla, golpearla con los puños como había hecho de pequeño. *¡Mamá, te aborrezco! Maldita sea, te odio con toda mi alma.* No debía mirar con demasiada hambre su rostro joven sin afeitar. No tenía que acusarlo de querer arruinar sus vidas, como tampoco le suplicaría, ni le rogaría, ni lloraría, porque ése no era nunca el estilo de Hazel Jones, siempre sonriente cuando le abría la puerta de atrás para que entrara, permitiéndole rozarla con brusquedad al pasar bajo la luz todavía encendida, respirando con dificultad por la boca como si acabara de correr, y sus ojos, que eran hermosos para ella, ahora inyectados en sangre, los párpados caídos, y opacos ante la mirada de su madre, y aquel olor a sudor, un olor a sexo, acre por debajo del olor a cerveza, y sin embargo le hacía saber: *Te quiero y mi amor es más fuerte que tu odio.*

Dormiría durante buena parte del día siguiente. Hazel no lo molestaba. A última hora de la tarde Zack regresaba al piano con nuevas energías y ensayaba hasta la madrugada. Y Gallagher, escuchando en el vestíbulo, movía la cabeza, asombrado.

Hazel estaba al tanto.

(No podía por menos que preguntarse lo que su madre había querido decir, utilizando su tono juguetón, el de las bromas, con *El señor Jones ha muerto ya.* ¿Y si quería decir que su padre había muerto? Su padre, de tanto tiempo atrás, que le había gritado, su cara pegada a la de Zack, y que lo zarandeó como un muñeco de trapo y le pegó y lo arrojó contra la pared, pero que también lo había abrazado y le había besado con ternura en la comisura de la boca dejando un sabor a saliva y a tabaco. *Oye, ¡te quiero!* De manera que mientras sus dedos ejecutaban las notas que descendían deprisa y con fuerza en los extáticos compases finales de la sonata de Beethoven era inevitable que se lo preguntara.)

Extraño: que Chet Gallagher estuviera perdiendo interés en su propia carrera. A raíz de la brusca y vergonzosa conclusión de la guerra de Vietnam, la guerra más prolongada y humillante de la historia de los Estados Unidos, resultaba extraño, irónico, lo mucho que había empezado a aburrirle, casi de la noche a la mañana, la vida pública, la política. Incluso mientras su carrera como *Chet Gallagher* remontaba el vuelo. (La columna periodística, las trescientas cincuenta palabras que Gallagher se jactaba de poder teclear dormido y con la mano izquierda, se reproducía y era admirada a nivel nacional. El programa de entrevistas para la televisión que le habían encargado en 1973 ganaba público a un ritmo constante. También en 1973, una improvisada colección de fragmentos en prosa a la que dio el título caprichoso de *Caldo de (mi) cabeza* se había convertido en un bestseller inesperado al pasar a libro de bolsillo.)

Perdía interés en *Chet Gallagher* a medida que se obsesionaba con *Zacharias Jones*. Porque se trataba de un joven pianista de talento, un joven pianista de verdadero talento que Gallagher había descubierto personalmente una memorable noche de invierno en Malin Head Bay...

«Sucede que es mi hijo adoptivo. Mi *hijo*.»

Gallagher tenía que reconocer que se trataba de una suerte que le había sido negada incluso a su padre. Porque Chet había defraudado a Thaddeus. Había fallado como pianista de música clásica. Quizás había fallado para fastidiar a su padre pero en cualquier caso *había fracasado,* punto final. Sólo tocaba jazz en contadas ocasiones ya, conciertos locales, actuaciones para recaudar fondos y funciones benéficas y en algunos casos en televisión, pero nada de jazz de verdad, Gallagher se había convertido en un burgués de raza blanca, de mediana edad, condenadamente aburrido, marido y padre y además *feliz*. Y *feliz* no tiene nada de incisivo. Nada de «jazz-cool» en *feliz*. Tan consagrado a su pequeña familia que había dejado de fumar.

¡Qué extraña era la vida! Llevaría la carrera del muchacho porque la responsabilidad recaía sobre Chet Gallagher.

No era cuestión de presionar al muchacho, por supuesto. Desde el primer momento se lo había advertido a la madre del chico.

—Nos lo vamos a tomar con calma. Una cosa cada vez. Hay que ser realistas. Incluso André Watts, después de sus primeros éxitos fantásticos, se quemó. Y lo mismo le pasó a Van Cliburn. Temporalmente.

Gallagher no esperaba de verdad que Zack ganara uno de los primeros premios en el concurso de San Francisco: tratándose de alguien tan joven y relativamente sin experiencia, era ya un éxito considerable el hecho de que figurase entre los finalistas. Los jueces eran de distintas procedencias étnicas y no favorecerían a un varón americano de raza blanca. (¿O quizá sí? Zack iba a tocar la «Appassionata».) Competiría con pianistas ya premiados, procedentes de Rusia, China, Japón, Alemania, que se habían formado con pianistas más distinguidos que el profesor de Zack en el Conservatorio de Delaware. Para ser realista, Gallagher planeaba, tramaba: el Concurso Internacional de Piano de Tokio, en mayo de 1975.

Se llamaba Frieda Bruegger.

Violonchelista, estudiaba en el Conservatorio. Una muchacha hermosa, de facciones marcadas, ojos almendrados, espesos cabellos oscuros e hirsutos que parecían estallarle por toda la cabeza, cuerpo joven y animado, de formas agradables. Voz de soprano, penetrante. «¡Señora Gallagher! ¿Qué *tal*?»

Hazel sonreía y mantenía por completo el control, pero miraba con expresión más bien ausente a la chica que Zack había traído a casa, y a la que le había presentado como una amiga con la que iba a preparar una sonata, con vistas a un próximo recital en el Conservatorio. Hazel estaba admirando el hermoso violonchelo en manos de la chica, le haría preguntas sobre el instrumento, pero algo no estaba bien, ¿por qué la miraban de manera tan rara los dos jóvenes? Se dio cuenta de que no había respondido. Sus labios se movieron como si estuvieran entumecidos:

—Hola, Frieda.

¡Frieda! Aquel nombre encontró unas resonancias tan extrañas en sus oídos que casi se sintió desmayar.

Se dio cuenta de que ya había visto antes a aquella muchacha, en la escuela de música. La había visto incluso con Zack, aunque no estaban los dos solos, sino con un grupo de músicos jóvenes, después de un recital.

Es ella. Con la que se ve. Con la que se acuesta. ¿O no?

De manera que, sin previo aviso, Zack había traído a la chica a casa, y Hazel no estaba preparada. Había esperado que su hijo se mostrase reservado, circunspecto. Sin embargo allí estaba Frieda delante de Hazel, llamándola «señora Gallagher». En realidad era ya una mujer de veinte años. Zack, a su lado, no pasaba de ser un niño, aunque le sacara unos cuantos centímetros. Y torpe con su cuerpo, inseguro. En las relaciones personales Zack no tenía la vigorosa agilidad y la gracia de las que hacía gala al piano. Ahora se tocaba la nariz, nervioso. No miraba a su madre, no del todo. Estaba nervioso, desafiante. Gallagher le había dicho a Hazel que la cosa más natural del mundo para un muchacho de la edad de Zack era tener una amiga, o varias de hecho, había que dar por sentado que los jóvenes era activos sexualmente como no lo eran en la generación de Hazel, demonios, todo estaba en orden siempre que tomaran precauciones y él había tenido una conversación (hasta qué punto incómoda, Hazel apenas lograba imaginárselo) con Zack, de manera que no existía ningún motivo de preocupación.

Y su hijo había traído a casa a Frieda Bruegger, la hermosa chica de rasgos enérgicos, ojos almendrados, cejas oscuras bastante espesas y sin depilar, y el pelo más asombrosamente explosivo que pueda imaginarse.

Explicaron a Hazel que se disponían a interpretar una sonata de Fauré para violonchelo y piano en un recital del Conservatorio a mediados de diciembre. Era la primera vez que Hazel oía hablar de aquel proyecto y no supo cómo responder. (¿Qué pasaba con la «Appassionata»? ¿Con San Francisco al cabo de ocho días?) Pero a Hazel nadie le pedía su opinión. La decisión ya estaba tomada.

—¡Será mi primer recital en esa serie, señora Gallagher! ¡Estoy muy nerviosa!

Frieda quería que Hazel participara de su entusiasmo, del drama de su vida joven. Y Hazel se mantuvo a distancia, resistiéndose.

Pero se quedó en la sala de música más tiempo del que cabría haber esperado. Ocupándose de insignificantes tareas de ama de casa: arreglar los pequeños almohadones en el asiento bajo la ventana, abrir por completo las persianas venecianas. Los jóvenes hablaban con mucha seriedad de la sonata, pasando las páginas de sus partituras fotocopiadas. Hazel se fijó en que la chica se colocaba muy cerca de Zack. Sonreía con frecuencia, tenía dientes grandes y perfectamente blancos, y un encantador huequecito entre las dos paletas. Su piel era maravillosamente suave, con un ligero tono bruñido por debajo. Una sutil pelusilla le cubría el labio superior. ¡Rebosaba animación! Zack mantenía las distancias de manera apenas perceptible. Era claro, sin embargo, que la muchacha le divertía. Zack había llevado a casa otras veces a músicos jóvenes para que ensayaran con él, era uno de los acompañantes preferidos en el conservatorio. Cabía que la chica fuese sólo una amiga, una compañera de clase. Aunque con menos experiencia musical y en consecuencia dependiente de los juicios de Zack, por lo que cedería ante él en cuestiones musicales. Y blandía su hermoso violonchelo como si fuera un simulacro suyo: su bello cuerpo de mujer.

Hazel se estaba olvidando del nombre de la chica. Sintió un vago miedo estremecido, todo aquello sucedía demasiado deprisa.

Para tratarse de una alumna del Conservatorio, Frieda vestía de manera provocativa: suéter de color verde lima que ceñía mucho sus generosos pechos, vaqueros con adornos de metal que también le ceñían las abundantes nalgas. Tenía la costumbre nerviosa de mojarse los labios y de respirar por la boca. No parecía, sin embargo, incómoda de verdad, más bien en el proceso de teatralizarse, de exhibirse. ¿Una chica con dinero, tal vez? Algo en sus modales sugería unos antecedentes de ese tipo. La seguridad de ser apreciada. De ser admirada. En la muñeca derecha llevaba un reloj que parecía caro. Las manos no eran extraordinarias para una violonchelista, más bien pequeñas, regordetas. No tan esbeltas como las manos de Zack. Las uñas sencillas, cortas. Hazel se miró las suyas, impecablemente bruñidas, a juego con el coral de su lápiz de labios... Pero la chica era muy joven, ¡y estaba llena de vida! Hazel la miraba y la miraba, sumida en el asombro.

Se oyó preguntarles si querrían algo de beber. Coca-Cola, café...

Cortésmente rechazaron el ofrecimiento, no.

Se le ocurrió una idea terrible: *Están esperando a que los deje solos.*

Sin embargo se oyó preguntar:

—Esa sonata, ¿cómo es? ¿Algo... conocido? ¿Algo que ya he oído?

Frieda fue quien respondió, brillante y entusiasta como una colegiala:

—Es una sonata muy hermosa, señora Gallagher. Pero cabe que no la haya oído, porque las sonatas de Fauré no son muy conocidas. Era viejo y estaba enfermo cuando la compuso, en 1921; una de sus últimas obras, ¡pero nadie lo adivinaría! Fauré era un verdadero poeta, un músico puro. En esta sonata hay una sorpresa, la manera en que cambia el ambiente, cómo el «tema fúnebre» se convierte en algo que nadie esperaría, casi etéreo, jubiloso. Como si, pese a ser viejo y a estar enfermo, y tener muy cerca la muerte, fuese posible alzarse sobre el propio cuerpo que está fallando... —la chica hablaba con una intensidad tan repentina que Hazel se sintió incómoda.

¿Por qué me está hablando de esa manera? ¿Cree que soy vieja? ¿Que estoy enferma?

Siguiendo su costumbre de poner flores en el Steinway de cola en el escaparate de los hermanos Zimmerman, Hazel también las colocaba ahora en el de la sala de música. Zack no se fijaba, por supuesto. En casa de Gallagher, Zack parecía no fijarse apenas en nada, la música lo absorbía por completo. Pero su amiga sí repararía en las flores. Ya lo había hecho. Había notado el suelo brillante de madera noble, las alfombras repartidas por la sala, los cojines de colores brillantes ordenados en el asiento bajo la ventana, las vistas al césped de detrás de la casa, de color verde brillante, donde, en tiempo húmedo (estaba lloviendo, una fina bruma porosa), el aire brillaba como si se tratase de un paisaje submarino. Al entrar y cruzar con Zack el piso bajo se habría fijado en lo bien amueblada que estaba la casa de los Gallagher. Saldría de allí maravillada: *La madre de Zack es tan...*

Hazel se sintió desamparada, insegura. No ignoraba que debía dejar a los jóvenes músicos para que ensayaran, pero se oyó preguntar una vez más si necesitaban algo de la cocina y otra vez, cortésmente, rechazaron su ofrecimiento, *no*.

Cuando Hazel se marchaba, Frieda la llamó:

—¡Señora Gallagher, muchas gracias! Ha sido un placer conocerla.

Pero nos veremos más veces, ¿no es cierto? Seguro que sí.

Hazel, de todos modos, se quedó del otro lado de la puerta de la sala de música, esperando a que empezara el ensayo. La violonchelista afinó su instrumento: Zack estaría sentado al piano. Hazel sintió una punzada de envidia al oír el comienzo de la joven. El violonchelo era tan cálido, tan intenso: el instrumento preferido de Hazel después del piano. Prefería con mucho el violonchelo al violín. Después de unos cuantos compases, la música se interrumpió. Volverían al principio. Zack tocó, la chica escuchó. Zack habló. Empezaron de nuevo la sonata y de nuevo la música se interrumpió. Y una tercera vez... Hazel escuchaba fascinada. Porque allí había belleza que ella era capaz de entender: no la estruendosa cascada de notas del piano que dejaba al oyente sin aliento, no las repeticiones fuertemente martilleadas, el aislamiento de la gran sonata de Beethoven, sino los sonidos más sutiles, delicadamente entrelazados, de dos instrumentos. El violonchelo predominaba, el piano quedaba más bien apagado. O, al menos, así lo tocaba

Zack. Enlazados, violonchelo y piano. Hazel escuchó durante algún tiempo, profundamente conmovida.

Luego se marchó. Tenía cosas que hacer. En otro lugar de la casa, su propio trabajo. Pero no se pudo concentrar lejos de la sala de música. Regresó, para quedarse en el vestíbulo. Dentro los jóvenes músicos hablaban. La rápida risa vigorosa de la chica. La voz más grave del muchacho. ¿Habían terminado el ensayo por aquel día? Eran casi las seis. ¿Y cuándo volverían a ensayar? Del otro lado de la puerta, las voces juveniles eran animadas, melodiosas. La voz de Zack se enlazaba cálidamente con la de la chica, estaban muy a gusto juntos, como si se hablaran con frecuencia, como si rieran juntos. Qué extraño: Zack se había vuelto cauteloso con su madre, precavido, reticente. Lo estaba perdiendo. Lo había perdido. Aún tenía muy reciente en la memoria la época del cambio de voz de su hijo, una voz que había sido durante tanto tiempo aguda y frágil, de niño. Incluso ahora vacilaba a veces, se quebraba. No era todavía hombre, pero había dejado de ser muchacho. Por supuesto, un chico de diecisiete años es sexualmente maduro. Una muchacha del tipo de Frieda, bien desarrollada, sensual, habría madurado sexualmente a una edad mucho más temprana. Hacía tiempo que Hazel no veía desnudo a su hijo, ni tampoco quería verlo, pero tenía vislumbres ocasionales de un tosco vello oscuro creciéndole en las axilas, y veía sus antebrazos y piernas también cubiertos del mismo vello oscuro. La chica le resultaría más previsible que Zack, porque conocería el cuerpo de Frieda, le resultaría tan familiar como su propio cuerpo, perdido ya, de jovencita.

Frieda debía de estar respondiendo a una pregunta de Zack, porque ahora hablaba de su familia. Su padre ejercía de oftalmólogo en Buffalo, la ciudad donde había nacido. Su madre era de una aldea alemana próxima a la frontera con Checoslovaquia. De joven la deportaron a Dachau con toda su familia, parientes y vecinos, pero después la destinaron a un campo de trabajos forzados en Checoslovaquia, y logró escapar con otras tres muchachas judías; se había convertido en una «persona desplazada» después de la liberación y emigró a Palestina, y de allí, en 1953, a los Estados Unidos a la edad de veinticinco años. Los nazis exterminaron a toda su familia: no había sobrevivido nadie. Pero la madre de Frieda abrigaba un convencimiento: «Tenía que existir alguna razón para que ella hubiera sobrevivido. ¡Estaba realmente convencida!». Frieda rió para mostrar que entendía la ingenuidad de la fe de su madre, porque quería disociarse de ella. Zack dijo: «Pero sí que había una razón, Frieda. Que pudieras tocar la segunda sonata de Fauré y yo te acompañara».

Hazel se alejó de la sala de música con la sensación de que su alma había quedado aniquilada, extinta.

¡Tan sola!

No podía llorar, llorar era absolutamente inútil. Sin ningún testigo, lágrimas desperdiciadas.

Te has hecho la cama, apechuga con ella.

Te has hecho la cama, es la tuya. ¡Tendrás que apechugar con ella!

Las voces toscas, groseras de su infancia. Las voces antiguas de la sabiduría.

En el tercer piso, el ático de la casa, en la zona apenas amueblada que se había convertido en su espacio privado, Hazel se escondió como un animal herido. A aquella distancia no podía oír si la joven pareja reanudaba el ensayo. Ni oír cuándo Frieda se marchaba. Ni si Zack salía con ella. En el caso de que hubiera llamado a su madre al marcharse, no le habría oído. Si Frieda lo había hecho, con aquella voz suya cálida y penetrante, para decir *¡Hasta la vista, señora Gallagher!* tampoco la habría oído.

Fue mentira lo que te contaste. No lograste escapar. Papá era demasiado listo y demasiado rápido. Papá era condenadamente fuerte. Volvió la escopeta hacia tu insignificante pecho de muchachita y apretó el gatillo. *Y eso fue todo. Después, apartándose de lo que yacía sangrante y destrozado en el suelo del dormitorio como un pedazo de carne descuartizada, triunfante, sabiendo que sus enemigos no lograrían someterlo y humillarlo una vez más, cargó de nuevo la escopeta que, como el mueble con la radio Motorola, era una de las compras asombrosas de su experiencia ameri-*

cana, torpemente volvió los cañones hacia su propio cuerpo y disparó y en el periodo que siguió a aquella terrible explosión sólo hubo silencio porque no quedaba ningún testigo.

Reírse de la muerte. Por qué no y, sin embargo, Zack no conseguía forzarse a reír.

La superficie de la tierra estaba empapada en sangre. Lo sabía ya antes de haber conocido a Frieda Bruegger. Sabía de los campos de exterminio nazis, sabía de la Solución Final. Parecía saber ya lo que podía tardar años en aprender. *Reírse de la muerte* no era posible a este lado de la muerte.

¡Qué inconsistente, qué efímera y trivial parecía la música entre todos los empeños humanos! Convertida en silencio incluso mientras se interpreta. Y tenías que trabajar tantísimo para interpretarla y lo más probable era que fracasaras de todos modos.

Asqueado de su propia vanidad. De su ridícula ambición. Quedaría en evidencia en un escenario brillantemente iluminado. Actuaría como un mono amaestrado. Delante de un grupo de «jueces internacionales». Profanaría la música con el despliegue de su propia vanidad. Como si los pianistas fuesen caballos de carreras que hubiera que enfrentar entre sí para que otros apostaran por ellos. Habría un «premio en metálico», por supuesto.

Seis días antes de la fecha programada para volar a San Francisco, Zacharias Jones informó a los adultos que lo rodeaban de que no haría el viaje.

¡Qué conmoción! A lo largo del día el teléfono no dejó de sonar. Gallagher se encargaba de responder.

El joven músico se negó a escuchar a su profesor de piano. Se negó a escuchar a otros músicos del Conservatorio. Se negó incluso a escuchar a su padre adoptivo a quien adoraba y que le suplicó, le rogó, intentó engatusarlo y hacer un trueque: «Puede ser tu último concurso, Zack. Si lo sientes con tanta claridad».

La madre del joven pianista no le suplicó, sin embargo. Supo mantener las distancias. Quizá estaba demasiado alterada y evitó hablar con nadie. ¡Ah, el muchacho sabía cómo herirla!

Si Hazel hubiera tratado de suplicarle como había hecho Gallagher, se le habría reído en la cara.

Que te jodan. Toca tú. ¿Crees que soy tu condenado monito amaestrado? Bueno: pues no lo soy.

Así pasaron tres días. Zack se escondió: empezaba a sentirse avergonzado. Su decisión estaba llegando a parecerle simple cobardía. La repugnancia moral en el interior de su alma adquirió la apariencia de simples nervios, de miedo escénico. Se le inflamó la cara. Su intestino expulsó excrementos líquidos en hirviente cascada. No soportaba ver su agotado rostro en los espejos. Ni siquiera podía hablar con Frieda, que había empezado por adoptar una actitud comprensiva pero que ya no estaba tan segura. Zack no se había propuesto llamar la atención. Lo que deseaba era dejar de ser el centro de atención. Había empezado a leer la Biblia: «Todo es vanidad». Había estado leyendo a Schopenhauer: «La muerte es un sueño en el que se olvida la individualidad». Se había propuesto alejarse de la posibilidad del aplauso y del «éxito» tanto como de la posibilidad del fracaso en público. Ahora empezaba a reconsiderar su decisión. Había arrojado algo muy precioso a la basura, y ahora tenía que recogerlo y lavarlo. Quizá fuese mejor quitarse la vida después de todo...

O quizás huir, cruzar la frontera y desaparecer en Canadá.

El Conservatorio no había informado aún a los organizadores del concurso de que Zacharias Jones había decidido retirarse. Y ahora reconsideraba su decisión. Y allí estaba Gallagher para hablar de manera razonable diciendo que nadie esperaba de él que ganara, y que el honor consistía en ser finalista.

—Mira: llevas meses tocando aquí la sonata de Beethoven, sólo tienes que tocarla allí. ¿Cuál es la diferencia, esencialmente? No hay diferencia. Excepto que Beethoven compuso su música para ser oída, ¿no es cierto? Impidió que la «Appassionata» se publicara prematuramente porque no creía que el mundo estuviera aún preparado para ella, pero nosotros sí estamos preparados, muchacho. De manera que tócala con todo tu corazón. Y, por el amor de Dios, olvídate de la «depre».

Cogido por sorpresa, Zack se echó a reír. Como de costumbre, su padre tenía razón.

2

En San Francisco las calles brillaban húmedas. Tan empinadas como en un antiguo cataclismo. El aire era ásperamente puro, lanzado hacia la tierra desde el océano oscurecido por la niebla.

¡Y la niebla! En el exterior de las ventanas de su suite en el piso veinte del hotel San Francisco Pacific, el mundo quedaba reducido a un par de metros.

El mundo quedaba reducido al resplandeciente teclado de un piano.

«El aliento de Dios.»

Era eso. No había otra explicación para que a los diecisiete años se hubiera convertido en un pianista joven llamado *Zacharias Jones,* con su fotografía, del tamaño de la uña de un pulgar, en el programa en papel satinado del Concurso Internacional de Piano de San Francisco. Y para que ella hubiera pasado a ser *Hazel Gallagher.*

En la suite de su hotel les esperaba una docena de rosas rojas. Y una cesta de mimbre envuelta en celofán y repleta de exquisiteces de gastrónomo y botellas de vino blanco y tinto. Madre e hijo habrían reído juntos sin recato como conspiradores si no fuese porque se habían vuelto mutuamente desconfiados en los últimos meses. El hijo había apuntado al corazón de la madre, propinándole un golpe demoledor.

Sin saberlo, Gallagher se había convertido en mediador entre los dos. No tenía conciencia en absoluto de la tensión entre madre e hijo. Y le dio un codazo a Hazel cuando oyeron que Zack silbaba en la habitación contigua:

—¡Escucha! Eso es una buena señal.

Hazel no sabía si era una buena señal. También ella sentía una extraña felicidad en San Francisco, en medio de la niebla. Se hallaban en una ciudad húmedamente brillante de calles casi verticales y ruidosos tranvías pintorescos. Una ciudad completamente nueva para Zack y para ella. Producía un sentimiento de término, una sensación de calma. El aliento de Dios los había llevado hasta allí, de manera tan caprichosa como a cualquier otro sitio.

Abajo, en la tienda de regalos del hotel, Hazel compró un mazo de cartas.

A solas en la suite retiró la envoltura de celofán, barajó rápidamente las cartas y las colocó, bien alisadas, sobre una mesa de cristal delante de una ventana para hacer un solitario.

¡Tan feliz por estar sola! Gallagher había insistido mucho en que fuese con Zack y con él a un almuerzo en honor de los pianistas. Pero Hazel se había quedado en el hotel. En el avión había visto a dos adolescentes, hermanas, jugando a un doble solitario.

Tan feliz. Por no ser Hazel Jones.

—¿Hazel? ¿Por qué demonios vas de negro?

Era un vestido nuevo con un jersey suavemente ajustado y delicados pliegues de tela en el pecho. Mangas largas y talle bajo. La falda hasta mitad de la pantorrilla. Lo acompañaría con zapatos negros de satén. La noche de octubre era fresca, y se abrigaría con un elegante chal de lana negra.

—¿No debería? Pensé...

—No, Hazel. Es un vestido maravilloso, pero demasiado fúnebre para la ocasión, qué quieres que te diga. Ya sabes cómo interpreta Zack las cosas. Sobre todo viniendo de ti. Un poco más de color, Hazel. ¡Hazme el favor!

Gallagher parecía tomárselo tan en serio que Hazel claudicó. Llevaría un traje de color crema de lana ligera, y alrededor del cuello un pañuelo de seda carmesí, uno de los regalos más prácticos de Thaddeus Gallagher. Todo era una mascarada.

Del otro lado de las altas ventanas la niebla había desaparecido. San Francisco se revelaba al atardecer, una ciudad de estalagmitas resplandecientes con luces hasta el horizonte. ¡Hermosísima! Hazel se preguntó si le perdonarían quedarse en el hotel. El corazón se le encogía de miedo ante la perspectiva de lo que la esperaba.

—¡Papá! Ven a ayudarme.

Zack tenía problemas con la corbata negra de lazo. Había estado entrando y saliendo de su habitación, quedándose más tiempo en la de los adultos. No se había sentido muy cómodo a lo largo del día, estuvo explicando Gallagher. Durante el almuerzo y después. Los otros pianistas eran mayores, con más experiencia. Varios rezumaban «personalidad». Zack tenía una tendencia a retraerse, a parecer hosco. Ya se había duchado por segunda vez aquel día y se había peinado con obsesiva pulcritud. La frente con imperfecciones quedaba casi completamente oculta por ondas de cabellos castaños. Su joven rostro angular brillaba con una especie de alegría muy semejante al pánico.

A los varones se les exigía corbata negra. Camisa de vestir blanca de algodón con puños dobles y gemelos. Gallagher ayudó a Zack tanto con la corbata de lazo como con los puños dobles.

—La barbilla alta, muchacho. Un esmoquin es una invención ridícula pero hace que tengamos buen aspecto. Las señoras se pirran por nosotros —Gallagher soltó una risotada después de aquel chiste tan malo.

Hazel los observaba con ayuda de un espejo. No podía por menos que sentir que su pequeña familia iba camino de una ejecución, aunque: ¿cuál de ellos iba a ser ejecutado?

A Gallagher le preocupaba mucho la corbata de Zack, de manera que la deshizo y lo intentó de nuevo. Casi se palpaba que los dos eran familia: padre de mediana edad con una calva muy pronunciada, hijo adolescente casi de su misma altura, con el ceño fruncido mientras le ajustaban la condenada corbata. Hazel supuso que Gallagher tenía que contenerse para no besar a Zack en la punta de la nariz, en algo así como una bendición de payaso.

Cuanto más a flor de piel tenía Gallagher los nervios, más jovial se volvía y más le daba por hacer payasadas. Al menos no se doblaba en dos con dolores gástricos, vomitando en un retrete como había hecho en casa de su padre. De manera semisecreta (Hazel lo sabía sin haberlo visto) había abierto el minibar de la sala de estar para tomarse uno o dos tragos de Johnnie Walker Black Label.

Existe la creencia general de que es contrario a la naturaleza humana que un hombre quiera al hijo de otro hombre como si fuese suyo. Gallagher, sin embargo, quería a Zack de aquella manera, Gallagher había triunfado.

De los cinco pianistas programados para actuar aquella noche en la sala de conciertos del San Francisco Arts Center, Zacharias Jones era el tercero. Al día siguiente intervendrían los ocho restantes. El anuncio de los ganadores del primero, segundo y tercer premio se haría después de que el último pianista de la segunda noche hubiera terminado su actuación. A los Gallagher les tranquilizó que Zack tocara tan pronto, porque así la dura prueba terminaría antes. Pero a Chet le preocupaba que los jueces se inclinaran a favorecer a los pianistas que tocasen en último lugar.

—De todos modos no importa —le dijo a Hazel, acariciándose la barbilla distraídamente— cómo lo haga Zack. Ya lo hemos dicho.

Sus asientos estaban en la tercera fila, junto al pasillo. Veían con toda claridad, sin obstáculo alguno, el teclado y el vuelo de las manos del pianista. Mientras escuchaban a los dos primeros concursantes, Gallagher apretaba con fuerza la mano de Hazel, apoyándose pesadamente en ella. Su respiración era rápida y poco profunda y su aliento olía a una extraña mezcla de whisky y elixir bucal.

Después de cada una de las actuaciones Gallagher aplaudió con entusiasmo. También él había sido concursante. A Hazel los brazos se le habían vuelto de plomo y tenía la boca seca. Apenas había oído una sola nota, no había querido saber hasta qué punto eran buenos los rivales de su hijo.

Bruscamente se anunció la siguiente actuación. Zack entró en el escenario con sorprendente soltura, logrando incluso sonreír al público. Sólo veía unas luces cegadoras, luces que le hacían parecer más joven aún de lo que era, en contraste con el anterior concursante que tenía algo más de treinta años. Una vez ante el piano, Zack se sentó, se inclinó hacia adelante y empezó a tocar sin preámbulo las familiares primeras notas de la sonata de Beethoven. Aunque Hazel le había visto actuar en numerosos recitales siempre era algo así como una sacudida lo bruscamente que empezaban aquellas interpretaciones. Y, una vez comenzada, había que ejecutar la pieza en su integridad.

La complicada sonata se componía de tres movimientos sutilmente contrastados que discurrirían con desconcertante rapidez. Y Zack parecía estar tocándola aún más deprisa que en casa. ¡Tantos meses de preparación, menos de media hora para interpretarla! Absoluta locura.

Gallagher se apoyaba pesadamente en Hazel, hasta el punto de que temió ser aplastada. Pero no se atrevió a rechazarlo.

Hazel se hallaba como suspendida en un estado de pánico. No podía respirar y el corazón le había empezado a latir con increíble rapidez. Se lo había repetido muchas veces: era imposible que Zack ganara aquel concurso, la hazaña consistía simplemente en ser uno de los finalistas. Temía sin embargo que se equivocara, que cometiera un error garrafal, que sufriera una humillación, que fracasase. Sabía que no iba a suceder, tenía una fe absoluta en él, pero le aterraba la posibilidad de una catástrofe. Vibrantes notas cristalinas explotaban en el aire con un volumen atronador y sin embargo parecían desvanecerse casi al instante, luego crecer, y volver a desvanecerse sin llegar a sus oídos. Se mareaba, había estado conteniendo la respiración sin darse cuenta. La mano de Gallagher le pesaba muchísimo en la rodilla, los dedos de Chet le apretaban tanto los suyos que sintió que iba a romperle los huesos. La música tan familiar durante meses le resultaba de repente nueva, desconcertante. No conseguía recordar lo que era, hacia dónde se dirigía. Había un algo desquiciado, demoníaco en la sonata. La velocidad con que los dedos del pianista saltaban por el teclado... Los ojos de Hazel se humedecieron, no podía forzarse a mirar. No podía imaginar por qué un espectáculo tan atroz era supuestamente placentero, «entretenido». Ella lo encontraba del todo infernal, lo aborrecía con todas sus fuerzas. Sólo durante los pasajes más lentos, que eran fragmentos de belleza exquisita, Hazel lograba relajarse y respirar con normalidad. Sólo durante los pasajes más lentos, cuando la intensidad demoníaca había cesado. De verdad aquello era hermoso y desgarrador. En las últimas semanas la interpretación de Zack de la «Appassionata» había empezado a cambiar. Menos calor inmediato en su manera de tocarla ahora, más precisión, más percusión, algo así como una furia contenida. Las notas rápidas, golpeadas con violencia, destrozaban los nervios de Hazel. Al profesor de piano no le había gustado la nueva orientación en la que Zack se estaba moviendo, ni tampoco a Gallagher. Hazel la oía ahora, la furia. Casi había algo así como desdén hacia el hecho de la sonata misma. Había desdén por el hecho exhibicionista de la «actuación». Hazel vio que Zack apretaba las mandíbulas, que contraía la parte inferior de la cara. Una mancha de humedad aceitosa le brillaba en la frente. Hazel apartó la vista, estremecida. Vio que otras personas del público miraban fijamente al pianista, fascinados. Hileras de oyentes absortos. La sala tenía quinientos asientos, sumados los del patio de butacas y los de la platea, y parecía estar llena. Se trataba de un público musical, familiarizado con las piezas que tocaban los pianistas. Muchos eran intérpretes ellos mismos, profesores de piano. Había un contingente de seguidores del Conservatorio de Buffalo, Frieda Bruegger entre ellos: Hazel buscó el rostro de la joven pero no consiguió encontrarlo. Aquí y allá en la sala de conciertos elegantemente decorada, con sus asientos lujosos y paredes de azulejos, aparecían rostros que no se esperaría encontrar en semejante entorno. Con toda probabilidad parientes de los concursantes, incómodos entre los demás espectadores, más expertos que ellos. A Hazel se le abrió una rendija en la memoria, tan aguda como una esquirla de cristal. Herschel diciéndole que sus padres, en otro tiempo, se cantaban arias el uno al otro, años atrás, en Europa. Habría sido en Munich. En lo que Anna Schwart llamaba el viejo país.

Borrosos por la distancia y por el tiempo, sus rostros flotaban en la parte trasera de la sala de conciertos. ¡Los Schwart!

Desconcertados, no daban crédito a sus oídos. Pero inmensamente orgullosos.

Siempre tuvimos fe en ti, Rebecca.

No. No es verdad.

Siempre te quisimos, Rebecca.

No. Creo que no.

Nos era difícil hablar. Yo no tenía confianza en este nuevo idioma. Y tu padre, ya sabes cómo era tu padre...

¡Me lo vas a decir a mí!

Papá te quería, Rebecca. Decía que eras a la que más quería, la que se parecía más a él.

El rostro de Hazel era un frágil rostro de muñeca, cubierto de grietas. Quería ocultarlo desesperadamente, para que nadie lo viera. Le brotaban lágrimas de los ojos. Consiguió cubrirse parte de la cara con una mano. Al ver el cementerio abandonado y lleno de maleza. El cementerio estaba siempre cerca detrás de sus párpados, le bastaba cerrar los ojos para verlo. Allí, lápidas de sepulcros yacían, derribadas, sobre la hierba, agrietadas y rotas. Algunas de las tumbas habían sido profanadas. Los nombres de los difuntos se habían borrado. Por muy cuidadosamente que estuvieran tallados en la piedra, los nombres de los muertos habían desaparecido. Hazel sonrió al verlo: la tierra era un lugar de tumbas anónimas, todos los sepulcros eran desconocidos.

Abrió los ojos, inundados de lágrimas. En el escenario, el pianista completaba el último movimiento, turbulento, de la sonata de Beethoven. Toda su vida, todavía muy joven, estaba siendo canalizada hacia aquel momento. Tocaba con todo el corazón, aquello resultaba claro. El rostro de Hazel, que había estado tenso e insensible durante tanto tiempo, debía de brillar feliz. Llegó el último acorde, y el pedal sostenido. Y el pie levantado del pedal. Al instante, el público estalló en aplausos.

Con entusiasmo infantil, el pianista saltó del asiento para inclinarse ante el público. En su rostro joven, vulnerable, brillaba el sudor. Había algo deslumbrante y fanático en sus ojos. Sin embargo sonreía, una sonrisa un tanto aturdida, y se inclinó, golpeado por la humildad como por un dolor repentino. Para entonces Gallagher estaba en pie, alzando las manos para aplaudir con los demás.

—¡Lo ha conseguido, Hazel! Nuestro hijo.

Tenía que haber alguna razón para que hubiera sobrevivido. Hazel lo sabía. Era un hecho que conocía. Pero ignoraba cuál era la razón, incluso ahora.

Dominada por la agitación.

Eran las tres menos cuarto de la madrugada. Aunque agotada, no conseguía dormirse. Aunque deshecha por la emoción, no se dormía. Le quemaban los ojos como si se los hubiera frotado con arena.

Gallagher dormía pesadamente a su lado. En el sueño era infantil, de una extraña docilidad. Apoyando su cuerpo caliente y húmedo contra el de Hazel, la empujaba con suavidad, como una criatura ciega hambrienta de afecto. Su respiración, sin embargo, era sonora, fatigosa. Ruidos en la garganta como grava húmeda movida a paletadas, rascada. En respiraciones así Hazel anticipaba la muerte de Chet: entonces sabría lo profundamente que amaba a aquel hombre, ella que era incapaz aún de expresar aquel amor.

Era una mujer a quien le había sido arrebatado su idioma infantil, y ningún otro lenguaje deja al descubierto el corazón.

¡Tenía que salir! Deslizarse de la cama, abandonar el dormitorio a oscuras y al hombre que dormía. El insomnio la empujaba como un ejército de hormigas rojas sobre su cuerpo desnudo.

De hecho no estaba desnuda: llevaba camisón. Un camisón de color champán y sedoso tacto sensual, con el cuerpo de encaje, regalo de Gallagher.

En la sala de estar encendió una lámpara. Eran las 2 y 48 minutos de la madrugada. Habían pasado cinco horas desde que Zack interpretara la «Appassionata». En la recepción celebrada después, la hermosa muchacha de facciones enérgicas había abrazado a Hazel como si fuesen viejas amigas o parientes. Hazel se había quedado muy tiesa sin atreverse a devolver el abrazo.

Zack se había marchado con ella. Con ella y con otras personas. Les había pedido a Gallagher y a su madre que, por favor, no lo esperasen levantados y ellos se lo habían prometido.

La lluvia golpeaba con fuerza los cristales de las ventanas. Por la mañana volvería a haber niebla. La ciudad nocturna le resultaba hermosa a Hazel, pero no muy real. Desde aquella altura de veinte pisos nada parecía muy real. A corta distancia se alzaba un edificio estrecho y alto que podría haber sido una torre. Una luz roja desdibujada por la lluvia daba vueltas en su cúspide.

«El ojo de Dios.»

Era una frase curiosa. Las palabras parecían haber hablado por sí solas.

No iba a perder tiempo vistiéndose, tenía demasiada prisa. Le bastaría con el impermeable. Era una prenda elegante, verde aceituna de vuelo amplio y un cinturón ancho para ajustarse el talle. Aún estaba húmedo por la lluvia de la noche. Lo llevaría como si fuera un vestido, encima del camisón. Y zapatos: no podía salir descalza de la habitación.

Al buscar sus zapatos sin tacón encontró un único zapato negro de vestir de Chet en la alfombra, en el sitio donde se lo había quitado. Procedió a recogerlo y a colocarlo en un armario junto a su compañero.

Habían regresado juntos a la suite del hotel para celebrar el éxito de la velada. Gallagher había llamado al servicio de habitaciones para encargar champán. Sobre la mesa de centro con superficie de mármol descansaba una bandeja de plata y en la bandeja varios envoltorios, botellas y copas. Restos de queso brie, galletitas de centeno, kivis y suculentas uvas de mesa Concord. Y almendras y coquitos de Brasil. Después de la tensión emocional de la velada, Gallagher estaba muerto de hambre pero demasiado inquieto para sentarse y se paseaba por el salón mientras comía y hablaba.

Quizá no esperaba que Zack tocase tan bien. Había temido, igual que Hazel, una catástrofe de algún tipo.

En mayo, el matrimonio Gallagher se había llevado un susto. Los dolores gástricos de Chet continuaban, y en una radiografía había aparecido una mancha, pero no se trataba de un tumor maligno, sino de una enfermedad ulcerosa, susceptible de tratamiento. Habían decidido no contárselo a Zack; sería su secreto.

Zack había salido con amigos del Conservatorio de Buffalo y otros músicos jóvenes conocidos en San Francisco. Después de su polémica interpretación, Zack sería algo así como un héroe, al menos entre pianistas de su misma generación.

Hazel no tenía intención de acercarse a la puerta de la habitación de su hijo. No giraría suavemente el pomo: sabía que Zack habría puesto el seguro.

Era, sin embargo, indudable que la chica no estaría en la habitación con él. En aquella cama. Tan cerca de los Gallagher. Tenía su habitación en algún otro sitio del hotel y había venido sola a San Francisco; y si Zack y ella estaban juntos en alguna cama, agotados ya después de hacer el amor, sería en la habitación de Frieda. Probablemente.

No pensaría en ello. Ya no era hija de nadie y tampoco sería madre de nadie. Todo aquello había terminado.

Diría: puedes vivir tu vida ya. Tu vida es tuya, para que la vivas tú.

Había traído con ella, a San Francisco, la más reciente de las cartas de Thaddeus. Eran cartas de amor, de una pasión cada vez más intensa, o de pura demencia. Abrió la tiesa hoja de papel de carta, con varios dobleces, para leerla a la luz de la lámpara mientras su marido dormía, olvidado de todo, en la habitación vecina. La carta estaba torpemente mecanografiada como en arremetidas, a oscuras; o por alguien cuya visión se debilita.

Queridísima Hazel Jones:

Habrías halagado muchísimo la vanidad de un anciano si hubieras contestado a mis llamamientos, pero veo que eres Hazel Jones y una buena esposa y una digna madre de tu hijo. De manera que no contestas y te reberencio por ello. Creo que no volveré a escribirte desde este lado de la tumba. El chico y tu recibireis una recompensa adecuada por vuestra fidelidad y bondad. Tu frívolo marido, la Boca de la Conciencia Liberal, ¡no tiene ni la mas minima idea! Es un tonto indigno de ti y del muchacho, ese es nuestro secreto, ¿verdad que sí, Hazel Jones? En mi testamento lo vereis todos. Las escamas caeran de los ojos de algunos. Que Dios os bendiga a ti, Hazel Jones, y al chico, cuya hermosa musica nos sobrevivira.

Hazel sonrió, dobló la carta de nuevo y volvió a guardársela en el bolso. Una voz resonó débilmente como envuelta en la lluvia que golpeaba los cristales de las ventanas. *Tú..., tú has nacido aquí. No te harán daño.*

Introdujo los brazos en las mangas del impermeable todavía húmedo y se apretó el cinturón alrededor del talle. No necesitaba mirarse al espejo: sabía que estaba despeinada y que tenía dilatadas las pupilas. Le escocía la piel con una especie de calor erótico. Estaba excitada, jubilosa. Llevaría dinero, varios billetes de veinte en el monedero. Y unas cuantas cosas del minibar: botellas miniatura de whisky, ginebra y vodka. Se llevaría la baraja de naipes, dejándolos sueltos en un bolsillo de la gabardina. Y no podía olvidar la llave de la habitación 2.006.

Salió al corredor vacío. Cerró la puerta tras de sí, y esperó a oír el clic del seguro.

El corredor que llevaba a los ascensores era más largo de lo que recordaba. Bajo sus pies, gruesas alfombras carmesíes y, en las paredes, papel de seda beis con un dibujo oriental. Al llegar a los ascensores pulsó el botón de BAJAR. Rápidamente descendería desde 20 a 0. Sonrió al recordar cómo en el pasado los ascensores se movían mucho más despacio. Se tenía tiempo abundante para pensar mientras se descendía en uno de aquéllos.

De madrugada el hotel parecía desierto, con el piso bajo en completo silencio. El hilo musical que sonaba durante el día, un gorjear de frenéticos gorriones, lo llamaba Gallagher, estaba apagado. Aunque era su primera estancia en aquel hotel, Hazel atravesó con total seguridad puertas macizas con carteles de SÓLO EMPLEADOS y PRIVADO: PROHIBIDA LA ENTRADA. Al final de un largo corredor que olía a comida encontró COCINA: SÓLO EMPLEADOS. Y SERVICIO DE HABITACIONES: SÓLO EMPLEADOS.

El servicio de habitaciones las veinticuatro horas del día era una característica del San Francisco Pacific. Hazel oyó voces al otro lado de la puerta, un ruido de platos amontonados. Música de radio con ritmo latino. Empujó la puerta y entró.

¡Cómo se clavaron en ella los ojos, llenos de asombro! Hazel, sin embargo, sonreía.

Había ayudantes de cocina en manchados uniformes blancos y un individuo con uniforme oscuro, bien planchado, que acababa de regresar a la cocina empujando un carro cargado al máximo con bandejas de platos sucios, vasos y botellas. Las luces de la cocina eran muy brillantes, el aire mucho más cálido de lo que había sido el del corredor. Entre los fuertes olores a grasa y a productos de limpieza había otro muy marcado a basura. Y también a cerveza, porque algunos de los ayudantes de cocina la estaban bebiendo. Cuando el individuo del uniforme oscuro, con expresión alarmada, intentó hablar: «Señora, discúlpeme, pero...». Hazel estaba diciendo ya, muy deprisa:

—Discúlpenme a mí, tengo hambre. Les pagaré. Tengo bebidas, pero no me apetece beber sola. No he querido utilizar el servicio de habitaciones, tarda demasiado —se echó a reír, los otros verían que estaba de humor festivo y no la obligarían a marcharse.

Hazel no recordaría después cómo se sucedieron los acontecimientos. No recordaría cuántos hombres estaban allí, porque al menos dos siguieron trabajando, en los fregaderos; otro llegó después por una puerta trasera, bostezando y estirándose. Varios aceptaron su presencia y le hicieron un sitio en su mesa, apartando periódicos sensacionalistas, un cuaderno de crucigramas, latas vacías de Coca-Cola, Seven-Up y cerveza. Le agradecieron las botellitas que había traído de su habitación, pero no aceptaron su ofrecimiento de billetes de veinte dólares. Eran: César, un hispano más bien joven, de piel con cicatrices y ojos transparentes; Marvell, un negro de piel color berenjena y un rostro carnoso y tierno; Drake, un blanco de unos cuarenta años, con un extraño rostro plano como alguna especie de pez y gafas resplandecientes de montura metálica que le daban aspecto de contable, nadie lo tomaría por un cocinero de turno de noche. Y estaba también McIntyre, que desconfió al principio de Hazel pero pasó rápidamente a ser amigo suyo, de unos cincuenta años, el individuo con el uniforme del hotel que hacía, durante la noche, las entregas del servicio de habitaciones. Hazel les inspiró una gran curiosidad. Sólo les dijo su nombre de pila, un nombre extraño para ellos: «Hazel», pronunciado como si fuera una exótica palabra extranjera. Le preguntaron de dónde era y se lo dijo. Le preguntaron si estaba casada, y si su marido dormía en la habitación. ¿Qué pasaría si se despertaba y veía que su esposa se había marchado?

—No se despertará. Cuando lo haga estaré allí. Es sólo que ahora me resulta imposible dormir. Esta hora de la noche... Dicen que las personas que planean suicidarse alquilan una habitación en un hotel. ¿Por qué pasa eso? ¿Facilita las cosas de algún modo? Trabajé en un hotel. Cuando era muy joven. De camarera. En el norte del Estado de Nueva York. No era un hotel tan grande ni tan lujoso como éste. Yo era feliz entonces. Me gustaban las otras personas que trabajaban en el hotel, me gustaba el personal de cocina. Excepto...

Los hombres escuchaban con avidez, los ojos fijos en ella. La música con ritmo latino continuaba. Hazel vio que la cocina era enorme, más grande que ninguna de las cocinas que había visto nunca. Las paredes más distantes quedaban en sombra. Los fogones eran numerosos y todos ellos gigantescos: una docena de quemadores de gas en cada uno. Había grandes refrigeradores empotrados en las paredes. Congeladores, lavavajillas. El espacio estaba dividido en distintas zonas de trabajo, con sólo una iluminada y con personal en aquel momento. El linóleo del suelo brillaba húmedo, recién fregado. Los platos se retiraban de los carros, los restos se echaban en bolsas de plástico, las bolsas se cerraban herméticamente y se colocaban en grandes cubos de aluminio. El humor de los ayudantes de cocina era optimista, jocoso. Hazel se planteó si quizá su presencia tenía algo que ver con ello. Se había sacado las cartas del bolsillo y procedió a amontonarlas y a barajarlas. ¿Conocían *gin rummy*? ¿Les gustaría jugar? ¡Sí, sí! *Gin rummy*. Hazel barajó las cartas. Sus dedos eran esbeltos y ágiles y se había pintado las uñas de un intenso color carmesí. Repartió las cartas hábilmente tanto a los hombres como a ella misma. Los hombres reían, su humor era eufórico. Ahora que sabían que Hazel era una de ellos, podían relajarse. Jugaban a *gin rummy* riéndose juntos como viejos amigos. Bebían cerveza Coors muy fría y también de las botellitas que les había traído Hazel. Lo acompañaban con patatas a la inglesa y frutos secos. Coquitos de Brasil como los que había devorado en su habitación. Sonó un teléfono, un cliente del hotel que pedía el servicio de habitaciones. McIntyre tendría que ponerse la chaqueta y hacer la entrega. Se marchó pero regresó a los pocos minutos. Hazel vio que se alegraba de que la intrusa no se hubiera ido aún.

Las cartas sobre la mesa, había terminado el juego. ¿Quién había ganado? ¿Había ganado Hazel? Los hombres no querían que se marchara, sólo eran las 3:35 de la madrugada y ellos seguían de servicio hasta las seis. Hazel volvió a amontonar las cartas, barajó y cortó, volvió a barajar y empezó a servir. Se le había abierto un poco el impermeable y los hombres veían la parte superior de sus pechos, pálidos y sueltos en el camisón sedoso de color champán. Hazel sabía que estaba despeinada, que su boca era una mancha imprecisa de lápiz de labios aplicado hacía muchas horas. Incluso una de las uñas se le había roto. Su cuerpo exhalaba un olor a miedo, antiguo, rancio. Suponía sin embargo que era una mujer atractiva, que sus nuevos amigos no la juzgarían con demasiada severidad.

—¿Sabéis jugar al *gin rummy* gitano? Si consigo acordarme os enseñaré.

Epílogo
1998-1999

Lake Worth, Florida
14 de septiembre de 1998

Querida profesora Morgenstern:

¡Cómo me gustaría poder dirigirme a usted como «Freyda»! Pero
sé que nada me autoriza a tomarme semejante libertad. Acabo de
leer sus memorias. Tengo motivos para creer que somos primas.
Mi apellido de soltera es «Schwart» (no creo que se trate del verdadero apellido de mi padre, pienso que se lo cambió en Ellis Island
en 1936), pero el apellido de soltera de mi madre era «Morgenstern» y toda su familia era de Kaufbeuren como usted. Tendríamos que habernos conocido en 1941 cuando éramos pequeñas:
usted y sus padres, su hermana y su hermano iban a venir a Milburn, Nueva York, para vivir con mis padres, con mis dos hermanos y conmigo. Pero el *Marea*, el buque que los traía a ustedes,
junto con otros refugiados, fue rechazado por las autoridades americanas de inmigración en el puerto de Nueva York.

(En sus memorias habla usted muy brevemente de esto.
Parece que recuerda otro nombre, distinto de *Marea*. Pero estoy segura de que el barco se llamaba *Marea* porque me pareció muy
hermoso, como música. Era usted muy joven, por supuesto. Son
tantas las cosas que sucedieron después, que es comprensible que
no lo recuerde. Según mis cálculos usted tenía seis años y yo cinco.)

¡Durante todo este tiempo no he sabido que estaba usted viva! Nunca supe que hubiera supervivientes en su familia.
Mi padre nos dijo que no los había. No sabe lo feliz que me
hace saber de usted y de sus éxitos. Descubrir que vive en los
Estados Unidos desde 1956 me ha conmocionado. ¡Que era us-

ted una estudiante universitaria en la ciudad de Nueva York cuando yo vivía (mi primer matrimonio, nada feliz) en el norte del Estado! Perdóneme, no me había enterado de la existencia de sus libros anteriores, aunque creo que me intriga mucho su «antropología biológica». (Carezco de la formación académica que usted tiene, lo que me avergüenza mucho. No sólo me falta un título universitario: ni siquiera terminé mi educación secundaria.)

Bueno, escribo con la esperanza de que podamos conocernos. ¡Tiene que ser muy pronto, Freyda! Antes de que sea demasiado tarde.

Ya no soy la prima de cinco años que soñaba con una nueva «hermana» (como me prometió mi madre) que compartiera mi cama y estuviese siempre conmigo.

Su prima «perdida»,

Rebecca

Lake Worth, Florida
15 de septiembre de 1998

Querida profesora Morgenstern:

Le escribí el otro día, y ahora veo para mi vergüenza que debí de enviar la carta a la dirección equivocada. Si está usted disfrutando de un año sabático concedido por la Universidad de Chicago, como dice en la sobrecubierta de sus memorias, voy a intentarlo de nuevo con esta carta, a la atención de su editor.

Le adjunto la misma carta. Aunque comprendo que no sirve para expresar lo que hay en mi corazón.

Su prima «perdida»,

Rebecca

P.D. Por supuesto, iría a verla, dondequiera que sea y cuando quiera, Freyda.

Lake Worth, Florida
2 de octubre de 1998

Querida profesora Morgenstern:

Le escribí el mes pasado, pero me temo que no puse la dirección correcta en mis cartas. Se las adjunto ahora que estoy enterada de que se encuentra usted en el «Institute for Advanced Research» en Stanford University, Palo Alto, California.

Cabe que haya leído mis cartas y que la hayan ofendido. Lo sé, no soy muy buena escritora. No tendría que haber dicho lo que dije sobre la travesía del Atlántico en 1941, como si no supiera usted lo que sucedió. ¡No era mi intención corregirla, profesora Morgenstern, en lo relativo al nombre del buque en el que usted y su familia se encontraban en aquellos tiempos de pesadilla!

En una entrevista que reprodujo el periódico de Miami me avergonzó leer que ha recibido usted muchísimo correo de «parientes» desde la publicación de sus memorias. Y sonreí al leer la frase en la que decía: «¿Dónde estaban todos aquellos familiares americanos cuando los necesitábamos?».

¡De verdad que estábamos aquí, Freyda! En Milburn, Nueva York, junto al canal del lago Erie.

Su prima,

Rebecca

Palo Alto, California
1 de noviembre de 1998

Querida Rebecca Schward:

Muchas gracias por su carta y por su respuesta a mis memorias. Me han conmovido profundamente las numerosas cartas que he recibido desde la publicación de *Regreso de entre los muertos: la vida de una joven,* tanto en los Estados Unidos como en el extranjero y de verdad me gustaría tener tiempo para responder a cada una de ellas individualmente y por extenso.

Sinceramente,

Freyda Morgenstern
Profesora Titular de la Cátedra de Antropología Julius
K. Tracey'48, Universidad de Chicago

Lake Worth, Florida
5 de noviembre de 1998

Querida profesora Morgenstern:

¡Me siento muy aliviada, ahora que tengo la dirección correcta! Confío en que lea esta carta. Imagino que debe usted de tener una secretaria que abre su correspondencia y la contesta. Lo sé: le divierten (¿irritan?) las muchas personas que ahora afirman ser parientes de «Freyda Morgenstern». Sobre todo a raíz de sus entrevistas en televisión. Pero estoy totalmente segura de ser prima tuya. Porque soy la (única) hija de Anna Morgenstern. Y sé que Anna Morgenstern era la (única) hermana de tu madre, Dora: su hermana menor. Durante muchas semanas mi madre habló de que su hermana Dora venía a vivir con nosotros, junto con tu padre y tu hermana Elzbieta, que era tres o cuatro años mayor que tú, y tu hermano Joel, que también era mayor que tú, pero no tanto. Teníamos fotografías vuestras, recuerdo con toda claridad tus trenzas muy bien hechas y lo bonita que eras, una «chica de ceño fruncido», dijo de ti mi madre, como yo. Nos parecíamos, Freyda, aunque eras mucho más bonita que yo, por supuesto. Elzbieta era rubia de cara rellenita. Joel parecía feliz en la fotografía, un niño de aire dulce y quizás ocho años. Leer que tus dos hermanos murieron de una manera tan terrible en el campo de concentración de Theresienstadt hizo que me sintiera muy triste. Mi madre nunca se recuperó del golpe de aquellos meses, creo.

¡Tenía tantas esperanzas de volver a ver a su hermana! Cuando las autoridades americanas hicieron que el *Marea* se volviera, renunció a toda esperanza. Mi padre no le permitía hablar alemán, sólo inglés, pero nunca llegó a hablarlo bien, y si alguien venía a nuestra casa se escondía. Después no hablaba mucho con ninguno de nosotros y enfermaba con frecuencia. Murió en mayo de 1949.

¡Releyendo esta carta veo que pongo el acento donde no debiera, de verdad! Ahora no pienso nunca en las cosas que pasaron hace tanto tiempo.

¡Fue al ver tu fotografía en el periódico, Freyda! Mi marido estaba leyendo el *New York Times* y me llamó para preguntarme si no era extraño, porque allí aparecía una mujer lo bastante parecida a su esposa para ser hermana suya, aunque en realidad tú y yo no nos parecemos apenas, en mi opinión, ya no, pero fue todo un choque ver tu cara, que se parece mucho a la de mi madre tal como la recuerdo.

Y luego tu nombre *Freyda Morgenstern*.

Salí inmediatamente a comprar *Regreso de entre los muertos: la vida de una joven*. No he leído ninguna de las memorias del Holocausto por miedo a lo que iba a tener que saber. Las tuyas las leí sentada en el coche en el aparcamiento de la librería sin saber la hora, lo tarde que se estaba haciendo, hasta que tuve que dejar de leer por falta de luz. Pensé: «¡Es Freyda! ¡Es ella! La hermana que se me prometió». Ahora tengo sesenta y dos años y me siento muy sola en este lugar de jubilados ricos que me miran y piensan que soy uno de ellos.

De ordinario no lloro. Pero lo hice mientras leía muchas páginas de tus memorias aunque sé (por tus entrevistas) que no deseas oír relatos como éste de parte de tus lectores, y que la «barata compasión americana» sólo te inspira desprecio. Lo sé, yo sentiría lo mismo. Tienes toda la razón para verlo así. En Milburn me molestaba más la gente que se compadecía de mí por ser la «hija del sepulturero» (la ocupación de mi padre) que aquellas otras personas a quienes les traía sin cuidado si los Schwart estaban vivos o muertos.

Adjunto una fotografía hecha cuando tenía dieciséis años. Es todo lo que me queda de aquellos años. (¡Ahora tengo un aspecto muy distinto, mucho me temo!) ¡Cómo me gustaría enviarte una foto de Anna Morgenstern, mi madre, pero todas fueron destruidas en 1949!

Tu prima,

Rebecca

Palo Alto, California
16 de noviembre de 1998

Querida Rebecca Schwart:

Lamento no haber respondido antes. Creo que sí, que es bastante posible que seamos primas, pero a tanta distancia resulta en realidad una abstracción, ¿no te parece?

Este curso no voy a viajar mucho: trato de acabar un nuevo libro antes de que concluya mi año sabático. Estoy dando menos «charlas» y la gira para presentar mi libro ha terminado, gracias a Dios. (La incursión en el género de las memorias ha sido mi primera y última obra no académica. Fue con mucho demasiado fácil, como abrirse una vena.) De manera que no veo cómo sería posible que nos reuniéramos en el momento presente.

Gracias por enviarme tu fotografía. Te la devuelvo.

Atentamente,

FM

Lake Worth, Florida
20 de noviembre de 1998

Querida Freyda:

Sí, ¡estoy segura de que somos primas! Aunque, como te sucede a ti, no sé lo que «primas» pueda significar.

No tengo parientes vivos, creo. Mis padres murieron en 1949 y no sé nada de mis hermanos a los que no he vuelto a ver desde hace muchos años.

Creo que me desprecias por ser tu «prima americana». Me gustaría que me pudieras perdonar eso. No estoy segura de lo americana que soy, aunque no naciera en Kaufbeuren como tú, sino en el puerto de Nueva York en mayo de 1936. (El día exacto no se conoce. No existe partida de nacimiento o se perdió.) ¡Quiero decir que nací en un buque que transportaba refugiados! En un lugar de una suciedad terrible, según me contaron.

Era una época distinta entonces, 1936. La guerra no había empezado, y a las personas como nosotros se les permitía emigrar si tenían dinero.

Mis hermanos Herschel y Augustus nacieron en Kaufbeuren y, por supuesto, nuestros padres, los dos. Mi padre se hizo llamar Jacob Schwart en este país. (Es un nombre que nunca he dicho a ninguna de las personas que me conocen ahora. Tampoco a mi marido, por supuesto.) Sabía muy poco de mi padre, excepto que había sido impresor en el viejo mundo (como él lo llamaba con desprecio) y en alguna época profesor de Matemáticas en un colegio para niños. Hasta que los nazis prohibieron enseñar a personas como él. Mi madre, Anna Morgenstern, se casó muy joven. Tocaba el piano de muchacha. Algunas veces oíamos música en la radio si mi padre no estaba en casa (la radio era suya).

Perdóname, sé que no te interesa nada de todo esto. En tus memorias hablas de tu madre como alguien que llevaba registros para los nazis, uno de los «administradores» judíos que ayudaron en la deportación de los de su raza. No te pones sentimental con la familia. Hay algo terriblemente cobarde en ello, ¿no es cierto? Respeto los deseos de la autora de *Regreso de entre los muertos,* que tiene una actitud tan crítica sobre sus parientes, los judíos y su historia y creencias y sobre la «amnesia» de la posguerra. No quisiera desuadirte de perseverar en unos sentimientos tan auténticos, Freyda.

Por mi parte carezco de sentimientos verdaderos, me refiero a los que otras personas puedan conocer.

Papá dijo que os habíamos perdido a todos. Como ganado devuelto a Hitler, dijo. Recuerdo su voz alzándose NOVECIENTOS REFUGIADOS: todavía me enferma el recuerdo de aquella voz.

¡Papá dijo que dejara de pensar en mis primos! No iban a venir. Habían *desaparecido*.

He aprendido de memoria muchas páginas de tu libro, Freyda. Y las cartas que me has escrito. Con tus palabras, soy capaz de oír tu voz. Me encanta esa voz que se parece tanto a la mía. Me refiero a mi voz secreta, que nadie conoce.

Iré en avión a California, Freyda. ¿Me lo permitirás? «Di una sola palabra y mi alma será salva.»

Tu prima,

Rebecca

Lake Worth, Florida
21 de noviembre de 1998

Querida Freyda:

Me siento muy avergonzada: ayer te mandé una carta con una palabra mal escrita «disuadirte». Y te dije que no tenía familiares vivos, quería decir nadie de la familia Schwart. (Tengo un hijo de mi primer matrimonio que está casado y que, a su vez, tiene dos hijos.)

He comprado otros libros tuyos. *Biología: una historia. Raza y racismo: una historia.* Qué impresionado estaría Jacob Schwart, ¡la niñita de las fotografías no sólo no *desapareció* sino que ha superado con mucho a su tío!

¿Me dejarás que vaya a verte a Palo Alto, Freyda? Sólo me quedaría un día, quizá podríamos comer o cenar juntas y me volvería a marchar a la mañana siguiente. Te lo prometo.

Tu (solitaria) prima,

Rebecca

Lake Worth, Florida
24 de noviembre de 1998

Querida Freyda:

Toda una tarde de tu tiempo es mucho pedir, me parece. ¿Una hora? Una hora no sería demasiado, ¿verdad que no? Quizá me podrías hablar de tu trabajo, cualquier cosa que me permitiera oír tu voz sería de mucho valor para mí. No querría arrastrarte al pozo negro del pasado, dado que hablas de él con tanta amargura. Una mujer como tú, capaz de un trabajo intelectual tan serio y con tanto prestigio en tu campo, no dispone de tiempo para sensiblerías, tienes toda la razón.

He estado leyendo tus libros. Subrayándolos y buscando palabras en el diccionario. (Me encanta el diccionario, es mi amigo.) Qué emocionante plantearse *¿Cómo demuestra la ciencia la base genética del comportamiento?*

Adjunto una postal para que me contestes. Perdona que no se me haya ocurrido antes.

Tu prima,

Rebecca

Palo Alto, California
24 de noviembre de 1998

Querida Rebecca Schwart:

Tus cartas del 20 y 21 de noviembre son interesantes. Pero el nombre «Jacob Schwart» no me dice nada, mucho me temo. Son numerosos los «Morgenstern» que han sobrevivido. Quizá algunos de ellos sean también primos tuyos. Podrías tratar de encontrarlos si te sientes sola.

Como creo haber explicado, ésta es una época en la que estoy muy ocupada. Trabajo gran parte del día y no me siento muy sociable al llegar la noche. La «soledad» es un problema engendrado sobre todo por la excesiva proximidad de otros. Un remedio excelente es el trabajo.

Atentamente,

JM

P.D.: Creo que has dejado mensajes telefónicos para mí en el Instituto. Como te ha explicado mi ayudante, no tengo tiempo para responder a tales llamadas.

Lake Worth, Florida
27 de noviembre de 1998

Querida Freyda:

¡Nuestras cartas se han cruzado! Las dos escribimos el 24 de noviembre, quizás sea una señal.

Telefoneé obedeciendo a un impulso. «Si pudiera oír su voz»…, me vino la idea.

Has endurecido tu corazón contra tu «prima americana». Fue un acto de valor en tus memorias decir con tanta claridad que habías tenido que endurecer tu corazón contra muchas cosas para sobrevivir. Los americanos creen que sufrir nos hace santos, y eso es una broma de mal gusto. De todos modos me doy cuenta de que no tienes tiempo para mí en tu vida actual. No cumplo ninguna «finalidad».

Aunque no quieras verme en este momento, ¿me permites que te escriba? Aceptaré que no contestes, si no lo haces. Sólo desearé que leas lo que escribo: me sentiré muy feliz (¡sí, menos sola!) porque entonces podré hablar contigo en mis pensamientos como hacía cuando éramos niñas.

Tu prima,

Rebecca

P.D.: En tus escritos académicos mencionas con frecuencia la «adaptación de la especie al medio». Si me vieras a mí, tu prima, en Lake Worth, Florida, en el océano, muy poco al sur de Palm Beach, tan lejos de Milburn, Nueva York, y del «viejo mundo», te reirías.

Palo Alto, California
1 de diciembre de 1998

Querida Rebecca Schwart:

¡Mi tenaz prima americana! Mucho me temo que no es signo de nada, ni siquiera una «coincidencia», que nuestras cartas se escribieran el mismo día y que se «cruzaran».

La tarjeta postal. Reconozco que la elección despierta mi curiosidad. Sucede que es una tarjeta que adorna la pared de mi estudio. (¿Hablé de ello en mis memorias? Me parece que no.) ¿Cómo ha llegado a tu poder esta reproducción de *Sturzacker, de Caspar David Friedrich*? No has estado en el museo de Hamburgo, ¿verdad que no? Es infrecuente que algún americano conozca el nombre de este artista muy apreciado en Alemania.

Atentamente,

JM

Lake Worth, Florida
4 de diciembre de 1998

Querida Freyda:

La postal con el cuadro de Caspar David Friedrich me la regaló, junto con otras reproducciones del museo de Hamburgo, una persona que estuvo allí. (De hecho mi hijo, que es pianista. Su nombre te resultaría conocido, aunque no se parece nada al mío.)

Escogí una postal que reflejara tu alma. Tal como la percibo en tus palabras. Quizás refleje también la mía. Me pregunto qué pensarás de esta nueva postal que es también alemana pero más fea.

Tu prima,

Rebecca

Palo Alto, California
10 de diciembre de 1998

Querida Rebecca:

Sí; me gusta este Nolde tan feo. Un humo negro como la pez y el Elba como lava líquida. Ves dentro de mi alma, ¿no es cierto? Aunque tampoco yo he pretendido disfrazarme.

De manera que devuelvo *Remolcador en el Elba* a mi tenaz prima americana. MUCHAS GRACIAS, pero, por favor, no vuelvas a escribir. Y no llames. He llegado al límite contigo.

JM

Palo Alto, California
11 de diciembre de 1998 / 2 de la madrugada

¡Querida prima!:

Hice una copia de tu foto cuando tenías dieciséis años. Me gusta esa melena tuya tan tosca y esas mandíbulas tan sólidas. Quizá se note el miedo en los ojos, pero eso sabemos cómo esconderlo, ¿verdad que sí, prima?

En el campo de concentración aprendí a hacerme alta. Aprendí a ser grande. Como los animales se hacen más grandes: puede ser un truco para el ojo, pero acaba por hacerse realidad. Imagino que tú también eras una chica «grande».

Siempre he dicho la verdad. No veo razón para subterfugios. Desprecio fantasear. He hecho enemigos «entre los de mi especie», puedes estar segura. Cuando «vuelves de entre los muertos» te tienen sin cuidado las opiniones de los otros y, crée- me, eso me ha resultado costoso en esta, así llamada, «profe- sión», donde los ascensos dependen de funcionar como lameculos y de sus variantes sexuales, no muy distintas de las actividades de nuestros parientes los primates.

Bastante mala cosa ha sido no haberme comportado como fémina suplicante a lo largo de mi carrera. En mis me- morias adopto un tono bromista al hablar de los estudios post- graduados en Columbia a finales de 1950. Por aquel entonces no me reí mucho. Al encontrarme con mis viejos enemigos, que quisieron aplastar a una fémina impía al comienzo de su carrera, no sólo fémina, sino judía y refugiada judía salida de uno de los campos de concentración, los miré de hito en hito, y no flaqueé nunca, pero ellos sí, los muy cabrones. Me vengué donde pude y cuando pude. Ahora aquellas generaciones están desapareciendo, y no soy nada hipócrita cuando las recuerdo. En las reuniones organizadas para reverenciarlas, Freyda Mor- genstern es la persona «salvajemente ingeniosa» que dice las verdades.

En Alemania, donde durante tanto tiempo se ha nega- do la historia, *Regreso de entre los muertos* ha sido un best-seller durante cinco meses. Y ya se ha convertido en candidato a dos premios importantes. Todo un chiste, y bueno por añadidura, ¿no te parece?

En este país la recepción de mi libro no ha sido ni mucho menos parecida. Quizás hayas visto las críticas «bue- nas». Quizá viste el anuncio de página entera que el agarrado de mi editor puso por fin en el *New York Review of Books*. Pero los ataques han abundado. Peores incluso que las estú- pidas invectivas a las que he llegado a acostumbrarme en mi «profesión».

En las publicaciones judías y en las publicaciones con un sesgo judío, ¡qué choque, consternación, asco! Una judía que es- cribe de forma tan poco sentimental sobre su madre y otros fa- miliares que «perecieron» en Theresienstadt. Una judía que habla tan fría y «científicamente» de su «herencia». Como si el llamado Holocausto fuese una «herencia». Como si no me hubiera ganado el derecho a decir la verdad tal como yo la veo, verdad que seguiré diciendo porque no tengo ninguna intención de retirarme de la investigación, ni de dejar de escribir, enseñar y dirigir a alumnos de doctorado durante mucho tiempo. (Me retiraré pronto de mi cátedra en Chicago, aprovecharé unas condiciones muy favorables, y me iré a trabajar a otro sitio.)

¡La piedad sobre el Holocausto! Me reí, utilizaste esa palabra de manera muy reverencial en una de tus cartas. No la uso nunca, aunque sé que ahora no se les cae de la boca a los americanos. Uno de los críticos que han empuñado el hacha de guerra llamó a Morgenstern una traidora que consolaba al enemigo (¿qué enemigo?, hay muchos) simplemente por afirmar y repetir, como lo haré cada vez que se me pregunte, que el «holocausto» fue un accidente en la historia, como son accidentes todos los acontecimientos de la historia. La historia no tiene una finalidad, como tampoco la evolución, no existe ni meta ni progreso. *Evolución* es el término que se da a lo que *es*. Los piadosos fantaseadores quieren afirmar que la campaña genocida de los nazis fue un evento singular en la historia, y que ha elevado a los judíos por encima de la historia. Eso es una estupidez, así lo he dicho y continuaré diciéndolo. Hay muchos genocidios, y los habrá siempre que exista la humanidad. La historia es una invención de los libros. En la antropología biológica comprobamos que el deseo de descubrir «significado» es un rasgo de nuestra especie, entre otros muchos. Pero eso no planta «significado» en el mundo. Si la historia existe de verdad es un gran río, o un pozo negro, al que van a parar innumerables corrientes de menos importancia y afluentes. En una dirección. A diferencia de las aguas residuales no puede retroceder. No puede «ponerse a prueba», no se puede «demostrar». Sencillamente *es*. Si las corrientes individuales se secan, el río desaparece. No hay un «río destino». No hay más que accidentes en el tiempo. El científico lo señala sin sentimiento ni pesar.

Quizá te mande estos desvaríos, mi tenaz prima americana. Estoy lo bastante borracha, ¡y de humor festivo!

Tu (traidora) prima,

FM

Lake Worth, Florida
15 de diciembre de 1998

Querida Freyda:

Tu carta me gustó tanto que me temblaban las manos. Hacía muchísimo tiempo que no me reía. De nuestra manera especial, quiero decir.

Es la manera en que hay que odiar. Me encanta. Aunque te devora de dentro afuera. (Supongo.)

Aquí la noche es fría, con un viento que llega del Atlántico. Florida es con frecuencia un lugar húmedo y frío. Lake Worth y Palm Beach son sitios muy hermosos y muy aburridos. Me gustaría que pudieras venir y me hicieras una visita; podrías quedarte el resto del invierno porque con frecuencia brilla el sol, por supuesto.

Por la mañana temprano, cuando paseo por la playa, llevo conmigo tus maravillosas cartas. Aunque me sé de memoria lo que dices. Hasta hace un año corría y corría y corría, ¡kilómetros y kilómetros! Corría en el límite lluvioso de un huracán. Al verme, al ver mis piernas musculosas y mi recta columna vertebral, nunca habrías adivinado que no era una mujer joven.

¡Es tan extraño que ya tengamos más de sesenta años, Freyda! Las muñecas de nuestra infancia no han envejecido un solo día.

(¿Te fastidia hacerte vieja? Tus fotografías muestran una mujer muy vigorosa. Si te repites «Ni uno solo de los días que vivo estaba previsto que lo hiciera», descubres felicidad en ello.)

Freyda, en nuestra casa, que es de cristal en su mayor parte, tendrías tu propia «ala». Disponemos de varios coches, tendrías el tuyo. Nadie te preguntaría dónde ibas. Ni siquiera tendrías que conocer a mi marido, sería mi maravilloso secreto.

¡Dime que vendrás, Freyda! Pasado el Año Nuevo sería un buen momento. Cuando terminaras de trabajar, caminaríamos juntas por la playa. Te prometo que no tendríamos que hablar.

Tu prima que te quiere,

Rebecca

Lake Worth, Florida
17 de diciembre de 1998

Querida Freyda:

Perdóname la carta del otro día, tan prepotente y en la que me tomaba tantas libertades. Por supuesto no tienes ningún deseo de visitar a una desconocida.

He de hacer un gran esfuerzo para recordar que aunque seamos primas, también somos desconocidas.

He leído de nuevo *Regreso de entre los muertos*. La última parte, en los Estados Unidos. Tus tres matrimonios: «Desacertados experimentos en intimidad/locura». ¡Eres muy dura y muy divertida, Freyda! Tan implacable con los demás como contigo.

También mi primer matrimonio fue amor ciego y supongo que «locura». Sin él, sin embargo, no tendría a mi hijo.

En tus memorias no manifiestas pesar por tus «mal concebidos fetos», aunque sí por «el dolor y la humillación» de los abortos ilegales de la época. En 1957, en una sucia habitación de Manhattan, casi moriste desangrada, mientras que yo por entonces era una madre joven muy enamorada de la vida. Pero habría ido a reunirme contigo si lo hubiera sabido. Aunque sé que no vendrás aquí, no pierdo la esperanza de que, de repente,

670

¡cambies de idea! Que me visites, y que te quedes todo el tiempo que quieras. Se protegería tu intimidad.

Siempre tuya, tu prima tenaz,

Rebecca

Lake Worth, Florida
Día de Año Nuevo, 1999

Querida Freyda:

No he sabido nada de ti, me pregunto si te has marchado. Pero quizá veas esta carta. «Si Freyda la ve, aunque sea para tirarla...»

Me siento feliz y esperanzada. Eres una mujer de ciencia y, por supuesto, tienes toda la razón para despreciar esa clase de sentimientos como «mágicos» y «primitivos», pero creo que puede haber un algo de joven en el Año Nuevo. Espero que sea así.

Mi padre, Jacob Schwart, creía que en la vida animal a los débiles se los elimina enseguida, que siempre debemos ocultar nuestras debilidades. Tú y yo lo sabemos desde niñas. Pero hay mucho más en nosotras que sólo lo animal, también eso lo sabemos.

Tu prima que te quiere,

Rebecca

Palo Alto, California
19 de enero de 1999

Rebecca:

Sí, he estado fuera. Y me vuelvo a marchar. ¿Es acaso asunto tuyo?

Estaba llegando a pensar que eras una invención mía. La peor de mis debilidades. Pero aquí, en el alféizar de la ventana, apoyada contra el cristal para mirarme, está «Rebecca, 1952». El pelo como crines de caballo y los ojos hambrientos.

Prima, eres tan fiel que me cansas. Sé que debería sentirme halagada, muy pocas personas, aparte de ti, desearían perseguir a la «difícil» profesora Morgenstern ahora que soy una anciana. Meto tus cartas en un cajón, y las abro en mis momentos de debilidad. Una vez, hurgando en la basura de un contenedor, recuperé una carta tuya. Luego, en mi debilidad, la abrí. ¡Sabes lo mucho que detesto la debilidad!

Prima, basta ya.

JM

Lake Worth, Florida
23 de enero de 1999

Querida Freyda:

¡Me doy cuenta! Lo siento.

No tendría que ser tan avariciosa. No tengo ningún derecho. Cuando descubrí que vivías, en septiembre del año pasado, mi único pensamiento fue: «Mi prima Freyda Morgenstern, mi hermana perdida, ¡vive! No hace falta que me quiera ni siquiera que me conozca ni que me dedique un pensamiento. Me basta con saber que no pereció y que ha vivido su vida».

Tu prima que te quiere,

Rebecca

Palo Alto, California
30 de enero de 1999

Querida Rebecca:

Nos volvemos ridículas con emociones a nuestra edad, como si enseñáramos los pechos. Vamos a ahorrárnoslo, ¡por favor!

Tengo tan pocas ganas de reunirme contigo como de reunirme conmigo misma. ¿Qué te hace pensar que querría tener una «prima», una «hermana», a mi edad? Me gusta carecer de parientes vivos porque así no existe la obligación de pensar *¿Vive todavía?*

En cualquier caso, me marcho. Voy a viajar durante toda la primavera. Estoy muy a disgusto aquí. La California residencial es aburrida y no hay un alma. Mis «colegas y amigos» son unos frívolos oportunistas para quienes, al parecer, soy también una oportunidad.

Detesto palabras tales como *perecer*. ¿«Perece» una mosca, «perecen» cosas en putrefacción, «perece» tu enemigo? Esa manera tan grandilocuente de hablar me cansa.

Nadie perece en los campos de concentración. Muchos «murieron», «los mataron». Eso es todo.

Me gustaría poder prohibirte que me reverencies. Por tu propio bien, querida prima. Veo que también yo soy tu debilidad. Quizá quiera ahorrarte malos ratos.

Aunque si fueras uno de mis alumnos de doctorado, te haría entrar en razón con una buena patada en el trasero.

De repente llegan premios y distinciones para Freyda Morgenstern. No sólo para la memoriógrafa sino también para la «distinguida antropóloga». De manera que viajaré para recibirlos. Todo esto llega demasiado tarde, por supuesto. Sin embargo, y como tú, soy una persona glotona, Rebecca. ¡A veces pienso que mi alma es mi estómago! Soy alguien que se atiborra sin disfrutar, para quitarles la comida a otros.

Ahórrate malos ratos. No más emociones. ¡No más cartas!

Chicago, Illinois
29 de marzo de 1999

Querida Rebecca Schwart:

He estado pensando en ti últimamente. Hace algún tiempo que no sé nada de ti. Al desembalar mis cosas me he tropezado con tus cartas y tu fotografía. ¡Qué desnudos parecemos todos en blanco y negro! Como una radiografía del alma. Mi pelo no fue nunca tan abundante y espléndido como el tuyo, mi prima americana.

Me parece que debo de haberte desanimado. Ahora, si he de ser sincera, te echo de menos. Han pasado casi dos meses desde tu última carta. Los premios y las distinciones dejan de tener valor si no le importan a nadie. Si nadie te abraza para felicitarte. La modestia no tiene nada que ver, pero soy demasiado orgullosa para presumir delante de desconocidos.

Por supuesto, debería estar satisfecha de mí misma: soy yo quien te despidió. Lo sé, soy una mujer «difícil». No me gustaría a mí misma ni por un momento. No me soportaría. Parece que he perdido una o dos de tus cartas, no estoy segura de cuántas, recuerdo vagamente que, según dijiste, tu familia y tú vivíais al norte del Estado de Nueva York y que mis padres habían acordado ir a quedarse con vosotros. ¿Pasaba todo esto en 1941? Ofrecías hechos que no están en mis memorias. Pero recuerdo a mi madre hablando con mucho cariño de Anna, su hermana menor. Tu padre se cambió el apellido a «Schwart», pero ¿cuál era el anterior? ¿Era profesor de Matemáticas en Kaufbeuren? Mi padre era un médico muy apreciado. Tenía muchos pacientes no judíos que lo reverenciaban. De joven sirvió en el ejército alemán durante la Guerra Europea, y le concedieron la Medalla de Oro al Valor. Le aseguraron que aquella recompensa lo protegería aunque deportaran a otros judíos. Mi padre desapareció tan bruscamente de nuestras vidas, y nos deportaron de manera tan inmediata a aquel lugar, que durante años creí que tenía que haber escapado, que estaba vivo en algún sitio y que se comunicaría con nosotros. Pensaba que mi madre sabía cosas que no me contaba. No era del todo la madre amazona descrita en *Regreso de entre los muertos*... Bueno, ¡ya basta de eso! Aunque la antropología evolucionista debe investigar el pasado implacablemente, los seres humanos no están obligados a hacerlo.

Hoy es un día de luminosidad cegadora aquí en Chicago, desde mi nido de águilas en el piso cincuenta y dos de mi gran edificio de apartamentos recién estrenado; veo desde aquí ese enorme mar interior que es el lago Michigan. Los derechos de mis memorias han ayudado a pagar esto, un dinero que no hubiera ganado con un libro menos «polémico». No se necesita nada más, ¿verdad que no?

Tu prima,

Freyda

Lake Worth, Florida
13 de abril de 1999

Querida Freyda:

Tu carta ha significado mucho para mí. Siento no haber respondido antes. No quiero disculparme. Al ver esta postal he pensado «¡Para Freyda!».

La próxima vez escribiré más. Y prometo que pronto.

Tu prima,

Rebecca

Chicago, Illinois
22 de abril de 1999

Querida Rebecca:

He recibido tu postal. No estoy segura de qué es lo que pienso de ella. A los americanos les chifla Joseph Cornell, lo mismo que les sucede con Edward Hopper. ¿Qué es *Lanner Waltzes*? ¿Dos figuritas de muñecas montadas sobre la cresta de una ola y al fondo un velero a la antigua usanza con las velas hinchadas? ¿*Collage*? Detesto el arte-adivinanza. El arte es *ver*, no *pensar*.

¿Hay algo que no va bien, Rebecca? El tono de lo que escribes ha cambiado, me parece. Confío en que no te estés haciendo la tímida para vengarte de mi desagradable carta de enero. Tengo una alumna de doctorado, una joven brillante, aunque no tan brillante como ella se imagina, que se dedica a juegos parecidos conmigo en el momento presente, ¡bajo su responsabilidad! Tampoco a mí me gustan los juegos.

(A no ser que sean los míos.)

Tu prima,

Freyda

Chicago, Illinois
6 de mayo de 1999

Querida prima:

Sí, ¡me parece que estás enfadada conmigo! O que no te encuentras bien.

Prefiero creer que estás enfadada. Que conseguí insultarte, pese a ese corazón americano tuyo tan tierno. Si ha sido así, lo siento. No conservo copias de las cartas que te he escrito y no recuerdo lo que dije. Quizás me equivoqué. Cuando estoy fríamente sobria, es muy probable que me equivoque. Cuando me emborracho, es posible que esté menos equivocada.

Te adjunto una postal con sello y dirección. Sólo tienes que marcar uno de los recuadros: enfadada o no me encuentro bien.

Tu prima,

Freyda

P.D.: El *Estanque* de Joseph Cornell que te mando me hace pensar en ti, Rebecca. Una niña semejante a una muñeca que toca el violín junto a una turbia ensenada.

Lake Worth, Florida
19 de septiembre de 1999

Querida Freyda:

¡Qué enérgica y hermosa me pareciste en la ceremonia de la entrega de premios en Washington! Estuve entre el público de la biblioteca Folger. Hice el viaje sólo por ti.

Todos los escritores premiados hablaron muy bien. Pero nadie tan ingenioso e inesperado como Freyda Morgenstern, que causó un auténtico revuelo.

Me avergüenza confesar que no me atreví a hablar contigo. Esperé en fila con otras muchas personas para que me firmaras *Regreso de entre los muertos,* pero cuando me llegó el turno empezabas a estar cansada. Apenas me miraste, molesta por la torpeza con que la chica que te ayudaba te puso el libro delante. Me limité a murmurar «Muchas gracias» y me alejé a toda prisa.

Me quedé una noche en Washington y luego regresé a casa en avión. Ahora me canso enseguida, fue una locura hacer el viaje. Mi marido me lo habría impedido si hubiera sabido lo que iba a hacer.

Durante los discursos se te veía inquieta en el escenario, vi que recorrías el público con los ojos y vi que te parabas en mí. Estaba sentada en la tercera fila. ¡Qué teatrito tan antiguo y hermoso es el de la biblioteca Folger! Imagino que hay mucha belleza en el mundo que no hemos llegado a ver. Ahora que es casi demasiado tarde la añoramos.

Yo era la mujer descarnada como una calavera con el pelo cortado a cepillo. Unas grandes gafas oscuras me tapaban media cara. Otras en mi situación llevan turbantes chillones o pelucas deslumbrantes. Y tienen el valor de maquillarse.

En Lake Worth y en Palm Beach somos muchos. No me importa la cabeza casi calva en tiempo cálido y entre desconocidos porque sus ojos me atraviesan como si fuese invisible. Primero me miraste con fijeza, luego apartaste deprisa los ojos y después no fui capaz de dirigirte la palabra. No era el momento oportuno, no te había preparado para el espectáculo que ofrezco. Huyo de la lástima y sé que incluso la comprensión es una carga para algunos. No supe que iba a hacer un viaje tan insensato hasta aquella mañana misma, porque mucho depende de cómo me sienta al levantarme, y no es posible predecirlo.

Tenía un regalo que darte, pero cambié de idea y me lo volví a traer sintiéndome completamente estúpida. El viaje, sin embargo, me resultó maravilloso, ¡ver a mi prima tan de cerca! Por supuesto ahora me arrepiento de mi cobardía, pero es demasiado tarde.

Preguntaste por mi padre. Sólo te puedo decir que no conozco su verdadero apellido. Jacob Schwart era como se hacía llamar, de manera que yo era Rebecca Schwart, aunque ese nombre se perdió hace mucho tiempo. Ahora tengo otro nombre americano más adecuado y además el apellido de mi marido; sólo para ti, prima mía, me identifico como Rebecca Schwart.

Bien; te diré una cosa más: en mayo de 1949, cuando yo tenía trece años, mi padre, que era sepulturero, asesinó a tu tía Anna y quiso matarme a mí pero le faltó valor, volvió el arma contra sí mismo y se suicidó; forcejeé con él para quitarle la escopeta y mi recuerdo más vívido de aquellos momentos es su rostro en los últimos segundos y lo que quedó de él, el cráneo y el cerebro y el calor de su sangre que me salpicó toda.

Esto no se lo he contado nunca a nadie, Freyda. Por favor no me hables de ello si vuelves a escribirme.

Tu prima,

Rebecca

(No tenía intención de escribir una cosa tan horrible cuando empecé esta carta.)

Chicago, Illinois
23 de septiembre de 1999

Querida Rebecca:

Estoy anonadada. Que te encontrases tan cerca de mí, y que no hablaras.

Y lo que me cuentas de... Lo que te sucedió a los trece años.

No sé qué decir. Excepto que estoy anonadada. Y rabiosa y herida. Contigo, no; creo que no estoy enfadada contigo sino conmigo misma.

He tratado de llamarte. No hay ninguna Rebecca Schwart en la guía de teléfonos de Lake Worth. Ya me lo habías dicho, claro. ¿Por qué demonios no me has dado nunca tu apellido de casada? ¿Por qué eres tan evasiva? Detesto los juegos. No tengo tiempo para juegos.

Sí; estoy enfadada contigo. Me disgusta y me da rabia que no estés bien. (No me devolviste la postal. Esperé y esperé, pero no lo hiciste.)

¿He de creer lo que cuentas sobre Jacob Schwart? Siempre llegamos a la conclusión de que, probablemente, las cosas más espantosas son verdad.

En mis memorias no pasa eso. Cuando las escribí, cuarenta y cinco años después de los acontecimientos que se narran, compuse el texto con palabras elegidas para conseguir un «efecto». Sí; hay hechos auténticos en *Regreso de entre los muertos*. Pero los hechos no son «auténticos» si no se explican. Mis memorias tenían que competir con otras memorias de su mismo tipo y por tanto tenían que ser «originales». Estoy acostumbrada a las polémicas, sé cómo retorcerle la nariz a la gente. Mis memorias no dan importancia al dolor y a las humillaciones de la narradora. Es cierto: no sentí nunca que fuese a ser una de las personas que morirían; era demasiado joven e ignorante y, comparada con otros, estaba sana. Mi hermana mayor Elzbieta, tan rubia ella, tan admirada por nuestros parientes, con aspecto de muñeca alemana, pronto perdió todo el pelo y los intestinos se le convirtieron en sebo sanguinolento. Joel murió aplastado, lo supe después. Lo que dije de Dora Morgenstern, mi madre, sólo es verdad al principio. No era un «kapo», sino alguien deseoso de cooperar con los nazis para ayudar a su familia (por supuesto) y a otros judíos. Era una buena organizadora y de mucha confianza, pero nunca tan tremenda como aparece en las memorias. No dijo aquellas cosas crueles, de hecho no recuerdo nada que me dijera nadie excepto las órdenes que las autoridades daban a gritos. Todas las palabras dichas en voz baja, el aliento mismo de nuestras vidas en común, se perdieron. Pero en unas memorias tiene que haber palabras dichas, unas memorias necesitan la respiración de la vida.

Soy muy famosa ahora, ¡más bien infame! En Francia me he convertido este mes en un nuevo best-seller. En el Reino Unido (donde hay antisemitas sin pelos en la lengua, lo que es reconfortante) mi palabra se pone en duda como es lógico, pero el libro se vende de todos modos.

Rebecca, tengo que hablar contigo. Te adjunto mi número de teléfono. Esperaré a que me llames. Cualquier noche después de las diez es la mejor hora, ya no estoy tan sobria ni soy tan desagradable.

Tu prima,

Freyda

P.D.: ¿Te están dando ahora quimioterapia? ¿En qué etapa de la enfermedad te encuentras? *Por favor, contesta.*

Lake Worth, Florida
8 de octubre

Querida Freyda:

No te enfades conmigo, he tenido intención de llamarte. Hay razones para que no lo haya hecho, pero quizá me encuentre mejor pronto y, te lo prometo, llamaré.

Fue importante para mí verte y oírte. ¡Estoy tan orgullosa de ti! Me duele cuando dices esas cosas tan duras sobre ti misma, me gustaría que no lo hicieras. Ahórranoslo. ¿Querrás?

La mitad del tiempo la paso soñando y soy muy feliz. Ahora mismo estoy oliendo dragontea. Quizá no sepas lo que es la dragontea, tú que siempre has vivido en ciudades. Detrás de la casita de piedra del sepulturero en Milburn había un terreno pantanoso donde crecía esa planta tan alta. Las flores llegaban hasta una altura de metro y medio y las plantas tenían muchas florecitas blancas que parecían escarcha. Muy pulverulenta, con un extraño olor muy fuerte. Las flores atraían a las abejas, que zumbaban con fuerza a su alrededor, de manera que las plantas parecían seres vivos. Recordaba cómo, mientras esperaba a que llegaras por el océano, tenía dos muñecas: Maggie, que era la más bonita, para ti, y Minnie, la mía, que era más bien fea y estaba muy estropeada pero a la que quería mucho. (Mi hermano Herschel las encontró a las dos en el basurero de Milburn. ¡Encontrábamos muchas cosas útiles en el basurero!) Jugaba durante horas y horas con Maggie y Minnie y contigo, Freyda. Todas cotorreábamos como locas. Mis hermanos se reían de mí. Anoche soñé con las muñecas y las veía con toda claridad después de cincuenta y siete años. Pero era extraño, Freyda, tú no estabas en el sueño. Ni tampoco yo.

Escribiré en otra ocasión. Te quiero.

Tu prima,

Rebecca

Chicago, Illinois
12 de octubre

Querida Rebecca:

¡Ahora sí que estoy enfadada! Ni me has llamado ni me has mandado tu número de teléfono y no sé cómo encontrarte. Tengo la dirección de tu calle, pero sólo el nombre de Rebecca

Schwart. Estoy muy ocupada, es una época terrible. Tengo la sensación de que me están rompiendo la cabeza con un mazo. De verdad, ¡estoy muy enfadada contigo, prima!

Sin embargo, creo que debería ir a verte a Lake Worth. ¿Me dejas que vaya?

Joyce Carol Oates en punto de lectura

JOYCE CAROL OATES

Puro fuego

Confesiones de una banda de chicas

América, años cincuenta. Las familias se resquebrajan y empiezan a surgir las pandillas de adolescentes y la delincuencia. Un grupo de chicas quiere acabar con el machismo que las somete. Las integrantes de Foxfire, una banda fuera de la ley, cuentan entre trece y dieciséis años, tienen pistolas y, sobre todo, un secreto que nunca deben contarles a Ellos, pues eso significaría el fin de sus ansias de justicia. Jamás hacen el mal por gusto ni por venganza, sino con el único objetivo de conquistar los derechos que una sociedad hipócrita les niega.

«Si existiera la expresión "mujer de letras", Joyce Carol Oates se la merecería.»   John Updike, *The New Yorker*

«Puro fuego brilla con fuerza.»   *The New York Times*